HEYNE <

Das Buch
Nikolaj Poljakow ist Direktor des »Interstellar größten Xeno-Spektakulariums«, einem Wanderzoo mit außerirdischen Kreaturen. Er ist mit seinem Team auf dem Weg zum irdischen Reichenparadies At Lantis, als die Vernichtung des Planeten Betterday durch die Collectors bekannt wird. Sein Leben gerät aus den Fugen, denn das Vorhaben der Vereinten Humanen Raumfahrtnationen, eine Kriegsflotte gegen die außerirdische Bedrohung aufzustellen, nutzt der gefürchtete Anführer des afrikanischen Kingdom of Zulu dazu, seine eigenen Machtpläne voranzutreiben. Zulu zwingt Poljakow dazu, ihm bei einer Entführung zu helfen – der Auftakt zu einem Ränkespiel kosmischen Ausmaßes. Gejagt von Konzernen und anderen Machtgruppen bleibt Poljakow nur ein Ausweg: Er muss Zulus Pläne durchkreuzen, indem er sich auf seine psionischen Kräfte besinnt. Doch auch Zulu ist Psioniker ...

Der Autor
Thomas Finn, 1967 in Evanston/Chicago geboren, wuchs in Deutschland auf. Die Fantasy hat ihn zum Schreiben gebracht – zunächst Fantasy-Rollenspielpublikationen, später kamen auch Theaterstücke, Drehbücher sowie ein gutes Dutzend fantastische Romane hinzu. Thomas Finn lebt in Hamburg. Mehr über den Autor auf www.thomas-finn.de.

Der Herausgeber
Markus Heitz, 1971 in Homburg geboren, ist einer der erfolgreichsten deutschen Autoren. Zahlreiche seiner Bücher wie »Die Zwerge« standen monatelang auf allen Bestsellerlisten. Mit dem Roman »Collector« hat er das Tor in das JUSTIFIERS-Universum geöffnet.

Der Umschlagillustrator
Oliver Scholl, geboren 1964 in Stuttgart, ist Production Designer in Hollywood und hat an vielen großen Science-Fiction-Filmen wie *Independence Day, Godzilla, Time Machine* und *Jumper* mitgearbeitet.

Mehr Informationen unter:
www.justifiers.de
www.justifiers-romane.de

THOMAS FINN

JUSTIFIERS®

MIND CONTROL

Roman

Mit einer Kurzgeschichte von
Markus Heitz

WILHELM HEYNE VERLAG
MÜNCHEN

JUSTIFIERS®

ist ein Rollenspiel-Universum
von Markus Heitz

MIX
Papier aus verantwortungsvollen Quellen
FSC® C014496

Verlagsgruppe Random House FSC-DEU-0100
Das für dieses Buch verwendete FSC®-zertifizierte Papier
Holmen Book Cream liefert Holmen Paper, Hallstavik, Schweden.

Originalausgabe 07/2011
Redaktion: Catherine Beck

Printed in Germany 2011
Umschlagillustration: Oliver Scholl
Umschlaggestaltung: Nele Schütz Design, München
Satz: Christine Roithner Verlagsservice, Breitenaich
Druck und Bindung: GGP Media GmbH, Pößneck

ISBN: 978-3-453-52816-1

www.justifiers.de
www.heyne-magische-bestseller.de

JUSTIFIERS®

MISSION REPORT

2845997-ZU54137L

Sicherheitsfreigabe: streng vertraulich
(Geheimdossier Kingdom of Zulu)
Beteiligte Organisationen: Kingdom of Zulu, *Knowledge Alliance*
Aufgabe: Lokalisation und Neutralisierung des Subjekts »Zulu«
System: diverse
Planet: diverse
Zeit: 24/03–27/05/3042
Autor: Thomas Finn

ADDENDUM 2845997-ZU54137L-ADD_1
Autor: Markus Heitz

ATTACHMENT 2845997-ZU54137L-GLS

THOMAS FINN

MIND CONTROL

Für Lou,
der weiß, welche Abenteuer im Weltraum auf uns warten.

1

MENETEKEL

System: Sol
Ort: Erde (Libysche Wüste)
Militärischer Grenzposten der Sons of Ancients
24. März 3042

»Seth-verflucht! Wo sind diese verdammten Nasabs?« Major Hassan abd el Arif starrte wütend auf die dreidimensionale Karte des Holocubes. Noch immer schrillte der Alarm durch die Gänge des Bunkers, und an der Decke des Kommandoraums kreiste unruhig eine Signalleuchte, die die Abschuss- und Überwachungskonsolen in rotes Licht tauchte.

Dort, wo das Radar eben noch die Grenzverletzung des Territoriums der SoA durch drei unautorisierte Fahrzeuge gemeldet hatte, war jetzt nur noch ein verwaschenes Grau zu sehen.

»Vielleicht eine Fehlermeldung, Major?«, fragte einer von Hassans Untergebenen. Die drei Offiziere, die ebenso wie er selbst den Holocube umstanden, sahen ihren Vorgesetzten fragend an. Gemäß Alarmprotokoll hatten sich die Männer aus Libyen und Tunesien mit *Veloc*-Gefechtssturmgewehren bewaffnet, auch wenn es mehr als unwahrscheinlich war, dass sie ausgerechnet hier in einen Nahkampf verwickelt würden. »Sie wissen doch, da draußen wütet dieser verdammte Sandsturm. Hier in der Wüste haben wir oft solche Fehlermeldungen.«

»Nur, dass wir uns keine Fehler erlauben dürfen«, knirschte Hassan.

Die Bewegungsmuster der Radarsignale hatten auf umgebaute *B'Hazard Explorers* mit altertümlichen Benzinantrieben hingedeutet. Die schweren Jeeps waren typisch für die mobilen Verbände des Kingdom of Zulu. Doch die Signale waren verschwunden. Geisterreflexionen? So jedenfalls nannten die Techniker Signalschwankungen bei Wetterverhältnissen wie heute.

In der Tat sprach einiges dafür. Eine Grenzverletzung mit einem derart schwachen Verband hätte man nur als lebensmüde bezeichnen können. Das Territorium der Sons of Ancients, bestehend aus den einstigen Maghrebstaaten Tunesien, Algerien, Marokko, Libyen, Mauretanien und dem Königreich Ägypten, das in der Allianz eine Sonderstellung einnahm, starrte bekanntlich vor Waffen. Allein hier, unweit des Bunkers, warteten vollautomatische Selbstschussanlagen, eine bewusst ungetarnte Raketenwerfer-Batterie und zwei umgerüstete *UI Pilotpet*-Lasergeschütze nur darauf, jeden Eindringling in Schlacke zu verwandeln. Außerdem konnte Hassan jederzeit einige *Anubis*-Stratosphären-Jets herbeordern, die das Grenzgebiet mit ihren Plasma-Kanonen innerhalb von nur zehn Minuten in eine Flammenhölle verwandeln konnten.

Dennoch blieben Zweifel. Was, wenn das keine Geisterreflexionen gewesen waren? Vielleicht hofften die Eindringlinge darauf, dass der Sturm ihre Elektronik störte? Den Zulus war alles zuzutrauen. Wieder einmal verfluchte Hassan den Tag, an dem man ihn an diesen entlegenen Grenzposten versetzt hatte. Doch Afrika südlich der SoA-Grenze war ein Hort des Unheils, und an Männern wie ihm lag es, den Norden vor diesem Unheil zu bewahren. Jahrhundertelang hatten die Konzerne Afrikas Rohstoffe geplündert und alles getan, um die Fehden der ebenso korrupten wie zerstrittenen Clanführer zu schüren. Gut, dass sich die Sons of Ancients schon vor knapp 300 Jahren der meisten europäischen und asiatischen Schmarotzer entledigt hatten.

Schwarzafrika hingegen hatte nicht so viel Glück gehabt. Die Konzerne hatten die Länder ausgebeutet und inoffiziell zum Testgebiet für neue Waffensysteme erklärt. Zurückgeblieben waren radioaktive Wüsten, verseuchte Flüsse und verdorrte Landstriche, noch lebensfeindlicher als der übrige Planet. Dabei hatte sich auch die SoA lange Zeit an den Nachbarn schadlos gehalten. Zumindest bis vor knapp fünfzig Jahren, als dieser Zulu plötzlich aufgetaucht war.

Manche im Süden verehrten den Kerl als Hexer und wiedergeborenen Shaka Zulu, einem legendären Zulu-Herrscher, dem vor weit über 1000 Jahren beeindruckende militärische Erfolge gegen die britischen Kolonialherren gelungen waren. Aber das war Geschichte.

Dennoch war es mehr als beunruhigend, dass der Kerl es innerhalb so kurzer Zeit geschafft hatte, die rivalisierenden Clanführer zu besiegen und ganz Restafrika unter seinem Zepter zu vereinen. Ob nun König von eigenen Gnaden oder nicht, für ihn war dieser Zulu nur eine weitere Missgeburt, die der Kontinent hervorgebracht hatte.

»Nein, wir gehen kein Risiko ein.« Hassan verschränkte die Arme vor der Brust und musterte seine Untergebenen herrisch. »Leutnant Gazzem, stellen Sie eine Verbindung nach drüben her, zum Gefechtsstand des Alarm-Kommandos.«

»Sofort, Major!«

»Der Rest an die Plätze. Statusbericht alle sechzig Sekunden.« Hassan nickte seinem Elektronikoffizier zu. »Und Sie, stellen Sie endlich den verdammten Alarm aus!«

»Natürlich, Major!« Der junge Tunesier betätigte einige Knöpfe, und sofort verstummte der durchdringende Heulton. Allein das rote Licht an der Raumdecke rotierte weiter. Die Offiziere saßen längst wieder auf ihren Posten, und auf einem der großen Monitore verschwand das runde Sternenbanner der SoA mit der Pyramide im Zentrum und machte dem Blick auf ein schakalköpfiges Wesen in der Wüstenkampfkleidung eines Justifiers Platz.

»Major?«, knurrte der Beta-Humanoide. Eines seiner spitzen Schakalohren zuckte.

Hassan trat vor den Bildschirm und nickte dem Schakal zu. Eine Ehrenbekundung, wie sie auf dem Gebiet der SoA üblich war. Die Chimären besaßen zwar auch bei ihnen keine Bürgerrechte, doch wie viele andere Ägypter auch war Hassan davon überzeugt, dass die Betas die einstige Gestalt der Ancients besaßen, der Uralten, denen die Erdbewohner die UFO-Technologie des Überlichtsprungs verdankten. Sicher, niemand hatte je einen Ancient zu Gesicht bekommen. Doch die spirituellen Führer der SoA waren davon überzeugt, dass die alten Götterstatuen Ägyptens in unmittelbarer Verbindung zu den im Wüstensand gemachten UFO-Funden standen. Und die zeigten klar erkennbar Tier-Mensch-Hybriden!

Ägypten war schon in grauer Vorzeit auserwählt gewesen, und die restlichen Länder der SoA hatten gut daran getan, dem Vorbild von Hassans ruhmreicher Heimat zu folgen. Sollten die Ancients eines Tages wieder auftauchen und zur Erde zurückkehren, dann würden die Betas Zeugnis von ihrer Rechtschaffenheit ablegen. »Sergeant Inpu!«, sprach er den Schakal-Beta an. »Hat sich die Außeneinheit schon zurückgemeldet?«

»Negativ, Major«, antwortete der Justifier. Der Bildschirm flackerte. »Ich bin noch immer allein. Der Kontakt ist abgebrochen. Liegt sicher an dem verdammten Sandsturm da draußen.«

»Wann?« Beunruhigt hob Hassan eine Augenbraue.

»Vor ungefähr zehn Minuten. Aber die Kameraden befanden sich bereits auf dem Rückweg. Mit ihren TTAs sollten sie es selbst bei dem Sturm da draußen schaffen, in einer halben Stunde wieder hier zu sein.«

»Major!« Hassans Waffenleitoffizier betrachtete stirnrunzelnd die Anzeigen vor sich. »Das ist seltsam, aber die Vibrationsmelder sind eben ausgefallen. Nicht, dass die bei dem Sturm irgendetwas gebracht hätten, aber ... Sehen Sie selbst: Die haben sich alle auf einen Schlag abgeschaltet.« Hassan warf einen besorgten Blick auf die Anzeigen. Irgendetwas stimmte da draußen nicht. Die Waffensysteme funktionierten vollautomatisch und waren vollgestopft mit hochmoderner Technologie. Doch ohne die Justifiers-Einheit waren sie völlig auf sich allein gestellt. »Windgeschwindigkeit?«, fragte er.

»Knappe 190 Stundenkilometer!«, kam es zurück.

Hassan sah wieder zum Monitor. »Sergeant, in Ihrem Kontrollraum nützen Sie uns nichts. Ich will, dass Sie sich in einen der Kampfläufer zwängen und auf dem Gelände nach dem Rechten sehen.«

»Action?« Der Beta fletschte die Schakalzähne und erinnerte Hassan wieder einmal an den leibhaftigen Totengott Anubis. »Nur zu gern, Major! Ich melde mich, sobald ich draußen bin.« Das Bild erlosch und machte wieder dem Pyramiden-Emblem der SoA Platz.

»Leutnant Gazzem?« Hassan nickte seinem Kommunikationsoffizier zu. »Alle Bilder der Außenkameras auf den Holocube umleiten. Maximale Auflösung. Der Rest macht die Raketenbatterie und die Laser gefechtsbereit. Wenn da draußen wirklich Zulus sind, dann werden wir sie spüren lassen, was man in zivilisierten Breiten von ihnen hält.« Seine Untergebenen führten die Befehle aus, während sich der Holocube im Raum vergrößerte, drehte und nach und nach alle Außenbilder der Überwachungskameras in den Kommandostand des Bunkers projizierte. Unzufrieden starrte Hassan auf das gute Dutzend kreisrunder Bildeinstellungen, auf denen sich außer dem Grauschwarz des Sandsturms nur undeutlich die Silhouetten der angrenzenden Gebäude ihrer Befestigung abzeichneten. »Kamera sechs ranzoomen!«

Eines der Bilder vergrößerte sich, und Hassan warf einen Blick auf den pyramidenförmigen Bunker des Gefechtsstands, dessen Konturen ebenfalls nur vage auszumachen waren. Endlich öffneten sich die Schotten, und mit staksenden Schritten trat einer ihrer Ra-Kampfläufer ins Blickfeld. Das *Mower-Giant*-Zwillingsgeschütz über der gläsernen Pilotenkanzel klappte kampfbereit nach vorn, und der Beta stemmte sich mit Hilfe des Exoskeletts gegen den Orkan. Hassan wusste, was er dem Sergeant zumutete. In jungen Jahren hatte er selbst bei solchen Wetterverhältnissen kämpfen müssen.

»Bin draußen, Major!«, tönte die Stimme in den Lautsprechern gegen das Heulen des Sturms und das Jaulen der Hydraulik an.

»Gut, sehen Sie sich nach eigenem Ermessen um, aber bleiben Sie in der Nähe des Kommandostands.«

»Was ist das denn?«, rief die knisternde Stimme des Betas. »Major, da hinten ist etwas. Fahrzeuge. Auf sieben Uhr. Keine 200 Meter vom Kommandobunker entfernt.«

»Wie bitte?« Fast unmerklich hob Hassan die Stimme. »Unsere Jungs, oder ...?«

»Meine Anzeigen spinnen. Ich ...« Die Stimme verging in lautem Knistern.

»Tun Sie was, Gazzem!«, herrschte Hassan seinen Kommunikationsoffizier an.

»Äh, tut mir leid, Major. Aber die Verbindung ist gestört. Ich begreife das selbst nicht. Irgendetwas …« Unvermittelt erlosch der Holocube, wodurch der Kommandostand in düsteres rot-blaues Zwielicht getaucht wurde.

»Was ist denn jetzt los?«, brüllte Hassan. »Systemcheck. Sofort! Sorgen Sie dafür, dass der Cube …«

»Negativ!«, kam es von links. »Auch die Optik-Einheit ist komplett ausgefallen. Wir sind blind.«

»Wie bitte?«

»Ausfall der Raketenwerferbatterie!«, rief nun Hassans Waffenleitoffizier. Er klang bestürzt. »Und die Laser lassen sich ebenfalls nicht mehr ansprechen!«

Hassan wirbelte zu dem Mann herum, der entgeistert seine Instrumente anstarrte. »Was sitzen Sie da noch herum? Tun Sie was!«

»Jawoll, Major. Aber ich weiß im Moment nicht …«

»Was ist mit den Außenlautsprechern? Funktionieren die noch?« Seth, was passierte hier? »Positiv. Einen Moment.« Die Lautsprecher knisterten, und Hassan lauschte konzentriert, während seine Männer beunruhigt die Systeme neu konfigurierten. Außerhalb des Bunkers war das allgegenwärtige Heulen des Wüstensturms zu hören. Doch dazwischen …

»Lauter!«, kommandierte Hassan.

Dazwischen war unüberhörbar ein dumpfes Rattern zu vernehmen. Die Offiziere warfen sich beunruhigte Blicke zu. Das war der Lärm eines *Mower-Giant*-Zwillingsgeschützes. Ihr Schakal-Beta kämpfte! Ein lautes

Explosionsgeräusch brachte den Waffenlärm zum Verstummen, und es war nur noch das Heulen des Sturms zu hören. Jäh fielen auch die Lautsprecher aus. Lähmende Stille senkte sich über den Raum.

»Verdammt, was ist mit der Elektronik los?« Unwillkürlich griff Hassan zum Halfter an seiner Rechten, wo seine *Highfire* steckte.

»Ich begreife das nicht«, ächzte sein Elektronikoffizier leicht panisch. »Aber die Audioeinheit ist ebenfalls tot. Ich ... Jetzt haben wir auch noch Stromausfall in Sektor zwei, drei, vier und sieben! Im Moment sind nur noch die Notstromaggregate aktiv. Korrigiere. Stromausfall jetzt auch in den Sektoren fünf, sechs und ... eins.« Schlagartig verstummte das leise Summen ihrer Computer, und mit ihnen erloschen die Monitore. Sogar die Alarmleuchte über ihnen gab ihren Geist auf. Sie saßen komplett im Dunkeln.

Im Kommandostand war es totenstill.

»Horas! Die müssen die zentralen Energieleitungen gekappt haben.«

Hassan konnte hören, wie einer seiner Offiziere die tragbare Notlampe von der Wandhalterung riss und diese erfolglos an- und ausknipste. »Das gibt es doch nicht«, keuchte er. »Die geht ebenfalls nicht.«

Hassan nestelte nach seinem Feuerzeug und schnippte es an. Im Licht der kleinen Flamme warfen ihm seine Offiziere erschrockene Blicke zu. Es war, als seien sie von einem Augenblick zum nächsten in die Steinzeit zurückgeworfen worden. Plötzlich hallten gedämpfte Schneid- und Fräslaute durch die Gänge. »Das ... das kommt von der Bunkertür«, stöhnte Hassans Kommunikationsoffizier. »Da versucht sich jemand Einlass in den Kommandostand zu verschaffen.«

»Reißen Sie sich zusammen, Gazzem!« Hassan zog seine Pistole und bedeutete seinen Leuten, sich kampfbereit zu machen.

Die Offiziere warfen den Besprechungstisch um und rückten im Licht des Feuerzeugs sogar die Gerätefront des Lufttauschers von der Wand ab, um diese zwischen sich und den Eingang zu schieben. Anschließend bezogen sie mit ihren *Velocs* hinter der Deckung Stellung.

Hassan konnte die Angst seiner Leute spüren. »Der Energieausfall ist auf der Führungsebene längst bemerkt worden«, machte er ihnen Mut. Er versuchte selbst daran zu glauben. Auch er duckte sich und nahm die *Highfire* in Anschlag. »Und da sind auch noch unsere Betas. Wir müssen bloß lang genug ausharren.« Erst jetzt brachte er die Flamme seines Feuerzeugs zum Erlöschen. Atemlos lauschten sie in der Finsternis auf die Geräusche. »Feuer erst auf mein Kommando!«

Weiter hinten, im Korridor zur Kommandozentrale, kreischte es laut auf, und grelle Funken stoben von der Decke. Sprengstoff detonierte, und die schwere, stählerne Bunkertür wurde aus ihrer Verankerung gerissen. Sturmgeheul wurde laut, und Sand fegte ins Innere des Kommandostands. Dazwischen klapperte es. »Runter!«, brüllte Hassan geistesgegenwärtig.

Sekunden später explodierte im Gang ein greller Lichtblitz. Eine Blendgranate.

»Scheiße!«, heulte einer seiner Leute auf. Afrikanische Dialekte drangen an ihre Ohren, und sie konnten hören, wie eine unbekannte Anzahl Kämpfer durch die freigesprengte Öffnung in den Gang sprang.

Hassan öffnete die Augen wieder und entdeckte menschliche Silhouetten mit Gewehren und klobig wirkenden Helmen. Nachtsichtgeräte?

»Feuer!«, brüllte Hassan und betätigte den Abzug. Um ihn herum hämmerten die *Velocs,* und im Schein ihrer Mündungsfeuer konnte er sehen, wie eine der eindringenden Gestalten zu Boden gerissen wurde. Im nächsten Moment ratterten im Gang mehrere Maschinengewehre, deren Salven Holz und Metall ihrer improvisierten Deckung zersiebten. Sein Elektronikoffizier brüllte auf und stürzte röchelnd zur Seite, als die gegnerischen Feuerstöße jäh abrissen. Hassan legte abermals mit seiner *Highfire* an, als ihm die Waffe von einer unsichtbaren Kraft aus der Hand gerissen wurde. »Was ...?«

Weitere Klapperlaute ertönten, und Hassan begriff, dass es seinen übrigen Leuten mit ihren Waffen nicht anders ergangen war. Bevor er einen klaren Gedanken fassen konnte, flammten im Gang Scheinwerfer auf, deren greller Lichtschein ihre improvisierte Stellung aus dem Dunkeln riss. Geblendet riss Hassan die Hände vors Gesicht. Schon wurde er von kräftigen Pranken gepackt, auf die Beine gerissen und gegen die Wand geworfen. Beißender Raubtiergeruch drang an seine Nase, und ein fürchterliches Brüllen brachte seine Ohren zum Klingen. Ein Beta. Löwe. Verflucht!

»Hände über den Kopf, Sonny!«, grollte die Raubtierstimme in seinem Rücken. Die warme Mündung eines Gewehrlaufs drückte gegen sein Genick, und Hassan folgte dem Befehl. Zu seinem Erstaunen sprangen die Computer und Monitore im Raum wieder an. Aus den Augenwinkeln sah er, wie drei Schwarzafrikaner in Tarnanzügen die Computerterminals hinter ihm besetzten. Zulus! Sie waren auf eine Weise überrumpelt worden, wie es Hassan niemals für möglich gehalten hätte. Verzweifelt verschaffte er sich einen Überblick. Einer seiner Männer war tot, und sein Elektronikoffizier krümmte sich wimmernd am Boden. Abgesehen von ihm selbst war nur noch Gazzem auf den Beinen, der ebenso wie er von einem weiteren Löwen-Beta gegen die Wand gepresst wurde. Der Mann schluchzte. Elender Feigling!

Schlagartig wurde es still im Raum. Nur das hilflose Stöhnen des Elektronikers am Boden war noch zu hören. Seltsam. Selbst der Sturm draußen vor der Bunkertür schien verebbt zu sein. Jedenfalls konnte Hassan keine Windgeräusche mehr hören. Stattdessen spürte er eine fast greifbare Spannung. Schritte ertönten. Leise Schritte. So als würde jemand barfuß nahen.

»Ich verlange ...«, setzte Hassan an, doch ein brutaler Schlag mit dem Gewehrkolben setzte seiner Forderung ein jähes Ende. Hassan ächzte.

»Du sprichst nur, wenn der Sanusi es gestattet!«, röhrte der Löwen-Chim hinter ihm und warf die Mähne zurück.

Sanusi? Soweit Hassan wusste, entstammte dieses Wort dem Zulu-Dialekt und bedeutete »Schamane«.

»Natürlich gestatte ich es«, sprach eine irritierend helle Stimme. Sie klang fast wie die eines Kastraten. Zugleich war sie ruhig. Selbstsicher. Irgendwie ... gefährlich. »Der Mann ist Krieger wie wir. Ehre, wem Ehre gebührt.«

Der Löwen-Beta packte seinen Gefangenen im Genick, zwang ihn herum und zugleich auf die Knie. Hassan landete unmittelbar neben seinem verwundeten Elektronikoffizier, um dessen Brustkorb sich eine Blutlache ausbreitete. Jetzt sah er, wer da gesprochen hatte. Im Eingang zum Kommandoraum stand ein Mann in einfacher Djellaba. Die Farbe der wallenden Tunika war rostrot, und tatsächlich war der Unbekannte barfuß. Hassans Blick wanderte höher, dann ächzte er entgeistert. Vor ihm stand ein Albino! Im Gegensatz zu den Afrikanern weiter hinten im Raum, die den Kerl fast hündisch ergeben ansahen, war der Eindringling nicht einmal von sonderlich beeindruckender Statur. Hassan schätzte ihn auf kaum 1,70 Meter Größe. Dennoch wirkte er wie die Personifikation eines Geistes. Die unnatürlich weiße Haut am Kopf spannte sich über die Schädelknochen und gaben ihm ein skeletthaftes Äußeres. Die widerlichen schwarzen Melanome, die darauf wucherten, hoben sich wie Pestbeulen ab. Am unheimlichsten aber war der Umstand, dass die Pigmentstörung auch die Augen des Afrikaners erfasst hatte. Überdeutlich wölbten sich die Augäpfel des Fremden aus den Höhlungen und starrten ihn mit blutroten Pupillen an.

»Genug gesehen?« Der Albino bleckte die Zähne.

»Ich bin Offizier seiner Majestät, des Pharaos, und verlange zu wissen ...«

»Ich weiß, Major abd el Arif. Ich weiß.« Der Albino veränderte die Tonlage seiner Stimme nicht um eine Nuance. Stattdessen lächelte er geisterhaft und betrat den Raum mit auf den Rücken verschränkten Händen. Im Gang hinter ihm entdeckte Hassan weitere unheimliche Gestalten. Einige waren in bunte Gewänder gehüllt, andere bis auf einen Lendenschurz nackt. Menschen – darunter eine kleinwüchsige, irgendwie verloren wirkende Gestalt, die man auf den ersten Blick für ein Kind hätte halten können, wäre da nicht der erwachsene Körper gewesen. Ein Pygmäe? Lauernd glotzten die Freaks ihn an. Wie wilde Tiere.

Hassan schluckte. Der Albino sah sich um und wandte ihm jetzt den Rücken zu. Auch die Haut der Hände spannte sich blass über die Knochen. Drei der Finger waren unter den schwarz wuchernden Geschwüren kaum noch als Gliedmaßen erkennbar. Zugleich beschlich Hassan der unangenehme Eindruck, als würden ihn unsichtbare Finger abtasten. Er erinnerte sich wieder an die unsichtbare Macht, die ihm die *Highfire* aus der Hand gerissen hatte. Bei den Ancients, war der Kerl vor ihm etwa ein Psioniker? Er hatte schon davon gehört, dass Zulu Leute wie ihn um sich scharte, um die Kampfkraft seiner Truppen mit PSI-Kräften zu verstärken.

»Wären Sie jetzt so freundlich und würden mir den Code für den Zentralcomputer verraten?«, fragte ihn der Albino.

Glaubte der Kerl allen Ernstes, er würde einfach so nachgeben? »Bedaure! Nur über meine Leiche.« Hassan hielt noch immer die Hände über dem Kopf verschränkt und atmete gefasst ein.

»Natürlich. Nichts anderes habe ich erwartet. Mbube?« Der Albino nickte dem Löwen-Beta neben Hassan zu.

Der Chim hob sein Sturmgewehr und feuerte. Hassan zuckte zusammen, doch statt ihm selbst wurde sein verletzter Elektronikoffizier von der Garbe durchgeschüttelt. Er war sofort tot.

»Verdammte Drecksbande!«, keuchte Hassan.

»Ich bewundere Ihren Widerstandsgeist.« Der Albino musterte ihn mit roten Augen. »Offenbar hoffen Sie auf die Rückkehr Ihrer Betas? Ich muss Sie enttäuschen. Ihre Justifiers leben nicht mehr.« Der Unbekannte wandte sich jetzt Gazzem zu, der noch immer zitternd an der Wand stand. »Ist Ihr Kommunikationsoffizier ebenso verstockt wie Sie?«

»Nein!« Der junge Mann schluchzte. »Der Code lautet: LUXOR-335-Y-DELTA-3!«

Hassan verengte die Augen. Gazzem hatte es nicht verdient, Soldat genannt zu werden.

»Na, geht doch.«

»Code stimmt«, rief einer der Afrikaner weiter hinten. »Ich lade jetzt alles aus der Datenbank runter, was ich über den Verteidigungsring Kairos zu fassen bekomme!«

»Mach es auffällig.« Der Albino wandte sich wieder Hassan zu, und in seinem Blick schienen Flammen zu wabern. »Wir möchten doch nicht, dass unser Besuch hier umsonst war.«

»Glauben Sie ernsthaft, Sie können von hier aus in den militärischen Zentralcomputer der SoA eindringen?«, begehrte Hassan auf.

Der Löwen-Beta setzte wieder zu einem Schlag mit dem Gewehrkolben an, doch der Albino stoppte ihn. »Sie wollen wissen, was ich hier tue, Major abd el Arif? Ich verrate es Ihnen: Ich spiele ein Spiel. So wie Sie und Ihre Leute mit uns spielen. Der ganze bewohnte Kosmos spielt dieses Spiel, und ich habe vor, es zu gewinnen. Das hier war nur ein weiterer Zug.«

Fragend sah Hassan zu dem Albino auf, der die dünnen Lippen zu einem Lächeln verzog. »Wer sind Sie?«, fragte er argwöhnisch und ahnte die Antwort bereits.

»Wissen Sie es wirklich nicht, Major? Nach mir wurde ein Königreich benannt ...« Zulu lächelte breit, und Hassan glaubte einen grinsenden Totenschädel anzustarren. »Sie glauben nicht, wie gern ich es sehen würde, wenn Sie und Ihr hilfreicher Offizier Ihrem Oberkommando persönlich von der Begegnung mit mir berichten würden. Aber das geht leider nicht. Sie beide wissen zu viel.«

»Was wissen wir?«, fragte Hassan.

»Wie ich schon sagte: zu viel! Grüßen Sie mir Ihre Pharaonen.« Der Albino verließ den Kommandostand.

Die beiden Löwen-Betas hoben die Waffen, legten auf Hassan und Gazzem an und betätigten den Abzug.

2

XENO-SPEKTAKULARIUM

System: Sol
Ort: Luna (Erdmond)
Mondbasis Alpha 2
24. April 3042

Blut spritzte gegen die Glasscheibe, als der Leguan von dem Gewirr herabfallender Nesselfäden umschlungen und wie eine faule Frucht zerquetscht wurde. Dem Reptil blieb nicht einmal Zeit, die halbverschlungene Stabheuschrecke auszuspucken, mit der Nikolaj es in die Nähe des Gorgonenbaums gelockt hatte. Ein befremdliches Zittern lief durch den Leib des riesigen Exowesens, und die Überreste seines Opfers wurden von den klebrigen Fäden zur Spitze des Stamms in fast zweieinhalb Metern Höhe emporgezogen, wo ein gewaltiger Schlund bereits darauf wartete, das frische Fleisch zu verschlingen.

»Fressen und gefressen werden! Auf anderen Planeten gilt das eherne Gesetz der Natur ebenso wie früher auf der guten alten Erde«, erklärte Nikolaj mit breitem russischem Dialekt.

Die Gruppe Teenager, die sich vor dem riesigen Terrarium eingefunden hatte, um die Fütterung des Xenos mit anzusehen, quittierte die Bemerkung mit begeisterten Pfiffen. Und so dauerte es etwas, bis er wieder das vertraute Keckern, Gurren und Fiepen der anderen ausgestellten Tiere hören konnte. Die Schülerschar hatte längst ihre Fotosticks gezückt, um das grausige Spektakel so schnell wie möglich im StellarWeb zu verbreiten.

Du wiederholst dich!, sagte die Stimme in Nikolajs Kopf. *Kannst du dir nicht mal neue Sprüche einfallen lassen?*

Warum sollte ich?, antwortete er in Gedanken. *Erfüllt doch seinen Zweck.*

In Wahrheit war das exotische Geschöpf hinter der Panzerglasscheibe auch so beeindruckend genug. Mit seinen herabhängenden Nesselfäden ähnelte es einer gewaltigen Seeanemone. Nur dass der Leib des Wesens die Färbung schwarzen Turmalins besaß, in den dicken Adern unter der borkigen Haut Säfte wie menschliches Blut pulsierten und es fast so groß war wie ein kleiner Baum. Die Fütterung des gefährlichen Gorgonenbaums – Nikolaj sorgte jedes Mal dafür, das »r« von »gefährlich« bei seinen Ansprachen entsprechend zu betonen – bildete nicht umsonst den Höhepunkt seiner Wanderausstellung.

Die Stimme in Nikolajs Kopf knurrte gelangweilt und verstummte dann.

Nikolaj rückte die Multibrille mit den runden, stark getönten Gläsern zurecht. Sie war weit mehr als nur ein modisches Accessoire, auch wenn er sich bemühte, diesen Eindruck zu erwecken. Farblich war sie auf das Kopftuch abgestimmt, das er über dem halblangen schwarzen Haar trug, und selbstverständlich passte sie auch zu seiner khakifarbenen Lederjacke. Die Kleidungs-Bots hier auf Mondbasis Alpha 2 waren ihr Geld wert. Er hatte für die Jacke bewusst einen Schnitt gewählt, der an die alten Kosakenhemden seiner russischen Heimat gemahnte. Das Material bestand aus echtem Rindsleder von Tau Ceti Prime, und hier in Erdnähe wusste der Stil sicher romantische Assoziationen zu wecken. Verwegenes russisches Abenteurertum. Ferne Planeten. Der Geruch von Weite und Gefahr. Das Publikum liebte so etwas. Er verkaufte ja nicht nur einen einfachen Zoobesuch – er verkaufte ein Gefühl. Ein gewisses Entertainment in seinem nicht gerade freiwillig gewählten Gewerbe war mindestens ebenso wichtig wie die richtige Auswahl lebender Exponate, die er ausstellte. Seine Besucher zahlten für das gewisse Quäntchen Exotik schließlich ebenso bereitwillig wie für die Illusion, sich von einem vermeintlichen Xeno-Großwildjäger wie ihm durch die unzivilisierten Weiten fremder Planeten führen zu lassen.

Jetzt noch mit den Schülern rüber zu dem Käfig mit der Betterday'schen Rubinspinne, dann konnte er in einer Stunde wie geplant an Bord der *Nascor* sein, um die nötigen Abflugvorbereitungen zu treffen. Nikolaj lächelte beim Gedanken an das Schiff. Mit seinen über 90 Metern Länge und einer Tonnage von knapp 2800 Bruttoregistertonnen gehörte die *Nascor* eher zu den kleinen Frachtschiffen. Seit der Umrüstung hatte es viel von seiner schnittigen Salamanderform eingebüßt. Heute ähnelte es mehr einem ins Riesenhafte verzerrten Frosch mit seitlich anliegenden Hinterläufen. Ein Eindruck, der nicht zuletzt durch die gewölbten Sichtfronten des Cockpits, dem mächtigen Stauraum des Schiffs und den beiden Pulsatorentriebwerken an den Heckfronten entstand. Schon seit zwei Wochen wartete die *Nascor* vor Hangar 15, dem billigsten Stellplatz hier auf Mondbasis Alpha 2. Dort, im Staub der grauen Mondoberfläche, standen für gewöhnlich die Raumer jener Eigner, die sich die kostspielige Wartung in einer der atmosphärengefüllten Hangars nicht leisten konnten.

Prinzipiell traf das auch für ihn und seine Leute zu, doch vor allem sollte der Stellplatz im Vakuum sicherstellen, dass sich niemand die *Nascor* genauer ansah. Die freien Wartungs- und Inspektionsfirmen hinderte die kleine Vorsichtsmaßnahme dennoch nicht daran, ihn jeden Tag aufs Neue mit Offerten zu belagern. Hier auf Luna lieferten sich die Unternehmen eine regelrechte Preisschlacht darum, den Durchreisenden neue hydraulische Systeme, gebrauchte *STPD*-Racer oder ganze Krankenstationen anzudrehen. Es wurde Zeit, dass sie ihrem Zwangsaufenthalt ein Ende setzten.

Nikolaj schloss die Fütterungsklappe und wollte gerade die Leiter neben dem Terrarium hinuntersteigen, als ihn einer der Teenager anblaffte. »Sagen Sie mal, war das alles? Das war doch Kinderkacke!«

Sofort senkten die anderen Jugendlichen ihre Fotosticks. Nikolaj stöhnte innerlich auf und schenkte den beiden Konzernern, die nebenan vor den eisigen Behältern mit Tetralobiten vom Jupitermond Europa standen, ein unverbindliches Lächeln. Der dürre Junge, der sich da lautstark hervortat, mochte vielleicht 15 oder 16 Jahre alt sein. Seine großen Segelohren jedoch ähnelten den Flügeln der alrakischen Sauropsiden, die er und seine Leute drüben in der Voliere nahe dem Ausgang präsentierten. Schon vorhin, vor dem Chlor-Athmo-Käfig mit den zehnbeinigen Coleoptera aus dem Athene-Doppelstern-System, war ihm der kleine Provokateur mit seinen Bemerkungen aufgefallen.

»Du bist unzufrieden?«, gab sich Nikolaj überrascht. Der auf Streit gebürstete Gesichtsausdruck des Jungen sprach Bände. Nur zu gut erinnerte sich Nikolaj an den Eklat auf Pherostine vor einem Jahr. Nur, dass es dort ein angetrunkener Konzerner gewesen war, der seine Vorführung zu sprengen versucht hatte. Er hatte ihn dafür etwas später um seine Ersparnisse gebracht, so wie er es für gewöhnlich mit vielen seiner reichen Besucher tat. Mit gelangweilten Teenagern hingegen hatte er bislang nur wenig Erfahrungen.

»Ja, die Fütterung war Kacke!« Segelohr setzte ein gehässiges Grinsen auf, als er bemerkte, dass ihm die Aufmerksamkeit seiner Altersgenossen sicher war. »Ich dachte, hier bei Ihnen erlebt man mal was Cooles. Aber so 'ne doofe Echse – die kann man doch in jedem Holospiel abknallen.«

Nikolaj taxierte den Jungen durch die Multibrille und warf einen kurzen Blick auf die elektronische Anzeige, die unsichtbar für Außenstehende am oberen Rand der Gläser erschienen: 37 kg Gewicht bei einer Körpergröße von 1,67 Metern. Ob er dem dünnen Hering sagen sollte, dass er genau das richtige Format mitbrachte, um den Magen eines ausgewachsenen Gorgonenbaums drei Tage lang zu füllen? Vielleicht sollte er das Terrarium einfach öffnen und abwarten, was dann geschah? Gorgonenbäume waren entgegen dem ersten Eindruck sehr beweglich. Leider war der dürre Junge ebenso wie seine verwöhnten Klassenkameraden Zögling eines Eliteinternats aus der Global City Frankfurt. Und nicht nur das: Soweit er mitbekommen hatte, waren die Eltern der Jugendlichen hohe Angestellte irgendeines Multikonzerns. Die Internatsgruppe befand sich auf einer Klassenreise zum vier Lichtjahre entfernten Alpha-Centauri-System, wo sich die ältesten Kolonien der Menschheit befanden. Allerdings hatten die Jugendlichen noch einige Stunden Wartezeit bis zur Abfertigung vor den TransMatt-Schaltern in Kuppelhalle 7 zu überbrücken. Ein Besuch des *INTERSTELLAR GRÖSSTEN XENO-SPEKTAKULARIUMS*, wie Nikolaj seinen Wanderzoo reißerisch benannt hatte, schien der Lehrerin der Teenager daher nur recht gewesen zu sein. Die Frage war, wo die Frau Pädagogin, die ihm das Rudel auf den Hals gehetzt hatte, jetzt steckte. Zuletzt hatte Nikolaj sie hinten bei den Grav-Käfigen mit Geschöpfen aus Hochschwerkraftwelten gesehen. Nikolaj riskierte einen raschen Blick über die Vielzahl Terrarien, Käfige und Schaukästen in der Halle hinweg und entdeckte die Frau zwei Gänge weiter scherzend mit einem gutaussehenden Raumschiffpiloten von *B'Hazard Mining.* Auch sie hätte er jetzt gern verfüttert.

»Schade, dass du nicht zufrieden warst«, befand Nikolaj mit betont russischem Akzent. Noch immer lächelnd kletterte er endgültig die Leiter hinunter. »Denn dies ist der einzige Gorgonenbaum, den ihr abseits von Atlas II je zu Gesicht bekommen werdet.« Elegant versuchte er das Thema zu wechseln. »Wobei der Ausdruck ›Baum‹ eigentlich irreführend ist. Der Gorgonenbaum ist keine Pflanze, sondern ähnelt eher einem Zwitterwesen aus Koralle und Molluske. Er erhielt seinen Namen irrtümlich von Justifiers des Konzerns ...«

»Wollen Sie jetzt einen auf Lehrer machen, oder was?«, stichelte Segelohr weiter. »Ich bin froh, dass die meisten Scheiß-Tiere auf der Erde längst ausgerottet sind. Wenn ich Bock habe, Viechzeugs zu sehen, dann schalte ich BioKos ein. Oder ich sehe mir eine von den historischen Aufzeichnungen an. Da stinkt es wenigstens nicht so.« Die Internatsschüler feixten. Rasch machten sie dem kleinen Provokateur Platz, der jetzt mit der Faust abfällig gegen die Panzerglasscheibe schlug. »He, du verlaustes Gorgonenvieh. Hast du auch Hirn?« Beifallheischend drehte er sich um und lachte keckernd.

Nikolaj wurde von dem Fressimpuls des Exowesens überrollt wie von der Welle eines Tsunamis. Dröhnend schwappte er gegen sein Bewusstsein. Überrascht keuchte Nikolaj auf. Ihn schwindelte, und schlagartig stieg eine eigentümliche Gereiztheit in ihm auf. Durch den Stamm des Gorgonenbaums lief ein unruhiges Zittern, und von den herabhängenden Nesselfäden tropften vermehrt Verdauungssekrete. Nikolaj blockte den

Impuls hastig ab und wurde dafür mit leichten Kopfschmerzen bestraft. Verflucht! Der Anfall hatte ihn kalt erwischt. Noch nie hatte sein Exemplar derart auf einen Besucher reagiert.

Schon vor einigen Wochen hatte er gefühlt, dass das Wesen in eine Art neues Lebensstadium getreten war, nur hatte er dem nicht viel Bedeutung beigemessen. Ein Fehler. Nikolajs Finger tasteten nach dem Pen mit dem Neuroleptikum in der Manteltasche. Sich öffentlich eine Dosis zu spritzen, war allerdings nicht ratsam. »Besser, du lässt das«, presste er betont höflich hervor. »Der Xeno reagiert empfindlich auf Vibrationen.«

»Umso besser«, höhnte Segelohr. »Vielleicht passiert dann endlich mal was?« Er trommelte mit den Fäusten gegen die Glasscheibe.

Nikolaj spürte abermals den Fressimpuls, auf den sein Magen jetzt mit einem vernehmlichen Knurren reagierte. Er bekam selbst Hunger! Das hatte ihm gerade noch gefehlt. Nikolaj stand kurz davor, dem kleinen Stinker eine zu langen.

»Frisst dieser Kackbaum auch größere Viecher? Hunde zum Beispiel?« Mit glühenden Ohren deutete der Junge auf Nikolajs Schäferhund Apollo, der neben der untersten Sprosse der Leiter lag und die Schüler hechelnd beäugte. Apollo gähnte und legte gelangweilt den Kopf auf die Pfoten.

»Du hättest also gern, dass ich etwas anderes an den Gorgonenbaum verfüttere?«, fragte Nikolaj gereizt. Sein Magen knurrte noch immer. Dermo. Scheiße.

»Hauptsache größer!« Ein gemeiner Ausdruck stahl sich in die Augen des Jungen, und er deutete auf die vielen anderen Käfige um sie herum. »Immerhin haben wir alle 150 Tois für den Eintritt bezahlt. Vielleicht überreden Sie einen der stinkenden Betas da hinten, gegen den Kackbaum zu kämpfen?« Er nickte in Richtung zweier Beta-Humanoider mit übergroßen Rattenköpfen, die sich die Terrarien in dem Gang mit den Exoschlangen von Barnards Pfeilstern ansahen. Beide waren in die anthrazitfarbene Kampfmontur typischer Justifiers gehüllt und gehörten der japanischen *Hikma Corporation,* wie Nikolaj an den weiß-roten Schulterabzeichen erkannte.

Überrede die beiden doch, sich den Knaben selbst vorzunehmen, sagte die Stimme in Nikolajs Kopf.

Glaube mir, das würde ich nur zu gern, antwortete Nikolaj im Geiste.

Hauptsache, du lässt dem kleinen Bastard die Bemerkung nicht durchgehen, erwiderte die Stimme. *Sonst kündige ich dir die Freundschaft.*

»Nein, werde ich nicht«, murmelte Nikolaj.

»Schade. Um die Chims wäre es eh egal«, ätzte der Junge weiter, der offenbar glaubte, dass die Antwort ihm gegolten hatte.

Nikolaj lächelte eisig. »Na gut, Kleiner.« Er bedeutete den Teenagern, beiseitezutreten. Er würde dem verwöhnten Bengel eine Lektion erteilen. Abermals überkam ihn leichter Schwindel. Nikolaj schritt zu der Seitentür eines benachbarten Käfigs, dessen Interieur vornehmlich aus einem vertrockneten Baum bestand, auf dessen Ästen drei irinische Beutelaffen turnten. Nikolaj schätzte die lindgrünen Affenwesen mit dem flauschigen Fell und den großen Augen. Sie waren etwas größer als Schimpansen und für Beeinflussungen sehr empfänglich. Außerdem entsprach ihre Physiognomie einem ausgeprägten Kindchenschema. Weiblichen Besuchern entlockten die Tiere jedes Mal mütterliche Seufzer, und selbst der eine oder andere Justifier wurde in ihrer Nähe weich wie Hydrogel. Nikolaj gab einen Zahlencode ein, öffnete die Tür und betrat den Käfig. Dort schlug ihm strenger Moschusgeruch entgegen. Schon löste sich einer der Affen von seinem Platz und hangelte über einen Zweig auf ihn zu. Nikolaj fing das flinke Tier auf und streichelte ihm über das dichte Fell. Ja, er mochte seine Tiere. Vor allem dieses Exemplar. Es war weiblich. Nikolaj hatte den Beutelaffen auf den Namen Katharina getauft, nach der berühmten Zarin des alten Russlands. Böse lächelnd trat er wieder vor die Jugendlichen und schloss die Tür. »Du willst also mal so richtig was erleben?«, wandte er sich mit Katharina im Arm an den kleinen Aufwiegler.

»Was wird das?«, schnaubte der Schüler. »Streichelzoo?«

»Du wolltest doch wissen, wie es sich anfühlt, wenn so ein Tier elendig verreckt?«

Segelohr leckte sich unruhig über die Lippen. »Wenn Sie mich anmachen wollen, dann wird Ihnen das schlecht bekommen. Mein Vater ist Executive Director bei *United Industries.* An Ihrer Stelle wäre ich vorsichtig.«

United Industries also. Sich mit dem Sprössling eines Konzerners anzulegen, war eigentlich keine gute Idee. Doch im Moment war Nikolaj das egal.

»Aber nicht doch. Im Gegenteil.« Der Russe drückte dem Jungen den Affen in die Hände. Das flauschige Tier schmiegte sich an den überrumpelten Schüler, der das Tier instinktiv festhielt. »Ich biete dir heute die einmalige Gelegenheit, allen hier zu zeigen, ob du den Mut aufbringst, den Gorgonenbaum selbst zu füttern. Es macht nämlich einen Unterschied, ob man beim Sterben nur zusieht – oder ob man dem Tod ein williger Helfer ist. Andernfalls müssen wir wohl davon ausgehen, dass du bloß eine große Klappe hast.«

Zum ersten Mal stahl sich leichte Verunsicherung in den Blick des Jungen. Katharina maunzte wie eine zahme Katze, und die Mädchen in der Gruppe sahen sich befremdet an. Nikolaj wusste, was in ihren Köpfen vor sich ging: *Doch nicht diesen süßen Affen …*

Die Jungs ließen sich leider nicht so leicht beeindrucken. »Los, mach schon, Alex. Wirf das haarige Vieh zu dem Monster!«, rief einer von ihnen.

Neben ihnen im Terrarium bewegte der Gorgonenbaum gierig seine Nesselfäden. Nikolaj schob Apollo, der noch immer neben der Leiter lag, sanft mit der Schuhspitze beiseite. Der Schäferhund erhob sich und hockte sich mit leicht aufgerichtetem Schwanz neben ihn.

»Komm, Alex!«, meinte Nikolaj. »Einfach die Fütterungsklappe oben öffnen. Ist gar nicht so schwierig.«

Was hast du vor?, fragte die Stimme in seinem Kopf.

Die Öffnung ist nicht groß genug, als dass sich der Bengel hindurchzwängen könnte.

Sehr witzig, dachte Nikolaj verärgert.

»Ist das etwa gefährlich?«, fragte Alex lauernd.

»Heißt das, dass du dich nicht traust?«, konterte Nikolaj. Wütend stapfte Segelohr los und mühte sich mit dem Beutelaffen im Arm ab, die Sprossen zu erklimmen. »Können Sie sich keine Antigrav-Bots für so was leisten?«, schimpfte er.

»Njet. Aber ich finde, du machst das ganz gut«, antwortete Nikolaj, dessen Eingeweide sich inzwischen wieder beruhigt hatten.

Der dürre Schüler hatte inzwischen die oberste Sprosse erreicht und zögerte.

»Mach schon!«, johlte einer seiner Freunde.

Die Jugendlichen drängten näher gegen die Frontscheibe des Terrariums, um ja nichts zu verpassen.

Nikolaj schloss die Augen und streckte seinen Geist nach Katharina aus. Wie gewohnt versteifte sich sein eigener Körper etwas, während seine Sinne mit denen des Tiers verschmolzen. Seine Hände waren nun die der Äffin. Er konnte sogar die Wärme des Jungen fühlen, der in diesem Moment nach dem Verschluss der Fütterungsklappe tastete. Routiniert brachte Nikolaj Katharina dazu, die Affenhände über den Körper Segelohrs wandern zu lassen. Ganz leicht, so als würden die Bewegungen von dem natürlichen Instinkt des Tiers geleitet. Nikolaj ertastete unter der Jacke des Jungen einige Gegenstände: Fotostick, Creditcard und ein Touchpad. Ohne dass Segelohr dies bemerkte, brachte

Nikolaj Katharina dazu, die Habseligkeiten an sich zu nehmen und diese flink in die unter dem Fell versteckte Bruttasche zu stecken. Ein Bewegungsablauf, den Nikolaj schon so oft durchexerziert hatte, dass er nicht weiter darüber nachdenken musste.

Nikolaj, das ist unwürdig, brummte die Stimme irgendwo am Rande seines Bewusstseins. *Das ist ein Teenager und die Anstrengung nicht wert.*

Lass mich!, dachte Nikolaj verärgert. Sein Magen knurrte, er war sauer, und der Wunsch, dem Stinker eine Lehre zu erteilen, wurde immer übermächtiger.

Der Junge versuchte den Affen jetzt von oben durch die Klappe zu schieben. Katharina kreischte auf und versuchte fortzuspringen, und Alex hatte alle Mühe, das Tier festzuhalten. »Halt still, Drecksvieh!«

Nikolaj hatte nur auf diesen Moment gewartet. Er zog seinen Geist aus dem Beutelaffen zurück und tastete nach dem großen Exowesen im Terrarium. Keine gute Idee! Der bohrende Fressimpuls, der von dem Gorgonenbaum zu ihm herüberschwappte, überschwemmte ihn abermals und verursachte ihm jetzt regelrechte Schmerzen. Egal. Nikolaj konzentrierte sich, und jäh pendelte der stammförmige Leib des Xenos nach links, so dass der Schlund des Ungetüms in Richtung Klappenöffnung wies. Nikolaj presste seinen Bauch zusammen und würgte. Mit einem rülpsenden Laut spie der Gorgonenbaum die Reste seiner letzten Mahlzeit aus – zielsicher durch die Klappenöffnung.

Segelohr schrie auf und riss die Hände vors Gesicht. Zu spät. Kopf und Oberkörper waren übersät mit saurem Schleim, Fleischfetzen, Reptilienknochen und halbverdauten grünen Hautlappen. Mehr polternd als kletternd jagte er die Leiter hinunter, wo er zu Boden stürzte. Angeekelt wischte er sich die Überreste der Xeno-Mahlzeit aus dem Gesicht. »Kacke, das brennt! Sie haben mich mit voller Absicht da hochgeschickt, damit mich das Ding vollschleimen kann.«

»Ich bitte dich. Woher sollte ich das denn wissen?« Nikolaj tat empört. Wo war Katharina? Die Affendame hatte den Zwischenfall dazu genutzt, sich unters Publikum zu mischen.

»Hat mal jemand ein Tuch?«

Die grinsenden Internatszöglinge reichten Nikolaj das Gewünschte. Einige lachten.

Alex entriss dem Russen die Tücher und säuberte sich. Gesicht und große Ohren waren gerötet, und seine Züge zeigten blanken Hass. »Dafür werden Sie büßen. Dafür sorge ich!«

Nikolajs Geduld war erschöpft. Er beugte sich vor, als wolle er dem Jungen helfen, sich zu säubern. Dabei zog er ihn kraftvoll zu sich heran. »Wirst du nicht!«, flüsterte er kalt. Sein Griff war fest wie Sternenstahl. »Denn beim nächsten Mal sorge ich dafür, dass dich der Gorgonenbaum frisst. Mit Haut und Haaren. So lange, bis nichts mehr von dir übrig ist. Haben wir beide uns verstanden?« Der Junge wollte etwas erwidern, doch Nikolaj lüpfte seine Multibrille und gewährte dem Jugendlichen einen kurzen Blick auf seine Augen.

Entsetzt wich der Junge vor ihm zurück. Nikolaj erhob sich und bereitete der leidigen Angelegenheit ein

Ende. »So, Ende der Vorstellung. Immerhin, wenn ihr in sieben oder acht Monaten wieder zurück auf der Erde seid, habt ihr einiges zu erzählen.« Vor allem hatten er und seine Crew bis dahin längst das Sol-System verlassen. »Ich wünsche euch noch einen schönen Rundgang. Denkt daran, bei der Kasse nach dem Xeno-Programm für eure Touchpads zu fragen. Das Programm gibt es nur hier bei uns.«

Mit Alex im Schlepp, der noch immer entgeistert Nikolaj anstarrte, trollten sich die Internatsschüler in Richtung Ausgang. Nikolaj zog nun endlich den Pen aus der Tasche. Einen Tastendruck später wurde sein Hirn von dem Neuroleptikum überschwemmt, und Übelkeit und Gereiztheit schwanden so plötzlich, wie sie aufgestiegen waren. Sein Geist beruhigte sich. Nikolaj atmete erleichtert ein. Mist, das war die letzte Dosis. Mehr von dem Medikament verwahrte er an Bord der *Nascor.* Er hatte gehofft, in dieser Umgebung auf das teure Zeug verzichten zu können. Missmutig betrachtete er den Gorgonenbaum. Er musste das Geschöpf im Auge behalten.

Idiot!, erklang in Nikolajs Kopf die vertraute Stimme.

Was ist denn jetzt schon wieder, Partner? Ungehalten drehte sich Nikolaj um. *Ich dachte, du wolltest, dass ich dem Jungen eine Lektion erteile?*

Aber doch nicht so! Ein Knurren rollte durch Nikolajs Verstand. *Hast du mitbekommen, für welchen Konzern der Vater des Jungen arbeitet?* United Industries! *Mach nur so weiter, und du erregst irgendwann so viel Aufsehen, dass wir alle auffliegen.*

Nikolaj fluchte auf Russisch. Sich von einem 15-Jährigen provozieren zu lassen, war in der Tat nichts, worauf er stolz sein konnte. Verärgert klappte Nikolaj die Leiter neben dem Terrarium zusammen und winkte einen seiner Reinigungs- und Fütterungs-Bots herbei. Der kniehohe Automat mit den spinnenartigen Greifarmen sauste heran und ergriff die Leiter. »Bring sie in den Lagerraum.«

Der Bot stieß einige Pfeiftöne aus und bahnte sich zwischen den Besuchern hindurch einen Weg durch die Schaugänge.

Nikolaj wandte sich Apollo zu. Der Schäferhund sah hechelnd zu ihm auf. »Sei so nett und versuch, Katharina zu finden. Die muss hier noch irgendwo herumwuseln.«

Apollo kläffte missbilligend und trottete davon. Nikolaj wusste, dass sein vierbeiniger Freund fündig werden würde.

Egal – übermorgen um diese Zeit befanden sie sich bereits auf dem Anflug zur Erde. Er war sicher einer der Wenigen hier auf Alpha 2, der sich über einen Abstecher zum Ursprungsplaneten der Menschheit freute. Schon vor Jahrhunderten war die Erde von Konkurrenzsucht und maßloser Profitgier verwüstet worden. Allein seiner zentralen Lage im Raum wegen hatte der einstmals blaue Planet seinen Sonderstatus als Verwaltungs- und Speicherplatz der Konzerne und Regierungen halten können. Hort nannte man ihn deswegen. Doch jeder Erdbewohner, der es sich leisten konnte, wanderte zu einem der vielen Kolonialplaneten aus.

Wer hingegen auf der Erde bleiben musste, lebte möglichst weit oben in den Wolkenkratzern einer der siebenundzwanzig titanischen Global Cities mit ihren zig Milliarden Einwohnern. Ein Leben, wie es sich Nikolaj für sich selbst nicht vorstellen konnte. Der Rest der Menschheit musste sehen, wie er klarkam. Ein Zustand, an dem sich in den letzten vierhundert Jahren nur wenig verändert hatte, abgesehen vielleicht davon, dass die Städte in der Zwischenzeit nur noch größer geworden waren. Die Wetterkontrollsysteme der Erde hatten die Hurrikans immer noch nicht im Griff, die Wüsten breiteten sich nach wie vor ungehindert aus, und jeder Versuch, das entfesselte Klima unter Kontrolle zu bekommen, scheiterte an den Lobbyisten jener Konzerne, die an der Misere der Erde prächtig verdienten.

Erst mit dem Auftauchen der Collectors vor 25 Jahren hatte ein Erstwohnsitz in den kosmischen Weiten etwas von seinem Glanz eingebüßt. Seit die Ahumanen 3017 den GUSA-Planeten Hakup unter ihre »Obhut« gestellt hatten – angeblich, um die »bedrohte Spezies Mensch« zu schützen – war im Zwei-Jahres-Takt ein Planet nach dem anderen an die Collectors gefallen. Überall im besiedelten Kosmos hatte sich Nervosität breitgemacht, denn militärischer Widerstand wurde von den Collectors brutal niedergeschlagen. Unheimlich war vor allem der Umstand, dass niemand so recht wusste, wer diese Samariter, wie man die Collectors spöttisch nannte, eigentlich waren, wo sie herkamen oder wie es den Kolonisten in ihrer ›Obhut‹ erging. Die betroffenen Planeten wurden von den Ahumanen komplett von der Außenwelt abgeriegelt. Und soweit öffentlich bekannt, waren in den zurückliegenden Dekaden alle Erkundungsmissionen seitens der Regierungen und Konzerne gescheitert.

Nikolaj schüttelte die Gedanken an die Collies ab. Sollten sich die Ahumanen gehackt legen – er hatte andere Probleme. Während er sich zwischen den Besuchern durchdrängelte und in Richtung Technikschleuse begab, ging er noch einmal die Checkliste durch. Die *Nascor* war bereits vor einer Woche randvoll mit Xerosin aufgetankt worden, allerdings befanden sich zwei ihrer Fütterungs-Bots noch in der Wartung. Und die Techniker erwarteten, dass sie deren Dienste auch bezahlten. Nikolaj seufzte innerlich. Um die Räumung der Ausstellungshalle würde sich wie immer sein Team kümmern. Sorgen bereitete ihm eher der Umstand, dass er die Ausnahmegenehmigung für die geplante Weiterreise noch immer nicht besaß. Dazu musste er dem lunaren Vertreter von *Artco Inc.* noch einen Besuch abstatten. Der Konzern war ein Kuriosum, hatte er in den vergangenen Jahrhunderten doch ein Vermögen mit Kunstausstellungen zusammengescheffelt, die von Planet zu Planet tourten. Mehrfach schon war *Artco Inc.* an ihn herangetreten, um ihm eine Beteiligung an seinem Xeno-Spektakularium schmackhaft zu machen. Nikolaj erschloss sich nicht, warum Exowesen neuerdings als Kunst galten, doch ein interstellarer Zoo schien gut in das Vermarktungskonzept von *Artco Inc.* zu passen. Eine Aufmerksamkeit, die in seinem Team zu heftigen Diskussionen geführt hatte. Hinzu kam, dass sich *Artco Inc.* einfach nicht abwimmeln ließ. Würden sie sich auf die Beteiligung einlassen, dann würden die Buchhalter schnell bemerken, dass die Ausstellungen allein nicht ausreichten, um Raumschiff und Exponate zu unterhalten. Dem entgegen stand, dass der Konzern über Kontakte zu zahlungskräftigen Kunden verfügte, die Raumvagabunden wie ihnen ungeahnte neue Geschäftsfelder erschließen würden. Eine Zwickmühle. Im Moment fiel Nikolaj nichts anderes ein, als den Konzern hinzuhalten. Zumindest so lange, bis sie endlich wieder an genug Strontium-90 herankamen, um sich aus dem Sol-System abzusetzen.

»Nikolaj! Verflucht, ich suche dich schon die ganze Zeit.« Hinter der gläsernen Druckkammer des Methan-Aquariums mit Quallen vom Saturnmond Titan stapfte Roger heran. Der glatzköpfige Heavie mit dem breiten Rahmenbart stammte ebenso wie seine beiden Geschwister Jack und Gwinny von einem Minenplaneten mit Hochschwerkraft und war dementsprechend gedrungen und stämmig. Seine 1,50 Meter Körpergröße steckten in einem blauen Overall, wie ihn viele Techniker hier auf Luna trugen, nur dass sich der Stoff eng über die Muskelberge spannte. Statt eines schweren Nano-Schraubenschlüssels, den man bei einem Heavie wie ihm durchaus zu sehen erwartete, hielt Roger ein schlichtes Touchpad in der Hand. »Wir stehen vor einem Problem.«

»Der Bengel hat doch nicht wirklich Ärger gemacht?«

»Welcher Bengel?« Roger sah misstrauisch zu ihm auf. »Nein, ich meine die letzten Instruktionen des

Towers.« Roger hielt das Touchpad so, dass Nikolaj einen Blick auf die Abflugzeiten der Mondbasis werfen konnte. In roter Schrift blinkten neben den Namen diverser Raumschiffe, die hier auf Alpha 2 einen Zwischenstopp eingelegt hatten, neue Abfertigungszeiten auf. Fast alle Flüge waren um zwei Tage nach hinten verlegt worden. Leider war das nicht alles. Unter den neuen Zeiten liefen die Worte »Unter Vorbehalt« entlang.

Teufel, das hatte ihnen gerade noch gefehlt.

»Ich hoffe, dir ist klar, was uns das gegebenenfalls an zusätzlicher Liegegebühr kostet?«, fluchte der Heavie mit seiner Bassstimme. »Wie du weißt, haben wir ziemlich knapp kalkuliert. Vielleicht wäre es besser, dem Drehteam zu stecken, dass wir es unter diesen Umständen nicht mehr rechtzeitig zur Erde schaffen? Es sei denn, dieser *Artco*-Typ kann da was mit seinen Beziehungen drehen?« Roger kratzte sich den Bart. »Oder du versuchst, einen der Verantwortlichen hier aufzutreiben. Kann doch nicht sein, dass uns das verdammte Militär einfach so zusätzliche Kosten aufhalst.«

»Welches Militär?«

»Sag mal, bist du blind?« Aufgebracht deutete Roger nach oben, zur transparenten Kuppel der Ausstellungshalle, deren sechseckige Sichtfronten einen vorzüglichen Blick auf die graue Mondlandschaft und das All gestatteten.

Erst jetzt fiel Nikolaj auf, dass auch einige der Besucher in die Höhe starrten, und er folgte ihren Blicken. »Rasputin! Wo kommt *das* Ding denn her?«

Unmittelbar über der Mondstation, vielleicht in einem Kilometer Höhe, direkt neben der als blau-weißen Halbkugel sichtbaren Erde, schwebte ein Raumschiff der monströsen *Helios*-Klasse im Raum, an dessen Heck das weiße Sternenemblem der VHR, den Vereinten Humanen Raumfahrtnationen, prangte. Nikolaj wusste, dass Schiffe dieser Bauart nur noch von der *Hyperion*-Klasse übertroffen wurden. Doch jetzt, da er eines von ihnen mit eigenen Augen sah, begriff er, warum man auch sie aus der Ferne leicht mit großen Meteoriten verwechseln konnte. Allein das waffenstarrende Mittschiff war vermutlich so breit wie halb Alpha 2! Drei Raumjäger jagten in strenger Keilformation unter dem metallisch glänzenden Bauch des Monstrums entlang, während ein gutes Dutzend Shuttles und Tankschiffe von Mondbasis Alpha 2 zu ihm emporstiegen. »Der Gigant da oben ist vor fünf Minuten über Alpha 2 aufgetaucht«, schimpfte Roger und zog Nikolaj in eine stille Ecke. »Wenn man den spärlichen Informationen glauben darf, die uns die Lotsen gönnen«, er klopfte gegen die Ausbuchtung seines Overalls, dort, wo jetzt das Touchpad steckte, »handelt es sich bei dem Schlachtschiff um die *Skull.* Und das, mein Junge, ist das Flaggschiff der VHR!«

Nikolaj sah sich missmutig zu den tuschelnden Besuchern um. Ihn beschlich ein ungutes Gefühl. »Und was macht das Ding hier?«

»Keine Ahnung.« Roger zuckte mit den muskulösen Schultern. »Ladung aufnehmen? Irgendwas in der Art wohl. Vor allem blockiert es den Abflug von uns Zivilisten.«

Bläuliche Lichtblitze entflammten das All, die auf den Interim-Sprung weiterer Raumschiffe hindeuteten. Von einem Moment zum anderen tauchten eine *Kronos*-Korvette und zwei *Themis*-Panzerkreuzer vor dem Erdball auf, die kurz darauf auf Rendevouz-Kurs zur *Skull* gingen.

»Mist, weitere Militärschiffe.« Nikolaj runzelte die Stirn. »Egal. Sag Jack und Gwinny Bescheid, dass wir erst einmal wie geplant weitermachen. Die Tiere müssen bis morgen wieder im Laderaum der *Nascor* verstaut sein. Ich sehe zu, dass ich bis dahin die leidige Sondergenehmigung bekomme.«

»Okay. Und denk dran: Zeit ist Geld! Und Geld haben wir nicht.« Roger warf ihm einen knurrigen Blick zu und marschierte den Weg zurück, den er gekommen war. In diesem Moment piepste das Kom-Gerät, das in die Bügel seiner Multibrille integriert war.

»Ja?«, sagte er mit der Hand am Kopf.

»Hier Delta Oskar Eins. Chief Commander Poljakow, bitte melden!«, brüllte eine elektronische Frauenstimme, die Nikolaj sofort als die des Bordcomputers der *Nascor* identifizierte. Schmerzhaft verzog er das Gesicht. »Verflucht, was ist denn?«

»Bitte um Verifikation als Foxtrott Alpha!«

»Herrje, erkennst du meine Stimme nicht?« Nikolaj schaltete den Lautstärkeregler runter. »Und hör auf, mich ständig Chief Commander zu nennen.«

»Bitte um Verifikation als Foxtrott Alpha!«, schrillte es unerbittlich.

Jack hatte ihm doch versprochen, das Sprachmodul

des Bordcomputers zu reparieren. Seit sie beim Vorbeiflug am Merkur in einen Sonnensturm geraten waren, war das Ding auf Militärmodus umgesprungen und ließ sich nicht mehr rebooten. »Ja, hier Foxtrott Alpha!«, fauchte er. »Was ist denn?«

»Chief Commander«, gellte es. »Soeben ist die Anfrage eines Zivilisten von *Artco Inc.* hereingekommen. Oladele Bitangaro. Marketing Secretary Assistent. Er wünscht ein Treffen in TransMatt-Abfertigungshalle 7 um Eins Sechs Drei Null Terra-Standard. Treffpunkt *StarCof.*«

Nikolaj warf einen Blick auf den Chronometer. Also in zwanzig Minuten. »Habe ich das richtig verstanden? Ein Oladele Bitangaro?«

»Bestätigt, Chief Commander.«

»Was ist denn mit diesem Mr. Johnson, mit dem ich neulich noch gesprochen habe?«

»Negativ, Chief Commander. Darüber liegen mir keine Informationen vor.«

»Na gut. Hauptsache, wir erhalten endlich die Sondergenehmigung. Gib diesem Bitangaro Bescheid, dass ich mich auf den Weg mache.«

»Schon erledigt, Chief Commander. Delta Oskar Eins Ende.«

Es dauerte etwas, bis sich Nikolaj wieder traute, den Lautstärkeregler hochzudrehen. Suchend sah er sich nach Apollo um, doch der Schäferhund schien noch immer auf der Suche nach Katharina zu sein. Seufzend kontaktierte er Gwinny, die drüben an der Kasse saß. Am oberen Rand der Gläser erschien die Einblendung eines rundlichen Gesichts, das von halblangem, blondem Haar umrahmt wurde. Gwinny besaß strahlend blaue Augen, nur ihre langen Wimpern hielt Nikolaj für falsch. Dennoch, für eine Heavie-Frau von nur 1,40 Größe sah sie nicht schlecht aus. Besser jedenfalls als ihre Brüder.

»Gut, dass du dich meldest!«, sagte sie. »Sag mal, was hast du denn eben mit diesen Schülern gemacht?«

»Erzähle ich dir später«, antwortete Nikolaj. »Sag Roger und Jack, dass ich gleich in Halle 7 bin. Ich besorge uns jetzt die Sondergenehmigung. Und bitte, einer der beiden soll sich endlich um das Sprachmodul der *Nascor* kümmern.«

Gwinny grinste. »Sprich selbst mit Jack. Er ist gerade hier und trinkt mir den Kaffee weg.«

Das Gesicht eines weiteren Heavies schob sich in die Einblendung. Jack war nicht viel größer als sein Bruder, doch im Gegensatz zu Roger war er glattrasiert und besaß feuerrote Haare, die er lässig zu einem Seitenscheitel gekämmt hatte. Heute trug er ein zum Haar passendes, braunes Hemd mit schmückenden Aufnähern im uralten Look der Indianer Nordamerikas. Jack achtete sehr auf sein Erscheinungsbild. Nikolaj hatte ihn sogar einmal dabei erwischt, wie er sich bei *Stylicous*, einem Modemagazin im StellarWeb, über die neuesten Trends informierte. Bei einem laufenden Meter wie ihm wirkten die modischen Anstrengungen irgendwie ... seltsam.

Jack zwinkerte ihm zu. »Ich wollte mich schon längst drum kümmern. Aber neue Sprachmodule sind teuer.

Vor allem die mit interstellarer Übersetzungsfunktion. Roger hat Zeter und Mordio geschrien, als er hörte, wie viel die hier auf Luna kosten.«

»Bitte, wir reden hier über ein verdammtes Sprachmodul!«

»Du weißt doch, Roger denkt immer zuerst ans Geld.«

»Ist mir egal. Der Kasernenton unseres Bordcomputers geht mir langsam auf die Nerven.«

»In Ordnung. Ich lasse mir was einfallen.«

Nikolaj unterbrach die Verbindung und dachte kurz darüber nach, ob er sich vor dem Treffen noch einen neuen Neuroleptikum-Pen aus der *Nascor* besorgen sollte. Unsinn. Die Wirkung des Medikaments würde noch einige Stunden vorhalten. Bis dahin war er längst wieder zurück. Er marschierte in Richtung Treffpunkt.

Eigentlich war das heute wieder ein ganz normaler Tag. Und doch fragte er sich, warum das ungute Gefühl in seiner Magengegend nicht weichen wollte.

»Der *WOW 3000* ist multipel größenverstellbar, verfügt über biomodulare Noppenhaut, neuronale Rezeptor-Booster und stufenlose Raise-the-roof-Funktion«, säuselte eine laszive Frauenstimme. »Verschaffen Sie sich und Ihrem Partner endlich die Befriedigung, die Ihnen stets verwehrt blieb ...«

Etwas verloren stand Nikolaj unter einer fast drei Meter hohen Holoprojektionswand, auf der neue Biotech-Implantate des 2OT *Technology* beworben wurden, und versuchte den großen Andrang an Menschen zu überblicken. Die TransMatt-Abfertigungshalle brummte vor

Leben. Gleich acht elegante und von grünem Zuchtefeu umrankte Säulen aus Ultrastahl stützten eine gut fünfzig Meter hohe Rundkuppel, über der sich die von fernen Lichtpunkten durchbrochene Schwärze des Alls abzeichnete. Allerorten waren Kübel mit Palmen und anderen Habitatsbäumen aufgestellt, die aromatisierte Luft duftete angenehm nach Honigmelone, und aus den Duty-Free-Shops tönte die interplanetaren Charts. Nikolaj hörte aus dem Klangteppich das elegische Spiel Chu Jiangs heraus, einer chinesischen Ancient-Tunes-Violinistin, die ihre musikalischen Interpretationen auf den Nachbauten alter Instrumente der Uralten darbot. Das Stück hieß *Cosmic Whispers*. Nikolaj lächelte. Chu Jiang war in mehreren Sonnensystemen bekannt, und er besaß alle Tracks von ihr. Das Stück machte das laute Stimmgewirr etwas erträglicher. Üblicherweise mied Nikolaj größere Menschenansammlungen, wenn er nicht gerade unter dem Einfluss des Neuroleptikums stand. Sie erschöpften ihn bis zur Schmerzgrenze. Aber hier auf Alpha 2 ließ sich das leider nicht vermeiden.

Luna besaß den Status einer stellaren Freihandelszone. Aufgrund der rigiden Seuchenschutzbestimmungen, die auf der Erde Gültigkeit hatten, wurden Handelsschiffe gern erst einmal zum Mond umgeleitet, damit Inspekteure diverser Erdnationen die jeweilige Fracht untersuchen konnten. Ein Prozedere, das oft Tage in Anspruch nahm. So war es kein Wunder, dass in den öffentlich zugänglichen Bereichen der Mondbasis ein Andrang herrschte, der es locker mit dem Verkehr in einer der Global Cities auf der Erde aufnahm. Die wartenden Raumschiffbesatzungen waren nur zu gern bereit, ihre sauer verdienten Terracoins und C für Suff und Vergnügungen aller Art auszugeben. Alpha 2 genoss daher nicht grundlos den Ruf eines lunaren Las Vegas und lockte damit auch Glücksspieler von weither an, die ihre Gewinne fast in voller Höhe mit nach Hause nehmen konnten. Nikolaj hatte die einstige Vergnügungsmetropole auf dem Gebiet der heutigen GUSA, den Greater United States of America, noch selbst erlebt, bevor dort in der Endphase des UFO-Kriegs vor etwas über 400 Jahren eine Atombombe explodiert war. Aber das war lange her.

Die hiesigen Spieler trieb es zu Kuppelhalle 2, wo die Hoteliers, Casinobetreiber und Spielhallenbesitzer ihre Zelte aufgeschlagen hatten. Auch Nikolajs interstellarer Zoo profitierte von dem Besucherstrom. Ganz nebenbei hatte sich die Mondbasis aber auch zu einer gut frequentierten Relaisstation im stellaren und interstellaren TransMatt-Reiseverkehr entwickelt. Ein Angebot, das vor allem von Pauschaltouristen genutzt wurde, die von den terranischen Billigreiseanbietern gleich in ganzen Hundertschaften eingeflogen wurden. Nur an wenigen Orten im Sol-System waren Passagen durch die TransMatt-Portale günstiger als hier. Kuppelhalle 7 wurde daher vornehmlich von Reisenden bevölkert, die vor den TransMatt-Schaltern auf ihre Abfertigung warteten. Darunter einfache Arbeiter, Vertreter kleinerer Konzerne und ganze Familien. Auch hier schien es zu Verzögerungen zu kommen. Vor den Gängen zu den

Portalen zu Mars und Merkur warteten lange Schlangen an Zivilisten, an denen immer wieder einzelne Gruppen Uniformierter vorbeidrängten. Nikolaj sah, dass die Militärs zu Kuppelhalle 6 marschierten, wo die Andockstationen für die lunaren Shuttles lagen.

In diesem Moment kamen drei übereifrige Betschwestern der Church of Stars auf ihn zu, die unweit von ihm die Züchtung von Beta-Humanoiden als Gotteslästerung anprangerten. Er tauchte schnell in die Menschenmenge ein und drängte sich zu der Aussichtsplattform mit der großen Sichtkuppel nach draußen auf die Mondoberfläche durch. *StarCof*, eine terranische Café-Kette, unterhielt dort eine elegant gestaltete Filiale. Rasch sah sich Nikolaj um, doch er entdeckte kein bekanntes Gesicht. Stattdessen tummelten sich an den Tischen Dutzende Touristen und Raumfahrer aus allen möglichen Welten, die sich mit Kuchen und Sandwiches vollstopften und sich die Wartezeit mit einem Blick auf das größte Kuriosum hier auf Alpha 2 vertrieben: TM3, dem ersten extraterrestrischen TransMatt-Portal der Menschheit!

Der Sendebogen jenseits der Panoramafenster ähnelte ein wenig der Miniaturausgabe eines antiken römischen Triumphbogens und erhob sich – grün und weiß von Scheinwerfern angestrahlt – in etwa dreißig Metern Entfernung von Alpha 2 aus dem Staub der öden Mondoberfläche. Das Vakuum hatte dafür gesorgt, dass es in den letzten 1021 Jahren seit seiner Errichtung nichts von seinem Glanz eingebüßt hatte. Das silbrig schimmernde Wunderwerk irdischer Ingenieurskunst ragte vor der bergigen Silhouette eines lunaren Einschlagkraters auf und wirkte weniger elegant als die heutigen TransMatt-Portale. Vor allem aber war es sehr viel kleiner, als die bekannten Fotos weismachten.

Nikolaj setzte sich, und schon sprang ein Bildschirm auf der Tischfläche an. Das Gesicht eines Historikers erschien, der lächelnd anhub, die triumphale Geschichte vom ersten TransMatt-Sprung eines Menschen zum Erdtrabanten zu schildern. Nikolaj hätte lediglich einen Sensor betätigen müssen, um die Stimme laut zu stellen. Er verzichtete darauf. Er fand den alten Portalbogen da draußen in etwa so interessant wie ein Stück Mondgestein. Zumindest hielt das Ding nicht im mindesten dem Vergleich zu jenem Schmuckstück stand, mit dem die GUSA-Mondstation Lincoln-City aufwarten konnte, die 4000 Kilometer entfernt im Meer der Stille errichtet worden war. Dortige Besucher konnten noch heute die *Eagle* der Apollo 11-Mission bewundern, mit der im Jahr 1969 erstmals Menschen den Mond betreten hatten. Das antike Raumschiffteil auf dem Areal mit der berühmten Fahne der einstigen USA gab einfach mehr her als das Stück Altmetall jenseits des Panoramafensters. Dabei hätten Sammler für dieses Stück Altmetall wahrscheinlich einige Million C geboten.

Nikolaj erinnerte sich daran, dass das historische Gegenstück des TM3 schon vor langer Zeit aus einem Museum in Frankfurt gestohlen worden war – angeblich im Auftrag eines verrückten japanischen Sammlers, was allerdings nie bewiesen werden konnte. Die Trans-

Matt-Technologie gehörte immerhin zu den spektakulärsten Erfindungen der Menschheit, sorgte sie doch dafür, dass man praktisch im Handumdrehen gewaltige Entfernungen zurücklegen konnte. Erfunden worden waren die Portale von der *Terran Trade Alliance,* einem Konzern mit sehr unrühmlicher Firmengeschichte, der seit 2201 unter dem Kürzel *TTMS* firmierte und sich das Monopol auf die TransMatt-Technologie bis heute mittels blutiger Konzernkriege bewahrt hatte. *TTA* hatte das stellare Zeitalter der Menschheit gleich mit einer zweifachen Sensation eingeläutet. Zunächst hatten die damaligen Ingenieure unter großem Presserummel einen Motorradfahrer durch einen TransMatt-Sendebogen im deutschen Frankfurt geschickt, der sich nur eine Sekunde später in einer Empfangsstation in New York materialisiert hatte. Der Weltjubel war kaum verebbt, da holte das Unternehmen zu seinem nächsten Streich aus. Denn nur fünf Minuten später sandte *TTA* einen Astronauten auf den Mond. Dorthin, wo heute Mondbasis Alpha 2 ihre Kuppeln ins All reckte. Mittels einer unbemannten Mission hatte *TTA* hier zuvor jenes Gegenportal errichtet, das den Café-Besuchern jetzt als vergnügliches Stück Raumfahrtgeschichte diente. Der Astronaut war nach nur zehn Minuten mit einem Eimer voll Mondgestein wieder zur Erde zurückgekehrt – danach war nichts mehr wie zuvor gewesen. Die Menschheit war in eine Art Rausch verfallen, denn nun besaß sie die Technologie, um nach den Sternen zu greifen. Leider beflügelte dieser Fortschritt auch die Machtgier von Staaten und Konzernen. Das schreckliche Resultat konnte sich heute jeder auf der zerstörten Erde ansehen. Die Bedeutung der TransMatt-Portale für den stellaren und interstellaren Verkehr war seitdem ungebrochen, auch wenn es die Wissenschaftler bis heute nicht geschafft hatten, Sendebögen zu bauen, die Objekte ent- und rematerialisieren konnten, die über Shuttlegröße hinausgingen. Hinzu kam, dass sich auch an den Reisezeiten nichts geändert hatte. Für ein Lichtjahr Entfernung benötigte die TransMatt-Technologie einen knappen Monat, auch wenn dem Reisenden selbst das Durchschreiten eines Portals wie ein plötzlicher Effekt vorkam. Selbst die spätere Entdeckung von UFO-Sprungtriebwerken hatte daran nichts geändert. Die fremdartige Technik der geheimnisvollen Ancients ermöglichte zwar den Interim-Sprung ganzer Raumschiffe in viel kürzerer Zeit, doch dafür waren diese Sprünge überaus gefährlich. Der menschliche Körper schien für Reisen dieser Art nicht gemacht zu sein, sie regten die Zellen zu chaotischen Mutationen an. Nikolaj wusste nur zu gut, wie sich ein Körper verändern konnte. Verbittert schürzte er die Lippen und nahm eine Menükarte zur Hand, um sich abzulenken. Er brauchte dringend etwas zu essen.

»Herr Poljakow?«, sprach ihn eine Stimme auf Terra-Standard an.

Überrascht sah Nikolaj auf und entdeckte neben dem Tisch den ihm bekannten Vertreter von *Artco Inc.* Johnson strich sich nervös die blonden, modisch schräg geschnittenen Haare aus dem Gesicht, sah aber ansonsten so aus, wie Nikolaj ihn in Erinnerung behalten hatte:

dunkler Anzug, Krawatte, Markenschuhe und in der Rechten ein teures Touchpad. Eben ein typischer Konzerner.

»Ah, Mister Johnson! Ich bin erfreut, Sie zu sehen.« Nikolaj fühlte sich in seinem khakifarbenen Aufzug plötzlich fehl am Platze. Er bot dem Konzerner einen Stuhl an und entdeckte den kraushaarigen Schwarzafrikaner hinter ihm. Sofort versteifte er sich. Alte Reflexe.

Johnsons Begleiter trug ebenfalls Anzug, allerdings war er von eher schlichter Machart. Der Afrikaner lächelte, und die weißen Zähne reihten sich in dem dunklen Gesicht auf wie Perlen. Dennoch wirkte der Mann alles andere als freundlich – im Gegenteil. Mit den grobknochigen Wangen, dem kantigen Kinn und Pranken, die selbst Roger und Jack beeindruckt hätten, ähnelte er eher einem dieser mit Kybertech aufgemotzten Konzerngardeure als einem Sekretär. Unwillkürlich wanderte Nikolajs Blick an der Anzugjacke des Mannes entlang, so als erwarte er dort die Ausbeulung einer Waffe. Doch da war nichts. Natürlich. Hier auf Luna war es so gut wie unmöglich, eine Waffe an den allgegenwärtigen Scannern vorbeizuschmuggeln. »Sie müssen Herr Bitangaro sein, der Marketing Secretary Assistent von Mister Johnson?«

»Richtig«, antwortete der Schwarze mit kehliger Stimme. Er lächelte noch immer sein Raubtierlachen.

Nikolaj glaubte dem Kerl kein Wort. Er tippte bei ihm auf Leibwächter. Die Frage war, wozu Johnson einen Mann wie ihn benötigte? »Aber bitte, warum stehen Sie beide noch? Der Tisch gehört uns.«

»Äh, ich befürchte, wir werden unser Treffen an einen anderen Ort verlegen müssen.« Johnson versuchte sich an einem Lächeln, doch es zerfaserte. »Die, äh, Sondergenehmigung muss erst noch ausgestellt werden.«

»Ich dachte, den bürokratischen Hickhack hätten wir bereits hinter uns?« War das ein Schweißtropfen, der auf Johnsons Stirn perlte? Irgendetwas stimmte mit dem Konzerner nicht.

»Ja, das ist so weit richtig, aber ...«, hub Johnson gerade an, als ein mehrfach verzerrtes elektronisches Störgeräusch durch die Abfertigungshalle hallte. Das Programm vor ihnen auf der Tischfläche brach ab, und unter einer vertrauten Jingle-Melodie schob sich eine stilisierte Linse in der Vordergrund, in der sich Sterne und Planeten spiegelten: das Logo des interstellaren Nachrichtenmagazins *Starlook*. Nikolaj konnte sich nicht daran erinnern, den Ton laut gedreht zu haben. Zu seiner Irritation tauchte das *Starlook*-Emblem auch auf allen übrigen Bildschirmen in der Abfertigungshalle auf. Sogar drüben, auf den gigantischen Werbetafeln über den TransMatt-Schaltern, die eben noch Zigaretten, schnittige Antigrav-Gleiter und die weißen Strände des Planeten Kalahea Prime angepriesen hatten. Gut für jeden in der Halle sichtbar, erschien das ernste Gesicht einer *Starlook*-Nachrichtensprecherin: »... ereignete sich eine Katastrophe ungeahnten Ausmaßes! Wir schalten im Rahmen einer Sondersendung um und berichten vor Ort!« Jäh folgte ein Schnitt zu der Oberfläche einer Welt, die offenbar von einem Feuersturm verheert worden war. Die vielen Menschen und Betas in der Kuppelhalle blickten beunruhigt zu einem Mann in knallrotem Raumanzug auf, der übergroß durch eine Szenerie aus grauschwarzem Staub, Schutt und Asche schritt und etwas davon theatralisch zu Boden rieseln ließ. Im Hintergrund war eine blassrote Sonne zu sehen. Auch Johnson und Bitangaro starrten die Übertragung an. Eingeblendet wurde »Salvador ›Vador‹ M. Ransom, Sternenreporter«. Vador war einer der bekanntesten Enthüllungsreporter im bewohnten Kosmos und ein Selbstdarsteller par excellence. Aber er besaß stets einen guten Riecher. Waren das etwa die Überreste einer Stadt, durch die Vador da stapfte? Die trostlose Aschewüste spannte sich bis zum Horizont!

»Das sind erschütternde Bilder von Betterday, einst ein deutscher FEC-Planet, der die Gen-Optimierung und Aufzucht von Beta-Humanoiden verfolgte«, dröhnte Vadors Stimme durch die Kuppelhalle.

Um Himmels willen, das da sollte Betterday sein? Ungläubig schüttelte Nikolaj den Kopf. Betterday war ein grüner Planet, so wie früher die Erde. Er hatte der Kolonie erst vor sechs Jahren einen Besuch abgestattet.

»Hier arbeiteten zehntausend Wissenschaftler im Dienst des Unternehmens *KrEArtifical,* eines Tochterunternehmens des Konzerns *SternenReich*«, fuhr Vador fort. »Einem Unternehmenssprecher nach lebten hier um die vierhundert Millionen Beta-Humanoide der unterschiedlichsten Gattungen, die teils in wilder Zucht entstanden, teils unter Laboraufsicht in Tanks entworfen wurden.« Geschwärzte Ruinen einstiger Bauwerke rückten ins Blickfeld. Teufel, hatten dort Terroristen eine Atombombe gezündet? »Diese Ruinen und Asche sind alles, was von der Natur, den Menschen und Beta-Humanoiden sowie den Einrichtungen übrig geblieben ist, nachdem Betterday vor zwei Standardtagen Besuch von den Collectors erhielt.« Die Besucher des Cafés stießen entsetzte Laute aus. Das Bild zoomte heran und zeigte Vadors ernstes Gesicht. »Satelliten zeichneten auf, was sich ereignete. Wir senden dies ohne Kommentar und ohne Musik.« Es folgte ein Schnitt in den Weltraum, und jeder in der Abfertigungshalle konnte die Oberfläche einer Welt mit dünnen Wolken erkennen, unter denen die Umrisse eines Kontinents auszumachen waren. Plötzlich schob sich der vordere Teil eines gewaltigen Raumschiffs ins Bild. Es besaß die charakteristische Torpedo-Keilform der Collectors-Schiffe. Nikolaj wurde mulmig zumute. Luken öffneten sich, und ein schier endloser Strom aus Raketen jagte auf den Planeten zu, tauchte in die Atmosphäre Betterdays ein, nur um kurz darauf, irgendwo in den oberen Luftschichten, auseinanderzufächern. Die Abgasstrahlen der Raketen erweckten den Eindruck, als würde sich ein Netz über den Planeten spannen. »Zu diesem Zeitpunkt«, kommentierte Vadors Off-Stimme, »erreichte die Bodenkontrolle der knappe Funkspruch, dass Menschen, und zwar ausschließlich Menschen, dreißig Minuten Zeit hätten, den Planeten zu verlassen und sich in die Obhut der Collectors zu begeben.«

Atemlos verfolgte Nikolaj den eingeblendeten Countdown. In der lunaren Abfertigungshalle war es mucksmäuschenstill. Die gut 400 Raumfahrer, Militärs und Touristen blickten wie gebannt zu den Bildschirmen und verfolgten im schnellen Vorwärtslauf mit, wie nach genau elf Minuten einige Gleiter von der Oberfläche aufstiegen, die sogleich von dem riesigen Collectors-Raumschiff abgefangen wurden. Bei Minute 29.55 lief die Geschwindigkeit wieder normal. »Wir senden dies ohne Kommentar und ohne Musik«, tönte wieder die Off-Stimme Vadors aus den Lautsprechern. Die Zeit lief ab, und exakt nach der dreißigsten Minute überzog sich die Planetenoberfläche mit unzähligen rotgelben Punkten, die mehr und mehr wurden, sich rasch ausbreiteten, so lange, bis Kontinent und Wolken des Planeten gänzlich von einer monströsen Feuerwalze verschluckt worden waren.

In der Abfertigungshalle brach Tumult aus. Die anwesenden Beta-Humanoiden heulten in gellender Wut auf, Mütter pressten entsetzt ihre Kinder an sich, und vor den TransMatt-Schaltern kam es zum Aufruhr, weil Touristen ihre Reisen stornieren wollten. Überall bildeten sich erregte Menschengruppen, die sich verängstigt an die herumstehenden Militärangehörigen wandten. Doch die wirkten ebenso erschüttert wie alle übrigen Besucher. Die Übertragung der planetaren Katastrophe lief noch eine Weile, und Nikolaj konnte ebenso wie die beiden Konzerner von *Artco Inc.* mit ansehen, wie aus dem Collectors-Raumschiff ein stadiongroßer Kubus jagte, der rotierend in die Atmosphäre Betterdays eintauchte und den vielen Rauch förmlich in sich aufsog. Was für eine überlegene Demonstration von Macht! Nikolajs Kehle wurde trocken. Ebenso wie alle übrigen Café-Besucher war er längst aufgesprungen.

Vadors Gesicht wurde wieder eingeblendet, doch seine Stimme war aufgrund der Unruhe in der Abfertigungshalle kaum noch zu verstehen. Nikolaj glaubte etwas von einem Sicherheitstreffen der VHR, der Evakuierung irgendwelcher Planeten und dem Aufbau einer Verteidigungsflotte heraushören zu können. Doch er war sich nicht sicher. Himmel, war die Vernichtung Betterdays der Grund für das Auftauchen der Militärschiffe hier über Alpha 2? Wenn die SVR-Übertragung korrekt war, dann war Betterday bereits vor zwei Tagen vernichtet worden. Die Militärs befürchteten doch nicht etwa einen Angriff auf die Erde?

»Wir sollten jetzt gehen!«, schreckte ihn die Stimme des Afrikaners aus den Gedanken. Bitangaro wirkte wie die Ruhe in Person.

»Wissen Sie was, meine Herren?« Nikolaj sah die beiden Männer durch seine Multibrille an. »Ich glaube, mein Unternehmen verzichtet auf einen Erdbesuch. Zum gegenwärtigen Zeitpunkt scheint es mir sicherer, andere Kolonien aufzusuchen. Möglichst in der entgegengesetzten Richtung von Betterday. Zumindest, bis sichergestellt ist, dass die Collies am Ende nicht auch hier erscheinen.«

»Das geht nicht!« Johnson leckte sich über die spröden Lippen. »Wir, äh, wir haben einen mündlichen Vertrag!« Nikolaj war sich nun erst recht sicher, dass mit dem Mann etwas nicht stimmte. Unten vor den Trans-

Matt-Schaltern brach eine Prügelei aus. »Mister Johnson, wir haben gar nichts. Außerdem beschleicht mich der Eindruck, dass Ihr Auftreten nicht ganz im Einklang mit den Interessen Ihres Konzerns steht.«

»Wie ... wie kommen Sie darauf?«

»Lassen wir die Scharade doch einfach«, knurrte der Afrikaner. Mit raschem Griff hinderte er Nikolaj daran, zu seinem Kom zu greifen. »Sie werden uns jetzt begleiten.« Nikolaj starrte in einen knöchernen Mündungslauf, der aus der rechten Ärmeljacke des Afrikaners ragte. Der Schwarze pflückte Nikolajs Phonestick aus der Jackentasche und zertrat das elegante Gerät kurzerhand unter dem Stiefelabsatz. 1200 Tois waren dahin. Roger würde einen Schreianfall bekommen. »Ich hoffe, Sie wissen, was ich auf Sie gerichtet halte?«

»Ja.« Nikolaj knirschte mit den Zähnen. »Eine Biokolubrine, nehme ich an?«

»Ich sehe, wir verstehen uns.«

Nikolaj kannte Waffen wie diese aus seinem früheren Leben. Die mit Sehnen gespannte Miniaturkanone bestand zur Gänze aus genverändertem menschlichem Gewebe, das von Waffenscannern kaum aufgespürt werden konnte. Vor allem war sie in der Lage, auf drei Meter Entfernung tödliche Knochenprojektile zu verschießen, die sogar Bretter durchschlagen konnten. Er hatte keine Ahnung, wie gut diese Waffen heutzutage waren.

»Es ... es tut mir leid, Herr Poljakow.« Johnson sah Nikolaj flehend an. Die Furcht in seinem Gesicht war jetzt nicht mehr zu übersehen. »Ich bitte Sie, alles zu tun, was Herr Bitangaro Ihnen aufträgt. Sie haben meine Frau in ihrer Gewalt.«

»Und wer sind *sie?*«

»Das werden Sie schon noch erfahren«, antwortete der Afrikaner.

Bitangaro war ohne Zweifel ein Profi, der Aktionen wie diese nicht zum ersten Mal ausführte. War er auch ein Killer? Nikolaj hatte nicht vor, es herauszufinden. Zumindest nicht, solange Bitangaro die Biokolubrine auf ihn gerichtet hielt. Dabei wusste er sich durchaus zu wehren. Er war in den Straßen der Global City Sankt Petersburg aufgewachsen, und seine einstige Ausbildung tat ihr Übriges. Immerhin, er besaß noch das Kom in seiner Multibrille. Doch im Moment wagte er nicht, es zu aktivieren. Schließlich besaß er auch andere Möglichkeiten.

»Jetzt schlage ich vor, dass sich die Herrschaften hübsch unauffällig in Richtung Halle 3 begeben.« Bitangaro schob Nikolaj und Johnson unsanft vor sich her, bis sie wieder im Treiben der Abfertigungshalle eingetaucht waren. Dort diskutierten die Menschen noch immer erregt über die Vernichtung Betterdays. Security Guards der Mondstation hatten sich unter die Reisenden gemischt und sorgten für Ruhe und Ordnung. Weiter hinten führten sie einen tobenden Touristen ab, der verzweifelt den Namen eines Verwandten rief, der entweder gestorben oder in die Fänge der Collies geraten war. Nikolaj hatte im Augenblick andere Sorgen.

Partner, ich hab hier in Halle 7 ein verdammtes Pro-

blem!, sandte er seinen geistigen Ruf aus. Er konnte nur hoffen, dass die Wirkung des Neuroleptikums seine mentalen Kräfte nicht zu sehr blockierte. *Hörst du mich?*

Ja, ich höre dich. Bin schon unterwegs, kam es prompt als Antwort. *Wo genau bist du?*

Von Halle 7 aus auf dem Weg zu Halle 3, dachte Nikolaj erleichtert. *Ein verdammter Afrikaner hat mich und diesen Johnson gekidnappt. Er ist mit einer Biokolubrine bewaffnet.*

Einer was?

Eine Schusswaffe, verdammt! Gib Roger und Jack Bescheid.

Die Stimme in Nikolajs Kopf knurrte, und er versuchte abzuschätzen, bis wann seine Leute hier sein konnten, wenn sie sofort losstürmten. Zehn Minuten? Fünfzehn? Sein Partner sicher früher. Nikolaj wurde von einem weiteren Stoß nach vorn getrieben, und auch Johnson stieß einen schmerzhaften Laut aus. »Bitte, ich tue doch alles, was sie wollen«, jammerte der Konzerner.

»Schneller!«, brummte der Schwarze. Er drängte sie an einem Duty-Free-Geschäft mit lunarem Steinschmuck vorbei, und Nikolaj spürte Bitangaros Rechte mit der Waffe in seinem Rücken. Keine Chance, ihm zuvorzukommen. Verdammt. Er musste ihn irgendwie aufhalten. »Vielleicht verraten Sie mir, was …«

»Schnauze! Hübsch weitergehen und keine Faxen machen.«

Inzwischen kam die Durchgangsröhre zu Halle 3 in

Sicht. Antigrav-Gondeln warteten darauf, die Reisenden in die benachbarte Kuppelhalle der Mondbasis zu befördern, dennoch bevorzugten es zahlreiche Menschen, die Strecke zu Fuß zu gehen. Bitangaro zwang Nikolaj und Johnson dazu, in den Strom der Menschen einzutauchen. *Wir befinden uns bereits in der Durchgangsröhre zu Halle 3,* dachte Nikolaj angestrengt. *Wo seid ihr?*

Ich bin in fünf Minuten da!, tönte es hinter seiner Stirn. Nikolaj tat so, als behinderten ihn Entgegenkommende und versuchte so, langsamer zu werden. Ohne Erfolg. Bitangaro stieß ihn unsanft voran.

Wenn er nur wüsste, warum er in diese Lage geraten war? Ob es mit seiner Vergangenheit zu tun hatte? Nikolaj wurde einen Augenblick lang flau zumute. Seit nunmehr dreizehn Jahren tat er alles, um nicht aufzufallen. Es konnte doch nicht sein, dass ihm *Romanow Inc.* ausgerechnet heute auf die Schliche gekommen war? Immerhin, Bitangaro verzichtete auf die Antigrav-Gondeln. Das bedeutete, dass sie mindestens zehn Minuten brauchten, um die benachbarte Kuppelhalle zu erreichen. Zeit genug, bis seine Jungs da waren.

»Stopp!« Bitangaro bedeutete ihnen, stehen zu bleiben. Sie befanden sich nur unweit von zwei unscheinbaren Afrikanerinnen, die mit den gelben Ganzkörperanzügen des lunaren Reinigungspersonals bekleidet waren. Eine der beiden hielt einen Wischmopp in den Händen, die andere steuerte mittels eines Pads einen Reinigungs-Bot mit rotierenden Bürsten. Sie nickte Bitangaro unmerklich zu und drückte auf einen Sensor. Zischend öffnete sich neben ihr in der Wand eine Schiebetür, auf der in gelben Buchstaben »Nur für Personal« stand. »Los, rein da!«, drängte Bitangaro.

Mist, wir zweigen in den Personalbereich ab, sandte Nikolaj gedanklich einen weiteren Ruf.

Halt den Kerl auf. Ich bin jetzt in der Durchgangsröhre!

Nikolaj versuchte einen Blick an den vorbeisausenden Antigrav-Gondeln vorbei zum jenseitigen Ende der Röhre zu erhaschen, doch angesichts der vielen Passanten konnte er seinen Partner nicht entdecken. »Was soll das alles?«, versuchte er Bitangaro ein weiteres Mal hinzuhalten.

»Verärgern Sie mich nicht, Poljakow!« Der Afrikaner packte ihn am Kragen der Kosackenjacke und schob ihn und Johnson mit großer Kraft durch den Zugang. Sofort schloss sich die Tür wieder, und eine fast angenehme Stille umfing sie. Sie befanden sich jetzt in einem schmalen Gang mit Biolumineszenzröhren, in dem es deutlich kühler war als in den öffentlich zugänglichen Bereichen der Mondstation. Es roch nach Putzmitteln, irgendwo summten Generatoren, und Nikolaj konnte hören, wie Bitangaro ein Kom betätigte. »Weiter!«, herrschte er sie an.

Nikolaj hätte vor Wut am liebsten gegen die Wand geschlagen. Es hatten nur Minuten gefehlt, bis sein Partner da gewesen wäre. Bitangaro führte sie den Gang entlang, dann weiter über eine Abzweigung zu einer blau gestrichenen Drucktür, vor der ein weiterer Afrikaner wartete. Der junge Mann nickte, gab neben der Drucktür einen Nummerncode ein, und auch dieses Hindernis glitt zischend zur Seite. Überrascht riss Nikolaj die Augen auf.

Bin da!, erscholl jetzt die Stimme in Nikolajs Kopf. *Etwa die Tür in der Nähe dieser beiden Putzfrauen?*

Ja, antwortete Nikolaj in Gedanken.

Keine Chance, da so ohne weiteres durchzukommen.

Ich weiß. Warte.

Gemeinsam mit Johnson betrat Nikolaj einen kubischen und komplett aus hellen Kunststoffsegmenten gefertigten Raum, in dem – gehalten von großen Wandmagneten – vier silbrige Raumanzüge hingen. Die schwere Drucktür an der Stirnseite der Kammer machte deutlich, in welchem Bereich von Alpha 2 sie gelandet waren: einer Raumschleuse!

»Was haben Sie mit uns vor?«, fragte Nikolaj.

»Wir werden eine kleine Reise antreten«, antwortete Bitangaro.

Eine Reise? Die Schleuse führte ohne Zweifel nach draußen, ins Vakuum auf der Mondoberfläche. Wartete dort etwa ein Shuttle auf sie? »Sie glauben doch wohl nicht, dass wir unbemerkt von Luna wegkommen? Im Mondorbit liegt die *Skull*. Alle Abflugszeiten wurden verschoben. Das Militär wird jeden abschießen, der sich ohne Erlaubnis von hier fortbewegt!«

Bitangaro grinste breit, was Nikolaj an das gefletschte Maul einer Hyäne erinnerte. »Lassen Sie das meine Sorge sein.« Er hielt den Lauf der Biokolubrine weiterhin auf ihn gerichtet. Lässig deutete er auf die Raumanzüge. »Anziehen! Alle beide.« Der junge Schwarze schräg hinter ihnen löste die Magnethalterungen und bot sich an, ihnen in die Anzüge zu helfen.

Wütend folgte Nikolaj der Aufforderung und beschrieb seinem Partner in Gedanken, in welcher Lage er steckte. Sie hatten kaum die Helme geschlossen, als Bitangaro ihn und Johnson auch schon wieder zurück gegen die Halterungen drängte und die Magnete anstellte. Mit einem sanften Ruck wurde Nikolaj gegen die Wand gezogen. Weder er noch Johnson waren in der Lage, sich zu bewegen. Sogleich aktivierte der Afrikaner die Lebenserhaltungssysteme und ließ zischend die Atemluft aus den Anzügen. Rasputin, wollte Bitangaro, dass sie erstickten?

Erst als die Anzeigen noch Luft für fünfzehn Minuten meldeten, schloss er die Ventile wieder. Er zwängte sich nun ebenfalls in einen Raumanzug, dann beorderte er seinen jungen Helfer durch die Eingangstür zurück in den Vorraum. Die Drucktür schloss sich hinter dem Techniker, und sie waren wieder allein.

Ihr Entführer baute sich in seinem Raumanzug vor ihnen auf, und über Helmfunk drang seine Stimme zu ihnen. Sie klang blechern. »Sie werden mir jetzt folgen. Sie beide haben jetzt noch Luft für etwa zehn Minuten. Das nur, um Sie etwas anzutreiben. Besser also, Sie machen keinen Ärger!« Seine behandschuhte Rechte krallte sich um ein Schweißgerät am Gürtel des Raumanzugs. »Falls doch: ein kurzer Schnitt damit über Ihre Helme, und das Vakuum wird Ihnen das Hirn aus den Köpfen saugen. Ich hoffe, wir verstehen uns?«

»Ja, ja, natürlich!«, erklang die panische Stimme Johnsons.

Nikolaj verengte die Augen. Inzwischen war er davon überzeugt, dass *Romanow Inc.* nichts mit der Entführung zu tun hatte. Der Konzern hätte ihm vermutlich eher eine Kugel in den Kopf gejagt, als einen solchen Aufwand mit ihm zu treiben. Es stellte sich die Frage, ob diese Erkenntnis gut oder schlecht war.

Bitangaro tippte auf einer Konsole einen weiteren Code ein. Zischend entwich die Luft in der Kammer, und es wurde zunehmend still. Dann öffnete sich die Schleusentür zur Mondoberfläche. Bitangaro deaktivierte die Magnethalterungen und sorgte mit seinem entfachten Schweißbrenner dafür, dass sie beide vor ihm durch den Ausgang schlüpften. Nikolaj spürte, wie er leichter wurde, kaum dass seine Stiefel fingerbreit im grauen Staub auf der Mondoberfläche einsanken. Die Grav-Generatoren arbeiteten nur innerhalb der Gebäude. Noch acht Minuten Atemluft – dennoch sah er sich überwältigt auf der von Kratern übersäten Mondoberfläche um. Er hatte unzählige fremde Planeten besucht. Aber nur von einem Raumanzug geschützt auf dem Mond zu stehen und an der mächtigen *Skull* über ihren Köpfen vorbei zum Erdball aufzublicken, der sich blau und weiß gegen die Schwärze des Alls abzeichnete, das war schon etwas Besonderes. Automatisch verdunkelte sich das Glas seines Helms, um ihn vor der intensiven Strahlung der Sonne zu schützen, die jede Kontur auf der Mondoberfläche hart hervorhob. Allein ein Shuttle in ihrer Nähe entdeckte er nicht.

»Keine Müdigkeit vortäuschen«, spottete Bitangaro, der die Schleusentür hinter sich verriegelte.

Nikolaj zollte ihm innerlich Respekt. Selbst wenn sie es schafften, ihn zu überwältigen – mit der verbliebenen Atemluft würde es ihnen kaum gelingen, eine andere Schleuse zu finden. Der Afrikaner trieb sie voran. Nikolaj warf dennoch einen kurzen Blick über die Schulter. Hinter ihm türmten sich die riesigen Kuppeldome, Türme und Hangars von Mondbasis Alpha 2 auf. Positionslichter blinkten allerorten, und immer wieder waren lunare Transporter auszumachen, die zur *Skull* aufstiegen. Noch sechs Minuten Luft. Mehr hopsend als gehend drängte sie Bitangaro in Richtung einer großen Kuppelsektion, die Nikolaj seltsam vertraut vorkam. Tatsächlich, die gewaltige Blase aus Stahl und Kunststoff, auf die sie zumarschierten, war die TransMatt-Abfertigungshalle! Sogar die Panorama-Aussichtsplattform konnte er erkennen. Was wollte Bitangaro hier?

»Warten!«, befahl der Afrikaner.

Warten? Sie hatten vielleicht noch für drei Minuten Luft, und nirgends war ein lunares Mobil oder etwas Ähnliches zu sehen, das sie aufnehmen konnte. Nikolaj nutzte die Gelegenheit, seinen Partner gedanklich auf dem Laufenden zu halten. Kurz darauf stieg über einem der Hangars ein Wartungsraumer auf, der mit seinen beiden Greifarmen an eine überdimensionierte Krabbe erinnerte. In der transparenten Pilotenkanzel saß ebenfalls ein Farbiger – ein Merkmal, das Nikolaj inzwischen nicht mehr für Zufall hielt. Lautlos glitt der kleine Raumer auf die Kuppelhalle zu. Nikolaj befürchtete schon, dass es zur Kollision kommen würde, als sich die Schubdüsen des Mondvehikels vertikal aufstellten und den Gleiter mit Macht nach oben drückten. Grauer Mondstaub wirbelte vor der Abfertigungshalle auf, und Bitangaro befahl ihnen weiterzugehen. Nikolaj fluchte. Sie drangen in einen Nebel aus Mondstaub und kleinen Steinen vor, und er hatte deutliche Schwierigkeiten, seine Begleiter zu erkennen. Sollte die Aktion etwa dazu dienen, den Blick auf sie zu verbergen? Fassungslos sah Nikolaj, auf welches Ziel sie sich zubewegten. Vor ihnen schälte sich der antike, grün und weiß angestrahlte TransMatt-Portalbogen TM3 aus dem Nebel. Dieses Stück Altmetall konnte doch unmöglich noch funktionieren? Noch 30 Sekunden Atemluft.

Bitangaro berührte einige Knöpfe an den Pfeilern des Bogens, und von einem Augenblick zum anderen flammten die vertrauten silbernen Blitze auf. Das antike Portal war bereit, durchschritten zu werden.

Der Afrikaner grinste hinter dem Glas seines Helms. »Nach Ihnen, meine Herren!«

3

ZULU FOXTROTT

System: Sol
Ort: Global City Bangui
Kingdom of Zulu (Zentralafrika)
23. April 3042

Trotz des Raumanzugs spürte Nikolaj das vertraute Kribbeln des Re-Materialisationsprozesses. Benommen stolperte er aus dem TransMatt-Portal – hinein in einen schäbigen und von trostlosen Betonwänden begrenzten Raum mit elektronischen Konsolen, aus denen zahlreiche Röhren und Kabel ragten. Schlagartig spürte er die erhöhte Schwerkraft, die ihn in die Knie gehen ließ.

Kehlige Stimmfetzen drangen durch den Helm an seine Ohren, und er wurde grob von drei uniformierten Farbigen in Empfang genommen, die Maschinenpistolen in Händen hielten und sogleich damit begannen, ihn aus dem Raumanzug zu schälen. Die beigefarbene Kampfmontur seiner Häscher war zerschlissen und mehrfach geflickt, als ob ihre Träger damit Tag und Nacht herumlaufen würden. Einer der Männer trug eine Augenklappe, die ebenso schwarz war wie seine Haare. Dem Zweiten waren irgendwann die vorderen Schneidezähne herausgeschlagen worden, und der Dritte griff immer wieder zu einem klirrenden Munitionsgurt, den er sich schräg über die Schulter geworfen hatte. Söldner! Keiner der Männer erweckte den Eindruck, als wäre sein Leben für sie von großem Wert.

Endlich nahm ihm einer der Männer den Helm ab, und Nikolaj atmete befreit ein. Der Kerl mit der Augenklappe lachte, als er Nikolajs getönte Brille sah. »Bisschen dunkel für Brille, hä?« Grinsend rupfte er ihm die Gläser vom Gesicht – und seine Züge entgleisten. Die beiden anderen Schwarzen glotzten Nikolaj ebenfalls wie einen Geist an und richteten ihre Waffen sofort auf seinen Kopf.

Nikolaj blieb ruhig. Reaktionen wie diese kannte er. Die Schwarzen diskutierten erregt miteinander, als sie von einem lauten Summen unterbrochen wurden. Blaues Flackerlicht geisterte über Konsolen und Wände. Nikolaj wandte den Kopf, um einen Blick auf das TransMatt-Portal zu erhaschen, durch das er hierher gelangt war. Das Ding stand wie ein großer Klotz mitten im Raum, war über Drähte und Kabel mit den Konsolen verbunden und wirkte ebenso antik wie das Gegenstück auf der Mondoberfläche. Vier weitere Afrikaner saßen um ihn herum. Techniker. Sie beäugten die Kontrollleuchten der Konsolen, als auch Johnson in den Raum stolperte. Sein Raumanzug wurde von knisternden Lichtbögen umwabert, und es sah ein wenig so aus, als würde er aus einem aufrecht stehenden Energiespiegel treten. Verdammter Mist. Die ganze Aktion erinnerte ihn an die unheimliche Entführung dieses Konzerners vor ein paar Monaten. Der TransMatt-Sicherheitsskandal sorgte bei *Freepress* und im StellarWeb jede Woche für neue Schlagzeilen. Nur dass er im Gegensatz zu dem armen Schwein wenigstens wusste, was mit ihm geschehen war, während der Kerl mit dem Koffer wohl noch immer nicht wieder aufgetaucht war.*

Augenklappe zog ein Messer aus dem Stiefel und hielt es Nikolaj an die Kehle. Er zischte etwas, das sich wie eine Morddrohung anhörte. Die beiden anderen nahmen den *Artco Inc.*-Vertreter in Empfang, behielten Nikolaj aber weiterhin im Blick. Schließlich trat Bitangaro aus dem Sendebogen. Sofort nahmen die Bewaffneten Haltung an.

Der Afrikaner öffnete seinen Helm und bleckte zufrieden die Zähne. »Ich hoffe, Sie wissen den Aufwand zu würdigen, Poljakow?«

Er sprach nur ihn an. Interessant. Nikolaj sah an Bitangaro vorbei zum TransMatt-Portal. Ihm dämmerte längst, was es mit dem Ding auf sich hatte. Man konnte zwar mittels eines Portals TransMatt-Blindsprünge selbst zu Lichtjahre entfernten Zielen unternehmen, doch vermochte man den Austrittsort auf diese Weise nur ungefähr abzuschätzen. Ein ›ungefähr‹, das eine Unschärfe von Abertausenden Kilometern beinhalten konnte. Justifiers, die auf diese Weise zur Erkundung

---

* Justifiers 5: *Sabotage*

ferner Sonnensysteme ausgeschickt wurden, landeten manchmal kilometertief in den Gesteinsschichten der auszukundschaftenden Planeten, wenn sie nicht gleich in der Photosphäre einer fremden Sonne zu handlichen Shuttleburgern gebacken wurden. Insbesondere war ihnen der Rückweg bis zum Aufbau eines eigenen Portals versperrt. Dabei war heute vieles einfacher als in früheren Zeiten. Damals hatten sich sichere TransMatt-Übergänge nur mittels zweier speziell aufeinander abgestimmter Portalbögen bewältigen lassen. Dazu mussten sie bereits in der Herstellungsphase einem komplizierten Kalibrierungsverfahren unterworfen werden. Bei dem Portalbogen, der da mitten im Raum stand, handelte es sich also um das historische Pendant zu dem Stück Altmetall auf dem Mond – jenem Museumsstück, das angeblich einst von einem japanischen Sammler gestohlen worden war. Nikolaj wusste es jetzt besser.

»Wo sind wir hier?«, fragte er gereizt.

»In Afrika!« Bitangaro lächelte stolz und ließ sich von zweien seiner Leute aus dem Raumanzug helfen. Einer der Männer nahm ihm vorsichtig die Biokolubrine ab und reichte ihm einen Halfter mit einer hochmodernen *Arclight,* die der Schwarze umschnallte, als sei sie ein Kleidungsstück. Am Griff der Energiewaffe entdeckte Nikolaj zahlreiche eingeritzte Kerben. Augenklappe sprach aufgeregt auf Bitangaro ein und reichte ihm Nikolajs Multibrille. Selbst Johnson und die Techniker drehten sich zu ihm um und starrten ihn an.

Bitangaro trat vor ihn und musterte ihn mit schräg gestelltem Kopf. Schließlich setzte er ihm die Brille wieder auf. »Sollten Sie eine Dummheit begehen, Poljakow, war das die letzte in Ihrem Leben. Wir werden Sie einfach wegpusten. Wie Fliegenschiss von einer Jacke.«

»Njet.«

»Was?«

»Ihr Vergleich. Man pustet Fliegenschiss nicht von einer Jacke. Wegputzen vielleicht. Oder wegwischen. Aber doch wohl kaum pusten, oder?«

»Sie finden Zeit für Scherze?« Bitangaro rammte ihm ansatzlos die Faust in die Magengrube.

Nikolaj klappte zusammen und röchelte. Zusammen mit dem Hunger, der noch immer in seinen Eingeweiden wütete, höhlte ihn der Schmerz förmlich aus. »Für einen Marketing Secretary Assistent lässt Ihre Gastfreundschaft sehr zu wünschen übrig«, ächzte er.

»Tatsächlich?« Bitangaro fixierte ihn ohne jede Gefühlsregung. »Seltsam, so haben wir es von den Weißen gelernt. Aber wir Afrikaner sind lernfähig. Vielleicht gefällt Ihnen eine Geste asiatischer Gastfreundschaft besser?«

»Danke, ich verzichte«, würgte Nikolaj hervor. »Sie sind uns langsam eine Erklärung schuldig.«

»Warten Sie es ab.« Bitangaro wies auf einen Gang zu ihrer Linken. »Bringt die beiden in eine der Zellen und bewacht sie, bis ich die Hover geholt habe.«

Nikolaj und Johnson wurden von den Farbigen in einen Gang geschubst. Sie kamen an einem halben Dutzend Metalltüren vorbei und erreichten schließlich einen dunklen und nach Urin stinkenden Raum, der den Charme eines mittelalterlichen Verlieses versprühte.

Der betonierte Boden war ebenso kahl wie die Wände, bis auf einige Haufen von undefinierbarem Dreck, zwischen dem fingergroße Kakerlaken wuselten. Das einzige Möbelstück war ein schlichter Holzhocker. Er lag umgekippt unter einem verrosteten Ventilator, an dessen Zentralachse ein abgeschnittener Strick baumelte. Nikolaj atmete scharf ein.

Hinter ihnen fiel die Tür zu, und sofort begann Johnson loszujammern. »Bitte, Sie müssen mir glauben, dass ich mit alledem nichts zu tun habe.«

Nikolaj rieb sich die Magengrube. »Haben Sie irgendwas zu essen?«

»Was?«

»Essen!«, fauchte Nikolaj.

»Ja, warten Sie.« Johnson klopfte seinen Anzug ab und förderte einen billigen Konzentratriegel zutage. Erleichtert riss Nikolaj die Verpackung auf und biss ab. Das Ding schmeckte nach Pappe, doch im Moment war ihm das egal. »Und jetzt erklären Sie mir, was diese verdammte Entführung überhaupt soll?«

»Ich weiß es nicht.« Johnson zuckte mit den Achseln. »Herr Bitangaro ist heute Morgen in meinem Hotelzimmer aufgetaucht. Also oben auf Alpha 2. Er wollte unbedingt, dass ich Sie beide bekanntmache.«

Herr Bitangaro? Glaubte Johnson allen Ernstes, dass ihnen in ihrer Situation mit Höflichkeit gedient war? Nikolaj verschlang den Rest des Riegels und atmete befreit auf. Zugleich fragte er sich, wie lange die Wirkung des Neuroleptikums noch anhielt? Er musste hier weg, sonst bekam er Probleme.

Wütend griff er nach dem Hocker und stellte ihn an der Wand gegenüber der Tür auf. Dort befand sich ein Lüftungsschacht, der schräg nach oben zu einem vergitterten Fenster mit zertrümmerten Scheiben führte. Nikolaj schob seine getönte Brille hoch und schnupperte. Stickig-warme Luft drang zu ihnen in den Raum, die undefinierbar nach Smog stank. Er stellte sich auf den Stuhl und versuchte einen Blick nach draußen zu erhaschen. Doch alles, was er sehen konnte, waren die Fronten gigantischer Wohnsilos, die hinter einer hohen und mit Stacheldraht bewehrten Mauer aufragten. Schräg hinter den Silos jedoch stach ein extravagantes, gekrümmtes Bauwerk hervor, das wie ein aufrecht stehender Bumerang aus blitzendem Aluminium gute eineinhalb Meilen hoch zum Himmel aufragte. Ein Himmel, den man deswegen erahnen konnte, da sich an der Gebäudefront gleißendes Sonnenlicht brach. Fahrzeuglärm drang gedämpft an seine Ohren. Hin und wieder meinte er lärmende Stimmen und das ferne Hallen von Schüssen zu hören. »Haben Sie eine Idee, wo wir sind?« Nikolaj sprang vom Stuhl und beschrieb eine einladende Geste.

Der *Artco-Inc.*-Vertreter nahm seine Position ein und spähte nun seinerseits nach draußen. »Ich, äh, ich schätze mal, wir sind in Bangui.«

»Bangui?«

»Eine der drei Clobal Cities im Kingdom of Zulu.« Johnson lächelte unsicher. »Haben Sie den silbernen Wolkenkratzer da draußen bemerkt? Das ist der ehemalige Konzernsitz von *TTMA*. Unverkennbar. Dort befand sich bis vor fünfzig Jahren der afrikanische Hauptsitz des Unternehmens. Also, bis die Afrikaner die großen Konzerne aus dem Land getrieben haben.«

»Sie kennen sich hier erstaunlich gut aus«, meinte Nikolaj. Johnson kletterte umständlich vom Hocker.

»Ich war für *Artco Inc.* schon einige Male hier im KoZ. Kunst, Sie verstehen?« Nikolaj schwieg und ließ Johnson weiterreden.

»Normalerweise ist es nicht klug, sich hier als Weißer oder Asiate blickenzulassen. Man gerät leicht in Verdacht, für die Kons zu arbeiten, die Afrika zu dem gemacht haben, was es heute ist.«

»Ein verseuchtes Stück Erde.«

Johnson nickte. »Aber dieser Zulu kooperiert heute wieder mit den Konzernen. Jedenfalls mit den kleineren, die eher weniger mit der Zerstörung des Kontinents zu tun hatten. Allen voran *Gauss Industries.* Aber auch *Hirosami, Gardner Pharmaceutical* und andere. Zulu bleibt auch nichts anderes übrig, wenn er an der Macht bleiben will. Seinem Volk geht es dreckig. Es hungert und leidet an Krankheiten, die Sie sich nicht einmal in Ihren schlimmsten Alpträumen ausmalen können. Jeder weiß, dass sein Ziel darin besteht, sein rückständiges Reich in die Moderne zu führen. Dafür ist ihm jedes Mittel recht.«

»Ich dachte, Afrika sei von der Außenwelt quasi abgeschnitten?«, entgegnete Nikolaj. Um ehrlich zu sein, wusste er über die heutigen Verhältnisse auf der Erde nur wenig. Aber er hatte gehört, dass die großen Konzerne und Landesregierungen über das Kingdom of

Zulu einen Handelsboykott verhängt hatten. Und eine solche Einigkeit war in einer Welt, in der niemand dem Nachbarn auch nur das Xerosin im Triebwerk gönnte, schon außergewöhnlich.

»Es gibt immer eine Möglichkeit, an eine Ausnahmegenehmigung zu gelangen.« Johnson räusperte sich. »Aber Sie haben schon Recht. Die Konzerne und Regierungen fürchten das KoZ. Zulu ist es damals quasi im Handstreich gelungen, die Global Cities in Zentral- und Südafrika zu erobern. Überall hatte er zuvor seine Leute eingeschleust. Außerdem geht das Gerücht um, dass der Kerl ein Brainbug ist, ein Hexer!« Johnson sah Nikolaj bedeutungsvoll an. »Psionik, verstehen Sie?«

Nikolaj verstand nur zu gut, sagte aber nichts. »Niemand hat damals damit gerechnet, dass es je einem der Warlords gelingen würde, die Clans und Stämme des Kontinents zu einen. Und niemand weiß so genau, welch fürchterliche Waffensysteme bei der Machtübernahme in Zulus Hände geraten sind. Ich sage nur: streng geheime Waffentests!« Johnson betonte die drei Worte auf eine Weise, als weihe er Nikolaj in ein Geheimnis ein. »Die großen Konzerne halten sich da natürlich bedeckt. Vor allem von Unternehmen wie *Knowledge Alliance*, *SternenReich*, *TTMS* und den anderen werden Sie nichts erfahren. Denn die haben hier in Afrika Dinge getestet, die überall sonst auf der Erde verboten sind. Begreifen Sie?«

Nikolaj nickte. Langsam ebbte der Hunger ab, lediglich der Fausthieb nagte noch an seinen Eingeweiden.

»Man befürchtet, dass Zulu die erbeuteten Waffen

eines Tages an Orten einsetzen könnte, die bislang als sicher galten«, fuhr Johnson fort. »Denken Sie nur an eine gezündete Atombombe in Sankt Petersburg. Oder den Einsatz einer Biowaffe in Bejing. Nicht auszudenken.« Johnson ließ sich auf den Hocker fallen und sah furchtsam zu dem abgeschnittenen Strick am Ventilator auf. »Die Konzerne haben Zulu deswegen auch von seinen Planeten abgeschnitten, die ihm eine Zeit lang ziemlich viele Terracoins und C eingebracht haben. Keine Ressourcen bedeuten keine Macht.«

»Das Kingdom hat es geschafft, Planeten zu kolonisieren?« Erstaunt hob Nikolaj eine Augenbraue. »Wie viele?«

Johnson zuckte mit den Achseln. »Keine Ahnung. Nicht viele. Drei oder vier vielleicht. Sicher nicht mehr. Damals, bei der Machtübernahme hier in Afrika, sind den Zulus einige TransMatt-Portale und Raumschiffe in die Hände gefallen. Unter anderem gab es eine *TTMS*-Fertigungsstätte oben in der Global City Harare. Eine Sklavenfabrik, und das dürfen Sie wörtlich nehmen. *TTMS* hat die Fabrik zwar vernichtet, aber es blieben genug Portale übrig, so dass Zulu nach den Sternen greifen konnte. Natürlich haben die allein nicht ausgereicht. Später haben sich seine Kämpfer darauf verlegt, sprungfähige Raumschiffe zu kapern. Doch die Konzerne haben sofort damit begonnen, ihn auszuhungern. Allen voran *TTMS*, *SternenReich* und *Knowledge Alliance*, die damals am meisten in Afrika verloren hatten. Zulu kommt seitdem an keine Ersatzteile mehr ran. Es heißt, dass die meisten seiner Sprung-Portale im

Laufe der Jahrzehnte ausgefallen sind. Und auf die gekaperten Raumschiffe hat man gezielt Jagd gemacht. Dennoch fürchten sie Zulu noch immer.«

»Sieht doch so aus, als hätten sie ihn einigermaßen unter Kontrolle?«

»Ach, glauben Sie?« Johnson sah zu Nikolaj auf. »Und was, wenn es ihm gelingt, eine der anderen Global Cities zu erobern? Zum Beispiel oben im Norden, bei den Sons of Ancients? Das wäre für die Konzerne und Regierungen ein Horrorszenario. Überlegen Sie mal, welche Technologien ihm damit in die Hände fallen würden? Ganz zu schweigen von den Milliarden an Geiseln. Der Kerl gilt als unberechenbar.«

Nikolaj lachte trocken. »Erzählen Sie mir nicht, dass dieser Zulu anders ist als die übrigen Politiker und Konzerner hier auf der Erde.« Argwöhnisch spähte er zur Tür und senkte die Stimme. »Ihnen ist doch klar, dass das hier keine Vergnügungsreise ist?«

»Halten Sie mich für bescheuert?«, zischte der *Artco-Inc.*-Vertreter erbost. »Natürlich ist mir das klar. Aber was mich betrifft, habe ich so gut es geht kooperiert. Die wollten Sie sprechen. Sie allein!«

Nikolaj runzelte die Stirn. »Und warum hat Bitangaro Sie dann ebenfalls entführt? Wozu der Aufwand?«

»Ich weiß nicht. Vermutlich, um mich daran zu hindern, Ihrem Team Bescheid zu geben.«

»Dazu hätte Bitangaro Sie nicht mitnehmen müssen. Er hätte Ihnen auch Drogen verpassen oder Ihnen gleich die Kehle durchschneiden können.«

»Ich ...« Johnson stockte. »Na ja, also vor drei Jahren,

da ... Aber das ist doch jetzt nichts, was mein Brötchengeber nicht wieder geraderücken könnte!«

Nikolaj sah ihn vielsagend an, und Johnson wurde fahl im Gesicht. Er verschwieg dem Konzerner, dass es sicher kein Zufall war, dass sie beide bislang so ungeschoren davongekommen waren. Man hatte sie nicht einmal durchsucht, geschweige denn gefesselt. Ihre Entführer wollten also etwas von ihnen. Nur hatte Nikolaj keine Lust, jemandem entgegenzukommen. »Was mich betrifft, bin ich jedenfalls nicht scharf drauf zu erfahren, warum wir hierher verschleppt wurden. Sie etwa?«

Johnson schüttelte den Kopf, nur um ihn plötzlich ehrfurchtsvoll anzustarren. »Verfügen Sie wirklich über psionische Kräfte?«, wollte er wissen. »Von Leuten wie Ihnen habe ich bis jetzt nur gehört, aber ich habe es vorhin selbst gesehen: Ihre Augen sind komplett grau! Kein Weiß, nicht mal einige Sprengsel. Einfach unheimlich, wie kleine Bälle aus Basalt. Sie sind ein Jump, richtig? Einer Ihrer Eltern hat am Interim-Syndrom gelitten?«

Nikolaj mochte es nicht, wenn das Thema zur Sprache kam. Die meisten Menschen hielten ihn für eine Missgeburt und fürchteten sich vor Leuten wie ihm. Nicht grundlos, wie sich Nikolaj eingestehen musste. Fast überall wurden vermeintliche Psioniker wie er als Sicherheitsrisiko angesehen. Mehrfach schon hatte er wegen seiner Augen Ärger mit Troopern und Gardeuren bekommen. Begegnungen, denen sich allzu oft Besuche von Konzernvertretern angeschlossen hatten, die ihn gern untersucht hätten. Zweimal war es deswegen schon zu Entführungsversuchen gekommen, ganz abgesehen von der Tatsache, dass ihn bereits *Romanow Inc.* als Versuchsobjekt missbraucht hatte. Für das Phänomen seiner Augen gab es keine Erklärung. Zwar hielt sich hartnäckig das Gerücht, dass sich ein Teil der schleimigen Substanz, die das Interim ausfüllte, bei den Jumps in den Adern absetzen würde. Doch er selbst hielt das für Unsinn. Dabei gab es diesen Schleim tatsächlich. Raumschiffe, die das Interim durchflogen, mussten stets gereinigt werden, sonst griff die aggressive Substanz Glas- und Kunststoffteile der Schiffsaußenhaut an – mochten die Komponenten auch noch so gering sein.

»Sind Sie denn Psioniker? Vielleicht könnten Sie …?«, setzte Johnson an, doch Nikolaj unterbrach ihn.

»Ich weiß nicht, was ich hier ausrichten kann.«

»Aber Sie sind noch normal, oder?«, bohrte Johnson wenig mitfühlend nach. »Es heißt, Leute wie Sie schrammen ständig am Wahnsinn entlang. Auf Gauss II ist ein Typ mit Interim-Syndrom mal komplett ausgerastet und hat in der Innenstadt von Schuhmann-Stadt …«

»Es reicht!«, herrschte Nikolaj den *Artco-Inc.*-Vertreter an. »Sagen Sie mir, ob Sie sich hier in Bangui auskennen?«

»Was haben Sie vor? Auf dem M'Poko Spaceport ein verdammtes Shuttle kapern und wieder zum Mond zurückfliegen? Das ist doch nicht Ihr Ernst?« Johnson lachte, als wäre er selbst irre. »Wir kommen hier vermutlich nicht einmal an ein Ultraleicht heran.«

»Nein. Aber vielleicht schaffen wir es, meinen Leuten auf dem Mond eine Nachricht zukommen zu lassen. Wenn es hier in Bangui kleinere Konzerne gibt, dann können wir uns vielleicht zu einem von ihnen durchschlagen? Mir wird man vermutlich nicht helfen, aber vielleicht Ihnen? *Artco Inc.* steht doch mit der Gewerkschaft auf gutem Fuß. Kunst für Arbeiter und so.« Nikolaj lächelte spöttisch. »Das hilfreiche Unternehmen hätte dann etwas gut bei Ihrem Konzern.«

Auf Johnsons Gesicht ging eine Sonne auf. »Na ja, wenn wir es bis zu *Gardner Pharmaceutical* schaffen könnten ... Die sind *Artco Inc.* auf jeden Fall noch einen Gefallen schuldig. Oder vielleicht zu der Sendezentrale von *Starlook?* Beide Konzerne haben ihre Firmensitze im Stadtteil Alt Gobongo. Aber wie ...?«

An der Tür waren Geräusche zu hören.

»Still!«, zischte Nikolaj. »Halten Sie sich einfach bereit.«

Die Tür öffnete sich, und Augenklappe betrat gemeinsam mit seinen beiden Kumpanen die Zelle. Die Männer hielten MPs auf sie gerichtet. »Du, beide, mitkommen! Hände hoch!«, schrie Augenklappe und schwenkte den Waffenlauf nach oben.

Nikolaj faltete ebenso wie Johnson die Hände über dem Kopf. Dennoch hinderte die Geste die drei nicht daran, sie mit unsanften Stößen aus der Zelle zu treiben. Ihre Handgelenke wurden nun doch mit FerroPlast-Riemen gebunden, dann ging es um eine Ecke, und der Afrikaner mit dem Munitionsgurt öffnete eine Stahltür. Grelles Sonnenlicht flutete ihnen entgegen, das zwischen zwei heruntergekommenen Wolkenkratzern aufflammte. Zwillingstürme. Die Bauwerke mit den zerschossenen Fensterfronten schraubten sich sicher 900 Meter in die Höhe und besaßen Ähnlichkeit mit himmelhoch gestapelten Riesenmünzen. Nikolaj stolperte an der Seite Johnsons auf einen betonierten Innenhof, auf dem es so heiß wie in einem Backofen war. Ihm brach der Schweiß aus. Sein Blick fiel auf graue Betonmauern, deren Kronen mit Stacheldraht versehen waren. Zwischen den Drähten zeichneten sich blaue Kunststoffkappen ab, die davon zeugten, dass die Mauerkronen zusätzlich unter Strom standen. Teufel, wo befanden sie sich hier? Linker Hand entdeckte er einen schlanken Wachturm, auf dem Afrikaner Dienst an modernen *Romanow-Podstwolnij*-Blastern versahen. Er hatte sich vorhin schon über die *Arclight* gewundert, die Bitangaro trug. Das KoZ war offenbar nicht ganz so rückständig, wie gern behauptet wurde. Ein Blick zurück enthüllte ihm ein monströses Betongebäude, dessen Front mit zahlreichen vergitterten Fenstern versehen war. Ein verblasster Schriftzug in Englisch prangte unterhalb des Dachfirsts: »*Albany Corp.* – Straf- und Versuchsanstalt«. Ein ehemaliges *crime silage*?

Der australische Kontinent lebte schon seit Jahrhunderten von den zig Millionen Strafgefangenen, die Konzerne und Regierungen aus dem ganzen Sol-System dorthin deportierten. Auf dem Dach war ein dichter Wald aus Satellitenschüsseln und Antennen zu erahnen. Diente der Bau dem KoZ jetzt als eine Art Geheimdienstzentrale? Offenbar war er in eine größere Sache geraten, als er bislang gedacht hatte. Doch welche? Und warum hatte man ausgerechnet ihn entführt?

Ihre Aufpasser trieben sie mit rüden Stößen ihrer Gewehrläufe weiter über den alten Gefängnishof auf ein Tor zu, das oben von einem automatischen Zwillingsgeschütz gekrönt wurde. Auch hier war es sengend heiß. Unter lautem Schwirren und Brausen schwebten wie übergroße Schlauchboote aus Stahl und schwarzem Gummi gleich zwei moderne *STPD*-Hovercrafts heran, die am Heck mit *Predator*-Partikelstrahlwerfern ausgerüstet waren. Weitere Bewaffnete nahmen sie in Empfang, deren Uniformen den Eindruck erweckten, aus verschiedenen Gardeursmonturen zusammengesetzt zu sein. Unter lautem Geschrei führten sie ihre Gefangenen in eines der Luftkissenfahrzeuge. Der Afrikaner mit dem Munitionsgurt bestieg den Kutscherposten vor ihnen, während Augenklappe und Zahnlücke ihnen gegenüber im Heck Platz nahmen.

»Ich hoffe, ich kann Ihnen Bangui etwas näherbringen, bevor wir unser Ziel erreichen«, tönte es aus dem Hovercraft nebenan.

Bitangaro erhob sich in der dortigen Pilotenkanzel. Er trug jetzt eine Sonnenbrille, deren Gläser so schwarz waren wie seine Haut. Schließlich gab er seinen Männern ein Zeichen. Das schwere Gefängnistor öffnete sich ruckelnd, brausend nahmen die Hovercrafts Fahrt auf. Sie rauschten auf eine ebenso breite wie verdreckte Straße, die ganz im Schatten jener gewaltigen Wohnsilos lag, die Nikolaj aus ihrem Kellerverlies erspäht hatte. Obwohl sie im Halbdunkel lag, staute sich auch hier die Hitze. Rücksichtslos brausten die Hover auf eine zerlumpte Menschenmenge zu, die am Fuße eines großen Abfallbergs Müll durchkämmte. Schreie gellten auf, Munitionsgurt lachte gehässig, dann schwenkten die Hover wüst nach links, und sie tauchten ein in das lärmende Treiben der Stadt.

Die Gobal City Bangui war ein stinkendes Monster, das augenscheinlich wild und völlig planlos gewachsen war. Trotz der leprösen Wolkenkratzer, die das Stadtbild bestimmten, besaß Bangui kaum Ähnlichkeiten mit den anderen Global Cities auf der Erde. Staub und Dreck schlugen ihnen entgegen, und die verschmutzte Luft stank nach Abgasen, die Nikolaj nicht sofort zuordnen konnte. Die Hover fuhren an Müllhalden und verrosteten Karosserien vorbei, dann ging es an maroden Wolkenkratzern aus Chrom und Glas entlang, deren Fassaden übersät waren mit Einschusslöchern: einstige Konzernzentralen. Zwischen ihnen, im Vergleich fast winzig klein, duckten sich Hunderte klotziger Wohntürme, die den Charme aufeinandergetürmter Würfel aus schwarzem Granit besaßen. Keines der Bauwerke besaß mehr als zehn oder elf Stockwerke. Dazwischen klemmten halbzerfallene Häuser im afrikanischen Lehmbaustil, zum Teil direkt neben monströsen Lagerhallen mit zerlöcherten Blech- und Aluminiumdächern, auf denen sich gleißend das Sonnenlicht brach. Einige der Hallen gehörten zu Fabrikanlagen, deren qualmende Schornsteine hoch in den Himmel ragten. Doch vor der Kulisse der monströsen Konzernzentralen wirkten die Schlote wie dürre Savannenhalme inmitten großer Affenbrotbäume. Hin und wieder glitt ein Antigrav-Fahrzeug über die Straßenschluchten hinweg, sogar ein Heli ließ sich am Himmel erahnen. Doch der Verkehr in der Luft war nicht annähernd mit jenem in den übrigen Global Cities auf der Erde zu vergleichen. In Bangui spielte sich das öffentliche Leben auf dem stickigen Erdboden ab. Sogar eine heruntergekommene Moschee mit schlanken Minaretten konnte Nikolaj am Straßenrand erkennen, nur dass auf deren Dach ein mit Sandsäcken geschützter Granatwerfer montiert war. Neben der Moschee jedoch lagen ... Tote. Die Körper waren notdürftig mit Planen abgedeckt und wurden von Schwaden schwarzer Fliegen umkreist. Nikolaj wandte den Blick ab.

Sie schwenkten in eine staubige Straßenschlucht ein, die von Tausenden bevölkert wurde. Unentwegt kamen ihnen hupende Lastwagen und fensterlose Busse entgegen, ebenso überfüllt wie die Straße selbst. Ein schier endloser Strom an Menschen zog Handkarren hinter sich her, die mit Baumwolle, Wasserkanistern und grünen Fladen beladen waren. Andere versuchten sich im Straßenverkehr mit altertümlichen Fahrrädern zu behaupten, die unter der Last von Körben und Kisten schier zusammenbrachen. Die Luft waberte vor Hitze und stank nach Ausscheidungen und verwesendem Abfall. Vor allem die Abgase waren hier so intensiv, dass sie ihn zum Husten reizten. Dennoch war Nikolaj fast froh über den Fahrtwind, der ihnen etwas Kühlung verschaffte. Wer es zu etwas Wohlstand gebracht hatte, schien Motorräder zu bevorzugen – und endlich erschloss sich ihm die eigentliche Seltsamkeit dieser Stadt. Noch nie hatte Nikolaj so viele altertümliche Vehikel mit Benzinantrieb gesehen. Von ihnen stammte der beißende Abgasgestank. Unwillkürlich fragte er sich, woher die Afrikaner den Treibstoff bezogen. Die Erdölreserven der Erde waren schon vor Jahrhunderten zur Neige gegangen.

Doch nicht alle Menschen waren unterwegs. Viele Banguier hatten Lager in Hausnischen und an Mauern bezogen, wo sie Tee oder Suppe über einfachen Holzfeuern kochten. Nikolaj entdeckte verwahrloste Kinder, die mitten im Verkehr auf der Straße spielten. Der einzige Lichtblick war eine im Sonnenlicht blitzende und von zwei gewaltigen Türmen gekrönte Kathedrale der CoS, die inmitten eines riesigen Areals aus aberhunderten einfachen Lehm- und Basthütten stand. Die armseligen Bauten drängten sich bis an die hohe Stacheldrahtmauer des Kirchengeländes, so als versprächen sich ihre Bewohner davon etwas Trost.

Die beiden Hover rauschten an einer großen Raffinerie vorbei, die abermals Stirnrunzeln bei Nikolaj auslöste, und erreichten wenig später einen staubigen Marktplatz, auf den die Sonne heiß niederbrannte. Der Geruch nach Abfällen und Verwesung, der ihm hier entgegenwehte, drehte Nikolaj förmlich den Magen um. Und doch war er nichts im Vergleich zu dem ohrenbetäubenden Lärm, der ihnen entgegenbrandete. Massen zerlumpter und doch irritierend bunt gekleideter Menschen schoben sich an mit Baldachinen geschützten Ständen, rostigen Lkws und blau gestrichenen

Tanklastern vorbei, auf und vor denen Händler lauthals Waren feilboten, die von schwer bewaffneten Hyänen-Betas bewacht wurden. Darunter frisierte Fahrzeuge, ausgeschlachtete Computer, alte Holoprojektoren, medizinische Geräte, Baumwollbündel, Kleiderstapel, Kunststofftonnen mit brackigem Wasser und gelblichbraune Maisfladen. Sogar ein Trupp bewaffneter Giraffen-Betas war auszumachen, die mit ihren langen Hälsen immerzu die Menschenmenge überblickten. Nikolaj wurde flau zumute. Ein Gefühl, das nicht allein durch die große Menge an Menschen hervorgerufen wurde, sondern daher rührte, dass die Hover langsamer wurden und er nicht umhinkam, sich die vielen Banguier, die den Platz bevölkerten, genauer anzusehen. Viele litten unter nässenden Ekzemen und eitrigen Geschwüren, die nur notdürftig mit Tüchern verhüllt waren. Anderen setzten Haarausfall, löchriger Hautfraß und schwarze Melanome zu.

»Wo sind wir hier?«, wollte Nikolaj von Johnson wissen.

»Auf dem ›Platz der Freiheit‹«, sagte Johnson leise. »Ich schätze, sie wollen uns rüber zum Königssitz bringen.« Er nickte in Richtung eines beeindruckenden Sandsteinpalasts am jenseitigen Ende des Markts, der majestätisch seine schlanken Türme in den Himmel reckte. Umgeben war die königliche Anlage von einer hohen Stacheldrahtmauer mit Selbstschussanlagen, hinter der sich auf breiter Front ein abfallender Hang erstreckte. Dieser erlaubte den Blick auf einen tiefer liegenden Slum. Das dortige Meer aus Wellblech- und

Lehmhütten erstreckte sich bis zum flimmernden Horizont. »Früher soll da unten ein Fluss vorbeigeströmt sein: der Ubangi!«, ergänzte Johnson. »Keine Ahnung, ob das stimmt.«

»Und wer lebt in diesem Palast?«

»Irgendein Kleinkönig. Zulu selbst hat keinen festen Aufenthaltsort. Zu viele Attentate, verstehen Sie? Von der Machtfülle sind diese Kleinkönige vergleichbar mit den Oberbürgermeistern der Global Cities.«

Rechts von ihnen reckten einige Afrikaner die Hände zum Hover empor und flehten ihre Bewacher in kehligem Dialekt um Almosen an. Zahnlücke schoss eine knatternde Salve in die Luft, und sofort stoben die Menschen auseinander.

Johnson rückte näher. »Kommen Sie den Menschen hier nicht zu nahe«, wisperte er. »Manche ihrer Krankheiten sind ansteckend. Und auf gar keinen Fall sollten Sie etwas essen, das hier angeboten wird. Das Wasser ist voll mit Keimen, der Mais ist radioaktiv verseucht, und selbst die Algenfladen stammen aus Zuchtfarmen, die noch vor Zulus Machtergreifung gebaut wurden. Vor allem das Fleisch hier ist nicht genießbar.«

»Fleisch?« Nikolaj sah seinen Begleiter verwundert an. »Ich denke, hier auf der Erde gibt es kaum noch Tiere?«

»Na ja.« Johnson sah zu Augenklappe auf, der sie misstrauisch musterte. Die Hover bahnten sich weiter einen Weg durch die Menge. »Nicht alles hier auf der Erde ist tot. Sie glauben nicht, was sich aus Insekten alles herstellen lässt …« Der Konzerner deutete mit gefesselten Händen zu einem hausgroßen ATV-Truck hinüber, über dem eine Wolke schwarzer Fliegen hing. »Zulus Kämpfer bevorzugen allerdings das da.« Auf der Ladefläche standen Männer, die einen gewaltigen und von Geschwüren übersäten Fisch zerteilten, fast so groß wie ihr Hover.

»Es gibt noch Wale auf der Erde?«

»Nein, das ist ein Viktoriabarsch«, korrigierte ihn Johnson. »Schon mal davon gehört? Der Viktoriasee hat die Verwüstungen überstanden, nur dass sein verstrahltes Wasser jetzt Monstrositäten hervorbringt, die angeblich sogar die Menschen am Ufer anfallen. Der See dient Zulu als Fleischkammer zur Versorgung seiner Truppen.«

»Das Zeug ist genießbar?«

Johnson warf ihm einen gequälten Blick zu. »Die Alternative wäre Hundefleisch, aber das ist ebenso verseucht.«

»Hund?« Überrascht sah Nikolaj seinen unfreiwilligen Fremdenführer an.

»Aber klar, Hunde gibt es noch überall auf der Erde. Ebenso wie Katzen. In den Slums der Städte sind die verwilderten Biester zu einer echten Plage geworden. Hier natürlich auch.« Er deutete hinüber zu einem großen Abfallhaufen, neben einigen gut bewachten Ständen mit welligbraunem Spinat, Alkohol und Waffen.

Erstmals fiel Nikolaj das Rudel räudiger Köter auf, das sich dort knurrend und mit gefletschten Zähnen um einen Sack Müll balgte. Es handelte sich um ein gutes Dutzend Tiere. Nikolaj leckte sich über die Lippen. Obwohl die Hover in dem Gewühl nur langsam vorankamen, hatten sie sich dem Palast bereits bis auf einen halben Kilometer angenähert. »Finden Sie von hier aus zu *Gardner Pharmaceutical* oder *Starlook*?«, fragte er leise.

Johnson sah ihn überrascht an. »Jetzt?«

»Ja, jetzt!«, zischte Nikolaj wütend, während er zugleich versuchte, sich vor Augenklappe und Zahnlücke nichts anmerken zu lassen.

Johnson nickte unmerklich.

»Können Sie mit einem Hover umgehen?«

»Äh, ich weiß nicht.«

»Und mit einer Waffe?«

»Ich?«

Nikolaj hätte den unbeholfenen Konzerner am liebsten durchgeschüttelt. Doch er brauchte den Mann. »Gut, halten Sie sich bereit.« Nikolaj schloss die Augen hinter seiner Brille, atmete tief ein und streckte seinen Geist nach den verwilderten Hunden aus. Zunächst waren seine Versuche nur ein Tasten. Er musste herausfinden, welches das Leittier war. Ein Bullterrier. Er thronte ganz oben auf dem Müllhaufen. Kaum, dass er den Hund identifiziert hatte, übernahm er auch schon die Kontrolle über ihn. Der Hund bellte aggressiv auf, dann sprang er mit langen Sätzen von seinem Platz und bahnte sich knurrend einen Weg durch die Marktbesucher hindurch auf die Hovercrafts zu. Das Rudel starrte dem Bullterrier nach und jagte ihm kläffend hinterher.

Unter den Marktbesuchern waren erste Schreie zu hören, zwei Afrikaner wurden von den Tieren von den

Beinen gerissen und stürzten zu Boden. Dann stürmte die Meute einen Stand mit hoch aufgeschichteten Algenfladen empor, von wo aus die Tiere auf Bitangaros Hovercraft zuhechteten. Bellend, knurrend und beißend fiel die tobende Meute Bitangaro und seine Männer an. Schreie gellten zu ihnen herüber, und die überrumpelten Afrikaner setzten sich sofort mit ihren Messern und Gewehren zu Wehr, während Nikolaj zornig dafür sorgte, dass sich die Reißzähne des Bullterriers tief im Arm eines der Männer vergruben. Die Köpfe von Augenklappe und Zahnlücke flogen verblüfft herum.

Nikolaj kam wieder zu sich, bückte sich und zog Augenklappe mit einer gleitenden Bewegung dessen Vibromesser aus dem Stiefel. Augenblicke später lagen die Ferroplast-Fesseln durchgeschnitten am Boden. In diesem Moment drehte sich Zahnlücke zu ihm um.

Nikolaj explodierte förmlich. Es war wie in alten Zeiten. Sein Handkantenschlag zertrümmerte Zahnlücke den Kehlkopf, bevor dieser einen Laut von sich geben konnte. Noch während sein Gegner gurgelnd vornüber kippte, hatte er ihm die MP entwunden und hämmerte Augenklappe dumpf den Schaft gegen die Schläfe. Auch der kam nicht mehr dazu, einen Schrei auszustoßen. Er kippte schräg nach rechts, was Nikolaj sofort dazu nutzte, ihn an den Beinen zu packen und aus dem Fahrzeug zu hebeln. Drüben beim gegnerischen Hover hallte Kampfgeschrei zu ihnen herüber, und Nikolaj sah, wie Bitangaro einem der Tiere mit seinen bloßen Händen das Genick brach. Die Männer hinter ihm gingen nun dazu über, mit ihren MPs rücksichtslos in die Menge zu feuern. Zahlreiche Tiere jaulten getroffen auf, und mit ihnen brach ein halbes Dutzend Menschen zusammen. Dabei war die Angriffslust der Tiere längst abgeflaut. Nikolaj sprang nach vorn zum Fahrerstand, wo Munitionsgurt mit der MP im Anschlag stand, um seinem Boss zu Hilfe zu eilen.

Nikolaj rammte den Kopf ihres Kutschers zweimal hart gegen die Frontscheibe der Kanzel und warf die Waffe nach hinten zu Johnson.

»Was machen Sie da?« Johnson starrte Nikolaj entsetzt an, während auf seinem Schoß Zahnlücke an dem eingedrückten Kehlkopf erstickte.

Nikolaj schleuderte Munitionsgurt ebenfalls aus dem Fahrzeug. Er warf sich auf den Pilotensitz und ließ die Turbinen des Hovercraft aufheulen. Im selben Moment drehte sich einer von Bitangaros Männern um. Mit gellendem Schrei deutete er auf sie und ließ die MP rattern. Nikolaj duckte sich, während die Salve auf die Frontscheibe einhämmerte und das Panzerglas mit einem Netz aus Rissen und kleinen Kratern überzog. Nikolaj drückte aufs Gaspedal und rammte Bitangaros Fahrzeug. Der Afrikaner und seine Männer wurden hart durchgeschüttelt, und der Schütze verlor seine Waffe.

»Sie sind ja doch wahnsinnig!«, brüllte Johnson panisch.

Nikolaj wendete das Luftkissenfahrzeug schwungvoll und beantwortete den Beschuss mit einer gezielten Salve aus seiner Beute-MP. Einer der Afrikaner heulte auf und brach zusammen. Nikolaj trat abermals aufs Gas und jagte mit dem Hover quer über den Marktplatz, geradewegs auf eine der Straßenschluchten zu. Menschen stoben zur Seite.

»Wohin jetzt?«, brüllte Nikolaj gegen den Lärm der Turbinen an. Rücksichtslos donnerte er durch zwei Marktstände hindurch. Es krachte, und Dutzende gebrauchter Diagnosesets wurden meterhoch zum Himmel emporgeschleudert.

»Nach ... nach ... Dorthin!«, wimmerte Johnson verängstigt und wies mit der Hand zu einer der Straßen.

Der Konzerner hinter ihm wurde von den Fliehkräften gegen die Sitzbank gedrückt und lag jetzt gemeinsam mit dem toten Zahnlücke schräg unter dem im Heck montierten Partikelstrahlwerfer. Nikolaj seufzte beim Anblick der Waffe. Johnson war garantiert zu unfähig, um sie zu bedienen. Er ließ die Turbinen des Hovers ein weiteres Mal aufheulen, zog den Kopf ein und brauste in die angegebene Richtung. Er sah, dass Bitangaro die Verfolgung aufgenommen hatte, während seine Männer aus vollen Rohren feuerten. Mehrfach wurde ihr Hover von Kugeln getroffen, die als Querschläger in die umliegenden Stände einschlugen. Wie erwartet war das Fahrzeug gepanzert, doch Nikolaj wusste nur zu gut, dass ein Zufallstreffer reichte, um ihre Flucht zunichtezumachen.

Er ließ das Luftkissenfahrzeug über den Untergrund tanzen, jagte an einem verrosteten Silo vorbei und tauchte ein in den drückenden Verkehr der Stadt. Obwohl er ein hohes Tempo anschlug, kam es seltsamerweise zu keinerlei Kollisionen. Stattdessen spritzten die entgeisterten Afrikaner vor ihm beiseite wie Bugwellen. Die Banguier schienen Arschlöcher wie ihn gewöhnt zu sein.

Verzweifelt suchte Nikolaj nach so etwas wie einer Hupe, als im Straßenlärm hinter ihm ein durchdringender Pfeifton zu hören war. Geistesgegenwärtig lenkte Nikolaj den Hover auf die Gegenfahrbahn. Keinen Moment zu spät, denn schon zischte ein flirrender Energiestrahl dicht am Heck ihres Fluchtfahrzeugs vorbei und schlug in einen der entgegenkommenden Busse ein. Das altertümliche Vehikel wurde wie von einer Gigantenfaust gepackt, angehoben und explodierte noch in der Luft in einem Glutball aus Benzin und Feuer. Schmauchende Metall- und Leichenteile prasselten vom Himmel, der jetzt schwarz vor Rauch war.

Johnson schrie entsetzt auf. Auch die Menschen auf der Straße brüllten vor Angst. Die Bastarde hinter ihm schossen doch tatsächlich mit dem Partikelstrahlwerfer auf sie!

Nikolaj riss den Steuerknüppel abermals herum, wich einem Lkw aus und krachte mit der Flanke des Hovers gegen eine himmelwärts strebende Holotafel, von der ein Schwarzer in Kampfmontur Parolen auf die Masse herabbellte. Es brizzelte über ihm, die Holografie erlosch, und die monströse Propagandatafel krachte der Länge nach zwischen die Passanten. Nikolaj erwiderte den Beschuss seiner Gegner abermals mit der MP. Dann prügelte er den Hover in eine verschattete Nebenstraße inmitten zweier hoher Wolkenkratzer.

»Falsche Richtung!«, schrie Johnson.

Nikolaj antwortete nicht. Ohne Rücksicht auf die primitiven Unterkünfte der Obdachlosen zu nehmen, die den Weg links und rechts säumten, jagte er auf den hellen Lichtschein am Ende der Straßenschlucht zu. Schreiende Menschen hechteten zur Seite. Bis eben war er noch davon überzeugt gewesen, dass Bitangaro sie lebend haben wollte. Doch der Einsatz des Partikelstrahlwerfers ließ Zweifel aufkommen. Oder war der Schuss eine eigenmächtige Aktion einer der Männer gewesen? Nikolaj kam nicht dazu, sich weiter über den Zwischenfall Gedanken zu machen, denn er schoss zwischen den Wolkenkratzern hervor und fand sich unvermittelt auf einem von Sonne und Wüstenstaub ausgedörrten Gelände wieder. Sein Blick streifte Hunderte ausgeschlachteter ATVs, *GMT*-Trucks und Segways. Ein Fahrzeugfriedhof. Das hatte ihm gerade noch gefehlt. Die verdammten Karosserieskelette türmten sich auf dem Gelände zu Wällen und kleinen Bergen, zwischen denen enge Wege hindurchführten. Er gab Gas und brauste unter Zurücklassung einer großen Staubwolke auf die Schrottberge zu. Bitangaros Hover jagte nun ebenfalls zwischen den Hochhäusern hervor und rammte einen im Wege befindlichen Segway beiseite. Das Rattern eines schweren MGs war zu hören, dessen Salve einen Truck zu ihrer Linken zersiebte. Nikolaj schlug mit dem Hover so gut es ging Haken, schwenkte in eine der vielen Gassen zwischen den ausgeschlachteten Fahrzeugen ein und sah im Rückspiegel, wie Bitangaro aufstand und die *Arclight* in Anschlag nahm.

Fauchend schlug eine Salve Energiestrahlen in einen der Karosserie-Berge schräg vor ihnen ein. Metall kreischte gepeinigt auf. Im nächsten Augenblick brach der Turm aus Fahrzeugen zusammen und donnerte rumpelnd auf den Weg vor ihnen. Nikolaj konnte gerade noch verhindern, dass sie von glühenden Schrottteilen getroffen wurden. Die Gasse war jetzt versperrt.

Nikolaj fluchte, lenkte den breiten Hover in eine Abzweigung und gab erneut Gas – als die Turbinen zu stottern begannen. Ein Blick auf die Tankanzeige stellte klar, dass der Hover noch über reichlich Treibstoff verfügte. Nikolaj versuchte abermals zu beschleunigen, als die Kontrollleuchten am Armaturenbrett flackerten und mit einem Schlag ausfielen. Wimmernd erstarben die Turbinen, und der Hover landete von einem Augenblick zum anderen unsanft auf dem Boden. Erst jetzt entdeckte Nikolaj das silberne Objekt, das mit schwirrenden Rotoren über einem der Schrottberge auftauchte: eine *Dipstick*-Kampflibelle! Hinter der Glasfront der Pilotenkanzel sah er einen afrikanischen Piloten. Er wurde von einem Kind begleitet, das sich vornüber gestützt gegen die Scheibe des Helikopters lehnte und mit großen Augen zu ihm herabstarrte. Moment, das war kein Kind! Der Wuchs wies auf einen Erwachsenen hin. Das war ein Pygmäe! Nikolaj war so verblüfft über die Entdeckung, dass er nicht einmal seine MP anhob. Der leicht gepanzerte Heli aus Ultrastahl hatte längst eine beeindruckende Repulsorkanone auf sie ausgerichtet. Nikolaj wusste, wann er verloren hatte.

»Tut mir leid, aber das war's«, rief er nach hinten.

Langsam erhob er sich und drehte sich mit erhobenen Händen zu Bitangaro um. Der hatte ihnen mit seinem Hover längst den Rückweg abgeschnitten. Die *Dipstick* über ihnen bewegte sich nicht von der Stelle, und die Repulsorkanone war noch immer auf sie gerichtet.

»Was? Das war's?«, fuhr ihn Johnson entsetzt an. Noch immer lag Zahnlückes Leichnam auf seinem Schoß. Er schien ihn nicht einmal zu bemerken.

»Da.«

»Ja? Das ist alles, was Sie Dilettant dazu zu sagen haben?«

Nikolaj beachtete Johnson nicht weiter, da Bitangaro und seine Männer absaßen und mit angelegten Waffen einen Halbkreis um ihren Hover bildeten. Die Kämpfer starrten zornig zu ihnen empor, allein Bitangaro wirkte wie die Ruhe in Person. Fast unbekümmert kaute er einen Kaugummi. Die Rechte lag auf seiner *Arclight*, während er ihnen mit einem lässigen Wink der Linken bedeutete, aus dem Hover zu klettern.

Nikolaj sprang aus dem Fahrerstand, während sich Johnson zitternd unter der Leiche des Afrikaners hervorzwängte und ihm mühsam nachfolgte. Bitangaro beachtete den Konzerner nicht weiter. Stattdessen setzte er seine Sonnenbrille ab und warf einen kurzen Blick auf die Leiche Zahnlückes. Angewidert schürzte er die Lippen, dann winkte er in Richtung der Kampflibelle, und der Heli stieg wieder in den Himmel auf.

Bitangaro trat vor Nikolaj und fixierte ihn. »Poljakow, Poljakow ... Für einen Zoodirektor wie Sie war das eben eine reife Leistung. Wirklich, nur wenige schaffen es, mich zu verblüffen. Verraten Sie mir, wo Sie das gelernt haben?«

Nikolaj schwieg.

Bitangaro seufzte theatralisch. »Ihnen ist schon klar, dass ich Sie beide jetzt eigentlich erschießen lassen müsste?«

»Und warum tun Sie es nicht?«, fragte Nikolaj.

Bitangaro hätte schon längst kurzen Prozess machen können. Er wusste es. Bitangaro wusste es. Nur Johnson nicht, der den Afrikaner entsetzt ansah.

»Leider möchte mein Auftraggeber Sie lebend sehen«, antwortete der Afrikaner. Er rückte Nikolaj in falscher Freundlichkeit den Kragen der khakifarbenen Jacke zurecht. »Ich schlage daher vor, dass wir beide noch einmal ganz von vorn anfangen, in Ordnung? Sie erinnern sich, da stand noch die asiatische Begrüßung aus?« Einen Moment lang wirkte es tatsächlich so, als wolle sich Bitangaro vor Nikolaj verneigen. Stattdessen rammte dieser ihm mit Wucht den Schädel ins Gesicht, und es wurde schwarz um ihn.

Nikolaj erwachte mit dem Geschmack von Blut und bitterer Galle auf der Zunge. Um ihn herum war es dunkel, und ein kühler Wind blies ihm ins Gesicht, der nach Staub, Asche und warmer Erde roch. Sein Gehirn hatte die Eindrücke gerade verarbeitet, als ein scharfer Schmerz durch seinen Kopf schoss und ihn endgültig erwachen ließ. Mit dem Schmerz kam der Brechreiz. Nikolaj würgte und rang nach Atem. Die Wirkung des Neuroleptikums hatte nachgelassen. Alles deutete darauf hin, dass er sich inmitten einer größeren Gruppe von Menschen befand. Stöhnend versuchte er sich aufzurichten, doch seine Rechte glitt in einer Lache säuerlich riechenden Schleims aus. Erbrochenes. Sein Erbrochenes.

Nikolaj schüttelte benommen den Kopf. Bunte Schlieren tanzten vor seinen Augen. Abermals rang er nach Luft und wischte sich die Finger lahm am Untergrund ab. Gestein. Wo war er? Sein linkes Brillenglas hatte einen Sprung abbekommen, und seltsamerweise hatte das verbliebene Glas auf Nachtsicht umgeschaltet. Doch angesichts der rasenden Kopfschmerzen konnte er keinen klaren Gedanken fassen. Abermals würgte er, doch sein Magen war längst leer. Keuchend versuchte er, auf die Beine zu kommen. Er schaffte es nicht einmal bis auf halbe Höhe, da versagten ihm die Kräfte. Wie ein angeschossenes Tier brach er wieder zusammen. Jemand lachte. Seltsam verzerrt rollte das Lachen durch seinen Schädel und steigerte sich zu einem hallenden Crescendo, das ihn schier rasend machte. *Na, ist es jetzt so weit?*, glaubte er von irgendwoher die Stimme seines Partners zu hören. *Geht es jetzt ans Ende?*

»Partner, bist du das?«, stöhnte Nikolaj. *Stehen Sie auf, Sotnik!*, brüllte eine andere Stimme in seinem Kopf. *Für einen Versager haben wir in der glorreichen russischen Armee keinen Platz!*

Das war die Stimme seines Ausbilders. Aber General Smirnow lebte nicht mehr. Er war schon lange tot. Wurde er jetzt irre wie so viele andere vor ihm?

Am Rande seines Verstands mischte sich ein wüster

Kosakenchor in das laute Lachen, der lärmend das Wolga-Lied schmetterte. »Aufhören!«, keuchte Nikloaj. »Bitte ... aufhören!«

Nur am Rande bekam er mit, wie er fahrig nach etwas Unsichtbaren schlug. Doch da war nichts. Das hallende Gelächter ging über in lärmendes Rauschen, das wie fallende Wasser klang. Das Rauschen des Interims?

Aus dem Rauschen schälte sich die temporeiche Melodie des *Korobeiniki*, die sein Bewusstsein ausfüllte wie blecherner Lärm eine leere Tanzhalle. Wie lange schon hatte er die alte russische Volksweise nicht mehr gehört? Er kicherte.

Jemand packte ihn und zerrte ihn in eine aufrechte Position. Nikolaj schwindelte, doch er konnte nicht aufhören zu lachen. Sein Körper schüttelte sich in spastischen Krämpfen und weigerte sich, stillzuhalten. Selbst der plötzlich aufflammende Schmerz an seinem Hals änderte nichts daran. Nikolaj lachte und schüttelte sich – bis die Geräusche in seinem Kopf endlich abebbten und einer bleiernen Ruhe Platz machten. Allein das Lachen blieb. Und dieses Lachen war nicht das seine.

»Poljakow«, dröhne Bitangaros Stimme durch seinen Verstand. »Sie sind ja ein viel ärmeres Schwein, als ich dachte! Sie haben sich sogar eingepisst! Schämen Sie sich denn gar nicht?«

Erstmals spürte Nikolaj die Nässe, die sich in seiner Hose ausgebreitet hatte. Zusammen mit seiner Kotze musste er einen mehr als unwürdigen Anblick bieten. Die Auswirkung des Interim-Syndroms. Es war schon längere Zeit her, dass er von so einem schlimmen Anfall wie eben heimgesucht worden war.

Bitangaro hielt einen Diffusor in Händen und lachte noch immer. Nikolaj war fast dankbar für das Neuroleptikum, das ihm der Afrikaner gespritzt hatte.

»Sie stinken«, höhnte der Schwarze.

»Sie haben damit sicher so Ihre eigenen Erfahrungen …«, krächzte Nikolaj.

»Und immer noch der alte Witzbold«, erwiderte sein Gegenüber. »Wenn Sie möchten, besorge ich Ihnen eine Windel und führe Sie damit ein wenig in Bangui herum. Ich denke, damit wäre dann auch der afrikanischen Gastfreundschaft Genüge getan.«

Ferner Jubel brandete auf, der Nikolajs Kopf zum Klingen brachte. Er verzog das Gesicht und sah sich um. Er befand sich im Eingangsbereich einer großen, natürlich geformten Höhle. Sie lag etwas erhöht inmitten einer schroff abfallenden Felsformation, und man konnte von hier aus auf eine von Fackeln beleuchtete Savanne mit vereinzelten Krüppelbäumen blicken. Sterne funkelten zwischen den Wolken, und fahler Mondschein beschien eine riesige Menschenmenge, die sich in ein oder zwei Kilometern Entfernung um einen seltsam geformten Felsen eingefunden hatte. Wie viele Leute mochten sich da unten aufhalten? Eintausend? Zweitausend? Nikolaj blinzelte. Sofort zoomte das intakte Glas seiner Brille den Ausschnitt näher heran. Das war kein Fels – das war ein altes rostiges Frachtschiff, das verloren im Irgendwo der afrikanischen Steppe lag. Ein von mehreren Bewaffneten flankierter Mann in dunkler Kutte stand von Scheinwerfern angestrahlt und mit einem Mikro in den Händen oben an der Reling des alten Kahns und sprach zu den Massen. Niklolaj sah über die Schulter und kämpfte den Schwindel nieder. Die Höhle selbst war in ein beunruhigendes Halbdunkel getaucht. Irgendwo war elektronisches Summen zu hören, und er konnte vor den Felswänden afrikanische Söldner ausmachen, die mobile Kontrollkonsolen im Blick behielten. Endlich entdeckte er Johnson. Der Konzerner hockte gefesselt an der Wand gegenüber und starrte ihn müde an.

»Was geht da draußen vor sich?« Schwerfällig deutete Nikolaj in die Nacht.

»Oh, dort spricht der Sanusi zu den Ärmsten der Armen.« Bitangaro wirkte wie euphorisiert.

»Sanusi?«

»Zulu, Poljakow. König Zulu! Unser Herrscher. Er war es, der mich damit beauftragt hat, Sie hierher zu bringen.«

»Wollen Sie mich verarschen?«, stöhnte Nikolaj. »Warum sollte Ihr verdammter Zulu ausgerechnet an mir Interesse haben?« Endlich schaffte er es, sich an der Felswand hochzuziehen. Seine Beine zitterten noch immer.

»Satellit nimmt Position ein!«, hallte eine kehlige Stimme aus der Tiefe der Höhle. Dank der Nachtsichteinstellung seines intakten Brillenglases konnte Nikolaj erkennen, wie sich die Männer in der Höhle aufgeregt über einen Bildschirm mit der Darstellung der Erde beugten, über dem mehrere blinkende Parabelkurven aufleuchteten. Unvermittelt baute sich neben ihm am Höhlenausgang ein knisternder Energieschirm auf. Was ging hier vor?

»Gleich werden Sie miterleben, wie sehr sich unsere Freunde von der *Knowledge Alliance* über den öffentlichen Auftritt unseres Herrschers freuen«, erklärte Bitangaro.

»Vier ... drei ... zwei ... eins ... Jetzt! *KA*-Satellit hat Position eingenommen!«, rief die Stimme im Hintergrund. Im selben Augenblick setzte ein gleißendes Licht die nächtliche Wolkendecke in Brand. Ein scharf gebündelter Energiestrahl schnitt durch die Erdatmosphäre und fuhr schräg auf die Savanne nieder. Das ferne Frachtschiff explodierte unter donnerndem Hall, und ein pilzförmiger Glutball stieg auf, dessen Druckwelle die Menschenmasse von den Beinen fegte, bevor sie unter Tonnen von Erde und aufgewirbeltem Gestein begraben wurde. Der Schutzschirm am Höhleneingang knisterte, als die Ausläufer der Druckwelle die Felsformation erreichten und Wolken aus Staub und Asche gegen die Energiewand drängten.

»Rasputin! Ihr ... Ihr Zulu wurde gerade vor unseren Augen zerfetzt! Und nicht nur er ...« Nikolaj konnte angesichts des aufgewirbelten Staubs nichts sehen, aber er war sich sicher, dass niemand da draußen den Satellitenbeschuss überlebt hatte. Tausende Menschen waren innerhalb weniger Augenblicke ums Leben gekommen.

»Ihre Besorgnis rührt mich zutiefst, Herr Poljakow«, hallte eine seltsam helle Stimme auf. Sie klang fast wie die eines Kindes.

Bitangaro trat zur Seite, verneigte sich und nahm steif Haltung an. Nikolaj starrte verwirrt ins Halbdunkel hinter sich und entdeckte einen Unbekannten in Kutte, der sich ihm barfuß näherte. Ein Albino! Er wurde begleitet von zwei Hünen mit wilden Mähnen, die in ihren Pranken schwere Waffen hielten. Löwen-Betas! Das hatte ihm gerade noch gefehlt. Die Chims sahen ihn lauernd aus gelben Raubtieraugen an. Auch die Techniker verneigten sich unterwürfig.

Handelte es sich bei dem Kerl tatsächlich um Zulu? Die Reaktionen seiner Entführer ließen keinen anderen Schluss zu. Endlich stand der gefürchtete Führer des KoZ vor ihm und sah ihn aus hervorquellenden Augen an. Die Pupillen glühten im Dämmerlicht wie rote Dioden, und die mit Melanomen überwucherte Kopfhaut des Albinos erweckte unwillkürlich seine Abscheu. »Ihre Sorge ist allerdings unbegründet.« Zulu sprach im Plauderton zu ihm, als hätten sie sich soeben auf einer Cocktail-Party kennengelernt. »In einer knappen Stunde werde ich meine Wiederauferstehung feiern und so dazu beitragen, meinen Ruf als unsterblicher Garant der afrikanischen Unabhängigkeit zu mehren. Leider verliere ich langsam den Überblick: Das wievielte Attentat war das jetzt?« Zulu drehte sich um.

»Das zweihundertsechzehnte«, antwortete eine kehlige Stimme.

Nikolaj atmete scharf ein. Die Freaks, die hinten in der Höhle zum Vorschein kamen, waren von Krankheiten entstellt. Bei einem standen die wenigen Haare ab, als wären sie elektrostatisch aufgeladen. Zwei weitere waren halbnackt und trugen lediglich Felle über ihrer schwarzen Haut, ein anderer schleppte sich mit den Händen über den Höhlenboden, die verkrüppelten Beinstummel schlaff hinter sich herziehend. Nikolaj musste unwillkürlich an die Gerüchte denken, nach denen Zulu angeblich Brainbugs um sich herum versammelte. Psioniker, so wie er selbst. War das der Grund, warum man ihn hergeschafft hatte?

»Üblicherweise setzen meine Gegner profane Scharfschützen und Killerkommandos auf mich an, die mich mit Bomben und simplen Drive-bys aus dem Weg zu räumen versuchen.« Zulu lächelte. »So etwas wie das eben ist selbst für mich neu. Es zeigt, wie verzweifelt meine Gegner inzwischen sind.«

»Sie wussten, dass die *Knowledge Alliance* einen Killersatelliten auf Sie angesetzt hat?«, fragte Nikolaj. Das Neuroleptikum entfaltete weiter seine Wirkung. Dennoch tat er so, als ob er sich kaum auf den Beinen halten konnte.

»Aber natürlich.« Zulu hob einen verkrüppelten Finger und lächelte geisterhaft. »Mir entgeht nichts, was in oder über meinem Reich geschieht.«

»Dann haben Sie den Tod all der Menschen da draußen wissentlich in Kauf genommen?«

»Herr Poljakow.« Pikiert schürzte Zulu die Lippen. »Wir werden doch jetzt nicht moralisieren? Meine Untertanen starben für eine höhere Sache. Die meisten von ihnen waren sterbenskrank. Sie hätten ohnehin nur noch wenige Jahre zu leben gehabt. Doch jetzt gelten sie bei uns als Märtyrer!«

Meinte der Irre das ernst?

»Und das ist nicht alles«, fuhr der Albino fort. »Im Tod habe ich sie zu einer Waffe geschmiedet, die unsere Feinde ins Herz zu treffen vermag. Die himmlische Botschaft unserer Freunde von der *Knowledge Alliance* wurde natürlich aufgezeichnet und wird noch heute *Freepress* zugehen. Morgen schon wird das verbrecherische Unternehmen überall auf der Erde als heimtückischer Mordbrenner gebrandmarkt sein. Ein Heer von Menschenrechtlern, Selbstgerechten und anderen Ahnungslosen wird aufschreien. Das StellarWeb wird mit Protesten überschwemmt werden, der Aktienkurs des Unternehmens wird für mehrere Tage in den Keller gehen, und der Konzern wird viele Millionen C verlieren. Sagen Sie selbst, wie würden Sie einen Erfolg dieser Größe unter militärischen Aspekten beurteilen?«

»Sie sind ein menschenverachtender Schlächter!«, zischte Nikolaj.

»So sehen Sie das also!« In Zulus roten Augen blitzte es gefährlich auf, und einer seiner beiden Löwen-Betas knurrte. »Ich hingegen bezeichne ein solches Vorgehen als legitime Weise der Kriegsführung. Ich will den Konzern ins Mark treffen. Ich will ihn vernichten. Und natürlich wird es mir abermals möglich sein, wie der strahlende Phönix aus der Asche zu treten.« Der Albino wandte sich dem Höhlenausgang zu, so als könne er die Energiewand mit seinen Blicken durchdringen. »Was man in diesem Fall wohl wörtlich nehmen darf …«

»Was wollen Sie von mir?«

»Richtig, Sie wünschten zu wissen, wie Sie dem Kingdom im Kampf gegen seine Feinde beistehen können?«

Schweigend starrte Nikolaj den Albino an.

»Nun, Ihre Rolle ist eine recht simple. Mir ist zu Ohren gekommen, dass Sie und Ihr außergewöhnliches Unternehmen in Kürze auf At Lantis erwartet werden. Zu Dreharbeiten.«

Darum also ging es Zulu. Der Ort, von dem der Afrikaner sprach, war so etwas wie das letzte Paradies auf Erden. Vor ein paar Jahrhunderten hatte ein ehemaliger Kon-Aussteiger namens Wilbur Graeme Lantis eine alte, stillgelegte Raumstation im Orbit der Erde gekauft und diese in den Resten des atlantischen Ozeans niedergehen lassen. Er hatte sich so ein Privatressort umgeben von Wasser geschaffen, um abseits der Global Cities seinen Traum vom besseren Leben zu verwirklichen. Ihm folgten Freunde und andere Superreiche, die sich ebenfalls auf der künstlichen Insel niederließen und diese Stück für Stück weiter ausbauten. Wurden sie gefragt, wo sie sich gerade befanden, lautete die Antwort stets »at lantis' island« woraus schon bald At Lantis wurde, angelehnt an das mythische Inselreich, das der antike griechische Philosoph Platon in seinen Dialogen erwähnt hatte.

»Wie man hört, hat *Everywhere Broadcasting* Sie engagiert, damit Sie einige Ihrer Exokreaturen den Machern einer TV-Serie zur Verfügung stellen«, sprach Zulu weiter. »Wie hieß die Serie noch gleich?« Er sah Nikolaj spöttisch an.

»*Damn Collie, die!*«, antwortete dieser.

»Richtig. *Damn Collie, die!* Eine der erfolgreichsten Action-Serien seit Gründung des Unternehmens. Natürlich, geht es darin doch um die Vernichtung der Collectors.« Zulu lächelte, ohne dass dieses Lächeln seine Augen erreichte. »Ist es nicht amüsant, wie ein derart triviales Serienkonzept die Einschaltquoten anheizt? Ich sage Ihnen, warum: Mit dieser Serie kompensieren die Menschen ihre Ängste. Allein meine Untertanen können dieser Form der Unterhaltung keinen großen Reiz abgewinnen. Sie haben andere Sorgen. Echte Sorgen. Ja, ich befürchte fast, dass hier in Afrika nicht wenige das Erscheinen der Collectors förmlich herbeisehnen. Es heißt immerhin, dass die Ahumanen die von ihnen in Obhut gebrachten Planeten in grüne Paradiese verwandeln. Wussten Sie das?«

»Das sind Gerüchte.«

»In der Tat: Gerüchte. Allerdings gefährliche Gerüchte!« Zulu presste die Lippen zu einem schmalen Strich zusammen. »Nichts, was einem Mann mit meinen Ambitionen behagen darf. Aber so hat wohl jeder von uns sein Päckchen zu tragen. Und da wären wir auch beim Thema. Ich möchte, dass Sie für mich ein *Päckchen* aus At Lantis herausholen.«

Nikolaj verstand sofort, dass es Zulu um eine Entführung ging. »Warum ich?«

»Sie wissen sicher um die antiquierten Seuchenschutzbestimmungen hier auf der Erde. Dass Sie und Ihr Xeno-Spektakularium die Erde überhaupt ansteuern dürfen, grenzt bereits an ein Wunder. Man denke nur an all die außerirdischen Keime, die Sie einschleppen könnten. Und dann auch noch nach At Lantis, ins Paradies der Reichen und Schönen. Sie haben offenbar Gönner in den obersten Gesellschaftsschichten, von denen Sie selbst nichts ahnen …« Zulu lächelte mehrdeutig. »Wie Sie vermutlich wissen, wird Lantis Island strenger abgeschirmt als jede Global City hier auf der Erde. Eigene CityTrooper, schwimmende und tauchende Verteidigungsplattformen, Satellitenüberwachung, Abfangjäger, Hochleistungs-Bioscanner und, und, und. Kurz: Selbst jenen, die Lantis Island zu ihrer zweiten Heimat erkoren haben, ist es so gut wie unmöglich, jemand Unbefugtes in dieses Paradies hinein- oder gar aus ihm herauszuschmuggeln. Zumindest nicht, ohne dass die inseleigenen Trooper dies nicht innerhalb von Minuten bemerken würden. Und da kommen Sie ins Spiel!« Zulu tippte Nikolaj mit einem knotigen Finger gegen die Brust.

»Und wie?«

»Mit Hilfe Ihres Zoos!« Zulu bleckte die Zähne. »Selbst den Hochleistungs-Bioscannern auf Lantis Island wird es unmöglich sein, all die Lebenssignale in Ihrem Schiff sauber voneinander zu trennen. Bis die bei Ihrer Abreise entdecken, dass sich an Bord Ihres Schiffs weitere Passagiere befinden, haben Sie längst den Erdorbit erreicht.«

Ausdruckslos sah Nikolaj den Albino an. »Und dort erwarten Sie mich?«

»Nein, von dort aus werden Sie weiterreisen.« Zulu schritt zu dem Rudel verwahrloster PSI-Wracks und ließ sich von einem Kleinwüchsigen ein Touchpad reichen.

War das dieser Pygmäe, den er bereits in Bangui gesehen hatte? Der kleine Mann wandte den Kopf und starrte ihn ausdruckslos an.

»Wie wir erfahren haben«, sprach Zulu weiter, »nehmen Sie und Ihre Leute bei Ihren interstellaren Reisen gern die Dienste einer Firma namens *InterRun Ltd.* in Anspruch. Dahinter steckt nach unserer Kenntnis ein Söldnerhaufen, dem es vor einigen Jahren vergönnt war, einige Raumschiffe mit sprungfähigen UFO-Triebwerken von Alpha Centauri zu entführen.«

»Ist dem so?« Nikolaj beäugte Zulu aufmerksam.

»Sollte ich mich etwa irren? Nun, Sie werden es vermutlich besser wissen: Sie gastierten damals schließlich in dem Sonnensystem, als es zu dem bemerkenswerten Zwischenfall kam.« Zulu lächelte gönnerhaft. »Sicher war das reiner Zufall.« Zulus intime Kenntnisse über ihn wurden Nikolaj langsam unheimlich. »Wie man hört, finanziert sich das Unternehmen mit einem einmaligen Lotsendienst. Nicht sprungfähige Raumschiffe wie das Ihre werden von der Firma gegen ein entsprechendes Entgelt in Schlepp genommen und zu fernen Sonnensystemen gebracht. Eine clevere Marktlücke! Zugleich ein Dienst, den *InterRun Ltd.* verständlicherweise nur ausgewählten Kunden anbietet. Man kennt ja die schlechten Gepflogenheiten der Konzerne. Denn wie schnell könnte ein Interessent auftauchen, dessen eigentliche Absicht darin besteht, sich lediglich das Sprungtriebwerk eines der Lotsenschiffe unter den Nagel zu reißen? Da Sie aber ganz offensichtlich über ausgezeichnete Kontakte zu den Unternehmensgründern verfügen, werden Sie *InterRun Ltd.* kontaktieren und bitten, Ihr Schiff im Orbit zu erwarten. Von dort aus werden Sie sich zu van Maanens Stern bringen lassen.«

»Van Maanens Stern?« Nikolaj hatte den Namen noch nie gehört.

»Ein System, das 13,8 Lichtjahre von der Erde entfernt liegt. Ihr endgültiges Ziel dort ist *Farspace Horizon*, eine Raumstation, die einem Tochterunternehmen der *Knowledge Alliance* gehört.«

Nikolaj schwante Übles. »Und was soll ich dort?«

»Ihr Päckchen abliefern. Ganz einfach. Dabei wird Ihnen meine rechte Hand helfen.« Zulu wies auf Bitangaro, über dessen Gesicht ein grimmiges Lächeln huschte. »Er wird zu gegebener Zeit auf Lantis Island zu Ihnen stoßen.«

»Und wenn ich mich weigere?«

»Ja, über Ihre Starrköpfigkeit wurde ich unterrichtet.« Der Albino verschränkte die Arme vor der Brust. »Ursprünglich wollte ich Sie für den kleinen Dienst bezahlen, aber das Geld werde ich jetzt verwenden müssen, um für die Schäden aufzukommen, die Sie angerichtet haben. Aus diesem Grund haben wir uns eine kleine Motivationshilfe einfallen lassen. Mbube!« Er winkte einen seiner beiden Löwen-Betas zu sich, der einen Tontopf in den Händen hielt. Zulu selbst wandte sich überraschend Johnson zu. »Mr. Johnson, Sie haben sich sicher gefragt, warum ich Sie ebenfalls habe herbringen lassen?«

Der Konzerner zuckte zusammen. »Majestät, ich ...«

Johnson leckte sich ängstlich über die Lippen. »Ich hoffe, es hat nichts mit diesem Missverständnis vor drei Jahren zu tun?«

»Sie meinen den heimlichen Diebstahl und Abtransport des Vormenschenskeletts Lucy aus unserer Global City Bamako? Den Nationalschatz des Kingdoms, der vor nunmehr eintausend Jahren in Äthiopien gefunden wurde und bis heute zu den weltweit beeindruckendsten Zeugnissen der Menschwerdung gehört?« Lauernd starrte Zulu den Konzerner an. »Ich befürchte doch.«

»Das Skelett liegt sicher in einem Safe der *Silverman & Sons Bank* in Vancouver.« Johnson zitterte. »*Artco Inc.* hat die Überführung nie als Diebstahl verstanden, wir, äh, wir haben uns das Skelett bloß geliehen. Sozusagen im Dienste des KoZ. Unsere Absicht war es, die Menschen überall im Kosmos an der herausragenden Bedeutung Afrikas für unsere Spezies teilhaben zu lassen.«

»Sicher.« Zulu reichte Johnson die Hand und half ihm auf. »In diesem Fall werden Sie sicher nichts dagegen haben, Afrika ein weiteres Mal auf so selbstlose Weise zu helfen? Denn so, wie Sie sich unsere Lucy ausgeliehen haben, leihe ich mir jetzt Ihren Körper für eine kleine Demonstration aus, in Ordnung?«

John riss furchtsam die Augen auf. »Was haben Sie mit mir vor?«

Zulu winkte, und sein zweiter Löwen-Beta packte den Konzerner, während der andere Chim den Deckel des Tontopfs öffnete und einen glitschig weißen Wurm herauszog, dessen Leib sich immerzu um die Löwenpranke wickelte.

»Hören Sie auf!«, ging Nikolaj dazwischen. »Ich tue, was Sie wollen.«

Der Albino drehte sich ausdruckslos zu ihm um. »Herr Poljakow, ich bin mir sicher, das kleine Schauspiel wird gerade Sie interessieren. Denn hier in Afrika sind bei weitem nicht alle Tiere ausgestorben. Im Gegenteil. So wie Kampfstoffe und radioaktive Strahlung uns Menschen verändert haben, haben sie auch bei der hiesigen Fauna zu recht interessanten Mutationen geführt. Das dort war einmal ein schlichter Hakenwurm der Art *Dracunculus medinensis.* Seine Larven werden im Verdauungstrakt des Wirts freigesetzt und wandern durch die Darmwand, bis sie von dort in die Unterhaut gelangen. Klingt unangenehm? Ist es auch. Aber wenigstens bestand Aussicht auf medikamentöse Heilung.« Zulus Lippen kräuselten sich spöttisch. »Ganz im Gegensatz zu diesem Exemplar – es ist weitaus gefährlicher. Wenn Sie möchten, benenne ich diese Wurmart nach Ihnen: *Dracunculus poljakowis*! Was halten Sie davon?«

Der Löwen-Beta, in dessen Griff Johnson hing, zwang die Kiefer des Konzerners auseinander, so dass der andere Chim Johnson den Fadenwurm in den Mund einführen konnte. Johnson schrie auf, gurgelte und kämpfte verzweifelt gegen den Griff des Betas an. Doch gegen die übermenschlichen Kräfte seines Peinigers hatte er keine Chance. Die schlängelnde Kreatur glitt in die Mundöffnung und drängte in den geöffneten Schlund.

Die Beta-Humanoiden ließen Johnson los, der mit den Händen am Hals gegen die Höhlenwand torkelte und erstickt keuchte. »Was ... was geschieht jetzt mit mir?«, würgte er hervor.

»Erst einmal nichts, Mr. Johnson. Der *Dracunculus poljakowis* benötigt eine Stunde, bis er sich in Ihrem Darmtrakt eingenistet hat, und dann noch einmal eine gute Woche, bis seine Larven schlüpfen. Leider ist er ein äußerst hartnäckiger kleiner Geselle, und es steht zu befürchten, dass Sie bei diesem Prozess sterben werden.«

Weinend brach Johnson in die Knie. »Bitte ... dieses Ding lässt sich doch wieder herausnehmen?«

»Theoretisch schon.« Zulu rieb sich das Kinn. »Die Verrückten dieser 2OT-Sekte dürften vermutlich über die Technologie verfügen, den *Dracunculus poljakowis* mittels einer komplizierten chirurgischen Operation zu entfernen. Unsere Freunde von *Gardner Pharmaceutical* gehen allerdings davon aus, dass dazu ihr kompletter Magen-Darm-Trakt ersetzt werden muss.« Zulu seufzte bedauernd. »Aber seien Sie versichert, die Wissenschaftler forschen intensiv an geeigneten Gegengiften. Derzeit allerdings nur mit nur mäßigem Erfolg. Im Moment muss es so hoch dosiert werden, dass daran auch der Wirt stirbt. Also Sie! Was diese Option im Moment ausschließt. Was Sie also zu Ihrer Behandlung benötigen, Mr. Johnson, sind gute Kontakte zum 2OT und etwas Zeit. Nur befürchte ich, dass Sie weder das eine noch das andere haben.« Zulu ließ sich von einem seiner Lakaien einen Nadler reichen, visierte den Konzerner mit der Pistole an und schoss einen Pfeil auf ihn ab.

Johnson zuckte zusammen und glotzte das Geschoss in seiner Bauchdecke ungläubig an.

»Bei den Forschungen unserer Freunde von *Gardner Pharmaceutical* ist allerdings ein Zwischenprodukt entstanden. Ein Serum, das den Lebenszyklus des Wurms nicht etwa beendet, sondern um ein Vielfaches beschleunigt. Jetzt dauert es nur noch wenige Minuten, bis die Larven schlüpfen!«

Johnson heulte auf, riss sich den vergifteten Pfeil aus dem Körper und hielt inne. Sein Gesicht wurde kreideweiß. Plötzlich brüllte er auf vor Schmerzen, klappte zusammen und krümmte sich wimmernd auf dem Höhlenboden zusammen.

Nikolaj hatte genug gesehen. Gleich einem Katapultgeschoss sprang er Bitangaro an, der verblüfft zu ihm herumruckte und doch nicht mehr verhindern konnte, dass ihn sein Handkantenschlag hart an der Schläfe traf. Mit einem Tritt sichelte er dem überrumpelten Afrikaner die Beine weg, entwand dem Fallenden die *Arclight* und wirbelte mit der aktivierten Waffe herum.

Breitbeinig stand Nikolaj im Höhleneingang und zielte auf Zulus Schädel. »Es reicht! Beenden Sie das, oder ich blase Ihnen den Schädel weg!«

Die überraschten Löwen-Betas hoben knurrend ihre Waffen, und im Hintergrund der Höhle griffen die Techniker entsetzt zu ihren Pistolenholstern. Einzig Bitangaro vermochte nichts anderes als hasserfüllt zu ihm aufzusehen. In der Höhle wurde es totenstill. Allein der Todeskampf Johnsons war noch zu hören.

»Poljakow, Sie verfügen über weit mehr Talente, als mir berichtet wurde.« Zulu hob interessiert eine seiner kahlen Augenbrauen.

»Ich glaube, Sie haben mich nicht verstanden!«, fauchte Nikolaj. »Beenden Sie das. Sofort!«

Im selben Augenblick erstarb das Summen der *Arclight.* Jäh erloschen die Leuchtdioden der Energiewaffe, und Nikolaj sah, wie der Pygmäe aus der Reihe der Freaks hervortrat und ihn mit schräg gelegtem Kopf musterte. Neugierig. Fast wie ein Kind. Hatte er etwa …?

Nikolaj betätigte den Abzug der Waffe, doch es geschah … nichts!

Sofort war Bitangaro wieder auf den Beinen, schlug ihm mit der Faust kraftvoll ins Gesicht und riss ihm die *Arclight* aus den Händen. Nikolaj stürzte gegen die Felswand und ging zu Boden, während Zulu dem Pygmäen väterlich über das krause Haupt strich.

»Sie müssen wissen«, sagte Zulu, während er sich wieder vor Nikolaj aufbaute, »dass ich ein Meister darin bin, Talente mit PSI-Kräften aufzustöbern. Ich fördere sie und gebe ihnen einen neuen Sinn im Leben!« Er ging vor Nikolaj in die Knie, nahm ihm die Multibrille ab und betrachtete seine Augen. »Grau wie das Interim! Jumps wie Sie sind bei den Konzernen begehrt. Man sieht Ihnen das PSI-Potenzial an den Augen an, nur dass Sie Ihre Kräfte offenbar schon entfaltet haben.«

Zornig sah Nikolaj zu dem Albino auf. Nicht nur, dass die beiden Löwen-Betas ihn mit ihren Waffen anvisiert hatten, auch Bitangaro stand mit der *Arclight* über ihm und sah ganz so aus, als gierte er danach, abdrücken zu dürfen. Vor allem: Die Waffe summte jetzt wieder einsatzbereit.

»Von mir werden Sie gar nichts erfahren, Zulu!«

»Das muss ich auch nicht«, erwiderte dieser ausdruckslos. »Immerhin leiten Sie ein aufschlussreiches Unternehmen. Daraus und aus dem Zwischenfall in Bangui schließe ich, dass es in Ihrer Macht steht, Tiere zu kontrollieren. Habe ich Recht?«

Nikolaj schwieg.

»Bitte, demonstrieren Sie mir Ihre Kräfte!« Zulu erhob sich und trat einen Schritt von ihm zurück. Seinen Leuten bedeutete er, es ebenso zu halten. »Hakenwürmer *sind* Tiere! In Ihrer Macht steht es, Mr. Johnson zu retten.«

Nikolaj ballte die Fäuste und sah hinüber zu dem *Artco-Inc*-Vertreter, der röchelnd am Boden lag und ihn flehentlich ansah. Blutiger Schaum troff von seinen Lippen.

Nikolaj konzentrierte sich, doch es war wie immer. »Ich kann es nicht!«, keuchte er. »Ich kann nur höhere Tiere beeinflussen.«

»Sie versagen also bei einem einfachen Wurm?« Zulu bückte sich und berührte ihn am Arm. »Versuchen Sie es jetzt!«

Nikolaj hatte das Gefühl, als würde in seinem Kopf eine Sonne explodieren. Überrascht sog er die Luft in die Lungen. Sein Geist straffte sich, und als er erneut nach Johnson tastete, bekam er den rasch anschwellenden Hakenwurm in Johnsons Leib tatsächlich zu fassen. Das Vieh hatte sich bereits in den Darminnenwänden des Konzerners verbissen und stand kurz vor dem Platzen. Er konnte sogar die Bewegungen der Larven im Innern des Wurms spüren. Wie war das möglich?

Dieser Wurm verfügte nicht einmal über eine Spur Intelligenz. Ein kurzer Gedanke, und der Wurm bewegte sich nicht mehr. Er schaffte es sogar, den Stoffwechsel des Wesens zu kontrollieren. Nikolaj wollte das Ding gerade dazu bewegen, seine Haken aus dem Fleisch Johnsons zu lösen, als ihm schlagartig die Macht über den Parasiten entglitt. Nikolaj schwindelte, verlor die Besinnung, nur um von einem grässlichen Todesschrei aus der Benommenheit gerissen zu werden. Johnson zuckte, als würden Stromstöße durch seinen Körper jagen. Unter seinem Leib breitete sich jetzt eine dunkle Blutlache aus, in der Dutzende kleiner Wesen sternförmig der Freiheit entgegenruderten. Der Blick des Konzerners brach, und er blieb regungslos liegen. Entsetzt sah Nikolaj den Toten an.

»Damit dürfen wir unsere bisherige Zusammenarbeit mit *Artco Inc.* vermutlich endgültig als beendet betrachten«, drang Zulus hohe Stimme wie durch einen Nebel an sein Bewusstsein. In der Höhle brach dröhnendes Gelächter aus. Zulu wandte sich wieder Nikolaj zu. »Haben Sie es begriffen, Poljakow? Ich vermag bescheidene Kräfte wie die Ihren zu verstärken. Darin liegt *meine* Macht. Aber diese Macht kann ich meinen Schützlingen auch wieder entziehen. Sie sehen ja, was dann geschieht.«

»Sie sind wahnsinnig!«, zischte Nikolaj.

»Denken Sie, was Sie wollen.« Zulu warf ihm eine Chipkarte zu. »Hier, Ihre Sondergenehmigung, mit der Sie die Quarantänebestimmungen umgehen können. Mr. Johnson vergaß, sie Ihnen zu geben. Sie werden noch heute zurück auf den Erdmond gebracht, wo Sie umgehend Ihre Abflugvorbereitungen treffen werden.«

»Schon vergessen, dass da oben die *Skull* alle Abflüge behindert?«

»Nein, Poljakow. Ich vergesse überhaupt nie etwas.« Zulu tippte sich gegen die leichenblasse Stirn. »Auch um dieses Problem haben wir uns gekümmert. Wir werden Ihnen einen Betrag von 10.000 Tois überweisen, den Sie bitte der Cheflotsin des Towers auf Alpha 2 aushändigen. Die Dame hat uns freundliches Entgegenkommen zugesichert. Ach ja: Sollten Sie abermals renitent werden, sind Sie ein toter Mann. Wir beobachten Sie! Kooperieren Sie hingegen, dürfen Sie weiterleben. Denken Sie stets daran, dass ich allein Ihre Lebensversicherung bin!«

»Sie?« Nikolaj wurde von den beiden Löwen-Betas gepackt und emporgezogen.

»Ja, ich! Denn dank Ihrer kleinen Behinderung kann ich bei meiner Motivationshilfe bleiben.« Zulu griff lächelnd in den Tontopf und fischte einen weiteren der glitschig weißen Fadenwürmer hervor. »Sie erinnern sich? Ihnen bleibt eine Woche – allerdings sehr viel weniger, falls wir uns genötigt sehen, Ihnen das Serum zu setzen. Wenn Sie jetzt bitte Ihren Mund öffnen würden ...«

4

INTERMEZZO

System: Sol
Ort: Erdorbit
7400 km Distanz zur Raumstation Pecunia
25. April 3042

»Verdammt!« Nikolaj schlug mehrfach gegen die aufgestemmte Abdeckplatte, hinter der er und Gwinny die schwere *Mower*-Maschinenpistole verstaut hatten. Im Hintergrund wummerten die Pulsatoren der *Nascor,* und aus einem Lüftungsschacht, der mit dem Frachtraum verbunden war, tönte das leise Keckern ihrer Sauropsiden. »Warum muss diese verdammte Platte ausgerechnet jetzt klemmen?«

»Hör auf, Nikolaj.« Mitfühlend strich sich Gwinny das blonde Haar aus dem breiten Gesicht. »Davon wird es nicht besser.«

»Ach, wird es nicht?«, fluchte Nikolaj und fasste sich unwillkürlich an den Bauch. »Dir steckt ja auch nicht so ein elender Hakenwurm im Gedärm, der nur darauf wartet, dich von innen aufzufressen.« Allein die Vorstellung, was da in ihm heranwuchs, drehte ihm den Magen um. Er wollte noch etwas hinzufügen, doch stattdessen beobachtete er die Heavie-Frau dabei, wie sich diese auf die Zehnspitzen stellte, die Platte an der Unterkante sanft anhob und sie passgenau wieder in die Wand einfügte. »Siehst du?«

Schräg hinter ihnen öffnete sich die Lifttür, und Roger schob einen Antigrav-Bot in den Gang, auf dem weitere Waffen lagen: zwei *Diamond Knives* und eine *Cutterstar*-Machete, zwei *Prestigio*-Vibromesser mit ultrascharfen Klingen, ein *Repeater*-Schnellfeuergewehr, eine *Sveeper*-MP, ihr alter, klotziger *Evaporator*-Energy-Blaster und natürlich Nikolajs *Prawda*.

»Das ist alles, was wir haben«, murrte der glatzköpfige Heavie. »Eine Pistole habe ich vorn im Cockpit gelassen. Die Afrikaner sollen sie ruhig finden, alles andere wird sie bloß misstrauisch machen.«

Nikolaj nahm die *Prawda* an sich und visierte mit der schweren Automatikpistole wütend die Kom-Einrichtung neben der Lifttür an. Er stellte sich vor, Bitangaro oder Zulu würden dort stehen. »Gut.« Er senkte die Pistole wieder und nahm die *Sveeper* an sich. »Die beiden Waffen verstecke ich. Wo auch immer wir uns befinden, wir müssen jederzeit an eine von ihnen herankommen.«

»Keine Sorge.« Roger drückte Nikolaj dessen Brille in die Hand. »Hier. Ich hab übrigens das defekte Glas ausgetauscht. Macht 600 Tois! Pass beim nächsten Mal besser darauf auf.«

»Klar, bei meiner nächsten Entführung denke ich dran.«

»Und was machen wir, wenn Zulus Männer unser kleines Geheimnis entdecken?« Sorgenvoll sah Gwinny die beiden an, während sich Nikolaj endlich wieder die Multibrille aufsetzte.

»Besser, wir denken nicht einmal daran.« Nikolaj hängte sich die *Sveeper* über die Schulter. »Doch warum sollten sie? Unsere Vorsichtsmaßnahmen haben bis heute ausgereicht, um Zöllner aus mehreren Sternensystemen zu täuschen. Zulus Leute mögen gut sein, aber sie sind nicht allwissend. Hast du Sergej schon erreicht?«

Der Heavie rieb sich sorgenvoll den Rahmenbart. »Ja, Mr. InterRun wird uns sogar persönlich abholen.«

»Er kommt selbst?« Zum ersten Mal bekam Nikolaj wieder so etwas wie Hoffnung. »Ich hoffe, du warst vorsichtig? Ich will ihn und seine Leute nicht in Gefahr bringen. Solange wir nicht wissen, ob unsere Nachrichten abgehört werden, dürfen wir uns nichts anmerken lassen.«

»Jack hat bisher keine Wanze entdeckt.«

»Trotzdem«, zischte Nikolaj. »Ich gehe jede Wette ein, dass uns diese Bastarde etwas an die Außenhülle geheftet haben.«

»Jack wird die *Nascor* weiter abzusuchen, sobald wir auf Lantis Island sind«, versuchte ihn Gwinny zu beruhigen. »Du weißt, wie gründlich er ist.«

»Wir könnten noch immer abhauen!«, brummte Roger. »Für das Vieh in deinem Körper finden wir vielleicht eine andere Lösung?«

»Ohne Strontium-90?« Nikolaj sah Roger wütend an.

»Nein, wir hängen nicht umsonst schon seit sieben Monaten im Sol-System fest. Zulu hat bislang nichts dem Zufall überlassen. Solange wir davon ausgehen müssen, dass uns das KoZ anpeilen und abhören kann, solange sollten wir besser auch davon ausgehen, dass Zulu sogar hier im All Druckmittel besitzt. Johnson hat mich vor gekaperten Raumschiffen des KoZs gewarnt. Sprungfähige Schiffe. Und die sind immer bewaffnet!«

»Das sind wir auch!«, knurrte Roger.

»Ein Raumkampf? Womöglich hier im Erdorbit? Bist du wahnsinnig?« Nikolaj schüttelte den Kopf. »Da bekommen wir innerhalb von Minuten Gesellschaft von den Erdverteidigungskräften. Und die Einzigen, die dann nicht wegkommen, sind wir. Da könnten wir die *Nascor* auch gleich zum Spaceport von Sankt Petersburg fliegen.«

Gwinny seufzte. »Ich schlage vor, wir gehen jetzt nach vorn zu Jack und besprechen uns mit ihm.«

»Wenn der eitle Pfau wüsste, wer von seinem Eingriff inzwischen noch alles weiß …« Roger lachte rau.

»Roger!« Gwinny sah ihren Bruder böse an.

»Keine Bange, ich sag nichts. Vorerst!« Er grinste noch immer.

Nikolaj sah die Geschwister ernst an. »Hey, ich hoffe, ihr wisst, wie verfahren die Situation ist? Wenn ihr euch abseilen wollt, dann ist das jetzt die letzte Gelegenheit. Noch ist das alles allein mein Problem. Wenn wir Bitangaro und seine Leute aber erst einmal an Bord haben, dann kann ich für nichts mehr garantieren.«

»Nikolaj, hätte ich Interesse an einem normalen Leben gehabt, hätte ich mich dir nicht angeschlossen.« Kumpelhaft schlug ihm Roger gegen den Oberarm. »Wir werden den Kerlen in den Arsch treten. So wie wir bisher jedem in den Arsch getreten haben. Klar?«

Auch Gwinny nickte.

Nikolaj hatte trotzdem ein ungutes Gefühl dabei, die Heavies in die Sache mit hineinzuziehen.

»Also, ich spiele dann mal weiter den Osterhasen.« Roger schob den Karren mit den Waffen weiter den Gang hinunter, also wandten sich er und Gwinny dem Lift zu, um sich ins obere ihrer drei Decks bringen zu lassen. *Im Frachtraum alles klar, Partner?*

Ja, hinten alles klar, kam es gedanklich zurück. *Die gewünschten Käfige sind präpariert. Übrigens geht das Futter für die Tetralobithen zur Neige.* Nikolaj verdrehte die Augen. *Danke für diesen überaus wichtigen Hinweis.*

He, in seinem Kopf ertönte ein beruhigendes Brummen. *Du wirst doch jetzt nicht deinen Humor verlieren? Wir werden das Schiff schon irgendwie schaukeln. Zulu hat schließlich keine Ahnung, mit wem er sich da eingelassen hat.*

Nikolaj verzichtete auf eine Antwort, da sich die Lifttür öffnete. Vor ihnen, im Dämmerlicht der Kabinenbeleuchtung, lag der enge Durchgang zur Brücke des Schiffs. Die summenden Steuer- und Navigationskonsolen reichten bis unter die niedrige Decke, und Nikolaj schlug der gewohnte Geruch von Kaffee und elektrostatischen Aufladungen entgegen. Allerorten blinkten Kontrolllampen, über die Bildschirme flimmerten die vertrauten Signale der astrogatischen Einrichtungen, und der Holocube des Bordradars gab in gestochen scharfer Auflösung die vielfältigen Schiffsbewegungen um sie herum wieder. Die *Nascor* war derzeit nur eines von etwa einhundert Schiffen im nahen Erdorbit.

Wie immer herrschte hier vorn eine gewisse Unordnung. Folien von ChocFrogs und aufgerissenen Energieriegeln lagen auf dem Boden, Ordner mit altertümlichen Sternentafeln klemmten zwischen den Geräten, und auf dem Maschinenleitstand sah er noch immer seinen benutzten Kaffeebecher mit dem hübschen Konterfei Chu Jiangs, der chinesischen Ancient-Tunes-Violinistin, deren Musik Nikolaj gern bei der Arbeit hörte.

»Jack, mein Lieber«, sagte die Stimme des Bordcomputers mütterlich. »Dein Boss betritt die Brücke. Vielleicht hättest du hier noch ein bisschen aufräumen sollen?«

Nikolaj, der eigentlich erwartet hatte, militärisch korrekt zusammengebrüllt zu werden, sah erstaunt auf. Zur Linken, in einem der beiden Kutschersessel, hockte Gwinnys Bruder. Jack war mit einem Raumanzug bekleidet, doch der modische Krawattenknoten unter dem kreisrunden Helmaufsatz verriet, dass er darunter einen seiner eleganten Dreiteiler trug. Ohne aufzublicken grüßte er sie, während er konzentriert durch eines der beiden Panoramafenster blickte. Vor ihnen schälte sich der Erdball aus der Dunkelheit des Alls. Wolkenbänder umspannten den Planeten, unter denen sich die eurasische Landmasse umgeben vom Blau der Ozeane abzeichnete. Der Anblick war atemberaubend.

»Schiff schwenkt in Erdorbit ein«, flüsterte die herzige Stimme des Bordcomputers, während die Erde rasch näher rückte. »Lufttemperatur am Zielort: warme 28 Grad. Wassertemperatur 22 Grad. Kaum Wolken. Bestes Badewetter. Vielleicht nehmt ihr etwas Sonnenschutzlotion mit?«

»Was ist denn jetzt schon wieder mit dem Bordcomputer los?« Gwinny war mindestens ebenso verblüfft wie Nikolaj.

»Wieso, ihr wolltet doch, dass ich das Sprachmodul repariere?«, maulte Jack. »Roger hat dafür aber kein Geld lockergemacht. Ich habe daher das alte Modul mit dem eines gebrauchten Haushalts-Bots ausgetauscht.« Ohne weiter auf den Vorwurf einzugehen, deutete er voraus. »Habt ihr es eigentlich mitbekommen? Wir befinden uns bereits im Anflug auf Lantis Island. Der dortige Tower hat sich schon gemeldet und uns einen Anflugkorridor zugewiesen. Deine Sondergenehmigung hat Wunder gewirkt. Wir müssen nicht einmal eine Warteschleife drehen.« Jack gab auf dem Navigationsdisplay eine kleine Kurskorrektur ein. Die Pulsatoren brachten das Schiff sacht zum Vibrieren, und Nikolaj konnte jetzt die monströse Raumstation *Pecunia* ausmachen, die über dem Erdhorizont aufstieg wie eine glänzende Tannenbaumkugel. Von dort aus wurden die Börsenkurse der Erde mittels überlichtschneller SVR-Sendeanlagen ins All geschickt. Angeblich lebten auf der riesigen Station fast einhunderttausend Menschen, und so war *Pecunia* vermutlich der einzige Ort im Sol-System, der noch besser bewacht wurde als Lantis Island.

»Jack, wir müssen reden.« Gwinny warf sich in den Copilotensessel.

»Habt ihr herausgefunden, wen Zulu entführen will?« Gespannt sah Jack zu ihnen auf.

»Nein, leider nicht.« Gwinny seufzte. »Es geht vielmehr um deine Operation.«

»Was bitte?« Der Heavie fuhr böse herum. »Welche, äh … Operation?«

»Die beim 2OT!«, meinte Gwinny ohne Gnade.

Jack wurde erst blass, dann knallrot. »Gwinny, was soll das? Du hattest mir doch versprochen, das nicht …«

»Jack, wir haben jetzt keine Zeit für deine Eitelkeiten. Nikolaj benötigt dein Wissen.«

Jack leckte sich fahrig über die Lippen. »Verstehe …«

Die Erde füllte jetzt die komplette Sichtfront der Brücke aus, sie näherten sich rasch den äußeren Atmosphärenschichten. Nikolaj ließ sich auf die Lehne von Gwinnys Sitz sinken und hielt sich den Bauch. »Jack, mich interessiert nicht, was du dir beim 2OT hast einbauen lassen. Aber du bist der Einzige von uns, der sich mit diesen Tech-Sektierern auskennt. Zulu hat mir klargemacht, dass allein der Order of Technology die Möglichkeit besitzt, diesen Wurm aus mir herauszuoperieren.«

»Ich denke, du hast einen Deal mit Zulu?«

»Ach, habe ich das?« Nikolaj schnaubte verächtlich. »So wie ich diesen Größenwahnsinnigen einschätze, wird er mich elendig vor die Hunde gehen lassen, sobald ich ihn an unseren *Deal* erinnere.«

»Aber das kannst du doch nicht wissen.«

»Was soll das, Jack? Willst du mit mir tauschen?«

»Hey, schon gut.« Unangenehm berührt sah Jack zu ihm auf. »Aber ich war beim 2OT bloß ein stinknormaler Kunde. Nur fürs Protokoll: Ich habe mir letztes Jahr neue Augen einbauen lassen. Nichts Dolles, aber 1a Sicht und Iris in frei wählbarer Wechselfarbe. Außerdem kann ich allein mit einem Blinzeln zu allen möglichen TV-Sendern oder ins StellarWeb umschalten. Echtes Widescreen, du verstehst?« Nikolaj starrte den grinsenden Heavie fassungslos an. »Siehst du, du hast es nicht einmal bemerkt!« Jack rollte demonstrativ mit seinen Implantaten. Offenbar hatte er seine Reaktion fehlinterpretiert. »Wirken wie echt. Und ja, okay ... Ich hab mir auch noch den Schniedel tunen lassen. Und? Machen doch Hunderttausende andere auch. Und jetzt versprecht mir, dass ihr Roger gegenüber nichts erwähnt ...«

Nikolaj räusperte sich. »Wie lange dauert es, bis man beim 2OT unters Messer kommt?«

»Ach, darum geht es ...«

Die *Nascor* durchstieß die Wolkendecke der Erde und begann unter dem Ansturm der Luftmassen leicht zu bocken. Vor den Panoramafenstern glühte die Luft.

»Na ja, zunächst machen die Automaten einen Gesundheitscheck. Und dann kommt es ganz darauf an, was du an dir vornehmen lassen willst. Bei den komplizierten Sachen bringen sie dich zu ihren Hauptwelten. Und das mit deinem Magen-Darm-Trakt hört sich schon etwas komplizierter an. Die Wartelisten sind lang. Selbst ich habe zwei Wochen gebraucht, bis ich drankam. Bei dir wird das mindestens ein Monat dauern. Bis dahin ... Na ja, du weißt schon.«

Nikolaj zog säuerlich ein Touchpad hervor und rief die entsprechende Seite des Tech-Ordens auf, auf dem der 2OT damit warb, den menschlichen Verstand unabhängig vom Körper zu machen. Daneben prangten geschmacklose Aufnahmen von komplett umgewandelten Menschen, die mehr Bots ähnelten als lebenden Wesen. »Der 2OT wirbt auf seiner StellarWeb-Seite mit einer Luxory-Chrom-Card!«

»Ja, von der habe ich schon gehört.« Jack schürzte anerkennend die Lippen. »Nur kann sich die kein Normalsterblicher leisten. Dafür muss man allerdings 1.000.000 Tois hinblättern. Und die OP ist damit noch nicht bezahlt. Allerdings genießt man dann alle Extras. Beste Hotels auf allen Welten des 2OT, Rundum-Versicherungsschutz, kostenloser Tausch von Ersatzteilen und noch 'ne ganze Menge Annehmlichkeiten mehr.«

Nikolaj winkte ab. »Mich interessiert, ob man mit dieser Card auch schneller an einen OP-Termin herankommt?«

Begreifen stahl sich in Jacks Blick. »Ja, schon«, sagte er zögernd. »Damit kommst du auf allen Hauptwelten des 2OT sogar innerhalb von nur wenigen Stunden unters Messer. Die Karte ist anonymisiert. Theoretisch könntest du mit ihr deine Geliebte zum 2OT schicken und sie nach deinen Bedürfnissen umbauen lassen. Alles ganz diskret. Allerdings sind die Dinger immer nur für ein Terra-Standard-Jahr gültig und werden dann ausgetauscht. Ist wohl schon zu Missbrauch gekommen. Aber wie willst du …?«

»Sieh dir das hier mal an.« Nikolaj rief eine Seite des Nachrichtensenders *Starlook* auf, auf der ein leicht korpulenter Konzerner in dunklem Anzug ölig den Betrachter anlächelte. Darüber titelte eine Schlagzeile »Auf der Spur der Ancients – *ARStac* bereichert Exo-Archäologie mit neuen Funden!« Der Mann auf dem Bild trug die Haare glatt zurückgegelt, und in den Händen hielt er eine Steinplatte mit fremdartigen Zeichen. In der rechten Augenhöhle des Mannes aber prangte ein goldenes Auge, das ihm ein befremdliches, fast roboterhaftes Äußeres verlieh.

»Stammt dieses Implantat vom 2OT oder von einem anderen Kybernetik-Konzern?«

Jack zögerte und leckte sich über die Lippen. »Ja … das ist ohne Zweifel ein 2OT-GoldenEye. Das haben sie mir auch angeboten. Integrierte Nacht- und Infrarotsicht, dazu stufenloser Zoom sowie Körper- und Bio-Scanner. Die TV- und StellarWeb-Funktion meiner Augen natürlich inklusive. Angeblich besitzt das Ding sogar eine Waffenfunktion.« Jack grinste. »Wisst ihr eigentlich, wie viel so ein GoldenEye kostet?«

Nikolaj und Gwinny warfen sich Blicke zu. »Siehst du«, sagte sie. »Wusste ich doch, dass ich Recht hatte.«

»Womit?« Jack sah seine Schwester irgendwie beunruhigt an.

»Das da auf dem Bild ist niemand Geringeres als Bruno Müller«, klärte Nikolaj den Heavie auf. »Einer der beiden stellvertretenden Vorstandsvorsitzenden von

ARStac, ein Konzern, der sich auf Planetenerschließung spezialisiert hat.«

»Sieh an.« Jack räusperte sich. »Das ist doch der Deutsche, der sein Anwesen da unten *Everywhere Broadcasting* für die Dreharbeiten zur Verfügung gestellt hat? Unser Zielort!«

»Richtig.« Nikolaj nickte. »Müller hat noch bis vor kurzem eine eigene Firma geleitet: *Troja Corp.* Das war ein ziemlich aggressives Schatzsucher-Unternehmen, dessen Gründungszweck allein darin bestand, die Weiten des Alls nach Ancient-Artefakten abzusuchen.«

»Ja, hab schon mal davon gehört ...«

»Offenbar war das Unternehmen recht erfolgreich, denn schon damals hat Müller ein Vermögen mit seinen Funden gemacht. UFO-Triebwerke. Artefakte. Kunstschätze. Die ganze Palette.« Nikolaj tippte auf das Bild Müllers. »Müllers *Troja Corp.* wurde allerdings vor 16 Monaten von der *ARStac* übernommen, aufgelöst und mit allen Ressourcen in den Konzern eingegliedert. Das Unternehmen macht in Planetenerschließung, sucht aber wie alle anderen ebenfalls nach Ancients-Artefakten. Müller hat dafür nicht nur Milliarden erhalten, sondern auch den Posten als einer der beiden stellvertretenden Vorstandsvorsitzenden von *ARStac.* Spätestens mit diesem Schritt ist Müller vom Großaktionär zum Superreichen aufgestiegen. Und jetzt wird es interessant: *ARStac* gehört zu fünfzig Prozent der *Knowledge Alliance* – dem Großkonzern, den Zulu so hasst. Die restlichen Aktien besitzt die rivalisierende japanische *Hikma Corporation.* Du weißt schon, diese Kybernetik-Spezialisten, die damals angeblich Ancient-Technologie in ihre Androiden eingebaut haben.«

Jack nickte. »Und? Ich hoffe, das ist nicht wichtig. Mir schwirrt jetzt schon der Kopf.«

»Nein.« Gwinnys Augen blitzten. »Wichtig ist nur, dass wir Müller die Karte abnehmen werden!«

»Was?« Der rothaarige Heavie sah erst zu Gwinny und dann zu Nikolaj auf. »Euch ist hoffentlich klar, dass At Lantis eine ziemliche Herausforderung darstellt.«

Welche Untertreibung. Jack hätte ebenso gut behaupten können, der Atlantik böte eine Herausforderung für Lungentaucher.

»Wer sagt euch überhaupt, dass Müller die Karte besitzt? Man muss die nicht haben, um sich ein GoldenEye einbauen zu lassen.«

»Sieh dir das hier mal an.« Gwinny beugte sich über Nikolajs Schoß und rief auf dessen Pad eine weitere Seite des StellarWeb auf. Der geschmackvoll gestaltete Auftritt einer Immobilienfirma schob sich in den Vordergrund, auf der im Auftrag der *Lantis Island Corp.* sündhaft teure Immobilien angeboten wurden. Ein Pop-Up-Fenster listete die unzähligen Extras auf, die den neuen Bewohnern des Reichenparadieses zuteilwurden: Lebensfunktions-Chips mit Garantie auf medizinische Hilfeleistung innerhalb von fünf Terra-Standard-Minuten überall auf Lantis Island. Eine Anonymitätsabsicherung. Freier Zugang zu allen inseleigenen Vergnügungseinrichtungen, exklusive Events namhafter Künstler. Kostenlose TransMatt-Dienste innerhalb des Sol-Systems, kostenlose Zellauffrischungskuren durch *BetaPharm Inc.* und vieles andere mehr. Gwinny wies auf den letzten Eintrag, ein »Try and do«-Angebot des 2OT: die kostenlose Aushändigung einer Luxory-Chrom-Card an alle Immobilienbesitzer von Lantis Island bei Inanspruchnahme einer ersten Umgestaltung. Das Angebot war seit Anfang 3042 gültig. »Und jetzt sieh dir Müller mal auf einer Aufnahme vom Januar an«, sagte sie. Sie rief die Seite des High-Society-Magazins *Glamourity* auf und vergrößerte das Foto der Hochzeitsfeier irgendeines Filmsternchens. Müller saß nicht weit vom Brautvater entfernt und lächelte maliziös. Seine Augen waren normal. »Siehst du? Er hat die Umgestaltung erst kürzlich vornehmen lassen. Damit dürfte er die Luxory Card automatisch erhalten haben.«

Jack atmete tief ein und schwieg.

Gwinny sah plötzlich auf. »Wartet mal: Was ist, wenn es Zulu um ihn geht? Vielleicht hat Müller bei seinen Raubgrabungen irgendetwas gefunden, das für das KoZ nützlich ist. ETAs! Extraterrestrial Artifacts. Klingelt es da nicht bei euch?«

»Doch«, meinte Nikolaj gedehnt.

»Hinzu kommt, dass Müller auch gesellschaftlich über großen Einfluss verfügt. Sein Bruder ist niemand Geringeres als dieser reiche Gewerkschaftsbonze Gerhard Müller. Es wäre also auch möglich, dass Zulu mit seiner Entführung versuchen will, die GWA zu erpressen.«

»Jetzt soll das Ganze auch noch mit der Gewerkschaft zu tun haben?« Nikolaj schüttelte den Kopf. »Nein, das kommt mir zu weit hergeholt vor. Dann schon eher die Sache mit den ETAs. Trotzdem hast du mit einer Sache Recht: Müller ist im Augenblick der wahrscheinlichste Kandidat, und es könnte sich als sinnvoll erweisen, herauszufinden, warum die Afrikaner ihn haben wollen. Ich brauche unbedingt ein Druckmittel gegen Zulu.«

»Nikolaj«, beschwor ihn Jack. »Vielleicht wäre es trotzdem besser, Zulu nicht weiter gegen uns aufzubringen? Überleg doch mal: Warum sollte er seinen Teil der Vereinbarung nicht einhalten, wenn wir tun, was er will?«

»Das ist verdammt noch einmal keine Alternative«, fuhr ihn Nikolaj wütend an. »Du hast diesen Schlächter nicht erlebt. Glaubst du ernsthaft, ich liefere mich Zulu auf Gedeih und Verderb aus? Wenn du nicht dabei sein willst, ist das okay. Aber dann sag es.«

»Hey, beruhige dich!« Jack hob beschwichtigend eine Hand. »Wir sind ein Team und stehen das zusammen durch. Alles, was ich dir klarmachen wollte, ist, dass wir es da unten nicht mit einem abgelegenen Raumhafen zu tun haben, sondern mit At Lantis! Wenn wir uns auch nur eine Panne leisten, dann ist das erst recht dein Todesurteil. Außerdem verlieren wir alles, was wir uns bis jetzt aufgebaut haben.«

»Nein, Nikolaj hat Recht«, meinte Gwinny. »Keiner von uns würde an seiner Stelle anders handeln. Wenn Zulu glaubt, da unten in Lantis Island jemanden unbemerkt entführen zu können, dann sollten wir mit unseren Mitteln ebenfalls nicht ganz chancenlos dastehen. Nur eines begreife ich nicht: Einen Mann wie Müller entführt man doch nicht so einfach. Jedenfalls nicht auf At Lantis mit seinen ganzen Überwachungssystemen. Wie glaubt dieser Albino das anstellen zu können?«

Nikolaj zuckte die Achseln. »Uns hat Zulu offenbar bloß den Job zugedacht, Müller unerkannt von der Insel wegzuschaffen.«

»Hat er wenigstens gesagt, wann?«

»Keine Ahnung. Seine Leute werden sich erst da unten mit mir in Verbindung setzen.« Nikolaj betastete ein weiteres Mal seine Leibesmitte. Er hasste es, derart zur Marionette degradiert zu sein.

»Sagt mal, Freunde«, mischte sich Jack wieder ein. »Wenn Müller überall im All tätig ist, was macht euch eigentlich so sicher, dass wir die verdammte Card ausgerechnet da unten auf At Lantis finden?«

»Nichts«, antwortete Nikolaj. »Aber mir fehlen die Optionen. Und da ist noch etwas.« Er sah die beiden an. »Wir besitzen nicht das nötige Kleingeld für den 2OT. Auch das muss ich mir noch besorgen.«

»Mit anderen Worten: Ihr wollt Müllers Laden auf bewährte Weise ausrauben und uns ein paar Extra-C verschaffen?« Jack schien sich nun doch mit der Situation anfreunden zu können. »Na gut. Weiht mich ein in euren Plan. Und beeilt euch ein bisschen damit, denn da unten kommen die Anflugplattformen von Lantis Island in Sicht.«

Nikolaj und Gwinny wandten sich den Panoramafenstern zu. »Meine Güte!« Jacks Schwester erhob sich aus ihrem Sitz. »Das sieht ja wirklich aus wie ein Paradies!«

5

DAMN COLLIE, DIE!

System: Sol
Ort: At Lantis
Lantis Island (Atlantik)
25. April 3042

Warme Atlantikluft wehte in den Frachtraum, die angenehm nach Meersalz und Algen schmeckte. Nikolaj stand auf dem ausgefahrenen Heckschott seines Raumschiffs, tat so, als würde er die kitzelnden Strahlen der Nachmittagssonne genießen, und kraulte beiläufig Apollo im Nacken. Der Schäferhund hockte hechelnd neben ihm und sah ebenso wie er selbst dabei zu, wie Roger und Gwinny eine Gruppe CityTrooper mit blauschwarzen Uniformen zwischen den vielen Käfigen, Terrarien und Aquarien herumführten. Die Heavies erklärten den Inspekteuren soeben die Herkunft der Riga-Plastoniden. Nikolaj wusste, dass sich die beiden ins Zeug legten, denn die CityTrooper von Lantis Island galten als unbestechlich und gründlich. Leider schien sie ihr Exo-Zoo besonders misstrauisch zu stimmen, denn die Inseltrooper waren gleich mit dem vollen Programm angerückt: Schwarze *Hoplit-Alpha*-Rüstungen, an deren Gürteln Blend- und Gasgranaten hingen, Allrounder-Gewehre und Vibroschlagstöcke. Gedeckt wurden die Inspekteure von zwei Katzen-Betas, die mit Schwimmkörpern ausgerüstete *Husar*-Körperpanzerungen trugen. Die Feliden trugen Helme mit Kinnriemen und hielten Lasergewehre schussbereit. Sie standen nicht allein. Unmittelbar vor der heruntergefahrenen Frachtluke lauerte ein Elefanten-Beta, wie Nikolaj ihn noch nie zuvor gesehen hatte. Sein massiger Leib steckte in einer der legendären *Aries-One*-Kampfrüstungen. Die schwarz lackierte und mit Nanomotoren ausgerüstete Vollpanzerung war auf die stämmige Gestalt zugeschnitten, und der Helm umschloss sogar die kampfbereit aufgerichteten Stoßzähne und großen Ohren des Beta-Humanoiden. Jeder wusste, dass der *Aries*-Konzern unerreicht im Rüstungsbau war. Der Beta würde vermutlich sogar einen Volltreffer durch Granatbeschuss überstehen. Sehr viel gefährlicher wirkte nur noch die Biphenyl-gekühlte *Gauss-Patriot* in seinen Pranken. Die sechsläufige, mit Explosivgeschossen bestückte Rotationswaffe war auf den Frachtraum ausgerichtet, um ihn auch nur bei der kleinsten Andeutung von Gefahr in ein feuriges Inferno zu verwandeln.

Die eigentliche Gefahr ging jedoch von den Messgeräten der Trooper aus. Nikolaj hoffte, dass es sich dabei bloß um die üblichen Biodetektoren zur Aufspürung von Viren und Keimen handelte. Fürchten mussten sie

Scanner, die die ohne Zweifel vorhandenen Deuterium- und Palladiumemissionen im Schiff nachweisen konnten. Die Ingenieure der *Nascor* hatten zwar alle Mittel ihrer Zeit dafür aufgewendet, um die Außenabschirmung des Raumschiffs lückenlos zu machen. Doch im Innern des Raumers konnte man seinem Geheimnis recht leicht auf die Spur kommen. In seiner Magengrube schmerzte es – nur dass sich Nikolaj sicher war, dass das Gefühl diesmal nicht allein von seiner Nervosität herrührte.

Da er im Moment nichts tun konnte, wandte er sich wieder Lantis Island zu, dessen paradiesische Silhouette sich im aufsteigenden Meeresdunst abzeichnete. Der Anblick stand in einem derartigen Kontrast zu den Verhältnissen im Kingdom of Zulu, dass Nikolaj noch immer glaubte, einem Traum aufzusitzen. Die Spitze der silbrigrot im Nachmittagslicht blitzenden Raumstation, die Wilbur Graeme Lantis einst gekauft und bis auf den Meeresgrund abgesenkt hatte, ragte gute 800 Meter zum Himmel empor. Dort oben, in großer Höhe, umkreiste ein Schwarm bunter Paradiesvögel die künstliche Insel. Sicher waren das Hightech-Produkte irgendeines Kybernetik-Kons, ausgerüstet mit Hochleistungskameras, die jede noch so verdächtige Bewegung am Boden aufzeichneten. Und doch trug der Vogelschwarm zu dem Eindruck bei, dass die Insel dem märchenhaften Design eines Holospiele-Herstellers entstammte. Dabei war sie Realität!

Obwohl sich die Insel von der Höhe her nicht mit den titanischen Hochhäusern in den übrigen Global Cities auf der Erde messen konnte, bildete sie das majestätische Zentrum des Reichenparadieses. Die Plattformen waren auf allen Höhenebenen mit künstlichen Wäldern und Parkanlagen begrünt, und allerorten wucherten kunstvoll drapierte Schlingpflanzen tief über die Trassenränder. Das Herz von Lantis Island ähnelte so einem überdimensionierten Jungbrunnen, dessen überschäumende Lebenskraft sich schier auf alle anderen Einrichtungen des Reichenparadieses ergoss. Dass die Landschaftsgestalter hier nichts dem Zufall überlassen hatten, konnte man allein schon an dem künstlichen Katarakt sehen, dessen Wasser im Süden der Hauptinsel fast 500 Meter tief auf das Meer herabstürzten und in dessen Schwaden sich ein beeindruckender Regenbogen abzeichnete. Nikolaj musste daran denken, dass auf At Lantis angeblich acht Millionen Einwohner lebten, davon gut drei Viertel Angestellte und Sicherheitsleute. Sie verteilten sich einerseits auf die Hauptinsel, deren obere Stockwerke bis heute dem Lantis-Familienclan gehörten, andererseits auf die vielen übrigen Residenzen, die sich trabantengleich um die zentrale Erhebung im blauen Meer schmiegten. Keinem der hiesigen Bewohner schien es gestattet zu sein, über 300 Höhenmeter hinaus zu bauen, doch dafür waren alle bestrebt, das stolze Refugium des Lantis-Clans wenn schon nicht an Höhe, so doch an Verspieltheit und ästhetischem Einfallsreichtum auszustechen.

Nikolajs Blick schweifte über ein Meer an künstlichen Inseln, die die begrünte Raumstation umringten und deren äußere Gestalt an Muscheln und hohe Korallenstöcke gemahnte. Erst bei näherem Hinsehen entpuppten sie sich als großzügig angelegte Wohnkomplexe mit Luxusappartements. Andere Superreiche prunkten mit terrassenförmig angelegten Inseln, deren Hänge mit Weinstöcken bepflanzt waren. Umringt von Parkanlagen thronten Villen im antiken Palastbaustil. Einer von ihnen hatte seine bergförmige Besitzung komplett von einer gläsernen Klimasimulationshalle überdachen lassen. Die Hänge des Eilands waren schneebedeckt, und man konnte in der Ferne befahrene Skipisten ausmachen; ein Zweiter – offenbar ein stolzer Ägypter – hatte sein Refugium mit dem strahlend weißen Nachbau der Cheopspyramide geschmückt, dessen Spitze golden im Sonnenlicht funkelte. Wieder andere nannten grüne Paradiese ihr Eigen, die an die hängenden Gärten von Babylon erinnerten. Über einem von ihnen stieg ein Schwarm kybernetischer Schmetterlinge auf, der sich am Himmel zu dem Namen ›Katalina‹ formte. Offenbar ein extravaganter Liebesgruß einer der Superreichen hier. Es gab sogar einen Spinner, der ein menschengestaltiges Monument über seinem Jachthafen hatte errichten lassen, das Nikolaj unwillkürlich an den legendären Koloss von Rhodos erinnerte. Nur besaß der Koloss eher eurasische Gesichtszüge. Die seines Besitzers?

Allesamt waren die Refugien von blütenweißen Sandstränden umgeben, auf denen winzig klein Bewohner zu erahnen waren, die sich in die Brandung warfen oder sich in der Nähe von Cocktail-Pavillons in der Sonne aalten. Über allem spannte sich ein Brückennetz aus einem kristallinblau bis milchigweiß schimmerndem Material, das die Domizile der High Society mit der Hauptinsel verband. Über manche dieser luftigen Konstruktionen sausten Automated Guided Vehicles, andernorts schwangen sich die Konstrukte über Hafenanlagen hinweg, in denen Trauben an Motorbooten und protzigen Jachten vor Anker lagen. Ein zur Schau gestellter Reichtum, der auch vor dem Himmel nicht haltmachte. Allerorten waren schnittige Antigrav-Gleiter auszumachen, die stolz über die Inselmetropole hinwegrauschten. Einige flogen Besitzungen an, die komplett von gewaltigen Antigrav-Plattformen getragen wurden. Sie ähnelten jener abgeschieden liegenden Landestelle, zu der der Tower die *Nascor* gelotst hatte. Darunter befanden sich zwei auffallend hoch schwebende Luftinseln im Norden und Westen, deren Randbegrünung nur unzureichend kaschieren konnte, dass sie vor Waffensystemen nur so starrten.

»Poljakow, Nikolaj? Eigner der *Nascor*?«, herrschte ihn eine Frauenstimme an.

Nikolaj wandte sich einer schneidigen Lantis-Corp-Trooperin zu, deren braunes Haar unter dem schwarzen Barett leicht vom Seewind angehoben wurde. Sie hatte sich aus der Gruppe der Sicherheitskräfte im Frachtraum gelöst, war nur mit einer Pistole bewaffnet und hielt die Sondergenehmigung in der Hand. Es ging also nicht um irgendwelche Partikelemissionen.

»Irgendetwas nicht in Ordnung?«, gab sich Nikolaj leutselig. In Wahrheit musterte er aufmerksam jede ihrer Bewegungen. Sie waren ungewohnt geschmeidig und zugleich kraftvoll. Er war sich daher sicher, dass es sich bei ihr um einen *Augie* handelte, einen Augmented Human. Viele Ordnungshüter unterwarfen sich dem Prozess der Genverbesserung, da der sie üblichen Menschen überlegen machte. »Eine Frage: Wie sind Sie mit einem ganzen Frachtraum voll Aliens an den Gesundheitskontrollen vorbeigekommen?«

»Ihr lunarer Vertreter hatte nichts zu beanstanden.« Nikolaj lächelte gewinnend. »Wir haben ausschließlich Fremdwesen an Bord, die den hohen Standards der FEC-Seuchenschutzbestimmungen genügen.«

»Wir sind hier nicht auf dem Territorium der FEC. Hier entscheiden wir!« Die Trooperin wedelte mit der Sondergenehmigung, als wolle sie sich Luft zufächeln. »Schließlich führen Sie keine Ladung Klon-Hamster mit sich, sondern gefährliche Kreaturen von fremden Planeten. Ich frage mich, wie die alle in der kurzen Zeit Ihres Aufenthalts auf dem Mond untersucht worden sein sollen?«

»Officer, ich verstehe, dass Sie besorgt sind. Aber von unserer Seite aus wurden alle Auflagen erfüllt. Alle unsere Tiere an Bord ...«

»Ahumane Wesen!«, korrigierte ihn die *Augie*-Trooperin. »Wir wollen da nichts verharmlosen.«

»Alle unsere *Tiere*«, blieb Nikolaj hartnäckig, »haben die Biokontaminationsfilter mehrerer TransMatt-Portale unbeanstandet passiert. Meine Partner können Ihnen gern die entsprechenden Dokumente zeigen.« Nikolaj gab sich unwissend, musste der Frau insgeheim aber Recht geben. Auch er hatte sich bereits gefragt, mittels welcher Kanäle *Artco Inc.* so viel Einfluss auf die Behörden der irdischen Seuchenkontrolle ausüben konnte, dass sie ausgerechnet Lantis Island mit einer ganzen Ladung Exokreaturen anfliegen durften. Allmählich hielt er auch das nicht mehr für Zufall. »Im Übrigen wartet *Everywhere Broadcasting* auf uns. Wir würden wirklich gern mit dem Ausladen beginnen.«

»Herr Poljakow, Sie versuchen besser nicht, Druck auf uns auszuüben. Darauf reagieren wir sehr empfindlich.« Die Inspektorin musterte die Sondergenehmigung noch einmal von allen Seiten. »Nicht einmal die besten Exobiologen können bei so vielen Fremdwesen ein Restrisiko ausschließen. Die TransMatt-Portale schlagen nur bei bekannten Keimen Alarm.« Plötzlich erhob sich Apollo und strich der Frau um die Beine. Die Trooperin lächelte und ging in die Knie, um den Schäferhund zu kraulen. Apollo leckte ihr die Hand. »Ein schönes Tier. Zu Hause haben wir auch einen deutschen Schäferhund.«

»Tatsächlich?«

»Ja, seit sieben Generationen immer denselben. Meine Ururgroßmutter hat vor langer Zeit eine Todesversicherung bei *MirrorGen Solutions* gewonnen. Nur hat sie die nicht für sich, sondern für ihren damaligen Liebling in Anspruch genommen. Seitdem liegen die Gene des Hundes sicher in den Kühlbanken des Unternehmens. Meine Familie konnte ihn sich in all der Zeit immer wieder neu klonen lassen. Kennen Sie *MirrorGen Solutions?*«

»Leider nein.« Nikolaj Mundwinkel zuckten, und er

war froh, dass seine Augen von der Multibrille verdeckt wurden. »Aber was für eine schöne Familientradition.«

»Kann man so sagen.« Die Trooperin räusperte sich und erhob sich wieder. Endlich steckte sie die Sondergenehmigung ein. Nikolaj klopfte Apollo anerkennend das Fell. »Also gut, Sie dürfen ein halbes Duzend Ihrer Geschöpfe ausladen.«

»Nur ein halbes Dutzend?«, gab sich Nikolaj entsetzt. In Wahrheit war es ihm nur recht. Dadurch waren sie so schnell wie möglich in der Lage, wieder abzufliegen.

»Ja, und auch nur solche, mit denen Sie nachweislich mehrere Wochen in Kolonien gastiert haben, in denen es anschließend zu keinen medizinischen Auffälligkeiten kam. Wir kontrollieren das!«

Nikolaj tat zerknirscht.

»Der Rest Ihrer Monster verbleibt auf dem Schiff, dem für den Zeitraum Ihres Aufenthalts hier, sagen wir mal, der Status einer Halbquarantäne zugewiesen wird. Und ich warne Sie! Ihre Aufenthaltsgenehmigung ist allein für das Anwesen Ihres Gastgebers gültig. Maximal für drei Tage. Am besten, Sie halten Ihren Aufenthalt kürzer.«

»Nichts anderes haben wir vor.«

»Sehr gut. Noch eine letzte Sache: Aus Unterlagen, die wir von Pherostine bekommen haben, entnehme ich, dass Sie ein Jump sind. Bedauerlicherweise haben Sie vergessen, dieses Detail anzugeben. Wenn Sie bitte Ihre Brille absetzen würden.«

Nikolaj spannte sich. Verflucht, wie weit reichte der Arm dieser Trooper? Widerwillig tat er der Inspekteurin den Gefallen und sah sie aus seinen grauen Augen an.

Die Frau musterte ihn eindringlich und klinkte einen Lügendetektor vom Gürtel. Dieses At Lantis ging ihm schon jetzt auf die Nerven. Missmutig nahm er hin, wie die Trooperin Sensoren an seinem Handgelenk und an den Schläfen anbrachte.

»Verfügen Sie über psionische Fähigkeiten?«, fragte sie geschäftsmäßig. »Ich rate Ihnen, bei der Wahrheit zu bleiben.«

»Ja.«

»Und welche?« Sie behielt das Display des Geräts im Auge.

»Ich kann gut mit Tieren. Sie reagieren positiv auf mich.«

»Sieh an.« Die Trooperin lächelte schmal. »Sonst noch irgendwelche Talente?«

»Nein.« Die Frau musterte den Lügendetektor eine Weile und nickte dann. »In Ordnung, Herr Poljakow. Ihre Fähigkeiten scheinen mir recht harmloser Natur zu sein. Zumindest sind sie nicht auf unserer Red List vermerkt.« Sie entfernte die Sensoren, und Nikolaj setzte seine Multibrille wieder auf. »Wenn Sie jetzt bitte damit beginnen würden, die Käfige in die Transportboxen umzuladen.« Sie gab ihren Kameraden einen Wink, und auch die übrigen Trooper verließen den Frachtraum.

Nikolaj informierte sofort Gwinny und Roger über Kom. Roger winkte, und schon setzten sich mehrere ihrer Fütterungs- und Transport-Bots in Bewegung, die mit Greifzangen und Lastgabeln vorsichtig einzelne Käfige und Terrarien von den Frachtwänden hoben und sie in die Transportboxen verluden. Die Dinger bestanden aus Aluminium, waren sichtgeschützt und verfügten ebenso wie die Terrarien über autarke Belüftungssysteme, die sich auf das Luftgemisch verschiedener Atmosphären einstellen ließen. Vor allem schützten die Boxen die Käfige, Terrarien und Aquarien gegen Schäden beim Transport. Nikolaj wartete, bis die Heavies in Begleitung der Bots das Schiff verlassen hatten, dann benachrichtigte er Jack. Unter lautem Brummen der Hydraulik schloss sich das große Schott am Heck ihres Schiffs wieder. Apollo kläffte, und gemeinsam marschierten sie über die Landeplattform auf ein geräumiges Transportshuttle der CityTrooper zu, wo die Inspektorin in Gesellschaft der beiden Katzen-Betas auf sie wartete. Unter ihren skeptischen Blicken beluden die Bots den Gleiter mit den Exowesen, anschließend nahmen sie selbst Platz.

»Führen Sie Waffen mit sich?« Die Inspektorin zückte einen Scanner und tastete sie ab.

Nikolaj hob die Hände. Er trug bewusst nichts bei sich, das ihn verdächtig machen konnte. Anders Roger und Gwinny. Der Scanner piepte gleich mehrfach. Mürrisch präsentierten die beiden ein Tränengas-Spray, einen Elektroschocker und ein Stilett.

Pikiert nahm die Trooperin das Stilett zur Hand und reichte es einem der Katzen-Betas. »Wie in allen Global Cities sind bei uns Schuss- und Stichwaffen nicht erlaubt. Eigentlich sollten Sie das wissen. Wir konfiszieren die Waffe daher. Die anderen Sachen können Sie behalten. Aber lassen Sie sich nicht einfallen, damit außerhalb einer echten Notwehrsituation auf jemanden loszugehen. Und nun machen Sie bitte Ihren Nacken frei.«

Widerwillig kamen die drei der Aufforderung nach.

Die Trooperin setzte eine Injektionspistole an, es zischte dreimal.

»Was war das?«, brummte Roger.

»Ein Kontrollchip«, antwortete die Frau mit gleichgültiger Stimme. »Damit können wir überprüfen, ob Sie sich an die Aufenthaltsauflagen halten. Ich rate Ihnen, nicht von diesen abzuweichen. Der Chip deaktiviert sich, sobald Sie bei Ihrer Abreise die 50-Meilen-Zone um Lantis Island verlassen haben. Die Rückstände baut Ihr Organismus innerhalb einer Woche ab.« Sie lächelte unverbindlich. »Übrigens empfehle ich Ihnen, Ihren Aufenthalt bei uns nicht illegal zu verlängern. Solche Fälle kommen leider immer wieder vor. Ich weise Sie darauf hin, dass jede Fristüberschreitung über die Ihnen gesetzte Besuchsspanne hinaus einen Sprengmechanismus im Chip aktiviert, der ausreicht, um Ihnen das Rückgrat zu zerschmettern. Noch Fragen?«

Nikolaj, Roger und Gwinny verzichteten.

»Gut.« Die Inspektorin tippte gegen ihr Kom, und endlich hob das Shuttle ab. Ebenso wie die beiden Heavies warf Nikolaj einen weiteren Blick durch die Fenster. Golf- und Tennisplätze kamen unter ihnen in Sicht, auf einer Insel erstreckte sich eine Trabrennbahn mit schwebenden Logenplätzen, und am westlichen Himmel war ein aufwendig gestalteter Luftparcours aus anthrazitfarbenen Reifen auszumachen, die von Antigrav-Pfeilern getragen wurden und sich über mehrere der Inseln erstreckten. Sie bildeten eine Art Tunnelsystem in Form einer liegenden Acht. Offenbar frönten auch die hiesigen Superreichen den auf der Erde so beliebten Speed-Air-Rennen, die schon vor langer Zeit die Formel-Eins-Meisterschaften abgelöst hatten. Das Shuttle jagte über eine begrünte Shopping-Mall mit extravaganten Cafés, Boutiquen und Edelrestaurants hinweg, über der Holoprojektionen die neuesten Produkte eines exklusiven Petshops anpriesen: Robohunde für die lieben Kleinen und Angora-Kuschelkätzchen mit weggezüchteten Beinen für die Handtasche.

»Na, ist das was für Sie?« Die Inspektorin grinste, nur einer der beiden Katzen-Betas knurrte leise.

Nikolaj verzichtete auf eine Antwort, da das Shuttle einen Bogen flog und über eine strahlend blaue Wasserfläche hinweg auf eine idyllische Palmeninsel mit Sandstrand und künstlichen Felsenklippen zuhielt. Auf der höchsten dieser Klippen erhob sich ein moderner, mehrstöckiger Bungalow mit spiegelnden Fensterfronten: Müllers Luxusresidenz. Umrahmt wurde der Bau von Tennisplätzen, Gärten und einem künstlichen See, über dem eine imposante Wasserfontäne aufstieg. Gwinny lächelte verzückt.

Das Shuttle der CityTrooper wurde langsamer und steuerte auf einen privaten Landeplatz zu, wo es weich aufsetzte. Nikolaj war froh, endlich aus dem Transporter herauszukommen. Mit Hilfe der Bots luden sie die

Käfige mit den Exowesen aus und das Shuttle stieg wieder zum Himmel auf. Nur dreißig Meter von ihnen entfernt standen weitere Antigrav-Gleiter. Aus einem stieg in diesem Moment eine Frau, bei deren Anblick Nikolaj unwillkürlich den Atem anhielt. Die langen schwarzen Haare, das eng taillierte, rot-weiße Kleid mit dem kleinen Stehkragen: Chu Jiang, die chinesischen Ancient-Tunes-Violinistin sah genauso aus wie bei ihren Konzerten im StellarWeb. Die Künstlerin befand sich in Begleitung einiger Angestellter, darunter ein halbes Dutzend chinesischer Bodyguards in schwarzen Anzügen. Sie wurde von einer Frau aus dem Shuttle geführt, die ihm mit ihren blonden, halblangen Haaren und dem kirschroten Kussmund ebenfalls bekannt vorkam. Nur vermochte er nicht zu sagen, woher.

»Das ist doch …«, hub Gwinny feixend an, doch Nikolaj unterbrach sie.

»Ich weiß, das ist die Musikerin Chu Jiang!«

»Das sehe ich selbst.« Gwinny schmunzelte noch immer. »Nein, ich meine die Blondine. Die sieht doch genauso aus wie …« Sie wurde abermals unterbrochen, da vom Bungalow her Fahrzeuge nahten. Zwei davon hielten auf Chu Jiangs Entourage zu, das dritte, ein Elektromobil mit großer Ladefläche, war für sie bestimmt. Auf dem Beifahrersitz saß ein Mann in der steifen Livree eines Butlers. Argwöhnisch musterte er die Transportboxen. »Aus Ihrer Ladung schließe ich, dass Sie die angekündigten Damen und Herren vom Poljakow Xeno-Spektakularium sind?« Steif verbeugte sich der Hausdiener vor ihnen.

»Ich hoffe, wir kommen nicht zu spät«, antwortete Nikolaj. Er starrte wieder zum benachbarten Shuttle hinüber, wo die Chinesen jetzt Taschen und Instrumentenkoffer ausluden. »Und Sie sind?«

»Mortimer. Ich bin für die Dauer Ihres Aufenthalts für Ihr Wohl verantwortlich. Herr Müller und Herr Firestone erwarten Sie schon.«

»Wer ist denn Firestone?«, fragte Roger.

»Moses Firestone ist der Produzent«, antwortete Mortimer indigniert. »Sie werden ihn in wenigen Minuten kennenlernen.«

»Ah, unsere Xeno-Spezialisten!«, tönte es in breitem amerikanischem Akzent.

Nikolaj hatte kaum die Gartenterrasse des großen Bungalowbaus betreten, als ihm auch schon ein Mann mit Cowboyhut, Lederhose und halboffenem Hawaiihemd entgegenkam. Zwischen seinen Zähnen steckte eine Zigarre, und in seiner Linken hielt er ein Glas Bourbon. Apollo kläffte bei seinem Anblick.

Im Garten hinter dem Haus brummte es vor Leben. Statisten in den zerschlissenen Uniformen von City-Troopern bevölkerten Standtische auf der Rasenfläche, wo sie Häppchen in sich hineinstopften, als gäbe es kein Morgen. Beleuchter richteten Scheinwerfer mit Reflektorschirmen auf eine beeindruckende Ruinenkulisse aus. Stromkabel bildeten Stolperfallen bis hinüber zu den Pavillons mit den Domizilen der Visagisten und Maskenbildner. Kameraleute glitten mit einer *Holocinetic*-Kamera vorüber. Kostümbildner statteten zwei echte Bullen-Betas mit futuristischen Waffen aus. Tontechniker testeten schwebende Akustik-Bots, und in der Nähe einer Palm-Anpflanzung wuselten Requisiteure herum, die vorgeblich damit beschäftigt waren, das Modell eines zerschossenen ATV-Trucks hinüber zu der Ruinenkulisse zu schieben, in Wahrheit aber zwei barbusige Nixen anglotzten, die im nahen Pool des Grundstücks planschten.

»Ich hoffe, Sie hatten einen angenehmen Flug?« Der Ami schüttelte Nikolajs Hand.

»Doch, hatten wir«, antwortete Nikolaj. »Dann sind Sie Mister Firestone? Der Produzent?«

»Moses!« Firestone schlug ihm plump vertraulich auf die Schulter. »Nennen Sie mich Moses. Das tun hier alle. Produzent und jetzt auch Regisseur. Leider sah ich mich gestern genötigt, unseren ursprünglichen Regisseur zu feuern. Ich hab jetzt also auch seinen Job am Hals. Glauben Sie mir, das ist wie Flöhe hüten. Stimmt's, mein Kleiner?« Er kraulte Apollo am Kopf. Apollo fletschte die Zähne, und er zog die Hand wieder zurück. »Ich hoffe, Sie haben uns auch etwas Exotischeres als nur einen Hund mitgebracht?« Jetzt erblickte er Gwinny und Roger, die soeben mit den Last-Bots anrückten, auf denen die Boxen mit ihren Tieren standen. »*Damn!* Genau das haben wir gebraucht!«

»Sehr schön!« Nikolaj lächelte. »Wir haben uns bemüht, Tiere auszusuchen, die mit dem Luftgemisch der Erdatmosphäre klarkommen.«

»Nein, ich meine ihre beiden Heavies!« Der Produzent löste sich von Nikolaj und rückte seinen Cowboyhut zurecht. Begeistert nahm er die untersetzten Geschwister in Augenschein. »Hat man Ihnen beiden schon einmal eine Rolle im Film angeboten?«

»Bislang nicht.« Gwinny strich sich geschmeichelt das blonde Haar aus der Stirn.

»Sehr gut, dann werde ich Sie nachher mal mit meiner Casting-Agentin bekanntmachen. Heavies sind ja so schwierig aufzutreiben. *Really*, ich hab die Schnauze voll von diesen maskierten Liliputanern.« Zufrieden nahm er die Zigarre aus dem Mund und schnippte, ohne es zu bemerken, Asche auf Apollos Fell.

Der Schäferhund knurrte und schüttelte sich. Bevor Nikolaj es verhindern konnte, schlüpfte Apollo zwischen zwei Set-Runnern hindurch in Richtung Garten.

»Ich wette, Sie haben Schenkel und Oberarme, straff und stämmig wie Rhinozerosbeine, *right?*«, lobte Firestone Gwinny. »Sie wissen doch, was Rhinozerosse sind? Aber klar.« Er winkte ab. »Ich rede ja mit Zoo-Specialists.«

Gwinnys Lächeln schmolz wie Eis in der Sommerhitze.

»Moses, vielleicht wollen Sie erst einmal unsere Exos in Augenschein nehmen?«, mischte sich Nikolaj hastig ein. Er marschierte zum größten ihrer Käfige. Die Box war fast zwei Meter hoch. Leicht theatralisch öffnete er die Frontklappe: »Eine Betterday'sche Rubinspinne!«

Die Umstehenden stellten schlagartig ihre Gespräche ein und glotzen entsetzt die Exokreatur im Innern der Box an. Im Terrarium hing, inmitten eines Netzes aus silbrig glitzernden Fäden, ein fast wagenrad-großes Spinnenwesen mit zehn Beinen und struppig schwarzem Borstenfell. Der aufgeblähte Hinterleib zitterte unruhig, und die sechs signalroten Facettenaugen über dem Mandibelnkopf starrten die Filmleute lauernd an.

»*Holy shit*, das Vieh sieht ja gruselig aus!« Der Produzent stellte seinen Bourbon ab und klatschte begeistert in die Hände. »Und Sie haben das Monster so dressiert, dass wir es für die Aufnahmen verwenden können?«

»So war es mit *Artco Inc.* abgesprochen.« Nikolaj öffnete nun auch die übrigen Käfige, Volieren und Terrarien, die ein sackförmiges Amöbenwesen vom CoS-Planeten TriCross bargen, einen zamblianischen Wüstenläufer, der mit seinen vielen Beinen Ähnlichkeit mit einem riesigen Tausendfüßler besaß, einen pitaischen Scherenkrebs, geflügelte Sauropsiden von Tau Ceti und natürlich seine irinischen Beutelaffen.

Firestone stieß fast kindische Begeisterungslaute aus. »Wow. Nick, ich darf Sie doch Nick nennen, oder?«

»Sicher.«

»Nick, ich schlage vor, Ihre Leute bringen die restlichen Viecher rüber zu unseren CGI-Spezialisten. Die werden sie screenen, so dass wir sie in späteren Filmen einbauen können. Diese Betterday'sche Rubinspinne reicht für heute völlig.« Firestone dreht sich begeistert zu seinem Scriptgirl um. »Wurde der Planet nicht gerade erst von den Collies plattgemacht? Das lässt sich doch prima für die PR ausschlachten!« Er nuckelte an der Zigarre und klopfte Nikolaj ein weiteres Mal auf die Schulter. »Ich hoffe, das Biest ist das letzte überlebende

Exemplar?« Er lachte dröhnend und winkte den Butler heran. »Mortimer, seien Sie doch so gut und führen Sie unsere Heavie-Freunde ins Haus zum CGI-Team. Vielleicht können Sie den beiden bei der Gelegenheit auch die Unterkünfte zeigen?«

»Natürlich, Sir.« Mortimer verneigte sich steif und bat Roger und Gwinny, ihm samt der Transportbots zu folgen. Zurück blieb allein die Box mit dem Spinnenterrarium. Das Skriptgirl starrte die Kreatur noch immer panisch an.

Nikolaj schloss die Klappe und ließ dabei ein unscheinbares Kästchen im Ärmel verschwinden, das er an der Innenseite angebracht hatte.

»Kommen Sie, Nick«, tönte der Produzent. »Sie sind genau im rechten Moment eingetroffen. Am besten, ich stelle Ihnen gleich mal unseren Star vor. Bruce Wayne. Sie kennen doch Bruce Wayne, oder?«

»Sicher.« Nikolaj fragte sich, ob jemand im von *Everywhere Broadcasting* erschlossenen Universum den bekannten Actionstar nicht kannte. Er verkörperte in *Damn Collie, die!* den Justifier-Veteran Lund Green, der sich auf seinem besetzten Heimatplaneten einen Kleinkrieg mit den Collies lieferte. Unterstützt wurde er von einem hartgesottenen Team aus Männern und Frauen, die so gecastet waren, dass sich jeder Zuschauer mit ihnen identifizieren konnte. In der Serie hatten die Collectors Echsengestalt, auch wenn in Wahrheit niemand wusste, wie die Samariter tatsächlich aussahen. Nikolaj war gespannt darauf, Wayne persönlich zu treffen. Der Produzent grüßte jetzt eine Schauspielerin in schwarzer Lederkluft, der zwei Maskenbildner Ruß und Asche auf das Gesicht schmierten.

»Hey, war das eben nicht January?«, fragte Nikolaj leise. Den echten Namen der Schauspielerin hatte er vergessen, aber die braungelockte Lateinamerikanerin mimte die labile Psionikerin in Lunds Team. Nach Wayne besaß sie die größte Fangemeinde unter den Zuschauern. »Ich hätte nicht gedacht, dass sie wirklich so gut aussieht.«

»Er«, grunzte Firestone. »Manuel ist eine Transe, nur weiß das niemand. Aber nicht weitersagen.« Ungerührt führte er ihn am Modell eines rostigen TransMatt-Portals vorbei in den Garten. »Wir drehen hier drei Folgen gleichzeitig. Darunter eine Vergangenheitsszene, in der Green einen Industriellen hier auf At Lantis kennenlernt, was für eine spätere Folge wichtig wird. Deswegen bin ich Bruno auch so dankbar, dass er uns sein Anwesen zur Verfügung gestellt hat.«

»Sie meinen Bruno Müller?«

»*Of course!*« Firestone zwinkerte ihm zu. »Bruno ist ein großer Fan von *Damn Collie, die!* Der hält mir mit Hilfe seines Bruders auch die verdammte Gewerkschaft vom Leib. Wir können hier also Tag und Nacht drehen. Bruno und ich haben uns vor ein paar Jahren bei einer Kur auf Proxima Centauri kennengelernt. Aber wir drehen hier auch noch ein paar Szenen, die auf Greens umkämpftem Planeten stattfinden. Da kommt Ihre Spinne gerade recht!« Firestone wollte weiter ausholen, als sie ein Ruf aufschreckte.

»Mister Firestone! Mister Firestone.« Hinter einem

Ständer mit einer beeindruckenden schwarzen Collector-Rüstung tauchte ein Typ in Jeans, T-Shirt und Brille auf, der einen Stapel Filmskripte im Arm hielt. Das blonde Haar trug er so kurz, dass sich auf seinem Halbglatzenansatz die Sonne spiegelte. Der Kerl wirkte übermüdet, die Finger waren gelb von Nikotin, doch auf seinem Gesicht zeichnete sich die Freude eines kleinen Jungen ab, der soeben seinen Schulaufsatz beendet hatte.

»Ah, Huck? Ihre Freunde nennen Sie doch Huck, *right?*« Firestone blieb stehen und sah den Kerl genervt an.

»Äh, nein, eigentlich Huckelberry. Wegen meines Nachna…«

»Was gibt es denn, Huck?« Der Produzent rollte nur für Nikolaj sichtbar mit den Augen und flüsterte: »Einer unserer Autoren …«

»Ich wollte Ihnen nur mitteilen, dass ich das Skript fertig umgeschrieben habe.« Eifrig drückte Huck dem Produzenten ein Drehbuch in die Hand, auf dem in fetten Lettern »Mind Control« stand. Darunter: Fassung 23.

Nikolaj nutzte die Gelegenheit, um das unscheinbare Kästchen aus der Spinnenbox in eine Hecke nahe des Bungalows zu werfen. »Ich hab die Szene mit Lunds altem Freund im Collectors-Gefängnis noch einmal mit dessen Auftritten in anderen Folgen verglichen, und mir sind da ein paar Inkonsistenzen aufgefallen.« Unter seinem Arm klemmte ein Stapel weiterer Drehbücher, deren Seiten auf altmodische Weise mit gelben Klebezetteln markiert waren. Nikolaj entdeckte Titel wie »Missing in Action«, »Undercover«, »Zero Gravity«, »Sabotage« und »Outcast«.

»Wenn Sie da mal reinlesen würden ...«

»Ja, ja, ja!« Der Produzent schnitt dem Kerl das Wort ab und blätterte das Drehbuch gelangweilt durch. »Die Fassung ist noch immer scheiße.« Er gab das Buch zurück. »Komm wieder, wenn du an der Charakterführung gearbeitet hast.«

»Aber ...«

»Kein ›aber‹. Los, an die Arbeit!«

Wie ein geprügelter Hund trottete der Autor mit dem Stapel Skripte zum Haus zurück.

»Sind Sie sicher?«, fragte Nikolaj erstaunt. »Sie haben das Skript doch nur überflogen.«

»Ach, glauben Sie mir, Nick ...« Firestone blies einen Rauchkringel in die Luft. »Was wir heute angeboten bekommen, ist alles Dreck. Die arme Sau, die Sie gerade kennengelernt haben, schreibt eigentlich für *Desperate Housewives in Space*. Den reichen sie bei uns im Haus bloß durch.« Firestone nestelte in seiner Hemdtasche und präsentierte eine holografische Autogrammkarte, auf der ein Inder im schwarzen Ledermantel abgebildet war. Die beringte Rechte hielt er kämpferisch nach vorn gestreckt, und es entstand der Eindruck, als würden Laserstrahlen aus den Ringen hervorschießen. Im Hintergrund tauchte ein angriffslustiger Schwarm *Wyver*-Jäger der Collectors aus dem All auf. Unterzeichnet war die Karte mit »Für meinen guten Freund Moses, Mahet Hawa«.

»An den Meister reicht eben niemand ran.«

»Wer ist das?«

»Meine Güte, Nick. Sie kennen den Schöpfer von *Damn Collie, die!* nicht?« Firestone schüttelte den Kopf und zog ihn weiter. »Mahet hat die komplette erste Staffel geschrieben. Absolut brillant. Ich werde mir nie verzeihen, dass ich ihm damals geraten habe, sich zu Recherchezwecken einer Collector-Expedition der VHR als Beobachter anzuschließen. Er und das komplette Schiff sind seitdem verschollen. Und jetzt ... Na ja, man muss halt mit dem Material arbeiten, das man hat.«

Nikolajs Komgerät piepste, und er vernahm Gwinnys leise Stimme. »Wir sind jetzt im Haus. Drei Stockwerke. Das untere ist frei zugänglich, da hat sich auch das Filmteam einquartiert. Roger kümmert sich um die Tiere. Ich fahre jetzt mit dem Lift in den ersten Stock, wo unsere Zimmer liegen. Müller bewohnt das komplette Stockwerk über uns. Wenn ich angekommen bin, werde ich die Nano-Bots ausschwärmen lassen.«

Nikolaj bestätigte, indem er beiläufig gegen das Gestell der Multibrille tippte. »Sagen Sie, Moses, wer hat Ihnen mein kleines Unternehmen eigentlich empfohlen?«

»Mann, packt den Scheiß wieder ein!« Firestone raunzte zwei Requisiteure an, die eine auf alt getrimmte Steinplatte mit kryptischen Hieroglyphen auspackten. »Wir drehen hier mit echten Ancient-Artefakten aus den Arsenalen von *ARStac.* Wann lest ihr endlich meine Memos?« Aufgebracht stiefelte er weiter. »Wie wir auf Sie gekommen sind? Keine Ahnung. Irgendein

Deal mit *Artco Inc.* Bruno besitzt bei denen einige Aktien. Ich selbst hab's mit Viechern ja eigentlich nicht so. Dabei sammle ich privat in Kunstharz eingegossene LWAs. Eine gute Kapitalanlage.«

»LWAs?«

»Last-Wildlife-Animals. Ausgerechnet Sie haben davon noch nie gehört?« Firestone warf ihm einen überraschten Blick zu. »Die stammen aus der Zeit, als die Fauna hier auf der Erde endgültig den Bach runterging. Vor ungefähr 500 Jahren setzte dann ein unglaublicher Run auf die letzten frei lebenden Wildtiere ein. Die Jäger wollten damals alle noch eines vor die Flinte kriegen. Und was soll ich sagen: Sie waren erfolgreich!« Firestone lachte. »Vor Ihnen steht übrigens der heutige Besitzer des letzten in freier Wildbahn geschossenen Rehkitzes. Komplett eingegossen in Kunstharz. Mit seinen großen braunen Kitzaugen sieht es noch immer richtig süß aus, das kleine Bambi. Und dazwischen, mitten auf der Stirn – *Bang!* – wie ein Echtheitsprädikat das Einschussloch! Gerade erst hat mir ein Museum in Frankfurt siebentausend C für das Tier geboten.«

Nikolaj beschloss, das Thema nicht weiter zu vertiefen. *Partner, wo bist du?*, sandte er stattdessen seinen geistigen Ruf aus.

Hinter der Ruinenkulisse, antwortete die Stimme. *Hier bauen sie gerade eine Konzertbühne auf.*

Eine weitere Filmkulisse?, wollte Nikolaj wissen.

Bin mir nicht sicher. Übrigens sind hier überall Überwachungskameras. Keine Chance, unbemerkt von A nach B zu kommen.

Endlich erreichten sie den Pool und damit Bruce Wayne. Der Actionstar mit dem bekannten Marines-Bürstenschnitt sonnte sich im Liegestuhl. In der einen Hand hielt er einen Longdrink, die andere ließ er sich gerade von einem Servo-Bot maniküren. Auch der Rest seines Auftretens war irgendwie anders, als sich Nikolaj das vorgestellt hatte. Um Waynes Hals hing ein Goldkettchen, und auf dem Beistelltisch neben ihm lag dem Cover nach zu urteilen ein Chemical-Romance-Roman. Ein livrierter Hausdiener mixte soeben einen weiteren Longdrink.

»Bruuuuce, schau mal!« Die beiden barbusigen Nixen im Wasser lachten und tauchten sich gegenseitig unter. Bruce hob seinen mit künstlichen Muskelimplantaten gestählten Oberkörper und schenkte den beiden ein gönnerhaftes Lächeln. Die Mädchen gehörten also zu ihm.

»Bruce, mein Bester!« Firestone setzte sich auf einen Stuhl neben ihn.

»Geht's schon wieder los?«, murrte der Mime. »Ich ruhe mich noch immer von dieser bescheuerten Liebesszene vorhin aus. Wer kam denn bitte auf die Idee, dass sich Lund mit einer ahumanen Eingeborenen einlässt? Meine Fans wollen Action sehen und nicht, wie ich eine Blauhäutige mit Katzenfresse ablutsche.«

»Sag bloß, du hast was gegen mehr als nur zwei Titten einzuwenden?« Firestone lachte dröhnend und wies den Hausdiener an, ihm und Nikolaj ebenfalls Drinks zu bringen. Wayne schimpfte weiter. »Die Szene wird auf den Planeten der CoS eh wieder rausgeschnitten.«

Firestone winkte ab. »Ach komm, wen interessieren die paar Planeten? In den Kolonien der FEC wird das die Quoten umso mehr hochtreiben. Ich sehe es schon vor mir.« Der Produzent breitete die Arme aus, als betrachte er ein riesiges Standbild. »Dein Luxuskörper, eng umschlungen mit dem einer edlen Wilden.« Er schnalzte mit der Zunge. »Da wird doch jedes Teeniemädchen feucht. *Glamourity*, *EarthTeen Sommer* und *VIPToday* werden sich die Hacken ablaufen, um dich für die Titelseiten zu bekommen!«

Bruce brummte etwas Unverständliches, doch es klang besänftigt. »Und wer ist das?« Er nickte in Nikolajs Richtung.

Firestone nahm die Zigarre aus dem Mund und deutete mit ihr auf Nikolaj. »Das wollte ich gerade mit dir besprechen. Das ist Nick. Er und seine Leute haben ein paar Gimmicks mitgebracht, die deinen Fans gefallen werden. Exos!«

»Scheiße!« Bruce fuhr wie von der Tarantel gestochen hoch. »Sie sind der Wahnsinnige, der diese beschissene Riesenspinne angeschleppt hat?«

»Streng genommen ist das eigentlich keine ...« Nikolaj musste seine Erklärung abbrechen, denn Bruce Wayne fuhr Firestone weinerlich an.

»Glaubst du ernsthaft, dass ich mit so einem Ding drehe? Ich dachte, Ralph spinnt, als er mir eben davon erzählt hat. Moses, ich habe doch schon eine scheiß Angst vor Spinnen, wenn sie nur so groß sind.« Er hielt Daumen und Zeigefinger so, dass zwischen ihnen nicht einmal ein Chip Platz gehabt hätte. »Mann, ich bin

Schauspieler. Ich hab Gefühle. Ich werde mich doch nicht von so einem Vieh auffressen lassen.«

»Und dort sitzt Moses Wayne«, unterbrach ihn eine dunkle Stimme vom Pool her. »Er ist der Produzent, von dem ich Ihnen erzählt habe.«

Die drei Männer wandten die Köpfe, und Nikolaj atmete scharf ein. Flankiert von zahlreichen Leibwächtern, darunter die Hälfte Asiaten, näherte sich ihnen Bruno Müller. Der auffallend gut gebräunte Deutsche war mit weißem Hemd, Freizeithose und einem ausgefallenen Sakko aus dunklem ElektroCloth-Stoff bekleidet, dessen Kunstfasern bei jedem Schritt goldene Lichtreflexe warfen. Eine modische Spielerei, die ohne Zweifel auf das 2OT-GoldenEye abgestimmt war, das bot-gleich in Müllers rechter Augenhöhle prangte. Seine Linke lag um die Hüfte der Blondine mit dem auffallend geschwungenen Kussmund, die Nikolaj schon vorhin beim Landeplatz gesehen hatte. Zu seiner Rechten jedoch, etwas kleiner, schritt die Ancient-Tunes-Violinistin Chu Jiang. Ihre Bewegungen waren grazil, und Nikolaj musste sich eingestehen, dass die zierliche Chinesin aus der Nähe betrachtet sogar noch besser aussah als auf ihren Bildern im StellarWeb. Die hochliegenden Wangenknochen brachten ihre mandelförmigen Augen auf besondere Weise zur Geltung, und das schwarze Haar, das ihre Schultern umschmeichelte, bot einen faszinierenden Kontrast zu dem roten Stoff ihres Kleids. Sie wirkte darin ebenso elegant wie schön.

»Bruno!« Firestone sprang auf und schüttelte dem Konzerner begeistert die Hand. »Gut siehst du aus. Ich hab dich erst in zwei Tagen erwartet. Deine Bräune ist ja beneidenswert.«

»Verbring einige Wochen auf dem Planet eines Doppelstern-Systems, und du siehst aus wie ich: nur nicht so gut.«

Müller und Firestone lachten, und auch die Blondine an Müllers Seite kicherte dümmlich. Endlich wusste Nikolaj, warum ihm ihr Gesicht so bekannt vorkam. Müllers Freundin sah eins zu eins aus wie diese Schauspielerin, die vor über 1000 Jahren Erfolge gefeiert hatte: Marilyn Monroe! Sie war eine der wenigen Filmstars aus der Zeit vor Beginn der stellaren Raumfahrt, die bis heute bekannt waren. Angeblich war sie die Geliebte des Präsidenten der heutigen GUSA gewesen und hatte diesen dazu gebracht, die erste bemannte Mondexpedition in Angriff zu nehmen. Mit Aufkommen der holocinetischen CGI-Technologie hatte die Filmindustrie die Monroe irgendwann nach ihrem Selbstmord wiederentdeckt und ließ sie noch heute gelegentlich in Filmen auftreten. Sie besaß Fanclubs auf diversen Planeten. Hatte Müller seine Freundin etwa beim 2OT umoperieren lassen?

»Mit anderen Worten, du bist wieder auf der Jagd nach Ancients-Artefakten, *right?*« Firestone zwinkerte verschwörerisch, doch Müller antwortete nicht, sondern richtete sein GoldenEye auf Nikolaj.

Der nickte freundlich und erinnerte sich wieder an Jacks Vortrag über die eingebauten Scanner.

»Bleibst du denn, bis die Dreharbeiten abgeschlossen sind?«, wollte der Produzent wissen.

»Nein, ich besteige bereits morgen früh wieder mein Raumschiff.«

»Verstehe, um deine Bräune aufzufrischen.«

»Später ganz sicher.« Müller wurde wieder ernst. »Zuerst muss ich eine Familienangelegenheit mit meinem Bruder klären.«

»Ja, hab schon davon gehört. Ich hoffe, das hat keine Auswirkungen auf unsere Dreharbeiten?« Ungestüm griff Firestone nach Chu Jiangs Hand. »Sie heute kennenzulernen, ist mir natürlich ebenfalls eine Ehre!«

Die Chinesin entzog sich dem Produzenten rasch und verneigte sich mit den Händen vor dem Gesicht. »Namaste, Mister Firestone.«

»Bitte, nennen Sie mich doch Moses! Das tun alle hier«, spulte Firestone sein Sprüchlein ab. »Bruce und Sie kennen sich von dieser Gala in der Global City Mumbai Anfang des Jahres, *right?*« Er wandte sich dem Schauspieler zu, der die Blicke unverhohlen über ihren Körper wandern ließ und anzüglich grinste.

»Wenn du willst, Chu, überrede ich Moses zu einem Gastauftritt an meiner Seite.«

»Meine Vorname lautet Jiang«, antwortete die Chinesin unverbindlich. »Der Nachname wird bei uns vorangestellt. Danke für dein Angebot, doch ich befinde mich auf Tournee. Heute Abend gebe ich hier auf dem Anwesen ein Konzert.« Deswegen also die Bühne. Chu Jiang neigte unverbindlich ihr Haupt und wandte sich überraschend Nikolaj zu. »Und wer sind Sie? Auch jemand, der glaubt, dass ich ihn kenne?«

»Ganz sicher nicht.« Nikolaj tat so, als würde er die

säuerliche Reaktion Waynes nicht mitbekommen. »Aber seien Sie versichert, dass ich mit all Ihren Stücken vertraut bin. Sie spielen einmalig.«

»Alle?«

»Ja, es sei denn, in den letzten sieben Jahren ist mir etwas entgangen.«

Chu Jiang hob interessiert eine ihrer wie modelliert wirkenden Augenbrauen. »Meinen Durchbruch hatte ich mit ›Ruins of Andor‹. Das ist aber erst drei Jahre her, Herr …?«

»Poljakow. Nikolaj Poljakow.« Nikolaj wusste plötzlich nicht mehr, wohin mit den Händen. »Ich verfolge Ihre Karriere schon seit Ihrem Auftritt auf Epsilon Eriddane. Rein privat. Da waren Sie, glaube ich, noch nicht ganz so bekannt.«

Zum ersten Mal huschte ein Lächeln über Chu Jiangs Züge. Müllers Monroe-Imitation kicherte.

»Sieh an, Sie sind also der Besitzer dieses stellaren Wanderzoos?« Müller musterte ihn noch immer mit seinem GoldenEye. Der Blick wurde langsam unangenehm.

»So ist es.«

»Wenn Sie ein so glühender Verehrer von Chu Jiang sind, sind Sie natürlich ebenfalls auf das Konzert eingeladen.« Müller schürzte herablassend die Lippen. »Ich hoffe, Sie besitzen einen Smoking, denn wir erwarten ein illustres Publikum. Darunter sogar ein Mitglied des Lantis Clans.«

Ein Mitglied des Lantis Clans? Nikolaj runzelte die Stirn. War Zulu in Wahrheit an der Lantis-Familie interessiert? »Vielen Dank. Ich werde sehen, was sich hier so auftreiben lässt.«

»Tun Sie das.« Müllers GoldenEye funkelte, und der Konzerner wandte sich wieder der Chinesin zu. »Kommen Sie, meine Liebe. Ich werde Ihnen jetzt meine Privatsammlung an Ancient-Artefakten zeigen.« Er wies zu einem im Nachmittagslicht rötlich beschienenen Glashaus am Rande des Gartens, hinter dem die mächtige Zentralinsel von Lantis Island aufragte.

Chu Jiang, Müller und die Monroe-Imitation verließen den Poolbereich, und sofort setzte sich auch die Schar ihrer Leibwächter in Bewegung. Firestone steckte sich eine neue Zigarre zwischen die Zähne und ließ sie sich vom Barmixer anzünden. »So, genug palavert. Bruce, mach dich fertig. In vier Stunden will ich die letzte Szene für heute im Kasten haben. Und Sie, Nick, folgen mir bitte zu unserem Stuntteam. Wir drehen die Spinnenszene einfach mit einem von Bruces Doubles.«

Bruce Wayne seufzte erleichtert.

Gerade hatten sie wieder den Ständer mit der Collector-Panzerung erreicht, als Mortimer zwischen den Filmleuten auf sie zukam. »Herr Poljakow? Ein Anruf für Sie.« Der Butler hielt etwas steif ein Tablett in der Hand, auf dem ein Phonestick im Vintage-Mobile-Stil lag.

»Kommen Sie rüber, wenn Sie fertig sind!«, murrte Firestone und eilte weiter.

Nikolaj hob den Phonestick an. »Poljakow?«

»Ich hoffe, Sie haben sich auf Müllers Domizil bereits eingelebt?«, drang Bitangaros spöttische Stimme an sein Ohr. »Ich bin wirklich erstaunt, wie schnell Sie Kontakte schließen.« Wütend sah sich Nikolaj im Garten um. Doch er konnte den Schwarzen nirgendwo entdecken. »Wo stecken Sie?«

»Immer in Ihrer Nähe, Poljakow. Sie benötigen schließlich meine Instruktionen.«

»Sie können mich mal!«, zischte Nikolaj. In seinem Gedärm bewegte sich etwas.

»Aber Poljakow, zum Austausch weiterer Freundlichkeiten haben wir doch später noch Zeit. Im Augenblick rate ich Ihnen, gut zuzuhören.« Bitangaro machte eine kurze Pause. »Also, Sie werden Ihre Heavies anweisen, den Tower von Lantis Island noch heute Nacht um eine Starterlaubnis für Ihr Schiff zu bitten. Erzählen Sie den Lotsen einfach, dass die Dreharbeiten beendet sind. Aus dem gleichen Grund wird Ihr Team ein Antigrav-Shuttle zum Grundstück bestellen und sich nach dem Eintreffen desselben dort bereithalten. Offiziell zum Rücktransport der Tiere, von denen Sie aber einige zurücklassen werden.«

»Wie bitte?«

»Sie haben mich richtig verstanden, Poljakow. Sie werden so viele Ihrer Käfige freiräumen, dass Sie acht Personen aufnehmen können.«

»Acht?«, entfuhr es Nikolaj ungläubig.

»Des Weiteren werden Sie dem Tower ankündigen, dass Sie noch einen Passagier mitnehmen werden: nämlich mich. Ich bin hier auf At Lantis unter dem Namen Kajombo Yeboah registriert. Sollten wir Überraschungen erleben, dann werde ich mir überlegen, ob

Ihr Team nicht auch mit einem Mitglied weniger auskommt.«

Nikolaj verengte die Augen.

»Bleiben nur noch Sie und Ihr Sinn für dramatische Auftritte zur falschen Zeit«, fuhr der Afrikaner fort. »Inzwischen sollten Sie darüber informiert sein, dass heute Abend ein Konzert stattfindet. Nachdem Sie sich in Bangui so wenig kooperativ gezeigt haben, werden Sie sich nach Beendigung der Filmaufnahmen dorthin begeben und einen Platz einnehmen, der gut für uns einsehbar ist. Nicht, dass Sie während des Konzerts auf dumme Gedanken kommen. Dort werden Sie bleiben, bis wir Ihnen das Zeichen geben, zu Ihrem Team zu stoßen. Falls Sie zuwiderhandeln ... Sie wissen ja, was dann geschieht.« Es klickte, und die Leitung war tot.

Nikolaj ließ den Phonestick sinken. *Partner?*, rief er in Gedanken.

Bin hier, kam es zurück.

Bitangaro hat mich gerade kontaktiert. Die Sache steigt heute Nacht.

Ziehen wir unseren Plan trotzdem durch?

Nikolaj ließ die Knöchel knacken. *Davon könnte mich nicht einmal Zulu selbst abbringen.*

»Ich hab dir den Plan vom ersten und zweiten Stock auf dein Brillendisplay überspielt«, vernahm Nikolaj Gwinnys Stimme, während er einen prüfenden Blick in den Spiegel warf. Die schulterlangen Haare hatte er im Nacken zu einem kurzen Zopf zusammengebunden, und er musste zugeben, dass ihm der Smoking besser stand als erwartet. Firestone hatte ihm das Kleidungsstück aus der Requisite bringen lassen, kaum dass sie mit Waynes Stuntdouble einige Szenen mit der Betterday'schen Rubinspinne abgedreht hatten. Anschließend hatte er sich noch zwei, drei Stunden Schlaf gegönnt, doch noch immer fühlte er sich müde.

»Präg dir die Pläne möglichst gut ein«, sprach Gwinny weiter. »Ins Stockwerk über uns war leider kein Durchkommen möglich. Alle Zugänge nach oben sind mit Sensoren gesichert, und die Türen lassen sich nur mittels Retina-Scan öffnen. Allerdings gibt es da oben einen Wintergarten, der nur von Außenkameras überwacht wird. Soweit wir wissen. Er liegt zum See hin. Einfaches Glas, du begreifst?«

»Okay.« Nikolaj wandte sich wieder dem Gästezimmer zu – ein Begriff, der den drei geräumigen und mit geschmackvollen Möbeln ausgestatten Zimmern des Bungalows nicht gerecht wurde. In Wahrheit stellte ihr Quartier alle Hotelsuiten in den Schatten, die Nikolaj auf seinen bisherigen Reisen kennengelernt hatte. Gwinny kniete nicht weit von der Balkontür auf dem Teppich und überprüfte den aktivierten Störsender. Im Moment feuerte das Gerät Impulse auf allen Frequenzen, denn noch immer wussten sie nicht, ob es hier Wanzen gab. Apollo, der auf dem geräumigen Wasserbett lag und die Schnauze auf die Vorderpfoten gelegt hatte, sah ihr schläfrig dabei zu. Wenigstens einer unter ihnen, der die Ruhe weg hatte.

Roger stapfte ins Zimmer. »Jack hat den Tower verständigt, und uns wurde die Abfluggenehmigung erteilt.

Die können es offenbar kaum erwarten, uns wieder loszuwerden.« Wütend fuhr er sich über den Bart. »Das angeforderte Transportshuttle wird pünktlich um 23 Uhr eintreffen – nur schmeckt mir das alles nicht! Denn wenn wir einige unserer Exos zurücklassen, dann sieht das doch wie eine überstürzte Flucht aus. Sobald die Lantis-Trooper bemerken, dass Müller verschwunden ist, werden sie sofort uns verdächtigen. Und dann haben wir die halbe Lantis-Verteidigungsflotte am Hals.«

Nikolaj und Gwinny wechselten einen sorgenvollen Blick. »Ja, ist uns klar«, befand Nikolaj. »Wir gehen davon aus, dass Zulu genau das beabsichtigt. Offenbar will er sicherstellen, dass wir uns ein wenig anstrengen und uns auch wirklich von Sergej und seinem Team abholen lassen.«

Roger ließ sich schwer in einen Sessel fallen. »Da ist noch etwas, von dem ihr wissen solltet. Ich glaube, ich habe einen von Zulus Leuten identifiziert.«

»Wen?«, fragte Gwinny aufgewühlt.

»Mortimer! Diesen Butler.« Roger schnaubte. »Der Kerl ist Bure. Vor einer halben Stunde hat mir einer der Hausdiener erzählt, dass sein Boss auf eine lange Familientradition zurückblickt. Angeblich ist er im Haushalt eines Konzerners in der Global City Bamako aufgewachsen. Afrika. Sein Vater war dort bereits als Butler angestellt.«

Nikolaj stieß einen leisen Pfiff aus. »Du hast Recht. Wenn das Zufall ist, begleite ich dich ohne Neuroleptika zu einem der hiesigen Air-Speed-Rennen.«

Der Heavie lächelte schmal. »Sei vorsichtig mit deinen Versprechungen. Im Übrigen haben wir immer noch nicht geklärt, wie Bitangaro an Müller überhaupt rankommen will? Der Kerl wird doch von seinen Leibwächtern abgeschirmt, als sei er der Präsident der VHR. Zulu muss also einen wirklich guten Plan haben.«

»Na ja, wenn Mortimer Müllers Leibwächter aussucht, dann könnte der heute eine üble Überraschung erleben«, meinte Gwinny nachdenklich.

Nikolaj zuckte mit den Schultern. »Ehrlich gesagt kümmert mich Müller im Moment nicht. Hauptsache, wir sind heute Abend erfolgreich. Danach sehen wir weiter!«

»Schaffst du das denn?«, fragte Gwinny besorgt. »Das ist eine ganz schöne Entfernung.«

»Muss ja.« Nikolaj winkte ab und wandte sich wieder Roger zu. »In der Garage unten alles klar?«

»Ja, alles klar.« Roger nickte.

Nikolaj kramte den Pen mit seinem Neuroleptikum aus der Innentasche und betrachtete ihn. Nein, er musste sich heute ohne eine weitere Dosis unter das Konzertpublikum wagen. Seine mentalen Kräfte durften durch nichts beeinträchtigt werden. Er steckte den Pen wieder ein.

»Hier, vergiss die nicht.« Gwinny reichte ihm die Konzertkarte mit dem holografischen Konterfei Chu Jiangs. »Und Nikolaj, geh keine unnötigen Risiken ein. Mir ist nämlich noch eine Möglichkeit eingefallen, um dich aus dem Schlamassel herauszuholen.«

»Und welche?« Nikolaj sah Gwinny ebenso gespannt an wie Roger.

»Ganz einfach: Wenn Zulu tatsächlich Müller, diesen Lantis-Familienangehörigen oder einen der anderen Reichen entführen will, dann bleibt uns als letzte Option immer noch, für seine oder ihre Befreiung zu sorgen. Der Preis dafür wäre dann deine OP beim 2OT.«

Gwinny hatte Recht. Nikolaj legte ihr die Hand auf die Schulter. »Hoffen wir, dass es so weit gar nicht erst kommt. Also, wünscht mir Glück!«

Soll ich in deiner Nähe bleiben?, ertönte die Stimme in seinem Kopf.

Nein, antwortete Nikolaj. *Die nächsten Stunden muss ich allein durchstehen.* Ohne seinem Team einen weiteren Blick zu schenken, machte er sich auf den Weg durchs Haus in den Garten.

Draußen war es dunkel, und so schaltete seine Multibrille automatisch auf Nachtsicht um. Noch immer wehte eine warme Brise über die Insel, und die Luft roch köstlich nach Hibiskus und Rosen. Trotz der Tageszeit waren im Garten noch immer Filmleute auf den Beinen, und weiter hinten, beim Pool, ertönte Firestones »Action!«.

Nikolaj ignorierte die Filmleute und marschierte weiter, bis er die Ruinenkulisse umrundet hatte. Zwei Security Guards lösten sich aus den Schatten. Nikolaj zückte die Karte und wurde ohne weitere Kontrollen durchgewinkt. Er passierte weitere Guards und erreichte schließlich eine beeindruckende und von hohen Bäumen umgebene Senke, die nach dem Idealtypus eines antiken griechischen Freilufttheaters erbaut worden war. Die im Halbrund angeordneten Sitzreihen, auf denen sicher bis zu 1000 Zuschauer Platz hatten, reichten bis hinunter zur Bühne mit der beeindruckend illuminierten Holokulisse eines von Sternen erleuchteten Alls. Tontechniker überprüften soeben die Akustik mittels Tschaikowskis Schwanensee, während im Hintergrund mehrere Antigrav-Logen testweise auf- und niederschwebten.

Das Konzert begann erst in einer Stunde, doch da Bitangaro darauf bestanden hatte, dass er so früh erschien, war Nikolaj der erste Besucher. Er kam an Pavillons vorbei, in denen Angestellte Champagner kaltstellten und kunstvolle Hors d'œuvres zubereiteten. Die Bediensteten musterten ihn leicht irritiert, führten ihn aber anstandslos zu seinem Platz in der hintersten Reihe. Müllers Großzügigkeit hielt sich offenbar in Grenzen. Oder hatte dieser Butler den Platz ausgesucht? Der Ort war gut von allen Seiten einsehbar. Vorsichtig hielt Nikolaj nach Bitangaro und Mortimer Ausschau, wurde aber nicht fündig. Immerhin, jeder der Sitze war weich gepolstert und mit Touchpads versehen, so dass man während der Vorstellung Getränke und Leckereien ordern konnte. Am Nachthimmel glitten die ersten Shuttles und Antigrav-Jachten über den Himmel.

Nikolaj lehnte sich zurück und rief auf seinem Brillendisplay die Hauspläne auf. Die nächste Stunde verbrachte er damit, sich diese einzuprägen, während nach und nach die Superreichen von Lantis Island erschienen. Stimmgewirr und manieriertes Gelächter erfüllten die Nacht. Man begrüßte sich mit angedeuteten

Wangenküssen, und langsam füllten sich die Sitzreihen mit Männern im Smoking und Frauen in sündhaft teuren Kleidern, die der neuesten Mode von mindestens einem Dutzend Welten entsprachen. Unter den Gästen entdeckte Nikolaj sogar zwei Heavies sowie einen Eulen-Beta, dem es offenbar nicht nur gelungen war, sich von seinem Konzern freizukaufen, sondern der es auch zu sagenhaftem Reichtum gebracht hatte.

Schließlich ertönte ein leises Klingeln. Die übrig gebliebenen Plätze füllten sich, und rings um das Freilichttheater nahm eine Heerschar Bodyguards Aufstellung. Allein die Sitzplätze unmittelbar neben Nikolaj blieben leer – auch das hielt er kaum mehr für einen Zufall. Erstmals konnte er einen Blick auf Müller erhaschen, der weiter hinten damit beschäftigt war, Gästen die Hand zu schütteln. In Begleitung zweier Konzerner und ihrer Frauen bestieg er eine der Antigrav-Logen, die schräg nach oben zum Himmel aufstieg, bis sie ihren Platz über den Köpfen der Gäste eingenommen hatte. Nikolaj verlor Müller aus dem Blick, aber er hatte inzwischen auch andere Probleme, denn ohne sein Neuroleptikum ertrug er die vielen Menschen nicht. Je mehr sich die Reihen füllten, desto stärker wurde das Pochen hinter seiner Stirn. Ein Gefühl, das sich wie Migräne anschlich und von dem Nikolaj wusste, dass es im Laufe der kommenden Stunden schlimmer werden würde. So lange, bis er vor Schmerzen nur noch schreien konnte. Auch der Hakenwurm in seinem Gedärm rührte sich, denn ihm wurde leicht übel. Verdammtes Interim-Syndrom! Heilung gab es keine, nur Verschlechterung. Selbst der Umstand, dass er zeitweise eine Möglichkeit gefunden hatte, ohne Medikamente zu leben, machte das Gefühl nicht besser. Hastig nahm er einen Schluck Wasser und unterdrückte den Impuls, sich den Pen doch noch zu setzen. Er brauchte gleich alle Fähigkeiten, die er besaß. Unvermittelt erloschen die Lichter, und die Gespräche um ihn herum verstummten.

Dann erschien sie!

Inmitten mehrerer Lichtkegel betrat Chu Jiang die Bühne. Sie trug jetzt ein blaues Kleid mit kleinem Stehkragen und schritt zu einem Instrumentenständer, der vor der stellaren Holokulisse im Raum zu schweben schien. Applaus brandete auf, der Nikolajs Ohren zum Klingeln brachte. Die Chinesin verneigte sich mit den Händen vor dem Gesicht, griff zum Bogen und dann zu einer sonderbar geformten Violine aus golden schimmerndem Xeno-Holz, das über ein ausufernd langes Griffbrett mit schräg aufliegenden Saiten verfügte. Der Klangkörper des nachgebauten Ancient-Instruments ähnelte unten mehr einer schlanken Amphore denn einer richtigen Violine. Er verengte sich in der Mitte aber auf vertraute Weise, nur um zum Griff hin in einem auf dem Kopf stehenden Korpus mit Dreiecksform auszulaufen.

Bereits der erste Strich der Chinesin rief beim Publikum wohlige Gänsehaut hervor. Ihr Spiel begann leicht und träumerisch, so als wollte sie eine zarte Liebesgeschichte erzählen, steigerte sich dann aber zu einem Klangreichtum, der eine unheimliche, fast sakrale Atmosphäre heraufbeschwor. Nikolaj erkannte das Auftaktstück sofort: »Stardust«! Niemand wusste, welche Stücke die Uralten wirklich auf ihren Instrumenten gespielt hatten, doch Chu Jiangs Eigenkomposition beschwor die Schönheit der kosmischen Weiten herauf. Dabei stellte sie eine atemberaubende Virtuosität unter Beweis. Harmonische Strukturen, die wie das Rauschen des Interims klangen, wechselten mit barbarisch heftigen Strichen zu einem Rhythmus, aus dem man das Klopfen der Pulsare herauszuhören glaubte. Ein Klangerlebnis, das von beeindruckenden holografischen Effekten untermalt wurde. Am Nachthimmel ging scheinbar ein Meteoritenregen auf die Zuschauer nieder, in der Ferne explodierte eine Supernova, und rechts von ihnen stürzte ein Planet spektakulär in eine rote Sonne. Chu Jiang fand sogar die Zeit, mit dem Publikum zu kokettieren. Dieses schwelgte in wunderbaren Tönen und übte sich in kollektivem Atemanhalten.

Nikolaj zoomte den Anblick der Chinesin näher heran und runzelte die Stirn. Zum ersten Mal begriff er, auf welche Weise es ihr gelang, dem seltsamen Instrument all die wundersamen Klänge zu entlocken. Nicht nur ihr linker Arm schien sich gestreckt zu haben, auch die Finger, die das unnatürlich lange Griffbrett des Instruments umfassten und die Saiten zupften, waren auf befremdliche Weise in die Länge gewachsen. Sie ähnelten jetzt mehr filigranen Spinnenbeinen denn menschlichen Gliedmaßen. Teufel, dieses befremdliche Detail hatten ihm die Pressefotos Chu Jiangs bislang vorenthalten. Offenbar hatte sich die Chinesin einer kybernetischen Operation unterworfen, um die Ancients-Violine überhaupt spielen zu können.

Die Entdeckung rüttelte ihn genug auf, um sich endlich seinem eigenem Vorhaben zuzuwenden. Nikolaj schloss die Augen, konzentrierte sich und versuchte der Kopfschmerzen Herr zu werden. Angesichts von Chu Jiangs elegischem Spiel, das die Hirnaktivitäten der Zuschauer auf erträgliche Weise in Gleichklang brachte, gelang es ihm schon beim zweiten Versuch. Müllers Luxus-Bungalow lag gute 400 Meter von der Bühne entfernt. Über eine solche Distanz Kontakt zu seinen Tieren aufzubauen, würde trotz des hinreichenden Trainings schwierig werden. Suchend streckte er seinen Geist aus, und sofort dröhnten die mentalen Reflexionen der vielen Menschen um ihn herum wie Hornissenschwärme gegen sein Bewusstsein. Eine Pein, die schmerzte und gegen die er ankämpfte, als müsste er durch den zähen Schleim des Interims waten. Endlich durchstieß er den summenden Kokon, und kurz blitzten formbare Hirnaktivitäten unter der Grasnarbe des Grundstücks auf. Mäuse. Sein Geist wanderte weiter, bis er schließlich das Haus erreichte. Endlich fand er, was er suchte: Katharina! Ihre Hirnströme zogen ihn an wie ein Leuchtfeuer. Mit keinem anderen seiner Tiere konnte er so verschmelzen wie mit ihr. Nikolajs Geist berührte auf vertraute Weise den Affenleib und übernahm vorsichtig ihr Bewusstsein. Obwohl er schon viele Male mit Katharina verschmolzen war, dauerte es diesmal etwas länger, bis sich ihre Hirnströme den seinen angepasst hatten. Die Konturen des Terrariums schälten sich endlich vor seinem geistigen Auge heraus, und er begann den Baumstamm zu fühlen, auf dem die Affendame hockte. Zunehmend drangen auch die keckernden Laute der anderen Affen an sein Bewusstsein. Gleichzeitig verbesserte sich sein Geruchssinn auf eine Weise, die Schwindel in ihm hervorrief.

Nikolaj ließ sich Zeit, um sein Bewusstsein weiter mit dem der Äffin eins werden zu lassen. Ein Blick durch die Glaswand des Terrariums versicherte ihm, das die Umgebung frei von unerwünschten Zeugen war. Wie Roger es angekündigt hatte, befand sich der Stellplatz der Käfige in einer großen Garage. An den Wänden erhoben sich Regale mit Maschinenteilen und Schmiermitteln für Antigrav-Gleiter, doch die Garage selbst war für die Transportboxen ihrer Tiere und Last-Bots freigeräumt worden. Roger, Gwinny und er hatten abgesprochen, dass sie den zamblianischen Wüstenläufer, den Krebs und das Amöbenwesen von Tri Cross zurücklassen würden. Wie lange die Exos ohne entsprechende Pflege überleben würden, wusste er nicht. In den Boxen war es dann zwar recht eng, aber der Platz sollte ausreichen, um Bitangaros Leute aufzunehmen – ein Gedanke, der ihn rasend machte.

Bereits in einer Stunde würde Roger hier auftauchen, um die Boxen umzuladen. Er musste sich also beeilen. Da sich der rasende Herzschlag Katharinas endlich beruhigt hatte, setzte er sich in Bewegung. Mit der üblichen Gewandtheit brachte er sie dazu, vom Baumstamm zu springen und mit den Affenfingern nach der Tastatur des Zahlenschlosses zu tasten, das unter Streu verborgen an der Innenseite des Terrariums angebracht war. Er gab den Code ein, und die Tür öffnete sich. Geschwind schlüpfte er nach draußen und schloss die Tür wieder, bevor die anderen Beutelaffen auf die Idee kommen konnten, ihm nachzufolgen.

Unter Zuhilfenahme der langen Affenarme schwang sich Nikolaj hinüber zu den Regalen, suchte sie ab und nahm sein Mulifunktions-Tool und den stiftförmigen CodeCracker an sich, die sie beide in den Felltaschen der Beutelaffen eingeschmuggelt hatten. Roger hatte beide Gegenstände wie versprochen hinter einem klobigen Messgerät versteckt. Das Tool war mit SpotLight, Uhr, Messer, Glasschneider, Bohrer, Säge, Adrenalin- und Barbiturat-Injektoren sowie einem Taser ausgestattet, dessen elektrische Spannung ausreichte, sein Opfer wie vom Blitz getroffen zu Boden gehen zu lassen. Sie hatten das Tool eigens auf die motorischen Bedürfnisse von Katharinas Affenhand hin angepasst. Der CodeCracker stammte von Sergej. Der *InterRun*-Eigner hatte ihnen die nützliche Apparatur erst vor einem Jahr zukommen lassen. Sie entstammte angeblich dem Besitz des Geheimdienstes der IJAS. Nikolaj war an weiteren Details nicht interessiert gewesen. Er und Sergej waren Getriebene, die einander unterstützten, wann immer sich die Möglichkeit ergab.

Nikolaj steckte die Utensilien in die Beuteltasche und huschte weiter durch einen Spalt unter der Garagentür hinaus in den Garten. Aufgrund des mentalen Rauschens, das sein Gehör benebelte, konnte er die Musik Chu Jiangs nur undeutlich hören. Dafür entdeckte er weiter hinten, jenseits eines geschwungenen Kieswegs, Firestones noch immer hell erleuchtetes Filmset. Er hielt sich nicht länger mit der Entdeckung auf, sondern nutzte die Büsche und Hecken, um am Bungalow entlang weiter in den Garten vorzustoßen, dorthin, wo er vor einigen Stunden das eingeschmuggelte Kästchen deponiert hatte. Er fand die Hecke sofort. Ärgerlicherweise stand dort einer von Müllers Security Guards. Der Mann rauchte eine Kippe und besah sich die herumstehenden Filmrequisiten. Endlich bewegte er sich von seinem Platz weg.

Nikolaj schlich näher und fischte das Kästchen mit seinen langen Affenarmen aus dem Gebüsch hervor. Es zischte leise, als er den Knopf an der Außenkante drückte. Umgehend schoss die weiche amorphe Masse des ChameleonSkins aus dem Behälter hervor, die innerhalb weniger Sekunden den Affenarm emporkroch, um sich anschließend wie eine zweite Haut um den Tierkörper zu legen. Nikolaj beschlich ein Gefühl, als würde er in eine Wanne aus kühlem Hydrogel steigen. Der Hightech-Tarnanzug passte sich auf jede erdenkliche Weise dem Hintergrund an und schützte ihn davor, gesehen zu werden. Zumindest, solange er seine Bewegungen auf ein Minimum reduzierte. Eine geringe Beeinträchtigung, denn der amorphe Überzug besaß auch die angenehme Eigenschaft, den Ultraschall etwaiger Bewegungsmelder zu schlucken und die Körpertemperatur für eine Stunde auf die Umgebungstemperatur abzusenken. Selbst die üblichen Infrarot-Scanner würden bei seiner Anwesenheit nicht anschlagen. Der

Security Guard hielt dennoch inne und sah wieder zum Bungalow zurück. Offenbar hatte er etwas gehört.

Nikolaj verharrte und verließ sich ganz auf die Tarnwirkung des ChameleonSkins. Endlich zog der Kerl weiter. Behände kraxelte Nikolaj eine nahe Palme empor, die ihm einen guten Blick auf Müllers Bungalow gestattete. Ganz so, wie die Heavies es ihm berichtet hatten, konnte er in der Dunkelheit ein halbes Dutzend Überwachungskameras ausmachen. Nikolaj ließ den Affenblick zum Dach des Hauses schweifen und entdeckte schräg über sich den Wintergarten, von dem Gwinny gesprochen hatte. Der gläserne Anbau war riesig, und hinter den Glasfronten konnte man die Schatten von Pflanzen erahnen. Ein Gerüst mit Kletterrosen führte an der Außenwand des Gebäudes bis zum Obergeschoss empor. Genau das, was er benötigte. Nikolaj verließ den Baum und kraxelte die Gerüstwand empor, bis er den hochliegenden Wintergarten erreicht hatte. Im Halbdunkel zwischen dem vielen Grün waren Sitzgelegenheiten aus Korb zu erahnen, die von dschungelartig wuchernden Farnen eingerahmt wurden. Er fischte nach dem Multi-Tool in seinem Fellbeutel und betätigte eine Taste. Am rückwärtigen Ende der Waffe schnappten ein Saugnapf sowie ein am Nylonband befestigter Glasschneider hervor. Nikolaj presste den Saugnapf gegen das Glas, beschrieb mit der Klinge einen Kreis und löste das herausgeschnittene Glasrund aus der Fensterfront. Routiniert schlüpfte er mit dem Affenkörper durch das entstandene Loch, zog vorsichtig die runde Glasplatte in den Wintergarten und legte diese sachte auf dem Boden ab. Das Multi-Tool verstaute er wieder im Beutel. Bis jetzt klappte alles bestens. Schräg über ihm war eine weitere Kamera montiert, deren Objektiv surrend die Fensterfronten bestrich. Trotz des ChameleonSkins wartete er, bis das Objektiv den rückwärtigen Bereich des Wintergartens erfasst hatte, erst dann stieß er sich ab. Auf die Affenarme gestützt huschte er voran und entdeckte zwei Ausgänge, die zu Müllers Privaträumlichkeiten führten. So gelangte er in einen Flur, von dem weitere, großzügig eingerichtete Räume abzweigten. Die Decke des kompletten Obergeschosses war aus semitransparenten Optikelementen gefertigt, durch die malerisch das Licht des Sternenhimmels mit dem aufgehenden Vollmond fiel. Erst auf den zweiten Blick durchschaute Nikolaj die Illusion. Das mit dem wolkenlosen Sternenhimmel kam hin, dafür sorgten die Wettersysteme über Lantis Island. Doch in Wahrheit ging der Mond über dem Reichenparadies im Moment als schmale Sichel auf. An den Wänden hingegen hingen gerahmte Folienbildschirme, die im Wechsel Bilder aus Müllers Privatleben zeigten. Darunter fanden sich auffallend viele Aufnahmen, die ihn lachend zusammen mit einem korpulenten Endfünfziger mit rotem Haarkranz zeigten. Offenbar war das Gerhard Müller, dieser Gewerkschaftsboss. Die Ähnlichkeit zwischen den beiden war unverkennbar, nur dass der Gewerkschaftler im Gegensatz zu seinem reichen Bruder erstaunlich schlecht sitzende dunkle Anzüge trug.

Amüsiert schlich Nikolaj an einem Heimkino mit gemütlichen Sitzgelegenheiten vorbei, erreichte ein Wohnzimmer mit luxuriöser Bar für bis zu dreißig Personen und konnte sogar das mit goldenen Hähnen verzierte Bad Müllers mit dem riesigem Marmorwhirlpool einsehen. Überall im Obergeschoss standen protzige Glasvitrinen herum, in denen Artefakte der Ancients auslagen. Nikolaj konnte nicht widerstehen, einige der rätselhaften Uralten-Relikte näher in Augenschein zu nehmen: steinerne Mauerfragmente mit hieroglyphisch anmutenden Symbolen, filigrane Statuetten von gesichtslosen Wesen mit pharaonisch anmutendem Kopfschmuck, ein bläulicher Kristallbrocken, in dem eine exotische Glockenblüte samt ebenso exotischem Insekt eingeschlossen war, eine grünlich angelaufene Metalltafel mit Sternensymbolik sowie ein halbverrostetes Ding, das verblüffend einer Schusswaffe ähnelte. Das viele tausend Jahre alte Material glänzte feucht, so als würde es die Luftfeuchtigkeit anziehen. Unvermittelt erklang ein leises Maunzen, und eine Siamkatze mit weißem Fell und dunkel gefärbten Stellen sprang in Nikolajs Blickfeld. Das stolze Tier blieb stehen und starrte mit aufgestellten Ohren in seine Richtung. Ihn wunderte es nicht, dass die Katze seine Präsenz wahrnahm. Ihre Sinne waren deutlich besser ausgeprägt als die eines Menschen. Nikolaj fletschte die Affenzähne und knurrte leise. Sofort sauste die Katze davon.

Er hatte nicht einmal die Hälfte der Räume durchquert, als er endlich fand, was er suchte: Müllers Arbeitsbereich. Das große Zimmer mit dem Parkettboden verfügte über einen Kamin, über dem ein antiquiertes

Familienwappen mit Schilden und verschnörkeltem Efeu hing. Trotz der Nüchternheit war der Raum geschmackvoll eingerichtet: lederne Couchgarnitur in der Raumecke, zwei Kübel mit bis unter die Decke reichenden Farnen und ein Regal mit ausgesuchten Ancients-Relikten. Dominiert wurde das Zimmer von einem ausladenden Schreibtisch unter der Fensterfront, der aus sündhaft teurem Xeno-Holz gefertigt war. Das künstliche Mondlicht beschien Papiere, Ordner, Tab-Sheets und Touchpads und gleich mehrere Projektoren für Holobildschirme. Nikolaj schlich ohne zu zögern zum Schreibtisch und schwang sich auf den Stuhl. Sofort begann er mit seinen Affenfingern die in die Tischfläche eingelassene Tastatur zu bearbeiten. Vor ihm flammten gleich zwei Holobildschirme auf, die ein Passwort verlangten. Jetzt kam es darauf an.

Er kramte den CodeCracker aus der Beuteltasche hervor, stöpselte ihn in die Tischkonsole ein und baute mittels einfachen Tastendrucks eine Verbindung zum zentralen Bordcomputer der *Nascor* auf, der das Gerät jetzt autark steuerte. Die Rechenleistung des Geräts war beeindruckend genug, um mehr als nur die üblichen Firewalls zu knacken. Passwörter, die nicht mittels Logarithmen codiert waren, waren schon gar kein Problem. Während der CodeCracker arbeitete, nahm Nikolaj behutsam das Tab-Sheet auf dem Schreibtisch zur Hand. Die darauf gespeicherten Dateien stammten von *ARStac* und waren als geheim klassifiziert. Einige befassten sich mit Magnetresonanz-Tests an Ancients-Artefakten, andere mit einem unbekannten Planeten namens Tordesillas, der offenbar erst kürzlich entdeckt worden war und reiche Ausbeute an Ancients-Funden versprach. Müller empfahl in einer Randnotiz eine aggressive Übernahmestrategie, da der Planet auch von einem Unternehmen namens *Stellar Exploration* beansprucht wurde. Nikolaj überflog die Zeilen. Langsam machte sich die Entfernung bemerkbar, die er zwischen sich und Katharina überbrücken musste. Er öffnete ein Dossier, das sich mit geschichtlichen Ereignissen befasste, die gute 850 Jahre zurücklagen. Es ging darin um den ersten großen Konzernkrieg, bei dem die damals noch unter *TTA* firmierende *Terran Trade Alliance* alle konzernfremden TransMatt-Fertigungsstätten in einem gewaltigen Militärschlag hatte zerstören lassen. Nikolaj war das Ereignis vertraut – jeder mit etwas geschichtlicher Bildung wusste davon. Ziel des Konzerns war damals kein geringeres gewesen, als sich auch weiterhin die Monopolstellung am Bau der Portale zu sichern. Ein Militärschlag, der bis heute Früchte trug. Gute achtzig Prozent der konzernfremden TransMatt-Experten waren damals bei den Militärschlägen umgekommen, die übrigen Spezialisten hatte *TTA* bestochen und übernommen. Als die überraschten Regierungen und Konzerne zurückschlagen wollten, gab es den Feind nicht mehr. Bereits am nächsten Tag erschien wie aus dem Nichts die bis heute tätige *TTMS* auf dem Konzern-Parkett: die *Terran TransMatt Specialities*. Sie kaufte die *TTA* zu einem Spottpreis, liquidierte den Konzern und übernahm kurzerhand das TransMatt-Monopol. Damit gab es keine offiziellen Verantwortlichen mehr für das Geschehen. Ein Trick, der als *TTA*-Rochade in die Geschichtsbücher eingegangen war. Mehr noch – wer seitdem mit der *TTMS* Geschäfte machen wollte, musste deren eigene Währung akzeptieren. Alles andere als der C, wie der Konzern seine neu geschaffene Kunstwährung nannte, wurde nicht mehr akzeptiert. Bis heute war sie die härteste Währung in der Galaxie. So schön das für *TTMS* war – auch dieses Dokument enthielt keine Hinweise, warum es Zulu auf Müller abgesehen haben könnte.

Nikolaj grübelte noch über das Gelesene nach, als der CodeCracker grün aufleuchtete. Auf den Holobildschirmen erschienen jetzt mehrere Ordner. Als Erstes suchte er nach Nachrichten vom 2OT. Es erschienen gleich mehrere Dateien. Doch als er nach ihnen fasste, codierten sich die virtuellen Schriftsätze plötzlich um, und abermals ploppten Code-Eingabefenster auf. *Verflucht!* Irgendetwas stimmte da nicht. Wütend schob er das ganze Dateipaket auf den Rechner der *Nascor.* Sollte sich Gwinny mit dem Problem befassen. Seinen Plan, eine Spur auf den Verbleib der Chrom-Card zu finden, konnte er jedoch erst einmal begraben. Jack hatte Recht gehabt. Sie besaßen keinerlei Hinweise, ob sich das verfluchte Ding tatsächlich hier auf At Lantis befand. Aber noch wollte er die Suche nach der Card nicht völlig aufgeben. Hoffentlich gelang es ihm wenigstens, das Hitchhiker-Programm in das Haussystem aufzuspielen. Es würde die von hier aus getätigten Bankgeschäfte bei jeder Eingabe auf einen mindestens sechsstelligen Betrag aufstocken. Gleichzeitig schrieb es alle eingegebenen Kontodaten des Empfängers um und leitete die gesplitteten Beträge zu einem Netz aus Scheinkonten weiter, die Gwinny bei praktisch allen Banken in der Galaxie eingerichtet hatte. Natürlich unter falscher Identität. Tatsächlich hofften sie auf Bankanweisungen von Seiten des Hauspersonals, denn Nikolaj hatte nur wenig Grund anzunehmen, dass Müller selbst noch von Lantis Island aus Bankgeschäfte tätigen würde. Entweder Zulus Leute entführten den Konzerner diese Nacht, oder er würde schon morgen zu seinem Überlichtsprung-Flug aufbrechen.

Mitgefühl mit Müller verspürte Nikolaj nur wenig. Er hatte bislang noch nie einen Konzerner in seiner Position kennengelernt, der nicht Dreck am Stecken gehabt hätte. Dennoch, seine Hoffnungen, Zulu auszutricksen, schwanden wie flüchtiges Xenan.

Das Hitchhiker-Programm hatte sich gerade installiert, als weiter hinten im Flur eine Tür aufging und Lichtschein sichtbar wurde. Erschrocken fuhr Nikolaj den Bildschirm herunter und riss den CodeCracker aus der Tischkonsole. Doch seine Affenfinger waren nicht flink genug. Das stiftförmige Gerät entglitt ihm und fiel klappernd zu Boden. Im nächsten Moment stand Mortimer im Eingang zum Arbeitszimmer. Ausgerechnet.

Müllers Butler hielt eine Pistole vom Typ *United Industries MarkVIII* in Händen, die ihre Kugeln elektromagnetisch und damit lautlos verschoss. Hatte sich der Kerl etwa die ganze Zeit über hier oben herumgetrieben?

Mortimer sah direkt zu ihm herüber, doch dank der Tarnfähigkeit des ChameleonSkins blickte er scheinbar durch ihn hindurch. Argwöhnisch beäugte der Butler die Sitzecke, betrat das Zimmer und knipste die Deckenfluter an. Nikolaj verspürte leichte Übelkeit, von der er nicht wusste, ob es seine war oder die Katharinas. Mortimer trat mit erhobener Waffe vor den Kamin und bückte sich, um einen Blick in die Feuerstelle zu werfen.

Nikolaj glitt mit seinem Affenkörper lautlos auf den Parkettboden und suchte den CodeCracker. Das verdammte Ding lag schräg hinter einem der Farne. Es gelang ihm, das Gerät an sich zu nehmen, ohne dass Mortimer auf ihn aufmerksam wurde, und er schlüpfte vorsichtig hinter den Rücken des Butlers. Nur keine hastigen Bewegungen, denn dann verlor das ChameleonSkin seine Tarnfähigkeit. Mortimer erhob sich wieder, schüttelte unwirsch den Kopf und senkte die Pistole. Einen Moment lang wirkte es so, als wolle er den Raum wieder verlassen, doch stattdessen trat er an den Schreibtisch heran und nahm ihn genauer in Augenschein. Er ergriff das Tab-Sheet und verengte die Augen. Sofort nahm er die Waffe wieder hoch. Nikolaj wurde bewusst, dass es noch immer aktiviert war. Dermo. Scheiße.

Mortimers Linke berührte einen Knopf an seinem Anzug. »Computer! Ist hier in der letzten Stunde irgendeine andere Person außer mir oder Bruno Müller gewesen?«

»Nein, Mortimer!«, erfüllte eine angenehme Männerstimme den Raum. »Die Wärme- und Bewegungsmelder haben keine Auffälligkeiten registriert, die über den üblichen Rahmen hinausgingen. Optische und akustische Sensoren wünschte Ihr Arbeitgeber in seinem Arbeitsbereich nicht.«

Nikolaj spürte, wie sich ihm die Fellhaare aufstellten.

»Was heißt ›über den üblichen Rahmen‹ hinaus?« Mortimer schwenkte die Pistolenmündung leicht durch den Raum.

»Die Bewegungssensoren meldeten geringfügige Störungen am Stuhl und auf der Schreibtischoberfläche.«

»Warum wurde ich nicht informiert?«

»Das System hat sie Artega zugeordnet, der Katze Ihres Arbeitgebers«, antwortete die Computerstimme freundlich. Mortimer ließ die Waffe sinken, hob sie aber unvermittelt wieder und schnüffelte. »Und was ist das für ein Geruch hier? Nimm eine olfaktorische Analyse vor. Nur die außergewöhnlichen Komponenten!«

Nikolaj wusste, dass es jetzt eng wurde. Langsam bewegte er sich in Richtung Ausgang.

»Das System registriert apokrines Drüsensekret, ähnlich wie das der Gorillas«, sagte die Stimme.

»Was bitte?«

»Die molekulare Struktur der Pheromone entspricht zu 47 Prozent irdischer Primaten. Bei den übrigen Verbindungen handelt es sich um Molekülketten, die man auf der Erde nicht findet.«

»Laurins-Nebel! Sofort!«, schrie Mortimer. Vom künstlichen Nachthimmel rieselte jäh glitzernder Staub auf den Raumboden herab.

Nikolaj schnellte nach vorn und konnte doch nicht verhindern, am linken Arm von dem Zeug berührt zu werden. Die amorphe Schutzschicht des Chameleon-Skins zischte, und seine Tarnung flackerte.

»Wusste ich's doch!«, fauchte der Butler triumphierend. Schräg neben Nikolajs Kopf knallte es, als das erste seiner Geschosse ein Loch in den Lichtschalter stanzte. Schlagartig wurde es wieder dunkel.

»Licht, verdammt!«, brüllte Mortimer.

Nikolaj hechtete in den Flur und schlug einen Haken. Keine Sekunde zu spät, denn ein zweites Geschoss zertrümmerte eine Vitrine unmittelbar hinter ihm. Klirrend barsten die Scheiben, überall im Obergeschoss gingen jetzt die Lichter an. Nikolaj hetzte in ein Wohnzimmer, das von Polstergarnituren eingenommen wurde. Doch statt sich hinter einem der Möbel zu verstecken, sprang er auf einen Schrank.

»Mortimer, Sie schießen!«, stellte die freundliche Computerstimme fest. »Soll ich den Wachdienst verständigen?«

Der Butler erschien zornig im Türrahmen. »Nein, das verdammte Ding schnappe ich mir selbst!«

Nikolaj feuerte den Taser ab. Die Drähte jagten schräg nach unten und krallten sich im Hemd des Butlers fest. Mortimer zuckte wie unter spastischen Krämpfen, als 50.000 Volt durch seinen Körper jagten. Dann fiel er zu Boden.

Rasputin! Nikolaj kletterte erleichtert vom Schrank und nahm dem Gelähmten die *Mark VIII* ab. Die Waffe fühlte sich in seinen Affenhänden ungewöhnlich klobig an, doch noch steckten 18 weitere Kugeln in der Pistole.

Die Computerstimme erklang wieder. »Mortimer, ich

registriere einen Abfall Ihrer Lebensfunktionswerte. Wünschen Sie die Verständigung des Sanitätsdiensts?«

Lebensfunktionen? Mist, der Butler trug offenbar die Luxusversion jenes Chips, den ihnen die Inspektorin injiziert hatte. Nikolajs Affenblick suchte beunruhigt nach einem Mechanismus, um den Computer zum Verstummen zu bringen, doch er fand keinen.

»Mortimer«, sagte die Stimme erneut. »Bitte machen Sie auf sich aufmerksam. Wenn Sie dazu nicht in der Lage sind, werde ich den Sanitätsdienst verständigen.«

Mortimer stöhnte bereits wieder, und so ergriff Nikolaj in seiner Verzweiflung den Oberkörper des Mannes, stemmte ihn mühsam in die Höhe und lehnte ihn gegen die Wand. Anschließend schnappte er nach dem rechten Arm und führte mit ihm eine abwehrende Bewegung aus.

»Wie Sie wünschen, Mortimer«, reagierte der Computer.

Nikolaj atmete erleichtert aus. Bevor der Butler wieder zu sich kommen konnte, setzte er ihn mittels des Barbiturat-Injektors endgültig außer Gefecht. Hastig untersuchte Nikolaj die Kleidung des Mannes, doch er fand nichts, was auf eine Verbindung zwischen ihm und Zulu hindeutete. Verflucht, wo war Mortimer so plötzlich hergekommen? Mit der *MarkVIII* in den Affenhänden begab er sich zurück in Richtung Flur und spähte in die Richtung, aus der Mortimer gekommen war. Weiter hinten stand eine Tür mit elektronischer Kenneingabe offen. Unendlich langsam schlich Nikolaj in Richtung Zugang.

»Mortimer, Ihr Lebensfunktionschip meldet die Einnahme von Barbituraten außerhalb der Dienstzeit. Ich mache Sie darauf aufmerksam, dass ich einen Eintrag in Ihrer Personalakte anlegen werde.«

Nikolaj ignorierte die Stimme und spähte durch den Türspalt. Dahinter lag ein von LED-Lichtern erleuchteter Raum, der verdächtig mit Elektronik vollgestopft war. In der Mitte thronte ein Untersuchungsstuhl, wie man ihn in Arztpraxen fand. Nur war dieses Ding an blinkende Konsolen angeschlossen, die die Wände rechts und links ausfüllten. Ein Verhör- oder Untersuchungszimmer?

Dort, wo ihn dieser Laurinsnebel getroffen hatte, zischte es abermals, und seine Tarnung bekam weitere Risse. Offenbar bestand das Zeug aus Nano-Bots, die den ChameleonSkin langsam, aber sicher zerstörten. Nie wieder würde er an einen Hightech-Anzug wie diesen herankommen. Nikolaj schlüpfte durch den Zugang und entdeckte über einer Arbeitsfläche einen Bildschirm, der den Blick auf die Konzertbühne gestattete. Chu Jiang war dort zu sehen, die auf ihrer Ancients-Violine spielte. Sehr leise war Musik zu hören. Warum hatte Mortimer den Auftritt der Chinesin verfolgt? Nikolaj kam an einem hohen Einwegspiegel zu seiner Linken vorbei, durch den man ein opulent eingerichtetes Schlafzimmer mit riesigem Antigrav-Bett ausmachen konnte. Über die Wände des Nachbarzimmers liefen in zarten Wellen Lichter in allen Rotschattierungen. Nikolaj interessierte Müllers erotische Spielwiese nicht, aber er fragte sich, warum das Schlafzimmer des

Konzerners in unmittelbarer Nähe zu diesem Raum lag. Hinter einer der Konsolen entdeckte er eine Biegung, über die man in ein weiteres Zimmer gelangte. Frauenkleider hingen dort von Bügeln und stapelten sich in Regalen. Unter ihnen überwogen Negligés, Dessous und andere halbtransparente Stoffe. Mit der klobigen Waffe in der Affenhand schob Nikolaj eines der im Weg hängenden Kleidungsstücke beiseite – und riss die Augen auf. Die komplette Stirnseite des Raums war mit Nischen ausgefüllt, in denen Frauenköpfe mit geschlossenen Augen standen. Unbehaglich tastete sich Nikolaj näher, bis er sah, dass jeder der Köpfe auf Stativen ruhte, die an elektronische Displays angeschlossen waren. Die meisten Köpfe besaßen vertraute Gesichter, darunter berühmte Filmschauspielerinnen, in mehreren Sternensystemen bekannte Models und sogar das Antlitz der gutaussehenden Pressesprecherin der VHR. Rasputin, was war das hier? Zögernd tastete er mit seinen Affenfingern nach dem Haupt der rothaarigen VHR-Sprecherin. Dass sie es tatsächlich war, zeigte ihr Name auf dem darunter befindlichen Display. Die Haut des Kopfes fühlte sich wie echt an.

Unvermittelt schlug die Sprecherin die Augen auf, und die Anzeige unter der Nische sprang auf Grün um. Die vollen Lippen verzogen sich zu einem lasziven Lächeln, und der Kopf stöhnte. »Bruce, keiner ist wie du …«

Nikolajs Affeninstinkte ließen ihn zurückspringen – und die Augen des Kopfes schlossen sich wieder. Einen Moment lang war er so verblüfft, dass er einfach nur dahockte und die Nischen anstarrte. Das hier waren die Köpfe menschengestaltiger Bots! Androiden? Allein die Körper fehlten, aber die waren vermutlich auch nicht notwendig. Nikolaj ahnte längst, wozu all die künstlichen Häupter dienten. Denn für Müllers Zwecke reichte vermutlich die Luxusversion eines der üblichen Lust-Bots, bei denen man via Tastendruck die Körpermaße den individuellen Bedürfnissen anpassen konnte. Der Konzerner musste bloß noch die Köpfe der Frauen austauschen, um die Illusion perfekt zu machen. Der widerliche Kerl hatte sich auf diese Weise einen Harem prominenter Frauen geschaffen, die viele Männer gern einmal im Bett gehabt hätten. Nikolaj war nicht überrascht, als er in einer der Nischen die Züge von Marilyn Monroe entdeckte. Müller war sogar so dreist gewesen, sich mit einer seiner kybernetischen Gespielinnen öffentlich zu zeigen. Die Frage war, wie intelligent diese Bots waren. Seit dem Zwischenfall 2832, als eine komplette Schiffsladung *Hikma* Androiden der Linie Copy 23 verlorengegangen war, vor allem aber, als 67 Jahre später einer dieser Androiden nachweislich auf Hephaistos, einer der Hauptwelten des 2OT, das schwerste Einzelattentat in der Menschheitsgeschichte begangen hatte, war es nicht mehr erlaubt, kybernetische Wesen mit mehr als hundeähnlicher Intelligenz auszustatten. Hinzu kam, dass die Herstellung von Maschinen mit menschengleichem Aussehen seitdem verboten war. War die *Hikma Corporation* nicht auch an *ARStac* beteiligt? Waren das hier etwa ihre Produkte? Das waren zwar nur Köpfe, dennoch ...

Das Ganze war zutiefst illegal, und Nikolaj fragte sich, welche Gegenleistung Müller dem Hersteller geboten hatte, um an eine Ausstattung wie diese zu gelangen. Allein eine Nische in der Wand war unbesetzt. Kopf und Körper befanden sich also im Einsatz. Ob Müller seine künstliche Gespielin mit zu dem Konzert genommen hatte?

Nikolaj trat näher an die Nische heran und sah den Namen auf dem Display. Ihm wurde flau zumute, denn in diesem Augenblick begriff er, auf wen es Zulu in Wahrheit abgesehen hatte.

Der Backstage-Bereich der Konzertbühne war mit einem einfachen Zaun abgesperrt, der mehr dem Sichtschutz denn Sicherheitsaspekten diente. Nikolaj hockte mit Katharinas Körper auf einem nahen Baum und lauschte misstrauisch der Musik Chu Jiangs, deren berauschende Klänge von der Bühne aus bis weit in den Garten getragen wurden. Keine fünf Minuten war es her, dass die Pause beendet worden war. Den zweiten Akt ihres Konzerts hatte die Chinesin mit dem virtuosen Stück »Moonstorm« eingeläutet, das soeben abebbte. Ferner Applaus brandete auf, und jetzt setzte das von ihm so geschätzte »Cosmic Whispers« ein, nur dass ihn das Stück diesmal alles andere als beruhigte. Im Gegenteil. Spielte sie wirklich live – oder saß da auf der Bühne lediglich die kybernetische Kopie ihrer selbst?

Obwohl hier keine durchgeknallten Fans zu erwarten waren, standen zwei von Chu Jiangs Security Guards unmittelbar vor dem Zugang. Die beiden Chinesen trugen Smoking, behielten die Umgebung im Auge und erweckten den Eindruck von Normalität. Nikolaj war sich dennoch sicher, dass die Entführung der Musikerin bereits in vollem Gange war, während ihre eigenen Leute noch immer glaubten, dass ihre Chefin von vielen Hunderten Gästen beobachtet auf der Bühne stand. Leider hatte Nikolaj die Bühne nicht schneller erreichen können, denn der Rückweg war schwieriger gewesen als gedacht. Zweimal war er fast von Sicherheitsleuten entdeckt worden, da die Tarnung seines ChameleonSkins zunehmend unbrauchbarer wurde. Er hatte jede Deckung nutzen müssen, die er im Garten fand.

Inzwischen war sein halber Affenkörper wieder sichtbar, und er gab sich noch höchstens fünfzehn Minuten, bis das ChameleonSkin endgültig zerstört war. Er vertraute jetzt ganz auf die Dunkelheit und stieß sich trotz der schweren *MarkVIII* vom Ast ab. Katharinas gelenkiger Körper landete auf der Zaunkrone, von wo aus er das abgegrenzte Areal hinter der großen Bühne einblicken konnte. Es wirkte ähnlich ernüchternd wie das Filmset weiter hinten im Garten. Die Bühne selbst bestand von seiner Position aus lediglich aus gewaltigen Metallstützen und -verstrebungen. Kabel und Werkzeugkisten lagen überall im Halbdunkel herum, Scheinwerfer bestrahlten riesige Verstärker-Endstufen, die vernehmlich brummten, zwei Männer saßen schwatzend auf Bierkisten und ließen die Flaschen kreisen. Ein drahtiger Kerl mit langen Haaren und dem Aufdruck *Pyroman* auf dem T-Shirt justierte eine gewaltige Batterie Feuerwerkskörper, die offenbar für den Abschluss des Konzerts bestimmt war, während drei Techniker unter Eile einen Holoprojektor heranschleppten, um dort eine Platine auszuwechseln. Unweit von ihnen bewegte sich ein weiterer Security Guard über das Gelände. Er nestelte an dem Kom-Gerät an seinem Ohr herum und behielt den Hintereingang der Bühne im Auge. Auch er war Asiate.

Nikolaj ließ sich kurzerhand hinter die Absperrung fallen und huschte unter den Wagen der Bühnenarbeiter. Er würde Gwinnys Ratschlag folgen. Ihr Plan bot zumindest den Hauch einer Alternative zu dem gescheiterten Vorstoß bei Müller. Wenn es ihm gelang, Chu Jiang vor der Entführung zu bewahren, dann musste sich die Chinesin einfach dankbar zeigen. Sie sollte reich genug sein, ihm die Operation beim 2OT zu bezahlen. Und da war noch etwas: Wenn ihn seine Beobachtung vorhin bei Konzertbeginn nicht getrogen hatte, dann hatte sie vermutlich selbst Umgestaltungen bei diesem Tech-Orden vornehmen lassen. Die Frage war, wie er es in seinem Affenkörper anstellen sollte, Chu Jiang im Erfolgsfall auf sich aufmerksam zu machen. Nikolaj lauschte. Noch immer war von der Bühne »Cosmic Whispers« zu hören. Einer der Bühnenarbeiter lachte. Alles wirkte normal. Hatte er sich vielleicht doch geirrt? Nichts auf dem Areal wies darauf hin, dass hier etwas Ungewöhnliches vor sich ging.

Nikolaj wartete ab, bis sich der Chinese endlich weggedreht hatte, dann jagte er auf den Hintereingang des Bühnenhauses zu. Die verdammte Tür war zugesperrt.

Wäre er in der Lage gewesen zu fluchen, Nikolaj hätte es getan. Stattdessen sprang er auf einen Stapel Kisten und kletterte von dort aus auf das flache Dach des Rückbaus. Wie erhofft fand er dort oben ein Fenster, das gekippt war. Er spähte hinunter in einen Raum, in dem ganz offensichtlich die Maskenbildner der Chinesin arbeiteten. An Kleiderständern hingen mehrere bunte Kostüme in der Größe Chu Jiangs, auf der Kommode mit dem Schminkspiegel waren zwei Fo-Hunde aus Speckstein von Tiegeln, Pulvern, Kämmen und Lippenstiften umgeben, und noch immer stand auf einem Hocker eine chinesisch anmutende Porzellankanne neben einer Tasse mit Blättern von grünem Tee. Ansonsten war der Raum leer.

Nikolaj stemmte das Fenster hoch. Die Öffnung reichte gerade so aus, dass er mit seinem Affenkörper hindurchschlüpfen konnte. Er nahm die *MarkVIII* an sich und ließ sich in die Tiefe fallen. Leider übersah er dabei eine am Boden stehende Vase mit einem Strauß Blumen, den offenbar einer von Chu Jiangs Verehrern abgegeben hatte. Sein Affenschwanz streifte das Gefäß, und er konnte es gerade noch eben vor dem Umkippen bewahren. Mimosenhaft zogen sich die an Rosenblätter gemahnenden Blütenkelche zusammen, und die Blumen, die beständig zwischen himmelblau und vulkanrot schwankten, nahmen eine schwarze Färbung an. Gleichzeitig verging der angenehme Zitrusduft, und ein Geruch nach schlammiger Erde verbreitete sich im Raum. Viel schlimmer wog jedoch das gepeinigte Quietschen, das von dem Strauß ausging. Mist, irgendeine Exoart!

Nikolaj vernahm im Gang vor dem Schminkraum Schritte und schwang sich hinter den Kleiderständer. Keine Sekunde zu spät, denn die Tür öffnete sich und eine Frau in weißer Bluse, grünem Rock und auffallend breitem Schmuckgürtel mit dem tanzenden Gott Shiva als Schnalle öffnete die Tür. Die Maskenbildnerin? Aus der Hautfarbe und dem roten Punkt auf der Stirn schloss Nikolaj auf eine indische Herkunft.

Im Hintergrund war jetzt Chu Jiangs rasantes Stück »Impact« zu hören, das zu einem furiosen Crescendo anhub. Nikolaj wollte sich schon entspannen, doch die Fremde betrat den Raum und sah sich misstrauisch um. Unwillig riss sie das Exogestrüpp aus dem Gefäß, während sich die Tür hinter ihr wieder schloss. Achtlos warf sie den welk wirkenden Strauß zu Boden. Ihr Blick fuhr in die Höhe, dorthin, wo das Dachfenster offen stand. Irritiert sah Nikolaj ihr dabei zu, wie die Inderin die Gürtelschnalle ihres Kostüms öffnete und den Gürtel zu Boden warf. Das ledrige Material rollte sich plötzlich zusammen, und im nächsten Moment wand sich ein schlangengleicher Bot am Boden, dessen Augen wie grüne Dioden glühten. Was war denn das für eine Teufelei? Es klickte, und dort, wo sich bei normalen Schlangen die Giftzähne befanden, schossen zwei spitze Nadeln hervor. »Raum-Scan!«, zischte die Unbekannte.

Nikolaj nahm die klobige *MarkVIII* mit beiden Affenhänden in Anschlag und feuerte auf das kybernetische

Wesen. Doch die Waffe zitterte in seinen Pfoten, und so riss das elektromagnetisch beschleunigte Geschoss lediglich einen Krater in den Holzboden. Die Bot-Schlange ruckte fauchend zu ihm herum und schlängelte sich auf ihn zu. Verdammt, die Waffe war einfach zu sperrig für Affenhände. Nikolaj feuerte so lange weiter, bis es ihm endlich gelang, den Schlangenkopf zu zerschmettern.

Die Inderin war längst herumgewirbelt. Wütend nestelte sie am Handgelenk und hielt plötzlich eine Biokolubrine der gleichen Machart in den Händen, wie Bitangaro sie verwendet hatte. Nikolaj schaffte es gerade noch, beiseitezuspringen, als das Knochenprojektil mit leisem Plopp ein faustgroßes Loch hinter ihm in die Wand schlug. Nikolaj ging kein weiteres Risiko mehr ein. Ungelenk feuerte er so lange mit der *MarkVIII* auf seine Gegnerin, bis er sie endlich am Bein traf. Sie schrie auf, stürzte zu Boden und krachte mit dem Kopf gegen den Schminktisch. Regungslos blieb sie liegen – genau in dem Augenblick, in dem es auf der Bühne wieder still wurde.

Ferner Applaus brandete auf. Mitleid mit der Fremden empfand Nikolaj keines. Ihn besorgte vielmehr, dass er trotz der kurzen Distanz nur einmal getroffen hatte. Die Anzeige der *MarkVIII* zeigte nur noch neun Geschosse an, außerdem erlahmten seine Affenarme. Hinzu kam, dass ihn die mentale Kontrolle Katharinas zunehmend anstrengte. Das Blut rauschte in seinem Kopf. Zumindest hatte er jetzt den Beweis, dass Zulus Männer tatsächlich hier waren. Hastig überprüfte Nikolaj den Puls der Inderin. Er war schwach, und unter ihrem Bein breitete sich eine Blutlache aus. Sicher würde ihr Fehlen bald auffallen. Jetzt kam es auf jede Sekunde an. Die Pistole noch immer halb erhoben, stelzte er auf seinen Affenbeinen an der Bewusstlosen vorbei und drückte die angelehnte Tür auf. Von dort aus konnte er einen schmucklosen Gang einsehen, von dem drei weitere Türen abzweigten. Das rote Licht an der Treppe ganz hinten stellte klar, dass es dort hinauf zur Bühne ging. Obwohl das Rauschen in seinem Kopf schlimmer geworden war, konnte er verzerrte Männerstimmen hören. Sie kamen aus einem Raum zwei Türen weiter. Direkt davor stand ein großer Servierwagen mit geöffneter Front. Die Silberplatten mit den Sushi-Häppchen ganz oben dienten offensichtlich nur als Ablenkung, denn im Innern des Wagens befand sich genug Stauraum, um eine Person mit angelegten Beinen einzuklemmen. Sogar eine Kopfstütze war darin untergebracht. Hatten Zulus Leute den Androidenkörper mit dem Wagen hierhergebracht? Oder wollten sie die Musikerin mit dem Wagen ins Freie schaffen? Vermutlich beides.

Da das ChameleonSkin inzwischen seine Tarnfunktion eingebüßt hatte, spähte Nikolaj überaus vorsichtig um die Ecke. Neben dem Wagen erstreckte sich ein gemütlich ausgestatteter Aufenthaltsraum, in dem es leicht nach Jasmin duftete. Die Wände zierten blaugrüne Tuschmalereien mit Tieren und Pflanzen, von der Decke hingen gelbe und rote Seidenlaternen, auf der Kang-Kommode und dem bunt bemalten Trapezkästchen rechter Hand standen Buddhafiguren in unterschiedlichen Größen, und der Boden war mit chinesischen Reliefteppichen ausgelegt. Er wies nur leider den Schönheitsfehler auf, dass auf ihnen gleich drei Menschen mit verrenkten Gliedern lagen, darunter einer von Chu Jiangs chinesischen Leibwächtern. Ein winziger Pfeil ragte aus dem Hals des Mannes.

Auch Chu Jiang war betäubt worden. Die hübsche Chinesin lag mit geöffneten Augen auf einer antik und deswegen teuer wirkenden Couch mit reichlich Ornamentik und Einlegearbeiten und starrte teilnahmslos zur Raumdecke empor. Zwei Afrikaner in weißen Livrees hockten neben ihr. Die beiden hatten ihr das blaue Kleid auf Nackenhöhe aufgeknöpft und setzten dort gerade einen Saugnapf an. Über einen dünnen Schlauch war das Ding mit einem Hightech-Apparat verbunden, der neben der Couch stand und im Rhythmus eines Herzschlags piepste. Das Gerät besaß die Größe eines Staubsaugers, nur dass unter der transparenten Kunststoffabdeckung eine rosafarbene Fleischmasse steckte. Was war das? Der Klumpen war von einem Gespinst aus Adern durchsetzt, die unmerklich pulsierten. Natürlich.

Nikolaj erinnerte sich an den Chip im Nacken seines richtigen Körpers. Sicher hatten sich auch Chu Jiang und ihre Leute dieser Prozedur unterwerfen müssen. Die Afrikaner mussten den Chip entfernen, wenn sie die Musikerin unbemerkt von hier wegschaffen wollten. Der seltsame Apparat diente dazu, den Chip aufzunehmen und die Lebensfunktionen des Trägers zu simulieren. Einer der beiden Afrikaner tippte gegen sein Kom. »Sandhya, wo bleibst du? Wir haben schon den verdammten Chip abgesaugt.«

Nikolaj hatte genug gesehen. Obwohl er beide Affenarme ausgestreckt hielt, zitterte die schwere Waffe in seinen Pfoten. Er betätigte den Abzug und verriss das elektromagnetisch beschleunigte Geschoss. Es stanzte ein Loch in eine der Seidenlaternen.

Die beiden Farbigen wirbelten mit Nadlern in den Händen zu ihm herum und starrten ihn entgeistert an. Sicher hatten sie noch nie einen grünfelligen Affen mit einer *MarkVIII* in den Händen gesehen. Nikolaj schoss zwei weitere Male – und diesmal traf er. Einer der beiden Afrikaner wurde an der Schulter zu Boden gerissen, der andere sprang reaktionsschnell zur Seite. Hastig zog sich Nikolaj in den Gang zurück, als zwei Nadelgeschosse in den Türpfosten hämmerten. Die Männer schrien sich etwas in einem afrikanischen Dialekt zu. Da entdeckte Nikolaj das Tränengas-Spray neben dem Körper von Chu Jiangs Leibwächter. Abermals feuerte er. Die dritte Kugel traf das Spray. Die Kartusche explodierte, und der Raum füllte sich mit Tränengas. Hustend und keuchend stolperte der unverletzte Schwarze in den Gang. Die Augen des Afrikaners tränten, und er schoss blind um sich. Nikolaj duckte sich und feuerte den Rest des Magazins leer, bevor seine Affenhände endgültig erlahmten. Der Schwarze gurgelte auf und ging von einem Bauchschuss getroffen neben dem Servierwagen zu Boden. Nikolaj warf die leergeschossene *MarkVIII* fort und hechtete zu ihm hinüber. Hastig entriss er dem Toten den Nadler und visierte mit ihm den verletzten Afrikaner an, der sich längst wieder erhoben hatte und hustend versuchte, den Ausgang zu finden. Nikolajs Nadler stoppte ihn, dann wurde es ruhig.

Er musste Chu Jiang irgendwie aus dem Raum schaffen und ihr verdeutlichen, wer zu ihrer Rettung beigetragen hatte. Er atmete tief ein und schwang sich auf seinen Affenarmen in den Aufenthaltsraum. Tränen schossen in seine gereizten Augen, und doch fand er rasch den Sensor für die Belüftungs- und Klimaanlage. Brausend begann die Anlage die Luft im Raum gegen eine kühle Meeresbrise auszutauschen, wie das Wahldisplay versprach. Er flitzte wieder zurück in den Gang, rieb sich die Augen und füllte seine Lungen mit nichtkontaminierter Luft. So rasch es ging, eilte er zu Chu Jiang zurück. Die Chinesin lag noch immer mit geöffneten Augen auf der Couch, nur dass diese jetzt wie entzündet wirkten. Teufel, er musste sie irgendwie wecken.

Nikolaj schwang sich hinüber zu ihrem paralysierten Leibwächter, durchsuchte den Smoking und förderte einen Elektroschocker, ein Ersatz-Kom-Gerät und Ferroplastriemen zutage. In der linken Smoking-Tasche jedoch steckte ein Hallo-Wach-Inhalator. Besser als nichts.

Er schnappte sich das Gerät und verpasste der Chinesin gleich mehrere volle Dosen. Mehr konnte er im Moment nicht tun, denn seine Affenkräfte erlahmten zusehends. Katharinas Körper zitterte angesichts der ungewohnten Anstrengungen. Für den Augenblick verwarf er daher seinen Plan, sich mit Zettel und Stift bemerkbar zu machen. Ihn schwindelte, und er hatte zunehmend Mühe, die Kontrolle über den Affenkörper zu behalten. In diesem Moment piepste es im Gang. Nikolaj wandte mit Mühe den Kopf. Eines der Kom-Geräte der beiden Afrikaner? Hatten die Kerle Bitangaro etwa noch informieren können? Der Gedanke traf ihn wie einen Faustschlag, denn dann war auch diese Anstrengung umsonst gewesen. In diesem Fall musste er so schnell wie möglich raus hier. Er schleppte sich zum Gang – und wurde von einem brutalen Tritt zur Seite geschleudert. Schwer krachte Katharinas Leib gegen den Servierwagen, und Nikolaj entdeckte Chu Jiangs Leibwächter, der vorhin noch vor dem Eingang zum Bühnenhaus gestanden hatte. Der Asiate hielt eine Pistole mit Schalldämpfer auf ihn gerichtet und glotzte ihn ungläubig an. Die Linke war gegen sein Headset gepresst. »Ja, ist tatsächlich ein Affe!«, knurrte er auf Terra-Standard. »Und wie es aussieht, hat das Biest Abadi und Gikuyu erledigt.«

Der Kerl gehörte also zu Zulus Leuten. Nikolaj verfluchte seine Unbesonnenheit und versuchte wieder hochzukommen, doch der Fremde stoppte ihn mit dem Fuß. »In Ordnung, wird erledigt.« Der Mann lächelte, während er mit der Waffe Katharinas Kopf anvisierte. Panisch löste Nikolaj seinen Geist aus dem Affen …

… und erwachte im eigenen Körper. Bohrende Kopfschmerzen ließen ihn aufstöhnen. Entkräftet kippte er zur Seite, und es dauerte eine Weile, bis er sich wieder an seine jetzige Physiognomie gewöhnt hatte. Noch immer saß er in seinem Zuschauersitz, doch er hatte das Gefühl, als würde sein Kopf in Flammen stehen. Jede Stelle seines Körpers kribbelte, und er kam sich wie ausgehöhlt vor. Nicht einmal Chu Jiangs falsches Spiel dort vorn auf der Bühne vermochte seinen geschundenen Geist zu beruhigen. Im Gegenteil – die Musik quälte ihn, als würde er einem Konzert schriller Pfeiftöne ausgesetzt sein. Katharina war tot. Die Erkenntnis, dass seine geliebte Affendame durch seine Schuld ums Leben gekommen war, peinigte ihn fast noch mehr als der körperliche Schmerz. Dabei durfte er froh sein, dass er es geschafft hatte, sich von ihr zu lösen, bevor der tödliche Schuss fiel. Oft schon hatte er darüber nachgedacht, was andernfalls passieren würde. Ächzend tastete er nach dem Pen mit dem Neuroleptikum, fand ihn aber nicht. Stattdessen bemerkte er, wie sich jemand im Sitz rechts von ihm niederließ. Bitangaro trug einen Smoking und fixierte ihn kalt. In der Rechten hielt er den gesuchten Pen. »Suchen Sie das hier, Poljakow?«

Ein undefinierbares Krächzen entrang sich Nikolajs Kehle. Seine Stimmbänder waren wie gelähmt.

Bitangaros Züge blieben maskenhaft. »Nennen Sie mir einen Grund, warum ich Sie nicht einfach umbringen soll?«

Nikolaj brauchte mehrere Anläufe, um zu antworten. »Weil Sie Chu Jiang ... nur mit meiner Hilfe ... wegschaffen können.«

»Ist dem so?« Der Afrikaner packte ihn am Kinn. »Für

den Moment haben Sie leider Recht«, zischte er mordlustig. »Vorerst brauchen wir Sie. Aber Sie dürfen sich darauf verlassen, dass ich mich für Ihre mangelnde Kooperation revanchieren werde. Eben haben meine Leute Ihren Affen getötet. Beim nächsten Mal wird es einer Ihrer Heaviefreunde sein. Ich glaube, die drei brauchen wir nicht ganz so dringend, oder?«

Zornig starrte Nikolaj Bitangaro an. Der Afrikaner tastete nach dem Kom an seinem Ohr und erteilte leise Anordnungen. »Macht euch bereit. Cheng wird die Weng-Ho-Schlampe gleich zum Flugplatz bringen. Wir werden mit drei Leuten weniger aufbrechen.«

In Nikolajs Kopf hallte Bitangaros Stimme nach: *drei Leute weniger ...*

Ein Anfang. Inzwischen war es ihm egal, ob er bei dem Versuch umkam. Er würde dafür sorgen, dass es noch mehr würden.

6

PATT

System: Sol
Ort: Erdorbit
500 km Distanz zur Raumstation Pecunia
26. April 3042

Die Pulsatoren dröhnten, und die *Nascor* hob vom Boden ab, kaum dass sich die Laderampe geschlossen hatte. Die vielen Tiere in den Käfigen und Terrarien reagierten auf den Start des Schiffs wie immer mit lautem Geckern, Brüllen, Gurren und Schnarren.

Nikolaj ignorierte das vertraute Getöse im Frachtraum und sog erleichtert die von tierischen Ausdünstungen geschwängerte Luft ein. Der Rückweg zur Landeplattform hatte zu seinem Erstaunen kaum Probleme bereitet. Einzig als die Inseltrooper stichprobenartig eine der Transportboxen geöffnet hatten, war selbst Bitangaro nervös geworden. Doch die Trooper hatten den Käfig mit der Betterday'schen Rubinspinne erwischt, danach war ihre Neugier gestillt gewesen. Die Gefahr war damit bei weitem nicht überstanden, doch hier, inmitten seiner Geschöpfe, beruhigte sich Nikolajs Geist endlich wieder. Einzig Katharina vermisste er schmerzlich. Er wusste nicht, ob er je wieder einen Beutelaffen wie sie finden würde. Vielleicht wollte er das auch gar nicht?

»Keine Müdigkeit vortäuschen!« Bitangaro stand direkt neben Nikolaj, hielt die Biokolubrine auf seinen Kopf gerichtet und scheuchte Roger und Gwinny hinüber zu den präparierten Boxen.

Die Heavies folgten der Anweisung und öffneten die Verschläge, während sich Apollo klammheimlich in den Rücken des Afrikaners schlich. Sprungbereit sah er zu Nikolaj auf. Der schüttelte unmerklich den Kopf. Bitangaro hatte ihm klar zu verstehen gegeben, dass seine Waffe mit dem stimulierenden Serum präpariert war. Und wenn einer mit ihm *und* einem bissigen Hund fertigwürde, dann sicher dieser Bastard. Bei Nikolajs derzeitigem Zustand würde Bitangaro mindestens einen von ihnen erwischen, und er wollte nicht einmal einen Streifschuss riskieren. Ihre Zeit würde noch kommen. Nur musste er noch einen Weg finden, diese Zeit auch herauszuschlagen. Hoffentlich hatte Sergej ihre Nachricht richtig verstanden? Aufgrund der befürchteten Abhöreinrichtungen hatten sie ihm an Bord nur eine verschlüsselte Warnung zukommen lassen können, doch diese sollte ihm hinreichend klarmachen, dass sie in Schwierigkeiten steckten.

Drüben bei den Boxen fielen endlich die Klappen, und Bitangaros fünf Männer stürmten heraus. Unter ihnen der verräterische Cheng, der Katharina erschossen hatte. Auf Nikolajs Liste zu entsorgender Passagiere nahm der Asiate einen Ehrenplatz ein. Er hielt die chinesische Musikerin in den Armen und legte ihren Körper brüsk vor dem Terrarium mit dem Gorgonenbaum ab. »Irgendwelche Befehle?«, knurrte er.

»Ja, schnapp dir drei Männer und lass sie das Schiff absuchen«, kommandierte Bitangaro. »Die haben hier irgendwo Waffen.«

Nikolaj presste die Lippen aufeinander. Sein verdammter Häscher schien über einen sechsten Sinn zu verfügen.

»Du selbst gehst rauf auf die Brücke und sorgst dafür, dass der andere Heavie da oben keine Zicken macht. Azazi und ich werden die anderen in der Zwischenzeit einsperren.« Bitangaro nickte einem Schwarzafrikaner mit Goldring am Ohr zu, der die Statur eines Catchers besaß. Goldring grunzte und packte erst Roger und dann Gwinny. Während der Asiate und seine drei Kumpane aus dem Frachtraum stürmten, band der Hüne ihnen die Arme mit FerroPlast-Riemen auf dem Rücken zusammen.

»Nicht so fest«, jammerte die Heavie-Frau.

Der Schwarze lachte rau und gab ihr einen Tritt, dass Gwinny zu Boden stürzte.

»Du Dreckschwein! Rühr meine Schwester noch einmal an und ...« Roger kam nicht weit, denn Goldring sichelte ihm kurzerhand die Beine unter dem Leib weg. Schwer stürzte auch er zu Boden.

Der Hüne grinste feist. »Und? Was passiert denn dann, Zwerg?«

Nikolaj spannte sich, doch Bitangaro drückte ihm die Biokolubrine an den Hals. »Vorsichtig, Poljakow! An Ihrer Stelle würde ich nicht einmal daran denken. Ich warte nur auf eine Gelegenheit, Ihnen den Tod meiner Männer heimzuzahlen.«

Gegenüber, zwischen zweien ihrer Fütterungs-Bots, flammte einer der Bordbildschirme auf, und Jacks sorgenvolles Gesicht erschien in Übergröße. »Abflug eingeleitet. Wir befinden uns jetzt in 1000 Metern Höhe über Lantis Island. In wenigen Minuten werde ich die Schubdüsen aktivieren, die uns zum Erdorbit tragen. Irgendwelche weiteren Anweisungen?«

»Nein, weitermachen!«, bellte Bitangaro. »Wir kommen gleich rauf.« Er schubste Nikolaj rüber zu Chu Jiang, die noch immer vor dem gläsernen Terrarium mit dem Gorgonenbaum lag. Die Nesseln des Exowesens zuckten unruhig. »Sie werden das Miststück tragen und in Ihr Privatquartier bringen. Wir wollen doch nicht, dass ihr vor der Zeit etwas passiert, oder?«

Vor der Zeit? Was zum Teufel hatte Zulu eigentlich vor? Widerwillig kam Nikolaj dem Befehl nach und hob die Chinesin an. Himmel, war ihr Körper leicht. Zu seinem Glück, denn die Strapazen während des Konzerts hatten Spuren bei ihm hinterlassen. Er fühlte sich noch immer schlapp und ausgebrannt.

Trotz der Umstände rührte ihn der Anblick der Chinesin. Die hübsche Musikerin lag noch immer mit offenen Augen da, nur dass aus einem von ihnen eine Träne perlte. Kummer? Oder die Nachwirkung des Tränengases? Nikolaj schloss ihr sanft die Lider. Wie schon vorhin, als er zu ihrer Befreiung aufgebrochen war, versuchte er die Begegnung mit ihr möglichst professionell zu sehen. Chu Jiang mit all ihrem Reichtum war noch immer seine Lebensversicherung. Zugleich fühlte er sich irgendwie verantwortlich für sie. Leider schien die Chinesin auf das Hallo-Wach nicht angesprochen zu haben. »Warum erklären Sie mir nicht endlich, was Sie mit der Musikerin überhaupt vorhaben?«

»Alles zu seiner Zeit!«

Nikolaj warf Bitangaro einen vernichtenden Blick zu und legte sich Chu Jiang über die Schulter. Goldring bewaffnete sich derweil mit einem schweren Schraubschlüssel. Mit ihm in der Rechten trieb er Roger und Gwinny vor sich her, und sie bestiegen den großen Lastaufzug, der sie auf Ebene 2 brachte. Einzig Apollo hatten Zulus Leute vergessen. Gut so. Die Fahrstuhltür öffnete sich, und ihre beiden Häscher scheuchten sie in den Gang. Auch hier waren die Vibrationen der Pulsatoren zu spüren.

»Bring die Heavies in eine der Kabinen und sorg dafür, dass sie keinen Ärger machen«, befahl Bitangaro.

Goldring grunzte und führte Roger und Gwinny den Gang hinunter.

»Los, Poljakow. Weiter!«, raunzte ihn Bitangaro an.

Nikolaj führte den Afrikaner nach links, dorthin, wo die Tür zu seinem Quartier war. »Computer, öffnen!«

»Sehr gern, mein lieber Nikolaj«, ertönte die fürsorgliche Haushalts-Bot-Stimme ihres Bordcomputers. »Ich hoffe, du hast dich auf deinem Ausflug gut erholt?«

Zischend glitt die Tür auf, und Bitangaro grinste.

»Was war das denn? Haben Sie auch noch einen Mutterkomplex?«

Nikolaj verzichtete auf eine Antwort und trug Chu Jiang in sein Quartier. Der Raum war nicht sonderlich geräumig, dennoch hatte er ihn so wohnlich wie möglich eingerichtet: brauner Teppichboden, Elektro-Switch-Gemälde in gerahmten Displays an den Wänden, Fototapete mit wechselnden Meeresmotiven vom Schwarzen Meer – natürlich vor der Trockenlegung durch die Regierung –, Spind mit integrierter TV-, Musik- und StellarWeb-Einrichtung, einen PlayCube, Kochnische mit SyncFood-Aufbereiter, ein Regal mit Mitbringseln aus diversen Welten und natürlich seine gemütliche Sitzecke samt Bar. Zwischen den Flaschen stand seine rot, blau und grün bemalte Matroschka-Schachtelpuppe. Sie hatte angeblich 700 Jahre auf dem Buckel und war alles, was ihm von seinen Eltern geblieben war.

»Bereitmachen! Ich gehe in wenigen Sekunden auf Orbitalgeschwindigkeit!«, hallte Jacks Stimme durch Gänge und Kabinen.

Nikolaj konnte spüren, wie sich die *Nascor* leicht schräg legte. Hastig tippte er mit dem Fuß gegen einen Sensor, und vor ihm klappte seine Schlafkoje auf. Ein ruhiges Ancients-Tunes-Stück Chu Jiangs erfüllte den Raum, und er legte die Chinesin rasch auf sein Bett. Dann hielt er sich an einer Haltestange fest.

»5 … 4 … 3 … 2 … 1 …«, dröhnte Jacks Stimme aus den Lautsprechern. »Zündung!«

Im nächsten Moment ging ein Ruck durch das Schiff,

und die Triebwerke beschleunigten die *Nascor* auf Mach 8. Um sie herum dröhnte es. Obwohl die Grav-Generatoren des Schiffs automatisch gegen die Fliehkräfte der Beschleunigung anarbeiteten, erfüllte ein Zittern und Klirren die Bar. Nikolaj musste sich leicht schräg stellen, um nicht von den Beinen gerissen zu werden.

Bitangaro hielt sich unbeeindruckt an einer anderen Haltestange fest und lauschte amüsiert der Musik. »Mann, Sie sind ja ein echter Fan von der Kleinen.« Er lachte dreckig. »Soll ich Ihnen zehn Minuten allein mit ihr geben? Chu Jiang kann sich gerade nicht wehren.«

Zornig fuhr Nikolaj herum und starrte in den Lauf der Biokolubrine.

»Was denn, Poljakow?« Bitangaro schien die Fliehkräfte einfach zu ignorieren. »Habe ich gerade einen wunden Punkt berührt?« Der Afrikaner bleckte die Zähne, als hinter ihnen in der Schlafkoje ein leises Klicken ertönte. Bitangaro schien das Geräusch ebenfalls gehört zu haben, denn er riss Nikolaj zur Seite, und beide starrten Chu Jiang an.

Die Chinesin sah ertappt zu ihnen auf. An ihrem künstlichen Handgelenk war eine Klappe aufgesprungen, unter dem sich ein mit Platinen ausgestatteter Hohlraum befand. Zwischen den Fingern ihrer Rechten hielt sie ein daumenkuppengroßes Gerät, an dessen Spitze eine violette Diode flackerte. Nikolaj wusste, was das war: ein *STPD*-67-Hochleistungs-Peilsender! Unwillkürlich fuhr seine Hand zum Genick, wo der verdammte Chip mit dem Sprengmechanismus steckte.

»Schlampe!« Bitangaro stürmte vor und entriss der

Chinesin das Gerät. Zornig warf er es zu Boden und trat mit dem Schuhabsatz drauf. Vergebens.

»Wo ich auch bin«, keuchte Chu Jiang schwach, »seien Sie versichert, dass man mich findet.«

Fluchend schlug Bitangaro die Chinesin bewusstlos. Nikolaj sprang den Afrikaner an, doch seine Reflexe ließen noch immer zu wünschen übrig. Die Faust des Schwarzen traf seinen Unterkiefer und schleuderte ihn gegen die Bar. Gläser und Flaschen gingen zu Bruch, und Nikolaj stürzte in einer Lache aus Rotwein, Wodka und Whiskey zu Boden. Von den Fliehkräften getrieben rollte er mit blutender Lippe Richtung Eingang. Bitangaro packte ihn am Kragen und holte zu einem weiteren Schlag aus, als Jacks Stimme abermals im Raum ertönte. Diesmal klang sie leicht panisch. »Leute, wir haben ein Problem! Der Tower von Lantis Island hat uns soeben mit Nachdruck zur Umkehr aufgefordert.«

Bitangaro ließ Nikolaj fallen und aktivierte sein Kom. »Wurden irgendwelche Geschütze auf uns ausgerichtet?«

»Nein, aber das Bordsystem vermeldet, dass da unten gerade Abfangjäger aufsteigen.«

»Scheiße!« Bitangaros steinerne Fassade bröckelte. Immerhin schienen sie die 50-Meilen-Zone von At Lantis bereits durchstoßen zu haben. Ansonsten hätten die Trooper ihnen längst ein Loch in den Hals gesprengt. Oder war ihnen Chu Jiang zu wichtig, um einen möglichen Absturz des Schiffs zu riskieren? »Wir fliegen weiter!«, brüllte er in die Sprechverbindung. »Hast du verstanden, Heavie? Weiter volle Beschleunigung!«

»Bringen Sie mich rauf zum Cockpit!«, herrschte ihn Nikolaj an. »Jack wird mit einer Situation wie dieser nicht fertig.«

»Warum sollte ich ausgerechnet Ihnen noch einmal vertrauen, Poljakow?«

»Weil die Island-Trooper mich ebenso für die Entführung der Chinesin verantwortlich machen werden wie Sie!« Nikolaj spuckte Blut aus. »Ich habe keine Lust, mein Schiff zu verlieren.«

Bitangaro betrachtete ihn eine Sekunde lang und zog ihn auf die Beine. »Los!« Er schnappte sich Chu Jiangs Peilsender und zerrte Nikolaj mit sich in den Gang vor dem Quartier.

Nikolaj schätzte, dass sie die Parkumlaufbahn im Erdorbit in etwa drei Minuten erreichen würden. Erst dann konnten sie die Triebwerke für den Raumflug aktivieren. Doch ob deren Leistung ausreichte, um militärischen Abfangjägern zu entkommen, war mehr als fraglich. Alles, worauf sie hoffen konnten, war, dass Sergej dort oben auf sie wartete. »Wo ist der Müllschacht?«, herrschte ihn Bitangaro an.

»Was?«

»Sie werden Ihren verdammten Müll doch nicht etwa sammeln, sondern in den Raum entleeren?«

Nikolaj begriff, was der Afrikaner vorhatte, und deutete zu einer Klappe an der Wand. Bitangaro warf Chu Jiangs Peilsender hinein. »Wie entleert man das Ding?«

»Das geht nur von der Brücke aus.«

»Dann beeilen wir uns besser.« Der Aufzug beförderte sie zum obersten ihrer Decks, und Nikolaj stürmte die Brücke, kaum dass sich die Lifttür geöffnet hatte. Auch hier rüttelten Wände und Böden unter der Belastung des Aufstiegs. Bereits im Zwischengang zum Cockpit sahen sie, dass Jack angespannt in seinem Sitz hockte und den Steuerknüppel umklammert hielt. Vor den beiden großen Panoramafenstern ihres Schiffs wurde der Himmel zunehmend dunkler, bis erstmals Sterne inmitten der Schwärze aufblitzten. Im Kutschersessel neben ihm saß Cheng, der angespannt den Holocube ihres Radars im Auge behielt. In seiner Pranke hielt der Asiate ihre *Gauss Industries VersatileXP*, die Roger im Cockpit zurückgelassen hatte.

»Weg da«, scheuchte ihn Nikolaj auf. Ungehalten sah sich der Asiate zu ihm um, doch Bitangaro nickte.

Widerwillig räumte er seinen Platz und reichte Bitangaro die altmodische Pistole. Der Afrikaner kontrollierte die Waffe und lud sie zufrieden durch. »Also, Poljakow. Zeigen Sie uns, was Sie draufhaben!«

Jack warf ihm einen unglücklichen Blick zu.

»Hat sich Sergej schon gemeldet?« Nikolaj zog sich rasch die Smokingjacke aus und warf sie zu Boden. Vor ihm fuhr nun ebenfalls ein Navigationsdisplay aus.

»Nein, bislang nicht.« Jack schüttelte den Kopf. »Vielleicht ist er aufgehalten worden?«

Noch 29 Sekunden, und sie hatten die orbitale Parkzone erreicht. Nikolaj musterte den Holocube des Radars. Drei Punkte setzten ihnen nach. »Computer, Schiffstyp der Abfangjäger.«

»Aber natürlich«, antwortete die Stimme ihres Bordcomputers mütterlich besorgt. »Atmosphären- und raumtaugliche Andastra-Jäger aus GUSA-Fertigung. Spitzengeschwindigkeit in der Atmosphäre: 3900 km/h. Zwei bis vier Mann Besatzung, maximale Reichweite der Maschinen unbekannt. Werkmäßige Bewaffnung: *Blowfeld*-Schallwerfer, *Gauss*-Maschinenkanonen sowie *Orca*-Luft-Luft-Raketen. Die Jagdmaschinen besitzen Entervorrichtungen. Soll ich veranlassen, deine Koffer zu packen?«

Dermo! Diesen Jägern entkamen sie nie. Nikolaj betätigte die Vakuumpumpe des Müllschluckers und gab damit Chu Jiangs Peilsender dem Raum preis. Doch damit allein war ihnen nicht geholfen. Rasch gab er einen Code ein, und mit summendem Geräusch aktivierte sich das Magnetschild der *Nascor* zur Abwehr von Metallprojektilen und Raketen.

Bitangaro stieß einen leisen Pfiff aus. »Ihr Schiff weist ein erstaunliches Innenleben auf, Poljakow.«

Nikolaj beachtete ihn nicht weiter, denn inzwischen hatten sie die Erdumlaufbahn erreicht. Abermals checkte er das Radar. Von Sergej war weit und breit nichts zu sehen. »Jack, such auf allen Frequenzen nach dem Signal der *InterRun Ltd.*«

»Mach ich doch schon die ganze Zeit«, antwortete Jack gereizt. »Nichts!«

»Hast du die Frachter-Kennung aktiviert?«

»Wie bitte? Die können doch auch unsere Verfolger empfangen. Die brauchen dann nicht einmal mehr auf ihren Radar zu blicken, um uns in den Arsch zu treten.«

»Tu es einfach. Sergej muss wissen, wo wir stecken.«

»Besatzung des Raumfrachter *Nascor*«, erscholl eine knisternde Männerstimme aus den Lautsprechern. »Hier spricht Flight Lieutenant Kertész von der Lantis Island Air Division. Wir fordern Sie letztmalig auf, die Triebwerke abzuschalten und unsere Leute an Bord zu lassen. Andernfalls werden wir das Feuer auf Sie eröffnen.«

Nur noch eine Minute, und die Jäger hatten den Orbit ebenfalls erreicht. Nikolaj ignorierte die Aufforderung. Längst hatte er die Triebwerke aktiviert, um Abstand zwischen ihnen und den Jagdmaschinen herauszuschlagen – als ihm plötzlich eine Idee kam. »Computer, Kurs setzen auf die orbitale Raumstation *Pecunia*.«

»Sind Sie vollkommen wahnsinnig?«, schrie Bitangaro. »Die Börsenstation wird vermutlich noch besser bewacht als die Drecksinsel unter uns!«

»Allerdings«, zischte Nikolaj und aktivierte alles an Schub, was die *Nascor* hergab. Hinter ihnen schossen die Andastra-Jäger ins All und nahmen sofort die Verfolgung auf. Ein warnendes Piepsen machte sie darauf aufmerksam, dass die vorderste der drei Maschinen eine Rakete auf sie abgefeuert hatte. »Computer, Täuschkörper abfeuern!« Lichter auf seinem Display zeigten ihm an, dass die KI gehorchte. Hinter ihnen im All explodierte die Rakete.

»Flight Lieutenant Kertész, wir wollen verhandeln!«, rief Nikolaj ins Mikro und versuchte, möglichst panisch zu klingen. Teufel, er musste irgendwie Zeit herausschlagen, denn auf dem Holocube des Radars schob sich die Raumstation *Pecunia* immer näher heran.

»Unsere Bedingungen haben wir genannt. Stoppen Sie, oder wir werden das für Sie übernehmen.«

»Wir haben Probleme mit den Triebwerken«, log Nikolaj. »Bitte geben Sie uns eine Minute.«

»Negativ.«

»Kommen Sie. Wir sind doch kooperativ. Wir möchten weder uns noch unsere Passagiere gefährden.«

Im Lautsprecher rauschte es.

»Sie haben dreißig Sekunden«, tönte die Stimme. Die Jäger hatten inzwischen Keilformation eingenommen und waren dabei, die 500 Kilometer Distanz zwischen sich und der *Nascor* rasend schnell aufzuholen. Doch auch bei der *Pecunia* tat sich etwas. Die wichtigste Raumstation der Erde war inzwischen als silberner Punkt über dem blau-weißen Erdhorizont zu erahnen. Nikolaj hielt noch immer direkt auf sie zu. Das Holoradar piepste, und sie konnten sehen, dass sich ihnen von dort vier Punkte näherten.

»Ich befürchte, wir bekommen weiteren Ärger«, säuselte der Bordcomputer. »Es befinden sich vier AURORA-Jäger aus FEC-Fertigung im Anflug. Serielle Bewaffnung: *UI Pilotpet*-Laserkanonen, *Gauss-Romanow Baikonur*-Raketen und ...« Eine schneidige Frauenstimme mit französischem Einschlag bellte aus den Lautsprechern. »Besatzung des Frachters *Nascor*. Hier spricht Squadron-Leader Baffour von der *Pecunia* Space Force. Stoppen Sie Ihr Raumschiff. Sie und Ihre Leute haben die Sicherheitszone der Raumstation *Pecunia* erreicht. Das Gleiche gilt für Sie, Flight Lieutenant Kertész. Drehen Sie ab, von hier an übernehmen wir.«

»Negativ, Squadron-Leader«, quäkte die Stimme ihres Verfolgers aus dem Lautsprecher. »Der Raumfrachter *Nascor* hat eine entführte Person an Bord, die dem Sicherheitsreglement von Lantis Island unterstellt ist.«

»Noch einmal, Flight Lieutenant«, antwortete die Französin. »Ihre Befugnisse enden hier.«

»Haben Sie nicht gehört?«, brauste der unbekannte Lieutenant auf. »Unser Geschwader stammt von Lantis Island!«

»Sie können von mir aus auch aus dem Olymp kommen«, antwortete die Französin mit hörbarer Genugtuung. »Aber Sie drehen jetzt ab, oder wir werden auch Sie als Sicherheitsrisiko einstufen.«

Nikolaj aktivierte die Schubumkehr und verlangsamte die *Nascor* so lange, bis das Raumschiff unbewegt im Raum schwebte. Die sieben Jäger vor und hinter ihnen verlangsamten ihre Geschwindigkeit ebenfalls und nahmen Gefechtspositionen ein.

»Nikolaj, du bist vollkommen verrückt!«, zischte Jack, der angespannt das Radar im Auge behielt.

»Was willst du?«, gab er zurück. »Im Moment funktioniert es doch.« Während sich die beiden Jagdpiloten vor und hinter ihnen weiter stritten, kontrollierte Nikolaj, ob die Frachter-Kennung noch immer ihre Signale abgab. Wo blieb Sergej?

In diesem Moment schrillten die Sensoren des Schiffs auf. Irgendwo im All über ihnen flammte ein gleißendes Licht auf, und die *Nascor* wurde von einer heftigen Interim-Welle getroffen, die das Schiff leicht zum Schwanken brachte. In nicht einmal 2000 Metern Entfernung schob sich ein barracudaförmiges Raumschiff aus dem Interim. Nikolaj seufzte erleichtert. Das war Sergejs *Tolstoi.* Das Schiff war fast zweimal so groß wie die *Nascor.* Auf dem Bildschirm der Kom-Einrichtung erschien das vertraute Gesicht des hageren *InterRun*-Eigners, der wie immer mit fleckigem Unterhemd in seinem Kutschersessel saß und eine altertümliche Kapitänsmütze trug. »Na, hast du mich schon vermisst, Towaritsch?« Sergej lachte böse und schob sich die Krempe seiner Mütze in den Nacken.

Hinter ihm tauchte kurz ein pausbackiger Hamster-Beta auf, der zu einer der Konsolen auf der Brücke von Sergejs Schiff eilte. »Macht euch bereit zum Rendezvous! Wir leiten jetzt die neue Initialisierung ein.«

Der Bildschirm erlosch, und Nikolaj fragte sich unwillkürlich, ob der Gute nicht ebenfalls ein paar Interim-Sprünge zu viel hinter sich hatte. Für gewöhnlich dauerte es eine Minute, bis die Überlichtsprung-Triebwerke eines Raumschiffs warmgelaufen waren. Wie wollte Sergej bis dahin das Andockmanöver schaffen?

»Fremdes Raumschiff. Hier spricht die *Pecunia* Space Force!«, drang die zornige Stimme der Französin aus dem Lautsprecher. »Sie sind unerlaubt in die Sperrzone der Raumstation *Pecunia* eingedrungen. Deaktivieren Sie Ihre Triebwerke, oder wir werden auf Sie schießen!«

»Ich bestehe darauf, dass der Frachter uns gehört!«, schimpfte der Lantis–Island-Lieutenant.

Das Radar zeigte an, das sich fünf weitere Jäger von der *Pecunia* lösten und wie kleine Pfeile auf sie zujagten. Zudem vermeldeten die Sensoren, dass sich dort Geschütztürme auf sie ausrichteten. Langsam wurde es knapp. Dennoch blieb Nikolaj nichts anderes übrig, als ausgerechnet jetzt das Magnetschild der *Nascor* zu deaktivieren. Ebenso wie Jack und die beiden Afrikaner beugte er sich angespannt zu den Panaromafenstern vor, um einen Blick nach oben zu werfen. Dort, aus der Schwärze des Alls, glitt die *Tolstoi* auf sie zu und setzte sich mit routinierter Drehung in ihren Nacken. Unter dem Schiff klappten sechs gewaltige Klammern aus. Ein Manöver, das Nikolaj unwillkürlich an einen Raubvogel erinnerte, der sich im Flug auf sein Opfer stürzte. Er wusste, dass Sergejs Mannschaft nur diesen einen Versuch hatte. Es rumpelte an der Außenhaut der *Nascor,* und unmittelbar über ihnen schob sich der aus Sternenstahl bestehende Rumpf der *Tolstoi* in ihr Blickfeld.

»Madmoiselle, bitte bewahren Sie doch Contenance«, antwortete Sergej mit russischem Akzent. »Wir möchten hier nur etwas abholen!«

Im selben Augenblick schrillten alle Alarmsirenen im Cockpit los. Die Jäger der *Pecunia* hatten gleich drei Raketen auf einmal auf sie abgefeuert, die auf die Triebwerke der beiden Raumschiffe zielten.

»Einschlag in zehn Sekunden!«, rief der Bordcomputer mit bebender Stimme. »Noch sechs, fünf, vier, drei ...«

Über ihnen begannen die *TI Lightblaster* der *Tolstoi* das Feuer zu erwidern. Die schweren Energiewaffen deckten die Raketen mit einem gezielten Gewitter an

Laserstrahlen ein, und der Raum vor ihnen wurde von drei grellen Explosionen erhellt.

»Sie wagen es, sich der *Pecunia* Space Force zu widersetzen?«, schrie die Französin.

»Wenn Sie mich so fragen ... Ja!«, antwortete Sergej.

»Vernichtet die Schiffe!«

Diesmal war es eine ganze Salve an Raketen und ein Fächer aus Energiestrahlen, die die Jäger auf sie abfeuerten, während sich auch die fünf neuen Jagdmaschinen weit hinter dem Vorauskommando in Gefechtsposition begaben. Ein lautes Dröhnen hallte durch den Leib der *Nascor,* und ein weiterer Alarmton mischte sich in den Lärm im Cockpit. Im nächsten Moment verzerrten sich die Sterne vor den Panoramafenstern. Nikolaj spürte erst ein heißes Brennen auf der Haut und dann ein schreckliches Ziehen im Genick. Schließlich schien sein Hinterkopf zu explodieren. Er schrie vor Schmerz und hörte verzerrt auch die Schreie der anderen. Die *Tolstoi* hatte ihre UFO-Triebwerke gezündet. Das Interim sog sie ein.

Für mehrere Sekunden wurde es grau. Sie schnellten huckepack durchs Interim, bis sie wieder ausgespien wurden und zurück ins All stürzten. Jacks Stöhnen war zu hören, und auch Nikolaj war speiübel. Ihm dröhnte der Kopf, außerdem schien jede Zelle seines Körpers zu vibrieren. Er musste einige Male tief einatmen, um wieder klar zu werden. Ein kurzer Blick nach hinten verriet ihm, dass auch ihre beiden Entführer von dem Kurzstreckensprung kalt erwischt worden waren. Der

Asiate übergab sich neben der Navigationskonsole, und Bitangaro hielt sich schwer atmend an einem Rohr des Belüftungssystems fest. Erstaunlich schnell erholte sich der Afrikaner wieder. »Scheiße!« Wütend packte er Nikolaj am Kragen und setzte ihm die Mündung der *VersatileXP* an die Schläfe. »Noch so eine Überraschung wie eben, Poljakow, und der Wurm in Ihrem Leib stellt das geringste Ihrer Problem dar. Jeder Schritt wird künftig mit mir abgesprochen.«

»Ich sollte uns aus dem Erdorbit rausholen, und das habe ich getan«, ächzte Nikolaj. Er ignorierte die Waffe und stellte den Alarm im Cockpit endlich ab. Im Moment brauchte ihn Bitangaro. Noch.

Der Schwarzafrikaner wandte sich fluchend von ihm ab und bellte in seiner Muttersprache einige Befehle ins Kom. Angesichts der Stickstoffschwaden vor den Panoramafenstern konnte Nikolaj sehen, dass draußen die Vakuumreinigungsanlage automatisch damit begonnen hatte, den Schleim des Interims von der Außenhaut des Schiffs zu putzen. Das aggressive Zeug fraß sich durch alle Metall- und Kunststoffteile, wenn man es nicht sofort entfernte. Hoffentlich fiel Bitangaro diese Seltsamkeit nicht auf, denn über solche Einrichtungen verfügten nur Schiffe, die selbst sprungfähig waren.

Er lenkte die Aufmerksamkeit seiner Entführer rasch auf die Elektronik, die wie so oft nach einem Interim-Sprung Aussetzer aufwies, nach einigen Sekunden aber wieder normal lief und die Daten der Sternenkarten auswertete. »Wir befinden uns vier Lichtjahre von der Erde entfernt«, stöhnte er. »Mitten im Nichts.«

Abgesehen von den beiden Raumschiffen befand sich bloß ein einsamer Meteorit in ihrer Gesellschaft, der gute 15.000 Kilometer entfernt durch das All trudelte. »Computer, Schadensbericht!«

»Das wird dir nicht gefallen«, erfüllte die mütterliche Stimme das Cockpit. »Das böse Mädchen hat die *Nascor* backbords an den Steueraggregaten getroffen. Lasertreffer. Die Heckverblendungen wurden zu sechzig Prozent eingeschmolzen.«

»Mehr nicht?«, fragte Nikolaj erleichtert.

»Ich empfehle eine Außenreparatur zur Schadensbegrenzung. Sonst werdet ihr beim nächsten Eintritt in eine Atmosphäre Probleme bekommen – und das möchte ich doch nicht.«

Das Bordkom piepste, und Sergejs hageres Gesicht erschien auf dem Bildschirm. Bitangaro ließ reaktionsschnell die Waffe verschwinden. »Alles klar bei euch da unten?«, quäkte die Stimme des Russen aus dem Kom. Er nahm sich eine Pfeife und entzündete diese grinsend. »Entschuldigt die Verspätung. Aber wir haben es für sicherer gehalten, draußen im Kuipergürtel auf euer Signal zu warten.«

»Mann, du hast wirklich einen Sinn für dramatische Auftritte.« Nikolaj nickte ihm erleichtert zu.

Sergejs Blick wanderte schräg über seine Schulter zu Bitangaro. »Du hast mir gar nicht erzählt, dass ihr Passagiere habt?«

Nikolaj spürte den Druck der Pistole im Nacken. Der Afrikaner hielt die Waffe so, dass Sergej sie nicht sehen konnte.

»Ich grüße Sie«, hub Bitangaro freundlich an. Er schaffte es sogar, sich ein Lächeln abzuringen. »Mein Name ist Oladele Bitangaro, Marketing Secretary Assistent bei *Artco Inc.* Ich danke Ihnen für Ihren Einsatz. Herr Poljakow und sein Team waren so freundlich, meinem Konzern dabei zu helfen, einige Gemälde von der Erde zu schaffen.«

»Gemälde?« Misstrauisch schob sich Sergej die Kapitänsmütze zurecht.

»Ja, nur dass sich die Bilder leider in falschem Besitz befanden, wenn Sie verstehen?« Bitangaro zwinkerte ihm zu. »Sie sind natürlich herzlich eingeladen, einen Blick auf sie zu werfen. Eine einmalige Gelegenheit. Denn die nächsten Jahre über werden die Werke wohl erst einmal in einem Tresor verschwinden.« Er drückte Nikolaj die Pistole fester in den Nacken und zischte leise. »Helfen Sie mir, den Kerl rüberzuholen.«

»Sergej, was hältst du davon, wenn du zu uns kommst?« Nikolaj hätte dem Russen gern einen warnenden Blick zugeworfen, doch seine Multibrille hinderte ihn daran. »Und bring am besten auch deine Schwester mit, die versteht wenigstens was von Kunst.«

Jack warf ihm einen irritierten Seitenblick zu, denn Sergej hatte keine Schwester. Im Cockpit breitete sich derweil der säuerliche Geruch von Chengs Kotze aus.

»Sag ihr, dass ich uns Borschtsch mache. Richtigen Borschtsch mit frischen Zutaten aus Sankt Petersburg. Nicht den Synthetikfraß, den es bei dir immer gibt.«

»Hm, das ist doch mal ein Angebot.« Sergej lehnte sich zurück und schmatzte genießerisch. Dabei hasste er die Rote-Bete-Suppe ihrer russischen Heimat. Er schien also begriffen zu haben. »Vielleicht rückt sie dann auch endlich mal die gute Pulle Wodka raus, die du ihr letztes Jahr geschenkt hast. Sollen wir noch ein paar Gläser mitbringen?« Sergej wusste nur zu gut, dass es daran auf der *Nascor* nicht mangelte. Offenbar wollte er wissen, wie viele ungebetene Passagiere sie an Bord hatten.

»Bring ein halbes Duzend mit«, meinte Nikolaj lässig. »Hoffentlich zerschlagt ihr die im Suff nicht alle gleich wieder.« Er und Sergej lachten, und Bitangaro lockerte den Druck der Waffe. Ihre kleine Scharade schien zu funktionieren.

»Gut, mal sehen«, sagte Sergej ernst. »Ganz geschäftsmäßig betrachtet würde *InterRun* den Kontakt zu *Artco Inc.* natürlich gern ausbauen. Bis heute hatten wir ja nicht das Vergnügen.«

»Was wir unbedingt ändern sollten«, gab sich Bitangaro jovial. »Sie haben sich eben als vertrauenswürdiger Partner erwiesen.«

»Seien Sie versichert, Herr Bitangaro, ich komme darauf zurück. Nur müssen wir erst einmal unsere Wunden lecken. Ich erfahre gerade, dass uns die Jäger der *Pecunia* einige Löcher ins Fell gebrannt haben. Die müssen wir flicken, bevor wir die nächsten Etappen unserer Reise in Angriff nehmen können.«

»Das verstehe ich natürlich nur zu gut. Das Angebot steht weiterhin.«

Nikolaj atmete tief ein. Die Raumstation *Farspace Horizon* lag noch immer zehn Lichtjahre von ihnen entfernt. Um das System zu erreichen, brauchten sie mittels der Kurzstreckensprünge – und zu anderen Sprüngen war Sergejs UFO-Antrieb nicht fähig – noch drei weitere Anläufe. Mehr als vier Lichtjahre schaffte man es mit einem KSP nicht, was bedeutete, dass sie noch dreimal die gleichen Strapazen wie eben auf sich nehmen mussten. Dafür war die Reisezeit sehr viel kürzer als via Langstreckensprung. Ein LSP bedeutete stets, dass man sich eine Woche im Interim bewegte, bevor einen das Grau wieder ausspie. Egal, wie weit das Ziel entfernt war. Gesundheitlich zollten sie jedoch den gleichen Tribut, denn es wurde angenommen, dass vier KSP den menschlichen Körper ebenso irreversibel schädigten wie ein LSP. Gefährlich wurde es erst ab 100 LSPs. Viele Raumpiloten waren dadurch bereits zu Krüppeln geworden. Nikolaj hatte zwar erst sechs LSP absolviert, aber mit dem Sprung eben – und nach allem, was er bislang herausgefunden hatte – bereits den 641sten KSP!

Durch die gereinigten Panoramascheiben konnten sie nun sehen, wie zwei kugelförmige 2OT-Reparaturdrohnen die *Tolstoi* verließen, die sich von Grav-Antrieben getragen zur Flanke des Schiffs aufmachten. Diese Drohnen gehörten zu den wenigen Bot-Systemen, die der Tech-Orden im freien Handel anbot. Wahrscheinlich, um noch mehr potenziellen Kunden die Vorzüge einer Körperumgestaltung schmackhaft zu machen. Chengs Kom piepste, und er wischte sich die Lippen ab. Konzentriert lauschte der Asiate. Dann tippte er Bitangaro gegen die Schulter, und die beiden besprachen sich leise.

»Meinst du, dass uns Sergej und seine Leute entern werden?«, wisperte Jack.

»Nein. Dazu sind sie zu wenige«, flüsterte Nikolaj. »Aber im Zweifel mag es gut sein, dass sie in unserer Nähe sind.«

»Poljakow«, rief Bitangaro von hinten. »Keine Privatgespräche! Übergeben Sie das Steuer wieder Ihrem Heavie. Sie kommen mit mir. Ich will, dass Sie Ihren Leuten bei den Reparaturarbeiten helfen.«

Bitangaro ließ Nikolaj den Vortritt, und sie fuhren mit dem Lift nach unten.

Partner, bei dir alles klar?

Ja, soweit nach einem KSP alles klar sein kann, kam es knurrig zurück. *Zwei von Zulus Leuten sind jetzt im Lagerraum mit unseren Last- und Fütterungs-Bots und suchen dort alles ab. Die Arschlöcher benutzen unsere eigenen Metalldetektoren und gehen ziemlich gezielt vor. Wenn du willst, schnappe ich mir den dritten. Der müsste irgendwo allein herumlaufen.*

Njet, antwortete Nikolaj stumm. *Das ist zu früh. Versteck dich im Frachtraum.*

Er und Bitangaro kamen jetzt an seinem Quartier vorbei. Chu Jiang lag noch immer bewusstlos in der Koje. Bitangaro trat wieder an ihre Seite, hob den kybernetischen Arm der Chinesin an und betrachtete ihn verärgert. Die *VersatileXP* weiterhin auf Nikolaj gerichtet, fischte er zwei FerroPlast-Riemen aus der Kleidung.

»Befriedigt es Sie, sich an wehrlosen Frauen zu vergreifen?« Nikolaj musterte den Afrikaner verärgert.

Bitangaro hielt inne, und einen winzigen Moment lang wirkte er müde. Eine Regung, die ihn auf beunruhigende Weise menschlich wirken ließ. Doch der Eindruck verflog. »Glauben Sie das wirklich, Poljakow? Dass wir den ganzen Aufwand auf uns genommen haben, um ein hübsches Ancient-Tunes-Sternchen in unsere Gewalt zu bringen?«

»Warum sie?«, wollte Nikolaj abermals wissen.

»Sie werden es bald erfahren«, antwortete Bitangaro. »Das Miststück wird Zulu zu einem spektakulären Sieg verhelfen. Alles, ich wiederhole, alles, was wir tun, dient einer größeren Sache. Es dient dem Kingdom of Zulu. Es dient meinem Volk!«

»Ich bin gerührt. Sehen Sie die Wahrheit nicht? Sie dienen einem Schlächter, der mal eben einige Tausende seines Volkes über die Klinge springen lässt.«

Bitangaro schnaubte abfällig, während er die Chinesin ans Bett fesselte. »Für einen zweitklassigen Zoodirektor, der durchs All tingelt und seine Einnahmen nebenbei mit kleineren Diebstählen auffrischt, reißen Sie das Maul ganz schön auf.«

Nikolaj runzelte die Stirn. Das war eine Information, die Zulus Leute eigentlich nicht haben dürften.

»Glauben Sie, ich habe Sie grundlos nach Bangui gebracht?«, fuhr Bitangaro fort. »Ich hatte eigentlich gehofft, dass Sie uns dann besser verstehen würden. Ich wollte Ihnen zeigen, wie mein Volk leidet, nachdem die Konzerne den Kontinent mit ihren Waffentests verwüstet haben. Niemand interessiert sich für die Zustände in meiner Heimat.« Er ließ ein freudloses Lachen hören. »Dabei ist Bangui eine Global City. Die Zustände dort sind noch moderat. Sie möchten nicht wissen, wie es im übrigen Afrika aussieht.« Wütend zurrte er die Riemen fest. »Wussten Sie, dass Zulu die Konzerne, die meinem Land das angetan haben, ganz legal vor Gericht stellen ließ? Er versuchte, Entschädigungszahlungen einzuklagen.«

Nikolaj schwieg.

»Nein? Nun, ihm war auch kein Erfolg beschieden. Seine Herrschaft wurde als unrechtmäßig verworfen, und die Taten der Konzerne wurden vom Gericht als verjährt betrachtet. Verjährt! Begreifen Sie? Wie können Waffentests mit jahrhundertelangen Folgen *verjähren*?« Bitangaros Lippen pressten sich zu einem Strich zusammen. »Seitdem liegen wir mit allen übrigen Nationen und Konzernen im Krieg. Und doch geht es nach einem knappen Jahrtausend der Ausbeutung erstmals wieder aufwärts.«

»Soweit ich mich erinnere, waren die früheren Clanchefs auf Ihrem Kontinent nicht ganz unschuldig an dem Desaster.« Nikolaj ließ Bitangaro nicht aus den Augen. »Sie waren es doch erst, die die Konzerne bei ihren Machtkämpfen ins Land geholt haben.«

»Kommen Sie mir nicht damit! All diese Rivalitäten wurden gezielt von den Kons geschürt, um Afrika ausplündern zu können. Der Kontinent brauchte einen starken Mann, um das Joch der Fremdherrschaft endlich abzuschütteln.« Bitangaro reckte das Kinn vor. »Begreifen Sie denn nicht? Zulu hat uns die Hoffnung auf ein besseres Leben zurückgegeben. Unter ihm ist es dem Kingdom sogar gelungen, drei Planeten zu kolonisieren. Wussten sie das?«

»Die Sie inzwischen wieder verloren haben, wie man hört.«

»Ach ja?« Bitangaro bleckte die Zähne, schüttelte dann aber den Kopf. »Warum diskutiere ich überhaupt mit Ihnen? Kommende Generationen werden unseren Kampf anders beurteilen. Ich erwarte nicht, dass ein drogenabhängiger Jump wie Sie das versteht.« Er trat dichter an Nikolaj heran und suchte hinter der Multibrille nach seinem Blick. »Aber darum geht es doch in Wahrheit gar nicht, oder? Ich habe Sie beobachtet, Poljakow. Keinesfalls haben Sie immer dieses armselige Leben gelebt, das Sie jetzt führen. Sie und ich, wir beide sind uns in Wahrheit viel ähnlicher, als Sie zugeben würden. Nur, dass uns etwas Grundsätzliches unterscheidet. Denn ich habe eine Vision. Ein Ziel, für das ich sogar bereit bin, mein Leben zu opfern. Können Sie etwas Ähnliches von sich behaupten?«

»Zulu ist kein Stück besser als jeder der Gegner, den Sie bekämpfen«, antwortete Nikolaj bissig. Doch insgeheim musste er dem Afrikaner Recht geben. Seit seinem Erwachen vor dreizehn Jahren befand er sich ständig auf dem Sprung, mied Risiken und war allein bestrebt, nicht weiter aufzufallen. Sein Leben war ... leer.

»Mag sein«, antwortete Bitangaro gleichgültig. »Aber wir leben in gefährlichen Zeiten. Er ist der Einzige, der für Afrikas Interessen eintritt. Und jetzt auf, Ihre Leute brauchen Ihre Hilfe.«

Sie verließen das Quartier und begaben sich zu einer

ihrer Schiffsschleusen auf dem Maschinendeck. Goldring stierte dort auf einen Bildschirm und sah Roger dabei zu, wie er sich draußen im Vakuum in einem Raumanzug zu der Heckfront ihres Schiffs mit den beschädigten Steuerdüsen vortastete. Gwinny schob ihre altertümliche Reparaturdrohne mit den drei Greifarmen in die Raumschleuse und nickte ihm mürrisch zu. Nikolaj meldete sich bei Roger, zog die Cyberhandschuhe an und schaltete das Bild der Drohnenkamera auf sein Brillendisplay um. Noch immer musste er an das seltsame Gespräch mit Bitangaro zurückdenken. Unwillig konzentrierte er sich wieder auf den Reparatureinsatz, da Gwinny ihre Drohne jetzt in den Raum beförderte. Sie hielt keinem Vergleich zu den autarken 2OT-Reparatur-Bots stand, die Sergej zur Verfügung standen. Doch da ihnen der Russe irgendwann mittels einer seiner beiden Drohnen zu Hilfe kam, schafften sie es in den nächsten elf Stunden, die beschädigte Steuereinheit so weit wieder instand zu setzen, dass sie ein Dock anfliegen konnten. Nur bei Atmosphärenflügen würden sie weiterhin vor Problemen stehen. Roger war gerade wieder durch die Schleuse zurückgekehrt und verstaute seinen Werkzeug-Container, als sich Jack via Bordkom meldete. »Nikolaj, Sergej hat sich gemeldet. Wir sollen uns in zwanzig Minuten zum nächsten KSP bereitmachen.«

Nikolaj nickte erschöpft und bekam mit, wie einer der übrigen Afrikaner das Maschinendeck betrat. In den Armen hielt er ihre zwei *Prestigio*-Vibromesser, das *Repeater*-Schnellfeuergewehr, die *Mower*-Maschinenpistole und ihren alten *Evaporator*-Energy-Blaster. »Die Waffen waren überall auf dem Schiff versteckt«, sagte der Schwarze mit kehliger Stimme. Es fehlten nur noch ihre *Sveeper* und seine *Prawda*. Teufel, Zulus Leute waren besser, als er gedacht hatte. Sehr viel besser.

Bitangaro musterte die Funde und lächelte schmal. »Bring Cheng den Energy-Blaster und teilt den Rest unter euch auf.«

»Und da ist noch etwas.« Aufgeregt leckte sich der Kerl über die Lippen. »Wir haben da einen Raum gefunden, der hinter einer Gangwand versteckt lag. Den solltest du dir unbedingt mal ansehen.«

Bitangaro runzelte die Stirn und richtete die *VersatileXP* auf Nikolaj. »Kommen Sie, Poljakow. Sieht so aus, als müssten Sie uns einige Fragen beantworten.«

Er und Gwinny warfen sich einen alarmierten Blick zu, dann folgte er den Afrikanern zum Lift, der sie zurück auf das mittlere ihrer Decks brachte. Sie kamen an den Schlafquartieren vorbei und erreichten eine Gangbiegung, die zum Sanbereich der *Nascor* führte. Nikolaj ahnte, was die Afrikaner gefunden hatten. Wie erwartet hatten Zulus Männer dort die Verblendung der kompletten Rückwand abgerissen und so den Zugang zu einem geräumigen Zimmer freigelegt, das von Biolumineszenzröhren erhellt wurde. Mitten im Raum erhob sich ein gyroskopischer Untersuchungstisch, und die komplette rechte Wand wurde von einer Laborkonsole mit Glasgeräten, Sterilisations- und Röntgeneinheiten, elektronischen Mikroskopen und älteren Computern eingenommen, zwischen denen sogar eine

ElektroSync-Platte mit kleinen und großen Buchstaben für Sehschärfetests hing. An der Wand gegenüber befanden sich leergeräumte Medikamentenschränke und Halterungen für diverse medizinische Diagnoseapparate. Bitangaros Blick wanderte verblüfft über die Einrichtung und blieb dann an den beiden klotzigen Cryogenkammern hängen, die sich an der Stirnseite des Raums erhoben. Die Kälteschlafkammern besaßen Ähnlichkeit mit aufrecht stehenden Aluminiumsärgen samt schlanken Sichtfronten. »Poljakow, Poljakow. Wann immer ich denke, Sie durchschaut zu haben, kommen Sie mit einer neuen Überraschung daher.« Ungläubig schüttelte er den Kopf. »Ihr Schiff ist wie diese kitschige Matroschka-Puppe in Ihrem Quartier. Kaum hat man eine Schale geöffnet, kommt eine neue zum Vorschein. Ihr Schiff vermag Täuschkörper abzufeuern, besitzt ein Magnetschild – und jetzt dieses Hightech-Labor.« Er drehte sich zu ihm um. »Sie glauben gar nicht, wie gerufen mir die Ausstattung kommt. Leider müssen wir uns jetzt auf die nächste Etappe unserer Reise vorbereiten. Dennoch, wir beide sollten uns beizeiten dringend einmal darüber unterhalten, wie Sie eigentlich an Ihre kleine Arche Noah gekommen sind.«

7

KOLOSSOS

System: Van Maanens Stern
Ort: Farspace Horizon
Raumstation von Stellar Exploration
& Knowledge Alliance
27. April 3042

Van Maanens Stern entpuppte sich als trüb leuchtender Weißer Zwerg im Sternbild der Fische, der zehn Milliarden Jahre auf dem Buckel hatte. Nikolaj, dem die letzten drei KSPs noch immer in den Gliedern steckten, kämpfte mit dem unheimlichen Gefühl, dass sich in seinem Gedärm etwas bewegte. Nicht einmal Zulu selbst würde ihm sagen können, wie der verdammte Hakenwurm auf die KSP reagierte. Doch das Gefühl ebbte ab, und mit ihm verging auch der aufsteigende Brechreiz. Bewusst konzentrierte er sich jetzt auf die Daten, die ihnen der Computer über den abgekühlten Methusalem auswarf: Spektralklasse DZ7; Leuchtkraft 0,000182; Durchmesser 0,7; Masse 0,7. Alle Werte in SOL-Standard.

Jack, der neben ihm saß und gerade seine Kotztüte in

den Müllschlucker warf, rief die übrigen Systemdaten ab. »Sieh einmal an«, stöhnte er. »Das System verfügt über gleich drei Planeten. Zwei trostlose Felsklumpen, doch auf dem zweiten wurde angeblich Leben entdeckt.«

»Wirklich?« Überrascht sah Nikolaj auf den Bildschirm. »Wie ist das möglich? Weiße Zwerge entwickeln sich doch aus roten Riesen. Die Planeten eines Systems verdampfen, wenn sich ihre Sonne erst einmal so aufbläht. Zumindest trocknen sie so aus, dass dann kein Leben mehr auf ihnen möglich ist.«

»Der Planet trägt die schmucklose Bezeichnung VMS2«, meldete sich Bitangaro von hinten zu Wort. Der Afrikaner stand gedeckt von dem Asiaten hinter ihnen und spähte durch die Panoramascheiben in Richtung des hellen Flecks. »Das System ist schon lange bekannt, wurde aber erst vor achtzig Jahren näher erforscht. Von einem Tochterunternehmen der *Knowledge Alliance. Stellar* irgendwas.« Er schnaubte. »Offenbar wurde VMS2 einst von den Ancients terraformt. Warum, braucht uns nicht zu interessieren, aber die Aufregung über den Fund soll groß gewesen sein. Fliegen Sie den Planeten an, denn im Orbit von VMS2 finden Sie die *Farspace Horizon.*«

Die Kom-Einrichtung des Cockpits piepste, und Sergejs käsiges Gesicht wurde sichtbar. Auch ihm steckten die KSP in den Gliedern. »Freunde, ist euch eigentlich klar, dass in diesem System ein Verband *der Knowledge Alliance* vor Anker liegt?«

»Sergej hat Recht!« Jack fuhr nach einem Blick auf

das Radar besorgt zu Bitangaro herum. »Ich fange nicht nur die Kennung dieser verdammten Raumstation auf, sondern auch die einer Fregatte der *Selene*-Klasse! Das Kriegsschiff wird von zwei Kreuzern begleitet. Beide vom Typ *Koios*.«

»Immer schön ruhig bleiben.« Bitangaros Augen blitzten gefährlich.

»Wo liegen die Schiffe? Bei der Raumstation?«, wollte Nikolaj wissen.

»Nein, im Orbit des kleinen Mondes von VMS2«, antwortete der Heavie nervös. »Man kann den Verband nicht sehen, weil er hinter dem Gesteinsklumpen liegt. Aber er befindet sich nur knappe 400.000 Kilometer von der Raumstation entfernt. Und das ist für so eine Flotte keine Distanz.«

Die Optikeinheit erfasste *Farspace Horizon* und vergrößerte die Station auf ihrem Holocube. Sie sah aus wie ein überdimensionierter Brummkreisel, und angesichts der ringförmig angebrachten Fensterfronten konnten sie sehen, dass sie über mindestens zwanzig Decks verfügte, die sich von den beiden verschlankenden Spitzen bis hin zu der bauchigen Mitte der Station erstreckten. Sie war nicht einmal annähernd so groß wie *Pecunia*, doch Nikolaj schätzte, dass auf ihr dennoch 3000 bis 4000 Männer, Frauen und Betas Dienst schoben. Seltsam war ein langgezogenes Schiffs- oder Baudock, das am unteren Ende der Station wie ein gewaltiges Teleskop hing und von einem Schwarm Shuttles und Baudrohnen umschwärmt wurde. Auf den Stationsebenen darüber waren die typischen Ausbuchtungen von zwei riesigen TransMatt-Sprungportalen zu erahnen. Drei übergroße und mit Raketenwerfern bestückte Shuttles lösten sich jetzt von *Farspace Horizon* und gingen auf Abfangkurs.

»Tut mir leid, Towaritsch.« Sergej schob sich die Kapitänsmütze in den Nacken. »Das ist uns im Moment eine Spur zu heiß. Wir setzen uns ab. Grüße übrigens von Natascha. Deine Einladung ist nicht vergessen.« Der Russe warf Nikolaj einen mehrdeutigen Blick zu und unterbrach die Verbindung.

Die *Tolstoi* fuhr ihre gewaltigen Schiffsklammern ein und löste sich von der *Nascor.* Im selben Moment meldete sich die Raumstation bei ihnen, und anstelle von Sergej zeichnete sich auf dem Bildschirm das bärtige Gesicht eines hemdsärmeligen Mittfünfzigers in der mausgrauen Uniform der *KA* ab. Die beiden obersten Knöpfe seiner Jacke standen nachlässig offen, und er funkelte sie ungehalten an. »Hier Raumstation *Farspace Horizon*, Group Captain Robertson.«

Nikolaj hob eine Augenbraue. Wenn sich der Befehlshaber der Station höchstpersönlich bei ihnen meldete, war das kein gutes Zeichen.

»Sie sind unerlaubt in den Raumsektor von van Maanens Stern eingedrungen, der der *Knowledge Alliance* untersteht. Weisen Sie sich aus!«

»Control, hier Frachter *Nascor*«, sprach Nikolaj ins Mikro und warf Bitangaro einen hilflosen Blick zu.

Der übernahm. »Ich grüße Sie, Kommandant! Mein Name ist Kajombo Yeboah, Cosmic Chief Inspector der GWA.«

Nikolaj sah überrascht auf.

»Die Galaxy Workers Alliance? Was zum Teufel will die Gewerkschaft hier bei uns?«

»Na, das was die Gewerkschaft immer will: für die Einhaltung der vertraglich garantierten Arbeitsbedingungen sorgen.« Bitangaro lächelte. »Aber sorgen Sie sich nicht, das ist ein reiner Routinebesuch. Ihr Betriebsrat ist uns in den letzten Monaten ein paar Berichte schuldig geblieben.« Durch die Panoramascheiben war zu sehen, dass sich die *Tolstoi* über ihnen absetzte.

»Noch einmal: Weisen Sie sich aus!«, knurrte Robertson.

Zu Nikolajs Erstaunen spulte Bitangaro eine zwanzigstellige Identifikationsnummer herunter. »Die *Knowledge Alliance* sollte über mein Kommen eigentlich informiert sein. Sind Sie ebenfalls Mitglied der Gewerkschaft?« Der Stationskommandant schnaubte verächtlich und sah zu einem Bildschirm außerhalb ihres Sichtfelds. »Tatsächlich. Darf ich fragen, warum Sie nicht mittels TransMatt gekommen sind?«

»Na, wegen der Collectors«, log der Afrikaner. »Seit der Zerstörung von Betterday herrscht überall im gewerkschaftlich organisierten All das Chaos. Innerhalb von nur 24 Terra-Standard-Stunden sind bei uns über 6 Millionen Versetzungsanfragen reingeschneit. Wir mussten umdisponieren.« Er seufzte schwer. »Mein Besuch bei Ihnen dient natürlich auch dazu, Ihren Arbeitern die Sorge zu nehmen.«

Der Kommandant sah aus, als habe er sich an einem

Stück SynthFood verschluckt. »Na gut. Unsere Leute werden die *Nascor* in Empfang nehmen und sie zu Schleuse 17 lotsen. Sie erhalten eine Aufenthaltsgenehmigung für zwölf Stunden. Danach steht es ihnen frei, andere Unternehmen ihrer Wahl heimzusuchen.« Robertson unterbrach die Verbindung, und Bitangaro grinste. »Na, geht doch.«

Die *Nascor* wurde leicht durchgeschüttelt, als sie von der Interim-Welle der *Tolstoi* getroffen wurden. Sergej hatte keine Zeit mit seinem Abflug verloren. Doch Nikolaj wusste, dass er nicht untätig bleiben würde. Die Frage war, ob er ihm überhaupt helfen konnte. Bitangaro schlug Nikolaj in falscher Vertraulichkeit auf die Schulter. »Kommen Sie, Poljakow. Sie wollten doch Antworten? Begleiten Sie mich zu Ihrer medizinischen Einrichtung, und Sie werden sie erhalten.«

Er verständigte seine Leute mittels Funk und führte Nikolaj an Chu Jiangs ehemaligem Leibwächter vorbei. Der verräterische Asiate hielt die Mündung des *Evaporator*-Energy-Blasters auf ihn gerichtet und lächelte eisig. »Grüßen Sie mir Chu Jiang!«

Als Nikolaj und Bitangaro die medizinische Einrichtung erreichten, wurden sie dort bereits von Goldring und zweien seiner Kumpane erwartet, von denen einer ihre *Mower*-Maschinenpistole trug. Goldring hielt Gwinny mit hartem Griff an der Schulter gepackt, die unglücklich zu Nikolaj aufsah. Doch der hatte nur Augen für Chu Jiang. Die zierliche Chinesin lag mit gelöstem Haar auf dem gyroskopischen Untersuchungstisch.

Ihr rechtes Auge wies eine leichte Schwellung auf, während der Rest ihres Körpers mit Lederriemen an die Unterlage gefesselt war.

Sie hob den Kopf. »Wer sind Sie? Und was wollen Sie von mir?«

»Ahnen Sie das wirklich nicht?« Bitangaro dirigierte Nikolaj mit der Pistole rüber zu Goldring, der ihn in Empfang nahm und mit FerroPlast-Riemen an einen Stuhl fesselte. Anschließend trat er neben die Ancient-Tunes-Violinistin und beugte sich über sie. »Sind Sie wieder bei Kräften?«

Die Chinesin funkelte ihn zornig an.

»Ich hoffe wirklich, dass es Ihnen gutgeht«, fuhr er in Plauderton fort. »Denn ich werde Ihnen gleich Schmerzen zufügen, die Ihre Konstitution stark beanspruchen werden.«

Sorge flackerte im Blick der Chinesin auf, und Nikolaj zerrte alarmiert an seinen Fesseln. »Zum Teufel, was haben Sie mit ihr vor?«

»Ganz einfach: Wir kommen jetzt zu dem entscheidenden Kapitel unserer Unternehmung. Ich werde Ihrer Freundin etwas Knochenmark entnehmen. Aber keine Bange, Chu.« Er tätschelte der zunehmend nervöser werdenden Musikerin die Wangen. »Wir werden auf Sie aufpassen. König Zulu möchte nicht, dass Sie sterben. Jedenfalls jetzt noch nicht.«

»Also Zulu!«, wisperte die Chinesin entsetzt.

»Ich sehe, Sie erinnern sich.« Bitangaros Stimme verlor jedes Gefühl. »Dachten Sie, unser Herrscher habe vergessen, was Ihre Familie ihm angetan hat?«

»Hören Sie …«, versuchte es Nikolaj abermals, doch ein wuchtiger Faustschlag Goldrings setzte seinem Vorstoß ein brutales Ende. »Schnauze, Russe!«, grunzte der Hüne.

»Gwinny!« Bitangaro wandte sich mit falscher Freundlichkeit der Heavie-Frau zu. »Ihr Name ist doch Gwinny, oder?«

Gwinny nickte mit bleichem Gesicht.

»Mir wurde zugetragen, dass Sie Erfahrungen mit diesem, sagen wir mal, Lazarett haben.«

»Ich besitze lediglich einige Erste-Hilfe-Kenntnisse.«

»Schade, aber das mag uns dennoch nützen.« Bitangaro suchte die Gerätewand ab und griff gezielt zu einem Knochenbohrer. Erfolglos knipste er ihn an und aus. »Wissen Sie, wie man das Gerät hier anstellt?«

Gwinny nickte zögernd.

»Worauf warten Sie dann noch?«

Gwinny ging rüber zu einem der Computer und gab dort einen Code ein. Schnappend entriegelten sich die Schlösser der beiden Kälteschlafkammern, und an mehreren Stellen sprangen Gerätelämpchen an. Summend aktivierte sich nun auch der Bohrer in Bitangaros Hand. Nikolaj sah, wie Chu Jiang bei dem Geräusch zusammenzuckte.

»Hören Sie das?« Bitangaro hielt den summenden Bohrer an das Ohr der Chinesin. »Klingt doch fast ein bisschen wie Musik, oder?«

Chu Jiang sah gequält zu Nikolaj herüber, dem der Blick durch Mark und Bein ging. Doch er konnte nichts tun.

»Bitte, legen Sie den Bohrer weg!«, bat ihn Gwinny.

Bitangaro bleckte die Zähne. »Nicht doch. Ohne dieses überaus nützliche Gerät wäre ich jetzt vermutlich gezwungen, mich eines Ihrer Vibromesser zu bedienen.« In gespieltem Entsetzen riss er die Augen auf. »Herrje, stellen Sie sich nur mal die Sauerei vor! Oder all die Vorwürfe, die dann auf mich eingeprasselt wären. Ihr geschätzter Poljakow hätte mir doch wieder vorgehalten, dass ich mich unnötigerweise an unschuldigen jungen Frauen vergreife. Und das möchte ich vermeiden.«

»Was wollen Sie mit meinem Knochenmark?«, fragte ihn Chu Jiang mit gepresster Stimme.

Bitangaro schüttelte den Kopf. »Nicht *Ihr* Knochenmark, Chu. Das Ihres Spenders!« Er trat dicht neben sie. »Erinnern Sie sich nicht mehr an die Odyssee, die Sie hinter sich haben? An all die vielen kybernetischen Prothesen, die Sie als junges Mädchen tragen mussten? Wissen Sie überhaupt, wie viele es waren?« Er machte eine kurze Pause, als erwarte er tatsächlich eine Antwort. Doch Chu Jiang schwieg. »Siebzehn! Und das nicht etwa nur deswegen, weil Sie mit der Zeit größer wurden, sondern weil Ihr Immunsystem all diese Fremdkörper abgestoßen hat.«

Nikolaj sah die Chinesin fragend an, in deren Mimik sich der Schreck über die Enthüllung abzeichnete. »Woher wissen Sie das?«, keuchte sie. »Diese Informationen …«

»Aber Ihr geliebter Vater hat natürlich alle Anstrengungen unternommen, um seiner jüngsten Tochter beizustehen.« Bitangaro sprach weiter, ohne auf den Einwurf der Chinesin einzugehen. »Seltsam, nicht? So unbarmherzig er sonst seine Interessen vertritt, Ihnen gegenüber zeigte er sein menschliches Antlitz.« Bitangaro ließ den Bohrer in seiner Hand ein paarmal aufsummen. »Und damit kommen wir zu dem Hauptanlass Ihrer kleinen Reise. Denn der Knochenmark-Spender, der Ihnen letztlich dazu verhalf, dass Sie Ihre beispiellose Karriere antreten durften, war niemand Geringeres als Chiang Peng-Lung. Er war einer der bedeutendsten Ingenieure der *Knowlegde Alliance.* Angeblich war er sogar mit leichter psionischer Begabung ausgestattet. Vielleicht war das auch der Grund, warum Ihnen seine kleine Knochenmarkspende dauerhaft geholfen hat.« Abfällig verzog Bitangaro die Mundwinkel. »Ihr Vater soll ihn ja angeblich höchstpersönlich darum gebeten haben. Und Ihrem Vater schlägt man bekanntlich keinen Wunsch ab, nicht wahr?«

»Sie haben mir immer noch nicht gesagt, was das Ganze soll«, entgegnete die Chinesin standhaft.

»Chiang Peng-Lung ist der Erbauer der Raumstation *Farspace Horizon*«, erklärte Bitangaro, und Nikolaj lauschte konzentriert. »Und jetzt raten Sie mal, wo wir gleich andocken werden? Richtig.« Er lächelte breit. »Vor neun Jahren ging ein Driver mit ihm eine Verbindung ein. Sie wissen schon, diese ahumanen Geistwesen, die manchmal einen aus unserer Spezies erwählen, um dann in Symbiose mit ihm zu leben. Keine Ahnung, warum dieser Driver mit Chiang eine Verbindung einging, aber aus dem Freund Ihres Vaters wurde so ein CoDriver, der durch die Verbindung noch genialer wurde. Nur entwickelte er sich unter Einfluss dieses Geistwesens zunehmend zu einem gierigen kleinen Kerl. Und das wiederum war gut für uns. Denn Chiang glaubte offenbar, dass seine Genialität unterbezahlt sei. Er hat die KI der Station mit einer Backdoor ausgestattet, die ihm unbegrenzten Zugriff auf nahezu alle Funktionen ermöglicht. Bis heute schlummert diese Zugriffsmöglichkeit gut versteckt im Innenleben des Stationsrechners. Man benötigt nur noch den entsprechenden Schlüssel.« Bitangaro zwinkerte der Chinesin zu. »Und dieser Schlüssel ist ganz zufällig identisch mit Chiangs persönlichem Gen-Code. Wer ihn besitzt, kontrolliert die Station. Und dieses Wissen hat er vor zwei Jahren meistbietend verkauft. Raten Sie mal, an wen?«

»An ihren Zulu«, stellte Chu Jiang entsetzt fest.

»Korrekt, Sie könnten direkt bei *Wer-wird-Stellar-Trillionär?* auftreten. Ach, da fällt mir ein: Sie brauchen das Geld ja gar nicht.« Bitangaro lächelte süffisant. »Leider kam Chiang nicht mehr dazu, uns die Ware auch zu liefern, denn er ist damals auf der Reise nach Terra einem Unglück zum Opfer gefallen. Ein recht seltsamer Zwischenfall: Sein Schiff stürzte mit allen Passagieren in die Sonne von Perose.«

»Sie hatten offenbar einen unsportlichen Mitbieter«, höhnte Nikolaj.

»Ja, sieht ganz so aus.« Bitangaro fuhr sich mit dem Daumen über die Nase. »Unglücklicherweise war Cheng zeit seines Lebens sehr misstrauisch. Nirgendwo hinterließ dieser CoDriver auch nur das kleinste bisschen genetisches Material. Nicht einmal auf seinen privaten Domizilen wurden wir fündig. Mit seinem Tod schien der Deal endgültig geplatzt.« Er betrachtete wieder Chu Jiang. »Und dann stießen wir auf jene alte Spur, die uns zu Ihrer Familie führte. Ausgerechnet. Können Sie sich vorstellen, wie angetan unser Herrscher über die schicksalhafte Verknüpfung dieser Umstände war?«

»Kommen Sie, Bitangaro«, sagte Nikolaj. »Ich habe zwar keine Ahnung, was Zulu mit der Familie von Chu Jiang verbindet, aber betäuben Sie die Frau wenigstens.«

»Bedaure.« Bitangaro sah ungerührt auf. »Zulu wünscht, dass Chu Jiang den gleichen Schmerz spürt, den auch er ertragen musste. Zumindest im übertragenen Sinne.« Er streckte seine Linke zu einem der beiden Afrikaner aus, die neben der Tür standen. »Yoruba, den GenSequalizer!«

»Ich, äh ...« Der angesprochene Schwarze fasste sich unglücklich an den Bauch. »Er ist noch nicht draußen.«

»Was?« Bitangaro stellte den Bohrer ab, und einen Moment lang wurde es still im Raum.

»Ich würde ja Abführmittel nehmen.« Der Afrikaner grinste unsicher. »Aber die haben hier keins. Kann höchstens noch eine Stunde dauern.«

»Bedauerlicherweise fehlt uns diese Zeit.« Bitangaro zog die *VersatileXP* und schoss dem Mann ein Loch in den Kopf.

Fassungslos sah Nikolaj dabei zu, wie der Schwarze

leblos nach hinten kippte. Goldring und der andere Afrikaner leckten sich unruhig über die Lippen.

»Unelegant und altmodisch. Trotzdem, eine gute Waffe.« Bitangaro betrachtete die Pistole, bevor er sie wieder wegsteckte. Er nickte dem Schwarzen mit der *Mower*-MP zu. »Chandu, such Yusra und lasst euch von Cheng einweisen. Wir werden losschlagen, sobald wir angedockt haben.«

»Und was ist mit Azazi?« Der Angesprochene nickte in Richtung Goldring.

»Er wird hierbleiben und die Gefangenen bewachen.« Der Farbige salutierte und verließ den Raum hastig.

Bitangaro schenkte Nikolaj ein öliges Lächeln. »Haben Sie gut zugehört, Poljakow? Freuen Sie sich, Sie dürfen noch ein bisschen leben. Denn wenn wir wieder zurück sind, werden wir uns mit Ihrer Hilfe Ihren Freund Sergej schnappen. Sein Schiff ist zu kostbar, als dass wir es einem weiteren Herumtreiber überlassen dürfen. Das Gleiche gilt natürlich auch für Ihr kleines Schmuckstück.«

Nikolaj starrte ihn schweigend an.

Bitangaro ignorierte ihn und wies zur anderen Raumseite. »Gwinny, meine Beste, würden Sie jetzt bitte den Bordcomputer der *Nascor* bereitmachen, damit er die Daten des GenSequalizer entschlüsseln kann?«

Gwinny folgte dem Befehl.

»Und dann nehmen Sie bitte das Laserskalpell da hinten zur Hand und helfen dem guten Yoruba dabei, seinem Befehl nachzukommen.«

»Sie wollen, dass ich ...?« Entsetzt starrte Gwinny den Toten an. Sie zitterte am ganzen Leib.

»Ja, das möchte ich. Und bitte seien Sie hübsch vorsichtig. Der GenSequalizer ist gerade mal fingergroß und reagiert sehr empfindlich auf Laser. Ich schätze, er steckt im Dickdarm.« Bitangaro aktivierte den Knochenbohrer.

Chu Jiang sah leichenblass zu ihm auf. »Dafür lasse ich Sie büßen!«, schrie sie und versuchte sich nun mit aller Macht aus ihren Fesseln zu lösen. Vergeblich.

»Sparen Sie sich Ihren Atem.« Bitangaro winkte Goldring zu sich, und gemeinsam fixierten sie den Oberkörper der Chinesin, damit sie an den Schulterknochen herankamen.

Als der Bohrer knirschend auf Widerstand stieß, schloss Nikolaj die Augen. Chu Jiang schrie gellend.

Ein metallisches Dröhnen hallte durch die Korridore der *Nascor*, als das Schiff an die Schleuse von *Farspace Horizon* andockte. Die Luft in der medizinischen Abteilung des Schiffs stank widerlich nach den aufgeschlitzten Gedärmen des Afrikaners, und noch immer war das gelegentliche Stöhnen Chu Jiangs zu hören. Nikolaj hätte ihr gern geholfen, doch Bitangaro und seine Leute hatten ihn ebenso wie Gwinny, Roger und Jack mit Verbandszeug geknebelt und dann mit FerroPlast-Riemen an die beiden klotzigen Kälteschlafkammern an der Rückseite des Raums gefesselt. Ihre Gegner befürchteten offenbar, dass sie den Bordcomputer zu ihrem Nutzen einsetzen konnten. Ebenso wie Roger zerrte Nikolaj an den Riemen und schnitt sich damit bloß das Blut in den Handgelenken ab. Jack und Gwinny hingegen hatten aufgegeben. Gwinny war noch immer leichenblass, und Jack starrte resigniert die Decke an.

Partner, jetzt wäre vielleicht die Zeit für Heldentaten, rief er gedanklich.

Ich komme schon, kam es zurück. *Ich warte nur ab, bis Bitangaro und seine Leute das Schiff verlassen haben. Denen könnte es auffallen, wenn sich der Lift plötzlich in Bewegung setzt.*

Pass auf dich auf, antwortete Nikolaj. *Vor der Tür hält einer der Afrikaner Wache. Der Dicke. Er trägt unsere Vibromesser bei sich.*

Chu Jiang drehte ihnen den Kopf zu und kämpfte sichtlich mit dem Schmerz. »Ich würde zu gern wissen, was Sie vier mit Zulus Leuten zu schaffen haben«, stöhnte sie. »Aber wie es aussieht, werde ich hier wohl zusammen mit Ihnen vor die Hunde gehen.«

Nikolaj nuschelte etwas Unverständliches und gab weitere Kommunikationsversuche auf. Endlich ertönte wieder die vertraute Stimme in seinem Kopf. *Sie sind auf dem Weg in die Station! Die Luft ist rein. Ich komme jetzt hoch.* Es dauerte eine Weile, dann erklang die Stimme in seinem Kopf erneut. *Es wäre gut, wenn ihr den Schwarzen vor der Tür ablenken könntet.*

Und wie?, fluchte Nikolaj. *Wir sind geknebelt. Moment …* Ihm kam eine Idee. Er trug noch immer seine Multibrille, und die wies ein Extra auf, das er normalerweise kaum brauchte. Ein SpotLight. Er blinzelte, und am rechten Gestell flammte Licht auf. Er drehte die

Augäpfel, und das Licht bündelte sich zu einem hellen Spot, der sich an der Raumdecke als roter Punkt abzeichnete. Er ließ ihn so lange an der Decke tanzen, bis Chu Jiang darauf aufmerksam wurde.

»Was soll das?«, stöhnte sie erschöpft.

Nikolaj wandte sich der Tafel mit dem Sehtest zu und beleuchtete einige Buchstaben. Endlich begriff die Chinesin und setzte die Buchstaben zu einem Satz zusammen. RUFEN SIE UM HILFE.

»Ich soll den Dicken vor der Tür reinrufen?«, flüsterte sie angestrengt.

Nikolaj nickte heftig.

»Warum?«

TUN SIE ES.

»Ich hoffe, da steckt ein Plan dahinter«, ächzte sie und atmete tief ein. »Hilfe! Ich brauche Hilfe. Ich verblute!«

Die Tür öffnete sich mit einem Zischen, und Goldring kam herein. Unwillig starrte der Hüne die Chinesin an. »Was ist, Schlitzauge?«

Im gleichen Moment jagte hinter ihm ein Schatten aus dem Vorraum, und Apollo sprang den Afrikaner mit gefletschten Zähnen an. »Was …?« Goldauge wirbelte herum, doch er wurde von der jähen Attacke so überrumpelt, dass er über den aufgeschnittenen Leib seines toten Kumpans stolperte und hintenüberkippte. Wie eine wahnsinnige Bulldogge stürzte sich Apollo auf ihn und schlug seine Reißzähne in den Hals des Afrikaners. Goldring schrie auf und schlug auf den Schäferhund ein. Doch Apollo war für den Kampf ausgebildet worden. Er krallte sich mit seinen Pfoten in der Kleidung fest und riss dem Gestürzten einen blutigen Fetzen Fleisch aus dem Körper. Abermals biss er zu. Goldring brüllte, Blut spritzte aus seiner Halsschlagader. Er griff sich an die Wunde und stach mit dem Vibromesser zu. Doch sein Stich war ungelenk, während zwischen seinen Fingern weiterhin Blut quoll. Apollo wich gewandt aus und brachte Abstand zwischen sich und ihn. Knurrend starrte er ihn an, während der Afrikaner mit der einen Hand an der Wunde, in der anderen das Messer, wieder auf die Beine kam. Der Atem des Mannes ging stoßweise. Goldring versuchte mit der Messerhand Apollo auf Abstand zu halten und zugleich nach dem Verbandszeug zu greifen, das sich neben ihm auf der Tischfläche befand. Doch Apollo hinderte ihn daran. Seine Ohren waren nach hinten gelegt, das Nackenfell gesträubt und die Rute weit über den Rücken gebogen. Mit seinen blutigen Lefzen sah er aus, als habe die Hölle ihn persönlich von der Kette gelassen. Immer wieder tänzelte er hin und her und tat so, als wolle er Goldring anspringen. Der musste das Messer daher immer wieder vor sich halten. Nikolaj wusste, dass er längst verloren hatte. Mit jedem Tropfen Blut, der aus der Halsschlagader spritzte, wich das Leben aus ihm. Dann war es so weit. Goldrings Augen wurden gläsern, er torkelte und kippte bewusstlos neben seinen aufgeschlitzten Kumpanen. Der ganze Labortisch war mit seinem Blut besudelt, und auch der Boden vor der Tür ähnelte inzwischen mehr einer Schlachthalle denn einer medizinischen Station. Apollo schüttelte sich und tapste auf seinen vier Pfoten zu Nikolaj hinüber. Chu Jiang hob erstaunt den Kopf. Gwinny seufzte schwer, allein Roger und Jack starrten Apollo fassungslos an. Knurrend verbiss sich der Schäferhund in Nikolajs Fesseln. Es dauerte eine Weile, bis er es endlich schaffte, die zähen Riemen durchzubeißen.

»Danke!« Nikolaj kraulte Apollo kurz den Nacken, schnappte sich das noch immer herumliegende Laserskalpell und schnitt jetzt auch die Fesseln der Heavies durch.

»Verfluchte Scheiße!«, entfuhr es Roger. Der Heavie half seinem Bruder auf die Beine, doch beide glotzten noch immer Apollo an. »Apollo ist ja ein richtiger Kampfhund!«

»Er ist weit mehr«, seufzte Gwinny.

Nikolaj war längst an die Liege von Chu Jiang herangetreten und befreite auch sie. Vorsichtig half er der Chinesin hoch, doch sie schüttelte ihn ab, als seien ihr seine Berührungen unangenehm. Mit verzerrtem Gesicht fasste sie nach ihrer Schulter. »Ich brauche ein Schmerzmittel. Möglichst was Lokales.«

Gwinny, die vor Apollo hockte und ihm dankbar die Lefzen kraulte, erhob sich. Sie suchte die Medikamentenbestände ab und fischte ein K-Spray hervor. »Nikolaj, du solltest es ihnen langsam sagen.« Sie wies zu ihren Brüdern, die sich die Gelenke massierten und noch immer Apollo und die beiden toten Afrikaner anstarrten.

»Was sagen?«, wollte Jack wissen.

»Nikolaj weiß schon, wovon ich spreche.« Mürrisch reichte Gwinny Nikolaj das Spray. Chu Jiang betrachtete es misstrauisch und biss die Zähne zusammen, als Nikolaj mit dem Mittel ihre Wunde besprühte. Er sah, dass ihr kybernetischer Arm kurz unterhalb des Schultergelenks ansetzte. Die Prothese sah fast aus wie ein menschlicher Arm – aber eben nur fast. Aus der Nähe erkannte man den Unterschied. »2OT?«, fragte er beiläufig.

»Nein«, antwortete die Chinesin ächzend. *»Hirosami.* Wären sie vom 2OT, würde man den Unterschied sicher nicht bemerken. Jedenfalls, wenn man das so wünscht. Aber ich mag diesen Tech-Orden nicht.« Eine weitere Hoffnung war dahin. Rasch zog sie sich den Stoff ihres Kleids über die Wunde, und Nikolaj sah, dass auch ihr anderer Arm kybernetischen Ursprungs war. Die Chinesin war ein Kyborg.

»Sag schon, was sollst du uns sagen?« Jack trat misstrauisch vor Nikolaj und wischte sich eine rote Haarsträhne aus der Stirn.

Nikolaj hob die Hände. »Tut mir leid, aber ...«

Lass gut sein. Irgendwann müssen sie es ja mal erfahren, erklang Apollos Stimme in seinem Kopf. Nachdenklich drehte sich Nikolaj zu dem Schäferhund um. Hechelnd sah dieser zu ihm auf. »Apollo ist ein Alpha!«, sagte Nikolaj.

»Was?« Roger riss die Augen auf und glotzte Apollo an, als habe Nikolaj behauptet, der Hund sei einer der Ancients. »Du meinst, er ist eines von diesen intelligenten Tieren, die sie damals gezüchtet haben?«

Apollo schnaubte und kratzte sich mit dem Hinterbein an seinem Halsband. »Genau so ist es, Roger«, übersetzte ein blechern klingender Stimmtranslator seine kehligen Laute. »Der Name, den sie mir damals gegeben haben, lautet *Romanow-ACHC-17*.«

»Kacke! Und sprechen kannst du auch?« Der Heavie zerrte fassungslos an seinem Bart. »Lass mich raten, ACHC steht dann wohl für Alpha Class Humanoid Construct?«

»Treffer – Versenkt!« Apollo setzte sich auf die Hinterbeine. »Aber Nikolaj fand, dass der Name wie die Seriennummer eine Tube SyncFood klingt. Wir haben uns dann auf Apollo geeinigt.«

»Ich dachte von euch Alphas gibt es keine mehr? Das ist doch schon urlange her, dass man Wesen wie euch gezüchtet hat. Irgendwann im ... Warte ...«

»Im frühen 22. Jahrhundert«, half ihm Chu Jiang zu Nikolajs Überraschung auf die Sprünge. Sie glitt von der Liege und betrachtete Apollo ebenfalls interessiert. Das K-Spray schlug bei ihr an. »Alphas wurden schon im ersten Kon-Krieg zu Sabotagezwecken eingesetzt. Der erste erfolgreiche Versuch, Tier- und Menschengene miteinander zu kreuzen.«

»Ich sehe, wir verstehen uns, meine Dame.« Apollo zwinkerte ihr tatsächlich zu. »Leider wurde unsereins recht bald durch das Beta Class Humanoid Construct ersetzt. Ich gebe zu, dass die Betas eine steilere Karriere durchlaufen haben als wir. Keine Ahnung, ob ich der Letzte meiner Art bin. Aber seit meinem Erwachen bin ich auf keinen weiteren Alpha gestoßen.«

»Erwachen?« Chu Jiang hob interessiert eine ihrer schmalen Augenbrauen.

Apollo sah hechelnd zu Nikolaj auf, der unmerklich den Kopf schüttelte. Er wollte nicht alle ihre Geheimnisse auf einmal preisgeben. Vor allem fand er die Reaktion der Chinesin seltsam. Unmittelbar neben ihr sah es aus wie auf dem Schlachtfeld, doch die Künstlerin schien den Anblick der Toten einfach auszublenden.

»Alphas werden noch immer gezüchtet«, fuhr sie fort und griff sich an die Schulter. »Die meisten von euch arbeiten nur nach wie vor verdeckt. Allerdings ist das von System zu System unterschiedlich. In Schuhmann-Stadt auf Gauss II gibt es sogar einen Petshop mit Alphas zur Kinderbetreuung.«

»Kinderbetreuung?« Apollo knurrte. »Na, da ziehe ich doch einen veritablen Kampfeinsatz vor. Da ist die Überlebensrate höher.« Er fletschte die Lefzen und stieß einige Nieslaute aus, die offenbar so etwas wie ein Lachen darstellen sollten.

»Trotzdem, das Ganze ist eine Riesensauerei!« Empört baute sich Jack vor Apollo auf. »Das heißt doch auch, dass du uns, äh, in all der Zeit verstehen konntest?«

»Ja, und deine Vorliebe für *Stylicous* amüsiert mich prächtig.«

Jack wandte sich mit hochrotem Kopf zu Nikolaj um. »Nikolaj, wie lange arbeiten wir jetzt zusammen? Elf Jahre? Zwölf?«

»Fast dreizehn.«

»Und das mit Apollo erfahren wir erst jetzt?«

»Tut mir leid. Aber Apollo und ich wollten nicht riskieren, dass euch eine unbedachte Bemerkung rausrutscht.«

»Aber Gwinny wusste doch offenbar ebenfalls von ihm?« Er sah seine Schwester an.

»Reine Beobachtungsgabe, Jack.« Gwinny reichte Chu Jiang ein Kühlpad für ihre Schwellung. Sie war noch immer blass. »Sieh dir Apollo genauer an, und du wirst feststellen, dass seine Augen fast menschlich sind. Ich habe ihn vor vier Jahren dabei erwischt, wie er im StellarTV durch das Programm zappte, als er dachte, er wäre allein.« Sie warf dem Alpha einen spöttischen Blick zu. »Und seine Vorliebe für Hunde-Schönheitswettbewerbe ist mindestens ebenso amüsant wie deine Sehgewohnheiten ...«

Apollo knurrte ertappt.

»Jack hat Recht.« Roger wirkte ebenfalls verärgert. »Wenn ich mir überlege, was wir in all der Zeit zusammen durchgemacht haben, wäre das Wissen um einen Alpha doch wohl die geringste unserer Sorgen gewesen, oder?«

»Das war vor allem meine Entscheidung, Roger.« Apollo erhob sich wieder und beäugte die toten Afrikaner hechelnd. »Und jetzt wollen wir uns um Bitangaro und seine Leute kümmern. Die haben hier auf *Farspace Horizon* irgendetwas vor.«

»Hey, wartet mal, Freunde«, unterbrach ihn Jack hastig. »Wir haben doch mit dem ganzen Scheiß nichts zu tun. Warum mischen wir uns da überhaupt weiter ein?« Fragend sah er Nikolaj und seine Geschwister an. Roger wollte etwas sagen, doch er schwieg.

»Und was ist mit Nikolajs Hakenwurm?«, wollte Gwinny wissen.

Chu Jiang musterte Nikolaj fragend, doch der ignorierte ihren Blick.

»Jack, mir gehen langsam die Optionen aus. Ich *muss* diesen Mistkerl erwischen. Vielleicht ist er Zulu wichtig genug, dass er mir dann tatsächlich hilft?«

»Aber das ist doch gequirlte Kacke«, schimpfte Jack los. »Selbst wenn du ihn erwischst, was willst du dann machen? Warum wendest du dich nicht einfach an sie.« Aufgebracht deutete er auf Chu Jiang. »Sie sind doch reich, oder?«, fuhr er die Chinesin an. »Ihnen wird Ihre Rettung doch etwas wert sein?«

»Keine Ahnung, wovon Sie sprechen«, befand Chu Jiang ausdruckslos. Die Chinesin nahm eine Wundklammer aus einer Schublade und steckte sich damit ihr schwarzes Haar seltsam unprätentiös im Nacken zusammen. Kühl beugte sie sich über die Leiche Goldrings und nahm ihm das Vibromesser ab. »Aber ich werde Ihnen gern jeden Betrag überweisen, den Sie benötigen. Allerdings später.« Sachkundig musterte sie die Klinge und steckte sie mit einer geübter Bewegung weg. »Jetzt muss ich erst einmal auf die verdammte Station.«

»Aber ...«, begehrte Jack auf, doch Nikolaj stoppte ihn. »Chu Jiang, in welcher Verbindung stehen Sie wirklich zu Zulu? Was hat Bitangaros Gequatsche über Ihre Familie zu bedeuten?«

»Tut mir leid, aber das bleibt privat.« Die Züge der hübschen Chinesin verhärteten sich. »Alles, was im Moment wichtig ist, ist, dass ich herausfinde, was die Afrikaner vorhaben.«

»Warum?«

»*Farspace Horizon* ist nicht nur eine von mehreren Sprung- und Einsatzstationen der *Knowledge Alliance,* sie ist Teil eines umspannenden Netzwerks, das die *KA* an strategischen Punkten über das ganze All verteilt hat. Wenn sich Zulus Leute Zugriff auf die Funktionen dieser Station verschaffen können, dann *kann* das nichts Gutes bedeuten.«

»Aber was interessieren uns die Interessen dieses Konzerns?«, brauste Jack auf.

»Das müssen sie nicht«, antwortete die Chinesin. »Aber im Zweifel werden von Zulus Aktivitäten Tausende Menschenleben betroffen sein. Im Moment steht die Menschheit vor so großen Problemen, dass wir uns nicht einmal einen kleinen Nadelstich aus den eigenen Reihen leisten können.«

»Sie meinen die Collectors?«, fragte Gwinny.

Chu Jiang nickte. »Die Vereinten Humanen Raumfahrtnationen sind schon seit längerem dabei, eine Verteidigungsflotte aufzustellen. Eine Maßnahme, die jetzt höchste Dringlichkeitsstufe erreicht hat. Regierungen und Konzerne überall im All wurden aufgefordert, die Flotte mit Kriegsschiffen zu unterstützen. Auch die *Knowledge Alliance* kommt dieser Aufforderung nach. Das interne Verteidigungsschild des Konzerns ist daher im Moment ... löchrig. Ich befürchte, Zulu will sich diesen Umstand irgendwie zunutze machen. Nur weiß ich noch nicht, wie.«

»Sie sind alles, aber ganz sicher keine einfache Musikerin.« Nikolaj näherte sich der Chinesin, die unmerklich nach dem Griff des Messers tastete. »Sie sind Agentin, habe ich Recht?«, stellte er fest. »Die Frage ist, von welcher Organisation? VHR? Eastern Stars?«

»Herr Poljakow, Sie erwarten doch nicht wirklich, dass ich Ihnen auf diese Frage eine Antwort gebe?« Chu Jiang sah ihm fest in die Augen. »Am besten, Sie kümmern sich weiter um Ihren kleinen Zoo und verschwinden von hier. Wenn ich überlebe, dann verspreche ich Ihnen, genug C anzuweisen, damit Sie Ihr Raumschiff generalüberholen können. Und jetzt lassen Sie mich bitte durch.«

»Niemand hindert Sie daran.« Nikolaj trat zur Seite. »Doch sollten Sie den Kommandanten der Station aufsuchen wollen, dann habe ich sehr wohl etwas dagegen.«

»Ach, haben Sie?« Misstrauisch sah ihn Chu Jiang an.

»Das hier«, er deutete zu den Toten, »wird eine Untersuchung nach sich ziehen. Nur können wir uns hier an Bord keine Gardeure leisten.«

»Weil Sie etwas zu verbergen haben?« Der Blick der Chinesin wanderte über die Hightech-Einrichtung des Labors.

»Kann schon sein.«

»Seien Sie versichert, dass ich derartiges nur im Notfall in Erwägung ziehe. Bitangaro verfügt über Informationen, die nicht einmal für die Ohren des Kommandanten dieser Station bestimmt sind. Ich habe vor, ihn zu eliminieren.«

Nikolaj runzelte die Stirn. Nein, diese Frau war alles

andere als nur eine Künstlerin. »Ich brauche ihn lebend. Sie doch sicher auch, oder?«

»Sie sind für so etwas nicht ausgebildet.«

»Sicher?« Nikolaj nahm seine Multibrille ab und präsentierte ihr seine granitenen Jump-Augen. »Sie sind hier nicht die Einzige mit Vergangenheit. Und nennen Sie mich in Zukunft doch bitte Nikolaj.« Er lächelte grimmig und deutete mit der Brille auf das Vibromesser. »Ziehen Sie diesen Zahnstocher vor, oder nehmen Sie auch eine *Sveeper?*« Er wandte sich den Heavies zu. »Ich hatte die Waffe im Cockpit versteckt. Und wenn ich richtig mitgezählt habe, dürften Bitangaros Leute die MP übersehen haben.«

»Vermutlich«, seufzte Gwinny. »Mir ist immer noch unbegreiflich, wie sie all die Waffen so schnell finden konnten.«

Roger richtete sich auf. »Gut, ich komme ebenfalls mit euch.«

»Nein, das lässt du hübsch bleiben.« Apollo fletschte die Zähne. »Nichts für ungut, Roger. Aber du bist kein Kämpfer. Du, Jack und Gwinny, ihr bleibt besser hier und seht zu, dass die *Nascor* abflugbereit ist, wenn wir zurückkommen.«

Nikolaj klopfte dem Alpha gegen die Flanke. »Apollo hat Recht.«

Roger brummte unwillig. »Na gut ... Nikolaj.«

Chu Jiang stieg über den Körper Goldrings hinweg und beugte sich über einen der Bildschirme. »Gwinny, hat der Bordrechner diesen Gen-Code gespeichert?«

»Ja, ich glaube schon.« Die Heavie-Frau setzte sich

neben sie und rief das entsprechende Programm auf. Auf dem Bildschirm erschienen lange Kolonnen mit aufgeschlüsselten Aminosäuren. »Übertragen Sie uns den Code bitte auf einen Speicherstick«, sagte Chu Jiang. »Mal sehen, ob wir damit nicht ebenfalls etwas anfangen können.«

Nikolaj kniete hinter einem der Pilotensitze im Cockpit, löste eine Platte aus dem Boden und reichte Chu Jiang die *Sveeper* samt einigen Magazinen. Wie erhofft, hatten Zulus Leute dieses Versteck nicht gefunden. Er selbst steckte sich ebenfalls einige Patronenschachteln ein, lud seine *Prawda* durch und steckte sie in den Hosenbund.

Die Pistole hatte er ganz profan unter der Matratze seiner Koje versteckt gehabt, dort, wo Chu Jiang gelegen hatte. Jetzt war er froh darüber, denn in seinem Bett hatten Bitangaros Leute ebenfalls nicht nachgesehen. Inzwischen war es schon zwanzig Minuten her, dass die Afrikaner das Schiff verlassen hatten. »Schon eine Idee, wie wir an der Schleusenwache vorbeikommen?«

Chu Jiang überprüfte routiniert Verschluss und Schlagbolzen ihrer Maschinenpistole. Zusammen mit dem vornehmen blauen Kleid strahlte sie eine gefährliche Eleganz aus. »Ich genieße immerhin Star-Ruhm. Vielleicht lässt sich das ausnutzen?«

»In Ordnung. Dann spiele ich deinen Leibwächter.« Er erhob sich und langte nach seiner Smokingjacke. Sie lag noch immer am Boden neben dem Kutschersitz.

Durch die Panoramascheiben konnte er so einen Blick auf *Farspace Horizon* werfen. Die Außenhaut der mächtigen Raumstation ragte schwarzsilbern neben der *Nascor* auf, und er konnte im Raum vor sich eine weitere Andockstelle ausmachen, an der eine blinkende Tethys-Korvette festgemacht hatte, die ihn ein wenig an einen Tintenfisch mit Triebwerken anstelle der Fangarme erinnerte. Interessant. Das war kein Schiff der *Knowledge Alliance,* sondern ein Raumer der japanischen *Hikma Corporation,* wie man deutlich an dem rot-weißen Emblem unter den Triebwerken sehen konnte. Die Korvette war deutlich kleiner als die Fregatte der *KA,* die da draußen im Raum lag, aber größer als die beiden Kreuzer des *KA*-Verbandes. Er musste wieder an die Roboköpfe in Müllers Villa zurückdenken, deren Anfertigung er *Hikma* zuschrieb. Seinem Empfinden nach stolperte er in den letzten Tagen ein paarmal zu häufig über den Kybernetik-Konzern. Er dachte noch über die Entdeckung nach, als ihm bewusst wurde, dass sein weißes Hemd Blutspritzer abbekommen hatte. So konnte er sich auf der Raumstation nicht blickenlassen. Er aktivierte die Bordsprechverbindung. »Jack?«

»Jack und Roger bringen gerade die Leichen in den Frachtraum«, meldete sich Gwinny. »Was ist?«

»Jack hat doch auf Luna unsere Kleidung waschen lassen. Haben wir noch ein weißes Hemd? Oder ein Reinigungsspray?« Er informierte sie rasch über ihren Plan. »Ja, komm runter.«

Nikolaj wandte sich Jiang zu und wurde rot. Die Chinesin hatte seinen Kaffeebecher mit ihrem Konterfei entdeckt. »Es geht los!«

Er nahm ihr den Becher unwirsch aus der Hand, und beide eilten sie nun nach unten zum Andockschott, wo sie von Gwinny und Apollo begrüßt wurden. Die Heavie-Frau führte Apollo an einer einfachen Hundeleine und hielt neben dem gewünschten Spray eine lederne Frauenhandtasche in Händen, die sie Jiang reichte. »Hier, für Ihre *Sveeper.*«

Jiang nickte und verstaute die Waffe darin.

Nikolaj reinigte schnell Anzug und Hemd und betrachtete sich in der spiegelnden Außenfläche eines Belüftungsapparats. Hoffentlich würde man ihm seine Rolle abnehmen.

Gwinny reichte ihm ihren Elektroschocker. »Hier, den wirst du sicher brauchen. Zulus Leute haben es versäumt, mich zu untersuchen.«

Aus dem Lift trat Roger. »Gut, dass ihr noch da seid. Da ist noch was.« In den Händen hielt er ein unterarmlanges Gerät, das Nikolaj von der Form her an einen Kryptografieanalysator erinnerte. »Das hier hat mir Sergej mitgegeben.«

»Sergej?«, fragte Gwinny erstaunt. »Wann denn das?«

»Während der Arbeit an der Steuerdüsen. Mittels dieser Reparaturdrohne.« Er zwinkerte. »Bitangaro und seine Leute haben davon nichts mitbekommen.«

Nikolaj nahm das schwere Gerät in die Hand und betrachtete es. »Und was ist das?«

»Ein SVR-Ripper«, beantwortete Jiang die Frage. »Damit kann man auf Welten mit Hochleistungssendeanlagen die SVR-Frequenzen anzapfen und quasi huckepack selbst Nachrichten einspeisen.«

Überrascht sah Nikolaj seine Begleiter an. »Sehr gut. Sergej wollte offenbar sicherstellen, dass wir ihn und seine Leute kontaktieren können, falls es brenzlig wird.«

»Darf ich fragen, wer dieser Sergej ist?« Chu Jiang sah sie interessiert an. »An solche Hightech-Geräte gelangt man nämlich nicht so einfach.«

»Sergej ist so etwas wie der Weihnachtsmann«, erklärte Roger grinsend. »Aber er kommt nur zu den Kindern, die auch brav waren.«

Da auch Nikolaj nicht gewillt war, Einzelheiten preiszugeben, ergriff Jiang die Hundeleine. »Na gut«, seufzte sie. »Dann schlage ich vor, dass wir mit unserem kleinen Auftritt beginnen.«

»Nicht, dass das zur Gewohnheit wird«, knurrte der Alpha.

Die Chinesin lächelte erstmals. Obwohl sich die *Sveeper* in ihrer Handtasche leicht ausbeulte, warf sie die Tasche lässig über die Schuler und atmete tief ein. »Wartet ab, bis ich in Aktion trete.« Sie öffnete das Schott und schritt mit hoch erhobenem Haupt und von Apollo begleitet den kurzen Gang entlang, bis sie die äußere Schleusentür der Raumstation erreicht hatte. Ungeduldig drückte sie auf einen Summer. Durch das dicke Panzerglas der Schotttür starrte ein junger Uniformierter. »Was wollen Sie?«, tönte es aus einem Lautsprecher.

»Mein Name ist Chu Jiang. Hat Herr Bitangaro Sie

nicht informiert?«, hub sie mit affektierter Stimme an. »Er begleitet mich auf meiner Tournee.«

»Tournee?« Stirnrunzelnd betrachtete der Kerl sie durch die Scheibe.

»Hören Sie keine Musik, junger Mann?«, meinte Jiang genervt und sah auf eine imaginäre Uhr an ihrem Handgelenk. »Ihr Kommandant erwartet mich zum Dinner.«

»Mann, Bill, sag bloß du kennst Chu Jiang nicht?«, tönte es leise aus dem Lautsprecher. Das Gesicht eines weiteren *KA*-Uniformierten erschien hinter der Sichtluke. »Wahnsinn, Sie sind es wirklich!«

Rumpelnd öffnete sich das Schott und glitt zur Seite. Warme Luft schlug ihnen entgegen. Vor ihnen standen zwei Kadetten, die mit Schockpistolen bewaffnet waren. »Herzlich Willkommen auf *Farspace Horizon*«, begrüßte sie der Zweite aufgeregt. »Tut mir leid, niemand hat uns mitgeteilt, dass ausgerechnet Sie der Station einen Besuch abstatten. Was für eine Ehre!«

Apollo drückte sich gegen Jiangs Beine und überblickte ebenso wie Nikolaj die Einrichtung des kahlen Raums. Eine typische Sicherheitskammer mit metallischen Wänden, Sitzbänken aus Kunststoff und einem weiteren Raumschott an der Rückwand, das in die Station hineinführte. Immerhin. An der Wand war eine Tastatur eingelassen, über die man Zugriff auf die KI bekommen konnte.

»Hat Ihnen Herr Bitangaro zufällig gesagt, wohin er und seine Leute gegangen sind?«, fragte Jiang mit geschauspielerter Langeweile.

»Äh, nicht direkt. Aber er hat uns gefragt, wie man von hier aus am besten zu den unteren Sektionen der Station gelangt. Da liegen die Unterkünfte der Arbeiter, aber die kompletten unteren Sektionen werden von *Stellar Exploration* beansprucht. Eine Firmentochter der *Knowledge Alliance.* Planetenerkundung und so.« Er grinste. »Im Gegensatz zu uns von der *KA* sind die aber gewerkschaftlich nicht so gut organisiert.«

»Und Sie sind mit Group Captain Robertson zum Dinner verabredet?«, fragte der andere Kadett. Er wirkte weit weniger beeindruckt als sein Kamerad. »Sie werden sicher verstehen, dass wir das überprüfen müssen.«

»Sicher verstehe ich das.« Jiang lächelte. »Nur zulassen kann ich das leider nicht.« Sie hob den linken Arm, und die komplette Hand schnellte an Drähten hervor, deren Finger sich noch im Flug zu metallischen Klammern umwandelten. Es brizzelte, als sich das Geschoss in das Hemd krallte. Von einem Stromstoß getroffen zuckte der Kadett zusammen und ging zu Boden. Bevor sein Kamerad handeln konnte, hatte ihn Nikolaj mit Gwinnys Elektroschocker ebenfalls außer Gefecht gesetzt. Mit einem Handkantenschlag versetzte er ihn endgültig in das Land der Träume. »Gwinny!«, rief er durch die geöffnete Schleuse nach hinten. Sie nahmen den beiden die Schockpistolen ab. »Schaff die Wachen an Bord der *Nascor* und stell sie ruhig.«

»Na, das geht ja gut los.« Gwinny kam der Aufforderung sofort nach, und Apollo half ihr dabei, die Männer rüberzuziehen.

Jiang fuhr ihre transformierte Hand wieder ein, und Nikolaj musterte den Arm befremdet. »Wenn du so was draufhast, warum hast du dich nicht bereits in Lantis Island entsprechend zur Wehr gesetzt?«

»Weil auch ich nicht vor Überraschungen gefeit bin«, antwortete die Chinesin bissig. »Leider dauert es eine halbe Stunde, bis sich die Energiezellen wieder aufgeladen haben. Bioenergie.« Längst hielt sie Gwinnys Datenstick in der Hand und machte sich an der Eingabekonsole zu schaffen. Elektronische Kenneingaben huschten über das erleuchtete Display, das leider über keinen Zugang für einen externen Stick verfügte.

»Mist. Handeingabe«, fluchte Nikolaj. Der geheime Code des CoDrivers erschien ihm endlos lang. »Was jetzt?«

Jiang legte kurzerhand ihre kybernetischen Finger auf die Eingabefläche und konzentrierte sich. Rasend schnell flogen ihre Finger jetzt über die Tastatur, und ihr schnelles Tippen erfüllte den Raum wie das Geräusch eines antiken Telegrafen. Etwas später piepste es, und zischend öffnete sich die automatische Schiebetür. Nikolaj war beeindruckt. Jiang nahm Apollo wieder an der Leine und schlenderte selbstbewusst in den hinter dem Schott liegenden Gang.

»Wohin?«, wisperte Nikolaj.

»Keine Ahnung«, antwortete die Chinesin leise. »Was ich brauche, ist ein Computer mit Zugriff auf die KI.«

Sie gingen um eine Gangbiegung, und ihnen kamen drei schwatzende Techniker in grauer *KA*-Uniform entgegen. Überrascht verstummten sie, als Chu Jiang auf sie zustolzierte. »Entschuldigen Sie!« Sie blieb stehen und lächelte die Männer an. »Können Sie mir sagen, wo es hier zu Ihrer Kantine geht? Ich muss auf Ihre Brücke, da ich dort zu einem Dinner mit Ihrem Chef erwartet werde. Stimmts, mein kleiner Schuwu!« Sie beugte sich über Apollo und kraulte ihn.

»Äh, Sie meinen die Offizierskantine?« Ungläubig sah einer der Techniker erst sie und dann Nikolaj an.

»Genau die.«

Überrumpelt deutete der Mann den Gang zurück. »Da müssen Sie rauf zu Ebene 3. Aber da oben brauchen Sie eine Sonder-ID.«

»Ich weiß.« Jiang winkte leichthin ab. »Gibt es hier noch rasch einen Ort, an dem ich mich frischmachen kann?«

»Na ja, weiter hinten sind unsere Toiletten und Umkleiden. Bei den Aufzügen.«

»Sie glauben nicht, wie sehr Sie mir geholfen haben.« Jiang warf dem Mann eine Kusshand zu und stolzierte mit Apollo an der Leine weiter.

Hinter ihnen brach erregtes Flüstern aus. »Doch, sie war es …«, konnte Nikolaj noch hören, dann hatten sie die Korridorecke umrundet. In der Ferne befanden sich mehrere Grav-Aufzüge, und ganz so, wie der Mann behauptet hatte, zweigten hier Türen zu sanitären Einrichtungen und Umkleiden ab.

»Wir sollten dringend unsere Kleidung wechseln«, schlug Jiang vor.

»Komm mit!« Nikolaj betrat eine der Umkleiden. Sie

war mit Aluspinden zugestellt, und an der Decke über ihnen drang warme Luft aus einem vergitterten Lüftungsschacht. Der Bereich lag verlassen vor ihnen. Nikolaj befreite Apollo. »Halte draußen Wache.«

Der Alpha tapste zurück in den Korridor, und Nikolaj lieh sich das Vibromesser Jiangs, um damit ein Dutzend Spindtüren aufzubrechen. In dreien fanden sie Uniformen. Zwei davon schienen zu passen. Sofort zog er sich um. Dem Schulterabzeichen nach war er jetzt ein Air Chief Technician im Unteroffiziers-Rang. Sogar eine Kennkarte befand sich an seiner Brust, lautend auf einen gewissen H.G. Walls.

»Dreh dich gefälligst um!«, forderte ihn Jiang auf. Auch sie stand vor einem der Spinde, wandte ihm den Rücken zu und warf das lange schwarze Haar zurück, um sich anschließend aus ihrem blauen Abendkleid zu schälen.

Nikolaj konnte nicht widerstehen und riskierte dennoch einen Blick. Jiangs Rücken war makellos, und sie besaß einen festen Hintern, der in schlanke, wohlgeformte Beine überging. Alles, was sie unter dem Kleid trug, war ein schwarzes Höschen, das sicher so viel gekostet hatte wie beide Gläser seiner Multibrille zusammen. Einzig die beiden kybernetischen Arme hoben sich von dem übrigen Körper ab. Die Farbe der künstlichen Haut war bei näherer Betrachtung irgendwie heller als der übrige Farbton ihres Körpers. Seltsam, dass keiner der anderen Kybernetik-Konzerne an die Perfektion des 2OT heranreichte. Jiang schlüpfte in eine mausgraue *UA*-Uniform, und Nikolaj tat so, als würde er erst jetzt wieder zu ihr aufsehen. Grinsend deutete er auf ihr Rangabzeichen. »Du bist jetzt ein einfacher Sergeant und mir untergeordnet.«

Jiang schnaubte abfällig – als sich Apollo meldete. *Passt auf, da kommt jemand aus dem Lift.* Unmöglich konnten sie all die aufgebrochenen Spindtüren so schnell wieder schließen.

»Versteck dich!«, warnte er die Chinesin. Er huschte hinter die Raumtür, knapp bevor sich diese öffnete. Eine Frau betrat die Umkleide, riss angesichts der Einbruchsspuren entsetzt die Augen auf und sank von Nikolajs Handkantenschlag getroffen zu Boden. Er packte sie, knebelte und fesselte sie mit Strümpfen und Gürteln und zwängte sie in einen der Spinde. »Uns bleibt nicht viel Zeit, bis sie wieder aufwacht.«

»Dann sollten wir uns beeilen.« Jiang verstaute die *Sveeper* in einer ledernen *KA*-Einsatztasche, steckte sich die ID-Card der Bewusstlosen ans Revers und wechselte auch die Litzen. »Nur für's Protokoll: Ab jetzt bin ich MAcr Flight Sergeant. Das kommt für dich gleich hinter Gott.«

Nikolaj grinste. Hey, die Chinesin hatte ja Humor. Rasch betraten sie wieder den Korridor. Apollo stand mit erhobener Rute an der Ecke und beäugte noch immer die Gänge. *Im Moment alles ruhig*, meldete er sich gedanklich.

Bleib da und halte weiterhin Wache, forderte ihn Nikolaj auf. Gemeinsam mit Jiang wandte er sich den Lifttüren rechts von ihnen zu. In der Wand zwischen ihnen war eine kleine Computerkonsole integriert. Ähnlich wie vorhin gab Jiang den langen Geheimcode ein, und eine sanfte Computerstimme meldete sich.

»Was kann ich jetzt für Sie tun, Mr. Chiang?«

Jetzt? Nikolaj und Jiang wechselten unbehagliche Blicke. »Sag mir, wo auf der Station ich mich zuletzt eingeloggt habe und was ich als Letztes von dir wollte.«

»Sie haben sich zuletzt auf Ebene 16 mit mir in Verbindung gesetzt und einen Grundriss der Station abgerufen«, antwortete die KI, ohne sich über Jiangs Frauenstimme zu wundern.

»Woran war ich genau interessiert?«

»Vornehmlich an den Plänen für Sektion X.«

»Sektion X? Wo liegt diese Sektion, und was befindet sich dort?«

»Sektion X befindet sich unter dem Bug der Station, Mr. Chiang«, antwortete die Computerstimme leidenschaftslos. Nikolaj erinnerte sich wieder an diesen teleskopartigen Anbau unterhalb von *Farspace Horizon*. »Dort wird dieser Tage die KOLOSSOS-Railgun fertiggestellt. Eines Ihrer streng geheimen Waffenprojekte, die Ihr Nachfolger Mr. Smith zu Ende geführt hat.«

Railgun? Nikolaj biss sich auf die Lippe. »Ist das Ding vergleichbar mit einer *Gauss Mjölnir?*«, wollte er wissen. Es handelte sich dabei um eine kinetische Schiffskanone, die Eisenblöcke mit elektromagnetischen Impulsen auf wahnwitzige Geschwindigkeiten beschleunigen konnte. Auch die *Mjölnir* funktionierte nach dem Prinzip der Railguns, und nur die besten Schilde boten gegen solch eine Waffe Schutz. »Nein, weitaus effektiver, Mr. Chiang. Die KOLOSSOS basiert auf Ancient-Technologie von VMS2 und ist in der Lage, schwere Wolframbolzen auf bis zu 25 % der Lichtgeschwindigkeit zu beschleunigen. Die Waffe ist für den künftigen Einsatz in einem Zerstörer der *Hyperion*-Klasse bestimmt.«

»Ist diese KOLOSSOS etwa einsatzbereit?«, wollte Jiang alarmiert wissen.

»Wie ich Ihnen vorhin schon mitteilte: Theoretisch schon!«, sagte die KI. »Nur reicht die Leistungskraft des stationseigenen Gamma-Fusionsreaktors vermutlich nicht aus, um die Kolossos auf maximale Feuerkraft zu bringen. Ein solcher Versuch würde den Reaktorkern mit einer Wahrscheinlichkeit von 73 % überlasten. Daher wurden bislang nur einfache Systemtests an der Waffe durchgeführt. Die Einsatztauglichkeit der KOLOSSOS wird in zwei Monaten ganz regulär bei einem Manöver im Pferdekopfnebel getestet. Ich rate Ihnen daher, von weiteren Manipulationen abzusehen.« Jiang suchte an der Konsole verzweifelt nach einem Schlitz für ihren Datenstick, fand aber keinen. Wütend trat sie so lange gegen die Verkleidung, bis diese abfiel. Nackte Platinen und Relais wurden sichtbar. Sie öffnete die Klappe an ihrem linken Handgelenk, fischte einen Datenstecker hervor und schloss ihn im Innenleben der Konsole an. »Welche Manipulationen?«, wollte sie jetzt wissen. »Übertrage alles, was ich in den letzten zwanzig Minuten von dir verlangt habe! Ebenso alle Ungewöhnlichkeiten, die mit der Station in Zusammenhang stehen. Kompletter Check!« Die KI folgte ihrer Anweisung, und Jiang behielt ernst ein kleines Display am Handgelenk im Auge. »Meine Güte«, keuchte sie erschrocken auf. »Bitangaro lässt die KOLOSSOS gerade auf den Mond von VMS2 ausrichten.«

»Den Mond?«

»Ja.« Jiang nickte fahrig. »Die komplette Bauebene dreht sich mit zwei Zentimetern pro Minute. Gerade so langsam, dass die Manipulation kaum auffallen dürfte.«

»Liegt bei diesem Mond nicht die KA-Fregatte mit ihren Begleitschiffen?«

»Eben.« Jiang verengte die Augen. »Offenbar ist dieser Schiffsverband das eigentliche Ziel Bitangaros. Allerdings befindet sich die kleine Flotte noch für über eine Stunde im Schatten des Mondes. Solange sind die Schiffe in Sicherheit. Wenn sie niemand rechtzeitig informiert, dann könnte Bitangaro einen Beschuss wagen, kaum dass Fregatte und Kreuzer hinter dem Trabanten hervortreten.«

Nikolaj wandte sich seinerseits an die KI. »Hat diese Fregatte irgendetwas Besonderes an Bord, Computer?«

»Nicht, dass ich darüber informiert wäre, Mr. Chiang. Bei dem Verband der *Ganymed* handelt es sich um ein Alarmkommando mit speziell gedrillten Justifiers-Kommandos für Bodeneinsätze. Die *Ganymed* hat überdies zwei Marines-Brigaden an Bord.«

»Marines?«

»Bitte wiederholen Sie die Frage«, forderte ihn die KI auf. »Ich verstehe sie nicht.«

»Doch, das ergibt Sinn«, antwortete Jiang anstelle des Computers. »Ich habe doch berichtet, dass sich die *Knowledge Alliance* an der VHR-Streitmacht gegen die Collectors beteiligt. Diese Beteiligung aber reißt Lücken in diverse planetare Sicherungsverbände des Konzerns. Ich gehe also davon aus, dass der Verband da draußen als Notfallreserve bereitsteht, um an möglichen Hotspots einzugreifen. Ahumanen-Aufstände. Überfälle durch Piraten. So etwas in der Art.« Sie wandte sich wieder an die KI. »Computer, für welche Systeme ist das Alarmkommando der Ganymed zuständig?«

»Vornehmlich für Systeme mit Kolonien und Einrichtungen der *Knowledge Alliance* auf Alpha Centauri, Epsilon Tauri, Zeta Sagittarii, Eta Eridani und Alpha Aquilae. Die Einsatzbereitschaft erstreckt sich aber auch auf einen Kampfverband im System Omikron2 Eridani. Konzernfremd. Haupteinsatzgebiet ist Sol.«

»Sol?« Ein Schatten verfinsterte Jiangs Stirn. »Verflucht!«

»Was?« Nikolaj sah sie irritiert an.

»Es ist bekannt, dass Zulu seit einiger Zeit eine Sonderarmee zusammenstellt. Da er vermutlich nicht den Fehler begehen würde, die Horte auf der Erde anzugreifen, befürchten Regierungen und Kons, dass er einen Schlag gegen eine der Global Cities plant.«

Nikolaj erinnerte sich an die Worte Johnsons. »Von dem Gerücht habe ich gehört.«

»Vor einigen Wochen erst haben Zulus Leute einen Vorposten der Sons of Ancients in der Libyschen Wüste überfallen. Es wird noch immer gerätselt, wie sie es überhaupt fertiggebracht haben, in die SoA-Stellung einzudringen. Die war bestens gesichert. Die Experten fanden aber Hinweise, die darauf hindeuten, dass sich Zulu dort Informationen über die Verteidigungseinrichtungen der Global City Kairo verschafft hat.«

»Kairo?«

»Ja. Die Stadt liegt im Einflussbereich des Kingdoms, und die dortigen CityTrooper sind vergleichsweise schlecht bewaffnet. Zulu würde bei einem Sieg über Kairo mit einem Schlag diverse Landesregierungen und Kon-Niederlassungen in die Finger bekommen.«

»Aber wenn man das weiß, wird man doch Gegenmaßnahmen getroffen haben?«

»Natürlich.« Jiang nickte. »Die *KA* hatte im Erdorbit bis vor kurzem eine schnelle Eingreiftruppe stationiert. Elitetruppen, die die Kon-Niederlassungen auf der Erde schützen sollten, wo auch immer Probleme drohten. Nur wurden die Einheiten aufgrund der VHR-Initiative ebenso abgezogen wie in vielen anderen Systemen. Wenn es Zulu also gelingt, die Kriegsschiffe da draußen zu zerstören, dann könnte er einen Schlag gegen die Stadt riskieren!«

»Na gut, spucken wir Zulu in die Suppe!« Nikolaj trat an die demolierte Computerkonsole heran. »Computer, Ausrichtung der Railgun rückgängig machen und Waffe abschalten.«

»Negativ!«, antwortete die KI. »Justierung der KOLOSSOS wird durch autarke Steuerungseinheit in Sektion X vorgenommen. *Farspace Horizon* liefert nur die Energie für die Sektion.«

»Was? Dann kappe verflucht noch einmal die Leitungen zu Sektion X.«

»Bitte geben Sie das Passwort ein.«

»Welches Passwort?«

»Ich gehorche lediglich Ihren Anweisungen, Mr. Chiang. Sie haben mich eben aufgefordert, weitere Manipulationen nur noch nach Nennung eines Passworts vorzunehmen.«

Jiang wurde blass. »Bitangaro hat offenbar bemerkt, dass wir im System sind. Er hat den Zugriff auf die KI weiter verschlüsselt. Wenn er erst einmal anfängt, Energie vom Fusionsreaktor abzuzapfen, dann ist ganz *Farspace Horizon* in Gefahr.«

»Die werden doch sicher Kühlsysteme haben?«

»Sicher, nur ...« Chu Jiang betrachtete das Display und runzelte die Stirn. »Aus irgendeinem Grund lagern die hier ganz in der Nähe des Reaktors hochkomprimierten Wasserstoff.«

Nikolaj stieß einen Fluch aus. Nach allem, was sie inzwischen erfahren hatten, standen Tausende Menschenleben auf dem Spiel. Wenn er ihre eigene Sicherheit weiterhin über all diese Leben stellte, dann war er nicht besser als Zulu. Egal, welche Folgen das für sie hatte. »Jiang, wir müssen den Kommandanten der Station warnen.«

»Ich weiß, aber die KI hat uns soeben von der Brücke abgeschnitten«, antwortete seine Begleiterin leicht verzweifelt. »Das interne Kom-System hat sich abgeschaltet.«

»Dann müssen wir eben selbst da runter zu dieser Railgun und die Manipulation rückgängig machen.« Nikolaj drückte auf den Fahrstuhlknopf und sah erst jetzt, dass auch die beiden Aufzüge ihren Betrieb eingestellt hatten. »Wenn Bitangaro allen Ernstes glaubt, er könne uns damit aufhalten, dann irrt er sich!«

»Wie Sie wünschen, Mr. Chiang«, antwortete die KI auf eine unbekannte Eingabe hin. »Ich fahre jetzt die Leistung des Reaktors hoch.«

Nikolaj zwängte sich durch die enge Röhre des Belüftungsschachts, den sie in der Umkleide entdeckt hatten. Verbrauchte Luft schlug ihm entgegen, die nach Hund roch, und gelegentlich waren die angestrengten Laute Jiangs zu hören, die hinter ihnen kroch. Einzig Apollo tapste im Licht seiner Multibrille relativ unbeeindruckt vor ihnen her, und seine Krallen hinterließen klackernde Laute auf dem metallischen Untergrund. *Hier vorne geht es zu einem der Fahrstuhlschächte*, meldete sich Apollo gedanklich. Der Schäferhund blieb stehen und kratzte mit einer Pfote an einem Gitter.

»Dann lass mich da mal ran.« Nikolaj schob den Alpha beiseite. Die Grav-Röhre war in Halbdunkel getaucht, und irgendwie fühlte er sich seltsam leicht. Nikolaj schraubte das Gitter von der Wand und steckte den Kopf durch die Öffnung. Der Liftschacht führte kerzengerade in die Tiefe, und das Licht seiner Multibrille wurde irgendwann von der Schwärze geschluckt. Zu seinem Erstaunen hoben sich seine Haare leicht an. »Im Schacht herrscht Null-Gravitation!«, zischte er nach hinten.

Sei froh, dann musst du mich nicht tragen, meinte Apollo.

»Partner, ich hätte dir einfach einen Schubs gegeben, und dann hättest du deine Künste als Flughund unter Beweis stellen können«, witzelte Nikolaj.

Jiang schloss auf. »Unterhaltet ihr euch?«, fragte sie irritiert.

Nikolaj und Apollo wechselten kurze Blicke, und er tippte sich gegen die Stirn. »Gedankenübertragung.«

»Ernsthaft?«

»Erkläre ich dir später.« Nikolaj schob sich in die breite Röhre und begann zu schweben. Das Gefühl war leicht übelkeitserregend, und in seinen Eingeweiden bewegte sich der Hakenwurm. Wütend versuchte er das unangenehme Gefühl zu ignorieren und half Apollo und Jiang durch die Öffnung. Der Schäferhund scharrte hilflos mit den Pfoten in der Luft und trieb weg. Nikolaj packte den Alpha am Halsband und stieß sich zu einer in den Wänden eingelassenen Leiter ab, an der er sich jetzt nach unten hangelte.

Das ist unwürdig, maulte Apollo.

Nikolaj verzichtete auf eine Erwiderung und zog sich mit der freien Hand kopfüber nach unten. Jiang glitt unmittelbar hinter ihnen durch die Röhre, und hin und wieder drangen fernes Gelächter, Kommandorufe oder ein mechanisches Wummern an ihre Ohren. Je nachdem, durch welche Sektion sie gerade schwebten. Nikolaj flehte zu Rasputin, dass sich der Lift nicht plötzlich in Bewegung setzte – oder die Grav-Generatoren wieder ansprangen.

Jiang checkte das Display in ihrer kybernetischen Linken, auf dem sich der heruntergeladene Stationsplan abzeichnete. »Wir erreichen gleich Ebene 17. Das ist eine der Sektionen, die von dieser *KA*-Tochter *Stellar Exploration* beansprucht werden. Hier endet die Röhre.«

Tatsächlich schälte sich im Licht des Multitools die Liftkabine aus dem Dunkeln. Nikolaj stieß sich von der Leiter ab und schwebte mit Apollo hinüber zu einem der Belüftungsgitter. Sein Körper klatschte hart an die Wand, was auf das Funktionieren der Grav-Generatoren in diesem Bereich hindeutete. Er entfernte das Gitter und zwängte sich in die dahinterliegende Röhre. Sie verzweigte sich und endete nach einigen Metern über dem Belüftungsgitter eines Raums, aus dem Stimmen hallten. Hastig bedeutete er Apollo und Jiang, sich ruhig zu verhalten.

»Es tut mir leid, Oberst Jakamoto«, drang eine gönnerhafte Stimme an seine Ohren. »Es mag ja sein, dass die *Hikma Corporation* ebenso wie die *Knowledge Alliance* an *ARStac* beteiligt ist, aber VMS2 wurde nun einmal von *Stellar Exploration* kolonisiert. Sie besitzen hier keine Rechte.«

»Chief Executive Officer Reinhardts«, bellte eine wütende Stimme mit japanischem Einschlag. »*ARStac* hatte damals an der Entdeckung von VMS2 ebenso seinen Anteil wie die *SE*. Wir verlangen daher ebenso wie die *SE* Zugriff auf die Ancients-Funde dieses Planeten.«

Nikolaj spähte nach unten in einen Konferenzraum, an dessen Besprechungstisch drei Japaner in der Uniform der *Hikma Corporation* saßen. Der weißhaarige Mittfünfziger in ihrer Mitte schien der Sprecher zu sein. Er wirkte sichtlich aufgebracht, während seine beiden Untergebenen steif dasaßen und ihr Gegenüber auf der anderen Tischseite beäugten. Es handelte sich um einen Anzugträger mit übereinandergeschlagenen Beinen, der gelangweilt seine Fingernägel betrachtete. Direkt hinter ihm stand eine Frau in Anzug und voll verspiegelter Brille, die die Arme auf dem Rücken verschränkt hielt. Offenbar die Leibwächterin des Mannes.

»Sicher hat *ARStac* damals seinen Teil zur Entdeckung des Systems beigetragen, Group Captain«, sagte der Manager. »Niemand bestreitet das. Aber *Hikma* und *Knowledge Alliance* wollten sich damals nicht ins Gehege geraten. Das Tokyo-Abkommen, das nicht nur unser Mutterkonzern, sondern auch Ihr Unternehmen 3028 unterzeichnet haben, regelt die Angelegenheit recht eindeutig.« Er hob eine perfekt in Form gebrachte Augenbraue. »Wir von der *SE* haben damals auf einige Planeten verzichtet, und die *ARStac* ebenfalls. Und zu den Planeten, die sie bei diesem Arrangement abgetreten haben, gehörte nun einmal VMS2.«

»Die *Knowledge Alliance* hat die *Hikma Corporation* belogen!«, schrie ihn der Japaner an. »Und zwar durch gefälschte Berichte, die die *Stellar Exploration* geliefert hat. Darin war von Ancients-Funden keine Rede.«

»Also, sollten Sie bei diesen Vorwürfen bleiben«, Reinhardts seufzte und sah auf die Uhr, »dann müssen wir die Angelegenheit wohl unseren Anwälten übergeben. Vorwürfe wie diese werden sich sicher mittels einer gerichtlichen Überprüfung klären lassen.«

»Sie wissen genau, dass das Court für eine solche Prüfung Jahrzehnte benötigt.«

»Wirklich? Na ja, wir beide sind ja noch jung.« Der Manager lächelte aalglatt. »War's das dann, Oberst? Denn falls ja, dann empfehle ich Ihnen, sich mit Ihrer Entourage zurück zu Ihrer Korvette zu begeben. Kommen Sie doch das nächste Mal bitte via TransMatt und vermeiden Sie Drohkulissen dieser Art.« Seine Stimme nahm einen schärferen Unterton an. »Van Maanens Stern obliegt unserer Verwaltung. Und *Stellar Exploration* wird dafür sorgen, dass das auch so bleibt!«

Der Japaner verengte die Augen und forderte seine Untergebenen mit einem knappen Handzeichen zum Gehen auf. »Sie werden noch von uns hören.«

Die drei verneigten sich, machten auf den Hacken kehrt und verließen den Raum.

»Schlitzaugen!«, spie Ihnen der Manager hinterher. Er nahm einen Schluck Kaffee und drehte sich zu seiner Leibwächterin um. »Steht noch etwas auf dem Programm, Miss Grasse? Ich würde mich sonst gern noch etwas unter die Sonnenbank legen.«

»Ich befürchte, das wird noch etwas auf sich warten lassen müssen, Boss«, antwortete die Leibwächterin. »Peter Lohan von der Entwicklungsabteilung erwartet Sie. Danach steht ein Routinebesuch bei Shuttle 12 an.«

»Shuttle 12?«

»Eine Justifiers-Einheit, die kurz vor einem exoplanetaren TransMatt-Sprung steht.«

»Ach ja, diese Tordesillas-Unternehmung.« Reinhardts seufzte. »Ansprechpartner?«

»Den Befehl über das Team führt ein Leutnant John Owens.«

»Owens. Owens. Hoffentlich merke ich mir den Namen, bis wir da sind.« Er erhob sich. »Also, bringen wir die leidigen Termine hinter uns. Wird mich schon nicht den ganzen Tag kosten …«* Die beiden verließen den Raum.

Nikolaj wartete nicht länger, sondern löste auch dieses Lüftungsgitter aus der Verankerung und sprang kurzerhand auf den Besprechungstisch. Anschließend half er Apollo dabei, herunterzuspringen.

Chu Jiang hingegen schwang sich kopfüber aus der Öffnung und kam federnd neben ihm auf. »Wir müssen unbedingt die Brücke informieren«, sagte sie ernst. »Das hat oberste Priorität.« Sie aktivierte das Kom neben der Tür. »Das gibt es doch nicht«, zürnte sie. »Das Ding funktioniert auch nicht! Bitangaro scheint die komplette interne Kom der Station lahmgelegt zu haben.«

»Ist denn diese Sektion X noch weit weg?«

Die Chinesin warf einen unglücklichen Blick auf das Display in ihrem Handgelenk. »Wie man's nimmt. Unter uns befindet sich die Shuttlesektion samt Trans-Matt-Sprungtor. Darunter liegen die Quartiere der Betas, außerdem irgendwelche Forschungsabteilungen. Die komplette Sektion X liegt noch einmal unter diesen Ebenen und wird hier als eigener Bereich geführt. Offenbar wurde die Bauebene der KOLOSSOS einfach an die Station angekoppelt. Nur sind hier auf dem Plan keine Schleusen ausgewiesen. Die sollten sich aber finden lassen, wenn wir erst einmal unten sind.«

---

* Justifiers 1: *Missing in Action*

»Gut, dann lasst uns keine weitere Zeit verlieren.«

Zu dritt eilten sie in den Gang hinter der Tür und kamen an Büros vorbei, in denen *SE*-Angestellte vor Monitoren und Holocubes saßen. Ein blonder Anzugträger schoss aufgebracht aus einer Tür und hielt sie neben einem Kaffeespender auf. »Ah! Sind Sie zufällig vom technischen Support? Ich erreiche die Entwicklungsabteilung nicht. Mein Kom ist tot.« Der Ausfall des Kom-Systems war also bereits bemerkt worden.

»Tut mir leid, aber Chief Executive Officer Reinhardts hat uns gebeten, sich zunächst um seine Anlage zu kümmern«, antwortete Jiang ruhig. Sie ging einfach an ihm vorbei.

»Das ist ja mal wieder typisch für Reinhardts«, fluchte der Mann und betrachtete Apollo stirnrunzelnd. Er wandte sich einem der anderen Büros zu. »Hey, Jim, ist das Kom bei dir auch tot ...?«

Jiang folgte dem Stationsgrundriss, und sie erreichten einen weiteren Lift. Dieser funktionierte zu ihrer Erleichterung, und so drückte Jiang auf den untersten der Knöpfe. Als sich die Lifttür wieder öffnete, standen sie in einer riesigen Frachthalle, in der knapp einhundert Techniker und Betas in den Uniformen der *SE* arbeiteten. Die Männer und Frauen warteten zwei große Planet-Exploration-Shuttles mit wuchtigen Pulsatorentriebwerken. Luftkompressoren zischten, und irgendwo erfüllte das Fauchen von Schweißbrennern die Halle, in der es auch ansonsten vor Geschäftigkeit nur so brummte. Zwei Nashorn-Betas in stampfenden Exoskeletten verluden große Transportboxen, über ihnen an der Hallendecke glitt an Grav-Gestellen ein riesiges Shuttletriebwerk entlang, und links von ihnen schnitten *SE*-Arbeiter mittels Lasercuttern dicke Metallplatten auseinander.

Nikolaj fasste sich an die Schläfen, da er wieder den mentalen Druck spürte, der von all den Individuen in der Halle ausging. Fast übersah er so einen Gabelstapler mit Biber-Beta auf dem Kutschersessel, der nur knapp an ihnen vorbeirauschte. »Pass doch auf, du Idiot!«, schrie ihn der Beta an. Wütend bleckte er die großen Schneidezähne.

»Was ist?«, wollte Jiang besorgt wissen.

»Nichts. Lass uns weiter.«

Der Druck im Kopf blieb. Sie wichen Arbeitern und Betas aus, die schwere Kisten mit dem Aufdruck »Keep safe! Analysor!« trugen und ignorierten die Blicke, die man ihnen gelegentlich zuwarf. Die Kopfschmerzen wurden schlimmer, und Nikolaj atmete tief ein.

Werft mal einen Blick nach rechts, forderte Apollo ihn auf. Nikolaj entdeckte ein kleines Büro, das zur Halle hin mit einem Fenster aus Vakuum-Sicherheitsglas ausgestattet war. Er bedeutete Jiang, stehen zu bleiben, und wartete ab, bis ein Waschbären-Beta, der sie beäugte, endlich wieder seine Schweißarbeiten aufnahm. Sogleich führte er die Chinesin an Transportboxen mit Heizungen und Brennstoffzellen für den Feldeinsatz vorbei auf das Büro zu. Im Raum herrschte Unordnung, Frachtpapiere lagen auf den Tischen, und auf dem flimmernden Holocube eines Computers zeichneten sich Ladungslisten ab.

Die Chinesin griff nach dem Kom-Gerät, hielt es sich ans Ohr und warf es wütend zurück auf die Halterung. »Verflucht, es muss doch eine Möglichkeit zur Kontaktaufnahme geben.«

»Warte.« Nikolaj setzte sich auf den Stuhl des Arbeitstischs und ging die Ladungslisten durch. Er fand schnell, was er suchte.

Da kommt jemand, warnte ihn Apollo.

Durch das Glas des Raums hindurch entdeckte Nikolaj einen *SE*-Mann, der geradewegs auf das Büro zuhielt. Trotz der Übelkeit, die sich jetzt zu seinen Kopfschmerzen gesellte, sprang er hastig auf und stellte sich neben Jiang. Keinen Moment zu spät, denn der Unbekannte betrat das Büro und sah sie stirnrunzelnd an. Ein Unteroffizier. Der Aufdruck auf seinem grünen Hemd wies ihn als »WO Master Aircrew« aus. »Suchen Sie jemanden?«, fragte er argwöhnisch.

Jiang trat vor und knipste ihr strahlendstes Lächeln an. »Wir wurden runtergeschickt, um die Kom-Verbindung zu überprüfen.«

Der Uffz schmolz bei ihrem Anblick dahin. »Ah, so lobe ich mir das. Ich hab schon einen Mann zu euch raufgeschickt. Hier ist alles tot.«

»Wie sieht es mit der Kom-Verbindung zu den Shuttles aus?«, fragte Nikolaj gespannt.

»Shuttles?« Der Unteroffizier zuckte mit den Schultern. »Soweit ich weiß, ist da alles in Ordnung.«

»Na, dann werden wir das Problem bald behoben haben.« Nikolaj nickte ihm zu und zog Jiang mit sich zurück in die Arbeitshalle. Er suchte die Deckung eines herumstehenden Gabelstaplers auf und setzte sich dort seinen Pen. Der unangenehme Druck im Kopf verging ebenso schnell wie die aufsteigende Übelkeit. Doch langsam schmolzen seine Vorräte an Neuroleptika dahin. Der erhöhte Verbrauch in den zurückliegenden Tagen machte sich langsam bemerkbar.

Jiang musterte ihn argwöhnisch. »Was ist das?«

»Später.« Er blickte nach oben und fand unter der Hallendecke hängend Tafeln mit den Buchstaben des Alphabets.

»Darf ich erfahren, wonach du suchst?«, wollte sie wissen.

»Ich suche den Arbeitsbereich J. Dort soll den Daten des Bürocomputers entsprechend eine Kiste mit Funkausrüstung stehen.«

»Du glaubst, den Kommander der Station via Funk erreichen zu können?«

»Jein. Die Frequenzen haben wir nicht. Aber mir könnte es gelingen, mit der *Nascor* Kontakt aufzunehmen.« Sie kamen an halboffenen Transportkisten mit Strahlenschutzanzügen und Wasseraufbereitern vorbei. »Wenn meine Vermutung zutrifft, dann hat Bitangaro nur die interne Stationskom blockiert. Und das wahrscheinlich gerade so, dass die Techniker hier an einen simplen Fehler denken. Zumindest kann Bitangaro kein Interesse daran haben, dass der Kontakt zwischen Station und Flottenverband abbricht. Dort würde man doch sofort misstrauisch werden. Die *Nascor* könnte den Control also ganz schlicht von außen anrufen.«

»Sehr gut!« Jiang gab an ihrem kybernetischen Handgelenk etwas ein. »Bereich J sagst du? Das ist der Gang da hinten.« Sie deutete an einigen Betas vorbei, die das große Triebwerk an der Decke auf ein massives Reparaturgerüst absenkten. »Laut Plan führt Arbeitsbereich J zu einer Shuttle-Rampe mit TransMatt-Sprungtor!«

Sie eilten los und erreichten einen Zugang mit schwerem Schott an der Decke, der so breit war, dass dort mehrere Beladungsmodule nebeneinander durchfahren konnten. Der Gang selbst war menschenleer und endete in gut fünfzehn Metern Entfernung an einer großen Frachtrampe. Dahinter war der Umriss eines weiteren Shuttles zu erahnen. Nikolaj interessierte allein der aufgetürmte Stapel Transportboxen mit *SE*-Emblemen vor einem Lift in der Mitte des Gangs.

»Schnell jetzt!« Sie eilten hinüber zu den Kisten und wuchteten die oberste Transportbox vom Stapel.

Jiang musterte die Plaketten. »Bloß Kennziffern. Keine Ladungsbeschreibung.«

»Egal. Apollo, bitte gib uns Bescheid, wenn jemand kommt.«

Und wo wünscht der Herr, dass ich mich postiere?, kam es grimmig zurück. *Schon bemerkt, dass wir hier in einem Gang stecken? Der besitzt zwei Ausgänge.*

Irgendeinen der Eingänge halt. Nikolaj öffnete die erste Box. Die Kiste barg medizinische Instrumente und Analysegeräte. Unwillig trottete der Schäferhund das Gangstück wieder zurück, und so behielt Jiang den Ausgang zu den Shuttlerampen im Auge. Eine zweite, besonders leichte Kiste enthielt Multifunktions-Kleidung, die sich autark den unterschiedlichen klimatischen Gegebenheiten eines Planeten anzupassen vermochte. Die dritte Kiste, endlich, enthielt die gesuchte Funkausrüstung; darunter ein älteres *KA-R137*-Hochleistungs-Funkgerät in Rucksackversion, das deutliche Abnutzungsspuren aufwies. Auch die *SE* schien bei der Ausstattung ihrer Justifiers zu sparen.

Nikolaj aktivierte das Gerät und griff nach dem Headset. Rasch suchte er die Frequenz der *Nascor*. »*Nascor*, bitte melden! Hier ist Nikolaj!«

In den Lautsprechern rauschte es, doch schon kurz darauf meldete sich Roger mit seiner Bassstimme. »Nikolaj, bist du das? Warum meldest du dich über die Breitband-Verbindung?«

Erleichtert sah Nikolaj zu Jiang auf und erklärte dem Heavie das Dilemma, in dem sie steckten.

Roger schnaubte wütend. »Das klingt gar nicht gut. Wartet, ich versuche den Control von *Farspace Horizon* zu erreichen.« Es dauerte eine Weile, und sie konnten im Hintergrund aufgeregte Stimmen hören. »Nein, Kommander Robertson ist im Augenblick nicht auf der Brücke. Wir, äh, haben hier gerade einige technische Schwierigkeiten.«

»Dann geben Sie mir seinen Stellvertreter. Und zwar sofort! Sie haben ein größeres Problem, als Sie glauben.«

»Bitte üben Sie sich in Geduld, *Nascor*. Ich werde versuchen, First Lieutenant ...« Die Stimme brach ab.

»Scheiße«, rief Roger. »Irgendetwas stimmt da nicht. Die Verbindung wurde gekappt. Hörst du noch zu, Nikolaj?«

»Ich hab's mitbekommen«, antwortete Nikolaj. »Versuche es weiter.«

»Mache ich ja, aber ...« Es rauschte, und auch die Verbindung zur *Nascor* wurde unterbrochen. »Poljakow, Poljakow ...«, drang stattdessen Bitangaros dunkle Stimme aus dem Headset. »Sie entwickeln sich langsam zu einem lästigen Furunkel an meinem Arsch!«

»Hören Sie, Bitangaro. Beenden Sie Ihren ...«

»Es reicht, Russe!«, schlug es ihm eisig entgegen. »Es wird Zeit, dass ich Sie mir vom Hals schaffe. Grüßen Sie mir Ihren Affen!«

Die Verbindung brach ab, als sich vor ihnen die Lifttür öffnete. Nikolaj und Jiang sprangen mit gezückten Waffen hoch. Doch in der Fahrstuhlkabine lauerte keine Überraschung Bitangaros, in ihrem Innern standen vielmehr vier Betas mit weiteren Transportboxen. Wolf, Adler, Iltis und Fuchs. Sie waren in die metallischen Anzügen der *SE*-Justifier gehüllt. Einzig der Adler-Beta stach unter ihnen hervor. Er war nicht nur einen Kopf größer als seine Kameraden, sondern trug außerdem locker sitzende Stoffkleidung mit einem Äskulapstab über dem *SE*-Emblem, das ihn als Arzt auswies. Die vier hielten mitten im Gespräch inne und starrten in die Waffenmündungen. Instinktiv tastete der Wolfs-Beta zu einer Stelle an seinem Gürtel, an der er sonst offenbar einen Halfter trug. Doch der Platz war leer. »Was soll das?«, fauchte der Fuchs. Der hellen Stimme nach handelte es sich bei ihr um einen weiblichen Beta.

Doch bevor einer von ihnen antworten konnte,

schrillte im Gang ein tiefer Alarmton auf, und über ihnen an der Decke sprangen rote Drehleuchten an.

Nikolaj fuhr ebenso wie Jiang herum. Die monotone Stimme der KI war jetzt zu hören. »Bitte verlassen Sie Arbeitsbereich J. Dekompressionsvorgang wird eingeleitet.«

Links und rechts von ihnen glitten die schweren Schotts herunter.

»Dekompression?«, keuchte Jiang erschrocken auf. Keine Chance, einen der Ausgänge noch zu erreichen.

»Hau ab!«, brüllte Nikolaj Apollo an.

Der Alpha reagierte sofort und huschte unter dem niederfahrenden Schott hindurch in die Halle, aus der sie gekommen waren. Im nächsten Augenblick donnerten die schweren Schutzwände auf den Gangboden, und sie waren eingeschlossen. Auch die Lifttür schloss sich jetzt wieder.

»Aufhalten!«, brüllte Nikolaj die vier Betas an.

Jiang versetzte der Kiste mit den Kleidungsstücken einen energischen Tritt, so dass sie die Fahrstuhltür vor dem Schließen bewahrte. Im Gang zischte es, und schlagartig spürte Nikolaj den beginnenden Unterdruck in seinen Ohren. Panisch sprangen er und Jiang über die eingeklemmte Box hinweg in den Lift. Die Betas wichen angesichts der Waffen vor ihnen zurück, doch Wolfs- und Fuchs-Beta handelten, indem sie die eingeklemmte Box wieder in den Gang zurückstießen. Keinen Augenblick zu spät, denn inzwischen machte sich auch in der Kabine Atemnot bemerkbar. Die Tür schloss sich, und die Atemluft passte sich wieder dem üblichen Atmosphärenstandard an. Rasputin, das war gerade noch einmal gutgegangen. Schweigend und mit gehörigem Respekt vor den Waffen starrten die vier Betas sie an.

Alles in Ordnung, Partner, rief er gedanklich Apollo. *Wir befinden uns zusammen mit vier Betas in einem Lift.* Das mentale Knurren des Alphas klang erleichtert. *Was soll ich tun?*, fragte er. *Hier in der Halle herrscht gerade ziemliche Aufregung.*

Verschwinde und versuche, zurück zur Nascor zu gelangen, antwortete ihm Nikolaj. *Bitangaro hat den Funkkontakt gestört. Du bist im Moment unsere einzige Verbindung zu den Heavies.*

»Chrrr. Was, bitte, hat dieser ganze Auftritt zu bedeuten?«, sprach sie der Adler-Beta mit krächzender Stimme an.

Sein Raubvogelblick taxierte sie beide, und seine Stimme klang, als hätten seine Stimmbänder Mühe, die menschliche Modulation nachzuahmen.

»Ja, das würde mich ehrlich gesagt auch interessieren.« Der Iltis-Beta musterte verärgert die *Sveeper* in Jiangs Hand, während sich der Wolf-Beta eindeutig sprungbereit machte. Allein die Füchsin hielt sich zurück. Ihre großen Ohren zuckten unruhig.

Jiang hämmerte auf einen Knopf, und tatsächlich setzte sich der Fahrstuhl in Bewegung. Und das sogar weiter nach unten. Nikolaj flehte alle Schicksalsmächte an, dass Bitangaro ihr Entkommen nicht so schnell bemerkte.

»Die Station wird angegriffen«, beantwortete die Chinesin die Frage. Sie senkte die Waffe und erklärte in knappen Worten, welche Gefahr *Farspace Horizon* und dem Flottenverband drohte. Die Betas warfen sich ungläubige Blicke zu. »Und jetzt sagt mir bitte, welcher Einheit ihr dient?«, endete sie.

Die Fuchs-Beta warf ihren Kameraden einen unglücklichen Blick zu. Da keine Einwände kamen, beantwortete sie die Frage. »*SE*-Exploration-Team K-13. Wir unterstehen dem Befehl von Leutnant John Owens.«

Der Wolf schob sich vor und hechelte angespannt. »Wenn das stimmt, was Sie sagen«, knurrte er, »müssen wir ihn oder Sarge Bull unbedingt über die Gefahr in Kenntnis setzen. Plangemäß soll unser Einsatzshuttle schon in zwei Stunden zu einem TransMatt-Sprung aufbrechen. Nur …«

»… ist das nichts, was Sie beide etwas angeht. Chrrr.« Der Adler-Beta hielt seinen Kameraden mit raschem Griff davon ab, noch mehr Informationen preiszugeben.

Nikolaj fragte sich unwillkürlich, wie tief die Wunden waren, die der Schnabel dieser Vogelchimäre schlagen konnte.

»Im Moment wissen wir ja nicht einmal, ob Sie die Wahrheit sagen. Chrrr. Können Sie sich irgendwie ausweisen?«

Die automatische Schiebetür des Aufzugs öffnete sich zu einer Galerie hin, die über einer Halle mit Gewächshäusern lag. Kühle Luft schlug ihnen entgegen.

Jiang seufzte und berührte ihre kybernetische Prothese. »Sie sind Besitz der *Stellar Exploration*, richtig?«

Der Iltis-Beta verengte missmutig die Augen. »Sieht man doch, oder?«

»Darf ich fragen, wo Sie erschaffen wurden?« Sie bedeutete Nikolaj und den Betas, ihr auf die Galerie zu folgen.

Der Wolf-Beta knurrte misstrauisch.

Jiang sah ihn scharf an. »Sergeant, ich muss wissen, ob der Natus-Tank und damit die Aufzuchtstation, in der Sie herangewachsen sind, einem der folgenden Tochterunternehmen der *KA* gehört: *BetaExploited, ChimTech-Solutions* oder *GenEering Ltd.?*«

»ChimTech-Solutions«, beantwortete der Adler-Beta ihre Frage vorsichtig. »Aber warum wollen Sie das wissen?«

»Weil uns das die momentane Situation erleichtert.« Jiangs Stimme wurde bestimmend. »Ich berufe mich hiermit auf Direktive 2-16. Birth-Bound-Befehl. Kennung 5-16-WENG-HO! Von nun an untersteht ihr meinem Kommando!«

Der Iltis-Beta riss die Augen ebenso ungläubig auf wie die drei Betas neben ihm. Wolf, Iltis und Füchsin standen plötzlich stramm, allein der Adler-Beta öffnete und schloss irritiert den Schnabel, als wollte er etwas sagen. Schließlich legte er sogar die Hände an den Kopf und schüttelte sich, als stemmte er sich gegen irgendeinen ... Einfluss. »Chrrr«, krächzte er lahm. »Dieser Befehl ist doch nie ...«

»Bis der Befehl widerrufen wird, gehorchen Sie Direktive 2-16!«, herrschte ihn Jiang mit schneidender Stimme an. »Haben Sie mich verstanden, Justifier?«

Auch der Adler-Beta nahm jetzt Haltung an.

Nikolaj schüttelte ungläubig den Kopf. Jiang wurde ihm langsam unheimlich. Die Chinesin stellte kurz sich und Nikolaj vor. »Und jetzt Ihre Namen, bitte.«

Der Wolf-Beta verzog die Lefzen und salutierte. »Flight Sgt. Loop. Kundschafter. Zu Ihren Diensten.« Er deutete zu dem Iltis-Beta und seiner Fuchs-Kameradin. »Ferner anwesend: unser Tech-Sgt. Fratt sowie unsere Astrogatorin Sgt. Fox.« Iltis und Füchsin salutierten ebenfalls. Loop wies als Letztes auf den Adler-Beta. »Und das dort ist Med Sgt. Cherokee, unser Schamane, also ich meine: unser Doc.«

Der Adler-Beta nickte.

»Besitzen Sie Waffen?«

»Ja, Ma'am.« Fratts Iltisbart zitterte leicht, als er auf die Transportboxen deutete, die noch im Lift standen. »Wir waren gerade damit beschäftigt, einige Kisten mit Waffen aus Laderaum Zwo zu unserem Shuttle zu schaffen.« Er und Loop öffneten drei von ihnen und präsentierten zwei schwere *Lightspear-IV*-Lasergewehre samt Batterieclips, drei *Repeater*-Schnellfeuergewehre sowie Helme. Nikolaj stieß einen beeindruckten Pfiff aus. Die vierte Kiste war deutlich kleiner. Sgt. Fox öffnete auch sie. Die Box wies schwarze Schaumstoffaussparungen für ein halbes Dutzend Handfeuerwaffen und die gleiche Anzahl *Prestige*-Vibromesser auf. »Die wirklich guten Stücke, also der Flammifer, unser *Catapult*-Granatwerfer und die beiden *Husar*-Rüstungen, stehen noch oben im Gang«, knurrte Loop.

»Gut, bewaffnet euch!«, befahl Jiang.

Loop und Fratt griffen sofort nach den *Lightspear*-Gewehren, während Fox eines der *Repeater*-Schnellfeuergewehre und den einzigen Aufsatz mit optischer Zielauffassung an sich nahm. Cherokee griff lediglich zu einer Pistole.

»Wie kommt man von hier aus am schnellsten zu Sektion X?«, verlangte Jiang zu wissen.

»Gar nicht.« Cherokee schüttelte seinen schnabelbewehrten Kopf. »Sektion X liegt zwar direkt unter uns, wird aber streng abgeschirmt. Keine Schleusen, ausschließlich Shuttleverkehr.«

»Unser Schamane hat Recht.« Fratt nickte, während er die *Lightspear* begutachtete. »Es heißt, dass jeder Passagier streng überprüft wird. Bis eben wusste ich ehrlich gesagt nicht einmal, dass die in Sektion X an einer Waffe bauen. Es hieß immer, das sei ein neues Hochleistungsteleskop.«

Nikolaj, der sich ebenfalls mit *Repeater* und Vibroklinge ausrüstete, sah auf. »Wenn das so ist, dann muss Bitangaro noch weitere Verbündete auf der Station haben. In diesem Fall stehen uns mehr als nur vier Gegner gegenüber.«

»Wieso?« Fox sah ihn fragend an.

»Ganz einfach: Irgendjemand muss ihn und seine Leute zu Sektion X gebracht haben.«

»Sagten Sie nicht, dass dieser Afrikaner die KI der Station kontrolliert, Ma'am? Chrrr.« Cherokee kramte jetzt mehrere MedPacks unter der Schaumstoffverkleidung hervor und verstaute sie in einer Hängetasche.

»Die KI kontrolliert lediglich die Energieversorgung

von Sektion X«, antwortete Jiang. »Die Steuerung der KOLOSSOS funktioniert autark.«

»Da unten arbeiten doch mindestens 500 Leute«, wandte die Fuchs-Beta nachdenklich ein. »Egal, wie langsam sich Sektion X auf den Schiffsverband ausrichtet – das muss doch irgendwann mal jemandem auffallen? Wenn schon nicht oben auf der Brücke von *Farspace Horizon*, dann doch zumindest in der Sektion X. Oder beim Flottenverband.«

Jiang wandte sich an Nikolaj. »Frag bei Apollo nach, ob sich oben etwas getan hat.«

Nikolaj konzentrierte sich. *Partner, hörst du mich?*

Ja, kam es zur Antwort. *Stecke gerade in einem Frachtaufzug und bin auf dem Rückweg zur Nascor.*

Irgendein Anzeichen, dass der Control reagiert hat?

Nein. Aber dafür ist auf einem der Decks gerade der Feueralarm losgegangen.

Feuer?, fragte Nikolaj alarmiert

Herrje, frag mich nicht, knurrte der Alpha gereizt. *Im Moment bin ich schon froh, dass niemand auf einen Schäferhund achtet.*

Na gut, beeile dich. Nikolaj brach die mentale Verbindung ab. »Oben wurde Feueralarm ausgelöst. Vielleicht ein Ablenkungsmanöver?«

Die Betas musterten ihn argwöhnisch, und Jiang tippte sorgenvoll etwas an ihrem kybernetischen Handgelenk ein. »Hoffentlich«, sagte sie. »Mir geht nämlich der Fusionsreaktor nicht aus dem Kopf. Die KOLOSSOS überlastet ihn.«

Die Betas warfen sich beunruhigte Blicke zu. Jiang

deutete auf das Display in ihrem Handgelenk. »Von dem Schiffsverband da draußen können wir im Moment nichts erwarten. Den Angaben gemäß befindet er sich noch für eine Stunde und neun Minuten im Schatten des Mondes von VMS2. Dann frühestens ist damit zu rechnen, dass dort jemand auf die Seltsamkeiten hier aufmerksam wird. Nur könnte es dann bereits zu spät sein.« Sie wandte sich den vier Betas zu. »Ich muss unbedingt wissen, wo sich die Andockstationen für die Fähren zu Sektion X befinden.«

Cherokee fuhr sich über die Federn seines Adlerkopfs. »Unglücklicherweise liegen die auf dem Deck über uns. Chrrr. Nur ist uns der Weg jetzt versperrt. Wir könnten aber zwei Stockwerke weiter nach oben fahren und uns dort einen anderen Weg zu den Shuttlerampen suchen.«

»Sorry, Schamane.« Loop warf einen bösen Blick auf die Fahrstuhlanzeigen. Sie waren erloschen. »Die KI hat uns hier gerade den Saft abgedreht.«

»Auf der anderen Seite dieser Stationsstufe, bei den Beta-Quartieren, gibt es weitere Aufzüge«, schlug Fratt vor. »Nur müssen wir dazu durch die Forschungsabteilungen.«

»Wie weit ist das?«, fragte Jiang.

»Vielleicht fünfzehn oder zwanzig Minuten von hier«, antwortete Cherokee. »Ich muss Sie allerdings darauf aufmerksam machen, dass wir dort mehr als nur auffallen werden. Uns Betas ist der Aufenthalt in den Forschungsabteilungen untersagt.«

Angestrengt überlegte Jiang, was sie tun sollte. Ihnen

lief die Zeit davon. Nikolaj wurde langsam kalt. Unwillkürlich musste er an seine Entführung von Luna zurückdenken. Dass das Ganze erst drei Tage zurücklag, erschien ihm ungeheuerlich. Plötzlich kam ihm eine Idee. »Sagt mal, Leute, hier wird es doch irgendwo Reparatur-Schleusen geben?«

»Ja, drei oder vier Minuten den Gang runter.« Loop sah ihn hechelnd an. »Wieso?«

»Weil es dort sicher auch Raumanzüge gibt.«

Nikolajs Helm beschlug auf der Innenseite leicht, während er die Steuerdüsen seines Jetpacks ausrichtete und an der Außenhaut von *Farspace Horizon* entlang in die Tiefe glitt. Im schalen Licht, das van Maanens Stern abstrahlte, konnte er sehen, wie ihm seine neuen Waffengefährten nachfolgten. Bislang hatte er nur selten mit Betas zu tun gehabt, doch im Moment war er froh, dass die Justifiers an ihrer Seite waren. Die Art, wie Chu Jiang es geschafft hatte, die vier auf sie einzuschwören, erstaunte ihn noch immer. Er musste herausfinden, was es mit der hübschen Chinesin auf sich hatte. Später. Denn im Moment besorgte ihn mehr, dass sie fast schutzlos waren. Von ihren Waffen funktionierten hier im All nur die zwei *Lightspear*-Lasergewehre und ihre Vibro-Klingen. Das war nicht viel. Er führte seinen *Repeater* zwar ebenso mit sich wie Jiang und die Füchsin, aber ob die Schnellfeuergewehre die Kälte des Weltraums schadlos überstehen würden, blieb ungewiss. Seine *Prawda* und die Schockpistole der Kadetten trug er daher unter dem Raumanzug. Immerhin, die

Reparaturschleuse, zu der die Betas sie geführt hatten, hatte sich ganz altmodisch via mechanischer Handsteuerung öffnen lassen. Und die Raumanzüge, die sie dort vorgefunden hatten, hatten locker ausgereicht, um ihnen allen einen Trip in den Weltraum zu ermöglichen. Die Jetpacks reichten aus, um sich gemächlich Sektion X anzunähern, die sich unter ihnen wie ein gewaltiger silberner Keil aus der Schwärze des Alls schälte. Erstmals fand Nikolaj Zeit, VMS2 zu würdigen. Der Planet, in dessen Orbit *Farspace Horizon* lag, zeichnete sich fahlweiß gegen den dunklen Weltraum ab. Seiner Einschätzung nach besaß er ungefähr die Größe des Mars, faktisch sah er aus wie ein monströser Schneeball, der in der Nähe des oberen Pols von fasrig dunklen Wolkenbändern eingefasst wurde. Unter der dortigen Wolkendecke flackerte hin und wieder roter Lichtschein auf, was auf vulkanische Aktivität schließen ließ. Vor allem aber war die Menge an Wasser irritierend, auf die all das Weiß schließen ließ. Vor abertausenden Jahren mussten dort bedeutende Terraforming-Anstrengungen unternommen worden sein. Ancients. Die ungeheuerliche Vorstellung, dass sich die Uralten eines ganzen Planeten angenommen hatten, ließ ihn erschauern.

Jiang, Cherokee und Loop schlossen zu ihm auf, und Nikolaj sah, dass sowohl die graue Wolfsschnauze Loops als auch der Schnabel Cherokees gegen das Glas ihrer Helme stießen. Die Anzüge waren eben für Menschen gemacht. Sektion X wurde derweil immer größer. Das Anhängsel der Station sah aus der Nähe betrachtet aus wie ein gewaltiger Schiffshangar in Röhrenform. Das Ding maß sicher gute 800 Meter in der Länge und besaß die vierfache Breite eines der großen TransMatt-Shuttle-Portale. An seiner Flanke konnten sie jetzt die Andockstationen mit den Frachtfähren erkennen, von denen die meisten atmosphärentauglich waren. In der Nähe schwebten einige Objekte, die Nikolaj für Arbeitsdrohnen hielt. Cherokee brach die Funkstille und deutete nach unten. »Ma'am. Chrrr. Wir müssen das Schlimmste befürchten. Sehen Sie das?« Er wies zu einem Schott, das ein Stück weit aufstand.

Nikolaj zoomte mit seiner Multibrille näher heran und keuchte schockiert auf. Rasputin! Das da unten waren keine Drohnen. Das waren Menschen! Da unten trieben Dutzende regloser Körper mit entsetzlich verzerrten Gesichtern durchs All. Inzwischen hatten sie sich Sektion X so weit angenähert, dass auch Jiang und die übrigen Justifiers die Leichen erkennen konnten. Obwohl sich van Maanens Stern auf dem Helm der Chinesin spiegelte, sah Nikolaj ihre entsetzten Züge. Rasch näherten sie sich der Stelle, und einer der Arbeiter trieb in unmittelbarer Nähe an ihnen vorbei. Der Anblick, den er bot, war fürchterlich. Die Augen quollen überdeutlich aus den Höhlen hervor, die Haut war krebsrot, und an einigen Stellen hatte das im Vakuum kochende Blut die Adern platzen lassen. Bitangaro hatte sich der vielen Arbeiter in Sektion X auf die einfachste aller Weisen entledigt. Nikolaj packte das Vibromesser an seinem Gürtel, während sein Hass auf den Afrikaner ins Unermessliche stieg.

Jiang aktivierte die Schubdüsen ihres Jetpacks bis zum Anschlag und setzte sich kämpferisch an die Spitze. Nikolaj und die Betas folgten ihr, bis sie das halbgeöffnete Schott erreicht hatten. Die Halle dahinter war in Dunkelheit getaucht. Sofort sicherten Loop und Fratt den vor ihnen liegenden Weg mit ihren Lasergewehren. Jiang aktivierte ihren Helmscheinwerfer, und die anderen taten es ihr nach. Auf ihr Zeichen glitten sie nun ins Innere von Sektion X. Nikolaj, der sich diesmal an die Spitze setzte, spürte, wie sich fast schlagartig die Schwerkraft wieder bemerkbar machte. »Achtung, die Grav-Generatoren arbeiten noch!«, fluchte er. Bevor er wie ein Stein auf den Hallenboden fallen konnte, hielt er sich rasch an einer armdicken Strebe fest.

Die anderen wählten jetzt einen Weg unmittelbar an der großen Schottwand nach unten. Nikolaj hangelte sich mit Hilfe seiner Düsen an der Strebe entlang zurück und folgte ihnen. Im Licht ihrer Helmlampen sahen sie hohe Kräne zum Ent- und Beladen der Fähren und Shuttles, linker Hand stand ein Exoskelett mit scherenartigen Greifarmen, und an den Wänden waren Panzertüren zu erahnen. Ein Frachtdeck. Überall lagen Arbeiter mit verrenkten Gliedmaßen und entstellten Gesichtszügen, die im plötzlich über sie hereinbrechenden Vakuum erstickt waren.

»Wir bilden zwei Teams!«, kommandierte Jiang über Helmfunk. »Fratt, Cherokee, ihr schließt euch Nikolaj an. Sucht den Frachtraum links ab. Loop, Fox, ihr kommt mit mir!«

Die Justifiers teilten sich auf, und Nikolaj begab sich mit seinem kleinen Team zur linken Frachtraumseite. Das Licht seiner Helmlampe fiel auf ein gewaltiges Wandschott, das bis zur Decke reichte. Es war geschlossen. Er trat an ein benachbartes Computerterminal heran, dessen Monitor angesichts der Kälte beschlagen war. »Fratt, kriegst du das Ding zum Laufen?«

»Wenn es noch Strom hat, kann ich es versuchen.« Der Iltis-Beta schob ihn beiseite, und Nikolaj besah sich das Schott genauer.

»Sieht aus wie eine Hangartür«, krächzte Cherokee. »Vielleicht zu einer weiteren Shuttlerampe?«

»Ich hab's!«, meldete sich Fratt. »Hier ist ein Bild von dem, was uns hinter dem Schott erwartet.«

Auf dem Monitor war ein gewaltiger Hangar mit vereinzelten Lichtröhren unter der Decke zu erkennen, der sich Hunderte von Metern in die Länge zog. In dem Halbdunkel zeichnete sich eine haushohe Apparatur mit riesigen, seitlich anliegenden Induktorschienen ab, die selbst um die vierhundert Meter lang sein mochte. Die Verschalung fehlte größtenteils, und so konnten sie im Innenleben der Maschinerie nicht nur Magnetspulen, sondern auch einen monströsen Schlitten für den Wolframbolzen ausmachen. Sie hatten die KOLOSSOS gefunden.

»Die Anzeigen zeigen auch drüben keine Atmosphäre an«, krächzte Cherokee besorgt. Obwohl im kompletten Hangar keine menschliche Regung auszumachen war, konnten sie sehen, das die KOLOSSOS von einem Dutzend autarker Arbeitsdrohnen umschwärmt wurde, die von Grav-Feldern getragen Arbeiten an der Railgun ausführten. Unter der Decke setzte sich in diesem Moment ein Grav-Schlitten mit Teleskoparmen in Bewegung, die einen telegrafenmastgroßen Wolframbolzen in Richtung Schlitten beförderten.

»Wir müssen unbedingt da rein!«, sagte Nikolaj. »Bitangaro macht das Scheißding gerade gefechtsklar.«

Der Iltis-Beta tippte einen Befehl in das Terminal ein, und man konnte hören, wie er einen Fluch ausstieß. »Schott reagiert nicht.«

Unglücklich starrte Nikolaj zu dem großen Hindernis auf. »Fratt, meinst du, dass du das Tor vielleicht mit der *Lightspear* knacken kannst?«

»Das ist Ultrastahl«, antwortete der Iltis zweifelnd. »Möglich ist das schon. Aber ich weiß nicht, ob die Batterieclips ausreichen.«

»Versuchen wir es doch damit! Chrrr.« Cherokee deutete auf das Exoskelett weiter vorn in der Halle.

Fratt grinste hinter seinem Helm. Er drückte Nikolaj die *Lightspear* in die Hand, eilte zu dem Frachtläufer und schnallte sich trotz des klobigen Raumanzugs im Sitz der Rüstung fest. Wenig später kreiste über seinem Kopf eine rote Signallampe, und die beiden Greifarme hoben sich. Das Exoskelett richtete sich ruckartig auf, und Fratt stampfte lautlos auf sie zu. Nikolaj und Cherokee beobachteten den Iltis-Beta dabei, wie sich dieser mit den stählernen Greifarmen an den Schotttüren zu schaffen machte. Plötzlich gab es einen Stoß, und die Schotttüren öffneten sich einen Spalt.

»Fratt hat Erfolg!«, jubelte Nikolaj.

Der Iltis-Beta stemmte sich noch eine Weile weiter gegen die Schottflügel, dann gab er auf und sah unglücklich auf sie herab. »Mehr schafft das Ding nicht. Offenbar haben sich die Energiezellen bei der Kälte ein Stück weit entladen.«

Nikolaj tauchte unter den verkanteten Greifarmen des Exoskeletts durch und fluchte. Ohne Raumanzug hätte er sich problemlos durch den Spalt zwängen können. Doch bereits der Helm verkantete sich leicht. »Na gut, dann eben anders.« Nikolaj hob die *Lightspear* und visierte die Grav-Schlitten an der Decke des benachbarten Hangars an. »Mal sehen, was Bitangaro davon hält, wenn ich die Ladevorrichtung zu Klump schieße?«

Ein scharf gebündelter Energiestrahl zerschnitt das Halbdunkel des Hangars. Den Grav-Schlitten durchlief ein Stoß, die Teleskoparme mit dem langen Wolframbolzen schwankten, und schwarze Schlacke tropfte zum Hallenboden. Alle Bewegungen an der Hallendecke kamen abrupt zum Erliegen.

Nikolaj wollte erneut abdrücken, als er den Ruf Cherokees hörte: »Achtung!« Ein halbes Dutzend der über der KOLOSSOS schwebenden Robodrohnen wirbelten zu ihnen herum. Kampfdrohnen! Mündungsblitze flackerten an den halbkugelförmigen Fronten der Bots auf, und im nächsten Augenblick hämmerten rechts und links von ihm Projektile gegen die Schotttüren. Zwei der Geschosse schlugen kleinere Krater in die Kunststoffkanzel des Exoskeletts. Fratt aktivierte reaktionsschnell die Schubdüsen seines Raumanzugs und katapultierte sich aus dem Sitz. Keinen Augenblick zu spät, denn die Drohnen feuerten eine weitere Salve auf sie ab. Die Kanzel zersplitterte, und diesmal perforierten die Projektile den kompletten Sitz des Exoskeletts. Auch Nikolaj sprang zurück, doch irgendetwas riss auf Beinhöhe ein Loch in seinen Raumanzug. Ein Streifschuss. Er spürte bereits den einsetzenden Unterdruck, als die Reparaturflüssigkeit im Anzug den Riss wieder abdichtete. Die Frage war, wie lange diese provisorische Abdichtung vorhalten würde. »Fratt, alles in Ordnung?«, rief er.

Der Iltis-Beta erhob sich weiter hinten und winkte. »Dass es drüben irgendwelche Sicherungsvorrichtungen geben würde, hätten wir uns gleich denken können«, fauchte er.

Nikolaj feuerte blind in die Richtung, wo er eine der Drohnen vermutete. Etwas explodierte in einem Lichtblitz, und abermals setzte gegnerischer Beschuss ein.

»Nikolaj, was geschieht da drüben?«, meldete sich Jiang über Helmfunk.

Nikolaj erklärte ihr das Dilemma, in dem sie steckten.

»Lass Fratt übernehmen und komm mit Cherokee rüber. Wir haben Überlebende entdeckt.«

Missmutig übergab Nikolaj die Waffe dem Iltis-Beta, der nun seine Position einnahm. Mit einer Energiesalve versuchte er weitere Kampfdrohnen von der Hangardecke zu holen. Ein ebenso gefährliches wie mühseliges Unterfangen. Nikolaj eilte zusammen mit dem Adler-Beta zur gegenüberliegenden Hallenseite. Jiang, Loop und Fox standen dort vor einer kleineren Panzertür mit Sichtglas, gegen das sich von der anderen Seite verzweifelte Gesichter pressten. Loop ließ die Helmlampe rhythmisch aufblitzen. Morsecode. Im Raum gegenüber antwortete ihm ein Techniker mit einer Leuchte.

»Wie viele sind es?«, wollte Cherokee wissen.

»In dem Safe Room hier haben sich 19 Techniker in Sicherheit bringen können«, antwortete ihm Jiang. »Anfangs hatten sie noch Kontakt zu Kollegen, die sich ebenfalls retten konnten, als der Druck plötzlich abfiel. Doch die Verbindung wurde gekappt. Sie gehen davon aus, dass außer ihnen höchstens noch achtzig oder neunzig andere überlebt haben. Safe Rooms wie diese sind über die ganze Station verteilt. Die übrigen vierhundert …« Sie schüttelte bedauernd den Kopf.

Cherokee warf einen Blick in den Raum. »Einfachschleuse und keine Raumanzüge. Chrrr. Liege ich richtig?«

Fox wandte sich dem Adler-Beta zu und nickte. »Ja. Hab's schon überprüft.« Die Füchsin deutete zu einer Durchgangsschleuse, die zu den Fähren führte. »Die Menschen hier bekommen wir nur raus, wenn wir die Halle wieder mit Luft füllen. Das Gleiche gilt vermutlich auch für all die übrigen, die sich retten konnten.«

»Leider ist das nicht unser einziges Problem«, seufzte die Chinesin. »Die KOLOSSOS zieht im Augenblick fast alle Energie aus der übrigen Sektion ab. Die Techniker im Safe Room schätzen, dass sich die hiesigen Überlebenssysteme bald abschalten werden. Die Heizung läuft schon jetzt nur noch mit einem Drittel Leistung.«

»Dreck!« Nikolaj sah sich resigniert um. »Ist euch klar, wie riesig allein der Hangar drüben ist? So viele Luftvorräte gibt es hier mit Sicherheit nicht.«

»Wir könnten es schaffen«, sagte der Adler-Beta, »wenn wir das Tor verschließen und den Hangar drüben komplett von der Belüftung ausnehmen. Wir füllen einfach nur die Bereiche hier mit Luft.«

Nikolaj drehte sich zu dem riesigen Außenschott um, durch das sie in die Frachthalle gelangt waren. »Lässt sich der Bereich hier denn überhaupt wieder versiegeln?«

»Hier sollte es eine Notsteuerung für das Außenschott geben«, meinte Fox. »Fratt kann die im Notfall sicher kurzschließen. Fratt schafft so was immer.«

»Wenn wir den Hangar abkoppeln, bedeutet das aber auch, dass wir die Railgun nicht mehr gewaltsam außer Gefecht setzen können«, stellte Jiang fest. Hilfesuchend sah sie sich zu Nikolaj um.

»Im Moment wissen wir ja nicht einmal, ob wir an den Kampfdrohnen vorbeikommen«, antwortete der. »Uns bleibt immer noch die Kommandobrücke als Alternative.«

»Fratt!«, kommandierte Jiang den Iltis-Beta zurück. Der Beta gab seinen aussichtslosen Schusswechsel mit den Drohnen auf und eilte zu ihnen. Rasch setzte die Chinesin ihn über ihren Plan in Kenntnis.

Der Iltis-Beta nickte und drückte Nikolaj die *Lightspear* in die Hände. »Die verdammten Bots haben übrigens schon damit begonnen, die Schäden wieder zu reparieren. Ihr solltet euch beeilen.«

»Sieh du nur zu, dass wir hier wieder Luft reinbekommen«, antwortete Jiang. »Wir übrigen werden versuchen, uns zu Bitangaro und seinen Leuten durchzuschlagen. Loop, hast du inzwischen herausgefunden, wo die Brücke liegt?«

»Ja, Ma'am.« Der Wolf-Beta knurrte kampflustig.

»Uns bleiben nur noch 26 Minuten, dann tritt der *KA*-Verband aus dem Schatten des VMS2-Mondes.«

»Folgt mir!« Loop eilte mit großen Sätzen voran zu einem grün gestrichenen Schott, hinter dem eine Metalltreppe auf ein Zwischendeck mit tankgroßen Generatoren führte. Auch hier lagen Tote. Mit einem Satz sprang Loop über das Geländer und landete vor einer Frachtklappe an der Wand. »Was ist das?«, wollte Nikolaj wissen, der dem Wolf-Beta ebenso wie die anderen über die Treppe folgte. »Gewissermaßen das sektionseigene Postsystem.« Loop fletschte die Reißzähne hinter seinem Helmvisier und öffnete den Verschluss. Dahinter kam eine geräumige Kapsel zum Vorschein, die sich eng an die Wände einer großen Röhre schmiegte. »Das System funktioniert ganz altmodisch mittels Luftdruck und verbindet alle Teile der Sektion.«

Nikolaj und Jiang traten näher heran und musterten die Kapsel skeptisch. Der Innenraum war zwar nicht unbedingt klein zu nennen, doch mit ihren Raumanzügen, den Waffen und Sauerstoffpacks würde es eng werden. Sehr eng.

»Mit etwas Glück sind unsere Gegner auf dieses Beförderungssystem noch nicht aufmerksam geworden«, pries Loop seine Idee an. »Dieses Ding kann uns bis rauf zur Brücke bringen. Dummerweise muss man die Apparatur von hier aus steuern.«

»Ich mache das!«, meldete sich Cherokee zu Wort. »Anschließend helfe ich Fratt bei der Evakuierung der Überlebenden.« Der Adler-Beta ließ sich von Loop rasch in das Programm einweisen.

Nikolaj verlor keine weitere Zeit und zwängte sich mit Hilfe der anderen als Erster in die Kapsel. Ihm wurde fast die Luft aus den Lungen gepresst. Als Letztes quetschten die Betas die *Lightspear* zwischen seine Beine.

Nikolaj bekam Platzangst, noch bevor seine Waffengefährten die Klappe wieder verschlossen hatten. Scheißidee! Das war eine verdammte, elende Scheißidee!

Im nächsten Augenblick gab es einen scharfen Ruck, und die Fliehkräfte drückten ihm das Blut in die Beine.

Nikolaj mühte sich umständlich aus der Röhre und fiel auf den Metallboden eines Raums mit angelehnter Schleusentür. An den Wänden befanden sich Steckkarten, neben ihm blinkten die Kontrollleuchten einer Computerkonsole, und er konnte das gedämpfte Schnarren eines Ventilators hören. Hören? Der Raum war mit Luft gefüllt! Hastig schloss er die Klappe, und ein Zischen hinter ihm zeugte davon, dass die Kapsel wieder nach unten jagte. Endlich konnte er das Visier des Raumanzugs öffnen. Ihm schlug trockene Raumluft entgegen, die nach elektrostatischen Aufladungen roch. Etwas entfernt waren Stimmen zu hören. Afrikanischer

Dialekt. Loops Plan hatte tatsächlich funktioniert. Rasch schloss Nikolaj die Tür und überprüfte die *Lightspear.* Die Batterieclips zeigten nur noch zwanzig Prozent Ladung an.

Nikolaj öffnete den Elektroverschluss am Raumanzug und griff nach *Prawda* und Schockpistole. Helm und Sauerstoffpacks nahm er nun ganz ab. Hinter ihm fauchte es, und die Klappe der Röhre wurde von innen aufgestoßen. Fox wälzte sich in den Raum, und Nikolaj bedeutete der Fuchs-Beta, sich leise zu verhalten. Auch sie öffnete ihr Helmvisier, und er konnte vor ihrem rechten Auge die Vorrichtung mit der elektronischen Zielerfassung erkennen. Sie trug nicht nur ihren *Repeater* bei sich, sondern auch das Schnellfeuergewehr, das er unten zurückgelassen hatte. Ohne ihn weiter zu beachten, nahm Fox die Waffen auseinander. Alles streng gefechtsmäßig. Sie überprüfte die Einzelteile kurz und baute aus ihnen eine neue *Repeater* zusammen. Natürlich. Sicher hatten die Waffen im All gelitten.

Zweimal noch zischte die Röhre, und nacheinander rollten Jiang und Loop in den Raum. Auch sie nahmen ihre Helme und Sauerstoffpacks leise ab, und die Chinesin fischte unter ihrem Anzug die *Sveeper* hervor. Grimmig lud sie die MP durch.

»Man kann Bitangaro und seine Leute hören«, wisperte Nikolaj angespannt.

»Dann rasch«, antwortete seine Begleiterin. Sie bauten sich links und rechts des Eingangs auf, dann gab Loop das Zeichen. Sie huschten hinter ihm her in einen schmalen Gang, der von weiteren Schiebetüren gesäumt wurde. Eine, die schräg gegenüberlag, führte in einen Funkraum, in dem ein unbekannter Afrikaner in der Montur der Arbeiter von Sektion X saß. Er hatte ein Headset auf und lachte. »Denen geht da oben auf der Station langsam der Arsch auf Grundeis!«, brüllte er in den Gang. »So wie sich das anhört, ist Feuer auf mehreren Decks ausgebrochen!«

»Verdammt, du sollst die Frequenzen weiter absuchen!«, schrie eine zornige Stimme zurück. Bitangaro. »Wir haben hier Eindringlinge, schon vergessen?«

Die Stimme drang von rechts an ihre Ohren, den Gang runter. Dort war eine Türöffnung zu sehen, hinter der sich ein Geländer abzeichnete. Der Kommandoraum? Nikolaj zückte die Schockpistole, stellte den Regler auf Maximum und bedeutete den Justifiers, dass er sich um den Afrikaner kümmern würde. »Hi Arschloch!«, flüsterte Nikolaj, als er die Funkkabine betrat.

Der Unbekannte wirbelte erschrocken herum und Nikolaj feuerte ihm die Schockladung mitten ins Gesicht. Gurgelnd brach der Söldner zusammen. Nikolaj fing ihn rasch auf und legte ihn auf dem Boden ab.

Loop, Fox und Jiang schlichen weiter den Gang hinunter. Schon war das Rattern der *Sveeper* zu hören, in das sich das trockene Bellen der *Repeater* mischte.

Nikolaj stürmte mit der *Lightspear* im Anschlag zu seinen Kameraden, die sich bereits ein wildes Feuergefecht mit Bitangaro und seinen Leuten lieferten. Trotz des Überraschungsschlags stand es dort nicht zum Besten. Die Brücke von Sektion X erstreckte sich gute zwei Meter unter ihm und war nur mittels zweier metallischer Sprossentreppen zu erreichen, die links und rechts hinunterführten. Weiter vorn, hin zum langgezogenen Hangar mit der KOLOSSOS, war der Raum mit gewaltigen Panzerglasscheiben ausgestattet. Dort, an den Seitenfronten der Brücke und auf einem zentralen Computerterminal, das jenseits der Treppe wie eine elektronische Pyramide aufragte, erstreckten sich unzählige Computerkonsolen und Steuerungsmodule, vor denen vier tote Afrikaner lagen. Dummerweise standen Bitangaro mehr Männer zur Verfügung, als sie erwartet hatten. Er hatte es geschafft, sich mit Cheng und zwei anderen hinter einen der Terminals zu werfen, von wo aus sie das Feuer erwiderten. Der Einzige, der sich noch oben auf der Treppe befand, war Loop. Der Wolf-Beta gab Jiang und Fox Feuerschutz, die gerade rechts und links die Treppen hinunterstürmten und sich ihrerseits hinter Konsolen verschanzten. Loop bestrich ihre Gegner mit einem ganzen Fächer aus Laserstrahlen, die sich schmauchend in die elektronischen Geräte brannten. Überall im Raum stoben Funken auf, und es roch nach verschmortem Kunststoff.

»Nicht die Panzerglasscheibe treffen!«, schrie Nikolaj. Das Vakuum würde sie in wenigen Sekunden töten. Er ließ die Schockpistole fallen und deckte ihre Gegner nun ebenso wie Loop mit Laserstrahlen ein. Irgendwo knallte es, und jäh erlosch die Hälfte der Lichtröhren im Raum.

Der Chinese beantwortete den Beschuss der beiden mit einer ungezielten Salve aus dem *Evaporator.*

Scheiße, das Ding hatte Nikolaj völlig vergessen. Er warf sich zurück und konnte doch nicht verhindern, dass die Blastersalve ein großes Loch in die Decke über ihnen riss. Schwere Kunststofffragmente stürzten auf sie nieder. Der Wolf-Beta wurde an der Schulter getroffen und kippte heulend in den Gang zurück. Nikolaj selbst wurde das Lasergewehr aus der Hand geprellt, und er geriet ins Taumeln. Ein nachfolgendes Trümmerteil schlug ihm schwer in den Nacken. Bevor er sich versah, kippte er vornüber und krachte jenseits des Geländers auf den Boden. Eine Weile sah er nur Sterne vor seinen Augen aufblitzen.

»Weg da!«, drang Jiangs Stimme an seine Ohren. Ihre *Sveeper* ratterte wieder los, und auf der Gegenseite antwortete ebenfalls eine MP.

Benommen fischte Nikolaj nach seiner *Prawda*. Hier war er vollkommen ungeschützt. Hinter der Konsole kam ein Schwarzer zum Vorschein, der mit einer Pistole auf ihn anhielt, doch Fox' gut gezielte *Repeater*-Salve stanzte ihm mehrere Löcher in die Uniformjacke. Der Kerl röchelte, und mit einem gezielten Kopfschuss setzte sie seinem Leiden ein Ende. Nikolaj ließ die *Prawda* zweimal aufbellen und begab sich bei der Fuchs-Beta in Deckung, die in diesem Moment ihr Magazin wechselte. Ein Augenblick, auf den Bitangaro offenbar nur gewartet hatte – der Kerl sprang hinter dem Terminal hervor und feuerte noch im Sprung mit seiner *VersatileXP.* Fox zuckte getroffen zusammen. Blut quoll aus zwei Löchern ihres Anzugs, und sie kippte unmittelbar neben Nikolaj gegen die Wand. Mit wütendem Aufschrei erwiderte Nikolaj das Feuer und zog die Fuchs-Beta in Deckung.

Fox röchelte, und Nikolaj glaubte, drüben bei Bitangaro das Klappern von Munitionshülsen hören zu können. Der Kerl hatte jetzt hinter einem Reinigungs-Bot Schutz gesucht. »Verdammt, macht sie endlich fertig!«, brüllte er seine Leute an.

Cheng gehorchte und ließ den *Evaporator* ein weiteres Mal aufröhren. Diesmal hielt er den klobigen Blaster auf die Deckung Jiangs gerichtet, die sich nur noch ducken konnte, während die Energiestrahlen das Hindernis in eine formlose Masse aus Schlacke und verschmortem Plastik verwandelten.

Nikolaj gab weitere Schüsse auf Bitangaro ab und wollte Jiang zu Hilfe eilen, als einer der Afrikaner mit ihrer *Mower* hinter dem Terminal aufsprang und seine Stellung mit einer MP-Salve eindeckte. Plötzlich war ein zorniges Heulen zu hören. Loop hechtete vom Treppengeländer aus im Strecksprung auf den Schwarzen zu, bevor dieser die MP herumreißen konnte. Offenbar war sein Lasergewehr defekt, denn der Wolf-Beta war nur mit einem Vibromesser bewaffnet, das er dem verdutzten Afrikaner noch im Sprung in die Brust rammte, bevor er ihn zu Boden riss. Cheng wirbelte zu Loop herum, doch der *Evaporator* gab nur noch ein verzagtes Summen von sich. Jiang riss die *Sveeper* mit einem Kampfschrei nach vorn, doch als sie abdrückte, knirschte es. Ladehemmung. Mit einem Fluch warf sie die Waffe zur Seite, hechtete über die von Blastereinschüssen verschmorte Deckung hinweg und griff ihren einstigen Leibwächter mit einigen gut gezielten Tritten und Schlägen an. Der wich aus und verteidigte sich auf die gleiche Weise. Nikolaj sorgte derweil dafür, dass Bitangaro weiterhin den Kopf einziehen musste. Drüben wich Jiang einem Karateschlag ihres Gegners aus, der zurücksprang und lauernd um sie herumtänzelte.

»Lass mich raten«, zischte der Chinese. »Deine Familie hat dich von Meister Tschang ausbilden lassen? Ich wollte mich schon immer einmal mit einem seiner Schüler messen.«

»Keine Zeit«, gab Jiang eisig zurück. Ihre kybernetische Prothese raste auf ihn zu. Es brizzelte, und sie schaltete ihn auf die gleiche Weise aus wie den Kadetten vor knapp zwei Stunden. Cheng kippte mit weit aufgerissenen Augen um.

Auch Loop hatte seinen Gegner inzwischen ausgeschaltet. Er nahm die *Mower*-MP an sich, und gemeinsam mit Nikolaj näherte er sich Bitangaros Deckung. Nur kurz strich sein Wolfsblick über Fox. Der Afrikaner lag am Boden und hob die Hände. Sein linkes Ohr blutete, und an einem seiner Finger baumelte die leergeschossene Pistole, die er jetzt fallen ließ. Das also war der Grund, warum es auf seiner Seite so verdächtig still geworden war. Nikolaj sah, dass sich unweit von Bitangaro ein Lift befand. Hatte der Kerl am Ende einfach flüchten wollen? »Mieses Dreckschwein!« Nikolaj kickte die Waffe beiseite, zog den Afrikaner hoch und rammte ihm brutal den Pistolenknauf ins Gesicht.

Bitangaro taumelte gegen eine der Konsolen und

wischte sich verärgert das Blut von der Lippe. Lauernd behielt er ihn und Loop im Auge.

»Wo befindet sich die verdammte Steuerkonsole, mit der wir die KOLOSSOS abschalten können?«, schrie ihn Jiang von drüben an.

Bitangaro spie zu Boden. »Find es selbst raus, Weng-Ho-Schlampe! Viel Zeit bleibt dir nicht mehr.«

Nikolajs Blick irrlichterte zu einem der wenigen Monitore im Raum, die noch in Betrieb waren. Dort lief ein Countdown ab. Rasputin, nur noch neunzehn Sekunden! »Ich mach das. Kümmer dich um Fox!«, zischte er Loop zu.

»Fox? Komm schon, mach keinen Scheiß ...« Loop sprang an die Seite der Fuchs-Beta, fischte ein MedPack hervor und informierte Cherokee über Kom.

Nikolaj hatte keine Zeit, sich um die beiden zu kümmern, denn der Countdown lief erbarmungslos ab. Nur noch 14 Sekunden. Er packte den Afrikaner und zerrte ihn mit aufgesetzter Pistole zu Jiang hinüber, die bereits damit beschäftigt war, die Konsolen abzusuchen. »Wie schaltet man das Ding ab?«, brüllte er den Afrikaner an. Nikolaj schoss direkt neben seinen Kopf.

Bitangaro zuckte unmerklich zusammen, doch er schwieg. Nikolaj zerrte ihn weiter mit sich, während er sich zusammen mit Jiang umsah.

Die Chinesin keuchte auf. Sie stürzte zu einer Konsole, die von schweren Lasertreffern durchsiebt war. »Bitte, nur das nicht ...!« Fahrig griff sie nach einigen Steuerungen, doch alles, was sie bewirkte, war, dass es zu einer weiteren Entladung kam. Entsetzt wirbelte sie zum Hangar herum, und auch Nikolaj sah, dass dort unten an der KOLOSSOS zahlreiche Signallichter aufflammten, die an den Magnetschienen entlang und immer schneller werdend nach hinten zum Ende des Hangars rasten. Das Leuchten steigerte sich zu rasendem Geflacker und wechselte seine Farbe schließlich zu Rot. Ein dröhnender Laut hallte durch die ganze Sektion, als weit hinten im Hangar die komplette hintere Hallenfront in Fetzen gerissen wurde. Die Wände der Brücke klapperten, und ein dumpfer Stoß brachte auch die Einrichtungen der Brücke zum Klingen. Die KOLOSSOS hatte ihr Wolframprojektil abgefeuert. Hektisch wirbelte Jiang zu einer anderen Konsole herum, auf deren Monitor sich das Bild des VMS2-Mondes abzeichnete. Fassungslos sahen sie mit an, wie sich die *KA*-Fregatte *Ganymed* begleitet von den beiden Koios-Kreuzern hinter dem Mond hervorschälte – als die Bildeinstellung von einem hellen Lichtblitz ausgefüllt wurde.

Nikolaj stöhnte auf. Das Projektil der KOLOSSOS hatte das Kriegsschiff ohne die geringste Vorwarnung an der Flanke erwischt. Weitere Explosionen erschütterten den fernen Schiffsleib, und die überrumpelte Fregatte brach vor ihren Augen auseinander. Im selben Moment ertönten überall auf der Brücke Alarmsirenen. »Achtung! *Farspace Horizon* meldet Überlastung des Fusionsreaktors!«, meldete sich eine elektronische Frauenstimme. »Empfehle Abkopplung von Sektion X. Achtung! *Farspace Horizon* meldet ...«

Bitangaro lachte dröhnend, und Nikolaj schlug ihn

mit einem zornigen Aufschrei zu Boden, wo er liegen blieb. Jiang übernahm die Kontrolle der Außenkameras, und im raschen Wechsel änderten sich die Bildeinstellungen auf dem Monitor. Endlich kam die Raumstation über ihnen in Sicht. Irgendwo auf Höhe einer der mittleren Decks leckte eine Feuerzunge ins All, ganz so, als wäre die Station von einem Raketeneinschlag getroffen worden. Das Bild zitterte, und sie konnten sogar hier unten leichte Vibrationen spüren. Der Glutball erlosch ebenso schnell, wie er aufgeflammt war. Mittels Kom meldete sich plötzlich Cherokee. »Ma'am, wir haben es geschafft. Die Überlebenden beginnen jetzt mit der Evakuierung der Sektion. Habe ich die Erlaubnis raufzukommen, um mich um Fox zu kümmern?«

»Ja, beeilt euch!«, rief Jiang.

Abermals wechselten die Bildeinstellungen auf dem Monitor, und sie konnten eine Halle einsehen, in der Dutzende Arbeiter panisch zu den Andockstationen mit den Fähren rannten. Sie wandte sich Nikolaj zu. »Ich befürchte das Schlimmste, wenn es uns nicht gelingt, die verdammte Sektion abzukoppeln. Nur weiß ich nicht, wie wir das bewerkstelligen sollen.«

»Am besten gar nicht!«

Nikolaj und Jiang fuhren herum und starrten Bitangaro an, der sich hinter ihrem Rücken wieder aufgerichtet hatte. Unter dem Aufschlag seiner Jacke ragte die Mündung der Biokolubrine hervor, die direkt auf Nikolajs Gesicht zielte. »Eine falsche Regung von wem auch immer hier, und Sie sind ein toter Mann, Poljakow.«

Dermo. Bitangaro nahm ihm die *Prawda* ab und zwang auch Jiang und Loop dazu, ihre Waffen abzulegen. Der Wolf-Beta knurrte und kam dem Befehl nur widerwillig nach.

»Schneller, Fenris«, blaffte ihn Bitangaro an, »sonst bist du der Erste, den es erwischt!« Grinsend spannte er den Hahn, während er die Biokolubrine weiterhin auf Nikolaj gerichtet hielt.

»Sie haben genau eine Kugel, Bitangaro«, sagte Nikolaj kalt. »Das übrige Magazin ist leergeschossen.«

Der Afrikaner fuhr sich mit der Zunge über die Lippen. »Warum sollte ich Ihnen glauben?«

»Weil Sie vor einem Problem stehen. Zwei von uns können Sie vielleicht aus dem Weg räumen. Aber einer wird übrig bleiben.«

»Vielleicht reicht es mir ja, Sie und Chu umzubringen?«

Der Aufzug öffnete sich, und Cherokee und Fratt stürmten die Brücke.

Bitangaro ruckte mit der *Prawda* herum und stoppte sie, kaum, dass sie den Raum betreten hatten. »Hübsch stehen bleiben, Chims!«

Adler und Iltis hielten alarmiert inne und verschafften sich einen Überblick.

»Er hat eine Kugel im Magazin, außerdem eine Bolzenwaffe mit geringer Reichweite«, rief ihnen die Chinesin zu.

Bitangaro gab einen verärgerten Laut von sich.

»Jetzt steht es sogar drei zu eins«, befand Nikolaj ruhig.

»Glaube ich kaum, Poljakow.« Bitangaro bleckte die Zähne. Fratt war nach dem Waffenwechsel vorhin unbewaffnet, nicht so der Doc. »Los, Schnabelgesicht, her mit deiner Pistole! Und zwar hübsch langsam.«

Cherokee starrte ihn lauernd an, griff dann zu seinem Pistolenhalfter und folgte der Anordnung. Doch statt die Waffe zu übergeben, warf er sie vor sich auf den Boden. »Da ist sie. Chrrr.«

»Dreckiges Biest! Glaubst du, ich lass mich von dir verscheißern?«

Was hatte Cherokee vor? Er und Fratt traten einen Schritt zurück. Bitangaro packte Nikolaj mit der Linken und zerrte ihn wie einen Schutzschild mit sich Richtung Lift. Die Biokolubrine drückte gegen seinen Hals, während der Schwarze die Betas weiter auf Abstand hielt. »Nur eine falsche Bewegung, und es ergeht euch wie der Füchsin!« Loop starrte Nikolaj eindringlich an.

Stirnrunzelnd erwiderte Nikolaj den Blick und sah, dass der Wolf-Beta unmerklich auf Fox wies. Die Verletzte hielt eine Pistole umklammert und sah mit flackerndem Blick zu ihm auf. Sie erreichten die Stelle mit Cherokees Waffe, und Bitangaro zwang Nikolaj, sich mit ihm zu bücken, um an die Pistole heranzukommen. Viel schneller als Nikolaj gehofft hatte wechselte der Kerl die Schusswaffen, doch dafür lockerte sich sein Griff.

Nikolaj stieß seinen Arm beiseite und warf sich auf den Boden. Im gleichen Moment peitschte Fox' Pistole auf. Doch die Kugel schlug schlecht gezielt hinter ihnen in einer Gerätefront ein. Bitangaro fluchte und hechtete in den Lift, wo er die Beutewaffe rasch entsicherte. Loop riss der geschwächten Fox die Waffe aus der Hand und feuerte gleich drei weitere Kugeln in Richtung Kabine, die unter den Einschlägen dröhnte. Nikolaj langte nach der herrenlosen *Prawda,* doch bevor er abdrücken konnte, musste er den Kopf einziehen, da Bitangaro jetzt das ganze Magazin entleerte und jeden vor der Kabine in Deckung zwang. Vor ihrer aller Augen schloss sich der Aufzug.

»Njet!« Nikolaj sprang auf, stürmte vor und krachte gegen die geschlossene Lifttür. Bitangaro setzte sich nach unten ab. Ihm war klar, dass der Afrikaner den Aufzug blockieren würde. Dieser Weg war ihnen jetzt versperrt. »Verflucht!« Wütend rammte er die Faust gegen das Metall. Unterdessen umringten die Betas Fox.

Cherokee versuchte sich verzweifelt an Erste-Hilfe-Maßnahmen, doch die Fuchs-Beta hatte bereits zu viel Blut verloren. Sie röchelte, blutiger Schaum troff von ihren Lefzen. »Erwischt ihn ... für mich!«

Der Adler-Beta gab seine Bemühungen auf und nickte. In Fratts Augen schimmerte es feucht. »Machen wir«, sagte Loop heiser. »Kannst dich drauf verlassen, Fox.«

»Gut ...« Die Fuchs-Beta schloss die Augen, ihr Kopf kippte zur Seite. Einige lähmende Sekunden lang konnte man nur das Rauschen der Belüftung hören.

»Wir brauchen ...« Jiangs Stimme brach betroffen ab, doch sie fing sich wieder. »Wir brauchen Kontakt zur *Farspace Horizon.*«

»Sofort, Ma'am!« Fratt erhob sich, und gemeinsam mit ihr und Nikolaj eilte er zum Funkraum, in dem noch immer der Bewusstlose lag. Der Justifier setzte sich an die Kom-Einrichtung und suchte die Frequenzen ab. »Control. Hier Sektion X. Bitte melden!«

Aus dem Lautsprecher drang ein Rauschen, in das sich verzerrte Stimmen mischten. »Control. Hört ihr uns?«

Es dauerte eine Weile, schließlich konnten sie einen aufgeregten Wortwechsel vernehmen. »... ist denn bei euch da oben los?«

»Wir haben ziemliche Probleme«, sagte eine jungenhafte Stimme. »Ein Feuer, glaube ich ...«

»Was heißt hier: glaube ich?«, kam es zur Antwort. »Sortiert mal euren Laden ...« Verblüfft drehte sich der Iltis-Beta zu Jiang um. »Das ist Leutnant Owens! Unser Shuttle-Commander.«

»Versuch ihn anzufunken«, forderte ihn Loop auf, der nun ebenfalls im Eingang stand. Über seiner Schulter hingen sowohl die *Mower*-MP als auch Fox' Repeater.

»Versuche ich ja, aber irgendetwas stört die Frequenzen.« Es fiepte, anschließend konnten sie wieder die jungenhafte Stimme hören.

»... Kontakt zu den Rettungsteams verloren. Die Sensoren spielten verrückt. Es gab niemanden vor Ort, der etwas tun konnte. Robertson ist mit allen Leuten los, um zu helfen und den Einsatz zu leiten. Er sagte, ich solle hierbleiben, es würde eh nichts passieren. Ich ... ich weiß doch gar nicht ...«

Der Kontakt verging in atmosphärischem Knistern,

und eine Frauenstimme wurde stattdessen hörbar, die sich vor Aufregung förmlich überschlug. »Meldet euch, Control! Ihr verdammten Sauhunde habt die *Ganymed* beschossen! Ich verlange ...« Die Funkverbindung brach ab. Was Fratt auch versuchte, er bekam keine Verbindung mehr rein. Ein weiterer Stoß erschütterte die Sektion. »Vielleicht funktioniert das Kom in einer der Fähren?«, schlug er vor. »Die dortigen Verbindungen scheinen noch zu stehen.«

»Welche Fähren?« Loop knurrte missmutig und deutete auf ein Pult mit Anzeigen, die den Funkraum mit den Andockschleusen verband. Ein letztes grünes Licht sprang soeben auf Rot um. »Die undankbaren Mistkerle da unten haben gerade das letzte Taxi genommen.«

»Oder Bitangaro«, meinte Nikolaj finster. »Aber wir finden hier schon einen Weg raus.« Er schloss die Augen und konzentrierte sich. *Partner, hörst du mich?* Die *Nascor* befand sich verflucht weit weg. Apollo über solch eine Distanz erreichen zu wollen, war fast aussichtslos. Er glaubte zwar eine schwache mentale Resonanz zu spüren, aber er vernahm keine Antwort. Jiang sah ihn gespannt an, doch er schüttelte den Kopf.

»Helme und Sauerstoffpacks aufnehmen«, kommandierte die Chinesin barsch. »Und dann raus hier!«

Sie folgten der Anweisung. »Versuchen wir es noch einmal via Drucklufttröhre?«, wollte Loop wissen.

»Ist nicht nötig«, meinte Cherokee, der hinter ihnen mit der toten Fox im Arm erschien. Sein Gesicht war hölzern, und irgendwie besaß der große Adler-Beta in diesem Moment Ähnlichkeit mit einem indianischen

Totempfahl, der erhaben vor ihnen aufragte. »Ich habe einen anderen Weg gefunden.« Er stiefelte voran und führte sie in eine Offiziersmesse, in der sechs Leichen in den grauen Uniformen der *KA* lagen. Nikolaj hatte sich schon gefragt, was Bitangaro und seine Männer mit dem Kommandostab der Sektion gemacht hatten. Cherokee schritt über die Toten hinweg und wies mit dem Kopf auf einen kurzen Gang am Ende des Raums, der an einer schlichten Metalltreppe endete. Die Sprossen führten sowohl nach oben als auch nach unten. Jiang entschied sich für den Weg in die Tiefe, und abermals spürten sie Vibrationen, die sich durch den stählernen Leib der Sektion zogen. Das fühlte sich nicht gut an. Gar nicht gut. Hinzu kam, dass sich plötzlich Nikolajs Leibesmitte meldete. Er blieb kurz stehen und verzog das Gesicht vor Schmerz. Übelkeit stieg in ihm auf. Der Hakenwurm. Warum musste sich das Ding ausgerechnet jetzt in Erinnerung rufen? Er ignorierte den Parasit in seinem Gedärm und kämpfte sich hinter den anderen weiter die Treppe hinunter. Auf diese Weise gelangten sie in einen Kreuzgang mit flackernden Leuchtstoffröhren, von dem sechs weitere Türen abzweigten. »Wohin jetzt, Ma'am?«, wollte Loop wissen.

»Ich weiß es nicht«, zeigte sich Jiang ratlos. »Sieht hier jemand irgendwo Hinweisschilder?«

Ein weiterer Stoß erschütterte die Sektion, und von irgendwoher war das beunruhigende Geräusch sich verbiegenden Metalls zu hören. In diesem Augenblick sprang der kleine Monitor in Nikolajs Multibrille an. Das Bild war von grauem Schnee bedeckt, doch er konnte ohne Zweifel Gwinny erkennen. »...kolaj? Melde dich!«, vernahm er ihre abgehackte Stimme.

»Gwinny?« Er berührte den Brillenbügel, doch das Bild verschwamm. »Die *Nascor* ist in der Nähe«, informierte er die anderen. Er nahm die Multibrille ab und hielt sie in verschiedene Richtungen. Die drei Betas glotzten argwöhnisch seine grauen Augen an. Nikolaj eilte die Treppenstufen hoch, und der Empfang wurde besser. »Gwinny?«

»Himmel, Nikolaj!«, antwortete die Heavie-Frau erleichtert. »Wo seid ihr? Apollo war davon überzeugt, dass du versucht hast, dich bei ihm zu melden.«

»Ja, hatte ich auch. Warum antwortet er nicht?«

»Er ist verletzt.« Ihr Bild flackerte. »Sorgen solltest du dir lieber um die Raumstation machen. Sieht so aus, als ob sich auf *Farspace Horizon* eine Katastrophe anbahnt. Der Control ist nicht mehr zu erreichen, und überall verlassen die Ratten das sinkende Schiff.«

»Wo seid ihr?«

»Wir nutzen das Chaos, um an dieser Sektion X anzudocken. Irgendwo oben am Heck!«

»Gut, wir schlagen uns zu euch durch!« Nikolaj winkte seinen Waffengefährten zu, und sie rannte die Sprossen wieder nach oben. Nikolaj hielt weiterhin die Multibrille vor sich und folgte der Stärke des Bildsignals. So gelangte er zu einem weiteren Korridor direkt über der Kommandoebene, die in eine dämmrige Halle mit satellitengroßen Luftaustauschern und dicken Röhren unter der Decke führte. Sie schwärmten aus und sahen sich um. Eine Sackgasse?

»Dort!« Loop wies zu einer Galerie empor.

Tatsächlich, dort oben, hinter einem Terminal, konnte nun auch Nikolaj ein unscheinbares Schott ausmachen, etwas kleiner als die bisherigen Schutzwände. Ein lautes Fauchen hallte von dort oben auf, und grelle Funken sprühten auf die Galerie. Nikolaj rannte auf eine Kunststoffleiter zu, die nach oben führte. Rumpelnd öffnete sich der Durchgang, und Roger betrat die Galerie mit Schweißgerät und Schutzbrille. Er klappte die Brille hoch und verzog das bärtige Heavie-Gesicht zu einem Grinsen. »Poljakow, Nikolaj?«, witzelte er und ließ den Schneidbrenner ein paarmal martialisch auffauchen. »Wir möchten Sie an die zugesagte Organspende erinn...« Erst jetzt entdeckte er Jiang und die Betas, die die Galerie nun ebenfalls erreichten. Schnell wurde er wieder ernst. »Ihr kommt genau zum rechten Zeitpunkt!«

Nikolaj schlug dem Heavie auf die Schulter und wartete ab, bis die Chinesin und die drei Justifiers an ihnen vorbeigeeilt waren. Abermals verzog sich irgendwo Metall. »Bloß weg hier.«

Sie stürmten durch die Schleuse zurück an Bord der *Nascor,* wo sie von Gwinny begrüßt wurden. Rasch stellte Nikolaj Heavies und Betas einander vor. Gwinny sah betroffen zur toten Fox auf, die noch immer in den Armen von Cherokee lag. »Gwinny, was ist mit Apollo?«

»Verbrennungen. Er war in einem Gang eingesperrt, als dort Feuer ausbrach. Konnte sich aber retten.«

»Cherokee, mein Partner Apollo braucht dich«, sprach Nikolaj den Adler-Beta an. »Bei ihm handelt es sich um einen Alpha!« Cherokees Schnabel zuckte nur unmerklich. »Und du, Roger, bitte weise unsere Gäste ein. Ich muss rauf zum Cockpit.« Roger verriegelte die Schleuse. An der Seite Jiangs hetzte Nikolaj an der Schiffsmesse vorbei zum Lift und erreichte so das Cockpit.

»Jacky«, begrüßte sie die mütterliche Stimme des Bordcomputers. »Augen hübsch geradeaus. Der Käpt'n ist wieder auf der Brücke.« Jack saß in seinem Kutschersessel und erhöhte gerade den Schub der Steuerdüsen. Sein rotes Haar klebte verschwitzt auf seiner Stirn.

Nikolaj warf sich in den Copilotensitz und nickte ihm kurz zu, während er das Navigationsdisplay ausfuhr. Langsam entfernte sich die *Nascor* von ihrer Andockposition. »Lage!«

»Wie schon? Scheiße!« Jack sah nicht einmal auf, so konzentriert war er. »Sieht so aus, als ob die ganze Station gleich in die Luft fliegt.«

Ebenso wie Jiang blickte Nikolaj durch das Panoramafenster und entdeckte über sich im All Dutzende Rettungskapseln, die sich von *Farspace Horizo*n lösten und von Feuerschweifen getragen Richtung VMS2-Orbit rasten.

»Was ist mit Bitangaro?«, wollte der Heavie wissen.

»Entkommen.«

»Ich hab dir doch gesagt, dass das eine beschissene Idee war.« Jack sah nun doch auf und bedachte Jiang mit einem vernichtenden Blick. »Das haben wir jetzt davon.«

Nur 100 oder 200 Meter vom Bug ihres Schiffes entfernt schoss ein Shuttle vorbei.

»Hör auf, Jack. Darüber diskutieren wir später. Lass uns entscheiden, wohin es jetzt gehen soll.«

»Runter auf den Planeten«, schlug Jiang vor. »Ohne Ihren Sergej können wir das System eh nicht verlassen. Und wenn die beiden Koios-Kreuzer erst einmal mit ihrer Untersuchung beginnen, dann ratet, wen sie sich als Erstes vornehmen werden?«

Unvermittelt kam es zu einer gewaltigen Ringexplosion hinter ihnen auf der Raumstation, die das All schwach erleuchtete. Dort hatte sich soeben eine komplette Stationsebene in ihre Einzelteile aufgelöst.

»Rasputin hilf!«, stöhnte Nikolaj. Die Pulsatorentriebwerke der *Nascor* ächzten unter der Belastung, während auf allen Höhenebenen der Raumstation weitere Glutbälle hervorbrachen. Jack hatte die Nase der *Nascor* längst auf den Orbit des Planeten ausgerichtet und erhöhte den Schub, als unmittelbar vor den Panaromafenstern ein wild rotierendes Trümmerstück vorbeirauschte.

»Computer!«, rief Nikolaj alarmiert. »Sofort Schild ...«

Im selben Augenblick krachte etwas dröhnend gegen den Schiffsleib, und Wände und Sitze im Cockpit erzitterten wie bei einem Erdbeben. Ein gellender Alarmton brachte ihre Ohren zum Klingen, mehrere Lämpchen an der Steuerkonsole blinkten rot auf.

»Verdammter Dreck!«, fluchte Nikolaj. »Es hat uns am Heck erwischt. Die Steuerbord-Düsen sind gerade zu fünfzig Prozent ausgefallen!«

»Die Backbord-Aggregate, die wir gerade erst repariert haben, funktionieren auch nur zu achtzig Prozent!«, fluchte der Heavie.

Die *Nascor* stürzte weiter auf den grauweißen Planeten zu, und Nikolaj konnte auf dem Radar sehen, dass sie sich förmlich ein Wettrennen mit weiteren Trümmerteilen lieferten. »Schnallt euch da hinten an«, brüllte Jack ins Kom. »Das wird gleich eine ziemlich unsanfte Landung.«

8

STRONTIUM-90

System: Van Maanens Stern
Ort: VMS2
Planet im Besitz der Stellar Exploration
28. April 3042

Wie immer begann die *Nascor* unter dem Ansturm der Luftmassen zu bocken, als das Schiff in die Atmosphäre eintauchte. Vor den Panoramafenstern glühte die Luft, doch was Nikolaj und Jack auch versuchten, diesmal hatten sie dem harten Ritt durch die Lufthülle des Planeten kaum etwas entgegenzusetzen. Die Scanner spielten verrückt, seit sie in die Metosphäre eingetaucht waren. Während Jack verzweifelt versuchte, den Neigungswinkel der *Nascor* zu korrigieren, schaltete Nikolaj auf Sichtflug um und behielt den Entfernungsmesser im Auge. Noch 76 km bis zur Planetenoberfläche. Leider durchstieß die *Nascor* gerade Wolkenschichten mit feinen Eiskristallen, die alles grau machten. Die Bremsdüsen waren voll aktiviert, als die Sicht endlich aufklarte. Endlich sprangen auch die

Scanner wieder an, und im Holocube zeichnete sich ein 3D-Bild der Topografie des Planeten ab. Die *Nascor* raste auf ein Gebirge zu, dessen Höhenzüge keine dreißig km unter ihnen lagen. Die Schubumkehr brüllte auf, und es gelang ihnen nicht nur, den Sturzflug weiter abzubremsen, sondern auch, das Schiff wieder in eine horizontalere Flugposition zu zwingen.

»Noch 480 km/h Geschwindigkeit, weiter fallend!«, ächzte Jack. Die Steuerkonsole vibrierte. »420 km/h ... 370 km/h ...«

Sie donnerten knapp über die Gipfel des Bergzugs hinweg auf eine Ebene zu, die sich weiß und grau vor dem Panoramafenster abzeichnete. »320 km/h ... Scheiße, Nikolaj. Das reicht nicht.«

»Computer«, brüllte Nikolaj. »Bremsschirme auswerfen!« Die Grav-Generatoren heulten auf, dennoch wurden sie von einem heftigen Ruck in die Gurte gerissen. Hinter ihnen stöhnte Jiang auf.

»Bremsschirme zwei und vier abgerissen«, kommentierte der Computer das Manöver besorgt. Kein Wunder, die Dinger waren über 400 Jahre alt, und Nikolaj hatte es nie für nötig befunden, sie auszutauschen.

»Immerhin, nur noch 160 km/h!« Sie rasten auf eine schneebedeckte Ebene mit schwarzen Flecken zu, die irgendwie über die Oberfläche zu wandern schienen. Van Maanens Stern war derweil nur als trübe Funzel irgendwo über ihnen am Himmelszelt auszumachen. Die *Nascor* hielt jetzt auf eine seltsame Schlucht zu, die Nikolaj im allgegenwärtigen Grauweiß fast übersehen hätte. Wie eine hässliche Wunde klaffte sie in der trostlosen Ebene und fiel dabei immer tiefer ab. »120 km/h ... 105 km/h ... 86 km/h ...!«, las Jack aufgeregt die Geschwindigkeitsanzeige ab.

Nikolaj steuerte die Kluft direkt an, darauf hoffend, mit jedem gewonnenen Tiefenmeter weiter an Geschwindigkeit zu verlieren. Rechts und links der Kanzel wuchsen die Wände der Schlucht in die Höhe, und es wurde zunehmend dunkler, während Jack weiter die Anzeigen ablas. »60 km/h ... 50 km/h ...« Unter dem Schiff brüllten die Bremsdüsen auf, kurz darauf wurde die *Nascor* von einem heftigen Stoß erschüttert, und das viele tausend Tonnen schwere Schiff schlidderte den Untergrund entlang. Sie kippten leicht schräg auf die Seite, und endlich kam die *Nascor* zur Ruhe.

Nikolaj atmete erleichtert aus und löste die Gurte. »Schadensbericht!«

Vor ihm auf dem Display spulten sich in roter Schrift die Meldungen ab. Darunter befanden sich solche, die zertrümmerte Außensensoren anzeigten. Davon abgesehen war die komplette Hüllenverblendung am Bauch des Schiffs zertrümmert worden, und die Titanlegierung der eigentlichen Außenhaut hatte leichte Schrammen abbekommen. Besorgniserregend war – abgesehen von den Schäden an den Steueraggregaten – allein der Funktionsausfall des *STPD*-Racers, der den Antrieb mit den Pulsatoren steuerte.

Nikolaj stöhnte. »Mann, das war knapp.« Er fuhr die Landestützen des Schiffs aus, die er angesichts der Geschwindigkeit, mit der sie auf den Planeten niedergegangen waren, nicht anzurühren gewagt hatte. Sie wären beim Aufschlag auf die Oberfläche vermutlich abgerissen worden. Unter dem Schiff rumpelte es, und die Hydraulik richtete die *Nascor* in waagerechte Position auf. Die nähere Umgebung war in nahezu vollständige Dunkelheit gehüllt.

Nikolaj ließ die Außenscheinwerfer aufflammen und warf einen Blick durch die Panoramafenster. Leider hatte die Landung so viel Staub und Schnee aufgewirbelt, dass er in dem Lichtschein gerade mal die Konturen einiger Felsen erkennen konnte.

»Ich bin beeindruckt«, meldete sich Jiang. »Einen Moment lang dachte ich: Das war's!«

»Ich auch«, antwortete Nikolaj. Er griff zum Kom. »Freunde, bei euch hinten alles in Ordnung?«

Roger antwortete über ein Gerät im Frachtraum, und Nikolaj konnte im Hintergrund das aufgeregte Keckern ihrer Tiere hören. »Ja, bei uns alles klar. Soweit ich das überblicke, ist niemandem etwas passiert.«

Nikolaj stand auf und half Jiang aus den Gurten ihres Sitzes vor der Astrogatorenkonsole. »Jack, bitte wirf einen Blick auf den *STPD*-Racer. Ich will jetzt erst mal nach Apollo sehen.«

»Ja, mach ich«, murrte der Heavie.

Gemeinsam mit der Chinesin eilte Nikolaj nach unten zu der medizinischen Einrichtung, und im Vorraum kamen sie an Fox' sterblichen Überresten vorbei. Die Justifiers hatten den Körper der Fuchs-Beta in einen Leichensack gehüllt und auf einen Tisch geschnallt. Im Labor nebenan wurden sie von Gwinny, Loop und Cherokee erwartet. Nikolaj hatte lediglich

Augen für Apollo. Er lag dort, wo einige Stunden zuvor noch Jiang gefesselt gewesen war. Mit seinen vielen weißen Bandagen erinnerte er ihn an eine dieser Tiermumien, wie man sie in Ägypten fand.

»Wie geht es ihm?«, fragte er besorgt.

Cherokee schnitt gerade einige Verbände mit der Schere auf und besah sich die Verletzungen des Alphas: verbranntes Fell und versengtes Fleisch mit großen Brandblasen.

Nikolaj atmete scharf ein. Apollo fletschte die Zähne und blickte müde zu ihm auf. »Schau nicht so«, knurrte er Nikolaj mit Hilfe seines Übersetzungsgeräts an. »Kann schon nicht so schlimm sein, wie mir dein Blick weismachen will.«

»Wie schlimm sind die Verletzungen?«, verlangte Jiang zu wissen.

»Nun, größtenteils Verbrennungen zweiten Grades, Ma'am«, erklärte der Adler-Beta. »Allerdings sind davon große Hautpartien betroffen. Chrrr. Ich würde sagen, Ihr Alpha ist nur knapp einem hypovolämischen Schock entgangen.«

»›Ihr Alpha‹«, äffte Apollo den Beta schwach nach. »Herrje, ich hab schon Schlimmeres überstanden.«

»Die Wunden wurden aber gut versorgt.« Cherokees Raubvogelblick streifte Gwinny, die zaghaft lächelte. »Ich hab mich bemüht«, befand sie. »Aber mehr als Erste-Hilfe-Kenntnisse besitze ich nicht.«

»Sie geben eine gute Krankenschwester ab, Ma'am.« Der Beta verzog seinen Schnabel zu so etwas wie einem Lächeln und kramte ein MedPack hervor. »Glücklicherweise trage ich Medikamente bei mir, die wir eigentlich nur bei unseren Außeneinsätzen verwenden. Die sollten den Heilungsprozess beschleunigen. Vor allem aber braucht unser Patient jetzt Ruhe.« Er zog eine Spritze auf, setzte sie an Apollos Brust an und hielt inne. Irritiert sah Cherokee auf. »Das mit der Ruhe war ernst gemeint. Chrrr.« Er wies zum Ausgang. »Wenn ich die Herrschaften bitten dürfte, die Krankenstation zu verlassen? Außer Ihnen natürlich, Ma'am.« Er nickte Gwinny zu.

Widerwillig folgten Nikolaj, Jiang und Loop der Anweisung.

»Keine Bange, Chef«, knurrte der Wolf-Beta im Vorraum mit Fox' Leiche. »Unser Schamane bekommt das schon hin.«

»Ich nehme dich beim Wort«, seufzte Nikolaj. »Warum eigentlich immer dieses ›Schamane‹?«

Der Wolf-Beta fletschte die Lefzen. »Unser Doc glaubt, dass seine menschlichen Gene indianischer Abstammung sind. Deswegen.« Unglücklich betrachtete er den Leichnam der Fuchs-Beta.

»Tut mir leid wegen Fox«, meinte Jiang. »Das hatte ich nicht beabsichtigt.«

»Schon gut, Ma'am.« Loop schnaubte. »Wir Justifiers sterben lieber in den Stiefeln als in irgendeiner Koje. Fox hat das genauso gesehen.« Er berührte den Leichensack. »Im Moment mache ich mir vor allem Sorgen um unser restliches Shuttleteam. Leutnant Owens, Sarge Bull und all die anderen. Ich hoffe wirklich, dass sie da oben noch weggekommen sind.«

»Wir sollten uns jetzt besser darum kümmern, wie *wir* von hier wegkommen«, meinte Jiang. »Die Rettungskapseln haben sich alle in Richtung Planet abgesetzt, was bedeutet, dass hier auf VMS2 vermutlich eine Basis existiert. Außerdem dürfen wir Bitangaro nicht vergessen. Es würde mich schon sehr wundern, wenn der Kerl die Katastrophe im Orbit nicht ebenfalls überstanden hätte.«

»Hier auf VMS2 gibt es sogar drei Stützpunkte«, beantwortete Loop die Frage. »Alle von *Stellar Exploration.* Genaueres durften uns aber nicht einmal jene unserer Kameraden sagen, die schon seit ein paar Jahren auf *Farspace Horizon* stationiert sind. Unsere Bosse haben immer ein riesiges Geheimnis um den Planeten gemacht. Normalerweise erschließt die SE die Planeten und verkauft sie nach Erstellung einer Expertise an andere Konzerne. Vornehmlich natürlich an jene, die der *KA* angehören. Schon etwas seltsam.«

Roger meldete sich auf Nikolajs Brillendisplay. »Nikolaj, mögt ihr mal runterkommen? Sgt. Fratt hat eben etwas Bemerkenswertes entdeckt.«

Nikolaj unterrichtete seine Begleiter über die Nachricht, und gemeinsam begaben sie sich runter in den großen Frachtraum der *Nascor.* Die vielen Exokreaturen in den Käfigen und Terrarien waren noch immer von großer Unruhe erfüllt, und Nikolaj sandte beruhigende mentale Impulse aus.

»Mann, was ist denn das hier für ein Zoo?«, entfuhr es Loop. Der Wolf-Beta schnüffelte unruhig und blieb erstaunt vor der großen Voliere mit den geflügelten

Sauropsiden stehen. »Die Viecher sehen ja genauso aus wie die Biester, die uns vor sieben Jahren auf Alrakis Prime angegriffen haben.«

»Das hier *ist* ein Zoo, und die Sauropsiden stammen tatsächlich von diesem Planeten«, erklärte Nikolaj geistesabwesend. »Wir haben dort vor einiger Zeit auf einem Stützpunkt von *Megalith Industries* gastiert – und bei der Gelegenheit einige der Sauropsiden eingefangen.«

»Ach, die *SE* hat den Planeten inzwischen an dieses Bergbauunternehmen abgetreten? Ich dachte, *Megalith* arbeitet lieber mit der CoS zusammen?« Loop zuckte mit den Schultern. »Trotzdem, die Viecher sind gefährlich!«

»Ich weiß. Aber nicht für uns.« Nikolaj tippte sich gegen die Stirn. »Ich vermag es, sie ruhigzustellen.«

Sie entdeckten jetzt Roger und Fratt. Die beiden befanden sich in dem Kontrollraum für die Fütterungs- und Last-Bots. Der Iltis-Beta saß vor einem Monitor, auf dem ein seltsamer bläulicher Kristall zu sehen war. »Ma'am«, sagte er, kaum dass Jiang neben ihm stand. »Wir haben uns die Freiheit erlaubt, einen der Bots rauszuschicken, um zu überprüfen, wo wir eigentlich gelandet sind.« Er deutete auf den Monitor, dessen Bild leicht ruckelte. »Das da befindet sich keine fünfzig Meter vom Heck des Schiffs entfernt.« Der Bildausschnitt zoomte heran, und sie konnten in der kristallinen Struktur röhrenförmige Einschlüsse erkennen.

»Meine Güte!« Jiang riss die Augen auf.

Nikolaj betrachtete den Monitor stirnrunzelnd. »Was soll das sein?«

»Wie verhält es sich mit Druck und Atmosphäre da draußen?«, fragte Jiang, ohne auf die Frage einzugehen.

»Außerhalb des Schiffs herrscht eine Kälte von minus sechs Grad«, brummte Roger. »Schwerkraft ungefähr 0,8 G. Argon-, Stickstoff- und Sauerstoffwerte sind etwas erhöht, aber mit einem Respirator sollte man sich da draußen problemlos bewegen können.«

»Fratt und ich brauchen den nicht«, hechelte Loop. »Wir kommen auch so mit der Atmosphäre klar.«

»Dann lasst uns diese Schlucht näher in Augenschein nehmen.« Jiang wandte sich nun endlich Nikolaj zu. »Du willst wissen, über was wir da gestolpert sind?« Sie lächelte. »Ich schätze mal, das da draußen ist ein Relikt der Ancients!«

Die Luft des fremden Planeten war kalt, Pulverschnee bedeckte den Boden. Nikolaj stand vor dem hohen Bug der *Nascor,* rückte sich den über Mund und Nase gestülpten Respirator zurecht und entsicherte vorsichtshalber seine *Prawda.* Dann gab er Jack oben im Cockpit das Signal, die grellen Frontscheinwerfer des Schiffs anzuschalten. Überwältigt riss er die Augen hinter der Multibrille auf. Auch von Loop, Fratt, Roger und Jiang waren Laute des Erstaunens zu hören, die schwach von den Felswänden um sie widerhallten. Die *Nascor* war bei ihrer unsanften Landung zu einem Höhlenbereich am Grund der seltsamen Schlucht durchgebrochen, wie ihn Nikolaj noch nie zuvor gesehen hatte. Vor ihnen erhob sich ein gewaltiger Felsendom, in dem Kristalle in allen möglichen Größen und Formen emporgewachsen waren. Einige wenige waren fingerlang und ragten aus dem frostigen Untergrund auf wie gläsernes Gras, doch die meisten ähnelten Säulen von der Größe ganzer Gebäude. Zwei oder drei der Gebilde reichten sogar bis knapp unter die Höhlendecke zwanzig Meter über ihnen. Jede der majestätischen Skulpturen schimmerte aquamarinblau im Licht ihrer Scheinwerfer, und Nikolaj kam sich angesichts all der blinkenden und blitzenden Kristallgiganten wie ein Insekt vor, das in eine aufgebrochene Achatdruse geraten war. »Was ist das hier?«

»Endokriner Kristall«, antwortete Jiang. Sie trug noch immer den Raumanzug, der sie vor der Kälte schützte.

»Endokriner Kristall?«, nuschelte Roger, der als Einziger in eine dicke Felljacke gehüllt war.

»Ja, man hat Gebilde wie diese bereits auf mehreren anderen Planeten entdeckt, auf denen die Ancients gewirkt haben.« Jiang ließ einen Handscheinwerfer aufflammen und beleuchtete jene große Kristallformation, vor der ihr Last-Bot stand. »Sehen Sie die Einschlüsse?« Sie trat dicht an das gewaltige Objekt heran und wischte mit der Linken etwas Frost von der Außenfläche.

Nikolaj trat gemeinsam mit den anderen an das durchscheinende Gebilde heran und konnte darin Röhren und feine Kapillare erkennen, die sich wie Adern durch das gläserne Material zogen. Nikolaj sah zu den anderen Kristallen auf und entdeckte, dass die Giganten teilweise mit diesen Röhren verbunden waren.

»Die Ancients haben die Kunst beherrscht, Kristalle

wie diese quasi auf Wunsch zu züchten«, fuhr Jiang begeistert fort. »Unsere Wissenschaftler glauben, dass mit ihrer Hilfe bestimmte Substanzen angefertigt wurden. Einige von diesen Kristallen sind gänzlich hohl, andere weisen im Innern rätselhafte Linsensysteme auf, die das Licht unterschiedlicher Spektralbereiche bündeln und fokussieren können. *Romanow* hat angeblich Milliarden C aufgewendet, um hinter das Geheimnis dieser Kristalle zu kommen. Ihr wisst schon, dieser Konzern, der sich auf Metallveredlung, Kunstdiamanten und Lasertechnologie spezialisiert hat. Angeblich beruht ein Gutteil seines Erfolgsgeheimnisses auf den Ergebnissen dieser Studien.«

Nikolaj und Roger warfen sich unmerkliche Blicke zu. »*Romanow* war nicht immer so spezialisiert«, erklärte Nikolaj. »Bevor sich der Konzern von der *GeRuCa* unabhängig gemacht hat, hat er seine Finger noch in vielen anderen Dingen gehabt.«

»Du kennst dich mit *Romanow* aus?« Jiang drehte sich zu ihm.

»Ich bin Russe«, meinte Nikolaj vieldeutig. »Dafür besitzt du erstaunliche Kenntnisse über die Uralten.«

»Zeig mir einen Ancient-Tunes-Musiker, der sich nicht für die Ancients interessiert.« Jiangs Finger glitten über das kalte Kristall, und ihre Stimme nahm einen demütigen Klang an. »Alles an den Ancients ist rätselhaft. Ihre Kultur, ihre Technologie, und natürlich der Grund für ihr Verschwinden. Doch das hier ...« Sie machte eine Pause. »Niemand hat endokrinen Kristall bis heute vollständig analysieren können. Geschweige denn, dass man ihn reproduzieren könnte. Nur eines ist gewiss: Wir stehen hier nicht nur vor einfachen Kristallen, sondern vor den Überbleibseln unbegreiflicher Maschinen.«

»Maschinen?« Fratt sah sich irritiert um. »Ich sehe hier keine Maschinen, Ma'am.«

»Natürlich nicht«, antwortete die hübsche Chinesin. »Das Metall ist nach all den Jahrtausenden längst korrodiert. Die Frage bleibt, welchem Zweck die Anlage einst diente?« Sie schritt vorsichtig tiefer in die geheimnisvolle Kristallhöhle hinein, und unter ihren Schritten knirschte es.

Nikolaj folgte ihr gemeinsam mit Roger und Loop. Allein Fratt blieb zurück und starrte die Kristallformation noch immer ungläubig an. Nikolaj und Roger knipsten ihre Handscheinwerfer ebenfalls an und kamen aus dem Staunen nicht heraus. Die Höhle war gewaltig und maß sicher mehrere hundert Meter in der Länge. Um sie herum glitzerten und funkelten Kristalle in allen Formen und Größen, und doch wirkte alles wie von einer seltsamen Ordnung getragen. Die durchscheinenden Objekte stachen wie kolossale Finger kerzengerade aus Decke und Boden, weiter hinten an den Wänden der Höhle aber waren sie, Stalagmiten und Stalaktiten nicht unähnlich, zu gläsernen Säulen von sagenhafter Schönheit zusammengewachsen. Und das in akkuraten Abständen von etwa zwei Metern. Wieder andere türmten sich vor ihnen zu baumhohen Gebilden auf, deren blaugläserne Verästelungen mit anderen Kristallen verbunden waren.

»Ma'am, da vorn!« Loop, der ein Stück vorausgelaufen war, kam zurück und deutete hektisch voraus.

Sie löschten sofort ihre Lampen und wurden so auf eine schwach erleuchtete Lichtinsel in etwa fünfzig Metern Entfernung aufmerksam, deren Schein sich in haushohen Kristalltitanen brach, die bis knapp unter die Höhlendecke reichten. Nikolaj zoomte den Bereich mit der Multibrille heran und sah in der Vergrößerung drei rot gestrichene Wohncontainer, die in unmittelbarer Nähe zu einer Art Quarantänezelt standen. Dazwischen befanden sich mehrere Scheinwerfer sowie klobige Gerätschaften, die er für Boden- und Steinanalysatoren hielt.

»Ein Lager!«, flüsterte er.

Vorsichtig eilten sie im blauen Zwielicht voran und konnten jetzt elektronisch verzerrte Stimmen hören, die von den blinkenden Außenkanten der Riesenkristalle widerhallten. So sehr Nikolaj das Lager auch absuchte, er entdeckte keine Menschenseele. Jiang schickte Loop vor, der mit erhobener *Mower*-MP vorsichtig zu den Containern schlich und schließlich Entwarnung gab. Sie folgten ihm und überblickten ein Areal mit Laserbohrern, Röntgenscannern und einfachem Campinggeschirr. Hinter einem der Zelte standen zwei Schneemobile. Wer hier auch arbeitete, er oder sie konnten noch nicht allzu lange weg sein.

Loop trat aus einem der Container und deutete mit dem Daumen hinter sich. »Hier arbeiten *SE*-Wissenschaftler.« Er schnüffelte an einem Pullover und nahm anschließend die Witterung auf

Nikolaj folgte ihm zu der Stelle mit den Schneemobilen und entdeckte im Untergrund daneben zersplitterte Kristalle. Die Spur zog sich zwischen den kristallenen Riesen bis zum Ausgang des Felsendoms.

»Ein ATV«, knurrte der Wolf-Beta. »Kann noch nicht lange weg sein.«

Jiang und Roger standen in dem großen Arbeitszelt. Nikolaj ging zu ihnen und fand es darin angenehm warm vor. Unter der Plane blinkten Konsolen, ein Belüftungssystem rauschte leise. Die Chinesin nahm den Respirator ab und lauschte den Geräuschen eines Funkgeräts. »... sind weitere Notkapseln in den Sektoren B12 und H13 niedergegangen. Wir bitten auch die Außeneinheit im Tanatustal, sich zwecks Bergung der Überlebenden auf den Weg zu machen. Die genauen Koordinaten sind ...« Jiang drehte das Funkgerät leiser. »Ich schätze, das erklärt, wo die Wissenschaftler geblieben sind.«

Roger stand vor einer Konsole mit Holobildschirm und überprüfte die dortigen Daten. »Nikolaj, komm mal her, bitte!«

Er kam dem Wunsch nach, und Roger rollte unmerklich mit den Augen. Offenbar war ihm nicht ganz wohl dabei, dass sie nicht allein waren. »Die Wissenschaftler haben herausgefunden, was die Ancients hier hergestellt haben.«

»Und was?«, fragte Jiang.

Roger räusperte sich. »Na ja, angereicherte Flüssigmetalloide wie ... Strontium-90!«

»Ist das nicht eines der Antriebsmittel für KSP- und LSP-Triebwerke?«, hakte Jiang nach.

»In der Tat«, murmelte Nikolaj aufgeregt. »Haben sie das hier nur nachgewiesen oder ...«

»Nein, sie haben davon auch größere Mengen gefunden.« Roger leckte sich über die Lippen. »Das Zeug ist auf dem freien Markt Milliarden wert. Kein Wunder, dass die *SE* den Planeten zunächst selbst ausbeutet.«

Nikolaj lächelte grimmig. In diesem Moment meldete sich Jack über das Brillendisplay. »Nikolaj, ich hab mir den *STPD*-Racer angesehen. Die Sache ist leider relativ ernst. Schäden am Impulsgeber.« Er hielt eine geschwärzte Platine in die Kamera. »Ersatzteile haben wir nicht.«

»Und du kannst das nicht reparieren?«

»Doch, normalerweise schon.« Der Heavie verzog gequält das Gesicht. »Aber dafür bräuchte ich ein paar Bauteile, an die wir hier in dieser Einöde nicht herankommen. Dabei würde mir schon der Signalgeber aus einem x-beliebigen ATV reichen.«

»Wir kümmern uns drum.« Nikolaj brach die Verbindung ab und informierte seine Begleiter.

Jiang seufzte. »Schön und gut, aber selbst mit instandgesetztem *STPD*-Racer schaffen wir es höchstens in den Orbit. Was dann? Willst du dort deinen Sergej anfunken? Nach der Zerstörung der *Farspace Horizon* und der *Ganymed* dürfte es in diesem System keine Hochleistungssendeanlagen mehr geben, die du mit deinem SVR-Ripper anzapfen könntest.« Sie deutete nach oben. »Außerdem befinden sich noch immer zwei Koios-Kreuzer über dem Planeten, die uns nach dem Anschlag ganz sicher nicht einfach ziehen lassen werden.«

Nikolaj lächelte unergründlich und legte Roger die Hand auf die Schulter. »Irgendein Hinweis, wo sich die nächste *SE*-Station befindet?«

»Ja, keine sechzig Kilometer von hier entfernt.« Roger aktivierte einen Holocube und rief eine topografische Umgebungskarte auf. »Der Stützpunkt beherbergt den Angaben hier zur Folge fast 2100 Wissenschaftler und Betas und ist recht gut bewaffnet.«

»Andererseits dürften die meisten der *SE*-Leute jetzt zu Rettungsmissionen ausgeschwärmt sein.«

»Vermutlich.«

»Nochmal, Nikolaj? Was hast du vor?« Jiang wirkte leicht verärgert.

Er zwinkerte ihr zu. »Roger, Loop, bitte schafft die Schneemobile zur *Nascor*. Und du komm einfach mal mit.« Nikolaj berührte Jiang sacht am Arm, den sie sofort wieder wegzog. Unwillig folgte sie ihm zurück zum Höhleneingang. Der viele Staub, den ihre Landung aufgewirbelt hatte, hatte sich inzwischen gelegt, so dass sie sehen konnten, dass die Flanken der Schlucht gute 100 Meter aufragten. Dazwischen thronte die *Nascor* mit ihren amphibienartigen Panoramafenstern über dem Cockpit. »Was, wenn ich dir sage, dass die *Nascor* nicht der einfache Frachtraumer ist, für den du ihn hältst?«

»Wie bitte?«

»Das Schiff hat zwar schon gute 400 Jahre auf dem Buckel, aber es besitzt ein altes UFO-Triebwerk, das vor einem halben Jahrtausend in Sibirien entdeckt wurde. KSP. Leider ist uns vor sechs Jahren der Saft ausgegangen. Und bislang war es uns nicht möglich, an genügend Strontium-90 heranzukommen, um das Sprungtriebwerk wieder in Betrieb zu nehmen.«

Jiang starrte ihn ungläubig an. »Wenn wir rasch handeln, dann können wir uns das Zeug vielleicht von dieser SE-Station beschaffen, bevor die Wissenschaftler wieder zurück sind.«

Unvermittelt trat Fratt unter dem Rumpf der *Nascor* hervor. Der Iltis-Beta wirkte sichtlich irritiert. »Sagen Sie mal, Chef, ich will Ihnen ja nicht zu nahe treten, aber Ihr Schiff weist einige Merkwürdigkeiten auf.« Er deutete mit dem Daumen nach hinten. »Ich hab mir gerade mal die Aufprallschäden angesehen und ... Na ja, unter den zertrümmerten Rumpfblechen ist bester Sternenstahl zum Vorschein gekommen. Und nicht nur das: Die eigentliche Schiffshülle ist durchweg mit verspiegelten Metallplättchen ausgestattet, wie man es eigentlich nur bei Schiffen findet, die gegen Laserbeschuss gewappnet sind.«

Nikolaj seufzte. Diese Sache hatte er eigentlich noch eine Weile zurückhalten wollen.

»Kann es sein«, argwöhnte der Beta, »dass Sie um das ganze Schiff eine künstliche Außenhaut gezimmert haben?«

»Was ist das bitte für ein Schiff?«, wollte Jiang wissen. »Und jetzt mach mir bitte nicht weis, dass du die *Nascor* auf dem freien Markt gekauft hast.«

»Hat auch niemand behauptet.« Nikolaj strich sich unbehaglich das dunkle Haar zurück. »Aber alles, was du im Moment wissen musst, ist, dass wir mit einem neuen Signalgeber und genug Strontium-90 alle Chancen haben, von hier wegzukommen. Allerdings läuft das auf ein Kommandounternehmen hinaus, für das ich die Betas benötige. Und die befehligst du.«

Jiang stand eine Weile da und dachte nach, während hinter ihnen in der Höhle Motorenlärm laut wurde. Loop und Roger brausten mit den Schneemobilen heran. Die Chinesin wartete, bis die Motoren wieder verstummt waren. »Loop, welche Waffen besitzen wir noch?«

»Ein *Repeater*-Schnellfeuergewehr mit Zieloptik, eine *Mower*-MP, Ihre *Sveeper* und die *Prawda* Ihres Begleiters, Ma'am«, antwortete er wie aus der Pistole geschossen.

»In Ordnung. Nikolaj, erläutere uns deinen Plan.« Die Chinesin sah ihn ungehalten an.

Er fand, dass sie trotzdem entzückend aussah.

»Und wenn der Erfolg hat, dann hoffe ich auf ein paar Antworten.«

»Sicher.« Nikolaj nickte. »Ich schätze, wir beide haben uns dann einiges zu erzählen.«

Der Wind hob Nikolajs dunkles Haar an und blies ihm kalte Graupeln ins Gesicht. Frierend lag er neben Jiang in einer Schneewehe und starrte von dem Hügel, der ihnen etwas Deckung versprach, hinab zu der planetaren *SE*-Station in der Senke unter ihnen. Roger hatte nicht zu viel versprochen. Die von Flugschnee bestäubte *Stellar-Exploration*-Basis wies eine hohe Domkuppel im Zentrum auf, an die sich sternenförmig zylindrische

Wohn- und Arbeitsmodule angliederten. Um dieses ursprüngliche Siedlungszentrum herum lagen relativ planlos verstreut fünfzig bis sechzig weitere Hangars, Wohnmodule und Speicher, die auch im trüben Nachmittagslicht der ersterbenden Sonne nicht kaschieren konnten, dass sie aus billigen *Enclave-Limited*-Fertigungssegmenten bestanden. Auffallend waren vor allem eine zwanzig Meter durchmessende Radioteleskopschüssel in der Nähe einiger Hangars, der von Schneeverwehungen überzogene Spaceport mit dem hohen Tower am Rande der Basis und nicht zuletzt zwei Bunker mit mächtigen *Lightblast*-Kanonen, die drehbar gelagert am Talrand aufragten. Leider herrschte da unten mehr Betrieb, als sie gehofft hatten. Auf dem Gelände wimmelte es von Menschen und Betas, die hektisch hin und her rannten. Zwei Suchfähren stiegen aus dem Tal auf. Dass die Bergung von Überlebenden im Moment höchste Priorität genoss, zeigte ein schwerer ATV mit Kettenantrieb auf der gegenüberliegenden Seite des Tals, auf dessen Ladefläche eine Rettungskapsel der zerstörten Raumstation lag. Sogar den signalroten Fallschirm hatten die *SE*-Leute aufgesammelt.

»Immerhin, sie scheinen ziemlich beschäftigt zu sein«, meinte Jiang. »Meiner Einschätzung nach dürfte es noch einige Tage dauern, bis sie alle Kapseln aufgespürt haben.«

»Hoffen wir es«, meinte Nikolaj. »Hauptsache, Loop und Fratt fallen unter den Überlebenden nicht weiter auf.« Sein Plan war eigentlich narrensicher. Die Betas waren offizielle Angehörige der *Stellar Exploration.* Ihnen würde es in dem Chaos sicher leichtfallen, die Basis auszuspionieren, den Impulsgeber zu organisieren und auch herauszufinden, ob man da unten tatsächlich Strontium-90 lagerte.

Ob die Afrikaner geahnt hatten, wie schwer ihr Schlag die *KA* und ihr Tochterunternehmen wirklich treffen würde? Er blickte zum Himmel von VMS2 auf, an dem Sternschnuppen aufblitzten, unregelmäßig gefolgt von glühenden Meteoren, die begleitet von schwarzen Rauchsäulen durch die fasrige Wolkendecke stießen. Trotz des kalten Winds, der ihnen seit ihrem Aufbruch aus der Schlucht entgegenblies, konnten sie aus den oberen Luftschichten immer wieder rumpelnde Laute hören. Nikolaj wusste, dass die unheimlichen Geräusche von den Trümmerteilen der *Farspace Horizon* hervorgerufen wurden, die auf ihrem Weg zur Planetenoberfläche verglühten und explodierten. Ein Himmelsspektakel, das ebenso beeindruckend wie unheimlich war.

Er wandte sich von dem Anblick ab und betrachtete die Zeitangabe seiner Multibrille. »Die Betas befinden sich bereits seit einer halben Stunde da unten. Lass uns versuchen, die beiden zu kontaktieren. Im Zweifel können wir ihnen von hier oben etwas logistische Hilfe leisten.«

Jiang und er kraxelten den schneebedeckten Hügel hinab und wandten sich ihrem Schneemobil zu. Die Chinesin nahm gerade das Kom-Gerät der Maschine zur Hand, als hinter einer Schneeverwehung eine summende Antigrav-Drohne aufstieg, die trotz ihres weißen Tarnanstrichs Ähnlichkeit mit einer Hummel hatte.

Nikolaj versteifte sich, und auch Jiang atmete unter ihrem Respirator scharf ein. Das rote Auge der Drohne wies unmissverständlich auf sie. Sie konnten das Klicken einer Mechanik hören, das Ähnlichkeit mit dem Einrasten eines Magazins in eine *Repeater* besaß. »Hier spricht die Sicherheitskontrolle von Epsilon-Two«, quäkte ihnen eine Männerstimme entgegen. Ein roter Laserstrahl streifte ihn und Jiang. »Weisen Sie sich aus und erklären Sie uns, warum Sie sich schon seit fünfzehn Minuten auf dieser Anhöhe befinden.«

Verdammt, die Station war offenbar besser gesichert, als sie vermutet hatten.

»Wir sind Überlebende von *Farspace Horizon*«, erklärte Jiang rasch. Die Drohne blieb eine Weile summend vor ihnen schweben, und der rote Abdruck des Lasers wanderte über die ID, die sich eingenäht auf Brusthöhe ihres Beute-Raumanzugs befand. »Die Bildkennung erwies sich als negativ, Tech-Sergeant Frank Schneider.«

Nikolaj stöhnte innerlich auf. Das elektronische Auge der Drohne zoomte jetzt seine Anzugkennung heran. »Haben auch Sie eine Erklärung für Ihre Geschlechtsumwandlung, Warrant Officer Monika Dumont?«

»Verdammt, Sie wissen offenbar nicht, was da oben los war?«, schimpfte Nikolaj. »Wir haben uns da oben einfach zwei Raumanzüge geschnappt, um aus der Station zu kommen.«

»Natürlich. Name und ID bitte.«

»Mein Name ist Chu Jiang«, sagte die Chinesin. »Vielleicht kennen Sie mich durch …«

»Klar, und ich bin der King of Stellar Pop. Und jetzt Hände hoch!«

Dermo! Ihr ganzer Plan ging gerade den Bach runter. So schnell, wie der Unbekannte offenbar imstande war, die Besatzungsliste der Raumstation zu überprüfen, nützte wohl auch ein hingeworfener Dutzendname nichts. Seufzend hob Nikolaj die Hände über den Kopf und bedeutete Jiang, es ihm gleichzutun.

»Besteigen sie das Schneemobil und fahren Sie unseren Gardeuren entgegen«, befahl die Stimme frostig.

Jede unbedachte Bewegung vermeidend, bestiegen sie das Schneemobil und starteten den Antrieb. Nikolaj klammerte sich an Jiang und wagte es nicht einmal mehr, die *Nascor* zu informieren. Alles, worauf er jetzt hoffte, war, dass Jiangs rätselhafte Befugnisse ausreichten, um sie aus ihrer verfahrenen Lage wieder herauszubringen. Die elende Drohne schwebte während der Fahrt hinter ihnen und gab ihnen Richtungsanweisungen. Sie brauchten so nur zehn Minuten, um mit dem Schneemobil den Hang hinunterzubrausen und die ersten Ausläufer von Epsilon-Two zu erreichen. Der Control der Basis führte sie zu einem plastbetongrauen Wartungshangar ganz am Rande der Station, vor dem sie von einem halben Dutzend Gardeuren mit *Peltast-Alpha*-Rüstungen und Allrounder-Gewehren erwartet wurden. Darunter zwei grimmig dreinblickende Eisbären-Betas, die ihrerseits großkalibrige *Deathmace*-Schnellfeuergewehre mit raketengetriebener Explosivmunition in den Krallen hielten. Ein Mensch hätte diese Waffen aufgrund ihres Gewichts und ihres Rückschlags niemals ohne spezielle Rüstungshalterungen bedienen können.

»Runter von dem Bock!«, bellte sie einer der Gardeure an und zwang sie auf die Knie. Der Mann trug einen Respirator, unter dem Barthaare hervorlugten, in denen feine Eiskristalle funkelten. Den Rangabzeichen nach war er Hauptmann. Aufgebracht wies er zwei seiner Untergebenen an, ihn und Jiang zu durchsuchen. Es dauerte nicht lange, und die Gardeure hatten *Sveeper* und *Prawda* gefunden. Auch die Multibrille wurde Nikolaj von der Nase gerissen. »Scheiße, ein Jump!« Um ihn herum klickten die Hähne, und ein halbes Dutzend Waffenmündungen richteten sich auf ihn.

»Hey, ganz ruhig!«, versuchte Nikolaj die Gardeure zu beschwichtigen.

»Wir haben hier etwas gegen dreckige Psioniker!«, zischte der Bärtige. Er wandte sich an eine junge Frau. »Sergeant Procházková, rufen Sie den Control und fragen Sie, ob wir die beiden gleich vor Ort eliminieren sollen?«

»Sind Sie wahnsinnig?«, begehrte Nikolaj auf und wurde von einem brutalen Faustschlag zu Boden gestreckt. Eisbärenkrallen packten ihn und zogen ihn wieder hoch. Benommen sah er, wie die Gardeurin mit der Hand am Kom den Kopf schüttelte. »Negativ, Hauptmann. Wir sollen die beiden zum Kommando bringen.«

»Beten Sie darum, dass Sie und die Japanerin einen

guten Grund für Ihr Erscheinen haben«, spie ihm der Hauptmann entgegen.

»Ich bin Chinesin«, stellte Jiang klar.

»Schnauze!« Die Gardeure legten ihnen Handschellen an und verfrachteten sie unsanft auf die Ladefläche eines ATVs, mit dem es in Richtung Zentrum von Epsilon-Two ging. Sie verzichteten auf eine Unterhaltung, denn einer der Eisbären-Betas war zu ihrer Bewachung mit aufgestiegen und behielt sie unentwegt im Blick. Hin und wieder ließ er seine Prankenknöchel knacken, und den beißenden Raubtiergeruch, den er verströmte, empfand sogar Nikolaj als unangenehm. Das Fahrzeug donnerte an Frachthallen und kleinen Gruppen frierender Überlebender vorbei, die von Rettungsmannschaften hektisch zu Notquartieren gebracht wurden. Seltsamerweise nahm weiter hinten, zwischen zwei monströsen Generatoren, ein Antigrav-Panzer mit Boden-Luft-Geschütz Aufstellung, über den Bewaffnete ein weißes Tarnnetz spannten. Das ATV stoppte, und der Bären-Beta stieß sie zurück in den Schnee, wo sie bereits von drei weiteren Gardeuren unter Kommando dieser Sergeant Procházková erwartet wurden. »Keine Müdigkeit vortäuschen!«, kommandierte sie.

Die Männer und Frauen schubsten sie auf eines der zylindrischen Arbeits- und Wohnmodule zu, das aluminiumfarben vor der mächtigen Domkuppel der Basis aufragte. Aus der Nähe betrachtet war das Modul so groß wie ein doppelgeschössiges Haus. Es ging weiter durch Gänge und Korridore mit aufgeregten *SE*-Leuten, die vor allem Jiang wütend ansahen. Ein gewisses Misstrauen Fremden gegenüber konnte Nikolaj nachvollziehen, insbesondere in einer solchen Situation. Doch die ruppige Behandlung wurde zunehmend rätselhafter. Irgendetwas stimmte hier nicht.

Endlich erreichten sie eine Tür, vor der drei weitere Bewaffnete mit Allrounder-Gewehren Wache hielten. Ihre Uniformen waren etwas dunkler als die der Gardeure. Sergeant Procházková salutierte, trat an einen der Männer heran und übergab ihm *Sveeper, Prawda* und Multibrille. »Das haben wir bei den beiden gefunden.«

Der Angesprochene, ein blonder Hüne mit Bürstenschnitt, nickte. »Wir übernehmen.« Die Gardeure rückten ab, und der Kerl trat vor Jiang und musterte sie abfällig. Anschließend baute er sich vor Nikolaj auf und packte ihn am Kinn. Er drehte den Kopf ein wenig hin und her und starrte seine grauen Augäpfel an. »Nur damit wir uns richtig verstehen, Jump.« Er verengte die Augen. »Solltest du irgendeinen PSI-Trick versuchen, kannst du dich bei *Eyerywhere Broadcasting* für die Hauptrolle beim *Kopflosen Reiter* bewerben.«

Nikolaj verzichtete auf eine Antwort. Ohne Zweifel handelte es sich bei Bürstenschnitt und seinen beiden Kameraden um genverbesserte Augies. Ihre Reflexe würden es ihnen vermutlich gestatten, sie zu Fleischsäcken mit Dutzenden gebrochener Knochen zu verarbeiten, bevor einer von ihnen auch nur die Hand heben konnte. Ihre Situation wurde zunehmend ungemütlicher. Bürstenschnitt nickte seinen Kameraden zu, die sie durch die Tür in einen großen Kommandoraum schafften, aus dem aufgeregte Stimmen schallten. Er war vollgestopft mit Monitoren und blinkenden Computerterminals, zwischen denen Offiziere der *SE* herumwuselten. In der Mitte erhob sich ein kreisrunder Tisch, auf den Holoprojektoren eine dreidimensionale Landkarte der Planetenoberfläche warfen. An mehreren Stellen leuchteten rote Punkte auf. Absturzstellen der Rettungskapseln?

»Nein, nein, nein«, brüllte ein glatzköpfiger Uniformierter über die Holoprojektion hinweg. Er mochte Mitte vierzig sein, und sein Hautton ließ auf italienische Abstammung schließen. »Die Zivilisten sollen sich in den Untergeschossen in Sicherheit bringen. Ich will hier oben nur noch Bewaffnete sehen. Und jetzt stellen Sie mir endlich den Kontakt zur *Hannibal* her!«

»Kontakt hergestellt!«, schnarrte eine jugendliche Stimme. Weiter hinten auf einem großen Holomonitor erschien das Gesicht einer schneidigen Grauhaarigen Anfang sechzig in der Uniform eines Generalmajors. »Base Commodore Bottari, wir befinden uns bereits auf dem Anflug zu VMS2.«

»Wie lange brauchen Sie, bis Sie hier sind?«

»Bei voll aktivierten Triebwerken eine Stunde.«

»Eine Stunde? Das Ulimatum läuft in zehn Minuten ab! Und von Epsilon One und Three ist keine Hilfe zu erwarten. Die nächste der Basen liegt über 25.000 Kilometer entfernt.«

»Mit Verlaub, dann werden Sie so lange durchhalten müssen. Sie haben offenbar vergessen, welche Probleme wir hier oben haben. Die *Centaurus* ist immer noch dabei, die Überlebenden der *Ganymed* zu bergen.«

»Beeilen Sie sich einfach«, der Glatzköpfige unterbrach die Verbindung. Bürstenschnitt sprach ihn an, und der Commodore sah sich gereizt zu Nikolaj und Jiang um. »Mitkommen!«, herrschte er sie in gefährlichem Tonfall an.

Zahlreiche Augenpaare beäugten sie, als sie von den Uniformierten in einen kahlen Besprechungsraum geführt und dort auf schlichte Holzstühle geworfen wurden.

»Sie sind verdammte Parasiten!«, brüllte der Commodore Jiang an, bevor einer von ihnen überhaupt etwas sagen konnte. »Ihr Captain sollte ebenso gut wie ich wissen, dass die VHR unberechtigte Übergriffe auf Planeteneinrichtungen scharf ahndet!«

»Entschuldigen Sie, aber ich habe keine Ahnung, wovon Sie sprechen«, antwortete Jiang vorsichtig.

»Stellen Sie sich nicht dumm!«, schrie er. Speichel flog durch die Luft. »Sollte sich herausstellen, dass ihr Japaner auch für die Zerstörung von *Farspace Horizon* und der Fregatte *Ganymed* verantwortlich seid, dann wird das nicht nur ihn den Kopf kosten. Ich werde die komplette Besatzung Ihres Schiffs vor den Court zerren.«

»Noch einmal«, sagte sie. »Ich weiß nicht, von wem Sie sprechen. Ich bin Chinesin. Mein Name ist Chu Jiang. Ich bin Musikerin.«

»Wollen Sie mich verarschen?« Wütend drehte sich Bottari zu Bürstenschnitt um. »Wurde das überprüft?«

»Äh, nein. Uns wurde ...«

»Dann tun Sie das! Sofort!« Der Augie zückte ein Touchpad und gab dort etwas ein.

»Commodore«, sagte Jiang betont ruhig. »Ich wurde während eines Konzerts von At Lantis entführt. Erde. Von Afrikanern aus dem Kingdom of Zulu! Sie sind es, die für die Ereignisse im Orbit die Verantwortung tragen. Zulu plant, die Global City Kairo anzugreifen. Und sein erster Schlag galt der Ausschaltung der *Ganymed*. Sie sollten wissen, warum!«

»Den Bildern im StellarWeb zufolge könnte das wirklich diese Musikerin sein«, meinte Bürstenschnitt nachdenklich. Er hielt das Touchpad so, dass auch der Italiener einen Blick drauf werfen konnte. »Aber die Ähnlichkeit könnte auch zufällig sein. Vor allem erklärt es nicht die Waffen, die die beiden bei sich trugen.« Er deutete auf *Sveeper* und *Prawda*. »Oder die Tatsache, dass sie die Basis so lange von dem Hügel aus ausgespäht haben. Ich halte sie für abgesetzte Beobachter.«

»Können Sie sich ausweisen?«, fauchte sie der Commodore an.

»Nein.« Jiang schüttelte den Kopf. »Aber meine Entführung sollte inzwischen auch *Freepress* eine Schlagzeile wert gewesen sein. Bitte, Sie müssen unbedingt die entsprechenden Instanzen der *KA* informieren. Es liegt an Ihnen, eine weitere Katastrophe zu verhindern. Diesmal auf der Erde.«

Der Italiener presste die Lippen zu einem schmalen Strich zusammen. »Für wie naiv halten Sie mich? Nachrichtentechnisch sind wir im Moment vom übrigen

Kosmos abgeschnitten, was Ihnen sehr wohl bewusst sein sollte. Glauben Sie also tatsächlich, dass ich Ihnen dieses absurde Märchen abkaufe? Nein«, beantwortete er die Frage selbst. »Sie sind ein Spion von *Hikma*. Und jetzt sagen Sie mir, wie gut Ihre Korvette bewaffnet ist? Vor allem rate ich Ihnen, es schnell zu tun.«

Nikolaj musste an die Unterredung des *SE*-Konzerners mit den drei Japanern oben auf *Farspace Horizon* zurückdenken. Langsam dämmerte ihm, von wem der Italiener sprach. Er hatte die japanische Korvette und ihre Besatzung völlig vergessen gehabt. Die *Hikma Corporation* war nicht nur einstiger Vorreiter in Sachen Androiden und Kybernetik, der Konzern war auch als aggressiver Profi in Sachen Artefaktsuche der Ancients berüchtigt. Es hieß, dass jede Ruine der Uralten früher oder später von ihnen Besuch erhielt – legal oder illegal. War es Zufall, dass die Japaner van Maanens Stern ausgerechnet jetzt einen Besuch abgestattet hatten?

In diesem Moment wurde die Tür von einem Leutnant aufgerissen. »Base Commodore, wir haben wieder diesen Oberst Jakamoto auf dem Hauptbildschirm.«

»Al diavolo!« Der glatzköpfige Italiener erhob sich und straffte seine Uniform. Einer der Augies hielt die Tür auf, und so konnten sie mitverfolgen, wie sich die beiden Kommandanten nebenan virtuell gegenübertraten. Der Japaner mit dem weißen Haar saß in einem mit Elektronik ausgestattenen Sitz umrahmt von seiner Schiffsbrücke und lächelte gönnerhaft vom Monitor herab. »Das Ultimatum ist abgelaufen, Base Commodore Bottari. Ich hoffe, Sie haben inzwischen eingesehen, dass es für alle Beteiligten besser ist, wenn Sie uns die Ancients-Artefakte aus Ihren Laboratorien freiwillig überlassen. Sie wissen, dass unser Anspruch berechtigt ist.«

»Ihre sogenannten Ansprüche können mich mal«, fauchte der Italiener. »VMS2 unterliegt der Kontrolle der *Stellar Exploration,* und diese Basis ist schwerer bewaffnet, als Sie vermutlich annehmen. Wenn Ihr Konzern einen Konflikt mit der *Knowledge Aliance* vom Zaun brechen will, nur zu. Ich werde dafür sorgen, dass Sie persönlich dafür verantwortlich gemacht werden.«

»Einem Mann in Ihrer Situation hätte ich etwas mehr Weisheit zugetraut.« Jakamotos Augen nahmen einen harten Zug an. »Ich gebe Ihnen noch weitere zehn Minuten, um Ihre Zivilisten in Sicherheit zu bringen. Für alles Weitere tragen Sie die Verantwortung. Sayonara, Commodore.«

Das Bild auf dem Monitor erlosch, und Bottari fuhr zu seinen Untergebenen herum. »Code Red! Das Alarmkommando soll sich bereitmachen.« Alarmsirenen heulten jetzt überall auf der Basis auf. Der Kommandant wandte sich wütend seinen Gefangenen zu. »Schafft mir die beiden aus den Augen. Wir werden uns später mit ihnen beschäftigen.«

Unsanft wurden Nikolaj und Jiang wieder hochgezerrt. Bürstenschnitt nahm ihre Waffen an sich und führte sie aus dem Kommandoraum. Seine beiden Kameraden blieben mit entsicherten Allroundern draußen vor der Tür stehen, während Bürstenschnitt sie mit auf den Rücken gefesselten Händen den Korridor hinunterschubste. Dort waren kaum noch Zivilisten zu sehen, stattdessen hatten sich unter den Fenstern Gardeure mit schweren Granatwerfern postiert.

»Hören Sie, wir sind keine …«, hub Nikolaj an, doch ihr Begleiter verpasste ihm mit Jiangs *Sveeper* einen harten Stoß ins Kreuz.

»Halten Sie die Schnauze, Jump. Sie und Ihre Begleiterin können uns Ihre armselige Geschichte noch einmal erzählen, wenn wir den Angriff der Japaner überstanden haben.« Er setzte ihnen zwei Respiratoren auf und führte sie geduckt auf einen schneebedeckten Innenhof, der im Schatten der mächtigen Domkuppel lag. Sie waren keine drei Schritte weit gekommen, als sie das rhythmische Wummern plasmatischer Entladungen zusammenzucken ließ. Rasputin, das waren keine zehn Minuten! Alarmiert starrte Nikolaj zum ewig grauen Himmel empor. Die Japaner waren noch nicht zu sehen, doch die *Hikma*-Korvette schien tief genug in die Luftschichten des Planeten eingedrungen zu sein, so dass es die beiden Geschützbatterien im Tal wagen konnten, das Feuer zu eröffnen. Grell leuchtende Energiestrahlen jagten rechts und links von ihnen zur Stratosphäre empor. Eine Attacke, die nur Sekunden später von einem Gewitter gleißender Lichtstrahlen beantwortet wurde. Wie ein Strafgericht brachen Blitze aus der Wolkendecke hervor, die ihrerseits die Abwehrgeschütze an den Hangwänden ins Visier nahmen. Ein mächtiges Donnern rollte von den Talwänden, und dunkle Explosionswolken aus verdampftem Gestein und Schnee stiegen auf. Nikolaj hatte erwartet, dass die beiden Laserbatterien unter dem heftigen Beschuss sofort zu Schlacke verdampfen würden, doch die Befestigungen schienen stabiler zu sein, als er gedacht hatte. Noch immer erwiderten die Laserkanonen den Beschuss.

»Das da oben ist eine verdammte Korvette! Will Ihr Kommandant, dass die Basis in ein Trümmerfeld verwandelt wird?«, schrie Jiang den Augie an.

»Die wollen unsere Ancients-Funde und kein Trümmerfeld«, blaffte Bürstenschnitt zurück. »Und jetzt schneller, verdammt! Ich schaffe sie zu ...«

Seine Worte gingen in einer gewaltigen Detonation unter. Einer der Energiestrahlen war in den Dom schräg über ihnen eingeschlagen und hatte ein gewaltiges Loch in die Kuppel gerissen. Eine Lawine an Trümmern rutschte an der Außenseite der großen Blase entlang und prasselte auf sie nieder. Nikolaj warf sich mit einem Aufschrei gegen Jiang, und gemeinsam stürzten sie hinter einen trapezförmigen Luftwandler. Dann brach die Hölle über sie herein. Stahlstreben polterten dröhnend auf den Innenhof, und unmittelbar neben ihnen bohrten sich scharfkantige Kuppelsegmente in den Boden.

»Alles in Ordnung?«, keuchte Nikolaj unter der Atemmaske. Die Luft war von aufgewirbeltem Staub erfüllt.

»Ich glaube schon.« Jiang hustete, da ihr Respirator verrutscht war.

Nikolaj wandte sich zu Bürstenschnitt um. Der Augie war nur zwei Schritte hinter ihnen von einer türgroßen Kunststoffplatte begraben worden. Er stöhnte.

Nikolaj stolperte mit auf den Rücken gebundenen Armen zu ihm. »Sind Sie verletzt?«

Der Kerl blinzelte benommen. Er blutete an Kopf und Oberkörper.

»Wenn Sie wollen, dass wir Ihnen helfen, dann brauchen wir die Schlüssel für die Handschellen!«, brüllte ihn Nikolaj gegen den Waffenlärm an.

»Brauchen wir nicht.« Jiang trat mit staubbedecktem Raumanzug hinter ihn und streifte ihre Fesseln ab. Ihre rechte Zeigefingerkuppe war hochgeklappt, und aus dem kybernetischen Fingerstumpf ragte ein vibrierender Multipick, mit dem sie kurzerhand auch seine Handschellen öffnete. Mit einem Schnapplaut klappte sie die Fingerkuppe wieder zurück. Gemeinsam hoben sie das schwere Kunststofffragment an, unter dem der Augie lag, und wuchteten es beiseite. Die Beine des Mannes waren zerschmettert.

»Er kann hier nicht liegen bleiben«, rief Nikolaj.

Vom Talrand rollte Donner heran und dort, wo sich eben noch eine der Laser-Batterien befunden hatte, stieg jetzt eine pilzförmige Explosionswolke auf.

Hektisch schleifte er den Verletzten an den Trümmerstücken vorbei auf eine automatische Schiebetür zu, die zu einem benachbarten Arbeitsmodul führte. Der Augie stöhnte. Jiang sammelte derweil Bürstenschnitts Allrounder und ihre eigenen Waffen auf und machte sich dann an dem Zugangsterminal der Modultür zu schaffen. Erfolglos. »Der Code, schnell!« Bürstenschnitt starrte mit trüben Blick zu ihr auf und nannte ihr eine Ziffernkombination. Die Tür glitt auf, und sie brachten sich in einem Raum in Sicherheit, in dem mehrere technische Geräte an den Wänden hingen. Weitere Detonationen erschütterten den Boden.

»Warum helfen Sie mir?«, keuchte der Augie.

»Ich sagte es Ihnen schon.« Jiang riss einen Erste-Hilfe-Kasten an der Wand auf und versorgte die Wunden des Mannes oberflächlich mit K-Spray. »Wir sind keine *Hikma*-Spione! Es waren Zulus Leute, die für die Zerstörung von Raumschiff und Station verantwortlich waren. Wenn Ihr Kommandant den *Hikma*-Angriff überlebt, dann bringen Sie ihn dazu, die *Knowledge Alliance* zu warnen.« Eine nahe Explosion ließ die Wände vibrieren.

Nikolaj suchte Bürstenschnitts Brusttasche ab. Neben einer Packung Elektrozigaretten fand er dort seine Multibrille. »Wir brauchen Strontium-90, um von diesem Planeten wegzukommen.«

»Es tut mir leid, aber eine solche Information wäre Geheimnisverrat.«

Nikolaj fluchte innerlich, aktivierte das Kom seiner Multibrille und suchte die Frequenz, die sie mit den Betas vereinbart hatten. »Beta Two, hier Katharina. Meldet euch!«

»Hier Beta Two!«, quäkte Fratts Stimme wie vereinbart aus dem Kom. »Wir haben Package One gefunden und Package Two lokalisiert. Und wir haben noch eine weitere Überraschung für euch.« Es knisterte. »Leider ist hier gerade die Hölle ausgebrochen.«

»Beta Two, wir befinden uns ebenfalls im Hexenkessel.« Auch den Betas war klar, dass ihre Funksprüche womöglich abgehört wurden. »Hier Beta Two. Katharina, wiederholen?«

Draußen war ein Heulen zu hören, das in einer weiteren Detonation mündete.

»Hier Katharina. Ihr hört richtig. Wir sind ebenfalls unten.«

Es rauschte. Offenbar musste Fratt seine Verblüffung abschütteln. »Wo seid ihr?«, kam es zurück.

»Käseglocke.« Nikolaj fiel im Moment keine bessere Verschlüsselung für die zentrale Kuppel der Basis ein, und er kam sich fast ein wenig albern vor. Es war viel zu lange her, dass er sich dieses Militär-Sprechs beflei-ßigt hatte.

»Unsere Position ist Obstschale«, kam es kurz darauf zurück.

Obstschale? »Ich glaube, die beiden befinden sich bei diesem Radioteleskop«, meinte er an Jiang gewandt. »Beta Two, bleibt, wo ihr seid. Wir schlagen uns zu euch durch. Katharina out.«

»Noch einmal, Sie müssen bei nächster Gelegenheit die *Knowledge Alliance* informieren!«, beschwor Jiang den Augie.

Mit schmerzverzerrtem Gesicht sah er zu ihr auf.

»Richten Sie den verantwortlichen Stellen aus, dass Kairo hochgradig gefährdet ist! Wir werden uns im Gegenzug um Sanitäter für Sie bemühen.«

Der Verletzte nickte schwach.

Jiang drückte auf einen Notknopf neben dem Erste-Hilfe-Kasten und rannte mit Nikolaj zum rückwärtigen Teil des Arbeitsblocks. Durch die schmalen Fenster hindurch versuchten sie den Standort des Radioteleskops auszumachen. Die große Schüssel befand sich etwa 150 Meter von ihnen entfernt in der Nähe einiger Hangars. Außerhalb ihres Moduls konnten sie aufgeregte Stimmen und Kommandos hören, und erstmals fiel Nikolaj auf, dass es im Tal seltsam still geworden war. Offenbar hatten die Japaner auch die letzte der beiden Laserkanonen ausgeschaltet. Was würde jetzt folgen? Gardeure brachten da draußen gerade einen Mörser in Stellung, und weiter hinten, vor einem der Hangars, stapelten weitere Bewaffnete hastig aufgeschüttete Sandsäcke zu einem Wall auf. Erwarteten die *SE*-Leute Kampfhandlungen am Boden?

Nikolaj stöhnte innerlich. »Versuchen wir es einfach«, schlug er vor. »Wir tragen noch immer *KA*-Raumanzüge. Man wird uns da draußen also nicht gleich umlegen. Hoffe ich.«

Jiang nickte und übergab ihm *Prawda* und Allrounder. Anschließend rückten sie ihre Respiratoren zurecht, öffneten eine Schiebetür und rannten nach draußen. Einer der Gardeure ruckte zu ihnen herum. »Teufel, was suchen Sie hier draußen?«, schrie er sie an. »Alle Zivilisten sollen ...«

Seine Worte erstarben in einem dröhnenden Rauschen, das vom Himmel kam. Dort, in wenigen Kilometern Höhe, schälten sich jetzt die stählernen Leiber dreier schwer gepanzerter Landing Craft Vehicles aus dem ewigen Grau der Wolken. Rasch näherten sich die Shuttles der Basis an. Die vertikal aufgerichteten Pulsatorentriebwerke links und rechts der Schiffe glühten, und selbst auf die Entfernung erinnerten Nikolaj die LCVs mit ihren vage dreieckigen Formen an angriffslustige Rochen. Bedrohliche Waffenphalangen aus Laserkanonen und Raketenlafetten waren auf Epsilon-Two gerichtet. Mobile Boden-Luft-Einheiten begannen das Feuer zu eröffnen. An verschiedenen Stellen des Tals jagten Raketen mit glühenden Schweifen zum Himmel empor, eine Attacke, die von den LCVs mit ausschwärmenden Täuschkörpern und Laserbeschuss abgewehrt wurde. Ohne es so recht zu bemerken, waren er und Jiang weitergerannt, während sich die Gardeure rings um sie in Deckung warfen. Im nächsten Augenblick jagte ein silbrig glitzernder Oktaeder mit Seitenflügeln auf die Basis zu, der wie ein Ahornsame wild um seine eigene Achse rotierte – nur um in etwa 500 Metern Höhe in einem blauen Lichtblitz von unnatürlich langer Dauer zu explodieren. Funken tanzten über Nikolajs Multibrille, deren Elektronik sofort durchbrannte. Schräg gegenüber stellte ein Generator unter brizzelnden Geräuschen seinen Dienst ein, und nur zwanzig Meter von ihnen entfernt trudelte eine Kampfdrohne steuerlos vom Himmel. Überall auf Epsilon-Two erloschen die Lichter. Rasputin, eine EMP-Bombe! Der starke elektromagnetische Impuls der heimtückischen Waffe hatte schlagartig alle ungeschützten elektrischen und elektronischen Einrichtungen der Basis zerstört. Nur wenige der ATVs waren jetzt noch in der Lage, sich zu bewegen. Im selben Moment wühlte ein Schmerz in seinen Eingeweiden, der ihn glauben machte, dass der Hakenwurm geplatzt war. Mit einem Würgelaut fiel er auf die Knie und übergab sich in den Schnee. Das Erbrochene war mit Blut getränkt.

Nikolaj fasste sich panisch an den Bauch und rechnete bereits damit, dass ihn jetzt das gleiche Schicksal ereilen würde wie diesen Johnson. Doch der Krampf endete so, wie er gekommen war. Keuchend rang er nach Luft. Da bemerkte er das leise Wimmern Jiangs. Sie lag mit aufgeschlagener Lippe am Boden, die Arme in einem seltsamen Winkel von sich gestreckt. Rasputin! Der Gammastrahlungsblitz hatte auch ihre kybernetischen Prothesen nicht verschont. Sie schien einen Nervenschock erlitten zu haben.

Nikolaj stemmte sich mühsam hoch, schleuderte seine nutzlose Multibrille weg und packte die hilflose Chinesin unter den Achseln, um sie mit sich zu dem mächtigen Radioteleskop zu zerren. An dessen Kanten und Gestängen flackerte noch immer Elmsfeuer. Hinter einem der dicken Betonpfeiler ließ er sich mit ihr fallen.

»Meine Arme!«, wimmerte die Asiatin wie von Sinnen. »Meine Arme! Ich kann sie … nicht bewegen.«

Nikolaj zog ihren Kopf runter, da die *Hikma Corporation* jetzt mit dem eigentlichen Angriff begann. Die Shuttles hatten sich inzwischen auf etwa 500 Meter Höhe über die Basis abgesenkt und überdeckten das Tal wie kleine Deckel auf einem Kochtopf. Unter den Schiffsbäuchen öffneten sich Luken, und heraus sprang eine Luft-Lande-Kompanie Justifiers mit Raketenrucksäcken und Antigrav-Gleitern. Soweit Nikolaj erkennen konnte, waren das alles Betas. Das Abwehrfeuer der

SE-Leute konzentrierte sich jetzt auf sie. Es waren vor allem mechanische Waffen, Panzerfäuste und einige wenige EMP-geschützte ATVs, die den Angreifern Widerstand entgegensetzten. Über ihnen explodierte ein Antigrav-Gleiter in einem Glutball, und ein halbes Dutzend tödlich getroffener Justifiers trudelte mit ihren Raketenrucksäcken vom Himmel. Doch die Angreifer erwiderten das Feuer mit mächtigen Sturm- und Lasergewehren. Unterstützt wurden sie von den schweren Bordgeschützen der LCVs. Granaten und Raketen gingen gezielt auf Abwehrstellungen nieder, Kugelgarben peitschten den Schnee zwischen den Wohnmodulen auf, und nur wenige Minuten später brachen am Boden erbitterte Nahkämpfe zwischen *SE*-Gardeuren und gelandeten *Hikma*-Justifiers aus. Dabei waren die Verteidiger hoffnungslos im Nachteil, denn die Gegner hielten jetzt auch die Dächer der Basis besetzt. Nikolaj konnte einen Falken-Beta mit Scharfschützenausrüstung ausmachen, der in gut fünfzig Metern Entfernung auf einer Reparaturhalle landete und dort in Position ging. Nikolaj kam sich vor wie eine Mücke, die unter Hummeln und Wespen geraten war. Überall auf dem Gelände peitschten Schüsse auf, und irgendwo ratterte ein MG. Aus dem Schatten eines Hangars hinter ihnen rannten in diesem Moment zwei geduckte Gestalten auf sie zu. Nikolaj hob die *Prawda* und senkte sie schnell wieder. Es waren Loop und Fratt.

»Rasputin sei Dank, ihr seid da!«, keuchte Nikolaj erleichtert. Doch seine Sorge galt vor allem Jiang, die noch immer fassungslos ihre schlaffen Arme anstarrte und wie weggetreten wirkte. Sie zitterte. Offenbar hatte sie durch den plötzlichen Ausfall ihrer kybernetischen Systeme einen Schock erlitten.

»Ma'am?« Loop beugte sich besorgt über sie, doch sie reagierte kaum.

Nikolaj informierte die Betas hastig. »Und, habt ihr das Strontium-90 ausfindig machen können?«

»Ja, Chef.« Fratts Iltisbart stand aufgeregt von seiner Schnauze ab, während er mit der *Mower*-MP zu einer Lagerhalle deutete, die keine zwanzig Meter entfernt lag. Dort verging gerade eine *SE*-Stellung unter feindlichem Granatbeschuss. »Das Zeug wird da hinten gelagert. Halle 6. Aber wir hatten bis jetzt keine Chance, unbemerkt an den Wachen vorbeizukommen.«

»Ich befürchte, das erledigt gerade *Hikma* für uns«, stöhnte Nikolaj.

Tatsächlich stürmten sechs oder sieben Betas auf die Halle zu. Dass den Japanern nur begrenzte Zeit für ihre Operation zur Verfügung stand, wurde in diesem Augenblick offensichtlich. Vom Orbit kommend jagte ein schräger Energiestrahl durch die Atmosphäre, der einen der LCVs schwer traf. Das Shuttle trudelte. Rauch stieg über dem Schiff auf, doch es hielt seine Position. Der *KA*-Kreuzer mochte zwar noch eine gute Stunde von der Basis entfernt sein, doch das hinderte das ferne Kriegsschiff nicht daran, seine gewaltigen Laserbatterien schon jetzt abzufeuern. Sicher kam es da oben im All jetzt zu einem Gefecht mit der *Hikma*-Korvette. »Uns bleibt nichts anderes übrig, als *Hikma* zuvorzukommen«, schrie er gegen das Getöse um sie herum an.

»Und wir brauchen unbedingt einen von diesen Antigrav-Gleitern. Sonst kommen wir mit unserer Fracht nicht weg von hier.«

»Verstehe«, knurrte Loop. Er klappte vor seinen gelben Wolfsaugen die Zieloptik herunter und legte sich mit der *Repeate*r neben Jiang, deren Lippen sich stumm bewegten. Der Anblick ging Nikolaj durch und durch.

»Mit etwas Glück können wir uns den Gleiter da vorn schnappen«, knurrte ihr Waffengefährte. »Zumindest sollte es mir ein Leichtes sein, den Kutscher auszuschalten.«

Auch Nikolaj entdeckte jetzt das schwebende Mobil, das verborgen im Schatten eines Transformatorenschuppens lauerte. Im Heck des Gleiters ragte sogar eine Raketenlafette auf. Der gegnerische Waschbären-Beta im Cockpit wartete offenbar darauf, mit dem Ding in Halle 6 zu brausen, sobald seine Kameraden sie für ihn freigekämpft hatten.

»In Ordnung, schalte ihn aus und gib uns Feuerschutz. Fratt und ich versuchen unser Glück!« Loop zielte und ließ die *Repeater* zweimal aufpeitschen.

Ihr Gegner sackte getroffen zusammen.

»Jetzt!« Nikolaj und Fratt sprangen auf und hetzten von Deckung zu Deckung, während um sie herum Kugeln wie wütende Hornissen durch die Luft jagten. Mit mehr Glück als Verstand erreichten sie den gepanzerten Gleiter, der noch immer wenige Fußbreit über dem Boden schwebte. Fratt warf den toten Waschbären-Beta aus dem Fahrzeug und schnappte sich das schwere MG, das auf dem Beifahrersitz lag. Nikolaj warf sich hinter das Steuer und entdeckte, dass das Mobil weitaus schwerer bewaffnet war, als er gedacht hatte. Auf der Lafette hinter ihm befand sich eine hochmoderne Plasmatronen-Rakete, deren Explosivkraft womöglich ausreichte, um ein ganzes Shuttle zu zerstören. Unweit von ihnen explodierte einer der letzten gepanzerten ATVs, die den *SE*-Einheiten verblieben waren. Die gegnerischen Justifiers drüben in Halle 6 hatten die Türen inzwischen aufgebrochen und kämpften dort gegen Widerstand, der ihnen von innen entgegenschlug. Bei zwei weiteren Hallen waren die Angreifer erfolgreicher. Aus einer rauschte in diesem Augenblick ein schwer mit blauen Transportkisten beladener Antigrav-Gleiter, der sofort aufstieg und mit seiner Beute zu den *Hikma*-Shuttles zurückkehrte. Nikolaj beschloss, es darauf ankommen zu lassen. Er ließ die Triebwerke aufheulen und brauste mit dem Gleiter geradewegs über den schneebedeckten Platz auf den Hangar zu. Rechter Hand schossen versprengte *SE*-Einheiten mit Allroundern auf sie, und er und Fratt duckten sich, um den Projektilen zu entgehen. Loop schaltete in diesem Moment den Falken-Beta oben auf dem Arbeitsmodul aus.

»Halt dich bereit!«, schrie Nikolaj Fratt gegen den Fahrlärm zu.

Er fuhr frontal durch das Hallentor, nahe dem fünf Justifiers der *Hikma Corporation* einen erbitterten Kampf gegen einen einsamen Eisbären-Beta ausfochten. Der schwergewichtige *SE*-Justifier verstand es, die Angreifer ganz allein mit seinem brüllenden *Deathmace* auf Abstand zu halten. Nikolaj rammte mit dem Gleiter einen Hunde-Beta gegen das Tor, während Fratt auf dem Beifahrersitz aufsprang und mit ratterndem MG zwei weitere *Hikma*-Justifiers von hinten niedermähte. Niemand hatte behauptet, dass ein Kampf fair verlaufen musste. Gemeinsam mit dem Eisbären gelang es ihnen, auch die übrigen Angreifer niederzukämpfen.

»Evakuierungsbefehl!«, brüllte Nikolaj dem muskulösen Beta zu, bevor dieser Fragen stellen konnte. Längst hatte er weiter hinten in der Halle aufgestapelte Fässer mit dem ersehnten schwarz-roten Dreieck für hochreaktive Flüssig-Metalloide entdeckt. »Wir sollen einige der Fässer da hinten in Sicherheit bringen. Helfen Sie uns, Kamerad!«, bluffte er selbstbewusst.

Der Eisbären-Beta grunzte, während Fratt den Hallenzugang sicherte. Nikolaj rauschte mit dem Gleiter an zahllosen Kisten vorbei, und nur einen Augenblick lang verschwendete er einen Gedanken daran, was die *SE* hier an Ancients-Funden lagern mochte. Trotz einer blutenden Schulterwunde half ihm der Bären-Beta dabei, einen Kran an der Hallendecke in Betrieb zu nehmen, um die schweren Fässer auf die Ladefläche des Gleiters zu verladen. Der Gleiter schaukelte leicht. Vorn am Hallenausgang hielt ihnen Fratt weiterhin die Gegner vom Leib.

»Genug!«, rief Nikolaj, und die folgende Lüge kam ihm erschreckend leicht über die Lippen. »Halten Sie die Halle weiter. In Kürze kommt Verstärkung!« Er ließ den Eisbären-Beta stehen, wendete den schwer beladenen Gleiter und nahm Fratt wieder an Bord. Er nahm sich vor, die kostbare Fracht nötigenfalls sogar mit der Plasmatronen-Rakete zu verteidigen. Die erste kürzere Kampfpause nutzend, brauste er wieder nach draußen, nur um dort sofort Kurs auf das mächtige Gestell mit der Radioteleskopschüssel zu nehmen. Loop wartete noch immer hinter der Betondeckung auf sie, und gemeinsam schafften sie Jiang auf den Beifahrersitz, während hinter ihnen weiterer Geschützlärm hallte.

»Und jetzt weg von hier!«, rief Nikolaj, doch Fratt schüttelte den Kopf.

»Chef, wir müssen erst noch zu dem Versteck mit dem Impulsgeber. Außerdem wartet da noch etwas anderes, über das Sie sich freuen werden.«

Loop gab hinter ihnen eine Salve mit der *Repeater* ab, und ein Justifier der *SE* stürzte mit einem Beintreffer zu Boden. Er konnte dem Wolf ansehen, wie schwer es ihm fiel, auf seine eigenen Leute zu schießen.

Nikolaj gab Energie, und Fratt führte ihn unter dem Gestänge des Radioteleskops hindurch zu einem kleinen, etwas abseits liegenden Modul mit Regenmessern an den Außenseiten und einem Windmesser unter dem Dach. Eine Wetterstation.

Der Iltis-Beta sprang aus dem Gleiter und stürzte zu der Schiebetür des Moduls. Heraus kam er mit dem Impulsgeber ... und Bitangaro über der Schulter!

Nikolaj traute seinen Augen nicht. Der Afrikaner war an Händen und Füßen gefesselt und wirkte vollkommen leblos. »Ich fasse es nicht, wo habt ihr diesen Bastard gefunden?«

»Als wir auf Epsilon-Two eintrafen, hatten sie gerade

einige Überlebende einer abgestürzten Fähre hergeschafft«, erklärte Fratt. Er wuchtete den Afrikaner auf die Ladefläche. »Wir konnten es selbst nicht glauben, als wir den Kerl unter den Überlebenden entdeckten. Wir haben ihn kurzerhand übernommen und dann mit KO-Gas außer Gefecht gesetzt. Er dürfte erst in ein paar Stunden wieder ...« Fratt wurde mitten im Satz von einem Projektil getroffen und herumgewirbelt. Blut spritzte in den Gleiter, und der Iltis-Beta stürzte in den Schnee.

»Fratt!« Loop ließ sofort die *Repeater* rattern, während Nikolaj geduckt aus dem Gleiter sprang und den verletzten Beta zurück in den fahrbaren Untersatz zerrte. »Fratt! Sag was!«

Der Iltis-Beta knirschte mit den Zähnen und stöhnte. Aus seinem durchschossenen Raumanzug sickerte Blut. Nein, nicht auch noch er.

»Wir müssen weg von hier«, brüllte der Wolf-Beta. Überall im Tal waren jetzt Absetzbewegungen zu erkennen, und es sah nicht so aus, als ob die *Hikma Corporation* Interesse hatte, den Flüchtenden nachzustellen. Nikolaj ließ die Triebwerke aufheulen und hob mit dem Gleiter ab. Sie hatten das Strontium-90. In ihrem Besitz befand sich eine Plasmatronen-Rakete. Und der Zufall hatte ihnen sogar Bitangaro wieder in die Hände gespielt. Und trotzdem fragte er sich, ob die Opfer, die sie dafür erbracht hatten, nicht zu hoch gewesen waren.

Nikolaj krempelte den Ärmel zurück und sah müde zu, wie Cherokee den Beutel mit seiner Blutspende an einem Stativ befestigte und die Transfusion für Fratt in die Wege leitete. Der Iltis-Beta lag mit stumpfem Fell und geschlossenen Lidern vor ihnen auf der Untersuchungsliege des Schiffslabors und atmete flach. »Wird er es schaffen?«, fragte Nikolaj.

Er wechselte einen raschen Blick mit Loop, der weiter hinten vor den beiden Cryogenkammern auf einem Hocker saß.

»Das kann ich noch nicht sagen«, krächzte der Adler-Beta. »Sein Blutverlust war erheblich. Chrrr. Hier an Bord gab es nur einen einzigen Beutel mit Kunstblut. Und wir können von Glück sprechen, dass Sie eine geeignete Blutgruppe besitzen, die mit der von Fratt kompatibel ist. Das ist beim Blut von Menschen und Betas nur selten der Fall.«

»Vor allem ist nicht jeder Mensch bereit, einem Beta zu helfen«, knurrte Loop. »Sie haben was gut bei uns, Chef.«

Nikolaj winkte ab. »Sobald wir wieder zurück in der Zivilisation sind, verhökern wir etwas von dem Strontium-90. Ich will, dass ihr alles tut, um Fratt zu retten. Bringt ihn meinethalben in ein Krankenhaus. Ich will nicht, dass er Fox' Schicksal teilt.« Das Los, das Apollo und Jiang ereilt hatte, sprach er nicht einmal an. Sie hatten innerhalb nur weniger Stunden die Hälfte ihrer Schlagkraft eingebüßt, zynisch betrachtet.

»Sie müssen jetzt viel trinken, um den Flüssigkeitsverlust auszugleichen«, erklärte der Adler-Beta. »Und Sie sollten sich in den kommenden Stunden etwas ausruhen.«

Nikolaj nickte.

»Soll ich mir auch noch einmal die Sache mit Ihrem Hakenwurm ansehen?«, fragte Cherokee behutsam. »Ihr Alpha hat mir berichtet, was Ihnen in Afrika widerfahren ist.«

»Er ist nicht *mein* Alpha. Apollo bestimmt über sich selbst.« Sein von Verbrennungen entstellter Partner lag mit bandagierten Gliedmaßen unten im Frachtraum und schlief. Zumindest er wirkte so, als befände er sich auf dem Weg der Besserung. Einsatzbereit war er deswegen allerdings noch lange nicht. Nikolaj betastete seinen Bauch. »Glaubst du denn, dass du da etwas ausrichten kannst?«

»Nein, Sir. Chrrr. Aber ich kann Ihnen vielleicht etwas gegen die Schmerzen geben. Die dürften vermutlich bald schlimmer werden.«

Nikolaj lauschte in sich hinein. Im Moment verhielt sich der Parasit in seinem Gedärm ruhig. Ihm blieben vermutlich noch zwei Tage, bis der Wurm platzte, und er wusste immer noch nicht, was er dagegen tun sollte. Ob es nützte, wenn er Cherokee die erbeutete Bioluolubrine mit dem vergifteten Bolzen aushändigte, so dass dieser das heimtückische Serum untersuchen konnte? Sie lag im Cockpit. Doch was sollte der Adler-Beta mit dem Gift schon anfangen? Nach Zulus Aussage hatten sich bislang sogar große Pharmazieunternehmen an einem Heilungsserum die Zähne ausgebissen. »Nein, lass gut sein. Wenn ich das Vieh spüre, erinnert es mich daran, dass ich mir noch etwas einfallen lassen muss, um Zulu dazu zu bringen, mir wirklich zu helfen.« Er schenkte Loop ein verkniffenes Lächeln. »Dank euch habe ich jetzt wenigstens wieder ein Druckmittel gegen ihn in der Hand.«

Der Wolf-Beta fletschte die Reißzähne. Dass Nikolaj trotzdem nicht wusste, wie es jetzt weitergehen sollte, verschwieg er.

Roger und Jack waren gerade dabei, den Impulsgeber des *STPD*-Racers auszuwechseln und ihr KSP-Sprungtriebwerk auf dem verborgenen Maschinendeck mit dem Strontium-90 zu befüllen. Auch um die erbeutete Plasmatronen-Rakete wollten sie sich kümmern. Die beiden Raketenschächte der *Nascor* standen mangels Munition schon seit Jahren leer, und es würde sich zeigen, ob sie das Geschoss fassen konnten. Solange sich da oben im Orbit zwei Kriegsschiffe befanden, die ihrem Abflug möglicherweise im Wege standen, mussten sie alle Eventualitäten berücksichtigen. Zugleich hofften sie darauf, dass keine der rivalisierenden Parteien auf ihr Versteck in der Schlucht aufmerksam wurde.

Seufzend erhob sich Nikolaj und wandte sich der Tür des Labors zu. »Ich werde Jiang jetzt einen Besuch abstatten.« Sie hatten die Chinesin in sein Quartier gebracht, und er hoffte, dass sie inzwischen auf Cherokees Beruhigungsmittel angeschlagen hatte. Bei dem Gedanken an sie verharrte er. »Eine Frage.« Grübelnd wandte er sich zu den beiden Betas um. »Warum habt ihr euch Chu Jiang eigentlich da oben auf *Farspace Horizon* angeschlossen?«

Loop und Cherokee glotzten ihn überrumpelt an, und

in den gelben Augen Loops blitzte so etwas wie Unverständnis auf. »Das war ein Befehl«, grollte er mit Nachdruck. »Befehlen hat man zu gehorchen.«

»Loop, sei so gut und hol mir mal eben ein neues MedPack von drüben«, bat ihn Cherokee.

Der Wolf-Beta sprang auf. »Klar, Schamane!« Er eilte an Nikolaj vorbei aus dem Raum, und Cherokee tat so, als überprüfe er den Blutbeutel.

Nikolaj sah ihm an, dass es hinter der Stirn des Betas arbeitete. »Also?«

Cherokee blinzelte. »Das war ein posthypnotischer Befehl, Sir. Er wurde uns schon im Natustank eingebläut, also bei unserer Züchtung. Er wurde so angelegt, dass er alle anderen Befehle überlagert. Es ist nicht gut, darüber vor Loop zu sprechen. Es könnte ihn verwirren.«

»Wie bitte?« Nikolaj sah den Adler-Beta erstaunt an. »Aber wenn dem so ist, wie kannst du dann darüber sprechen?«

»Ich verfüge über eine schwache psionische Begabung. Ähnlich wie Sie, Sir. Chrrr.« Cherokee blinzelte, als müsse er sich konzentrieren. »Mein Konzern hat diese Begabung bereits in meinen ersten Lebensjahren entdeckt. Es fällt mir leicht, Krankheiten zu diagnostizieren und Wunden zu behandeln. Das war der Grund, warum mich die *Stellar Exploration* zum Arzt ausbilden ließ. Aber mein Geist ist auch über dieses Talent hinaus geschärft. Er erlaubt mir, mentale Attacken abzublocken. Ich vermute, dass ich den Birthbound-Befehl deswegen als solchen identifizieren konnte. Doch obwohl ich ihn als solchen erkenne, kann auch ich mich nicht dagegen auflehnen. Er überlagert all mein Denken und Handeln. Selbst darüber zu sprechen, strengt mich an. Wenn ich mich wehre, dann ist es, als würde ich in einen Sekundenschlaf fallen, aus dem ich genau dann erwache, wenn ich wieder tue, was der Befehl mir aufträgt.«

»Und das ist?«

»Den Urheber des Birthbound-Befehls zu schützen und ihm zu gehorchen.«

Nikolaj dachte an die Auflistung all der Beta-Produktionsstätten zurück, die Jiang bei ihrem Erstkontakt mit Cherokee, Loop, Fratt und Fox aufgeführt hatte. »Wer zum Teufel besitzt die Macht, Betas bereits während ihrer Züchtungsphase so zu manipulieren? Die Konzerne, die euch erwerben, wissen von dieser Manipulation doch sicher nichts?«

»Ich kann Ihnen diese Frage nicht beantworten. Aber ich gehe ebenfalls nicht davon aus. Chrrr.« In Cherokees Raubvogelblick lag spürbares Bedauern. »Sie und ich sollten uns aber über eine Sache im Klaren sein: Wer über solchen Einfluss verfügt, muss sehr mächtig sein.«

»Die VHR?« Cherokee zuckte mit den Schultern. »Ich befürchte, das herauszufinden wäre so, als würde ich mein Todesurteil unterschreiben. Chrrr. Die Situation, in der ich mich befinde, stellt mich schon jetzt vor ein Dilemma. Vor dem Gesetz haben wir unsere Befehle verweigert. Wenn bekannt wird, dass wir uns ohne triftigen Grund von unserem Kommando abgesetzt haben, machen wir uns der Meuterei verdächtig. Wenn diese Unternehmung also vorbei ist, wird uns entweder die *Stellar Exploration* vor ein Erschießungskommando stellen, oder der Urheber des posthypnotischen Befehls wird uns liquidieren lassen. Sie als Mitwisser womöglich gleich mit.«

»So weit wird es nicht kommen.« Nikolaj atmete tief ein. »Ich verspreche dir, dass ich eine Lösung finden werde.«

Cherokee klappte den Schnabel auf, so als wolle er noch etwas sagen, doch er nickte nur.

Nikolaj begab sich zu seinem Quartier. Dabei kam ihm Jack entgegen, der offenbar auf dem Weg zu der Nasszelle war, in die sie Bitangaro gesperrt hatten. In den Händen hielt er einen alten Softdrink-Pappbecher, in dem Flüssigkeit schwappte. »Und, wie geht es dem Beta?«, wollte er wissen.

»Die nächsten Stunden werden es zeigen«, antwortete Nikolaj. Er deutete auf den Pappbecher. »Gefangenenspeisung, oder was wird das?«

Jack lachte unsicher. »Gwinny meinte, ich solle mal nach unserem Gast schauen.«

Nikolaj nahm ihm den Becher ab. »Ich übernehme das. Seid ihr unten fertig?«

»Noch nicht ganz. Ein paar Stunden musst du uns schon noch geben.« Jack räusperte sich. »Sag mal, Nikolaj, wie geht's jetzt weiter? Wie wäre es, wenn wir die Chinesin und die Betas auf einem x-beliebigen Planeten absetzen und endlich verduften?«

»Dafür ist es schon lange zu spät.«

Jack fuhr sich unbehaglich durch sein rotes Haar. »Dann sprich mit dem Kerl.« Der Heavie deutete auf die Tür der Nasszelle. »Handel einen Deal mit ihm aus. Er gegen die Sache mit dem Wurm in deinem Leib. Verdammt, Nikolaj, wir haben doch in der Vergangenheit noch viel verfahrenere Situationen gemeistert. Aber wir sind da nur deswegen rausgekommen, weil wir nie unnötige Risiken eingegangen sind.«

»Ich weiß. Und mir wird vermutlich auch nichts anderes übrigbleiben, als mit Bitangaro zu verhandeln.« Nikolaj lehnte sich mit dem Ohr gegen die Tür, und ihm schlug ein gedämpftes Stöhnen entgegen. »Also, geh zurück zu Roger und beeilt euch. Wir müssen erst einmal von diesem Planeten wegkommen.«

»Soll ich nicht besser dabeibleiben?«

»Nein.«

»Dann lass dich wenigstens nicht wieder provozieren!« Jack hob mahnend einen Finger und machte kehrt.

Nikolaj öffnete die elektronische Verriegelung und trat ein. Bitangaro hockte noch immer dort, wo sie ihn zurückgelassen hatten. Loop hatte ihn mit ausgebreiteten Armen zwischen Duschgestänge und kleinem Waschbecken festgeschnallt. Verärgert hob der Schwarze den Kopf und starrte ihn an. »Ah, Poljakow!« Er lehnte sich geschwächt gegen die Wand. »Soll ich mich jetzt geehrt fühlen?«

Nikolaj stellte den Pappbecher mit dem Wasser auf dem Boden ab. »Wir müssen reden.«

»Reden? Worüber? Über das verdammte Glück, das

Sie hatten?« Er schnaubte abfällig und beäugte den Becher. »Zumindest haben Sie davon mehr als Verstand. Aber das wird weder Ihnen noch unseren Feinden helfen.« Er lachte. »Mein Auftrag wurde erfüllt. Ich werde in die Geschichtsbücher eingehen, und Sie, Poljakow, Sie werden elendig krepieren.«

»Ich muss Sie enttäuschen.« Nikolaj baute sich vor ihm auf. »Ihr kleiner Plan wird nicht funktionieren. Wir werden *Knowledge Alliance* und SoA rechtzeitig über Ihren geplanten Militärschlag informieren. Vielleicht wissen die verantwortlichen Stellen sogar jetzt schon davon. All Ihre Anstrengungen waren umsonst.«

»Ach, meinen Sie?« Bitangaro fixierte ihn lauernd. »Sie sind nicht nur ein Herumtreiber, Poljakow, Sie sind ein armseliger Narr. Sie glauben, unsere Pläne durchkreuzen zu können? In Wahrheit sind Sie nichts anderes als Marionetten, die an Zulus Fäden hängen. Sogar jetzt. Sie werden schon bald feststellen, wie Recht ich habe. Und Sie werden auch schon bald feststellen, wie lang Zulus Arm ist.«

Nikolaj starrte den Afrikaner misstrauisch an. Der Kerl wirkte eine Spur zu selbstsicher. »Ich muss mit Zulu sprechen«, forderte er. »Sagen Sie mir, wie ich mit ihm Kontakt aufnehmen kann.«

»Einen Dreck werde ich tun.« Bitangaro leckte sich über die spröden Lippen. »Aber ich gebe Ihnen einen Tipp: Töten Sie mich. Töten Sie mich, bevor ich Sie umbringe.«

»Ich schätze, im Moment sind Sie nicht einmal in der Lage, sich den Arsch abzuwischen.«

»Sicher, Noah?« Bitangaro grinste diabolisch. »Das hier ist nur ein amüsantes Zwischenspiel. Noch bevor das KoZ den Schlussakt in diesem Stück aufführt, werde ich wieder bei Ihnen sein. Und dann werde ich beenden, was ich angefangen habe.«

Nikolaj verzichtete auf eine Antwort. Vor allem verzichtete er darauf, dem Afrikaner Wasser zu geben. Er nahm den Becher, sah Bitangaro an und entleerte ihn vor seinen Augen im Waschbecken. Offenbar gab es da noch etwas an Zulus Plänen, von dem sie nichts wussten. Und das war etwas, das Nikolaj mehr als nur beunruhigte. Er verriegelte den Raum und beschloss, Loop vor der Tür Wache halten zu lassen. Grübelnd begab er sich zu dem Deck mit seinem Quartier. Er klopfte an, bevor er eintrat. Jiang ruhte blass in seiner Koje und starrte zur Decke. Gwinny hatte ihr ein Kissen unter den Rücken geschoben, ihre Arme jedoch lagen schlaff und nutzlos an den Seiten, und das Glas Wasser mit dem Strohhalm auf dem Hocker neben dem Bett war noch immer unberührt. Die Musikerin sah aus wie ein Schatten ihrer selbst.

»Wie geht es dir?«, fragte er.

Die Chinesin drehte ihm ihr Gesicht zu, und er sah, dass ihr Augen feucht schimmerten. »Wie soll es mir schon gehen?«, brauste sie verbittert auf. Sie blinzelte, um sich ihre Schwäche nicht ansehen zu lassen. »Diese EMP-Bombe hat mich zu dem gemacht, was ich schon immer war. Ein Krüppel.«

Nikolaj dachte wieder an die Ansprache Bitangaros zurück, kurz bevor der Afrikaner Jiang das Knochenmark entnommen hatte. »Du hast schon als kleines Mädchen ...«

»Ich bin mit verkürzten Armen auf die Welt gekommen«, unterbrach sie ihn. »Meine nepalesische Mutter hat sich während der Schwangerschaft mit DCT vergiftet. Ein Insektenvernichtungsmittel, das die Cetaner von *Tau Ceti Prime* eingesetzt haben. Reicht das als Erklärung? Und jetzt spar dir dein Mitleid und sieh mich vor allem nicht so an. Ich hasse das. Ich bin mein Leben lang so angestarrt worden.«

Seufzend wandte sich Nikolaj dem SynthFood-Aufbereiter in der Wand neben der Bar zu, stellte eine Schüssel darunter und drückte ein paar Knöpfe. Zischend füllte sich die Schale mit warmer Hühnerbrühe, deren Duft sich schnell im Quartier ausbreitete. Mit der Schüssel in der Hand räumte er den Hocker frei und setzte sich neben sie. Er pustete, bis die Suppe eine annehmbare Temperatur erreicht hatte.

»Wie ein Baby.« Jiang entzog sich ihm. »Geh und lass mich in Ruhe.«

»Erst wenn du mir verrätst, wie lange du dich noch in Selbstmitleid ergehen willst?«

»Selbstmitleid?« Wut blitzte in ihren Augen. »Du hast doch keine Ahnung, wie ...«

»Ach, habe ich nicht?« Nikolaj deutete auf seine granitgrauen Augen. »Soll ich dir schildern, wie es ist, wenn man als Jump zur Welt kommt? Wenn einer von uns beiden weiß, wie es ist, sein Leben lang angestarrt zu werden, dann sicher ich. Nur habe ich keine kybernetischen Prothesen tragen dürfen, die von meiner Behinderung ablenkten.« Jiang öffnete verblüfft den Mund, und Nikolaj schob ihr kurzerhand den Löffel in den Rachen. »Und jetzt iss. Du musst wieder zu Kräften kommen.«

»Was willst du damit erreichen?« Jiang schluckte widerwillig, woraus Nikolaj schloss, dass sich neben ihrem Trotz auch der Hunger wieder zurückgemeldet hatte. Er nahm es als gutes Zeichen. »Sieh es als Anwerbungsgespräch.« Nikolaj grinste, während er ihr abermals einen Löffel mit Suppe in den Mund schob. »Die Tiere habe ich bereits. Außerdem drei Heavies. Zusammen könnten wir eine ordentliche Freakshow aufziehen. Ich setze mich in einen Käfig, und nebenan stellen wir dich mit deiner Ancients-Violine und einen Streichbogen im Mund aus. Das kommt bestimmt gut.«

Jiang starrte ihn an, als sei er verrückt geworden.

»Hey, das war ein Spaß.«

Sie schüttelte den Kopf, und doch huschte jetzt erstmals so etwas wie ein gequältes Lächeln über ihre Züge. »Das ist kein Spaß, Nikolaj.«

»Das mit deinen Armen ist nichts, was sich nicht wieder korrigieren ließe«, antwortete er, während er sie weiter fütterte. »Bist du jetzt so weit, dass du die gute Nachricht hören willst?«

»Gute Nachricht?« Jiang wehrte den nächsten Löffel ab und sah ihn aufmerksam an.

Er zwinkerte ihr zu. »Roger glaubt, dass er einen deiner Arme wieder hinbekommt. Also so, dass du ihn zumindest wieder bewegen kannst. Nur auf deine kleinen Extraeinbauten wirst du verzichten müssen.«

»Wie will er das zuwege bringen?« Hoffnungsvoll rückte sie von dem Kissen ab, und so spannte Nikolaj sie nicht länger auf die Folter.

»Roger hat sich deine Prothesen angesehen, als wir dich ohnmächtig hergetragen haben. Er meint, dass nicht alle deine Chips und Platinen durchgebrannt sind. Seiner Ansicht nach sollte es möglich sein, die defekten Bauteile eines Arms mit einigen aus dem anderen Arm auszutauschen. Er kann es noch nicht versprechen, aber er meint, dass sich damit die Beweglichkeit zumindest eines Arms zu siebzig Prozent wiederherstellen lässt.«

»Das ist *Hirosami*-Technologie. Woher besitzt dein Roger solche Kenntnisse?«

»Du solltest ihn nicht unterschätzen«, antwortete Nikolaj und kratzte die letzten Nudelreste der Suppe aus. »Er und seine Geschwister haben früher für *B'Hazard Mining* gearbeitet. Er war dort zusammen mit Jack unter anderem für die Wartung der Bergbau-Bots verantwortlich. Und die stammten von *Hikma* und *Hirosami*. Man vergisst gern, dass die beiden Robotik-Kons mehr als nur Haushalts-Bots oder Kyberware für Kriegseinsätze herstellen.«

»Wer seid ihr?«, fragte sie. »Ihr fliegt mit einem Raumschiff durch das All, das euch offensichtlich nicht gehört. Du verfügst über PSI-Kräfte, die für einen Zivilisten mehr als sonderbar sind. Ihr habt einen Alpha an Bord, mit dem du dich auch mental verständigen kannst. Und so, wie sich Roger, Jack und Gwinny verhalten, hüten auch sie Geheimnisse.«

»Ja, wir werden leicht unterschätzt.« Nikolaj strich sich das Haar hinter die Ohren und stellte die leere Schüssel abermals unter den SynthFood-Aufbereiter, um sie erneut mit Suppe zu füllen. Diesmal für sich selbst. Er war müde wie schon lange nicht mehr. »Die *Nascor* gehörte ursprünglich *Romanow*«, sagte er nach einigem Zögern. »Der ursprüngliche Name des Schiffs tut nichts zur Sache. Wir haben sie in *Nascor* umbenannt und später mit Verblendungen versehen, die ihr ursprüngliches Aussehen kaschierten. Vor allem haben wir damals einigen Aufwand getrieben, um den kostbaren KSP-Antrieb an Bord zu tarnen.« Er wandte sich wieder Jiang zu, die ihm gespannt lauschte. »Die *Nascor* war ursprünglich ein Versuchsschiff der *GeRuCa*. *Romanows* Wissenschaftler haben es gebaut, um die Auswirkungen von Überlichtsprüngen auf Menschen und Tiere zu erforschen. Auch ich war eines ihrer Versuchsobjekte. Das Labor unten gehört noch zu der alten Ausstattung des Schiffs. Die übrigen Räume und Quartiere haben wir in den letzten Jahren auf unsere heutigen Bedürfnisse hin umgebaut.«

»Einen Moment«, sagte Jiang. »*Romanow* ist seit 2911 unabhängig von der *GeRuCa*. Der Konzern konzentriert sich seit über 130 Jahren voll und ganz auf Lasertechnologie, Metallveredlung und Kunstdiamanten. Wenn du zu den Versuchspersonen gezählt hast ... wie alt bist du dann?«

»Zu alt für dich.« Nikolaj grinste und setzte sich mit der dampfenden Brühe wieder neben sie. »Nach Terra-Standard etwas über 445 Jahre.«

»Über 445 Jahre?« Jiang riss die Augen auf. »Wie kann das sein?«

»Ich war damals Jagdflieger.« Obwohl er das Gefühl hatte, damit den Parasit in seinem Körper zu nähren, aß er trotzig seine Suppe. Irgendwie tat es gut, einmal die Wahrheit zu sagen. »Ich habe nicht immer PSI-Kräfte besessen. Doch als Jump bin ich dem Militär schnell aufgefallen. Ich wurde ständig dazu gedrängt, mich einer Forschungsgruppe des Petrov-Instituts von Sankt Petersburg zur Verfügung zu stellen. PSI-Forschung. Dahinter stand natürlich *Romanow*. Ich habe stets abgelehnt. Doch irgendwann hat das nicht mehr gereicht.« Er seufzte. »Sie haben den erstbesten Zwischenfall zum Anlass genommen, mich wegzusperren. Eine verirrte Rakete, die in einem Wohnblock mit Zivilisten einschlug. 26 Tote. Man hat mich dafür verantwortlich gemacht, doch ich schätze, dass sie die Rakete vorher präpariert hatten. Tja, und dann kamen sie mir mit einer Offerte, die ich kaum ablehnen konnte. Überlichtsprung-Forschung oder fünfzehn Jahre Gefängnis. Ich habe mich für Ersteres entschieden.«

»Das erklärt immer noch nicht dein Alter.«

»Mehr oder minder ein Unfall.« Nikolaj löffelte weiter seine Suppe. »*Romanow* hat damals eine Versuchsreihe gestartet, bei dem die Probanden Interim-Sprüngen im Kälteschlaf ausgesetzt wurden. Ich steckte ebenso wie Apollo in einer der Cryogenkammern, als es während der Sprungversuche zu einer Art Systemversagen kam. Ich weiß bis heute nicht, was damals mit der *Nascor* passiert ist. Hier an Bord befanden sich damals drei Wissenschaftler und der Pilot. Allerdings war der Laderaum randvoll mit verschiedenen Versuchstieren. Als ich aus dem Cryo-Schlaf wieder erwachte, stand mir Gwinny gegenüber. Sie und ihre Brüder waren es, die die *Nascor* herrenlos im All treibend entdeckt hatten.« Er hielt kurz inne. »Glaube mir, das Schiff bot keinen schönen Anblick. Es stellte sich heraus, dass seit meinem Wegdämmern gute 400 Jahre verstrichen waren. KI, Elektronik und Lebenserhaltungssysteme funktionierten zwar noch, aber außer mir und Apollo gab es keine lebende Seele mehr an Bord. Nur staubtrockene Mumien. Irgendetwas ist da im Interim passiert. Etwas Unheimliches, über das selbst die Schiffsaufzeichnungen kaum Auskunft gaben. Protokolliert ist nur, dass die KI noch im Interim eine ganze Folge von Notsprüngen ausgelöst hat, so als wollte sie das Schiff vor irgendetwas in Sicherheit bringen.«

»Im Interim?« Die Chinesin sah ihn zweifelnd an. »Du willst mir doch jetzt nicht weismachen, dass da im Interim etwas war? Dort gibt es kein Leben. Alle solche Berichte haben sich im Nachhinein als Unfug herausgestellt. Seemannsgarn.«

»Wer weiß.« Nikolaj setzte die Schüssel an und trank den Rest der Suppe. Er wusste selbst, wie verrückt das klang. »Mein altes Leben ist seitdem jedenfalls dahin. Was mit meinem Körper in den 400 Jahren im Einzelnen geschah, weiß ich nicht. Aber als ich erwachte, verfügte ich über mentale Fähigkeiten. Womöglich hat sich die hohe Anzahl an Versuchstieren an Bord irgendwie auf meinen Geist ausgewirkt. Die Anwesenheit zu vieler Menschen ertrage ich seitdem jedenfalls nur noch unter Einfluss von Neuroleptika. Wohl fühle ich mich nur noch unter Tieren. Ihre mentalen Hirnströme beruhigen mich, und ich kann sie beeinflussen. Mein kleines Unternehmen hier«, er wies zu den Schiffswänden, »war sozusagen der Versuch, aus der Not eine Tugend zu machen. Mit Apollo jedenfalls verbindet mich seitdem ein ganz besonderes Band. Er ist für mich wie ein Bruder.« Er atmete tief ein. »Tja, ich schätze mal, jetzt kennst du meine Geschichte.«

»Und wie passen Gwinny, Roger und Jack in das Puzzle?«

»Flüchtlinge. Die drei haben sich von ihrem Planeten abgesetzt, acht Jahre bevor ihr Kontrakt mit *B'Hazard Mining* abgelaufen ist. Der Kon wollte sie umbringen, als sie von illegalen Schürfarbeiten im Minos-System erfuhren, bei dem monatlich zwei Dutzend Strafgefangene verheizt wurden. Beweise hatten sie nicht, aber die Konzernleitung wollte offenbar nichts riskieren. Den dreien blieb nichts anderes übrig, als mit einem gekaperten Shuttle durch ein Sprungtor zu flüchten. Blindsprung. Sie hatten schon den sicheren Tod vor Augen, stattdessen entdeckten sie am Austrittsort die *Nascor*. Damals begann unsere gemeinsame Odyssee.«

Ungläubig schüttelte Jiang den Kopf. »Und woher nehmt ihr all die Ressourcen? Ihr seid bloß zu fünft. Umbauarbeiten wie die, die du angedeutet hast, nimmt man doch nicht mal so eben vor.«

»Gut aufgepasst.« Nikolaj lächelte schmal. »Ich sag's

mal so: Unsere Geschäfte sind oft illegaler Natur. Außerdem haben wir da noch einen Freund, der uns hin und wieder aus der Patsche hilft. Oder wir ihm, je nachdem.«

»Dieser Sergej?«

»Richtig. Einen gerisseneren Typen kannst du dir kaum vorstellen.«

»Und wer ist das?«

»Darauf kommst du nie.« Nikolajs Grinsen wurde breiter. »Er ist mein Urururenkel. Familie. Blut ist eben dicker als Wasser.«

Seltsamerweise konnte Jiang über den kleinen Scherz nicht lachen. Unwillkürlich dachte er an Bitangaros Vorhaltungen zurück. Er hatte Jiangs Vater als gefährlichen Mann skizziert.

»Doch wie Sergej und ich uns über den Weg gelaufen sind, ist wieder eine andere Geschichte. Ich finde, jetzt bist du erst einmal dran.«

»Das kann ich nicht, Nikolaj.« Jiang senkte den Blick. »Nicht, weil ich nicht wollte. Sondern um dich zu schützen. Verriete ich dir mein Geheimnis, wäre euer aller Leben keinen Pfifferling mehr wert. Du ... ihr ... wisst jetzt schon zu viel.«

»Du sprichst von der Sache mit den Betas?«

Der Kopf der Chinesin ruckte hoch. »Vergiss das, Nikolaj. Und zwar so schnell wie möglich. Die ... Organisation, in deren Diensten ich sozusagen stehe, ist mächtiger, als du denkst. Sie duldet keine Mitwisser.«

»Du meinst deinen Vater?«, fragte Nikolaj lauernd.

Doch die Chinesin schwieg.

»Vielen Dank, Jiang.« Er spürte Ärger in sich aufsteigen. »Ich habe mich dir eben anvertraut wie sonst keinem anderen, und alles, was ich von dir bekomme, sind vage Ausflüchte.«

»Das sind keine Ausflüchte, Nikolaj.« Ein gequälter Ausdruck schlich sich in Jiangs Züge. »Im Gegenteil, ich bin dir dankbar für deine Offenheit. Das ist mehr, als ich erwartet hatte. Aber ich bin nicht frei.«

»Schon gut. Behalte deine Geheimnisse für dich.« Nikolaj erhob sich kühl und stellte die Schüssel weg.

»Ich war nicht ohne Grund in Müllers Residenz«, rang sich die Chinesin nun doch zu einer Auskunft durch. »Ich habe die Einladung deswegen angenommen, weil von mir verlangt wurde, Zulu zu observieren.«

»Zulu?« Verblüfft drehte sich Nikolaj um.

»Wusstest du das nicht?« Ihre Stimme war ohne Tadel. »Er besitzt ebenfalls einige Besitztümer auf At Lantis. Natürlich alle unter falschem Namen. Was glaubst du, wie er es sonst geschafft hätte, seine Leute auf Müllers Privatresidenz einzuschleusen? Auch er war als Besucher auf dem Konzert. Die ... Organisation, für die ich arbeite, versucht schon seit Jahren, ihn auszuschalten. Ich sollte nach dem Konzert versuchen, ihm oder einem anderen seiner Entourage einen Hochleistungspeilsender anzuheften. Du weißt schon, das Gerät, mit dem ich nach meiner Entführung versucht hatte, Kontakt zu meinen Leuten aufzunehmen. Bruno Müller hatte nach meinem Auftritt einen privaten Empfang vorgesehen, zu dem Zulu gemäß unserer Informationen ebenfalls zugesagt hatte. Ich konnte nicht wissen, dass er längst Cheng umgedreht hatte, meinen Leibwächter. Zulu war also über alles informiert.«

»Nicht nur Cheng, auch deine Maskenbildnerin«, presste Nikolaj hervor. Er rieb sich müde die Schläfen. Selbst diese Enthüllung konnte ihn nicht mehr erschüttern. »Kann deine geheimnisvolle Organisation mir wenigstens dabei helfen, Zulu eine Nachricht zu übermitteln?«

»Wozu das?«

»Weil ich sterbe, Jiang! Deswegen.«

Entsetzt sah sie ihn an. »Was meinst du damit, du stirbst? Du sieht sehr lebendig aus.«

Er schilderte ihr nun, was ihm in Afrika widerfahren war. »Das meinte ich damit, dass ich sterbe!«, schloss er resigniert. »Und langsam weiß ich nicht mehr, was ich tun soll.«

»Nur noch zwei oder drei Tage? Meine Güte ...« Aus Jiangs Stimme sprach echte Besorgnis. »Warum hast du nichts gesagt, als Gwinny die Sache mit dem Wurm im Labor angesprochen hat? Ich konnte doch nicht wissen, dass ...«

»Lass gut sein.« Nikolaj winkte ab. »Also, kann mir deine Organisation helfen? Denn die letzte Hoffnung, die mir bleibt, ist, Bitangaro gegen meine Heilung einzutauschen.«

»Nein.« Sie schüttelte den Kopf. »Jedenfalls nicht in so kurzer Zeit. Ich befürchte, bei dieser Sache wird dir nur Bitangaro selbst weiterhelfen können. Er weiß sicher, wie man mit Zulu Kontakt aufnehmen kann.«

»Vergiss es. Der Mistkerl verreckt lieber, als für mich einen Finger krummzumachen.«

»Ich würde an deiner Stelle auch nicht damit rechnen, dass sich Zulu mit seiner Auslieferung erpressen lässt.« Jiang zögerte. »Falls doch, wird er dir eine Falle stellen. Aber wenn wir einen zivilisierten Planeten finden«, sagte sie aufgewühlt, »dann kann ich ohne Probleme einen größeren Betrag für dich anweisen lassen.«

»Ich befürchte, für diese Option ist es zu spät.« Er sah sie müde an. »Selbst wenn ich eine von diesen verfluchte Luxory-Chrom-Cards besäße, würde ich es nicht mehr rechtzeitig zum 2OT schaffen.«

»Und wenn du es selbst noch einmal versuchst?«, fragte sie. »Dieser Wurm in deinem Körper *ist* doch ein Tier.«

»Unmöglich, das habe ich schon versucht.« Niedergeschlagen schüttelte Nikolaj den Kopf. »Meine Kräfte beschränken sich auf Tiere mit einem Mindestmaß an Verstand.«

»Trotzdem«, widersprach sie. »Theoretisch müsste dir dieser Weg offenstehen. Denn wenn Zulus Gabe wirklich darin besteht, die Kräfte anderer Psioniker zu verstärken, dann hat seine Machtdemonstration vor allem eines gezeigt, nämlich, dass das Potenzial zu deiner Rettung in dir selbst schlummert!«

»Du verstehst nicht, Jiang. Ich kann es nicht.«

»Versuche es noch einmal.«

»Es geht nicht. Meine Gabe ...«

»Verdammt, Nikolaj. Wieso gibst du so einfach auf?«, fuhr sie ihn fast verzweifelt an. Ihre sonst so beherrschte Fassade bekam einen unmerklichen Riss, und einen Moment lang blitzte eine Regung in ihren Augen auf, die er dort niemals zu sehen erwartet hatte: Zuneigung.

Seine Kehle wurde trocken. Er war ein Jump. Seine letzte Begegnung mit einer Frau lag Jahre zurück, und selbst die war nicht besonders gut verlaufen. Doch irgendwie fühlte er, dass es Jiang umgekehrt nicht anders ging.

»Entschuldige«, flüsterte sie bestürzt. Hastig wandte sie den Kopf ab, und für einen Moment lag eine seltsame Stimmung in der Luft. Als Nikolaj glaubte, die Stille nicht mehr ertragen zu können, klopfte es an die Tür.

»Herein!«, brach es unwirsch aus ihm heraus.

»Nikolaj, das musst du dir ansehen.«

Die Tür öffnete sich, und Gwinny betrat das Quartier mit einem Touchpad in der Hand. »Entschuldigt, störe ich?«

»Nein«, antworteten Nikolaj und Jiang fast gleichzeitig. Gwinny warf ihnen einen merkwürdigen Blick zu.

Nikolaj räusperte sich. »Was ist?«

»Erinnerst du dich noch an die Daten, die du über den CodeCracker aus Müllers Villa zur *Nascor* übertragen hast?«

»Ja. Und?«

Gwinny setzte sich auf die Bettkante. »Ich hab einige der Daten entschlüsseln können. Darunter befanden sich mehrere Überweisungen von *WongaWonga!*«

»Diese interstellare Bank, von der keiner so genau weiß, wer dahintersteckt?«, fragte Nikolaj argwöhnisch.

Auch Jiang beugte sich vor, damit sie besser auf den Monitor des Pads sehen konnte.

Gwinny nickte. »Ja. Eigentlich ist das eine typische Unterschichtsbank. Außerdem beta-freundlich. Und jetzt haltet euch fest: Müller sind von *WongaWonga!* über einen Zeitraum von zwei Jahren fast 90.000.000 C überwiesen worden sind.«

»Wie bitte? Neunzig Millionen!«

»Ja. Immer zum Monatsersten über drei Millionen. Und das stets von der gleichen Kontonummer.«

»Und?« Dass es sich bei dieser in jeder Hinsicht exorbitanten Summe nicht um das Managergehalt Müllers handelte, war Nikolaj klar. Aber er begriff nicht, worauf Gwinny hinauswollte.

»Zulu hat uns doch damals nach deiner Entführung 10.000 Tois überwiesen, damit wir die Cheflotsin auf Alpha 2 bestechen konnten. Sieh dir mal die Kontonummer des Absenders an.« Gwinny hob das Pad.

»Rasputin!« Nikolaj riss die Augen auf. »Das ist die gleiche.«

»Richtig.« Gwinnys Augen blitzten. »Was nichts anderes bedeutet, als dass Müller mit Zulu in geschäftlicher Verbindung steht. Vermutlich war er es, der uns mit seinen Kontakten zum Lantis-Clan die Anfluggenehmigung für die Reicheninsel beschafft hat.«

»Doch nicht für 90 Millionen C?«

»Nein, ganz sicher nicht.« Gwinny schüttelte den Kopf. »Ich glaube, dass Müller und Zulu noch auf ganz andere Weise in Verbindung stehen. Dass die beiden irgendein krummes Ding drehen, sieht man schon daran, dass die

Zahlungen nicht abreißen. Auch zum Ersten dieses Monats ist der Betrag wieder eingegangen. Zulu bezahlt Müller offenbar für irgendetwas.«

»Ich verdammter Narr!« Nikolaj sah Jiang an. »Das bedeutet, dass Müller selbst in deine Entführung verwickelt war. Er – und nicht bloß sein südafrikanischer Butler. Dieser elende Kyborg hat uns die ganze Zeit wie Marionetten vorgeführt. Ich hätte schon bei der Sache mit seinem Lust-Bot draufkommen können.«

»Die Frage ist, um was es bei dieser Transaktion geht?«, wandte Jiang nachdenklich ein. »Bei 90 Millionen in der härtesten Währung der Galaxis muss es sich um etwas Großes handeln.« Sie sah Nikolaj offen in die Augen. »Wenn wir herausfinden, um was es bei diesem Deal geht, bekommst du vielleicht das Druckmittel, das du gegen Zulu benötigst. Du könntest damit Bruno Müller dazu bringen, einen Kontakt zu Zulu herzustellen.«

»Innerhalb von zwei Tagen?« Nikolaj seufzte, doch inzwischen war er bereit, wie ein Ertrinkender nach dem berühmten rettenden Strohhalm zu greifen. »Bleibt die Frage, wie wir das in der kurzen Zeit bewerkstelligen sollen?«

»Vielleicht gelingt es uns, auf Pherostine mehr herauszufinden?«

»Pherostine? Du meinst diesen Bergbauplaneten im Guavarra-System?« Nikolaj runzelte ebenso die Stirn wie Gwinny. »Wir waren vor ungefähr einem Jahr mit dem Xeno-Spektakularium dort. Außer viel Dreck und einigen schäbigen deutschen und russischen Kneipen hat der Planet nicht viel zu bieten.«

»Das kommt darauf an, wonach man sucht.« Jiang beugte sich vor. »Vor ungefähr einem Monat gab es auf Pherostine einen riesigen Skandal um den Konzern *Enclave Limited*, der dort planetare Xenan-Lagerstätten aufgespürt hat. Bruno Müllers Bruder Gerhard wurde daraufhin in der Presse bezichtigt, ebenfalls in diesen Skandal verwickelt zu sein. Und zwar in seiner Funktion als oberster Vorsitzender der GWA, der interstellaren Gewerkschaft.«

»Ich erinnere mich vage«, meinte Nikolaj. »Die Angelegenheit ist doch erst vor ein paar Wochen durch die Presse gegangen?«

»Richtig. Die Vorwürfe wurden von einem gewissen Richard Cross erhoben, der dort als Vorsitzender für eine regionale Unterabteilung der GWA gearbeitet hat. Die Details könnten gut und gern einen ganzen Roman füllen ...* Wichtig ist nur, dass sich Cross inzwischen als Reporter von *Starlook* geoutet hat.«

»Ich verstehe ehrlich gesagt nicht, wie uns das weiterhelfen soll?«, wandte Gwinny ein.

»Cross scheint sich auf einer Art Kreuzzug gegen Gerhard Müller zu befinden«, erklärte die Chinesin. »Seinem Einfluss ist es zu verdanken, dass Bruno Müllers Bruder erst wenige Tage vor meinem Auftritt auf At Lantis wieder hochoffiziell zurück nach Pherostine beordert wurde. Er muss sich dort jetzt vor einer Untersuchungskommission unter Vorsitz des Gouverneurs wegen Korruption verantworten. Noch hält die GWA an

---

* Justifiers 2: *Undercover*

ihm fest, aber die Frage ist, wie lange noch? Eventuell gelingt es uns, diesen Cross aufzuspüren. Denn wenn ich das richtig überblicke, dann hat niemand so intensiv in der Familiengeschichte der Müllers gewühlt wie er. Dabei mag auch das eine oder andere Detail über Bruno Müller ans Licht gekommen sein.«

»Und wie sollen wir an diesen Whistleblower rankommen?«, fragte Nikolaj. »Wenn dieser Reporter klug ist, wird er untergetaucht sein.«

»Wir könnten *Starlook* um ein Treffen mit ihm bitten«, schlug Gwinny vor.

»Nein, das kostet zu viel Zeit«, widersprach die Chinesin. »Doch es gibt jemanden, der uns bei der Suche nach ihm vielleicht helfen kann.«

»Und wer wäre das?«, fragte Nikolaj.

»Der Mann nennt sich Cagliostro.« Jiang zögerte, bevor sie weitersprach. »Die ... Organisation, für die ich arbeite, steht in gelegentlicher Verbindung zu ihm. Man kommt um ihn nicht herum, wenn man Geschäfte im Guavarra-System tätigen will. Er operiert von einer Raumstation der *TTMS* aus. Wenn es jemanden gelingen kann, Cross in kürzester Zeit aufzuspüren, dann ihm.«

9

ENTSCHEIDUNGEN

System: Guavarra
Ort: Hauptstadt Carabine
Pherostine (Planet im Besitz der United Industries)
29. April 3042

Stickige Luft drang ins Innere des Leihwagens, die leicht nach Ruß, Schwefeldioxid und anderen Industrie-Emissionen stank. Nikolaj hockte missmutig im Fond des chromblitzenden Vehikels und starrte durch die Heckscheibe, während Roger den Wagen über eine achtspurige und mit hohen Straßenlaternen beleuchtete Autobahnbrücke über den Bent River lenkte. Der Fluss durchschnitt Carabine wie ein dreckiges braunes Band. Obwohl die Sonne Pherostines längst untergegangen war, spendeten zwei der drei Monde des Planeten genügend Licht, um die Hauptstadt in dämmrigen Schein zu tauchen. Eine spezielle Eigenheit des Planeten, die ihm schon bei ihrem Aufenthalt vor gut einem Jahr aufgefallen war und die dafür sorgte, dass die Stadt selbst nachts nicht zur Ruhe kam. Ihn verwunderte es daher nicht, dass trotz der vorgerückten Stunde noch immer eine Vielzahl schwer mit Eisenerz und Xeno-Hölzern beladener Trucks an ihnen vorbeidonnerten, während am Himmel gelegentlich die Positionslichter von Antigrav-Gleitern zu erkennen waren, die die protzigen, pseudogotischen Dachlandeplätze der Hochhäuser in der Innenstadt anflogen. Darunter die mächtigen Konzerntürme von *United Industries, TTMS, Enclave Limited* und einem Kon namens *WasteLand.* Die Stadtplaner von *United Industries,* dem der Planet gehörte, hatten Carabine vor achtzig Jahren am Reißbrett entworfen und mit bemerkenswerter Lieblosigkeit aus dem Boden gestampft. Wie wenig die Architekten die Bedürfnisse der Bewohner gekümmert hatten, zeigte allein der Standort, den sie für die Metropole gewählt hatten. Denn Carabine lag in einem von Dschungel umgebenen Gebirgstal, an dessen Höhenzügen die Lichter der Erzabbaustätten und Hochöfen funkelten und dessen Lage zugleich dafür sorgte, dass die Stadt ständig unter einer Smogdecke begraben lag. Selbst das gegenwärtige Zwielicht konnte nicht verbergen, dass Carabine genauso hässlich war, wie Nikolaj die Stadt in Erinnerung behalten hatte. Jenseits der Flussschleife ragten die trostlosen Mietskasernen der Bergarbeiter und Betas auf, während sie an grauen Häuserfronten aus Beton vorbeifuhren, die nur von rostigen Eisenträgern zusammengehalten zu werden schienen. Sie wechselten sich mit verwaisten Wohnsilos und Schachtelhotels ab, zwischen denen – je weiter sie sich der Innenstadt näherten – immer häufiger grell leuchtende

Neontafeln mit bunter Reklame aufragten, die für ChocFrogs, Synthgetränke und sogar für Immobilien auf den drei Monden Pherostines warben. Von dort aus konnte man angeblich mit bloßem Auge den violetten Balthusius-Nebel des Guavarra-Systems bewundern.

»Ich danke Ihnen, Cagliostro«, drang vom Beifahrersitz Jiangs Stimme an seine Ohren. Sie trug ein Headset, das mit einem Phonestick verbunden war, während auf ihrem Schoß ein aufgeklapptes Touchpad mit Folienbildschirm ruhte, auf dem soeben das Bild eines Mannes mit Monokel, bereits ergrauendem Bärtchen und perfekt sitzender Scheitelfrisur erlosch. »Cross befindet sich in Carabine«, informierte Jiang ihn und Roger. »Cagliostro hat ihn inzwischen auch zu einem Treffen mit uns überreden können.«

»Dafür hat er etwas gut bei mir«, murmelte Nikolaj angespannt. Ein weiterer Tag war fast rum, und inzwischen fiel es ihm immer schwerer zu glauben, dass es ihnen noch gelingen konnte, einen Deal mit Zulu einzufädeln. Die Zeit zerrann ihm zwischen den Fingern, und mit jeder Minute schwoll das Biest in ihm an. Unwillkürlich musste er wieder an das Blut denken, das er auf VMS2 ausgekotzt hatte.

»Das ist nicht nötig.« Die Chinesin drehte sich zu ihm um. »Wir sind ihm nichts schuldig. Den kleinen Dienst hat er sich teuer bezahlen lassen.«

»Und wo treffen wir diesen Reporter?«

»Er will sich mit uns im sogenannten Luxemburg-Haus treffen. Nach Cagliostros Worten eigentlich ein Abeitertreff. Aber irgendein Bonze von *United Industries* hat offenbar genügend Geld lockergemacht, um das Etablissement heute komplett anzumieten. Kennt ihr den Laden?«

Nikolaj schüttelte den Kopf. »Nein, die einzige Kneipe auf diesem Planeten, die ich kenne, ist eine Russen-Pinte namens Potemkin's, wo sie noch immer den alten Zeiten nachtrauen. Die Stadt wimmelt von deutschen, russischen und irischen Kolonisten. Ich gehe also mal davon aus, dass es sich bei diesem Luxemburg-Haus um eine der hier üblichen Bierschänken handelt.«

Die Chinesin rief eine Übersichtskarte der Stadt auf. Deutlich konnte er den von Autobahnen und Fluss in drei Stadtteile zergliederten Aufbau Carabines mit den ringförmig gruppierten Trabantenvierteln erkennen. Jiang zoomte einen der Straßenzüge näher heran und deutete auf einen roten Punkt. »Da ist es. Microsoft Avenue 21, 3. Westring.« Sie verrückte das Pad so, dass auch Roger einen Blick drauf werfen konnte. »Liegt gar nicht mal so weit weg von unserer Position.«

Roger warf einen Blick auf den Bildschirm und grunzte unbehaglich. Nikolaj fiel auf, dass er immer wieder in den Rückspiegel blickte. »Ist was?«

»Weiß nicht«, hub der Heavie mit seiner Bassstimme an. »Irgendwie habe ich das Gefühl, dass wir verfolgt werden.«

»Wie bitte?« Nikolaj drehte sich vorsichtig um und versuchte einen Blick auf die Autobahn hinter sich zu erhaschen. Auf den Fahrbahnen waren unzählige Fahrzeuge mit aufgeblendeten Scheinwerfern zu sehen. »Der rote *STPD*-Comfort. Siehst du ihn?«

Roger erhöhte ihre Geschwindigkeit, und Nikolaj entdeckte die Limousine, da sie nun zu einem Überholmanöver ansetzte. »Bist du dir sicher?«

»Zum ersten Mal ist mir der Wagen aufgefallen, als wir die Halbinsel verlassen haben. Und jetzt fährt er immer noch hinter uns her.«

Auf Anraten dieses Cagliostro waren sie mit der *Nascor* auf dem Raumflughafen neben dem Messegelände Carabines gelandet, das eingeklemmt zwischen dem Bent-River und einem weiteren Fluss lag, der in den Strom einmündete. Anschließend hatten sie einen Leihwagen-Service in Anspruch genommen, mit dem sie bereits bei ihrem letzten Besuch auf diesem Planeten gute Erfahrungen gemacht hatten. Gwinny und Cherokee waren von dort aus Richtung Krankenhaus aufgebrochen, um Fratt und Apollo versorgen zu lassen, während Roger, Jiang und er selbst Richtung Innenstadt gefahren waren. Dieser Cagliostro hatte das Treffen mit Cross zwar erst noch bestätigen müssen, aber sie wollten keine unnötige Zeit verlieren. Jack und Loop, der jetzt vor der Tür mit Bitangaro Wache saß, hielten in der Zwischenzeit die Stellung an Bord. Sicher war sicher. Doch dass sie verfolgt wurden, kaum, dass sie auf dem Planeten gelandet waren, beunruhigte Nikolaj. »Nimm die nächste Ausfahrt«, sagte er. »Dann werden wir ja sehen, ob an der Sache etwas dran ist.«

Roger brummte zustimmend und nutzte die erstbeste Abfahrt hinein in ein Viertel mit Wohnblocks, deren graue Fassaden zum hellen Nachthimmel strebten. Er behielt Recht. Das dunkle Fahrzeug hinter ihnen folgte ihrem Leihwagen noch immer.

Nikolajs Unruhe wuchs. »Jiang, bist du dir sicher, dass man diesem Cagliostro trauen kann?«

»Nach allem, was ich weiß, wickelt er seine Geschäfte korrekt ab.« Sie wirkte selbst irritiert. »Roger, seien Sie bitte so gut und fahren Sie etwas langsamer.«

Dem Heavie blieb ohnehin nichts anderes übrig, da sie sich jetzt in einem engen Straßenzug befanden, auf dem ihnen ein Pulk Jugendlicher mit ElektroBikes entgegenkam. Die Chinesin aktivierte die Kamera ihres Phonesticks, das noch immer an das Pad angeschlossen war, und hielt es mit dem wiederhergestellten Arm unauffällig nach hinten, so dass sie den *STPD*-Comfort näher heranzoomen konnte. Nikolaj betrachtete die Vergrößerung auf dem Bildschirm und entdeckte hinter der Frontscheibe des Wagens fünf Krawattenträger mit dunklen Multibrillen.

»Vertrauenserweckend sehen die Jungs nicht gerade aus«, kommentierte Roger die Bildvergrößerung.

Nikolaj hielt die Wageninsassen für Schläger oder Bodyguards. Vielleicht beides. Wieso sahen diese Typen eigentlich auf jedem Planeten gleich aus?

»Meinen Sie, dass Sie den Wagen abhängen können?«, fragte Jiang den Heavie.

»Sie können mich gern Roger nennen. Aber was die Frage betrifft: Das wird etwas schwierig. Der Verkehr ist hier nicht gerade für hohe Geschwindigkeiten ausgelegt.« Er deutete voraus zu einem ATV mit schweren Reifen, der Stahlträger transportierte. »Aber ich könnte versuchen, Haken zu schlagen und euch in der Nähe von diesem Luxemburg-Haus absetzen. Ich fahr dann weiter und ziehe die Aufmerksamkeit der Kerle weiter auf mich.«

Nikolaj und Jiang wechselten einen raschen Blick, und sie nickte. »Gut, versuchen wir es.«

Roger trat das Energiepedal voll durch und brach jäh auf die Gegenfahrbahn aus, um den verdammten ATV vor ihnen zu überholen. Nikolaj wurde in das Polster gepresst und nutzte die Zeit, um sich der *Prawda* in dem Holster unter seiner Jacke zu vergewissern. Dass man hier auf Carabine Waffen tragen durfte, war angesichts der Umstände vermutlich der angenehmste Zug auf diesem Planeten. Denn der Dschungel außerhalb der Stadt war voll von bizarren Exo-Kreaturen, die sich immer mal wieder in die Metropole verirrten. Auch der Wagen hinter ihnen beschleunigte, und spätestens jetzt war klar, dass die Kerle sie tatsächlich verfolgten.

»Den Stadtplan bitte!«, herrschte Roger Jiang an.

Die Chinesin wechselte rasch wieder zum Stellar-Web, und der Heavie brach kurzerhand in einen Straßenzug zu ihrer Rechten aus, den er mit heulendem Motor hinunterjagte. Unter den hochaufragenden Streben einer Magnetschwebebahn, die die Stadt mit den Erzabbaugebieten in den Bergen verband, wechselte er abermals abrupt die Richtung und touchierte bei diesem Manöver beinahe eine Gruppe Bergarbeiter, die deutsche Sauflieder grölend aus einer Eckkneipe kamen. Die Typen hinter ihnen hatten inzwischen bemerkt, dass sie aufgeflogen waren. Ähnlich rücksichtslos wie Roger nahmen sie die Verfolgung auf.

»Macht euch bereit!«, rief der Heavie. »Sobald ihr weg seid, informiere ich Jack, damit euch zur Not Gwinny nachher abholen kommt. Ich werde die Typen einmal quer durch die Stadt locken.« Er raste um eine Kurve, nur um mit quietschenden Bremsen unmittelbar neben einer der vielen Reklametafeln stehen zu bleiben.

Nikolaj stürzte aus der Hecktür und half auch Jiang aus dem Wagen. Ihr rechter Arm lag wie gebrochen in einer Lederschlaufe, was sie etwas behinderte.

»Verschwindet!«, rief Roger vom Fahrersitz aus. Sofort brauste er mit dem Leihwagen weiter die Straße hinunter.

Nikolaj zog seine hübsche Begleiterin hinter der großen Reklametafel in Deckung. Gerade rechtzeitig, denn der zweite Wagen, der um die Ecke schoss, war der dunkle *STPD*-Comfort. »Das war knapp«, keuchte Nikolaj.

Jiang nickte. Kühle Luft hob eine ihrer schwarzen Haarsträhnen an. »Dieses Luxemburg-Haus liegt nicht weit entfernt von hier. Einfach die Vergnügungsmeile runter und dann nach rechts.«

Nikolaj sah, dass sie in einem Straßenzug mit bunten Lichtern gelandet waren, in dem sich der allgegenwärtige Smog mit der Abluft von Restaurants zu einem Gemenge vermischte, das den Hakenwurm in seinem Gedärm wieder dazu brachte, sich zu rühren. Er schluckte die aufsteigende Übelkeit herunter und folgte Jiang, die ihm mit ihrem intakten Arm zuwinkte.

Musik sowie lautes Gelächter hallten in dem Straßenzug auf. Unzählige Nachtschwärmer kamen ihnen entgegen. Ausschließlich Menschen. Auf der Straße selbst waren vor allem Taxis sowie die Bikes der Bergarbeiterjugend zu sehen, von denen auffallend viele in grelle Elektro-Kleidung gehüllt waren, die ständig ihre Farben und Formen änderten. Zwischen den Amüsierwilligen jedoch schoben sich Männer und Frauen in Parkas, Jeans und stabilen Schnürstiefeln über die Gehwege, deren ausdruckslose Gesichter den Eindruck erweckten, dass sie gerade zu einer Schicht in den Minen aufbrachen. Den schrillen Leuchtreklamen von Holokinos, Pubs und Restaurants schenkten sie nur wenig Aufmerksamkeit, ebenso wenig wie den Cybercafés, den Tattoo-Shops mit ihren Cyberoos-Angeboten und den Musikschuppen, die sich in dem betongrauen Straßenzug ein trautes Stelldichein gaben. Nikolaj setzte sich eine einfache Sonnenbrille auf, die seine Sicht nicht gerade verbesserte, und sie gingen nun zwei *UI-Secs* aus dem Weg. Kurz darauf kamen sie an einem Musikschuppen vorbei, aus dem lauter Stellarpop dröhnte. Ein Türsteher in Lederkluft musterte sie gelangweilt. »Ich hoffe, dich erkennt hier niemand«, meinte Nikolaj.

»Ich glaube kaum«, antwortete Jiang. »Mein Agent hätte mir schon mitgeteilt, wenn das Guavarra-System zu jenen Raumsektoren gehören würde, in denen ich größeren Erfolg habe. Bergarbeiter gehören nicht unbedingt zu meinen üblichen Fans.«

»Na, dann verpassen sie etwas.«

Jiang lächelte. »Du scheinst meine Musik wirklich zu

mögen. Ich war sehr irritiert, als ich nach meiner Entführung in deinem Quartier erwachte und mir als Erstes meine eigene Stimme entgegenschlug.«

Nikolaj lächelte verlegen, und die Chinesin warf ihm einen rätselhaften Blick zu. Seltsam, Nikolaj wusste, dass Jiang in Extremsituationen so diszipliniert und beherrscht kämpfen konnte wie ein Justifier. Doch sobald es ins Private ging, wirkte sie verdammt unsicher. In solchen Momenten schien es ihr nicht zu gelingen, ihren inneren Schalter umzulegen.

Er räusperte sich. »Nein, ehrlich: Du bist toll. Deine Musik wirkt auf mich irgendwie ... beruhigend. Sie ist etwas ganz Besonderes. Das war schon damals auf Epsilon Eriddane so. Dabei war es eher Zufall, dass es mich zu deinem dortigen Konzert verschlagen hat. Ich komme nur selten dazu, mich zu amüsieren.« Er lachte freudlos. »Mein Privatleben ist in den letzten dreizehn Jahren überhaupt ziemlich schal geworden.«

»Ich besitze ebenfalls keines. Oder nur wenig«, antwortete die Chinesin bitter. »Mein ganzes Leben war von Treue, Loyalität und eiserner Disziplin geprägt. Selbst meine Behinderung hat mir kaum Freiräume verschafft.« Sie zögerte. »Die Musik war immer meine kleine private Fluchtmöglichkeit. Vor allem verschaffte sie mir die Gelegenheit, mich gewissen Verpflichtungen zu entziehen.« Kurz streifte ihn ihr Blick. »Ich habe viel zu spät begriffen, dass sie auch meine Karriere von früh auf geplant hatten. Denn seit meinem Erfolg benutzen Sie mich, um ...« Jiang verstummte, als befürchte sie, bereits zu viel erzählt zu haben.

Nikolaj hätte ihr gern weiter zugehört, doch sie waren nun an jener Stelle der Amüsiermeile angelangt, von wo aus sie das Ende einer von tristen Wohnblocks gesäumten Querstraße einblicken konnten. Dort befand sich ein hohes Haus, das den gleichen grauen Betoncharme versprühte wie die übrigen Bauten des Viertels. Nur dass die kleinen Fenster an der Gebäudefront von rosafarbenen Lichtern beleuchtet wurden, die auf den ersten Blick einen etwas anrüchigen Eindruck vermittelten. Die geschwungene Leuchtschrift mit dem Bierhumpem über dem Eingang stellte jedoch klar, dass sie das gesuchte Luxemburg-Haus gefunden hatten. Vor dem Bau parkten mehrere Antigrav-Taxis, eine größere Menschenmenge in gepflegter Kleidung stand schwatzend und lachend vor dem Eingang, und sein Blick fiel auf ein Plakat aus ElektroSync-Papier, auf dem in roten Buchstaben der Auftritt einer *UI*-Werkband namens *Zeche 10* angekündigt wurde. Nikolaj seufzte unglücklich, zückte seinen Pen mit dem Neuroleptikum und spritzte sich eine Dosis. »Also, auf in die Höhle des Löwen.«

Schon auf der Straße vor dem Eingang erwartete Nikolaj und Jiang der Geruch von Synthhopfen sowie eine lärmende Menge an *UI*-Execs, die das Etablissement quasi annektiert hatten. Sie prosteten sich mit Bierhumpen zu, tauschten Firmentratsch aus und diskutierten erregt über die Bedeutung der kürzlich entdeckten Xenan-Funde des Planeten. Andere Gespräche kreisten um gewerkschaftliche Entwicklungen, die mit den Betas des Planeten zu tun hatten. Blasierte Konzerner, wo sie auch hinblickten. Nur dass die meisten von ihnen einigermaßen zivil gekleidet waren. Ihre Versucci-Anzüge hatten sie gegen modische Sakkos und schicke Kleider eingetauscht, die irgendwie nicht so ganz zu dem äußeren Eindruck des Ladens passen wollten. Nikolaj hörte kaum hin, denn er war ganz damit beschäftigt, den vielen Blicken zu entgehen, wobei die meiste Aufmerksamkeit nicht er selbst, sondern Chu Jiang auf sich zog. Tatsächlich erkannte niemand die Musikerin, aber viele der männlichen Gäste, die ansonsten mit goldenen Multiboxen und anderen teuren Spielereien an den Handgelenken protzten, gafften ihr beeindruckt hinterher. Und einen winzigen Augenblick lang erfüllte es Nikolaj mit Genugtuung, dass er es war, der von so einer exotischen Schönheit begleitet wurde. Jiang sprach mit einem Türsteher, und zu seiner Überraschung wurden sie nach einem Blick auf die Gästeliste durchgewinkt. Ein Spruchband über dem Eingang verriet ihnen endlich, was hier überhaupt gefeiert wurde, nämlich die Verabschiedung des bisherigen Leiters der logistischen Abteilung von *United Industries Pherostine.* Und es sah ganz so aus, als ob sich der Kerl die Sache etwas hatte kosten lassen, denn sie erreichten einen großen, nach oben hin offenen Raum mit Galerie, der rechter Hand von einer langen Theke im bayrisch-nostalgischen Stil begrenzt wurde. Überall am Rand des großen Raums waren Tische mit blau-weiß-karierten Deckchen aufgebaut, an denen Gruppen von Konzernern saßen, viele mit ihren kompletten Familien.

Frauen, Kinder, sogar ein, zwei herumstreundende Haushunde entdeckte Nikolaj. Alles war bewusst familiär gehalten. Auf der Bühne im Hintergrund gab die angekündigte Werkband *Zeche 10* einen schwungvollen Cha-Cha-Cha zum Besten, und dralle Thekenbedienungen mit Dirndln und Zöpfen kämpften sich mit Schweinshaxen, Weißwürsten, Brezeln und riesigen, schaumbedeckten Maßkrügen über die Tanzfläche. »Woran erkennen wir diesen Cross eigentlich?«, rief Nikolaj gegen den Lärm an.

»Er wird uns ansprechen«, antwortete Jiang. »Cagliostro meinte, dass er mich schon finden werde. Allerdings bestand Cross auf einem Vieraugengespräch mit dir. Er ist wohl noch immer etwas misstrauisch. Aber ich werde ihn ebenfalls erkennen. Ich habe mir vorhin ein paar Sendungen von ihm angesehen.«

Nikolaj nickte und sah sich um. Weiter hinten bei der Theke waren zwei Schnapsleichen auf ihren Hockern zusammengesunken, während auf der Tanzfläche unmittelbar vor ihnen eine Frau ihrem Mann eine Szene machte, weil dieser ihrer Meinung nach zu lange mit seiner Sekretärin getanzt hatte. So hatte offenbar jeder im Universum sein Päckchen zu tragen.

Sie begaben sich über eine Treppe in den oberen Bereich des Hauses, wo sie von Themen-Räumen erwartet wurden, die ebenso bevölkert waren wie die Räumlichkeiten unten. Neben der Garderobe waren hier oben auch separate Kneipen zu finden, in denen große Buffets aufgebaut waren. Barmixer boten Guinness, Whisky und Cocktails an, alles gratis. Einer dieser Extrabereiche war im Westernstil eingerichtet, ein anderer wirkte mit seinen rosa Plüschsofas wie eine Schwulenbar, nur dass dort zwei Dutzend Kinder herumtobten, die von werkeigenen Kindergärtnerinnen in blauen Hosenanzügen betreut wurden.

Schließlich gelangten sie in ein irisches Pub, in dem es etwas ruhiger zuging als in den übrigen Räumen. Einzelne Firmenangehörige saßen hier und starrten mit einem Bier in den Händen zu Bildschirmen an den Raumecken empor. Auf einem von ihnen flackerte eine Sportübertragung, auf einem anderen war eine Sendung von *Starlook* zu sehen. Eine attraktive blonde Moderatorin mit aufgespritzten Lippen blickte ausdruckslos in die Kamera. Hinter ihr schoben sich die bekannten Bilder von der Vernichtung Betterdays ins Bild, während sie einer Zuschauerin zuhörte, die keifend ihren Unmut kundtat. »Hat denn schon jeder vergessen, was diese dreckigen Chims auf Zamblian angerichtet haben? Von der Katastrophe auf dem *STPD*-Planeten haben Sie doch selbst berichtet!«, überschlug sich die schrille Off-Stimme. »Das waren Betas! Betas haben das Regierungsviertel von New Tailhe vernichtet*. Mir wird übel, wenn ich nur daran denke, welche Rechte dieser Cross ihnen jetzt bei uns eingeräumt hat. Wir werden alle noch draufgehen, wenn wir sie nicht aufhalten. Es gibt viel zu viele von Ihnen. Meinetwegen können die Collectors nach Betterday auch gleich bei uns mit ihrer Säuberung fortf…«

---

* Justifiers 4: *Zero Gravity*

Die Moderatorin unterbrach die Zuschauerin kurzerhand. »Leider nähert sich unsere Sendezeit dem Ende. Das war unser Spezial zum Thema ›Menschenrechte für Betas? Chancen und Risiken‹. Morgen zum gleichen Zeitpunkt wird Sie unser Sternenreporter Salvador M. Ransom in Rahmen einer Sondersendung über das neueste VHR-Mandat informieren. Ich bin Justine Ashley für *Starlook* aus Carabine City, Pherostine.«

Nikolaj wandte sich ab, da seine Begleiterin den gesuchten Reporter auch hier nicht entdeckte. »Wenn Cross uns sucht, wird er uns am ehesten finden, wenn wir uns unten aufhalten«, meinte er. »Kannst du tanzen?«

»Tanzen? Jetzt?« Sie sah ihn an, als habe er ihr ein unmoralisches Angebot gemacht.

»Ja, tanzen. Das ist womöglich mein letzter Abend, Jiang«, sagte er ernst. »Da finde ich, dass es mir gestattet ist, die schönste Frau hier auf Pherostine zum Tanz zu bitten.«

Jiang sah ihn verlegen an, und er ergriff einfach ihre Linke. Ihre Hand fühlte sich täuschend echt an. Nikolaj zog sie mit sich zurück zu der Treppe, und Jiang stolperte mit einem seltsamen Ausdruck in den Augen hinter ihm her.

»Ich kann doch meine Rechte gar nicht bewegen und ... Nikolaj, ich kann nicht tanzen.«

Inzwischen hatten sie wieder den Saal mit der Werkband erreicht, in dem Applaus aufbrandete. Die Bandmitglieder von *Zeche 10* verneigten sich und begannen, einen Wiener Walzer zu spielen, der etliche Paare dazu veranlasste, sich von den Tischen zu erheben. »Na, dann wird es Zeit, dass du es lernst.« Er nahm ihre schlaffe Rechte behutsam aus der Schlinge, und einen Augenblick lang sträubte sie sich. Doch er lächelte ihre Bedenken fort und richtete den Arm in klassischer Tanzhaltung auf.

Jiang sah sich nervös zu den anderen Frauen um und legte vorsichtig ihre Linke auf seine Schulter. Nikolaj zog sie zu sich heran und begann mit ihr im Wiegeschritt die Tanzfläche zu betreten. Rasputin, wie leicht ihr schlanker Körper war!

Die Chinesin folgte ihm erst unsicher, ließ sich dann aber führen und passte sich schnell seinen Bewegungen an. Im Takt des Walzers versuchte er sich an einer ersten Drehung, und auch diese meisterte Jiang mit Bravour. Der konzentrierte Ausdruck auf ihrem Gesicht schwand.

Nikolaj tauchte mit ihr ein in den Reigen der anderen Tänzer, die sich entgegen dem Uhrzeigersinn auf die Bühne zubewegten und zum Teil erstaunliche Schritte mit Einkreuzungen darboten. Nicht jeder von Jiangs Schritten saß perfekt, und ihr schlaffer Arm bot nicht die Möglichkeiten, sie wirklich sicher zu führen. Doch sie bewies Talent, und schon wenig später schwebten sie ebenso wie die anderen Paare über die Tanzfläche, erhöhten das Tempo und drehten sich wie alle anderen im Kreis. Und zum ersten Mal lachte Jiang. Es war ein mädchenhaftes Lachen – ehrlich, offen und irgendwie befreit. Ihre Haare lösten sich und fielen ihr verspielt ins Gesicht. Sie hatten die Tanzfläche zweimal umrundet, als *Zeche 10* nahtlos zu einem langsamen Walzer überging.

Nikolaj zog seine Partnerin noch etwas näher an sich heran. Jiang passte sich auch diesmal seinen Schritten an. Sie waren sich jetzt sehr nahe, und er konnte bei jeder Drehung deutlich die Wärme ihres Körpers spüren, die ein fast vergessenes Prickeln über seinen Körper wandern ließ. Ihm wurde bewusst, wie gut sie roch. Auch er lachte, und zum ersten Mal seit Tagen gelang es ihm, die zurückliegenden Ereignisse abzuschütteln. Sie tanzten, und für einen Moment gab es nur sie beide. Das Lachen und Schwatzen im Hintergrund verblasste, und sie ließen sich ganz von der Musik tragen. Nikolaj gelang es sogar, den Hakenwurm in seinem Gedärm zu verdrängen.

Viel zu früh endete der Tanz, und die Bandmitglieder hinten auf der Bühne verbeugten sich unter neuerlichem Applaus. Er und Jiang blieben mitten auf der Tanzfläche stehen, hielten sich noch immer im Arm und sahen einander an. In Jiangs mandelförmigen Augen schimmerte wieder diese Regung, die er schon an Bord der *Nascor* gesehen hatte. »Danke«, krächzte er mit belegter Stimme. Sie sahen sich tief in die Augen, und es kümmerte Nikolaj nicht, dass sich die übrigen Pärchen um sie herum längst voneinander lösten, um nach den Klängen eines New-Modern-Beat-Twists zu tanzen. Ihre Lippen näherten sich – als ihn von rechts eine irgendwie vertraute Jungenstimme innehalten ließ.

»Papa! Das ist der Kerl. Sieh doch, Papa!«

Nikolaj glaubte seinen Augen nicht zu trauen. Nur sechs oder sieben Schritte von ihnen entfernt, an einem kreisrunden Tisch mit gelackten Konzernern, saß der dürre Bengel mit den Segelohren, der ihm wenige Tage zuvor auf Mondbasis Alpha 2 auf die Nerven gegangen war. Wie war sein Name noch gleich? Richtig, Alex! Ausgerechnet. Sollte sich der kleine Stinker nicht mit seinen übrigen Internatskameraden auf Alpha Centauri befinden? Was suchte der Junge ausgerechnet hier auf Pherostine? Offenbar hatte seine Lehrerin die Klassenreise nach Bekanntwerden des Collector-Überfalls abgebrochen. Im selben Moment fiel Nikolaj auch wieder ein, für welchen Konzern der Vater des Jungen arbeitete: *United Industries*!

Segelohr zerrte am Arm eines schwergewichtigen Mannes, dessen Wangen nach Art einer Bulldogge herabhingen. Unwillig löste er sich aus einem Gespräch. »Junge, was gibt's denn?« Doch was Nikolaj viel mehr besorgte, war, dass hinter dem Mann drei grobschlächtige Bodyguards mit verschränkten Armen standen.

»Was ist?«, fragte Jiang bestürzt.

Nikolaj zog sie rasch von der Tanzfläche und tauchte mit ihr in den Pulk vor der Bar ein. Teufel auch, warum hatte er dieses Balg nicht wirklich an den Gorgonenbaum verfüttert? »Entschuldige, Altlasten.« Er versicherte sich, dass man sie von dem Tisch auf der gegenüberliegenden Seite der Tanzfläche aus nicht mehr sehen konnte. »Ich habe irgendwie Talent darin ...«

Jiang zog ihn am Nacken zu sich und küsste ihn. Sie

schmeckte nach Jasmin, und jede Zelle seines Körpers stand jetzt in Flammen. Atemlos lösten sie sich. »Ich werde nicht zulassen, dass du stirbst!«, flüsterte sie.

Er wollte sie abermals küssen, als ihn eine der drallen Bedienungen unwirsch am Arm rüttelte. »Sind Sie Nikolaj Poljakow?«, fragte sie ihn Kaugummi kauend. Vor der Brust hielt sie vier beeindruckende Bierkrüge und bedachte Jiang mit einem gelangweilten Blick.

»Wer will das wissen?«

»Hier!« Sie fischte einen Phonestick aus der Schürze und reichte ihn ihm. Dann tauchte sie mit ihrer schäumenden Last wieder im Treiben vor der Theke unter.

Nikolaj half Jiang mit der Linken, ihre nutzlose kybernetische Prothese wieder in die Schlaufe zu legen, und hielt sich den Phonestick an die Ohren.

»Sie wollten mich sprechen?«, tönte es gegen den Lärm.

»Sind Sie Richard Cross?«, fragte Nikolaj.

»Ja. Kommen Sie hoch und folgen Sie der Ausschilderung zum Notausgang. Ich sitze an einem Tisch auf der Galerie über Ihnen. Und Poljakow …«

»Ja.«

»Kommen Sie allein.«

Nikolaj sah kurz zu der Galerie auf. »Cross!«, informierte er die Chinesin. »Bleib hier und lauf ja nicht weg. Ich beeile mich.«

Jiang nickte, und Nikolaj kämpfte sich durch das Gewühl wieder nach oben. Er folgte der Beschilderung, als er an einem versteckt liegenden Zweiertisch plötzlich von einem Mann in dunkler Hose, anthrazitfarbenem Sakko und dunkler Multibrille aufgehalten wurde. »Sie sind Cross?«

»Setzen Sie sich«, gab der Reporter zurück. Der dunkelhaarige Fremde mochte vermutlich Anfang dreißig sein und wirkte wie jemand, der schon viel im Leben gesehen hatte. Um seine Augen lag ein müder Zug, und sein kantiges Gesicht wurde von einem Bartschatten geziert, der ihm irgendwie etwas Getriebenes verlieh. Nikolaj setzte sich. »Ich danke Ihnen, dass Sie gekommen sind.«

»Ich trage bei Cagliostro noch eine Schuld ab«, erwiderte sein Gegenüber knapp, während er ihn abschätzend betrachtete. »Und ich mag es gar nicht, dass Sie mich ausgerechnet über ihn kontaktiert haben.«

»Das war nicht meine Idee.« Nikolaj seufzte und sah sich misstrauisch um. »Ist es nicht etwas kühn, ausgerechnet eine *UI*-Festivität für unser Treffen zu wählen?«

»Ich kenne den Wirt, außerdem wird man hier am wenigsten mit mir rechnen.« Cross spähte über die Brüstung nach unten auf die Tanzfläche. »Ist die Musikerin Ihre Freundin?«

»Chu Jiang?« Nikolaj war über die Eröffnung so verblüfft, dass er eine Weile brauchte, um zu antworten. »Nein. Ich weiß nicht. Die Sache ist etwas kompliziert.«

»Ich schätze, ich weiß, wovon Sie sprechen.« Cross nahm einen Schluck Bier, und die Geste wirkte irgendwie verbittert. Er schob ihm einen zweiten Krug zu und sah sich unmerklich um. »Also, was wollen Sie von mir? Sie tingeln mit einem Exo-Zoo durch den Weltraum, richtig? Und Sie waren bereits vor einem Jahr auf Pherostine. Ich hoffe, Sie wollen nicht, dass ich meine kostbare Zeit damit verschwende, Ihnen Sendeplatz bei *Starlook* zu verschaffen.«

»Nein. Es geht mir um die Müllerbrüder. Gerhard Müller und Bruno Müller. Mir wurde zugetragen, dass Sie als Spezialist gelten, was die Müllers angeht.«

»So, das wurde Ihnen also zugetragen?« Cross lehnte sich zurück und betrachtete ihn abschätzig. »Ich war es, der Gerhard Müller vor den Untersuchungsausschuss Pherostines gezerrt hat. Leider ist noch völlig offen, wie die Sache ausgeht. Er ist nach wie vor Vorsitzender der GWA. In so eine Position gelangt man nur, wenn man mit allen Wassern gewaschen ist. Ich kenne den Mann persönlich, und ich schätze, er hasst mich inzwischen ebenso wie ich ihn. Im Moment mobilisiert er die besten Anwälte der Galaxis.« Cross berichtete ihm in kurzen Worten, wessen er ihn bezichtigt hatte, und Nikolaj lauschte ihm kopfschüttelnd.

»Mir geht es ehrlich gesagt weniger um ihn als um seinen Bruder Bruno Müller«, sagte er, als Cross endete. »Ich hatte gehofft, dass Ihre Recherchen vielleicht auch etwas über ihn zutage gefördert haben.« Er erzählte ihm, was ihm seit seinem Aufenthalt in Lantis Island widerfahren war, ließ dabei aber jene Stellen aus, die seine Begleiter kompromittieren konnten, und kam schließlich auf den ungeheuerlichen Verdacht zu sprechen, der Bruno Müller mit Zulu in Verbindung brachte.

»Meine Herren!« Cross fuhr sich über den Bartschatten. »Ich befürchte, da kann ich Ihnen nicht helfen. Die

Daten, die ich in Besitz hatte, betrafen allein die Machenschaften von Gerhard Müller.«

Nikolajs letzte Hoffnung zerstob, und alles, was er in diesem Augenblick fühlte, war eine Leere, die ihn ebenso auszuhöhlen drohte wie der Hakenwurm.

»Aber die Sache klingt interessant«, fuhr Cross fort, als er Nikolajs Niedergeschlagenheit bemerkte. »Wenn Bruno Müller Dreck am Stecken hat, helfe ich Ihnen gern dabei – auch, ihn vor den Court zu bringen. Nur werden ein paar Überweisungen allein nicht ausreichen, um eine solche Verschwörung zu erhärten.«

»Niemand überweist 90.000.000 C, wenn der Adressat dafür nicht etwas Wichtiges liefern kann«, antwortete Nikolaj.

»Das streite ich nicht ab«, antwortete Cross. »Von meiner Zeit auf der Erde weiß ich nur zu gut, dass Zulu quasi von allen Kons und Regierungen misstrauisch beäugt wird. Aber Tatsache ist, dass alle diese Vorbehalte schnell wieder vergessen, wenn der persönliche Profit nur groß genug ist. *Gauss* ist so ein Beispiel. Der Kon denkt inzwischen nicht einmal mehr daran, seine Geschäfte mit Zulu zu verschleiern. Konzerne wie *ARStac* und gegebenenfalls auch *Hikma* gelten jedoch bislang als unverdächtig. Sie werden jede Beteiligung von sich weisen, wenn Sie damit vor die Planetarsanwaltschaft der VHR treten.«

Nikolaj versuchte seine Gedanken zu ordnen. »Tja, ich vermute, dann sitzen wir uns heute zum ersten und letzten Mal gegenüber. Ich werde die nächsten zwei Tage vermutlich nicht überleben.«

Cross betrachtete ihn mit einem Stirnrunzeln. »Woher wollen Sie das wissen? Sitzt Ihnen Müller bereits derart im Nacken?«

»Nein, Zulu hat mir einen tödlichen Parasiten eingesetzt, der vermutlich in wenigen Stunden platzen wird.«

»Verdammt!« Cross stellte ungläubig den Bierhumpen ab. »Ich bin kürzlich einer Frau begegnet, die in einer ähnlichen Situation war. Sie hatte eine Bombe im Kopf.«

»Eine Freundin von Ihnen?«

Cross zögerte. »Sagen wir, dass sie mir sehr nahe steht.«

Nikolaj konnte in dem Gesicht des Mannes wenig lesen. »Hat sie es überlebt?«

Cross nickte und kam wieder auf das eigentliche Thema zurück. »Und Sie wissen wirklich nicht mehr? Ihrem Bericht gemäß standen Sie Zulu doch persönlich gegenüber? Vielleicht ist ihm oder einem seiner Leute etwas rausgerutscht, das Sie damals bloß nicht richtig zu deuten wussten?«

»Nein. Nichts.« Nikolaj zuckte mit den Schultern. »Abgesehen vielleicht von seinem Hass auf die *Knowledge Alliance.* Ich war dabei, als der Konzern mit einem Killersatelliten versucht hat, ihn zu eliminieren. Zulu hat keinen Hehl daraus gemacht, dass er diesen Konzern vernichten will.«

Cross verengte die Augen. »Ja, natürlich. Er will die Chinesen dort treffen, wo es sie am meisten schmerzt.«

»Die Chinesen?« Nikolaj sah auf.

»Nicht direkt die Chinesen, eher diese Familie Weng-Ho!«

»Wie bitte?« Nikolaj blickte unwillkürlich über die Brüstung, hinunter zu Jiang, die dort unten im Gewühl am Tresen stand. Der Name war ihm vertraut. Bitangaro hatte sie als Weng-Ho-Schlampe bezeichnet, und der Begriff war auch gefallen, als Jiang die Betas mit diesem seltsamen Birthbound-Befehl konfrontiert hatte. »Können Sie mir darüber mehr sagen?«

Cross seufzte. »Die *Knowledge Alliance* wurde im gleichen Jahr gegründet wie der Staatenbund der Eastern Stars. Also vor jetzt 677 Jahren Terra-Standard. Wie Sie sicher wissen, haben sich damals Indien, Pakistan, Korea, Japan, Taiwan und die Emirate unter dem Druck der FEC zusammengeschlossen. Die Deutschen, Polen, Russen und Engländer übten damals mit ihren großen Staatskonzernen einen derartigen Druck auf die übrige Welt aus, dass den Ländern kaum mehr etwas anderes übrigblieb, als ihre Schlagkraft und ihr Know-how ebenfalls zu vereinen. Durchaus mit anfänglichem Erfolg, doch geriet die *KA* bei dem großen Finanzcrash von 2399 in eine Krise. Die hat das kommunistisch-diktatorische China dazu genutzt, sich in den Konzern einzukaufen. Und es heißt, dass China bis heute die Mehrheit der Aktien hält. Die Chinesen waren es dann auch, die ein Jahr später dafür sorgten, dass die *KA* unabhängig wurde. Jeder geht davon aus, dass die Konzernleitung ihre Anweisungen bis heute aus dem Land des Lächelns erhält.«

»Und diese Familie Weng-Ho?«

»Vor kurzem glaubte ein Kollege von *Freepress* herausgefunden zu haben, dass sich der deutlich größte Teil der chinesischen Aktien im Besitz der Familie Weng-Ho befindet. Ein Clan von Schwerstkriminellen vom Kaliber der Rosettis und Bernsteins, der interstellar immer wieder mit Drogengeschäften in Verbindung gebracht wird.«

»Sie deuten an, dass die *Knowledge Alliance* von der chinesischen Mafia gelenkt wird? Davon habe ich nie etwas mitbekommen. Und ich verfolge *Freepress* regelmäßig.«

»Kein Wunder.« Cross schnaubte. »Der Kollege wurde vor drei Jahren auf offener Straße hingerichtet. Es heißt, dass sich Vader der Sache inzwischen angenommen hat.«

»Dieser Sternenreporter?«

Cross nickte. »Aber es wird vermutlich noch eine Weile dauern, bis er weitere Ergebnisse präsentieren kann. Die Familie Weng-Ho gilt als rücksichtslos, brutal und verschwiegen. Viele ihrer Mafiosi operieren unter falschen Namen. Angeblich werden die Mitglieder des Clans von klein auf auf die späteren Familiengeschäfte vorbereitet. Und sie alle unterstehen einem geheimnisvollen Patriarchen, der über seine Familie herrscht, wie einst dieser Alte vom Berg über seinen Assassinen-Orden. Kennen Sie die alte Legende aus dem orientalischen Mittelalter?«

»Ja. Doch warum hasst Zulu die Weng-Ho so?«

»Weil sie vermutlich für die meisten Attentate auf ihn verantwortlich sind. Ein persönlicher Rachefeldzug.

Zulu hat der *Knowledge Alliance* nach seiner Machtergreifung erheblichen Schaden zugefügt, und die *KA* tut seitdem alles, um den Psioniker wieder vom afrikanischen Kontinent zu fegen. Es heißt, dass sie bei einem ihrer Anschläge Zulus komplette Familie ausgelöscht haben. Nur ihn selbst haben sie bislang nicht erwischt.«

Die Puzzleteile fügten sich in Nikolajs Kopf zusammen, und endlich begriff er, wer Jiang war. War das überhaupt ihr richtiger Name?

»Mist, haben Sie noch jemandem von unserem Treffen erzählt?«, wollte Cross plötzlich wissen. Er sah über die Brüstung hinunter zum Eingang des Tanzsaals.

»Nein.« Nikolaj folgte seinem Blick und entdeckte drei der muskelbepackten Krawattenträger, die sie vorhin auf der Autobahn verfolgt hatten. Dermo! Sofort machte er sich Sorgen um Roger. Die Kerle sahen sich um und gingen langsam in Richtung Tresen. »Kennen Sie die Typen?«

»Ja, einen von ihnen«, meinte Cross. »Den Großen da in der Mitte. Er gehört zu Gerhard Müllers Bodyguards.«

Nikolaj sah ihn ungläubig an. Verdammt, woher wusste Müller, dass sie auf diesem Planeten waren? »Cross, gibt es hier einen anderen Weg raus als durch den Haupteingang?«

»Sicher.« Der Reporter lächelte grimmig. »Am besten, wir verschwinden durch den Notausgang bei den Toiletten. Ich will den Kerlen nämlich ebenfalls nicht begegnen.«

Nikolaj erhob sich und sah alarmiert mit an, wie sich

die Kerle weiter dem Tresen näherten. »Wir müssen unbedingt meine Begleiterin nach draußen schaffen!«

Cross nickte. »In Ordnung. Beeilen wir uns!« Er aktivierte seine Multibox am Handgelenk. »Winslow! Ich nehme den Hinterausgang und bringe jemanden mit.« Offenbar hatte sich Cross abgesichert.

Gemeinsam liefen sie die Treppe nach unten und stürzten sich ihrerseits in das Gewühl im Erdgeschoss. *Zeche 10* spielten jetzt Eigeninterpretationen billiger Popstücke, zu denen vor allem die Jüngeren tanzten. Nikolaj nutzte die Menschenmasse als Deckung und drängte ungestüm über die Tanzfläche auf jene Stelle zu, wo Jiang wartete. Sie trank gerade ein Glas Cola, als Nikolaj sie berührte. Erschrocken wirbelte sie zu ihm herum. »Was ...?«

»Jiang, weg hier!«, zischte er. Einer ihrer Verfolger war jetzt nur noch vier oder fünf Schritte von ihnen entfernt. Nikolaj drückte die Chinesin Cross in die Arme, der sie sofort zu sich auf die Tanzfläche zog. Nikolaj wollte ihnen folgen, als ihn einer der Anzugträger entdeckte. Der Typ machte nicht einmal den Versuch zu verbergen, dass er nach ihm Ausschau hielt. Er informierte seine Kollegen, und die drei rammten bei dem Versuch, sich zu ihm durchzudrängen, unsanft einige Gäste beiseite. Nikolaj tauchte zwischen den Tanzenden ab und hoffte, dass die Kerle Cross und Jiang noch nicht gesehen hatten. Teufel, was sollte er jetzt tun? Jeder der drei sah so aus, als wäre er allein dazu in der Lage, ihn ungespitzt in den Boden zu rammen. Nur wenige Schritte hinter ihm schleuderten seine Verfolger eine junge Frau zur Seite, während sie ihren empörten Begleiter mit einem beiläufigen Schlag in die Magengrube zu Boden streckten. Nikolaj flüchtete weiter, und die Idee, die er jetzt hatte, war aus reiner Verzweiflung geboren. Er stürmte geradewegs auf den Tisch mit Alex und seinem Bulldoggen-Vater zu.

»Da ist er wieder, Papa!«, schrie der Junge. »Der da wollte mich auf Luna an seine Viecher verfüttern!«

»Hast du kleine Ratte gedacht, du könntest mir entwischen?«, brüllte ihn Nikolaj an. »Und jetzt her mit unseren gestohlenen Tageseinnahmen!«

Die Konzerner am Tisch ruckten zu ihm herum, und Segelohrs Vater schäumte vor Wut. »Was erlauben Sie Kretin sich?« Hinter ihm zückten seine Leibwächter Schlagstöcke.

Nikolaj wischte einige Gläser vom Tisch, die klirrend am Boden zerschellten. Im selben Moment tauchten seine Verfolger hinter ihm auf. »Jungs, packen wir uns die Konzernerbrut!«

Müllers Schergen blieb kaum Zeit, sich zu wundern, denn schon warfen sich die Leibwächter der Familie den vermeintlichen Schlägern entgegen. Nikolaj stürzte von einem Faustschlag getroffen neben einen der entsetzten Tischgäste und sah zufrieden mit an, wie die Bodyguards aufeinander eindroschen. »Immer feste druff!«, brüllte er, während er selbst zwischen den Stühlen Schutz suchte und die wüste Schlägerei dazu nutzte, sich aus dem Treiben abzusetzen. Schreie ertönten rings um ihn, und die Menschen auf der Tanzfläche wichen furchtsam vor der Auseinandersetzung zurück.

Er fischte nach einer Multibrille, die einer seiner Verfolger verloren hatte, erhob sich trotz der Schmerzen im Gesicht und rannte Richtung Toiletten. Vom Eingang her stürmten drei kräftige Türsteher in den Raum, doch Nikolaj verfolgte den Ausgang der Schlägerei nicht weiter, sondern humpelte den Gang hinunter. Dort befand sich auch die Küche. »Wo geht es hier raus?«, keuchte er eine Bedienung an, die ihn erschrocken ansah. »Der Notausgang? Wo ist er?«

Verunsichert deutete sie auf eine rot gestrichene Metalltür weiter hinten.

Nikolaj rannte auf sie zu, öffnete sie und erreichte eine von großen Mülltonnen gesäumte Seitengasse, die nach Abfällen stank – und wo er vom Regen in die Traufe geriet. Schüsse peitschten in der Gasse auf, die von dem Rattern einer MP-Salve beantwortet wurden. Nikolaj warf sich sofort zu Boden, langte nach seiner *Prawda* und sah, dass Cross hinter einer Mülltonne lag und auf den dunklen *STPD*-Comfort feuerte, der sie vorhin verfolgt hatte. Das Fahrzeug stand mit laufendem Motor am Ende der Gasse, und einer der beiden anderen Müller-Schergen, die Nikolaj fast vergessen hatte, schob Jiang gerade rüde ins Wageninnere. Njet! Nur das nicht! Er schoss ebenfalls, doch die Kugel prallte an der Karosserie ab. Die nachfolgende MP-Garbe zwang ihn dazu, hinüber zu Cross zu rollen. Im selben Augenblick erschien eine brummende Drohne über ihnen am Himmel. Es klickte gefährlich, und über ihnen ratterte es. Funken sprühten an der Karosserie des Comforts auf, und der Bodyguard mit der

Pistole schrie getroffen auf. Er warf sich nun ebenfalls in den Fond des Fahrzeugs, das mit aufheulendem Motor außer Sicht verschwand. Die Antigrav-Drohne über ihren Köpfen drehte sich und richtete die Mündung der eingebauten Waffe auf ihn. »Schon gut, Winslow. Er gehört zu mir«, rief der Reporter.

»Sorry«, quäkte eine blecherne Frauenstimme, während sich die Drohne über ihren Köpfen absenkte. Auf einem Bildschirm über dem Mündungslauf war ein Avatar sichtbar: ein Kampfmecha mit ausgefahrenen Gewehrläufen, auf dessen Sitz eine blonde Punkerin mit blauen Tribal-Cyberoos auf Stirn und Wangen saß.

»Gib mir beim nächsten Mal exaktere Informationen, welchen Hinterausgang du meinst. Hier gibt es zwei.«

Cross winkte müde ab. »Winslow, nimm die Verfolgung auf. Wir müssen wissen, wohin diese Typen fahren.«

»Schon erledigt.« Die Drohne hob wieder ab und verschwand hinter dem Dach des Luxemburg-Hauses.

»Es tut mir leid«, seufzte Cross. »Wir sind den Kerlen quasi direkt in die Arme gelaufen.«

»Sie werden Chu Jiang Zulu ausliefern«, antwortete Nikolaj mit tonloser Stimme.

»Nicht, wenn wir ihnen zuvorkommen«, meinte Cross. »Ich ahne, wohin sie die Musikerin bringen. Zu den Müllerbrüdern. Wohin sonst?«

»Was? Bruno Müller hält sich ebenfalls auf Pherostine auf?«

»Aber ja, sicher.« Überrascht hob Cross eine Augenbraue. »Ich dachte, darum geht es Ihnen? Er ist hier vorgestern mit einigen Spitzenanwälten aufgetaucht, um seinem Bruder bei der Anhörung beizustehen.«

Nikolaj zückte den Phonestick, den ihm Cross vorhin hatte bringen lassen, und versuchte Verbindung zur *Nascor* aufzunehmen. Doch Jack meldete sich nicht. Fluchend kappte er die Verbindung. Wie er Roger und Gwinny erreichen sollte, wusste er nicht.

»Kommen Sie, mein Fahrzeug steht ganz in der Nähe«, schlug Cross vor.

Nikolaj sah den Reporter an. »Sind Sie sicher?«

»Absolut. Ich lasse mir doch nicht die Gelegenheit entgehen, Müller weiter festzunageln!«

Cross lenkte sein Elektrofahrzeug, einen einfachen *SR-Brava* mit muschelförmigen Kotflügeln, durch den Verkehr Carabines und hielt dabei über die Multibox an seinem Handgelenk Kontakt zu seiner Begleiterin, dieser Winslow. Nikolaj starrte mit leerem Blick durch die Frontscheibe und fühlte sich auf seltsame Weise ausgebrannt. In seinem Leib rumorte es, doch er schenkte dem Wurm keine Aufmerksamkeit. Seine Gedanken kreisten allein um Jiang. Er würde es sich nicht verzeihen, wenn ihr etwas zustieße. Er wusste, welches Schicksal ihr drohte, würde Zulu ihrer wieder habhaft werden. Dem Albino reichte es nicht, der *Knowledge Alliance* Schaden zuzufügen, ihm war an einer persönlichen Revanche am Weng-Ho-Clan gelegen.

»Wie ich vermutet habe«, sagte Cross, nachdem er sich wieder leise mit dieser Winslow ausgetauscht hatte. »Sie sind auf dem Weg ins Four Seasons, einem

Luxushotel in der Innenstadt, in dem nur die oberen Zehntausend verkehren.«

Nikolaj sah zu dem von zwei Monden beleuchteten Nachthimmel auf, doch alles, was er dort oben sehen konnte, waren die gewaltigen Fassaden riesiger Hochhäuser, vor denen sich hin und wieder die Positionslichter vereinzelter Antigrav-Gleiter abzeichneten.

Cross bedachte ihn mit einem Seitenblick, während er, jede Geschwindigkeitsbeschränkung ignorierend, über eine große Kreuzung brauste. »Poljakow, wenn wir zusammenarbeiten wollen, sollten Sie ehrlich zu mir sein. Warum haben die Müllers ein solches Interesse an der Chinesin?« Er betonte das Wort »Chinesin« unmerklich.

»Zulu ist hinter ihr her«, antwortete Nikolaj wortkarg, und ihm war egal, was sich Cross daraus jetzt zusammenreimte. »Wenn wir sie nicht aufhalten, dann ist ihr Leben keinen Pfifferling mehr wert.« Die Drohne war nirgendwo zu sehen. »Ist diese Winslow gut?«

»Die Beste!«, antwortete Cross. »Wenn wir es schaffen, die Musikerin zu befreien, dann sagen Sie ihr, dass es eine Möglichkeit gibt, sich zu revanchieren. Winslow hatte vor kurzem einen Unfall. Die Operationen, um sie wiederherzustellen, sind teuer.«

Nikolaj sah Cross an. »Werde ich nicht vergessen. Ist *sie* Ihre Freundin?«

»Nein.« Cross schüttelte den Kopf. »Aber eine *gute* Freundin.«

Sie erreichten jetzt einen größeren Parkplatz, der sich wie ein Halbmond vor einem Hotel mit zahlreichen Balkons erstreckte, dessen chrom- und glasblitzende Fassade gute 150 Meter über ihnen aufragte, um weit über ihnen in einem dieser protzigen, pseudogotischen Dächer auszulaufen, die für Carabine so typisch waren.

Winslow meldete sich, und Cross lauschte ihr. »Die Kerle sind eben ins Hotel rein. Die Frau, die sie bei sich haben, wirkt angeblich wie betrunken. Offenbar haben sie ihr Drogen gegeben.«

»Und wohin bringen sie sie?«

»Vermutlich rauf zu den Appartements der Müllers. Jeder weiß, dass sie im Four Seasons abgestiegen sind.«

Cross parkte neben einer Luxus-Limousine, und sie stiegen aus. Schon eilte ein Parkwächter heran, dem der Reporter ebenso selbstsicher wie gönnerhaft ein Trinkgeld in die Hand drückte, womit der Kerl offenbar zufrieden war. Sie näherten sich dem Eingangsbereich des Hotels, ein protziger Glasbau mit gläserner Drehtür, hinter der man eine ausladende Lounge mit Sesseln, grünen Anpflanzungen und den Tresen der Rezeption erkennen konnte. Ein vornehm gekleidetes Pärchen kam gerade aus den Fahrstühlen und wandte sich dem benachbarten Hotelrestaurant zu.

Cross zog Nikolaj in den Schatten eines Exobaums mit grünroten Blättern, die wie herabhängende Zungen aussahen. »Wir können da nicht einfach hineinspazieren.« Nikolaj sah selbst, dass unten in der Hotelhalle ein halbes Dutzend Typen herumlümmelten, die sich in nichts von Jiangs Entführern unterschieden. Ein Hotelgast trat an den Portier heran, und einer der Kerle stellte sich neben ihn, vorgeblich, um eine Broschüre einzusehen. Tatsächlich schien er dem Gespräch des Unbekannten zu lauschen. Der Grund für die offene Präsenz der Bodyguards erschloss sich nach einem raschen Blick über den Parkplatz. Nikolaj entdeckte im Zwielicht einen Übertragungswagen von *Freepress*. Und in mindestens einem weiteren Fahrzeug glaubte er noch einen Reporter sehen zu können. Die Kollegen von Cross dösten. Zumindest Gerhard Müller schien im Moment keinen Schritt unbemerkt tun zu können. Unglücklich sah Nikolaj zu dem gewaltigen Gebäude mit seinen über hundert Stockwerken auf. »Wir müssen herausfinden, wo sich die Suiten der Müllers befinden.«

»Ich weiß.« Cross verzog das Gesicht. »Nur können wir schlecht beim Empfang anrufen und dort fragen. Man wird uns keine Auskunft geben.«

Hinter ihnen brummte es, und sie fuhren herum. Unmittelbar neben dem Baum schwebte jetzt die Drohne zu ihnen herab. »Schön, dass ihr auch hergefunden habt.« Das glatte Avatargesicht Winslows zwinkerte ihnen auf dem kleinen Bildschirm zu.

»Schaffst du es, dich in den Hotelcomputer einzuhacken?«, fragte Cross.

Winslows künstliches Alter Ego wog nachdenklich das Haupt. »Klar, aber nicht so schnell, wie ihr es vermutlich gern hättet. Dazu muss ich mir erst die Pläne des Hotels vornehmen, um einen Einwahlpunkt zu finden.«

»Warte, ich habe eine andere Idee.« Cross zückte seinen Phonestick und zog sie mit sich über den Parkplatz, bis sie den Restaurantbereich des Hotels besser einsehen konnten. Dort waren zwei Dutzend Gäste zu sehen, die vornehm speisten. Cross gab die Hotelnummer ein. Er dauerte nicht lange, und jemand nahm den Anruf entgegen.

»Hier Gerhard Müller«, blaffte Cross den Unbekannten in einem Tonfall an, der so gar nicht zu seinem üblichen Verhalten passte. »Schicken Sie mir mal eine Pulle Schampus rauf. Eisgekühlt bitte und möglichst irgendwas von *Tau Ceti Prime*. Das Ganze bitte mit ein bisschen Beeilung.« Er unterbrach die Verbindung kurzerhand und spähte zum Restaurant hinüber. »Winslow, steig schon mal auf.«

»Verstehe.« Die Drohne hinter ihnen hob ab und jagte wieder zum Himmel empor.

Cross berührte Nikolaj an der Schulter. »Können Sie den Küchenbereich näher ranzoomen?«

Auch Nikolaj begriff jetzt. Dieser Cross gefiel ihm von Minute zu Minute besser. Er aktivierte den Zoom und sah, wie ein junger Kellner den Trakt zwischen Küche und Restaurant betrat. Vor sich her schob er einen Wagen, auf dem ein Kübel und einige schlanke Sektgläser standen. Er stieg in einen der dortigen Aufzüge, und die Lifttür schloss sich hinter ihm.

»Können Sie erkennen, in welchem Stockwerk er hält?«, fragte Cross.

Nikolaj zoomte die Hotelhalle mit seiner erbeuteten Multibrille heran. »81!«, antwortete er.

Cross gab die Auskunft sofort weiter.

Die Drohne über ihnen war im Zwielicht nicht auszumachen, doch Nikolaj vertraute darauf, dass diese Winslow jetzt das betreffende Stockwerk absuchte.

»Check!«, tönte es leise aus Cross' Multibox. »Hab hier einen guten Blick auf einen langen Hotelflur. Hier oben haben sich ebenfalls zwei Bodyguards postiert. Sie durchsuchen gerade den Kellner.« Winslows schwieg eine Weile, bevor sie weitersprach. »Suite 816. Wartet.« Offenbar wechselte sie dort oben ihre Position. »Ich kann nur wenig erkennen, weil die meisten Fenster hier oben abgedunkelt sind. Aber da ist jemand. Ich erkenne menschliche Schemen.«

»Jetzt müssen wir nur noch eine Möglichkeit finden, da raufzukommen«, überlegte Cross.

Nikolaj betrachtete die Hotelfassade durch die Multibrille und berührte den Reporter aufgeregt am Arm. »Fragen Sie, ob man irgendwie von außen in die Suite reinkommt.«

»Wie bitte?«

»Fragen Sie einfach.«

Cross tat es.

»Ja, hier steht eine Balkontür auf Kipp«, antwortete Winslows quäkende Stimme. »Aber da komme ich mit der Drohne nicht rein, es sei denn, ihr wollt, dass ich die Scheibe zerschieße.«

»Kommen Sie!« Nikolaj zog den verblüfften Cross mit sich und beschrieb um den Eingangsbereich einen weiten Bogen, bis sie einen abgedunkelten Bereich mit weiteren Bäumen erreicht hatten. »Wir besitzen zwar keinen Antigrav-Gleiter, aber sehen Sie die Fensterputzergondel da oben!« Er deutete zu dem pseudogotischen Dachfirst des Hotels weit über ihren Köpfen.

Cross runzelte die Stirn, und Nikolaj reichte ihm die Multibrille. Endlich verstand er. »Winslow, flieg mal hoch zum Dach. Da oben befindet sich eine Fensterputzergondel. Antigrav. Kannst du die irgendwie kurzschließen?«

»Schimpft sich die CoS christlich?«, kam es zurück.

Sie mussten keine zehn Minuten warten, dann sahen sie, wie sich an der Hotelfassade über ihnen eine kleine Gondel herabsenkte. Winslow steuerte sie so, dass sie seitlich vor den vielen Balkons wegglitt und dann auf einem verschwiegenen Parkbereich neben dem Hotel aufsetzte. »Gute Arbeit, Winslow, wie üblich!« Cross grinste.

Beide liefen sie zu der Gondel hinüber, und Nikolaj konnte nun sehen, dass in ihrem Innern die Drohne schwebte, die mittels eines Kabels mit der Gondel-Steuerung verbunden war. Sie betraten die Antigrav-Gondel, und Winslow hob mit ihr wieder ab. Rasend schnell jagten sie im Schatten des Hotels empor, nur um etwa auf Höhe des siebzigsten Stockwerks wieder vor die Frontfassade zu gleiten. Zielsicher steuerte Winslow einen Balkon mit Farnkübeln und getönten Scheiben an, von denen eine tatsächlich auf Kipp stand. Nikolaj konnte sein Glück kaum fassen. Er und Cross schlüpften lautlos auf den Balkon, und Gondel und Drohne hinter ihnen senkten sich wieder ab.

»Soll ich hier auf euch warten?«, tönte es leise aus Cross' Multibox.

»Ja, und jetzt Funkstille bitte!«, flüsterte er. Der Raum hinter den Balkontüren war in Dunkelheit getaucht, doch trotz der getönten Scheiben konnte man weiter hinten einen schmalen Lichtstreifen erkennen. Dort waren auch leise Stimmen zu hören.

Vorsichtig versuchte Nikolaj durch den Spalt nach dem Türriegel zu greifen, doch es gelang ihm nicht, ihn zu erreichen.

»Sind Sie immer so schlecht vorbereitet?«, wisperte Cross. Er zückte ein Multitool ähnlicher Machart, wie Nikolaj es bei seinen Einsätzen im Körper Katharinas benutzt hatte, und präsentierte einen Glasschneider.

»Sie erfüllen alle Klischees eines Paparazzo, was?«, spottete Nikolaj und zog seine *Prawda*.

Cross zuckte mit den Schultern. »Das ist noch das kleine Einbrecherbesteck.« Dann schnitt er ein Stück aus der Scheibe. Vorsichtig legte er das herausgetrennte Glas auf einem der Blumenkübel ab, griff ins Innere und öffnete die Balkontür. Er griff nach der fünfzehnschüssigen Vollautomatik der Marke *Signum VZ2* von *United Industries*, die er vorhin schon eingesetzt hatte. Cross seufzte. »Ich mag keine Waffen.«

»Sie haben sich vorhin doch gut zur Wehr gesetzt?«

»Dass ich Waffen nicht mag, heißt nicht, dass ich sie nicht benutze«, erwiderte Cross leise. »Aber Sie haben es ja selbst gesehen: Ich habe nicht einmal getroffen.«

Sie schlüpften in ein großzügig eingerichtetes Hotelzimmer mit protzigem Schreibtisch, Besprechungsecke und prachtvollen Orbitalbildern von Pherostine an den Wänden. Die Stimmen im Hintergrund waren nur gedämpft zu hören, so als ob sich die Bewohner der Suite einige Räume weiter aufhalten würden. Nikolaj, dessen Sorge um Jiang wuchs, je länger die Entführung zurücklag, wollte schon weitergehen, als ihn Cross zurückhielt. Der Reporter deutete zu dem Arbeitstisch. Dort lag ein Touchpad umgeben von Akten und Schriftwechseln aus ElektroSync-Papier. Der Bildschirm leuchtete bläulich. Nikolaj vergewisserte sich rasch, dass die Stimmen nicht lauter wurden, bevor sie die Funde näher inspizierten. Es handelte sich um Unterlagen, die von mehreren interstellaren Anwaltskanzleien stammten und sich mit Vorgängen der *PLU*, der *Pherostine Labour Union*, dem ehemaligen Zweig der Gewerkschaft auf diesem Planeten, und einer Firma namens *WasteLand* beschäftigten. Es ging darin um juristische Verteidigungsstrategien bei der Anhörung, zu der Gerhard Müller geladen war.

Cross schnappte sich kurzerhand eine Aktentasche, die aufgeklappt neben dem Tisch stand, und packte alles hastig ein. Nikolaj hingegen fuhr den Bildschirm des Pads hoch und konnte sein Glück kaum fassen. Das war der Rechner von Gerhard Müller – vor allem aber war er noch an. Sofort gab er den Namen von Bruno Müller ein, und das Pad spuckte einen Schriftwechsel gespeicherter SVR-Dateien aus. Aufgeregt klickte er einige der Dateien an und überflog sie.

»Unglaublich«, flüsterte Cross und deutete auf eine der geöffneten Dateien. »Gerhard Müller hat seit fünf Jahren straffällig gewordene Mitglieder der GWA an seinen Bruder vermittelt.«

Nikolaj nickte. Er klickte sich durch weitere Dateien und stieß auf Frachtlisten mit Auflistungen von *Enclave Limited*-Fertigmodulen, Nahrungsmitteln, Laserschweißbrennern, Sauerstoffvorräten, Raumanzügen und vielem mehr, die auf die Logistik eines langjährigen Außeneinsatzes hindeuteten. »Ohne Zweifel eine größere Sache«, wisperte Nikolaj. »Aber zu welchem Zweck?«

Cross übernahm und klickte sich durch einen Ordner mit Videodateien, die offenbar von Bruno Müller stammten. Dessen Korrespondenz konnten sie nicht einsehen, da der Computer von ihnen ein Passwort verlangte, doch die heruntergeladenen Filme ließen sich aufrufen. Sie waren ohne Ton und etwas verwackelt, aber sie zeigten Arbeiter in Raumanzügen, die auf Mondmobilen über eine Kraterlandschaft fuhren. Der unbekannte Ort war in gleißendes Licht getaucht. Luna? Am oberen Rand der Aufnahmen blitzten in diesem Augenblick zwei grelle Sonnen auf. Ein Doppelsternensystem! Hatte Bruno Müller auf At Lantis nicht behauptet, ein solches erst kürzlich besucht zu haben? Also irgendeine Außenwelt. Die Ruine einer Art Mondstation schob sich ins Bild, in deren Kuppelblase gewaltige Löcher klafften. Oder waren das Einschüsse? Cross klickte weitere Videos an, und sie entdeckten Aufzeichnungen von mehr oder minder zerstörten Fabrikationshallen, zwischen denen ebenfalls Arbeiter in Raumanzügen zu sehen waren. Ihnen folgten Videos von blinkenden TransMatt-Portalen, Arbeitern bei Schweißarbeiten und eine lunare Außenbasis, neben der ein großes Frachtraumschiff auf der staubigen Oberfläche stand. Zuletzt rückten zwei Leichen in altertümlich wirkenden Raumanzügen ins Bild, deren skelettierte Fratzen sich vage unter den Helmen abzeichneten. Rasputin, was war das? Cross zoomte die Raumanzüge näher heran, bis das blaue Firmenemblem besser zu sehen war. Es zeigte einen Triumphbogen mit zwei Sternen in der Mitte, das von den Buchstaben *SLRE* umrahmt wurde. Cross hob seine Multibox. »Winslow«, wisperte er. »Schau nach, was du über eine Firma mit dem Namen *SLRE* herausfinden kannst.«

Die beiden Männer drängten sich dicht an die Multibox heran und vernahmen kurz darauf die Antwort. »Das war den historischen Aufzeichnungen gemäß eine Firma mit Namen *SpaceLab Reverse Engineering.* Ein Tochterunternehmen der IJAS, des Indian Japanese Arabian Syndicate. Die sind damals mit dem Versprechen angetreten, TransMatt-Portale für jedermann anzufertigen – und haben die Antwort ein Jahr darauf von *TTA* bekommen. Du weißt schon, der erste Konzernkrieg, bei dem die *TTA* alle nichteigenen TransMatt-Fertigungsstätten ausgelöscht hat, nur um dann unter dem Namen *TTMS* erneut zu firmieren und endgültig das Monopol über die TransMatt-Fertigung an sich zu reißen.«

Nikolaj musste unwillkürlich wieder an Bruno Müllers Unterlagen denken, die er auf At Lantis entdeckt hatte. »Es geht also gar nicht um irgendwelche Ancients-Funde!«

»Wie bitte?«, meinte Cross leise

»TransMatt!«, flüsterte Nikolaj und klickte zurück zu den Aufnahmen der Portale. »Dem KoZ gelang es angeblich, einige wenige Planeten zu kolonisieren. Aber seit der Handelsboykott greift, gehen Zulu die Ersatzteile aus. Die Verbindung zu den afrikanischen Raumkolonien ist seither abgebrochen. Was, wenn Bruno Müller bei seinen interstellaren Suchen auf eine der alten TransMatt-Fertigungsstätten dieser IJAS gestoßen ist? Womöglich mit intakten Portalen?« Er deutete auf die Videos. »Im Vakuum dieses Monds könnten die bis heute erhalten geblieben sein. Die dürften Zulu doch ein Vermögen wert sein.«

Cross maß ihn mit grimmigem Gesichtsausdruck. »Allerdings!«, wisperte er. »Wenn das rauskommt, dann haben die Brüder auch noch die *TTMS* am Hals.« Er klappte das Touchpad zu und packte es ebenfalls ein.

Nikolaj schlich mit gezückter *Prawda* zur Tür. Hinter ihr erstreckte sich ein mit erdigen Teppichen ausgelegter Gang, von dem weitere Türen abzweigten. Die gedämpften Stimmen weiter hinten klangen nach einem Streit. »Sind Sie bereit?«, wollte er von Cross wissen.

Der hob seine *Signum VZ2* und nickte entschlossen. Sie schlüpften in den Korridor und schlichen lautlos auf den hinteren Bereich der Suite zu. Er entpuppte sich als luxuriös ausgestattetes Loft mit künstlichem Kamin, bequemen Sitzgelegenheiten, holografischen Projektionen eines Waldes an den Wänden, Kronleuchter unter der hohen Decke und einem riesigen Multivisions-Fernseher, der aufgrund der Projektionen wirkte, als würde er im Wald schweben.

»Im Moment bezahle ich deine Scheiß-Anwälte, deine Flüge und deine Securitys«, dröhnte ihnen Bruno Müllers Stimme entgegen. »Also halte dich mit deinen Vorwürfen zurück.«

»Begreifst du das nicht?«, blaffte eine zweite Stimme zurück, die Nikolaj für die des Gewerkschafters Gerhard Müller hielt. »Da draußen lauert die Presse. Ich kann nicht mal pissen, ohne dass mir diese Wichser auf die Pelle rücken. Und dann kommst du daher und lässt diese Chinesin hier raufschaffen. Bist du wahnsinnig?«

Nikolaj und Cross konnten sehen, dass sich die beiden Müllerbrüder mit hochroten Köpfen neben einer Bar gegenüberstanden.

»Glaubst du, ich vernachlässige deinetwegen meine Geschäfte?«, giftete Bruno Müller zurück.

Unweit von den beiden befand sich eine Couch, auf der Jiang lag. Sie wirkte ähnlich paralysiert wie damals während ihres Konzerts auf Lantis Island und wurde von einem Bodyguard bewacht. Sonst war niemand zu sehen. »Geschäfte?«, höhnte der Gewerkschafter. »Deine Leute haben diese Musikerin entführt! Was, wenn sie jemand erkannt hat?«

»Hat aber niemand!« Bruno Müllers GoldenEye funkelte aufgebracht. »Dass ich ausgerechnet hier auf Pherostine wieder auf sie stoßen würde, konnte ich doch nicht ahnen. Meine Jungs mussten eben improvisieren. Und jetzt reg dich ab. In einer Stunde ist mein Schiff abflugbereit, und dann verschwinden wir durch den VIP-Tunnel des Hotels. Du sieh zu, dass du endlich herausfindest, wo dieser Cross steckt. Du weißt genau, wie viel von seiner Aussage abhängt.«

Nikolaj und Cross wechselten einen raschen Blick, und Cross deutete erst auf sich und dann auf den Bodyguard. Nikolaj nickte.

»Hände hoch!« Mit den Waffen im Anschlag stürmten sie in den Raum.

Der Bodyguard griff noch unter die Jacke, doch Cross gab einen Schuss ab, und er verharrte in der Bewegung. Sofort war er bei ihm und zwang ihn, sich auf den Boden zu legen. Nikolaj hingegen visierte Bruno Müller an, der ebenso wie sein korpulenter Bruder Gerhard zu ihm herumgewirbelt war und ihn mit seinem botgleichen Auge anfunkelte. Beide hoben vorsichtshalber die Hände.

»Eine dumme Bewegung und das war's!«, zischte Nikolaj. Er spannte den Hahn, während er sich langsam der Couch näherte.

»So, das verstehen deine Jungs also unter Improvisation?«, fauchte Gerhard Müller seinen Bruder wütend an, der noch immer stumm Nikolaj fixierte. Der Gewerkschafter blickte zu Cross hinüber und schnaubte verächtlich. »Dass du irgendwann wieder aus deinem Loch kriechen würdest, war ja klar, Richard. Aber du glaubst doch wohl nicht, dass du damit durchkommst?«

»Du weißt doch, Gerhard«, Cross richtete seine Pistole auf ihn, »mit dem Glauben habe ich es nicht so. Mir sind Fakten lieber. Und das, was wir in deinem Büro gefunden haben, sollte ausreichen, um dich und deinen

Bruder bis an euer Lebensende nach Australien zu bringen.«

Nikolaj kniete inzwischen neben Jiang und tastete nach ihrer Halsschlagader. Ihr Puls ging flach.

»Meine afrikanischen Partner hatten Recht«, meldete sich Bruno Müller erstmals zu Wort. Er fixierte Nikolaj noch immer, und seine Mundwinkel kräuselten sich zu einem spöttischen Lächeln. »Sie sind alles andere als ein einfacher Zoodirektor. Das hätte uns eigentlich von Anfang an klar sein sollen.« Er senkte die Arme wieder.

»Hübsch oben halten!«, fuhr ihn Nikolaj an.

Seltsamerweise reagierte der reiche Konzerner nicht. Stattdessen grinste er und deutete mit dem Kinn schräg nach oben. »Sind Sie sicher, dass Sie noch Herr der Lage sind?«

Nikolaj folgte seinem Blick und fror ein. Unmittelbar über dem Eingang befand sich eine Galerie, die sie aufgrund der irritierenden holografischen Baumprojektionen um sie herum übersehen hatten. Und dort oben stand ... Bitangaro! Der Afrikaner hielt eine Pistole in Händen. Und er war nicht allein. In seinem Griff befand sich Jack!

»Poljakow! Sie sind wirklich lästig. Warum können Sie nicht einmal das tun, was man von Ihnen erwartet?« Er zog Jacks Kopf zur Seite und setzte die Mündung der Waffe demonstrativ an seine Schläfe. »Dass wir uns so schnell wiedersehen würden, hätte ich nicht erwartet. Aber ich hatte es natürlich gehofft.«

Nikolaj und Cross wechselten unbehagliche Blicke,

und der Reporter visierte jetzt die Galerie an. »Jack, geht es dir gut?«, versuchte Nikolaj Zeit zu schinden.

Der Heavie reagierte mit einem gepressten Stöhnen.

In diesem Moment blitzte das GoldenEye Bruno Müllers rot auf. Ein Energiestrahl schlug schmauchend in den Knauf der *Prawda* ein und durchbohrte seine Hand. Nikolaj schrie gepeinigt auf und ließ die Waffe fallen. Es roch nach verbranntem Fleisch.

Cross wirbelte zu den Müllerbrüdern herum – und wurde von Bitangaro aufgehalten. »Waffe runter, Whistleblower, oder dein Hirn ist Matsch, bevor du bis drei zählen kannst!« Der Schwarze hielt seine Pistole nun auf ihn gerichtet.

Wütend ließ Cross die Waffe fallen. Nikolaj hielt sich noch immer die verwundete Hand. Sie blutete und brannte wie Feuer. Der Energiestrahl hatte ein Loch von der Dicke eines Stifts in das Fleisch gebrannt.

Bruno Müller tastete zufrieden nach seinem Golden Eye, zog nun seinerseits eine Pistole und kickte die beschädigte *Prawda* in die Raummitte. Er schnaubte verächtlich. »Mit den großen Hunden pissen wollen, aber das Bein nicht heben können. Das liebe ich.« Hinter ihnen erhob sich der Bodyguard, sammelte Cross' *Signum* auf und zwang den Reporter mit aufgesetzter Mündung auf die Knie. Gerhard Müller trat vor Cross, starrte ihn ausdruckslos an und rammte ihm ansatzlos die Faust ins Gesicht.

Cross' Lippe platzte auf, er stöhnte.

»Das war für die Sache mit den Betas.« Er schlug ein zweites Mal mit dem Handrücken zu. »Und das dafür, dass du mich vor den Court gezerrt hast.« Er durchwühlte die Aktentasche und fand das Pad und die Akten. Die Adern an seinen Schläfen traten vor Wut vor. »Verdammt, die beiden wissen von der Sache mit den Portalen!«

Inzwischen waren Bitangaro und Jack ebenfalls zu ihnen heruntergekommen. Doch irgendwas stimmte mit den beiden nicht. Bitangaro langte nach der *Prawda* am Boden, musterte die Waffe kurz und drückte sie Jack in die Hand. Nikolaj sah seinen Freund fassungslos an. »Überrascht, Poljakow?« Bitangaro schlug dem Heavie grinsend auf die Schulter. »Und jetzt fessel ihn.«

Jack nickte und kam zögernd auf Nikolaj zu.

»Jack«, ächzte Nikolaj. »Sag mir, dass das nicht wahr ist.«

Jack leckte sich fahrig über die Lippen. Er war blass, sein Blick flackerte. »Das ... das alles war so nicht geplant. Das musst du mir glauben, Nikolaj. Verdammt, ich hab dir doch die ganze Zeit über gesagt, dass du die Backen zusammenkneifen sollst. Alles wäre gutgegangen.«

»Wieso du?« Nikolaj konnte den Verrat immer noch nicht fassen. »Was haben sie dir dafür geboten?«

»300.000 C!« Bruno Müller trat neben den Heavie. »Jeder von uns hat seinen Preis. Das ist ein kosmisches Gesetz, glauben Sie mir.« Über seine roboterhaften Züge huschte ein überhebliches Grinsen. »Jack und ich haben uns damals zufällig beim 2OT kennengelernt. Er berichtete mir von Ihrem stellaren Unternehmen.

Zu diesem Zeitpunkt wusste ich nicht, dass wir Ihren lausigen Wanderzoo tatsächlich mal brauchen würden. Doch als sich herausstellte, dass wir an die Chinesin nicht so ohne weiteres herankommen würden, habe ich mich an Jacks Erzählungen erinnert. Es stellte sich heraus, dass Ihr Partner ebenso pragmatisch wie kooperativ war.« Müller lachte. »Er war es auch, der uns von diesem Johnson von *Artco Inc.* berichtet hat. Es erschien uns am unverdächtigsten, Ihr Unternehmen über ihn zu ködern. Jack hat dann das Seine dazu beigetragen, Ihr Mistrauen ihm gegenüber etwas abzubauen. Den Rest können Sie sich sicher selbst zusammenreimen.«

»Wie willst du Roger und Gwinny je wieder unter die Augen treten?«, keuchte Nikolaj.

Ein trotziger Ausdruck huschte über Jacks Gesicht. »Sie werden es nie erfahren. Als mir Roger mitteilte, wo ihr euch mit Cross trefft, habe ich ihn zu Gwinny und dem Adler-Beta ins Krankenhaus geschickt. Wenn die Sache hier vorbei ist, dann ... werde ich einfach behaupten, dass ich zu allem gezwungen wurde.«

»Was ist mit Loop?«

»Mit 'nem Elektroschocker ausgeschaltet. Aber sie werden ihn wohl ...« Jack brach ab und sah zu Bitangaro und den Müllers auf. »Meine Güte, er ist bloß ein lausiger Beta«, brauste er auf. »Wen kümmert es, was mit ihm geschieht? Sobald wir abfliegen, werden wir ihn im Raum entsorgen. Kein Hahn wird nach ihm krähen.«

»Jack, wie konntest du nur?«

»Das wirfst ausgerechnet du mir vor?« Jacks Augen schimmerten feucht. Er war alles andere als Herr der Lage. Wütend band er ihm die Hände auf den Rücken zusammen, Nikolaj stöhnte vor Schmerzen. »Denkst du, ich hab das alles so gewollt?«, fuhr er ihn mit bebender Stimme an. »Nein, hatte ich nicht, verdammt! Wir sollten einfach nur diese Chinesin aus At Lantis rausschaffen. Rein und wieder raus. Ganz einfach. Aber du ... du hast alles kaputtgemacht. Du musstest in Afrika ja plötzlich den Helden spielen.« Jack stieß ihn auf einen Sessel, seine Lippen bebten. »Mein Gott, Nikolaj. Ich hab ... nicht einmal erzählt, womit wir sonst so unsere Geschäfte machen. Begreifst du? Keines unserer Geheimnisse ist mir in all der Zeit über die Lippen gekommen. Bis vorhin ... Du hast mir einfach keine Wahl gelassen. Ich ... ich hab das Geld doch nicht für mich allein haben wollen. Es war für uns alle bestimmt.«

»Du wusstest genau, dass wir das niemals gutgeheißen hätten.«

»Seit dreizehn Jahren tingeln wir durchs All«, schrie ihn der Heavie an. »Immer nur einen Schluck Sprit in den Triebwerken und mit gerade mal genug Kohle, dass unsere Tiere nicht verreckten. Glaubst du, ich bin versessen drauf, meine Tage als besserer Zoowärter zu beschließen?«

»Spätestens als Zulu mir diesen Parasiten eingesetzt hat, hättest du wissen müssen, dass dein kleiner Plan schiefgelaufen ist«, antwortete Nikolaj zornig.

»Dafür machst du mich verantwortlich?« Jack deutete auf ihn. »Zulu hätte dich für unseren Paketdienst großzügig bezahlt! Wir hätten doppelt absahnen können, und niemand wäre uns je auf die Schliche gekommen. Zulu hätte dir allein schon wegen seiner Abmachung mit mir geholfen. Aber du musstest ja immer weitermachen. Hast einfach nicht aufgehört, uns immer weiter in die Scheiße reinzureiten.«

»Wie naiv bist du eigentlich?«, fragte Nikolaj tonlos.

»Das sind Fragen, die Sie ein anderes Mal erörtern können, Poljakow«, knurrte Bitangaro. Er richtete Nikolaj auf und blickte ihm kalt in die Augen. »Zulu hasst Ungehorsam. Aber er hält Vereinbarungen ein. Jeder gute Geschäftsmann hält sich an diese Regel. Allerdings befürchte ich, dass Sie die Gunst unseres Herrschers erst wieder zurückgewinnen müssen. Viel Zeit bleibt Ihnen ja nicht mehr. Sie hängen doch an Ihrem Leben, oder?«

Nikolaj schwieg.

»Sehen Sie«, fuhr Bitangaro mit Gönnerstimme fort. »Allein aus diesem Grund habe ich Sie bislang verschont. Wenn Sie uns helfen, an das Schiff Ihres Freundes Sergej heranzukommen, lege ich bei Zulu ein gutes Wort für Sie ein. Falls nicht, na ja ...« Er lächelte grimmig. »In diesem Fall wird es mir ein Freude sein, mich bei Ihnen auf gebührende Weise für all die Unannehmlichkeiten zu revanchieren.«

Nikolaj wusste, dass der Afrikaner log. Er würde sich nicht mit Sergejs Schiff zufriedengeben, sondern sich bei der erstbesten Gelegenheit auch die *Nascor* unter den Nagel reißen. Doch wenn er sich darauf einließ, verschaffte ihm das Zeit. Zeit ... zu was auch immer.

»Sie lassen mich und mein Team laufen, wenn ich Ihnen helfe?«

»Sicher.« Bitangaros Gesicht glich einer steinernen Maske. »Ich bin sogar davon überzeugt, dass unser Herrscher Ihre Bemühungen entsprechend honorieren wird.«

Wie dieses Honorar aussehen würde, konnte sich Nikolaj gut vorstellen. Zulu konnte nicht an Zeugen gelegen sein. Aus diesem Grund würde er sie alle umbringen lassen. Auch Jack, egal, wie sehr sich sein verräterischer Partner noch an die Hoffnung klammerte, sein verpfuschtes Leben wieder in Ordnung bringen zu können. »Lassen Sie wenigstens Jiang laufen.«

»Tut mir leid, aber sie muss ich von unserer kleinen Vereinbarung ausnehmen. Ich werde sie Zulu übergeben.«

»Nein, Bitangaro, werden Sie nicht«, widersprach Bruno Müller. »*Ich* werde die Chinesin Zulu bringen. Es waren *meine* Leute, die sie eingefangen haben. Sie waren dazu ja bedauerlicherweise nicht imstande. Und natürlich wird die Übergabe ihren Preis haben. Aber da werde ich mich schon mit Ihrem Herrscher einigen, sobald das Spektakel auf Omikron2 vorüber ist.«

Nikolaj hatte diesen Systemnamen schon einmal gehört. Nur wo?

Der Afrikaner quittierte den Einwand mit einem wütenden Blick. »Natürlich, Herr Müller. Ich bin mir sicher, dass Zulu diese Geste zu schätzen weiß.«

»War das eine Drohung?« Lauernd baute sich Bruno Müller vor ihm auf.

»Nicht doch.« Bitangaro bleckte die Zähne. »Wir sind schließlich Partner.«

»Ich hoffe es. Denn falls Sie mich reinlegen wollen, werde ich Ihnen den schwarzen Arsch aufreißen, bevor Sie das Wort Kingdom wimmern können.« Bruno Müller wandte sich seinem Bruder zu. »Pack deine Sachen zusammen und verschwinde mit zwei Leibwächtern vorn raus. Möglichst so, dass dich diese Rotte an Reportern sieht.«

»Und was ist mit ihm?« Wütend deutete Gerhard Müller auf Cross, der die Augen verengte.

»Mach dir um den Reporter keine Sorgen. Ich werde dir diese Bazille vom Leib schaffen. Endgültig!« Bruno Müller wandte sich Jack zu. »Hatten Sie nicht vor, irgendjemanden auf Ihrer *Nascor* ein Raumbegräbnis zuteilwerden zu lassen?«

Jack nickte zögernd.

Bruno Müller wies den Bodyguard an, Cross aufzurichten. »Dann wird das jetzt eine Doppelbestattung. Und Sie«, er wandte sich wieder Bitangaro zu, »Sie werden dafür sorgen, dass dieses Raumbegräbnis auch stattfindet. Meine Leute werden mir Bericht erstatten, wenn wir uns wiedersehen.«

»Ich hoffe sehr, Sie kommen wirklich?«, sagte Bitangaro.

Bruno Müller funkelte ihn mit seinem Botauge arrogant an. »Ich werde mir doch nicht entgehen lassen, wie Sie das kleine Problem auf Ihrem Planeten aus der Welt schaffen. Natürlich mit genügend Sicherheitsabstand. Und dann werden wir mit der Lieferung beginnen, Schiff für Schiff. Natürlich, nachdem Zulu den Rest der Summe beglichen hat. Bei der Gelegenheit werde ich auch den Preis für Ihr Schätzchen da hinten aushandeln.« Er deutete zu Chu Jiang, die noch immer betäubt auf der Couch lag. »Ich bin gespannt, wie viel sie ihm wert ist.«

Nikolaj saß ebenso wie Cross gefesselt im Fond eines unauffälligen Lieferwagens. Am Steuer hockte einer von Müllers Bodyguards, während Bitangaro sie von dem Beifahrersitz aus misstrauisch im Auge behielt. Ihnen folgte eine Limousine mit Jack und drei weiteren Krawattenträgern, und wenn sie die Geschwindigkeit beibehielten, würden sie den Messeraumhafen in weniger als zehn Minuten erreicht haben. Sie hatten das Hotel über einen verschwiegen gelegenen VIP-Ausgang verlassen, doch zu diesem Zeitpunkt hatte Gerhard Müller die Reporter vor dem Hochhaus bereits weggelockt. Wohin Bruno Müller mit Jiang aufgebrochen war, hatte Nikolaj aus den Gesprächen erschließen können: zu einem von Müllers Raumschiffen. Dieses stand offenbar auf einem privaten Raumhafen am Rande der Stadt. Weder er noch Cross sprachen ein Wort, doch Nikolaj sah aus den Augenwinkeln, dass sein Begleiter immer wieder durch die Scheibe blickte, an denen die Gebäude Carabines vorüberzogen. Offenbar hielt er nach dieser Winslow Ausschau. Im Moment waren sie und ihre Drohne ihre letzte Hoffnung. Doch wie sollte die allein mit fünf Bewaffneten fertigwerden – Jack nicht mit eingerechnet?

»Es ging Zulu nie um Kairo, richtig?«, fragte Nikolaj geradeheraus.

»Kairo ist nicht vergessen, glauben Sie mir.« Bitangaro lachte leise und wirkte fast entspannt. »Jetzt kann ich es Ihnen wohl sagen: Zulus Augenmerk gilt Maji-Maji, einem unserer Planeten. Unsere Entdecker haben ihn nach einer mythischen Wundermedizin benannt, an die unsere Ahnen glaubten. Der Planet birgt tatsächlich die Mittel, um meinem Volk zu helfen. Bodenschätze in Hülle und Fülle. Darunter seltene Erden und Erdöl! Mehr Erdöl, als auf der Erde je gefunden wurde. Haben Sie sich nicht über die vielen Benzinfahrzeuge in Bangui gewundert?«

Nikolaj nickte.

»Na, dann war unser kleiner Ausflug ja doch nicht umsonst. Wir mussten uns schließlich etwas einfallen lassen, nachdem der Handelsboykott über unser Land verhängt wurde. Wir Afrikaner sind überhaupt Meister der Improvisation, aber das haben Sie sicher schon bemerkt.« Bitangaro legte die Hand mit der Pistole so neben die Kopflehne, dass die Mündung auf ihn wies. »Maji-Maji war der erste Planet, den das KoZ vor dreißig Jahren in Besitz nahm«, fuhr Bitangaro stolz fort. »Leider sind wir seit drei Jahren so gut wie abgeschnitten von ihm. Man hat gezielt Jagd auf unsere Raumschiffe gemacht.«

»Schiffe, die sie bewiesenermaßen gestohlen haben«, unterbrach ihn Cross.

Bitangaro zuckte mit den Schultern. »Kein Diebstahl, Whistleblower. Gerechtfertigte Reparationen! Alles eine Sache des Standpunkts.« Er befand sich offenbar immer noch in Plauderstimmung. »Unsere Reserven gehen seitdem zur Neige. Dummerweise ist uns vor etwa einem Jahr die *Knowledge Alliance* auf die Schliche gekommen. Der Konzern hat Maji-Maji entdeckt und kurz darauf angefangen, unsere dortigen Einrichtungen anzugreifen. Aber wir waren gewappnet. In weiser Voraussicht hat unser Herrscher die Hälfte der Einnahmen, die wir mit den Bodenschätzen unserer Planeten erzielten, dazu genutzt, diese vor Militärschlägen zu schützen. Die *KA* hat sich daher bei ihrem ersten Eroberungsversuch eine blutige Nase geholt. Zu jedem anderen Zeitpunkt hätte uns der Konzern natürlich härter treffen können, doch im Moment hat er andere Probleme. Die ganze VHR hat im Moment andere Probleme. Deshalb hat die *KA* einen Panzerkreuzer im Maji-Maji-Orbit postiert, der gelegentliche Angriffe auf unsere Kolonisten startet. Nadelstiche. Aber diese Nadelstiche schmerzen. Der eigentliche Zweck des Schiffs ist jedoch eine Blockade des Planeten. Und seit die *KA* das Kriegsschiff dort stationiert hat, ist es uns nicht mehr gelungen, zu unseren Brüdern und Schwestern auf dem Planeten durchzudringen. Unsere Kolonisten verfügen zwar über ein ganzes Geschwader orbitaltauglicher Jagdschiffe, doch deren Kampfkraft reicht nicht aus, um es mit einem Kreuzer aufzunehmen. Das Gleiche gilt für jedes andere unserer verbliebenen Schiffe. Auf Maji-Maji herrscht daher ein fragiles Patt. Im Moment verfügt die *KA* nicht über genügend Ressourcen, um weitere Bodentruppen zu landen. Wir hingegen sind nicht in der Lage, die Blockade zu durchbrechen. Aus all diesen Gründen tut Eile not. Wir müssen dieses Schiff in unsere Hände kriegen, bevor die *KA* ahnt, was unser Herrscher plant.«

»Sie wollen einen Kreuzer in ihre Gewalt bekommen?«, entfuhr es Nikolaj. »Sind Sie übergeschnappt?«

»Mittels List – und einer Geheimwaffe, Poljakow! Ein Mittel, das Sie sogar schon kennengelernt haben.«

Nikolaj sah den Afrikaner fragend an, doch der lächelte kryptisch.

»Dummerweise mussten wir damit warten, da der *KA*-Kreuzer jederzeit Hilfe herbeirufen konnte. Diese Hilfe wäre aus dem System von van Maanens Stern gekommen. Jedenfalls bis vorgestern. Wie Sie nur zu gut wissen, haben wir dafür gesorgt, dass sich der dortige Einsatzverband inzwischen aufgelöst hat. Einer der dort verbliebenen Kreuzer ist unserer falschen Fährte gefolgt und befindet sich auf dem Weg zur Erde. Der andere wird ganz sicher bei VMS2 bleiben, um den Planeten vor weiteren Übergriffen zu schützen. Die Begehrlichkeiten *Hikmas* haben Sie ja schon kennengelernt. Und glauben Sie mir, die Japaner sind nicht die Einzigen, die VMS2 einen Besuch abstatten werden, wenn ihnen die *KA* Gelegenheit dazu gibt.«

»Ihnen geht es also in Wahrheit darum, ihre TransMatt-Portale nach Maji-Maji zu schaffen?«, fragte Nikolaj lauernd.

»Richtig, Poljakow. Das System von Maji-Maji befindet sich zwar über sechzehn Lichtjahre von der Erde entfernt, aber wir werden mit den TransMatt-Bögen eine Portalkette im All errichten, die uns unabhängig von sprungfähigen Raumschiffen macht. Transporte hin und zurück werden so zwar knapp anderthalb Jahre unterwegs sein, aber der Güterstrom wird fortan nicht mehr abreißen. Selbst eine neuerliche Planeten-Blockade wird uns nicht mehr treffen.«

Der Bodyguard tippte ihn an und deutete voraus. Vor ihnen kamen die großen Messehallen in Sicht, hinten denen ein paar Strahler die Wolken beschienen.

»Ah, da sind wir.« Bitangaro zwinkerte Nikolaj zu. »Sie glauben gar nicht, wie gespannt ich darauf bin, mir Ihre *Nascor* näher anzusehen. Jack war inzwischen so freundlich, sich dazu durchzuringen, mir von dem Sprungtriebwerk zu berichten. Dass das Schiff bewaffnet ist, wusste ich ja schon. Nur nicht, wie gut.«

»Sie wollen es in Ihre Portalkette eingliedern?«, fragte Nikolaj verächtlich.

»Aber nein!« Bitangaro sah ihn in ehrlicher Überraschung an. »Wissen Sie es wirklich nicht? Die Schlacht um Maji-Maji steht kurz bevor. Ein Schiff wie das Ihre kommt uns da mehr als gelegen. Es wird unsere Einheiten verstärken.«

Nikolaj und Cross sahen sich überrascht an.

»Müller war so freundlich, mir Ihr Schiff zu leihen. Es wird Sie nicht überraschen, dass er an dem UFO-Triebwerk interessiert ist. Ein Wunsch, den ich ihm hier auf Pherostine schlecht abschlagen kann. Doch auch er will sichergehen, dass unser Deal wirklich zustande kommt. Er kann die TransMatt-Portale nur liefern, wenn wir den Kreuzer beseitigt haben. Auf dem Raumhafen erwarten uns daher ein paar Spezialisten, die uns helfen werden, die *Nascor* in die Schlacht zu führen. Navigatoren. Raumkampfexperten. Das volle Programm.«

Noch mehr Fremde? Nikolaj spürte einen beißenden Schmerz in seinem Gedärm und stöhnte auf.

Bitangaro sah ihn befremdet an. »Hübsch durchhalten, Poljakow! Nicht dass Sie mir die Sitze dreckig machen, bevor Sie mir Ihren Sergej geliefert haben.«

Der Lieferwagen erreichte die Kontrolle des Messeraumhafens, wo ihnen eine weitere Limousine entgegenkam. Hinter den Scheiben konnten sie Männer in den silbrigen Anzügen von Technikern erkennen. Offenbar die logistische Verstärkung, die Müller Bitangaro versprochen hatte. Sie stoppten jetzt bei einer Schranke. Der Bodyguard fuhr die Scheibe herunter, und der diensthabende Sec trat neben den Wagen. Nervös sah er sich um, während er eine Creditcard ins Wageninnere reichte. Der Bodyguard schob sie in einen Schlitz an der Armaturenkonsole, und Nikolaj sah, wie ein vierstelliger C-Betrag den Besitzer wechselte. Der Mann heftete eine Plakette an die Frontscheibe, und wenig später öffnete sich die Schranke. Ohne weitere Kontrollen fuhren sie erst am Tower und dann an dem Hauptgebäude mit den Terminals vorbei, bis die kleine Wagenkolonne schließlich den Cargo-Bereich mit den Fracht- und Wartungshallen erreichte, von dem aus die mit Positionslichtern beleuchteten Start- und Landeplätze einzusehen waren. Wie schon bei ihrer Ankunft hielt sich der Betrieb auf dem Messeraumhafen in

Grenzen. Auf dem großen asphaltierten Platz reckten nur drei Frachtraumer ihre stählernen Leiber zum Nachthimmel auf, von denen einer mittels einer Passagierbrücke mit dem Terminalgebäude verbunden war. Die *Nascor* lag etwas abseits, und der vertraute froschförmige Leib aus Sternenstahl hob sich grausilbern vor einem monströsen Hangar im Hintergrund ab. Die Kolonne hielt neben dem Heck ihres Schiffs. Jack hatte ihre Gegner zu einem Zugangsschott an der Flanke geführt. Bitangaro und der Bodyguard verließen den Lieferwagen, und kurz darauf wurden auch Nikolaj und Cross aus dem Fahrzeug gezerrt. Abgesehen von Jack war die Schar ihrer Gegner inzwischen auf neun Leute angewachsen, alle mit MPs und Automatik-Pistolen bewaffnet. Bitangaro winkte den Heavie heran und drückte ihm eine Speicherkarte in die Hand. »Hier die Koordinaten. Mach das Schiff startklar und zeig den beiden Kanonieren den Waffenleitstand.«

Jack warf Nikolaj einen unglücklichen Blick zu und fuhr mittels Fernbedienung die Rampe mit der Gangway aus. Cross sah zum Nachthimmel auf, doch von seiner Winslow war nichts zu sehen. Nikolajs letzte Hoffnung schwand.

»Kommen Sie, Poljakow! Geben Sie Ihrem Reporterfreund das letzte Geleit.« Bitangaro deutete zur Aufstiegstreppe und grinste Cross an. »Vielleicht atmen Sie noch einmal tief durch. Sie werden sich schon bald nach der dreckigen Luft Carabines sehnen.«

»Fahren Sie zur Hölle!« Cross spuckte vor ihm auf den Boden.

Der Afrikaner schob ihn grob hinter Nikolaj her. Der folgte Jack und einem der Bodyguards die Gangway hinauf, wo sie über die schmale Zugangsschleuse den Frachtraum der *Nascor* erreichten. Die vertrauten tierischen Ausdünstungen schlugen Nikolaj ebenso entgegen wie das leise Gurren und Keckern ihrer Exos. Eigenartig. Für seinen Geschmack waren die Geräusche etwas zu gedämpft. Die vielen Käfige und Transportboxen waren in Zwielicht getaucht, und er spürte eine seltsame Anspannung, die sich unter den Tieren breitgemacht hatte. Auch Jack schien etwas zu spüren, denn er bedeutete Bitangaro und dem Bodyguard innezuhalten. In diesem Moment meldete sich die mentale Stimme Apollos: *Nikolaj, weg da!*

Rasputin, sollte sich Apollo nicht im Krankenhaus befinden?

Ansatzlos warf sich Nikolaj gegen Cross und stürzte mit ihm hinter das Terrarium mit den Exoschlangen von Barnards Pfeilstern. Dann sprachen die Waffen.

Hinter einem der Käfige sprang Loop hervor und ließ die *Repeater* rattern. Den Bodyguard neben Jack schüttelte es durch, und er stürzte gegen einen der Käfige. Auch an anderen Stellen des Frachtraums ertönten Schüsse, und Nikolaj konnte vage die Mündungsfeuer dreier weiterer Waffen aufblitzen sehen. Zwischen den Tierkäfigen verbargen sich also auch Cherokee, Gwinny und Roger, die mit ihren MPs und Pistolen den Eingang mit Kugelgarben bestrichen. Bitangaro wurde von einem Geschoss am Arm getroffen, warf sich gedankenschnell zu Boden und feuerte zurück. Nikolaj konnte zu seinem Entsetzen Roger aufschreien hören.

Hinter ihnen drängten jetzt drei weitere Gegner in den Frachtraum. Zwei von ihnen bluteten, denn auch außerhalb des Schiffs wurde gekämpft. Das gedämpfte Hämmern einer MP war zu hören, in das sich die Schreie von Sterbenden und Verletzten mischten. Teufel, diese Winslow richtete auf der Gangway gerade ein Blutbad an. Leider waren ihre Gegner besser gerüstet, als er gedacht hatte. Der Bodyguard, der gerade von Loop niedergekämpft worden war, trug anscheinend eine kugelsichere Weste, denn er erwiderte das Feuer mit seiner MP. Auch die anderen Männer hatten sich in Deckung geworfen. Um sie herum platzten Glasscheiben, Tiere brüllten auf und der Frachtraum füllte sich mit stinkenden Atmosphärengemischen. Ein weiterer Bodyguard stolperte herein und wurde sogleich von einer *Repeater*-Garbe zersiebt. Schwer krachte er auf den Boden.

Nikolaj und Cross drängten gefesselt gegen eine Wand und hofften, von keinem Querschläger erwischt zu werden, während um sie herum Funken sprühten und Geschosse in Wände und Käfige einschlugen. Unweit von ihnen hörte er die Waffe Bitangaros. Weiter hinten war Loops schmerzerfülltes Knurren zu hören. Das war gar nicht gut. *Apollo!,* rief Nikolaj gedanklich. *Sind die Käfige noch präpariert?*

Ja, natürlich!, kam es zurück.

Dann öffne sie und gib den anderen Bescheid, dass sie sich zurückziehen sollen! Nikolaj wandte sich an Cross.

»Schaffen Sie es, die Frachtklappe da hinten zu öffnen, wenn ich für etwas Ablenkung sorge?« Hinter ihnen ratterte eine MP. »Das verschafft Ihrer Winslow die Möglichkeit, uns zu Hilfe zu kommen.« Er deutete mit dem Kinn zu einer Konsole mit Druckknöpfen neben dem gewaltigen Heckschott.

»Ja, sollte zu schaffen sein. Aber was ...?«

»Das werden Sie gleich sehen.« Endlich war das Zischen sich öffnender Terrarien und Volieren zu hören. Ihre Sauropsiden stiegen zur Decke des Frachtraums auf, und ihr nervenzerfetzendes Kreischen brachte ihre Ohren zum Klingen. »Jetzt!« Nikolaj konzentrierte sich und übernahm die Kontrolle über eines der saurierartigen Flugwesen, während sich Cross mühsam aufrichtete und trotz der Fesseln losrannte. Mit ausgebreiteten Flügeln stürzte sich das Wesen auf einen der Bodyguards und schlug die scharfen Reißzähne in dessen Fleisch. Der Mann schrie gepeinigt auf, während das Wesen weiter auf ihn einhackte. Leider waren seine Waffengefährten in ihren Verstecken geblieben. Vielleicht hatte Apollo es auch nicht geschafft, sie zu warnen, denn sie feuerten noch immer, was ihre Magazine hergaben. Nikolaj zog seinen Geist zurück und übernahm die Kontrolle über einen anderen Sauropsiden, der sich gerade auf Cherokees Schlupfwinkel stürzte. Bevor das Geschöpf den Adler-Beta erreichen konnte, sorgte Nikolaj dafür, dass er sich wieder dem Eingang mit der Gangway zuwandte. Ein weiterer Bodyguard wurde mit Pistolenschüssen von den Beinen geholt, während Bitangaro und seine Leute jetzt die Sauropsiden unter der Frachtraumdecke unter Feuer nahmen.

Nikolaj spürte einen schmerzenden Kugeleinschlag – und zog sich hektisch aus dem Tierköper zurück. Er hatte längst den Fressimpuls eines anderen Wesens gespürt, das ebenfalls in die Freiheit drängte: der mächtige Gorgonenbaum! Er musste nichts tun. Das riesige Geschöpf walzte zwischen den Käfigen auf die Gangway zu. Die dicken Adern unter der borkigen Haut pulsierten, und seine langen, turmalinfarbenen Nesselfäden peitschten bedrohlich hin und her. Einer der Bodyguards entdeckte das Alien. Entsetzt riss er die Waffe herum, doch die langen Nesselfäden wirbelten ihm bereits entgegen, wickelten sich um Kopf und Oberkörper des Mannes und zerrten ihn in die Höhe. Der Mann gab noch einen erstickten Laut von sich, dann steckte er kopfüber im unnatürlich geweiteten Schlund des Wesens. Selbst Nikolaj starrte den Exo entsetzt an. Bitangaro und seine Schergen feuerten nun aus allen Rohren auf den Gorgonenbaum, dessen borkige Haut sich als erstaunlich widerstandsfähig erwies.

Hinten am Heck dröhnte es. Die Hydraulik der Frachtklappe sprang an, während der Gorgonenbaum unter den zahlreichen Einschüssen zu wanken begann. Mit rasselndem Laut stürzte er um und begrub das Aquarium mit ihren Tetralobithen unter sich. Drüben, durch den Spalt der sich langsam öffnenden Frachtklappe, flüchtete der letzte ihrer noch lebenden Sauropsiden an den Nachthimmel Pherostines, kurz darauf kam Winslows Drohne in Sicht. Mündungsblitze flackerten vor der eingebauten Waffe auf, und sie holte einen weiteren Bodyguard von den Beinen.

»Du verdammter Mistkerl!«

Nikolaj drehte sich auf den Rücken und sah Jack. Der rothaarige Heavie hatte es irgendwie geschafft, das Feuergefecht unversehrt zu überstehen und stand jetzt mit einer Pistole über ihm. In seinen künstlichen 2OT-Augen blitzte der Wahn. Rotz lief ihm aus der Nase, und sein verheultes Gesicht war von tief sitzendem Schmerz gezeichnet.

»Du hast mein ganzes Leben kaputtgemacht«, brüllte er ihn an. »Und du hörst einfach nicht auf damit! Glaubst du, ich lasse dich leben, während bei mir alles den Bach runtergeht?« Er spannte den Hahn. »Wenn du das glaubst, dann hast du dich geschnitten!«

Ein Schuss peitschte auf, und der Heavie fasste sich an die Brust, auf der sich ein Blutfleck abzeichnete. Jack sah an Nikolaj vorbei, und auf sein Gesicht legte sich ein Ausdruck höchster Verblüffung. Dann brach er zusammen und rührte sich nicht mehr.

Nikolaj drehte seinen Kopf und sah Gwinny hinter einer der Transportboxen auftauchen. Sie hielt eine Pistole in den Händen, die sie langsam sinken ließ. Ihre Lippen bebten, Tränen strömten ihr über das Gesicht. Im Frachtraum war es inzwischen ruhiger geworden. Vereinzelt waren noch Schüsse zu hören, doch auch diese erstarben. Cross drängte hinter einer Voliere zu ihm vor und starrte den toten Jack an. Nikolaj wusste nicht, wie es dem Reporter gelungen war, seine Fesseln zu lösen, doch er befreite jetzt auch ihn. »Danke.«

Schräg hinter Cross glitt die Drohne von der Decke herab, und Nikolaj konnte auf dem kleinen Bildschirm über dem Waffenlauf den Avatar dieser Winslow sehen, die ihm kurz zunickte. Nikolaj warf Jack einen letzten Blick zu und berührte Gwinny an der Schulter. Sie schüttelte ihn ab.

»Nicht jetzt«, schluchzte sie. Sie ging neben Jack auf die Knie und berührte ihren toten Bruder sanft an der Wange.

Nikolaj betastete seine noch immer schmerzende Hand und sah sich um. Der Frachtraum war verwüstet. Überall lagen Tote, Menschen ebenso wie Exowesen. Ein paar Fische zappelten zwischen den Scherben eines geborstenen Aquariums auf dem Boden. Endlich machte er Cherokee aus. Er war über Roger gebeugt und verarztete ihn. Loop überprüfte derweil, ob die Bodyguards auch wirklich tot waren, und kam geduckt und mit blutender Schulterwunde zu ihnen rüber. »Alles okay?«, knurrte der Wolfs-Beta.

Nikolaj nickte und schritt an Scherben und exotischen Tierleichen vorbei hinüber zu Roger. Der Heavie lag am Boden und verzog schmerzerfüllt das bärtige Gesicht.

»Hat Gwinny ihn erwischt?«, wollte er wissen.

»Ja. Sie hat mir das Leben gerettet.«

»Verstehe.« Roger senkte den Blick.

»Glatter Durchschuss, Sir. Chrrr. Nichts Ernstes.« Cherokee sah zu Nikolaj auf. »Wir hatten Glück. Wir waren noch im Krankenhaus, als uns die Freundin dieses Reporters kontaktierte. Leider haben wir keine größeren

Vorkehrungen mehr treffen können, denn gleich nach unserer Rückkehr traf der Konvoi ein.«

Unweit von ihnen schob sich nun auch Apollo mit seinem bandagierten Hundekörper in ihr Blickfeld. »Du bist wie Unkraut, einfach nicht vergänglich«, knurrt er mittels seines Stimmtranslators.

Nikolaj lächelte freudlos und sah sich um. »Wo ist Bitangaro?«

»Er liegt da hinten.« Apollo starrte hinüber zu dem massigen Leib des Gorgonenbaums, aus dessen weit aufgerissenem Schlund noch immer der Unterkörper des Bodyguards ragte. Nikolaj näherte sich der Stelle vorsichtig und sah den Afrikaner. War er tot oder nur bewusstlos? Seine Beine waren unter dem Leichnam des Gorgonenbaums begraben, und er blutete am Arm. Er kickte Bitangaros Waffe außer Reichweite, als dieser wieder zu sich kam. Mit flatternden Lidern sah er zu ihm auf.

Nikolaj schnappte sich mit seiner gesunden Hand die MP eines der Bodyguards, überprüfte kurz das Magazin und trat mit der Waffe vor ihn. Auch Cross näherte sich dem Afrikaner. »Sieht ganz so aus, als ob ihr kleiner Plan nicht aufgegangen ist«, sprach Nikolaj Bitangaro an.

Der Verletzte hustete und berührte mit verzerrtem Gesicht seine Schulterwunde. »Glauben Sie, was Sie wollen.«

Nikolaj hob den Lauf der MP. »Ich könnte Sie jetzt einfach erschießen.«

»Warum tun Sie es nicht?«

»Weil ich will, dass Sie sich verantworten. Sie haben Tausende Menschenleben auf dem Gewissen. Und Sie dienen einem gemeingefährlichen Schlächter. Die VHR wird sicher sehr interessiert an Ihren Aussagen sein.« Bitangaro verzog die Lippen zu einem verächtlich Grinsen.

»Also ich habe nicht so viel Skrupel wie Sie.« Seine Rechte schoss vor, und zu seinem Entsetzen sah Nikolaj den knöchernen Lauf der Biokolubrine unter dem Ärmelaufschlag. Cross fluchte und gab ihm einen Stoß, doch es reichte nicht. Mit leisem Plopp zerfetzte das Projektil Nikolajs linken Oberarm und hinterließ eine tiefe Furche in seinem Fleisch.

Nikolaj schrie auf, wankte zurück und besah sich die Wunde entsetzt. Nur ein Streifschuss, und doch glaubte er unter dem Schmerz ein besorgniserregendes Prickeln spüren zu können.

Bitangaro bedachte Cross mit einem vernichtenden Blick und lachte dennoch. »Spüren Sie es, Poljakow? Der Wurm reagiert auch auf geringe Mengen des Serums. Und jetzt krepieren Sie endlich!«

Nikolaj atmete tief gegen einen leichten Schwindel an und fühlte ein Zucken im Leib.

Cross nahm ihm die Waffe ab und stützte ihn besorgt. »Wovon spricht der Kerl?«

»Der Wurm, von dem ich Ihnen erzählt habe«, ächzte Nikolaj. »Das Geschoss war mit einem Serum präpariert, das sein Wachstum anregt.« Unvermittelt krampfte sich seine Bauchmuskulatur zusammen, und er klappte zusammen.

»Schnell! Hierher!«, schrie Cross. »Poljakow hat es erwischt!«

Bitangaro lachte, während Cherokee und Loop zu ihnen herübereilten. Auch Gwinny kam angelaufen. Über ihnen rastete ein Magazin ein, und die Drohne setzte sich über Bitangaro.

»Soll ich ihn erledigen?«, quäkte Winslows Stimme.

»Nein, lasst ihn nicht so einfach davonkommen!«, keuchte Nikolaj. »Ich will, dass sich Bitangaro vor dem Court verantwortet.« Der Hakenwurm in seinem Leib zuckte abermals, schlagartig stieg Übelkeit in ihm auf. Würgend übergab er sich. Sterne blitzten vor seinen Augen. Mit tränenverschleiertem Blick sah er Cherokees Adlerkopf über sich auftauchen.

Der Beta begann sofort damit, seinen Bauch abzutasten. »Sir, ich kann nichts für Sie tun. Wenn Sie es nicht schaffen, den Wurm mit Ihren Kräften in Schach zu halten, sterben Sie innerhalb der nächsten Stunde. Wenn Sie wollen, bringe ich Sie zu Fratt ins Krankenh...«

»Nein!« Nikolaj schüttelte den Kopf und fühlte, wie ihm der Schweiß ausbrach. Er schloss die Augen. Sein Geist löste sich, und er konzentrierte sich auf die schmerzende Stelle in seiner Leibesmitte. Er konnte den Wurm tatsächlich fühlen. Das verdammte Vieh hatte sich mit geschwollenem Leib in seinem Gedärm eingenistet, war seit seinem Aufenthalt in Afrika deutlich gewachsen und zuckte unruhig. Nikolaj versuchte es zu packen und zu kontrollieren. Aber er fand keinen Halt. Doch, da! Einen Moment lang gelang es ihm, das Vieh zu beruhigen. Doch sein Geist glitt von dem Parasiten ab wie von einem glitschigen Stück Seife. Keuchend schlug er die Augen wieder auf.

»Und?«, wisperte Gwinny besorgt.

»Ich schaffe es nicht«, stöhnte Nikolaj verzweifelt. Und doch war das eben mehr gewesen, als er damals bei Johnson erreicht hatte. Nur verstand er nicht so recht, warum. Sollte Jiang am Ende Recht behalten? Ihre Worte stiegen aus seiner Erinnerung auf: *Wenn Zulus Gabe wirklich darin besteht, die Kräfte anderer Psioniker zu verstärken, dann hat seine Machtdemonstration vor allem eines gezeigt, nämlich, dass das Potenzial zu deiner Rettung in dir selbst schlummert!*

Wie viele Interim-Sprünge hatte er seit seiner Begegnung mit Zulu hinter sich gebracht? Nikolaj kam auf neun. Hatten sie etwa ...? In diesem Moment wusste er, worauf er seine letzte Hoffnung setzen musste. »Cross«, ächzte er. »Schaffen Sie Gwinny und Roger vom Schiff und versprechen Sie mir, dass Sie Bitangaro irgendwie zur VHR schaffen. Er muss verhört werden.«

»Gern, aber ...«

»Verdammt, Nikolaj. Was soll das?«, fuhr ihn Gwinny an.

Neben ihr tauchte jetzt auch Roger mit bandagierter Schulter auf. »Wir werden gar nichts tun!«, fauchte er. »Was auch immer du vorhast, wir sind ein Team!«

»Nein, haut ab!«, ächzte Nikolaj. »Was ich vorhabe ... ist zu gefährlich. Muss versuchen, meine Kräfte irgendwie ... zu verstärken. Ich weiß selbst nicht, ob das funktioniert. Ich kann das nur auf eine Weise herausfinden.«

Erkennen schlich sich in die Blicke der Heavies.

»Wir müssen uns beeilen«, meinte Cross. »Es dürfte nicht mehr lange dauern, bis hier Gardeure der *UI* auftauchen.« Er nahm Nikolajs Hand und drückte sie. »Ich wünsche Ihnen Erfolg. Egal, wie die Sache ausgeht, Sie können sich auf mich verlassen.«

Ein weiterer Krampf schüttelte Nikolaj und Cherokee hob ihn gemeinsam mit Loop an. Er erklärte seinem Kameraden, was Nikolaj zu tun beabsichtigte.

Der Wolf-Beta knurrte. »Ist mir egal, Schamane. Ich bleibe hier. Wir werden die Ma'am nur dann wiederfinden, wenn wir in seiner Nähe bleiben.«

»Sie haben es gehört«, krächzte der Adler-Beta. »Wir ziehen das zusammen mit Ihnen durch. Wir können nicht anders.«

»Und ich werde ebenfalls bei dir bleiben«, knurrte Apollo. »Glaubst du, ich lasse es zu, dass du später damit angibst, dass du mehr Interim-Sprünge als ich hinter dir hast?«

Nikolaj übergab sich ein weiteres Mal. Ihm lief die Zeit davon.

»Also sag schon, wie vielen KSP willst du dich aussetzen?«, fragte der Alpha.

»Es müssen viele sein ... ein ganzes Intervall.« Nikolaj blickte stöhnend hinüber zu Jacks Leiche. »Und wir müssen noch etwas tun ...«

10

FREMDER SEKTOR

System: Omikron2 Eridani
Ort: Orbit von Maji-Maji
Planet im Besitz des Kingdom of Zulu
30. April 3042

Als Nikolaj wieder zu sich kam, brannte jede Zelle seines Körpers. Das Blut rauschte in seinen Ohren, sein Hirn schien zu kochen, und er hatte die Orientierung verloren. Ihm war, als würden Tausende Nadeln auf seinen Körper einstechen. Ein Gefühl, als habe man ihn endlosen Beschleunigungstests ausgesetzt. Irgendjemand wimmerte. War er das? Er konnte nichts sehen. Vor seinen Augen wallte eine Schwärze, die nur hin und wieder von roten Lichtblitzen durchbrochen wurde. Er wusste nicht, *wo* er war, er wusste allein, *dass* er war. Wer auch immer ihm das angetan hatte, er würde dafür büßen. Ja, büßen. Irgendwo, inmitten des Rauschens, stieg jetzt eine Melodie auf. Seltsam. Er kannte sie von irgendwoher. Richtig, das war *Cosmic Whispers.* Diese Chinesin hatte sie erfunden. Er kicherte, und sein Verstand klammerte sich an die Musik, als sei sie eine Rettungsboje in einem sturmgepeitschten Meer. Nikolaj hätte sich gern übergeben, doch er fühlte sich leer und ausgebrannt. Zugleich spürte er die Gegenwart von etwas Fremden. Etwas, das ihn ausfüllte, das dort nicht hingehörte. Er versuchte es zu ignorieren, doch das Ding war noch immer da. Es lauerte am Rande seines Bewusstseins. Es war störend. Es war ... gefährlich. Beiläufig packte er es, zerquetschte es und fühlte, dass da noch andere Bewusstseinsblitze waren. Wie lästige Ameisen. Waren sie es, die das Kribbeln auf seinem Körper verursachten? Nikolaj lachte böse. Getragen von der Musik zerquetschte er auch sie. So lange, bis da nichts mehr war, was ihn störte. Seine Euphorie war so groß, dass er gern gesungen hätte. Er tat es und würgte die Worte im Takt der seltsamen Melodie hervor. Er sang und würgte, bis er begriff, dass der Text keinen Sinn ergab. Auch dafür würde er sich rächen. Er würde es ihnen heimzahlen. Allen. Den Schmerz, der ihn auf Höhe des Nackens durchzuckte, spürte er kaum. Doch sein Blick klärte sich. Vor ihm stieg ein gewaltiger Adler auf, der ihn mit seinem Raubvogelblick ansah. Lauernd. Hatte er ihm das angetan? Er würde ihn spüren lassen, dass auch er nicht viel mehr als eine Ameise war. Nikolaj packte ihn und wirbelte den Vogel an den Himmel.

»Chrrr«, keuchte sein Gegner erstickt.

»Chrrr«, ahmte Nikolaj ihn nach und lachte gehässig. Das allgegenwärtige Rauschen in seinen Ohren schwand.

Der Adler sah ihn gepeinigt an und krächzte abermals. »Nicht, Sir …«

Sir? Aus dem Adler wurde ein Vogelmensch. Die Schwärze wich und machte der Ausstattung eines Laborraums Platz. Nikolaj sah, dass er auf einem gyroskopischen Tisch lag, der leicht gekippt war, so dass er eine halbaufrechte Position einnahm. Den Vogelmann kannte er irgendwoher. Er hielt einen Pen in der Hand. Seinen Pen. Doch das Geschöpf hatte andere Probleme. Es röchelte. »Bitte, Sir …«, ächzte der Vogelmann.

Nikolaj traute ihm noch immer nicht. Dabei flüsterte ihm eine leise Stimme zu, dass er ihn kannte. Nur woher? Er schleuderte ihn herum und überprüfte, ob der Vogelmann eine Waffe trug. Ja, er trug ein Halfter an der Seite. Nikolaj zwang den Vogel-Beta dazu, sich wieder zu ihm umzudrehen. Merkwürdig. Wie machte er das?

Nikolaj wurde jetzt des Umstands gewahr, dass seine Arme und Beine an die Liege gefesselt waren. Er lockerte den geistigen Griff an Cherokees Kehle. Das Geschöpf röchelte. Richtig, Cherokee. Das war der Name.

»Bitte, Sir, lassen Sie mich …«, krächzte der Beta. In den Raubvogelaugen stand die gleiche Überraschung, die auch Nikolaj fühlte.

»Cherokee?« Nikolajs Rachen brannte, als habe er sich nach tagelangen Saufexzessen die Seele aus dem Leib gekotzt. Säuerliche Fleischfetzen hingen ihm zwischen den Zähnen. Er spuckte sie aus. Sie waren weiß. Der Wurm?

Zunehmend wurde er wieder Herr seiner Selbst.

Nikolajs Geist klärte sich, und er zog sich endgültig aus dem Körper des Betas zurück. Der Vogelmann sackte neben der Tür zusammen. Nach und nach dämmerte ihm, was geschehen war und wo er sich befand. Der Adler-Beta kam wieder auf die Beine und stolperte an seine Seite. Die Vogelaugen waren gerötet. Stöhnend drehte Nikolaj den Kopf und sah neben sich auf dem Kunststoffpolster weitere blutige Fleischfetzen liegen. Der Schwall Erbrochenes hatte seinen ganzen Körper besudelt.

»Hat es funktioniert?«, keuchte er.

»Mehr als das. Chrrr.« Cherokee griff zu den Lederriemen und zögerte. »Sir, tun Sie das bitte nie wieder.«

Nikolaj sah den Beta geschwächt an und begriff. Cherokee löste nun endlich die Gurte. In seinem Adlerblick schimmerte ein letzter Rest Misstrauen. Was auch immer die vielen Interim-Sprünge mit ihm angestellt hatten, sie hatten seinen Geist offenbar weit mehr geöffnet, als Nikolaj im Moment einzuschätzen vermochte. Auch der Wurm war tot. Seine Überreste lagen überall um ihn herum. Mühsam erhob er sich. »Ich brauche Wasser«, ächzte er mit rauer Stimme.

Cherokee füllte einen Becher und reichte ihm das Gewünschte.

Gierig trank Nikolaj, und sein Magen beruhigte sich langsam wieder. Noch immer ähnelte das Gefühl in seiner Leibesmitte den Nachwirkungen eines Boxhiebs, der ihn ungeschützt getroffen hatte. Doch alles, was im Moment zählte, war, dass er noch lebte und den Wurm los war. Zulu hatte keine Macht mehr über ihn. Nikolaj lachte, und Cherokee warf ihm einen scheelen Blick zu. Offenbar glaubte er, der Wahnsinn hätte sich seiner inzwischen bemächtigt. »Vielleicht sollte ich Ihnen noch eine Dosis setzen?«

»Schon gut«, antwortete Nikolaj. »Eine reicht.«

»Eine, Sir? Sie haben schon drei intus.«

Nikolaj sah alarmiert auf.

Der Beta legte ihm eine Hand auf die Brust. »Ich befürchte, Ihre gestiegene Abhängigkeit von dem Neuroleptikum wird Ihnen zukünftig noch Probleme bereiten. Ich kann das deutlich spüren. Auch bei mir sind die vielen Sprünge nicht ohne Folgen geblieben ... Chrrr. Sie werden zukünftig weitaus mehr Medikamente benötigen, wenn Sie bei klarem Verstand bleiben wollen.« Cherokee drückte ihm den Pen in die Hand. »Und das eben, Sir, das eben bleibt besser unter uns. Wenn jemand herausfindet, was Sie zu tun vermögen, wird man die Jagd auf Sie eröffnen.«

Loop betrat den Raum. Sein dunkelgraues Wolfsfell wirkte struppig, und die gelben Wolfsaugen waren blutunterlaufen. Man konnte ihm die Belastung ansehen, die die vielen Interim-Sprünge auch bei ihm hinterlassen hatten. Nein, mehr noch. Nikolaj konnte es nicht nur sehen, er konnte es fühlen. Loops Geist war formbar wie Wachs, weit mehr noch als bei Cherokee. Wenn die mentale Widerstandskraft des Adler-Betas wie eine Weide war, dann ähnelte jene von Loop der eines Grashalms. Rasputin! Spätestens jetzt war ihm klar, dass sich seine neu gewonnene Macht nicht nur auf niedere Tiere erstreckte, sondern auch auf Betas!

»Wir haben dieses Omikron2-System erreicht, das sich auf Jacks Datenträger befand«, knurrte Loop, während er Nikolajs besudelten Körper beäugte. Er verzichtete auf weitere Fragen. Selbst ein Blinder konnte sehen, dass er mit dem Wurm fertiggeworden war. »Apollo hat den letzten Sprung wie von Ihnen gewünscht so ausgeführt, dass er uns direkt in dieses KoZ-System gebracht hat.«

»Wie geht es ihm?«

»Den Umständen entsprechend. Aber das ist nicht unsere Hauptproblem. Im Orbit von Maji-Maji tobt eine Raumschlacht.«

Nikolaj streifte seine verdreckten Klamotten ab und kämpfte gegen den Schwindel an. Die eigentliche Bewährungsprobe stand ihnen noch bevor. »Könnt ihr mit Bordgeschützen umgehen?«

Cherokee schüttelte sein stolzes Adlerhaupt, doch Loop fletschte die Zähne. »Das, was ich noch von der Grundausbildung weiß, Chef. Bin kein Spezialist im Raumkampf, aber geben Sie mir 'ne Waffe, und ich werde Sie nicht enttäuschen.«

»Gut, kommt mit.«

Sie eilten zu seiner Kabine, wo sich Nikolaj rasch ein neues Hemd holte, dann ging es durch die Korridore der *Nascor* hinauf zum Cockpit. Dort, wo Jack früher immer gesessen hatte, hockte jetzt Apollo. Seine bandagierten Schäferhundpfoten lagen auf der Navigationskonsole, und Nikolaj konnte durch die Panoramafenster sehen, dass die *Nascor* einige tausend Kilometer über einem grünen Waldplaneten aus dem Interim gesprungen war. In der Ferne, über der Atmosphäre, flackerten immer wieder grelle Lichtblitze auf. Der Alpha hatte den betreffenden Orbitalquadranten auf dem Holocube vergrößert, und so konnten sie beobachten, dass dort knapp fünfzig Schiffe in eine erbitterte Raumschlacht verstrickt waren. Bei den meisten der kleinen Punkte, die der Cube darstellte, handelte es sich um Jäger beider Seiten.

Doch Nikolaj entdeckte in den oberen Atmosphärenschichten Maji-Majis auch Schiffe von der Größe der *Nascor.* Sie hielten sich auffällig zurück. Im Zentrum des Geschehens jedoch befand sich ein Themis-Panzerkreuzer. Raketen schlugen gelegentlich auf der Raumschiffhülle ein, und das Schlachtschiff feuerte aus allen Rohren zurück. Ein ungleicher Kampf. Ein weiterer der kleinen Punkte erlosch auf dem Cube. Und es wurden immer mehr.

Apollo begrüßte ihn mit einem erleichterten Bellen. Dennoch war die Stimme seines Translators von großer Sorge erfüllt. »Nikolaj, ist die Chinesin das da vorn wert?«

Nikolaj hatte sich selbst schon gefragt, warum er nicht klein beigab. Nicht klein beigeben konnte. Die Antwort war immer die gleiche gewesen. »Bitangaro hat mir neulich vorgeworfen, dass mein Leben leer und ziellos ist, Apollo. Er hatte Recht. Seit dreizehn Jahren streifen wir durchs All, immer in der Sorge, dass man unserem Geheimnis irgendwann auf die Spur kommt. Immer zur Flucht bereit. Jiang hat mir das erste Mal in all dieser Zeit das Gefühl gegeben, dass da doch mehr ist. Etwas, für das es sich doch zu kämpfen lohnt. Ich liebe diese Frau.«

Apollo sah ihn hechelnd an und blickte dann zu Loop und Cherokee auf. Die beiden Betas enthielten sich eines Kommentars.

»Aber das Schiff gehört nicht mir allein. Letztlich entscheidest du.«

Der Alpha dachte eine Weile nach und knurrte. »Na gut. Aber wenn wir es tatsächlich schaffen, das da vorn zu überleben, dann will ich, dass mir deine Chinesin die süßen Alpha-Kindergärtnerinnen auf Gaus II zeigt. Ich will 'ne Pudeldame. Ich stehe auf Pudel.«

Nikolaj grinste, und selbst Loop verzog seine Lefzen. »Computer!«

»Ja, mein lieber Nikolaj?«, kam es besorgt zurück.

»Magnetschilde hoch! Täuschkörper bereitmachen und *Lightblast*-Geschütze ausfahren.«

»Du willst dich doch nicht etwa schlagen?«, fragte die Computerstimme warmherzig.

Nikolaj ignorierte sie und fuhr zur Verblüffung der Betas eine Wandsektion im Gang hinter ihnen hoch. Hinter der Täuschwand befand sich ein kleiner Raum mit dem Waffenleitstand der *Nascor* samt drehbar gelagerten Sitzplätzen mit Cyberbrillen und -handschuhen. Vor 400 Jahren war diese Ausrüstung hochmodern gewesen. Heute war sie höchstens noch Mittelmaß, doch sie hatten sie im wahrsten Sinne des Worts gut in Schuss gehalten. »Die *Nascor* besitzt auf der Außenhaut Spiegelplättchen zum Schutz vor Lasern, und der Magnetschild wird uns hoffentlich einigermaßen vor Raketen und Schrapnells schützen. Die falsche Außenhülle dürfte uns etwas zusätzlichen Schutz geben.« Er dirigierte Loop auf einen der Sitze. »Vor allem aber verfügen wir über zwei Geschütztürme mit Laserkanonen. Einer oben und einer unten. Zwillingsgeschütze. Der Computer fährt sie gerade aus. Du übernimmst die *Lightblast*-Kanone unten. Ich werde die oben bedienen. Auf die Unterstützung der KI werden wir leider verzichten müssen. Wir brauchen allen Saft für die Magnetschilde.«

»Klar, Chef!« Loop ließ die Fingerknöchel knacken, bevor er sich die Ausrüstung anlegte. »Du, Cherokee, behältst die Schadenssensoren im Auge. Wenn sich da etwas tut, melde dich.«

»Wie ist überhaupt Ihr Plan, Sir? Chrrr.«

»Komm mit«, sagte Nikolaj. Er begleitete den Adler-Beta wieder nach vorn ins Cockpit, während sich Loop mit der Cyberausrüstung vertraut machte. Apollo war nicht Jack, aber er wusste, dass der Alpha das Schiff schon einigermaßen auf Kurs würde halten können. »Apollo, kannst du irgendwo Müller und seine Schiffe orten?«

»Negativ, Partner.« Der Alpha ging hechelnd die Frequenzen durch, die sie vom Austragungsort der Schlacht empfingen. Immer wieder geisterten die angestrengten Gesichter behelmter Raumpiloten über die Monitore. Die Funksprüche, die sie durchgaben, waren jedoch kaum zu verstehen. »Wenn Müller mit seinen Schiffen wirklich hier ist, dann hält er sich vermutlich hübsch zurück«, knurrte er. »Vielleicht liegt er mit seinen Schiffen weiter hinten im Orbit, knapp außer Sichtweite. Oder er nutzt längst die Gelegenheit, seine Portale auf dem Planeten abzuladen.«

Nikolaj presste verärgert die Lippen aufeinander. Andererseits – wer sagte ihnen, dass der Austausch Jiangs nicht schon längst stattgefunden hatte? »Kannst du Sergej irgendwo entdecken?« Das Letzte, wofür er auf Pherostine gesorgt hatte, war, den Russen mittels SVR die Raumkoordinaten Omikron2 Eridanis zukommen zu lassen. Ob ihn die Botschaft erreicht hatte, wusste er nicht.

»Ebenfalls negativ.«

»Verflucht, empfängst du überhaupt irgendetwas, das uns weiterbringt?«

»Ich kann dir höchstens deinen Freund anbieten.« Apollo öffnete eine der Frequenzen und zeigte ihm das flackernde Bild Zulus. Der Albino lehnte wie ein Feldherr in einem Kommandosessel und brüllte unverständliche Befehle. Hinter ihm hatte sich einer seiner Löwen-Betas aufgebaut, und gerade huschte ein weiterer Afrikaner durchs Bild. Nikolaj verstand immer noch nicht, auf welche Weise Zulu glaubte, den *KA*-Kreuzer bezwingen zu können. »Gut, dann schnappen wir uns *ihn*. Kannst du ausmachen, wo er sich aufhält?«

»Nein.« Apollo schüttelte den Kopf. »Aber der sitzt keinesfalls in einem der Jäger.«

»Bring uns näher an den Pulk heran und behalte die Frequenzen im Auge. Sobald du herausfindest, in welchem Schiff Zulu sitzt, flieg dorthin. Tu so, als wäre

Bitangaro an Bord. Bis wir ihn erreicht haben, sollten wir möglichst vermeiden, KoZ-Schiffe zu beschießen.«

»Das ist dein Plan?«, knurrte Apollo.

»Fast!« Nikolaj schürzte die Lippen. »Einer unserer Raketenschächte ist noch immer mit der Plasmatronen-Rakete bestückt, die wir auf VMS2 erbeutet haben. Wenn wir nur dicht genug an Zulu rankommen, dann drohen wir ihm damit, das Ding auf ihn abzufeuern. Magnetschilde sind für die Rakete kein Problem. Wir zielen direkt auf seine Brücke. Wenn er das vermeiden will, muss er uns Chu Jiang ausliefern.«

»Ein bescheuerter Plan!«, fauchte Apollo.

»Wenn wir nahe genug herankommen, könnte er funktionieren«, beharrte Nikolaj.

Er war bei weitem nicht so selbstbewusst, wie er vorgab, doch im Moment war die Waffe alles, was er hatte. »Also, flieg dicht an Zulu heran. Sehr dicht! Seine Abwehrgeschütze dürfen keine Gelegenheit erhalten, die Rakete abzuwehren.«

Der Adler-Beta beäugte ihn nachdenklich und begab sich zum Copilotensitz. Apollo ließ die Pulsatoren aufbrüllen, und die *Nascor* schoss auf den Austragungsort der Raumschlacht zu, während sich auch Nikolaj in den Gefechtsstand begab.

»Bereit?«, fragte er Loop.

»Klar, Chef!« Der Wolf-Beta drehte sich auf seinem Stuhl hin und her und starrte durch die Cyberbrille hindurch auf unsichtbare Ziele. Auch Nikolaj streifte sich die Ausrüstung über und tauchte ein in die Schwärze des Alls samt künstlich erzeugtem Horizont. Elektronische Entfernungsangaben wurden sichtbar, über denen ein holografisch animiertes Fadenkreuz lag. Balken an den Augenwinkeln zeigten die Energiereserven der Kanonen an. Nikolaj wandte seine Aufmerksamkeit der Schlacht zu. Die Minuten verstrichen, und der riesige *KA*-Kreuzer samt den vor dem Schiffsleib kämpfenden Jägern rückte in ihr Blickfeld. Verflucht, war das Schiff groß. Das klobige Kriegsschiff ähnelte dem antiken Messeturm der Global City Frankfurt, der seit 1000 Jahren noch immer als Wahrzeichen der Stadt galt. Ein Stoß ging durch die *Nascor,* und die Alarmsirenen vermeldeten einen ersten Lasertreffer an der Außenhülle. Die kämpfenden Parteien waren auf sie aufmerksam geworden. Zwei Jäger der *Knowledge Alliance* lösten sich aus einer Angriffsformation, drehten bei und feuerten Raketen ab.

»Raketen!«, brüllte Nikolaj.

Apollo zog die Nase der *Nascor* zur Seite, während vor ihnen ein Fächer Täuschkörper ausschwärmte. Eine Kette greller Lichtbälle erhellte das All, doch eine der Raketen explodierte nur unweit von ihnen. Die Schiffshülle dröhnte unter dem Aufbäumen der Magnetschilde. Nikolaj deckte die Jäger ebenso wie Loop mit Laserstrahlen ein. Die Energiekonsolen wummerten rhythmisch, während die Jäger nach rechts und links ausbrachen. Da er und Loop sich nicht abgesprochen hatten, zielten sie mit ihren Kanonen auf ein und denselben Jäger. Der schnelle Raumer geriet so in ein ganzes Gewitter an Energiestrahlen, wurde erst an der Flanke getroffen, schließlich an den Raketenlafetten.

Er explodierte in einem grellen Glutball, und ihre Lautsprecher knisterten, als die Trümmer die *Nascor* streiften.

»Kümmer dich um den anderen Jäger!«, schrie Nikolaj Loop zu. Es war klar, dass er sich jetzt hinter sie setzen würde. »Apollo, flieg näher an den Kreuzer ran, damit uns die Geschütze schlechter erwischen können!«

Apollo brach nach rechts aus und entging so zwei grellen Plasmabällen, die auf sie zujagten. Rechts von ihnen raste ein weiterer Jäger vorbei, der das Feuer nun auf einen Jäger des KoZ eröffnete. Nikolaj nahm derweil einen Geschützturm des Kreuzers unter Feuer, der sich drehte und zunehmend auf sie einschoss. Rasputin, der riesige Kreuzer war so groß wie eine kleine Stadt. Apollo kippte die *Nascor* hin und her und setzte zu einer raschen Drehung an, die sie vor der Kollision mit einem Trümmerteil bewahrte, während er Zulu über Funk anrief. Direkt vor ihnen brachen drei Abwehrraketen aus den Stückpforten des Kreuzers hervor, die hinaus ins All schossen und einen dreieckigen Zulu-Jäger an der Flanke trafen. Das kleine Raumschiff überschlug sich im Raum und stürzte mit wahnwitziger Geschwindigkeit auf den Kreuzer zu, an dessen Außenhülle es in einem grellen Lichtblitz zerschellte. Sie rasten unmittelbar über den Einschlagskrater hinweg, den der Jäger im Leib des Kreuzers hinterlassen hatte. Loop hinter ihm lachte wie im Wahn, während seine Energiekonsole wummerte, und Nikolaj konnte vor der grünblauen Planetensilhouette

Maji-Majis sehen, wie ein weiterer Jäger in einem Glutball verging. Er wusste nicht, welcher Seite er entstammte. Er kam auch nicht dazu, darüber nachzudenken, denn er war ganz damit beschäftigt, eine weitere der mächtigen *Lightblast*-Kanonen des Kreuzers unter Beschuss zu nehmen, die sich auf sie ausrichtete. Die Energiestrahlen bohrten sich durch den Stahl, und der Geschützturm brach vor seinen Augen auseinander. Ein schwerer Schlag erschütterte den Leib der *Nascor,* und weitere Alarmtöne erklangen. Irgendetwas hatte sie getroffen. Dennoch brachte Apollo es fertig, ihr Schiff so nahe wie möglich an die Außenhülle des Kreuzers heranzubringen. Wenigstens schien Apollo mit seinen Rufen Erfolg zu haben, denn ein KoZ-Jäger raste dicht über sie hinweg, ohne sie unter Beschuss zu nehmen. Sie selbst jagten über der mit Geschütztürmen, Bullaugen und Sende-Schüsseln übersäten Außenhülle des Kreuzers hinweg, als Loop aufschrie. »Chef, über uns! Über uns!«

Nikolaj ruckte hoch und sah zwei *KA*-Jäger mit blitzenden *Pilotpets* direkt über ihren Köpfen auf sie zustürzen. Bevor er handeln konnte, trafen die Einschläge den oberen Geschützturm. Seine Konsolen vibrierten. Eine der beiden Kanonen des Zwillingsgeschützes fiel aus, und der Energielevel des anderen *Lightblasters* fiel schlagartig auf dreißig Prozent. Apollo brach nach rechts aus – als ihre Verfolger von einem Gewitter aus Energiestrahlen eingedeckt wurden. Einer von ihnen explodierte, der andere schoss am Heck getroffen davon.

»Teufel, Nikolaj«, ertönte in seinem Kom die Stimme Sergejs, und Nikolaj sah, wie sich hinter einem der gewaltigen Seitenausleger des Kreuzers Sergejs *Tolstoi* aus der Schwärze des Alls schälte. »Was für eine Scheiße ist das denn hier?«

Nikolaj lachte erleichtert. »Halt uns die Jäger vom Leib. Hörst du?«

Apollo raste mit der *Nascor* über einen der großen Startschächte des Kreuzers hinweg. »Partner, wo ist Zulu?«

»Ich glaube ich hab ihn«, quäkte die Stimme des Alphas aus dem Kom. »Elf Uhr!«

Nikolaj entdeckte, dass die frachtergroßen Schiffe des KoZ, die vorhin noch in Lauerposition gelegen hatten, sich dem Kreuzer rasch annäherten. Der Pulk hielt auf eine Stelle des Kriegsschiffs zu, deren Abwehrgeschütze die KoZ-Jäger zuvor gezielt ausgedünnt hatten. Die *KA*-Jäger stürzten auf die kleine Formation zu, als etwas Eigenartiges geschah. Vor ihnen auf dem Kreuzer erloschen die Lichter ganzer Sektionen. Ein Abwehrgeschütz, das eben noch die *Nascor* unter Feuer genommen hatte, verstummte und bewegte sich nicht mehr. Einem zweiten ging es ebenso. Weitere Lichter auf der Außenhülle des Kreuzers erloschen, ganz so, als sei dort die Energieversorgung zusammengebrochen. In diesem Augenblick begriff Nikolaj, welcher Geheimwaffe sich Zulu bediente. Der elende Pygmäe! Der kleine Psioniker hatte damals in Bangui im Hubschrauber gesessen, als sein Hovercraft plötzlich absoff. Und er war ganz offensichtlich dafür verantwortlich gewesen, als später in der Höhle die *Arclight* Bitangaros den Dienst versagte. Offenbar bestand seine psionische Fähigkeit darin, Energiesysteme abzuschalten. Rasputin, wenn Zulu auch die Kräfte dieses Pygmäen verstärken konnte, erklärte es, was gerade mit dem Kreuzer geschah. Sie drehten ihm einfach den Saft aus.

Der Pulk KoZ-Schiffe steuerte jetzt gezielt die Außenschleusen des Kreuzers an, und die Raumer hefteten sich wie Blutegel an den stählernen Leib. Dort waren jetzt alle elektronischen Systeme zusammengebrochen. Der mächtige Kreuzer ähnelte einem Stahlgiganten, der leblos durchs All trieb. Nikolaj ächzte beeindruckt. Was für eine mentale Kraft! Apollo verlangsamte ihre Geschwindigkeit, während weit über ihnen ein weiterer *KA*-Jäger unter einer Salve der *Tolstoi* verging. Um sie herum wurde noch immer gekämpft, doch die verbliebenen *KA*-Jäger gerieten ohne den Schutz der Kreuzergeschütze ins Hintertreffen. Die Afrikaner drehten den Spieß jetzt um. Derweil schwärmten Hunderte Bewaffnete in Raumanzügen aus den Frachtern aus, die mit Hilfe von Jetpacks entlegenere Luken des Kreuzers ansteuerten. Zulu ließ das Kriegsschiff entern! Seine Schiffe waren groß genug, dass in ihnen wahrscheinlich eine kleine Armee Platz hatte. Allein eines der Schiffe blieb etwas zurück. Es glich einem Diskus mit seitlich anliegenden Pulsatorentriebwerken und war gänzlich von einem bläulich schimmernden CoS-Halo umgeben, ein moderner Energieschutzschirm, von dem Nikolaj für seine *Nascor* nur träumen konnte. Er wusste instinktiv, dass sich dort Zulu aufhielt, und konnte nur hoffen, dass die Explosivkraft ihrer Plasmatronen-Rakete ausreichte, um den Halo zu zertrümmern. »Apollo, flieg langsam an Zulus Schiff heran. Sergej, bitte bleib in der Nähe!«

»Verflucht, was hast du vor?«, grunzte der Russe, der weit über ihnen schwebte und sich das Spektakel aus sicherer Entfernung ansah. »Lass uns abhauen!«

Nikolaj ignorierte ihn, riss sich die Cyberware vom Leib und rannte rüber ins Cockpit. Dort blinkten zahllose rote Lampen. Die *Nascor* hatte ordentlich etwas abbekommen. Doch im Moment war für ihn allein von Interesse, dass sie Zulus Schiff näher kamen.

»Bitangaro, bitte melden!«, dröhnte die Stimme eines Funkers aus dem Lautsprecher.

Apollo knurrte. »Soll ich? Ich hab eben was von einer Störung im Kom gefaselt.«

»Drück ein paarmal auf den Kom-Knopf, so als würdest du es versuchen«, sagte Nikolaj. »Und erhöhe den Schub etwas. Die dürfen keine Vorwarnzeit bekommen.«

Zulus Schiff war vielleicht noch 800 Meter entfernt, und sie glitten weiterhin auf den Raumer zu. Der Funker versuchte sie weiterhin zu erreichen, und Apollo klickte wild die Sprechtaste und rasselte mit seiner Hundestimme Unverständliches ins Mikro. Plötzlich schob sich das Bild von Zulu auf den Monitor. Der Albino wirkte konzentriert, fast wie in Trance. Nikolaj hatte eigentlich darauf gehofft, dass er und sein Pygmäe ganz auf den Kreuzer konzentriert waren.

»Nikolaj Poljakow. Sie sind es, richtig?«, wisperte der

Albino mit geisterhafter Stimme. »Ich spüre, dass Sie es sind. Oladele Bitangaro ist nicht an Bord Ihres Schiffs.«

Nikolaj griff zum Kom. »Sie haben Recht, Zulu! Ihr Bitangaro befindet sich bereits auf dem Weg zur VHR. Wenn er nicht freiwillig auspackt, wird man schon Mittel und Wege finden, damit er es tut. Ihren anderen Parasiten habe ich mir ebenfalls vom Hals geschafft.«

»Erstaunlich, Poljakow.« Zulu hob unmerklich die Stimme, und Nikolaj sah ihm an, dass ihn die Nachricht mehr verärgerte, als er preisgeben wollte. »Ich hätte vor Ihnen gewarnt sein sollen. Nur frage ich mich, was Sie mit Ihrem kleinen Auftritt bezwecken?«

»Ich will Chu Jiang!«, forderte Nikolaj.

»Sieh an ... Und was, wenn sie gar nicht mehr lebt?«

»Dann werde ich eine Plasmatronen-Rakete auf Ihr verdammtes Schiff abfeuern, Sie dreckiges Schwein!«

Der Albino verengte die Augen. »Sie Narr, ich glaube kaum, dass Sie dazu kommen werden.« Er wandte sich von ihm ab, und unvermittelt flammten auf einigen Sektionen des Kreuzers wieder Lichter auf.

Verflucht, wieso hatte er sich dazu provozieren lassen, Zulu von der Rakete zu erzählen? Der Pygmäe konzentrierte sich jetzt auf sie.

»Weg hier!«, schrie Nikolaj Apollo an und griff selbst nach den Kontrollen.

Die Pulsatoren brüllten auf, doch nur zwei Sekunden später setzten die Triebwerke aus. Endgültig. Auch die Konsolen im Cockpit erloschen, und mit ihnen der Waffenleitstand, die Lebenserhaltungssysteme und die

Cockpit-Lichter. Allein die Kom-Verbindung blieb bestehen. »Festhalten!«

Zulus Schiff versuchte ebenfalls fortzukommen, doch die *Nascor* glitt ungebremst auf das fremde Schiff zu. Es dröhnte, als die beiden Raumschiffrümpfe aufeinanderkrachten, und sie konnten hören, wie sich Metall verzog.

»Hatten Sie gehofft, dass sich mein Psioniker noch immer auf den Kreuzer konzentriert?« Zulu lachte unbeeindruckt. »Meine Leute sind längst an Bord des Schlachtschiffs. Und jetzt werde ich auch *Sie* entern lassen!«

Nikolaj stierte entsetzt durch die Panaromascheiben nach draußen und sah nur knappe dreißig Meter von sich entfernt die beleuchtete Schiffsbrücke von Zulus Schiff. Drüben schaltete sich der Energieschild ab. Der Auftakt der Entervorbereitungen.

»Ich hab von deinem Plan von Anfang an nichts gehalten«, fluchte Apollo, der hilflos einige Knöpfe drückte.

Nikolaj sah zornig mit an, wie sich drüben Luken öffneten. Heraus glitten Kämpfer in silbrigen Raumanzügen. Sie führten Waffen und Laserschweißgeräte mit sich. Einen Plan! Er brauchte einen neuen ...

Nikolaj fixierte das schwache Abbild des Kingdom-Herrschers auf dem Bildschirm, der ihn noch immer angrinste, und plötzlich hatte er eine Eingebung. »Ein PSI-Duell, Zulu? Das können Sie haben!« Das Letzte, was er wahrnahm, war ein Stirnrunzeln des Albinos. Längst besann er sich seiner neu erwachten Kräfte, glitt aus seinem Körper ...

… und erwachte mit einem Allroundergewehr in der Löwenpranke auf der Kommandobrücke von Zulus Schiff. Zulus entstellter Körper hockte auf dem Kommandostuhl vor ihm. Die Linke des Albinos lag auf der Schulter des Pygmäen, der konzentriert und mit geschlossenen Augen vor dem KoZ-Herrscher kniete. Nikolaj konnte auf einem Bildschirm an der Stirnseite der Brücke sein eigenes Gesicht drüben an Bord der *Nascor* erkennen. Sein wahres Selbst hielt die Augen geschlossen. Abgesehen von dem Löwen-Beta, den er übernommen hatte, waren noch ein zweiter Chim und vier weitere Afrikaner im Raum.

»Überschätzen Sie Ihre Kräfte nicht etwas, Zoodirektor?«, höhnte Zulu vor ihm. Sein Blick war auf den Bildschirm gerichtet.

Nikolaj lud die Waffe durch und feuerte dem Löwen-Chim neben sich eine volle Garbe in die Brust. Röchelnd ging Zulus anderer Leibwächter zu Boden. Zwei der Afrikaner wirbelten mit Pistolen in den Händen herum und glotzen ihn entsetzt an, doch Nikolaj mähte auch sie nieder. Dann setzte er Zulu die Gewehrmündung an den Kopf. »Glauben Sie immer noch, alles unter Kontrolle zu haben?«, grollte er mit Löwenstimme.

Der Albino drehte sich verblüfft zu ihm um und fixierte ihn mit seinen roten Augen. »Betas?«, flüsterte er überrascht.

»Ich will Chu Jiang!«, brüllte Nikolaj und spürte zugleich, dass die Kontrolle des Löwen-Betas nicht so einfach war, wie er gehofft hatte. Die neuen Kräfte waren einfach noch zu ungewohnt. Doch er musste durchhalten. Unbedingt. »Raum versiegeln, oder euer Zulu ist Geschichte!«, schrie er die Afrikaner an.

Erst als er mit einer weiteren Garbe des Allrounders die Navigationskonsole auf der Brücke in Trümmer legte, reagierten die Männer. Die Schotts zum Heckteil des Schiffs schlossen sich. Dort waren Stiefelschritte und alarmierte Stimmen zu hören. Zum ersten Mal schlich sich ein Ausdruck von Sorge auf Zulus Gesicht. »Ich will Chu Jiang!«

»Sie glauben doch nicht, dass ...«

Nikolaj zielte auf Zulus rechtes Bein und drückte ab.

Zulu schrie getroffen auf und stürzte mit blutender Wunde aus dem Sitz. Der Pygmäe neben dem Stuhl ächzte und kippte benommen um. Offenbar vertrug er den jähen Kontaktabbruch zu seinem Mentor nicht.

»Ich will sie jetzt!«, brüllte Nikolaj.

»Kontakt zu Müller!«, ächzte der Albino mit schmerzverzerrtem Gesicht.

Sofort stellten die Afrikaner den Kontakt zu Bruno Müllers Schiff her. Das Gesicht des reichen Konzerners erschien auf dem Bildschirm, und sein GoldenEye blinkte. »Zulu, mein Bester«, begrüßte er ihn in gönnerhaftem Ton. »Ich bin wirklich beeindruckt. Wir haben gerade mit der Lieferung begonnen.«

»Ich brauche Chu Jiang!«, zischte der Albino. »Sofort! Bezahlt habe ich schließlich schon.«

Erst jetzt sah Müller Zulus Verletzung. Fast belustigt starrte er ihn an. »Was ist mit Ihnen? Ist Ihr Schiff etwa getroffen worden?«

»Was kümmert Sie das?«, blaffte Zulu und hielt sich

die Beinwunde. »Ich will, dass die Übergabe sofort erfolgt.«

»Wie Sie wünschen.« Müller grinste breit und schien sich an Zulus Zustand zu weiden. »Nur bekommen Sie das Mädchen für die magere Summe, die Sie mir überwiesen haben, natürlich nicht ganz. Ich habe mir erlaubt, ihre wertvollsten Teile zu behalten.«

Das Bild schwenkte, und Nikolaj sah zu seinem Entsetzen, dass Jiang unweit von Müller auf einem Stuhl saß. Sie war bewusstlos. Doch das war nicht alles. Müller hatte ihr die Arme abgetrennt. Knapp unterhalb ihrer Achseln ragten nur noch Kabel und Drähte auf. Er war über den Anblick so entsetzt, dass er am liebsten eine Kugelgarbe in den Bildschirm gejagt hätte.

»Die Kleine besaß *Hirosami*-Prothesen.« Müller schnalzte mit der Zunge. »Waren zwar beide nicht mehr in hundertprozentigem Zustand, aber ich schätze, *Hikma* wird für die Dinger noch eine annehmbare Summe auf den Tisch legen. Den Bio-Müll werde ich Ihnen gern bringen lassen.«

»Nein, er soll sie der *Tolstoi* übergeben«, zischte Nikolaj zornig und zugleich so leise, dass ihn Müller nicht verstehen konnte. »Das Schiff wird sich gleich bei ihm melden.«

»Bringen Sie die Chinesin zu einem Schiff namens *Tolstoi*«, ächzte Zulu. »Es wird sich bei Ihnen melden.«

Nikolaj merkte sich die Frequenz, unterbrach die Kom-Verbindung und konnte noch immer nicht fassen, was Müller Jiang angetan hatte. Er hasste ihn inzwischen ebenso wie Zulu. Doch im Augenblick zählte nur, dass Jiang noch lebte. Er nahm Verbindung zur *Tolstoi* auf, während er die Waffe weiterhin auf Zulu gerichtet hielt. Hinter ihm an den Schotts waren jetzt die Laute von Schweißbrennern zu hören. Auf dem Schirm erschien Sergej. Der Russe ruckte zu ihm herum und schürzte verächtlich die Lippen. »Was gibt's, Simba?«

»Sergej, ich bin es: Nikolaj!«

»Willst du mich verarschen?«

»Ich bin dein Urgroßvater! Überzeugt?«, antwortete er aufgewühlt. Ihn schwindelte. Er stellte sich so auf, dass Sergej sehen konnte, wie er Zulu den Allrounder ins Genick drückte.

»Verdammt, wie …?« Sergej riss sich die Kapitänsmütze vom Kopf, seine Augen weiteten sich vor Verblüffung.

»Keine Zeit für Erklärungen«, grollte Nikolajs Löwenselbst. Er gab ihm die Frequenz Bruno Müllers. »Nimm Verbindung zu seinem Schiff auf. Er hat die Chinesin Chu Jiang an Bord. Übernimm sie, aber trau dem Mistkerl nicht!«

»Aber …«

»Bitte, Sergej. Tu es einfach und bring sie weg von hier. Am besten direkt zu einer *Hirosami*-Einrichtung. Es geht ihr mehr als mies.«

Sergej nickte und unterbrach die Verbindung. Hinten am Schott zur Brücke sprühten jetzt gleißende Funken auf. Der Albino starrte ihn noch immer lauernd an. Die übrigen Afrikaner im Raum waren auf dem Sprung. Sie warteten nur auf ein Kommando ihres Herrschers. »Ich will die beiden Schiffe auf den Bildschirm!«, brüllte Nikolaj sie an.

Die Afrikaner folgten seinem Befehl, und Nikolaj spürte, wie ihm die Glieder kribbelten. Er würde es nicht mehr lange schaffen, die mentale Verbindung zwischen sich und dem Löwen-Beta aufrechtzuerhalten. Immerhin, der Pygmäe war noch immer besinnungslos. Endlich stand die Bildverbindung. Nikolaj sah, wie die *Tolstoi* mit einem fast gleich großen Schiff modernster Bauart auf Rendezvous-Kurs ging. Müllers Raumer verfügte ebenfalls über einen beeindruckenden Schutzschild, und Nikolaj beschlich die Sorge, dass es Sergejs Schiff deutlich überlegen war. Der Energieschild erlosch, und die Schiffe koppelten aneinander an. Weitere Minuten verstrichen. Hinter sich konnte er gedämpfte Kommandos vernehmen, und vor Nikolajs Augen tanzten Sterne. Keuchend atmete er ein und aus. Einen Moment lang glaubte er, zwischen den Raumschiffen etwas Silbernes aufblitzen zu sehen. Eine von Sergejs 2OT-Reparaturdrohnen?

»Ich werde Sie vernichten, Poljakow!«, wisperte Zulu gefährlich. »Nichts wird Sie vor meiner Rache bewahren. Sie werden sich wünschen, niemals geboren worden zu sein.« Der Albino stöhnte, und Nikolaj hob den Allrounder. Zumindest wollte er es, doch seine Löwenarme zitterten. Die Waffe schien ihm jetzt so schwer wie Blei.

»Auf ihn!«, schrie Zulu mit hoher Stimme.

Nikolaj wurde zu Boden gerissen ...

... und erwachte mit einem lauten Keuchen in seinem eigenen Körper. Apollo und die Betas standen um ihn herum und glotzten ihn an. Nikolaj wurde sich des Umstands bewusst, dass rings um ihn die Kontrollleuchten wieder angesprungen waren. Solange der verdammte Pygmäe noch bewusstlos war, mussten sie weg von hier. Und das so schnell wie möglich.

»Interim-Sprung vorbereiten!«, krächzte er. »Schnell!«

Seine Waffengefährten reagierten sofort. Während sich die *Nascor* mit dröhnenden Pulsatoren von Zulus Schiff löste, sprang Loop zurück zu seinem Waffenleitstand. Nikolaj selbst suchte die Bildeinstellungen zittrig nach Sergejs Schiff ab. Er fand die *Tolstoi*. Das barracudaförmige Raumschiff hatte sich von Müllers Schiff gelöst, das seinerseits seinen beeindruckenden Energieschirm hochfuhr. Sergej schien bereits die Sprung-Initialisierung eingeleitet zu haben.

In diesem Moment flammten die *Lightblast*-Kanonen von Zulus Schiff auf und schmolzen die Bugverblendungen der *Nascor* ein. Ihr Schiff wurde durchgeschüttelt. Loop zahlte Zulu den Beschuss mit gleicher Münze heim, während sie sich immer weiter voneinander entfernten. Einzelne Geschütze des Kreuzers begannen jetzt ebenfalls wieder damit, das Feuer auf die KoZ-Jäger zu eröffnen. Doch der schwache Abwehrversuch konnte nicht darüber hinwegtäuschen, dass Zulus Söldner die wichtigsten Abteilungen des Kriegsschiffs längst geentert hatten. Zulu hatte sein Ziel erreicht. Seltsamerweise blieb das diskusförmige Schiff des Albinos an Ort und Stelle zurück. Natürlich. Nikolaj erinnerte sich, dass er die Steuerkonsole zerstört hatte.

»Müller, machen Sie diese *Tolstoi* fertig!«, tönte Zulus schrille Stimme aus dem Kom. »Bringen Sie mir das Weng-Ho-Mädchen zurück und zerstören Sie das Raumschiff dieses Zoobesitzers!«

»Ganz schön unentschlossen, Zulu!« Müller lachte via Kom. »He, *Tolstoi*! Wollen Sie mal ein überlegenes Waffensystem kennenlernen?«

»He, Müller, wollen Sie wissen, wie es sich mit Haftminen unter dem Schirm fliegt?«, kam es zurück.

Unter Müllers Raumschiff explodierten zwei grelle Feuerbälle, deren eingekapselte Wucht von dem Energieschirm noch verstärkt wurde. Müllers Raumschiff wurde schwer durchgeschüttelt. Der Schutzschirm brach zusammen, und ungeschützt brandete die Interim-Welle der *Tolstoi* gegen den stählernen Leib. Sergej war gesprungen.

Nikolaj konnte sehen, dass die komplette Bauchseite von Müllers Schiff aufgerissen war. Der Raumer war schwer angeschlagen, aber noch nicht vernichtet. Müller brüllte vor Wut und wechselte das Ziel. Apollo hatte längst ihre eigene Sprung-Initialisierung eingeleitet. Die Pulsatorentriebwerke trugen sie von Zulus Schiff fort, das noch immer auf sie schoss. Doch Loop erwiderte das Feuer standhaft, während das KSP-Triebwerk warmlief. Überall blinkten Warnlampen auf, und Nikolaj glotzte ungläubig den Holocube an. Trotz der Beschädigungen auf seinem Schiff nahm Müller die Verfolgung auf.

»Ich mach Sie fertig!«, brüllte ihn Müller an. Laserstrahlen schossen dicht an der Schiffshülle der *Nascor* vorbei, die auf das UFO-Triebwerk zielten. Noch dreißig Sekunden bis zum Sprung.

»Hüllen absprengen!«, brüllte Nikolaj und drückte einen Knopf.

Ein Ruck ging durch das Schiff, als die *Nascor* alle übrig gebliebenen Verblendungen absprengte, die wie ein kleines Meteoritenfeld zurückblieben. Ihr Verfolger raste hindurch und nahm die eigentliche Gefahr nicht wahr. Die Plasmatronen-Rakete traf Müllers Schiff frontal. Nikolaj sah noch, wie das Schiff Bruno Müllers von einer grellen Explosion zerrissen wurde, dann sog sie das Interim ein.

11

KONTAKT

System: Barnards Pfeilstern
Ort: Gauss II (Schuhmann-Stadt)
Planet im Besitz von Gauss Industries
27. Mai 3042

Die Sonne von Gauss II beschien die Club-Terrasse des Rick's, und ein warmer Wind trug den Duft von Fischgerichten heran. Nikolaj blinzelte trotz der Multibrille, die ihn vor der Sonne abschirmte, und sah wie alle übrigen Gäste des Cafés zu dem großen 3D-Bildschirm mit dem *Starlook*-Emblem über der Bar auf. An den Tischen um ihn herum saßen fast ausschließlich Betas, die ebenso wie er selbst das Bild eines mächtigen Collector-Schiffs anglotzten. Sie waren wie er gekommen, um die leckeren Fischgerichte des Lokals zu testen. Rick war ein Albatros-Beta, der seine Ware von den berühmten Seen des Planeten bezog. Doch im Moment hielten alle gebannt mit dem Essen inne, da das Bild des fremden Raumschiffs einfror und von einer Animation von allen Seiten dargeboten wurde: eine schmale

Röhre, darüber zwei dickere Seitenflossen, leistungsstarke Plasmaantriebe, Sprungantriebe, sogar die vermutete Bewaffnung wurde eingeblendet. »Die kleinere Röhre ist das eigentliche Schiff, so lautet die Annahme«, erklärte die Off-Stimme des Sternenreporters Vador. »Die anderen beiden werden von den Experten als lenkbare Abschussbasen angesehen, die nach getaner Arbeit wieder an die kleine Röhre ankoppeln. Auch von kombinierten Explosiv-EMP-Torpedos ist die Rede, die Korvetten und Kreuzer mit einem einzigen Treffer lange außer Gefecht gesetzt haben. Falls Sie, liebe Zuschauerinnen und Zuschauer, einen solchen Typus irgendwo gesehen haben«, sagte der Sternenreporter, »zögern Sie nicht und kontaktieren Sie mich, *Starlook* oder die VHR. Jede noch so kleine Information ist kostbar. Schon morgen können die Angreifer vor Ihrem Heimatplaneten auftauchen.«

Nikolaj hörte nicht weiter hin, sondern erhob sich und zahlte. Sein Gericht stand noch immer halb gegessen auf dem Tisch. Ihm war der Appetit vergangen. Die VHR hatte gerade eine katastrophale Schlappe im Kampf gegen die Collectors einstecken müssen. Und nach allem, was die Militärs preisgegeben hatten, hing von der nächsten Begegnung das Wohl und Wehe des bewohnten Kosmos ab. Ob die Samariter wohlmöglich auch hier auftauchen würden? Nikolaj hoffte es nicht.

Seit mehreren Wochen hielten sie sich jetzt in Schuhmann-Stadt auf, der kleinsten Ansiedlung auf dem lauschigen Waldplaneten des Konzerns *Gauss Industries.* Die Metropole mit ihren schwarz-weiß gestrichenen

Bauten im Schwarzwald-Stil erinnerte ihn manchmal an einen verkappten Urlaubsplaneten. Selbst die vielen Betas hier im Stadtteil WildLife ahmten den kitschigen Baustil nach. Tausende von ihnen bevölkerten das Viertel, davon unzählige Betas, die sich irgendwann mittels Buyback von ihren Konzernen freigekauft hatten. Nikolaj war es nur recht, und er hielt sich in diesem Viertel so oft wie möglich auf. Denn die Anwesenheit der vielen Betas beruhigte seinen geschundenen Geist, so wie es früher nur die Anwesenheit von Tieren vermocht hatte.

Dass sie mit ihrem ausgedünnten Xeno-Spektakularium ausgerechnet auf diesem Planeten ihre Zelte aufgeschlagen hatten, kam nicht von ungefähr. Nikolaj war es Apollo schuldig gewesen. Sein Partner hatte nach dem Kampf im Orbit von Maji-Maji darauf bestanden, dass sie Schuhmann-Stadt anflogen. Jiangs Hinweis, dass es auf Gauss II Alpha-Kindergärtnerinnen gab, hatte ihn einfach nicht ruhen lassen. Seit sie hier waren, hatte er ihn kaum noch zu Gesicht bekommen. Sein vierbeiniger Kumpel trieb sich in der Stadt herum und entpuppte sich als gewitzter Charmeur. Nach allem, was Nikolaj mitbekommen hatte, ging er inzwischen mit zwei Alpha-Frauen gleichzeitig aus. Natürlich ohne, dass die beiden voneinander wussten. Eine von ihnen war tatsächlich ein Pudel.

Nikolaj lächelte, während er das Lokal verließ und in das Treiben auf der Straße eintauchte. Grav-Mobile fuhren an ihm vorbei, und er betrachtete die Auslagen der Geschäfte. Vor dem Blumenladen einer Biber-Beta blieb er stehen. Sie bot doch allen Ernstes von Terra importierte Geranien an. Aber auch Jasmin. Beim Anblick der Blumen musste er wieder an Jiang denken. Was aus ihr geworden war, wusste er nicht. Dabei verfolgte er aufmerksam alle Musiksender im StellarWeb. Darin war lediglich zu hören gewesen, dass einige ihrer Konzerte krankheitsbedingt ausfallen mussten. *Krankheitsbedingt.* Kein Wort von ihrer Entführung von At Lantis und ihrem Verbleib in der darauffolgenden Woche. Sergej hatte Jiang unmittelbar nach der Schlacht auf einem *Hirosami*-Planeten abgesetzt, während sie mit der *Nascor* zurück nach Pherostine geflogen waren. Fratt lag dort immer noch im Krankenhaus, und Cherokee und Loop waren sehr besorgt um den Iltis-Beta gewesen. Doch er hatte das Schlimmste überstanden. Er selbst hatte Cross kontaktiert, der Bitangaro tatsächlich den VHR-Behörden ausgeliefert hatte. Nikolaj wünschte dem Schwarzen die Pest an den Leib und hoffte, dass er ihn nie wiedersehen würde.* Mit Hilfe des Reporters war es ihnen auch vergönnt gewesen, ein weiteres Mal Kontakt zu diesem Cagliostro aufzunehmen. Der umtriebige Hehler hatte die *Nascor* wieder einigermaßen instand setzen lassen. Dass sie überhaupt das Geld dazu besaßen, verdankten sie dem Einbruch in Müllers Villa auf At Lantis und dem dort eingespeisten Hitchthiker-Programm. Irgendjemand dort hatte tatsächlich Überweisungen getätigt und so einen sechsstelligen Betrag an C auf ihre Konten ge-

---

* Justifiers 6: *Outcast*

spült. Dass es ausgerechnet der tote Bruno Müller war, der auf Umwege für die Reparatur ihres Raumschiffs aufkam, war nur eine unzureichende Genugtuung gewesen. Sein Bruder Gerhard lebte, und auch er würde fortan vermutlich alles tun, um seiner habhaft zu werden. Sollte er sich einfach hinter Zulu und *Romanow* anstellen.

Nikolaj wandte sich von dem Blumenladen ab und nahm sich ein Taxi, um sich zu ihrem Xeno-Spektakularium bringen zu lassen. Sie hatten eine Halle am Rande von WildLife angemietet. Eine recht kleine Halle, denn viele Exos waren ihnen ja nicht mehr geblieben. Längst hätten sie sich auf die Suche nach neuen Tieren begeben müssen. Angeblich gab es hier auf Gaus II einige ziemlich exotische Arten. Doch er hatte sich dazu bislang nicht aufraffen können. *Sie* hatten sich dazu bislang nicht aufraffen können. Denn seit Jacks Tod war das Leben nicht mehr wie früher. Auch Gwinny und Roger fiel es schwer, in die Normalität zurückzufinden. Jack hatte sie zwar hintergangen, doch er fehlte ihnen. Sehr.

Sie hatten sich bereits darauf eingestellt, Loop, Cherokee und Fratt illegal in ihr kleines Team einzugliedern, doch die drei Betas waren eine Woche nach ihrer Ankunft auf Pherostine verschwunden gewesen. Spurlos.

Spätestens zu diesem Zeitpunkt war es ihm und den Heavies sicherer erschienen, Pherostine wieder zu verlassen. Nikolaj hoffte wirklich, dass es den Betas trotz des Birthbound-Befehls gutging. Und irgendwie war er sich dessen sogar sicher. Denn vor zehn Tagen war er mitten in der Nacht aus einem seltsam eindringlichen Traum erwacht, in dem ihm Cherokee erschienen war. Der Adler-Beta hatte darin auf einer indianischen Decke gehockt, ihn mit seinen Raubvogelaugen angesehen und genickt. Fast wie eine Botschaft. Zumindest hatte ihn das gespenstische Erlebnis seltsam beruhigt. Ob Jiang für ihre Sicherheit gesorgt hatte?

Jiang.

Besser, er vergaß sie.

Die kleine Halle mit Leuchtplakaten bedrohlich wirkender Xenos und ihrem protzigen Schriftzug über dem Eingang tauchte am Straßenrand auf:

NIKOLAJ POLJAKOWS
INTERSTELLAR GRÖSSTES XENO-SPEKTAKULARIUM

Nikolaj seufzte. In einer halben Stunde hatte sich eine Kindergartengruppe angemeldet. Ihr Stern war inzwischen auf das Niveau eines Streichelzoos gesunken. Er zahlte und bemerkte, dass sein Fahrer Koreaner war. »Sie sind der Besitzer des Spektakulariums, richtig?«

Misstrauisch sah er den Mann an. »Wer will das wissen?« War das hier überhaupt ein normales Taxi?

Der Fahrer lächelte und reichte ihm einen Umschlag. »Ich arbeite gelegentlich für einen Mann namens Sun. Er besitzt in Schönbrunn einige Restaurants.«

Das war eine der drei Städte des Planeten, und, soweit Nikolaj wusste, auch die zweitgrößte von Gauss II.

»Mister Sun würde sich freuen, wenn Sie übermorgen seine Einladung zu einem Essen annehmen würden. Er erwartet einige Investoren, die in Safaris und Großwildjagden investieren möchten. Nicht hier auf Gaus II. Auf einem anderen Planeten. Diese Investoren sind an einem Exo-Spezialisten interessiert.«

Nikolaj sah den Fahrer eine Weile an und nickte. »Ich werde es mir überlegen.«

»Tun Sie das.«

Noch immer argwöhnend verließ er das Taxi, das sich wieder in den Verkehr eingliederte und hinter hohen Häuserfronten verschwand. Hinter ihm hielt ein großer Grav-Personentransporter, aus dem eine lärmende Kindergruppe strömte. Gwinny begrüßte die Kleinen, deutete auf die Uhr an ihrem Handgelenk und warf Nikolaj einen genervten Blick zu. Er wusste selbst, dass er sich verspätet hatte. Dennoch öffnete er den Umschlag. Ihm fielen die Unterlagen eines taiwanesischen Touristik-Unternehmens in die Hände. Holografische Dschungelaufnahmen sprangen ihm ins Auge. Darunter auch solche von säbelzahnartigen Geschöpfen mit sechs Augenpaaren. Dann sah er, in welchem Sonnensystem sich die Safari abspielen sollte.

Nikolaj ließ die Unterlagen sinken und sah zum Himmel auf. Man musste die kleinen Lichtblicke im Leben ausschöpfen, bevor die Dunkelheit wieder über sie hereinbrach. Denn das würde sie. Das war so sicher wie das Amen in einer Kirche der CoS. Doch bis es so weit war, würde er Jiang wiedersehen. Denn das war ihre Botschaft. Die Safari sollte im System Epsilon Eriddane stattfinden. Und zwar auf exakt jenem Planeten, auf dem er vor sieben Jahren erstmals einen ihrer Auftritte bewundert hatte. Er steckte die Unterlagen ein und lächelte. Zum ersten Mal seit Wochen fiel die Anspannung von ihm ab, und selbst die Collectors-Bedrohung vermochte seine Laune nicht zu trüben. *Er* freute sich auf die Zukunft.

DIE JUSTIFIERS KEHREN ZURÜCK IN:

NICOLE SCHUHMACHER

ZERO GRAVITY

MARKUS HEITZ

SUBOPTIMAL III

18. Februar 3041 a. D.
System: Lalande 21185
Ort: orbitale Raumstation um den
Planeten Fruit

Sebastiènne Engers, ein stattlicher Mann von Mitte fünfzig mit einem dreifachen grauen Irokesenschnitt saß auf seinem Schreibtisch und schaute zum Bürofenster hinaus ins All. In der asymmetrisch geschnittenen knallroten Hose und mit freiem Oberkörper, über dem sich die Hosenträger spannten, sah er reichlich merkwürdig aus.

Raumschiffe zogen in großer Entfernung vorbei und wirkten doch, als könnte er sie mit der Hand berühren.

Es waren große Frachter, die mit den landwirtschaftlichen Erzeugnissen von den Farmplaneten des Systems nach Fruit kamen. Man hatte den Welten keinen Namen gegeben, sie waren nicht mehr als große Äcker, die einmal im Jahr eingesät, sich selbst überlassen und dann Saison für Saison abgeerntet wurden.

»Ich habe«, sagte Sebastiènne nachdenklich, »als kleiner Junge auf einem der Planeten gearbeitet. Mein Onkel hatte mich runtergeschickt. Er wollte, dass ich erfahre, was körperliche Arbeit ist.« Mit einer Handbewegung, die von den Sensoren erfasst wurde, ließ er das Fenster mit einem Außenschott von der Elektronik schließen, die Muskelpakete auf der Brust und am Arm zuckten. »Ich war mit einem Apfelernter, diesen kleinen Antigrav-Traktoren mit Pflückvorrichtung, unterwegs. Mein Lieblings-Beta Carlson hatte mich begleitet, der beste und treuste Hunde-Beta, den ich jemals kennenlernen durfte. Eine Applesnake hat mich angefallen, aber Carlson hat mich gerettet. Ihn hat sie zweimal gebissen, und die Chimäre ist elend am Gift der Blausäure eingegangen.« Sebastiènne ließ die Beine baumeln, stützte sich ab und sah auf die schwingenden Schuhspitzen. Es schien, als wollte er gleich eine Turnkür beginnen. »Ich bin weinend nach Hause gefahren, aber am nächsten Tag war ich wieder im Waldstück. Bis an die Zähne bewaffnet, ohne dass es mir irgendjemand erlaubt hätte. Es war mir egal. Ich wollte Rache für Carlson.« Die Beine stoppten, Engers rutschte vom Tisch und stand lässig davor, die Daumen unter die Hosenträger gelegt. »Als ich fertig war, hatte ich elf Applesnakes gefangen. Danach habe ich sie bei lebendigem Leib seziert und darauf geachtet, dass sie bis zum Schluss gelitten haben.«

Er ging zum massiven cremefarbenen Schrank neben der Eingangstür und öffnete ihn. Darin stand ein überlebensgroßes Bild von seiner Gattin Lisbetta, das mit schwarzem Trauerflor bekränzt war. Sebastiènne kniete davor nieder, den Kopf leicht nach oben gereckt und die Augen auf das Antlitz seiner Frau gerichtet. »Wie Sie gehört haben, Gentlebeings, mag ich es nicht, wenn mir Sachen genommen werden, die mir ans Herz gewachsen sind.«

»Ja, Sir«, sagte einer der fünf Leute, die im Dunkel neben der Tür standen. Seit ihrem Eintreten bewahrten sie Ruhe, hatten die Hände auf den Rücken gelegt und verfolgten Sebastiènne nur mit Blicken. Im schwachen Licht waren ihre Gesichter nicht zu erkennen, aber der Statur nach waren drei davon Beta-Humanoide: Paviane und ein Bluthund.

»Ich bin für *Moreau Labs* auf der Station gerade unabkömmlich. Wir haben ein Meeting, das entscheidend für die neue Richtung unseres kleinen Konzerns ist. Deswegen werden Sie das tun, was ich damals auf dem Ackerplaneten getan haben: den Schuldigen ausfindig machen. Und ihn töten. Ihn und alle, die dazugehören.« Sebastiènne zog die Nase hoch und fing damit das Schluchzen ab, das sich anbahnte. »Finden Sie ihn. Foltern Sie ihn, solange es geht, und halten Sie alles fest. Ich will sehen, wie der Mörder meiner Frau hat leiden müssen!« Er senkte den Kopf.

»Ja, Sir«, rief die gleiche Stimme wieder. »Wir haben verstanden.«

»Einen Scheißdreck haben Sie verstanden!« Sebastiènnes Stimme schallte durchs Büro, der breite Nacken schwoll an. »Ich will Rache! Vernichten Sie alles, was zum Mörder gehört. Sobald ein Verdächtiger bekannt wird, suchen und töten Sie ihn.«

»Sir«, sagte die Stimme zögerlich, »einen *Verdächtigen*? Wenn er aber unschuldig ...«

»Jeder ist schuldig wegen irgendwas«, unterbrach ihn Sebastiènne. »Sobald Sie einen Namen hören, bringen Sie das Schwein um. Und wenn es der Falsche war, dann warten wir auf den neuen Namen.« Er erhob sich und kam auf das Quintett zu. »Es ist mir egal, hören Sie? Lieber töte ich hundert Unschuldige, als einen Schuldigen laufenzulassen.« Sein Finger wies auf den Ausgang. »Gehen Sie und rotten Sie die Applesnakes aus, Gentlebeings.«

Die Leute salutierten und verließen das Büro durch die automatisch öffnende Tür.

Sebastiènnes Blick wanderte zum Gemälde. Zu Lisbetta. »Schlampe«, sagte er hasserfüllt. »Hast mich mit diesem Dalljin hintergangen. Jahrelang.« Er spuckte vor dem gemalten Gesicht aus. »Aber dennoch darf dein Tod nicht ohne Folgen bleiben.«

Ein leises *Gong* erklang. »Sir, man erwartet Sie im Meeting«, säuselte seine Assistentin durch die Sprechanlage.

»Ich komme, Elisa.« Sebastiènne nahm den quadratischen Ordner, in dem er sein TabSheet und seine Unterlagen aufbewahrte, vom Tisch und ging los. Dabei war er in Gedanken bei dem Team, das er nach Relax geschickt hatte, und konnte es kaum erwarten, erste Filmaufnahmen zu sehen.

18. Februar 3041 a. D.
System: 61 Cygni
Planet: Relax (im Besitz der United Industries)
Ort: 3. Kontinent (vermietet an StarLook)
Stadt: Objective

Xian Dalljin wartete am Abfertigungsschalter und sah nervös zur Hostess. *Liliana* stand auf deren LED-Anstecker am Revers, und sie trug einen unifarbenen Hosenanzug im Samtbeige mit den roten Schrägstreifen. Auf der rechten Brust funkelte das Logo von *TTMS:* ein glänzendes TransMatt-Portal. »Stimmt etwas nicht?«

»Madame, es tut mir leid, aber ich habe einen Sperrvermerk für Ihren Namen hier stehen.« Liliana lächelte, ohne es so zu meinen.

»Und ich habe ein Ticket erstanden.« Xian legte es mit Schwung auf den durchsichtigen Tresen, in dem einer der Slogans *TransMatt – gesund reisen!* aufleuchtete. Die ganzen Wände waren damit zugemalt.

»Wir erstatten Ihnen den Preis zurück, wenn Sie nachweisen können, dass Sie nichts vom Sperrvermerk wussten«, lächelte und sagte Liliana gleichzeitig.

Natürlich wusste Xian, dass sie Relax nicht verlassen durfte. Da sie mit dem Raumschiff gekommen war, hatte sie gehofft, durch ein TransMatt-Portal unbemerkt verschwinden zu können. Aber der Sonderermittler von *United Industries,* Kalimeropoulus, schien ihre Gedanken erahnt und ihr jegliche Möglichkeit zum Verschwinden genommen zu haben. Der Mann schien überzeugt davon zu sein, dass sie mit den Morden an ihrem Vater und seiner Geliebten etwas zu tun gehabt hatte. »Das muss ein Irrtum sein«, beharrte sie und hoffte, Liliana durch Hartnäckigkeit und Lästigkeit mürbe zu machen.

»Tut mir leid, Madame. Das System ist anderer Ansicht.« Die Hostess hob die Hand und machte eine scheuchende Bewegung. Das Lächeln blieb wie festgetackert auf ihren Zügen. »Würden Sie bitte zur Seite gehen? Die Leute warten schon darauf, dass es weitergeht.«

Widerstrebend räumte Xian den Platz und schulterte ihren Kofferrucksack. Sie trottete durch das *TTMS*-Gebäude, in dem zehn Portale aufgebaut waren: fünf für die Ankunft, fünf für die Abreise. Neben einem Snackautomaten setzte sie sich und ließ sich einen Kaffee mit Frutrini-Geschmack, geeist, SemiSahne und Schokostreusel zubereiten. Als sie mit ihrem Fingerabdruck zahlen wollte, weigerte sich das Gerät. Auf der Anzeige stand: »Gesperrt von *UI.* Bitte zahlen Sie bar, lieber Gast.«

»Ach, Scheiße!«, rief sie und starrte auf den Becher hinter der Absperrscheibe. Einschlagen war keine Option, wenn sie nicht auch noch wegen Vandalismus festgesetzt werden wollte.

Der Countdown von einer Minute lief; nach dessen Ablauf würde das Getränk ausgeschüttet und recycelt werden.

»Darf ich Ihnen einen ausgeben, Miss Dalljin?« Ein gelber Plastiktoi wurde in das Münzfach geworfen, die Scheibe fuhr in die Höhe.

Xian sah auf und erkannte Salvador *the Vador* M. Ransom, den Reporter mit dem sympathischen Gesicht, der sie gestern am Pool des Ressorts angesprochen hatte. »Danke, Mister ... Ransom.« Sie nahm den Becher raus und trank einen kleinen Schluck. Fett, Schokolade und Zucker wirkten augenblicklich beruhigend auf sie.

»Keine Ursache. Ich hätte Sie zwar lieber auf einen Drink an einer Bar eingeladen, an einem lauschigen Abend, aber hier bot sich die Gelegenheit, also habe ich sie ergriffen.« Er deutete eine Verbeugung an. »Mein Beileid.«

Sie nickte – und in ihr keimte sofort der Verdacht auf, dass das Zusammentreffen mit dem Reporter nicht zufällig stattfand. »Sie haben mich verfolgt, stimmt's?« Ekel breitete sich in ihr aus.

Ransom setzte sich neben sie. »Sehen Sie eine Kamera?«

»Die Dinger, die Sie haben, sind mikrobisch klein. Außerdem weiß ich nicht, ob Sie eine eingebaut haben.« Xian tippte sich gegen den Schädel.

»Kybernetik? Ich?« Ransom lachte auf. »Nein, danke. Das überlasse ich mal lieber dem 2OT.« Er zeigte nach rechts auf eine Brünette, die krampfhaft in die Auslage eines Relax-Souvenirshops stierte. »Ich habe *sie* verfolgt. Sie gehört zu Kalypsos Leuten ...«

»Kalypso?«

»Oh, das ist Kalimeropoulus' Spitzname. Phil Kalypso. Hängt mit seiner Vorliebe für ... egal. Jedenfalls ist er der beste Sonderermittler bei *United Industries,* und das hat ihm bei seinen Freunden und in der obersten Etage den Namen *Getter* eingebracht.« Ransom winkte der Frau zu. »Als ich seine Visage hier gesehen habe, wusste ich, dass etwas im Busch ist. Zusammen mit dem Tod Ihres Vaters wurde die Sache deutlicher, und als ich bemerkt habe, dass er Sie verfolgen lässt ...« Er legte die Hände in den Schoß. »Ich verstehe echt nicht, warum er Sie verdächtigt und Sie sogar sperren lässt. Sie waren zur fraglichen Zeit ja gar nicht auf Pool, sondern hier, und haben eine Besichtigungstour durch die Studios gemacht.« Er lächelte sie an. Ein Lächeln der Überlegenheit.

Xian wusste, dass es nicht lange dauern würde, bis Kalypso es auch herausfinden würde. Sie nahm einen langen Schluck Kaffee, dann setzte sie erneut an, bis der Becher leer war.

»Wollten Sie sich eben damit umbringen?« Ransom betrachtete sie. »Wenn ich Ihnen helfen kann, sagen Sie einen Ton.«

»Und Sie bekommen dafür die Story exklusiv?«

»So läuft es gemeinhin. Ja.«

Sie sah sich in ihrer Annahme bestätigt: Es ging um die Geschichte, möglichst reißerisch. Das Potenzial dazu hatte sie allemal. »Ich muss hier weg«, raunte sie.

»Aber nicht, weil Sie schuldig sind, sondern ...?«

»Der Mörder meines Vaters und Engers auch hinter mir her sein wird.« Xian war fast froh, sich dem Mann zu öffnen, von dessen Beiträgen sie Gutes und Schlechtes gehört hatte. Ransom blieb bei der Wahrheit, das war sein großes Plus, war die Wahrheit auch noch so gefährlich und unangenehm. Genau so einen Kerl brauchte sie jetzt, der ihre Unschuld beweisen konnte.

»Dachte ich mir.« Ransom erhob sich. »Gehen wir in das kleine Café dort drüben.«

Zusammen schritten sie durch die Halle zum Lokal *Transporterraum*, in dem reger Betrieb herrschte. Sie suchten sich einen der hintersten Plätze, umringt von lärmenden Kindern und einem streitenden Pärchen.

»Das ist der beste Schutz gegen das Abhören.« Ransom zog seinen E-Assi aus der Tasche und legte ihn vor sich auf den Tisch, drückte eine Kombination. »So. Störsender funktioniert auch. Legen Sie los, Miss Dalljin, damit ich mir einen Eindruck machen kann. Danach hören Sie von mir, was ich zum Stand der Ermittlungen weiß, und anschließend versuchen wir, einen Weg für Sie aus dem Schlamassel zu finden.« Auf dem Tischdisplay gab er Döner ein. »Sie auch was zu essen?«

»Nein.« Xian berichtete zuerst stockend, dann immer rascher. »Angefangen hat alles vor vier Monaten.«

Ransoms Gesichtsausdruck zeigte höchste Aufmerksamkeit. »Vier Monate?«

»Ich bekam eine Nachricht, dass eine Gruppe von Menschen vorhatte, meinen Vater umzubringen, wenn er ihnen nicht bestimmte Daten aus dem Labor besorgte. Ich kenne meinen Vater ...« Sie schluckte. »Kannte meinen Vater zu gut, um zu wissen, dass er auf diese Forderung nicht eingehen und die Erpressung dem Konzern melden würde.«

»Was zu seinem Tod führen konnte«, ergänzte Ransom.

»Das war meine Befürchtung. Die Nachrichten an mich häuften sich, wurden eindringlicher, drohender, wandten sich gegen mich und meinen Vater. Ein Zurück gab es für mich nicht mehr. Es gab eindeutige Signale ... Sprengstoffattrappen und so etwas.« Xian sank in sich zusammen und stützte den Kopf in die Hand.

»Ist dir schlecht?« Ein Mädchen aus der Gruppe stand vor ihr und betrachtete sie neugierig. »Musst du gleich kotzen?«

»Ja. Und zwar auf dich«, sagte Ransom. »Sie hat vorhin Fisch und Blaulilabeeren gegessen. Du wirst stinken und im Dunkeln leuchten, wenn du ...«

Das Mädchen stieß einen spitzen Ruf aus und hüpfte davon.

Xian war wirklich speiübel, während sie in der Erinnerung unterwegs war. Die Selbstvorwürfe erhielten neue Nahrung. »Sie haben mir gesagt, dass es einen Scheinangriff auf das Labor meines Vaters geben würde. Ich sollte zu der Zeit irgendwie drin sein, damit sie mir den gestohlenen Chip mit den fraglichen Daten geben könnten. Im Gegenzug sollte mein Vater am Leben bleiben.«

»Ich erinnere mich. Ein Kollege hatte die Berichterstattung darüber gemacht. Die Sicherheit hat die Eindringlinge ausgeschaltet.«

»Ja. Der Plan ging auf.«

Ransom legte den Kopf schief, die Augen wurden schmaler. »Sie haben den Chip bei ihrem Ausflug und der Studiotour an den Spion übergeben, korrekt?«

»Ja«, stieß Xian hervor.

»Und der Spion hat anschließend Ihren Vater und ... nein«, sagte Ransom sinnierend. »Nein, er kann es nicht gewesen sein. Ein zweites Kommando der Spione?«

Xian hob die Schultern. Einerseits tat es gut, sich alles von der Seele zu reden, andererseits spürte sie dadurch das Gewissen noch stärker als vorher. »Ich weiß es nicht ... oder ...«

»Vielleicht waren es Justifiers von *SternenReich*«, grübelte er halblaut weiter. »Ihr Vater mit einer Professorin von *Moreau Labs,* Spionageverdacht, Chipdiebstahl. Für *SternenReich* sieht alles furchtbar offensichtlich aus. Wäre ich dort, würde ich das Gleiche vermuten.«

Ransom sah sie an und schwieg. Er hatte verstanden, dass er die Schuld am Tod zweier Menschen eben Xian gegeben hatte.

Tränen rollten ihr aus den Augen und tropften auf den Tisch, wo sie sich als kleine Kügelchen sammelten und durch die behandelte Oberfläche in wenigen Sekunden versickerten. »Ich habe ihn umgebracht«, schluchzte sie. »Dabei habe ich ihn retten wollen!«

Er legte eine Hand auf ihren Rücken. »Langsam, Miss Dalljin. Noch ist es nicht klar, wer für den Tod verantwortlich ist. Kalypso weiß, dass ein Verhörprofi am Werk war, was meistens dafür spricht, dass ein Konzern in die Sache verwickelt ist. Es kann ebenso Engers gewesen sein, aus Eifersucht. Er hat jemanden angeheuert, der seine untreue Ehefrau und Ihren Liebhaber erledigen sollte.«

»So oder so ist er tot. Und der Mörder wird mich auch aufsuchen. Ich denke, dass er von *SternenReich* geschickt wurde, um den Chip zurückzuholen.« Xian hustete. »Ich muss weg, bevor er mich findet. Ich habe die Daten doch nicht mehr!«

Ransom streichelte ihr beruhigend über den Rücken. »Da haben Sie Recht. Vom Planeten bekomme ich Sie nicht runter ...«

»Was?«, schrie sie entsetzt auf. »Sie haben mir versprochen ...«

»... dass ich Ihnen helfe, ja. Und das tue ich auch, okay? Nicht ausflippen! Ein Kollege von mir hat sich vor Jahren eine Insel gekauft. Hier, auf Relax. Ich lasse Sie von ihm abholen und dort verstecken. Sobald die Gefahr gebannt ist, sage ich Ihnen Bescheid.« Ransom drückte ihre Hand. »Ich bekomme das hin. Was den Mord und Ihre Unschuld angeht. Den Chipdiebstahl, nun ja, das kann ich im Bericht heldenhaft darstellen, so dass *SternenReich* milder mit Ihnen sein wird.« Er stand auf und ließ die Bedienung den Döner einpacken. »Sie müssen aus der Schusslinie, bevor der Irre auftaucht.«

Gemeinsam durchquerten sie das Gebäude.

Ransom bugsierte sie in ein DriveYourself-Taxi der Marke *Sportsman* und setzte sich ans Steuer. Mit seiner IC brachte er das Gefährt zum Laufen und trat das Pedal durch, mit dem die Geschwindigkeit reguliert wurde. Der Turbinenmotor brüllte auf und überschüttete die Passanten hinter dem schnittigen dreirädrigen Wagen mit einem tornadoreifen Warmluftschwall. »Schon mal eine Sonderermittlereinheit abgehängt?«

Xian schüttelte den Kopf.

»Dann mal aufgepasst. Es geht los.« Hart schlug er nach rechts ein und brachte sämtliche Kontrolllämpchen zum Aufglühen.

18. Februar 3041 a. D.
System: 61 Cygni
Planet: Relax (im Besitz der United Industries)
Ort: 4. Kontinent (vermietet an Freepress Moviesection)
Stadt: Pool

Phileas Kalimeropoulus alias Phil Kalypso alias Getter scrollte auf dem TabSheet hoch und runter.

Die Tatortaufnahmen, die er sich in der zum Büro umfunktionierten Honeymoonsuite ansah, waren erschreckend. Auch für ihn, der in den letzten Dienstjahren als Sonderermittler schon viel bei *UI* gesehen hatte: durchgeknallte Betas, die um sich gebissen hatten und Amok gelaufen waren; verrückt gewordene Wissenschaftler, die mit ihren Erfindungen ganze Häuserblöcke gesprengt hatten; Unfälle in Atmosphärekuppeln, was zum Tod von Tausenden Kolonisten geführt hatte.

»Die Methode Frenouille.« Kalimeropoulus zoomte die Grausamkeiten heran, sog jedes Detail auf und erinnerte sich genau an die Gerüche, die er im Zimmer wahrgenommen hatte. Blut, Innereien, Mark, Parfum, Spermien und Smegma, Waschmittel, Seife, Poolwasser und Meeresaroma – aber was ihm fehlte, waren Geruchsandenken des Angreifers. Alles, was er wahrgenommen hatte, waren vage Spuren, aber nichts, woraus er weitere Ableitungen führen konnte.

Auch wenn man es auf den ersten Blick nicht sah: Er war ein Hybrid, eine Mischung aus Mensch und Raubtier-Beta. Sein Gebiss verriet ihn, deswegen vermied er ausgelassenes Gelächter. An manchen Stellen seiner Haut zeichnete sich Jaguarmuster ab, an anderen war sie schwarz. Kalimeropoulus vermutete, dass ein Panther im Spiel gewesen war. Seine Mutter hatte es ihm nie gesagt, und er arbeitete von Geburt an für *United Industries*. Das bedeutete, dass sein Beta-Vater diesem Konzern gehörte oder gehört hatte.

»Ein Professioneller.« Ira Tummins, eine Ermittlerin in seinem Team, sah ihn über die Reihe aus Monitoren hinweg an. »Die Frage ist, welcher Konzern ihn geschickt hat.« Sie hatte es sich am großen Tisch bequem gemacht, ein Schirmchencocktail war zur Hälfte leer getrunken. Ira hatte auf den Drink bestanden, weil er in der Benutzung der Honeymoonsuite inbegriffen war.

Kalimeropoulus schürzte die Lippen. Dass sie ein schreckliches Verbrechen in einem Zimmer für die schönsten Tage nach der christlichen Hochzeit zu lösen versuchten, störte ihn nicht. Er mochte Diskrepanzen, sie beflügelten das Denken. »Diffizile Sache. Mir wurde ein Untersuchungsteam von *TTMS* gemeldet, das bald eintreffen wird. Die Jungs von *SternenReich* werden auch bald eine Abteilung zu uns beamen.«

»Zwei Tote, drei Konzerne«, kommentierte Ira. »Hat man auch selten.«

Kalimeropoulus hätte es gern als sportliche Herausforderung betrachtet, aber es würde in erster Linie Unruhe bedeuten. Kompetenzgerangel, Anträge, Mails und Konferenzen auf allerhöchster Ebene. »Ich bin froh, wenn sich alles Weitere bald auf einem anderen Planeten abspielt.«

Ira grinste breit. »Ich erkenne eine Lüge, Chef. Und *das* war eine. Es geht gegen Ihre Ehre, wenn Sie anderen das Feld überlassen müssen.«

»Normalerweise schon. Aber ich habe«, er sah auf das TabSheet und die ausgebreiteten, dicken Eingeweide, »kein gutes Gefühl bei der Sache. Überhaupt keins.« Er erhob sich und schwang sich in den durchsichtigen Mantel. »Mein einziger Anspruch ist: Ich will herausfinden, was die Kleine damit zu tun hat und warum sie mich anlügt. Sie war zur Mordzeit jedenfalls nicht am Strand. Das kriegen die Kollegen von mir geliefert, und danach bin ich draußen.«

»Geben Sie mir noch eine Stunde, und ich kann Xian Dalljins gestrigen Standort mit Hilfe der Satelliten herausfinden.«

»Ich wette um mein Monatsgehalt, dass ich schneller bin als Ihre Computer«, gab Kalimeropoulus zurück und grollte dabei leise. Wie eine Raubkatze. Noch so ein Erbe, das er nicht immer kontrollieren konnte. Die wenigsten Frauen standen beim Sex darauf, wenn er im Rausch der Lust seine Fänge in sie schlug. Das machte die Auswahl und sein Intimleben recht kompliziert.

»Ein Monatsgehalt, machen Sie Witze? Woher soll ich das nehmen?« Ira lehnte sich im Stuhl nach hinten.

»Kiste Bier?«

»Starkbier dann aber. Plus zehn Kilo saftige Kobayashi-Steaks.«

»Gebongt.« Ira federte nach vorn, hängte sich das *Nicht stören. Wir sind in den Flitterwochen*-Schild um und hackte einhändig auf die Tastatur ein, mit der anderen verband sie ein Kabel mit der Steckverbindung im Nacken. Sie lud sich alle Informationen direkt auf ein kleines Speichermodul, auf das sie Zugriff hatte, wo sie ging und stand.

»Sie haben den Kopf immer voller Fakten«, sagte er zum Abschied und verließ das Übergangsbüro. Eigentlich kannten er und sein Team als mobile Sonderermittlereinheit nur Übergangsbüros. Er hob seine Kom-

Einheit, die er am Handgelenk trug. »Was gibt es Neues?«

»Sir, Zielperson hat versucht, sich mit Hilfe der TransMatt-Einheit von Relax zu entfernen, scheiterte aber am Sperrvermerk«, erstattete Ermittlerin Umparini Bericht. »Aber ich habe ein Problem.«

»Welches?« Kalimeropoulus dachte sofort an den Killer.

»Vador ist hier. Und wie es aussieht, stellt er soeben Kontakt zur Zielperson her.«

Jeder kannte Salvador M. Ransom, der im Informations- und Aufklärungsgeschäft arbeitete. Natürlich auch Kalimeropoulus, der in der Vergangenheit gleich zweimal Bekanntschaft mit dem Sternenreporter gemacht hatte. Es schmerzte ihn, dabei zugeben zu müssen, dass Ransom sein Schnüfflerhandwerk verstand. »Dranbleiben. Er hat was vor. Sobald Sie der Meinung sind, dass er der Zielperson bei einer Flucht vom Planeten hilft, greifen Sie ein. Ich komme zum TransMatt-Gebäude.« Er rannte los und fuhr in die Tiefgarage, wo seine *Fastlane* auf ihn wartete. Das Hoverbike hatte sich auf seinen bisherigen Einsätzen bewährt und bedeutete in nahezu jedem Gelände einen Vorteil.

Kalimeropoulus donnerte auf dem Hoverbike los, angetrieben von zwei kleinen, schwenkbaren Düsen. Noch gab es keinen triftigen Grund, die Sirenen und Warnlichter zu aktivieren, obwohl es ihm das Vorankommen im dichten Verkehr erleichtert hätte. Als ihm die Ermittlerin zehn Sekunden darauf mitteilte, dass Ransom mit Dalljin in einem *Sportsman* davonraste, verwandelte er die *Fastlane* in einen jaulenden Weihnachtsbaum und drehte voll auf.

Über die Zentrale ließ er sich das GPS-Signal des DriveYourself-Taxis sowie die Funkfrequenz geben. Über sein Kom stellte er den Kontakt zum *Sportsman* her. »Hier ist Kalimeropoulus, Ransom. Den Spaß an Geschwindigkeitsübertretungen sollten Sie in Ihrem Alter doch allmählich verloren haben, oder?«

»Ho, wenn das nicht Phil Kalypso ist!«, hörte er den Reporter antworten. »Was kann ich für Sie tun?«

»Wohin fahren Sie mit meiner Verdächtigen, Ransom?«

»Ich zeige ihr die Stadt, Mister Kalypso, Sir«, antwortete er im gespielt militärischen Ton.

»Hundertzwanzig Sachen dürften ein bisschen zu schnell sein für eine gemütliche Rundfahrt«, fügte Kalimeropoulus hinzu. »Sie wissen schon, dass Sie ein DYT nicht unbedingt für eine spurlose Flucht nutzen sollten. Ich habe Ihr GPS-Signal.«

»Ich weiß, ich weiß. Und an meinem Arsch klebt die süße Biene aus dem *TTMS*-Gebäude. Nach zwei Blöcken hat sie mich immer wieder eingeholt.« Ransom klang vergnügt. »Gesellen Sie sich zur Jagd hinzu?«

»Bin dabei. Dann nehme ich mir Ihre IC und kratze die Markierungen für die Fahrerlaubnis eigenhändig herunter.« Vor Kalimeropoulus tauchte der *Sportsman* aus einer Seitenstraße auf. »Da sind Sie ja.«

»Ach ja, ich sehe Sie auch, Kalypso. Dann mal los! Zeigen Sie mir, dass Sie mit Ihren aufgeblasenen Kissen unterm Hintern besser sind als ich.«

Das dritte Rad des *Sportsman* wurde nach oben im Boden versenkt, das verbliebene rückte in die Mitte und bildete mit dem hinteren eine Linie. Das Auto war zu einem Motorrad mit ziemlich breiten Reifen geworden und musste die hohe Geschwindigkeit halten, um nicht zu kippen. So wie der Reporter fuhr, hatte er das auch fest vor: Er schwenkte auf den Freeway ein, der um diese Zeit beinahe leer war.

Kalimeropoulus wusste, dass sein Hoverbike gegen die Sportmaschine chancenlos war. »DYT-Zentrale, Abschaltung des Wagens mit der Ziffer …«

»Geht nicht, Sir. Haben wir schon direkt am Anfang versucht, als uns die Geschwindigkeitsübertretung gemeldet wurde«, kam die Erwiderung aus dem Kom.

Ransom lachte. »Ha! Sie haben eben versucht, den *Sportsman* per Fernbedienung stillzulegen. Das wird so nichts.«

»Ransom, seien Sie kein Idiot. Ich habe in zwei Minuten meine Flugdrohnen oben, die Sie verfolgen können, bis Ihnen der Sprit ausgeht.«

»Die Kleine hat mir eine Story erzählt, die ungeheuerlich klingt und die ich ihr glaube.« Der Reporter klang plötzlich ernst. »Sie ist in Gefahr, und Sie lassen Sie im Freien herumlaufen. Warum haben Sie ihr nicht noch eine Zielscheibe auf die Stirn gemalt? Wenn die Methode Frenouille im Spiel ist, müssten Sie als Sonderermittler mehr Register ziehen als das.«

»Ich habe ihr gesagt, dass ich sie erst schützen werde, wenn sie mir sagt, wo sie in den Stunden des Mords war.« Er lenkte das Hoverbike an den Straßenrand und gab Ira den Befehl, die Drohnen loszuschicken. Die Gardeure von *UI* hatten so etwas in den Garagen stehen und setzten sie üblicherweise zur Verkehrsüberwachung ein. Stutzig geworden, rief er Ransoms Fahrtroute auf, inklusive der gefahrenen Geschwindigkeiten. Insgesamt war er dreimal langsamer als zehn Stundenkilometer gefahren. Gerade dazu geeignet, eine Person aus einem fahrenden Wagen springen zu lassen. »Haben Sie mich verarscht, Ransom? Wo ist die Kleine?«

»Bei mir.«

»Nein, denke ich nicht. Sie ist ausgestiegen, entweder in der Eden Street oder in der Baylane oder am Paradise Plaza.« Kalimeropoulus gab es sofort an Ira weiter und beorderte die Drohnen jeweils dorthin. »Sie wollten, dass wir Ihnen folgen, damit ein Komplize Dalljin verschwinden lässt.«

»Niemals. Würde ich nie zugeben und sagen, dass Sie das alles erfunden haben«, gab Ransom amüsiert zurück. »Klingt aber nicht schlecht. Wäre doch kein mieser Plan, oder?«

»Ich lasse mir was Nettes für Sie einfallen, Ransom. Sie kommen von Relax auch nicht mehr schnell weg. Behinderung eines Sonderermittlers auf einem *UI*-Planeten ... Hey, das werden spannende Tage im Arbeitsknast!«

Ransom war für mehrere Sekunden still. Das Röhren der *Sportsman*-Triebwerke wurde leiser, und die Geschwindigkeit wurde auf dem Display mit 80 km/h angezeigt. »Kann ich Ihnen einen Deal anbieten, Kalypso?«

»Sicher. Sie sagen mir, was die Kleine Ihnen gesagt hat, und ich entscheide, ob ich Sie schuften lasse.«

»Alles klar. Folgendes ...« Nach knappen drei Minuten war Ransom fertig. »Ist das tragisch, Sonderermittler?«

»Wenn es stimmt, ja.« Für Kalimeropoulus klang es schlüssig. »Und zu Ihrer Beruhigung, ich lasse Sie laufen, Ransom. Das waren gute Infos.« Er wendete das Hoverbike und gab Gas. »Ich gehe und hole mir die Kleine. Schutzhaft ist angebracht, da haben Sie Recht.«

»Sie ist bei der Baylane raus«, gestand er. »Da wartete ein Kumpel von mir, um sie abzuholen.«

»Und dann?«

»Geht es zum Hafen und mit einem Speedboat nach IslaHappy. Privateigentum und sicherer Grund. Gut überwacht.«

»Okay. Danke.« Kalimeropoulus gab alles an die Zentrale weiter. »Oh, und Ira: Sie schulden mir eine Kiste Starkbier und zehn Kilo Kobayashi-Steak. Die Kleine war auf Objective und hat in den *StarLook*-Studios eine Führung gemacht.«

Ira stieß einen saftigen Fluch aus.

Und während er sich mit seinem jaulenden, blinkenden Weihnachtsbaum der Baylane näherte, meldeten die Drohnen Zug um Zug, dass sie die gesuchte Xian Dalljin nirgends ausfindig machen konnten.

An keinem der drei genannten Orte.

Xian erhob sich und wischte sich den Schmutz von den Kleidern. Vador war langsam genug gefahren, damit sie an der Ecke Baylane und Carousers aus dem *Sportsman* springen konnte. Es war keine Menschenseele auf der Straße, was das Manöver natürlich erleichterte.

Xian drückte sich in einen Hauseingang und blickte sich um. Ihr Ellbogen schmerzte und pochte, das rechte Knie hat auch etwas abbekommen, aber es war nichts, was sie als Kampfsportlerin nicht locker verkraften konnte. Unterschenkel und -arme hatte sie mehrmals gebrochen gehabt, als Resultat von Training und Wettkämpfen.

»Wo ist der Typ?«, fragte sie leise und spähte umher.

Vadors Kumpel sollte sie hier abholen, ein Mann namens Money. Es gab subtilere Spitznamen, und Killer oder Bodyguard wäre ihr angesichts der Umstände lieber gewesen. Treffpunkt war Hausnummer 1232, und genau davor stand sie auch.

Nur Money nicht.

»Scheiße«, fluchte sie und öffnete die Tür, um sich im Flur zu verbergen.

Die Gardeure und Kalypso waren ihnen mit Sicherheit auf den Fersen gewesen. Wenn sie die Route des *Sportsman* verfolgen würden und die Baylane entlangkamen, wollte sie nicht wie auf dem Präsentierteller herumstehen.

Im Flur roch es nach kaltem Eisen, Rost und Feuchtigkeit. Irgendwo stritten sich ein Mann und eine Frau, woanders dröhnte vermutlich ein 3D-Cube, dazu mischte sich der durchgehend gleiche Basslauf eines Minimalsongs. Es war nicht das beste Viertel, in dem der Reporter sie abgesetzt hatte.

Xian sah durch den Spalt hinaus auf die Straße, auf

der gelegentlich ein Fahrzeug vorbeifuhr. Die Fabrikate waren alt, klapprig und wiesen Spuren von größeren und kleineren Unfällen auf. Inklusive Einschusslöchern. Sie hoffte, dass es Requisitenfahrzeuge aus Actionfilmen waren.

Im Stockwerk über ihr wurde eine Tür mit einem lauten Zischgeräusch geöffnet, dann surrte der Lift nach unten, und eine Frau lief aus der Kabine, sobald sich die Türen geöffnet hatten. Die Schminke auf ihrem Gesicht war verlaufen, sie steckte sich eine Zigarette an, eine rulipanische, wie Xian sah. Rulipanischer Tabak besaß unglaublich viel Nikotin und halluzinogene Beimischungen, Produkte damit waren auf Planten von *UI, TTMS* und einer Handvoll weiterer verboten worden.

Die Frau warf ihr einen kurzen Blick zu – und blieb stehen. Ihre Augen verengten sich. »Willst du zu *meinem* Mann, du Schlampe?«

Xian wich dem stechenden Blick aus. Sie wollte nicht provozieren, schon gar keine Tussi, die auf Ruli war. Angst spürte sie nicht, das Vertrauen in die eigenen Fertigkeiten verlieh ihr Rückhalt. Adrenalin wurde dennoch ausgeschüttet, der Puls kletterte leicht. »Nein, Madame. Ich stelle mich nur wegen des … Regens unter.«

Die Frau kam einen Schritt näher, die glimmende Spitze war weniger als eine halbe Fingerlänge von Xians Nase entfernt. »Es pisst nicht, du dumme Ritze!« Sie holte zum Hieb aus.

Auch wenn Xians Herz schneller schlug und sie sich

keinesfalls wohlfühlte, hatte sie eine Sache gelernt: Einen Wettkampf gewann man niemals durch Abwarten, sondern durch präventive Schnelligkeit. Bei einem echten Fight sah das nicht anders aus.

Sie hatte versucht, einem Streit aus dem Weg zu gehen, nun musste sie ihn schnell beenden. Sie konnte es nicht riskieren, Money zu verpassen.

Mit dem linken Arm blockte sie den gegnerischen Schwinger und leitete ihn gegen die Wand. Krachend traf die Faust der Schlägerin dagegen, es knackte vernehmlich, und sie jaulte auf. Xian schlug mit der Rechten gegen den Solarplexus, zog den Arm nach oben und drosch die Faust unters Kinn, so dass ihre Kontrahentin nach hinten taumelte, und verpasste ihr einen Fußtritt. Die Frau flog rücklings gegen die andere Gangwand, krachte dagegen und sackte ohnmächtig zu Boden. Die Kippe hatte sie noch immer zwischen den Lippen.

»Sorry.« Xian atmete tief durch. Zögernd ging sie zu ihr und nahm ihr die Zigarette aus dem Mund, damit sich die Bewusstlose nicht verbrannte.

»Hey!«, dröhnte die Mischung aus Schrei und Ruf neben ihr. Sie fuhr herum und sah einen tätowierten, breit gebauten Typen am Ende der Feuertreppe stehen: Brandings, Laserscars, Skin-Implants und partielles PigmentChanging sowie ein drittes kybernetisches Auge auf der Stirn, das an ein Einschussloch erinnerte. »Wieso schlägst du meine Alte zusammen? Für den scheiß Ruli?«

Er kam näher. Das feine Surren verriet Xian, dass entweder ein Bein oder ein Arm ein Werk der Kybernetik waren. Sie musste schon wieder an Actionfilme denken. C-Movies.

Ihr Eindruck wurde verstärkt, als er in seine Gürteltasche griff und einen ausfahrbaren Schlagstock herauszog; die Spitze flackerte und schlug Funken.

»Sie …« Xians Herzschlag erhöhte sich um ein Vielfaches. Training hin oder her: Gegen eine Unbewaffnete anzutreten war okay, gegen einen kybernetisierten Vollasi mit Schockschlagstock dagegen überhaupt nicht. Letztlich war sie eine zierliche Wissenschaftlerin mit Selbstverteidigungspotenzial, aber keine professionelle Straßenkämpferin. Wie viele verschiedene Drogen der Typ im Blut hatte, wollte sie gar nicht wissen. »Es war Notwehr. Sie hat mich wohl mit jemanden verwechselt.«

»Kann sein.« Der Mann stapfte weiter auf sie zu und verfiel unvermittelt ins Tänzeln, wie es Boxer gern taten. »Ist mir aber egal. Ich hau dir einfach ein paar rein, und wir sind quitt.« Er zeigte mit dem Schlagstockende auf die Kippe. »Ruli her. Den hat sie mir geklaut.«

Xian fand, dass es Zeit war zu gehen. Lieber fiel sie den Gardeuren und Kalypso in die Finger. »Hier!« Sie warf die Zigarette, drehte sich um und rannte los zur Tür. Ein schneller Griff, ein Ruck – und sie fühlte Finger im Haar, die sie zurückrissen.

»Ich habe gesagt, du bekommst ein paar aufs Maul!«

Xian trat schräg nach unten, auf den Spann des Mannes, doch der Absatz schrammte über den Boden. Dafür bekam sie einen Schlag gegen die rechte Niere, der sie aufschreien und zusammensacken ließ. Da er sie aber immer noch am Schopf hielt, hing sie in seinem Griff.

Der Kerl musste brutal stark sein – oder eben kybernetisiert. Die Schmerzen waren furchtbar.

»Das war der *erste* Schlag«, sagte er in ihrem Rücken und lachte. »Insgesamt kommen fünf, okay?« Er wartete ihre Erwiderung nicht ab. Der nächste Hieb krachte genau gegen ihre Wirbelsäule, gleichzeitig ließ er die Haare los.

Xian flog vorwärts, prallte gegen die halboffene Tür. Feuerräder entstanden vor ihren Augen, die Kraft wich aus den Beinen. Sie stürzte auf die Schwelle. Alles unterhalb des Gürtels war wie taub, kribbelte und ließ sich nicht bewegen.

Auf den Stufen vor dem Haus wartete ein Mann, der sie erstaunt anblickte. »Sind Sie Miss …« Dann sah er an ihr vorbei auf den Gegner. »Oh, fuck.«

»Richtig. Oh, fuck.« Ihr Gegner stellte einen Fuß auf ihre Brust und hielt sie gepinnt. »Bist du ihr Stecher?«

»Money, helfen Sie mir«, krächzte Xian.

»Das ist aber ein schöner Name.« Ihr Peiniger hob den Schlagstock. »Wenn du die Schlampe ohne hässliche Brandwunden im Gesicht haben möchtest, dann bezahlst du. Alles, was du dabeihast. Und jetzt zeig mal, ob du deinen Namen zu Recht hast.«

»Da muss ich erst mal jemanden anrufen.« Money hob sein Kom-Gerät, das er als Anhänger um den Hals trug. »Wähle Vador.«

»Lass den Scheiß, du Wichser!«, schrie der Mann und holte zum Schlag aus. »Gib mir sofort deine scheiß Kohle, sonst hat die kleine Hure gleich kein Gesicht …«

Xian konnte nichts anderes tun, als die Arme zum

Schutz zu heben. Keine Sekunde darauf traf sie warmer Regen, und ein schwerer Gegenstand prallte auf ihre Deckung, bevor er von dort auf die Stufe hopste. Sie hörte Money schreien und gleich darauf mit einem Röcheln verstummen. Der Druck auf ihrer Brust wich, neben ihr fiel jemand nieder.

Vorsichtig nahm Xian die Arme runter und schaute sich um.

Der Asi aus dem C-Movie lag kopflos zu ihrer Rechten, sein Blut strömte aus dem Stumpf und plätscherte auch gegen sie.

»Nein!« Xian richtete sich auf, so gut es ging.

Money lag auf dem Bürgersteig, sein Rücken wies ein faustdickes Loch auf, aus dem sein Lebenssaft unspektakulär herausrann. Sein Gesicht zeigte nur das Erstaunen, das sie vorhin schon bemerkt hatte.

»Miss Dalljin. Ich arbeite für *SternenReich* und vertrete aktuell die Interessen von *KreARTificial.* Geben Sie mir, wonach ich suche.«

Mit einem Aufschrei zuckte sie zusammen und wandte sich nach vorne.

Eine schwarzgekleidete Gestalt, an der verschiedene Pistolen in Waffengurten griffbereit verstaut waren, kauerte im Eingang. Hatte sie seinen Aufzug zuerst für dunkle Kleidung gehalten, bemerkte sie, dass flexible Panzerung darauf angebracht war.

»Ich habe den Chip nicht«, stammelte sie sofort. Der Blutgeruch drang ihr mit Macht in die Nase. Metall, voll, süßlich. Es machte ihr nichts aus, sie hatte Schlimmeres im Labor gerochen.

Der Mann richtete sich auf. In der rechten Hand hielt er eine klobige Pistole mit dickem Lauf, der Griff dagegen wirkte nahezu filigran, in der linken hielt er eine Kurzpeitsche, deren Riemen metallisch leuchtete. So etwas hatte Xian noch nie gesehen. »Sie wissen, was ich bin, Miss Dalljin. Ihr Vater zumindest wusste es sofort. Auch Miss Engers.«

»Wenn Sie mich umbringen, kann ich Ihnen nichts mehr sagen«, stotterte sie.

»Haben Sie eben nicht gesagt, dass Sie den Chip nicht in Ihrem Besitz hätten?« Seine Stimme war leise, lauernd und gefährlich. Die Augen zuckten umher, behielten die Umgebung im Blick. »Ich könnte Sie demnach einfach töten. Es wäre kein Verlust.«

»Ich hatte ihn.« Xian spürte ihre Beine nach wie vor nicht. Sie saß da auf der Schwelle, umringt von den beiden Toten. Ein Schrottauto fuhr wieder vorbei, der Fahrer hob die Hand zum Gruß. Vermutlich dachte er, es würde ein Film gedreht. Eine C-Produktion.

Der Maskierte sah auf sie herab. »Ich höre.«

»Ich bin zu der Tat gezwungen worden«, sprudelte es unter Tränen aus ihr heraus, und sie sah ihren Vater vor sich. Unschuldig gestorben, hingerichtet von einem Konzernkiller, zusammen mit Lisbetta. Ihretwegen.

Aber der Mann schüttelte den Kopf. »Ich bin nicht von der Rechtfertigungsabteilung, Miss Dalljin. Sagen Sie mir, wem Sie den Chip übergeben haben.«

»Ich kenne ihn nicht«, schluchzte sie. Xian verlor mehr und mehr an Fassung. »Er trug eine Collector-Rüstung.«

»Sicher.«

»So war es aber!«, schrie sie. »Hier, auf Objective, bei einer Tour durch die *StarLook*-Studios. Er hat mich mit dem Bot gelotst.« Sie berichtete von ihrem Ausflug und der Übergabe. »So ist es gelaufen.«

»Ich glaube Ihnen nicht, Miss Dalljin. Ich werde Sie mitnehmen, um Sie ...« Der Maskierte trat einen Schritt zurück, bevor Xian verstand, warum. Dann hörte sie ein leises Surren wie von einem Computerlüfter, und im nächsten Moment schwebte eine kleine ungepanzerte Überwachungsdrohne über der Straßenschlucht.

Auf ihrer Unterseite prangte der fünfzackige Stern als Hinweis auf ihre Herkunft und Funktion als Ordnungshüter, darunter das Konzernzeichen von *UI.* Die Drohne war ausgestattet mit Hochleistungssensoren und Kameras, um Verkehrssünder zu erfassen und zu melden, nicht aber mit dicken Kevlarplatten oder gar Feuerwaffen. Dass sie sich durch einen Zufall in diesen Stadtteil verirrte, schloss Xian aus: Man suchte nach ihr. *Kalypso* suchte nach ihr ...

»Hier!«, schrie sie und winkte dabei. »Hier unten! Kalypso, hier ist Dalljin ...«

Ein harter Schlag traf sie in den Rücken. Die Welt wurde schwarz.

Phileas Kalimeropoulus handelte meistens nach Vorschrift – solange sie ihn nicht behinderte oder einen Erfolg infrage stellte. Die Vorschriften besagten unter anderem, dass man Verdächtige nach Möglichkeit lebend abliefern sollte.

Davon hielt er normalerweise nichts. Bei Xian Dalljin wollte er seit langem eine Ausnahme machen, weil er sie nicht für die Schuldige an den Morden hielt.

Den Kerl im schwarzen Dress, der neben ihr stand und sich vor der *UI*-Spitzeldrohne in den Schatten des Eingangs zurückgezogen hatte, schon. Also war die Sache für Kalimeropoulus entschieden.

Der Lauf der *Prawda* richtete sich auf den Rücken des Maskierten, in Höhe des Nackens, dann leuchtete der Infrarotzielpunkt auf, den Kalimeropoulus' modifizierte Augen ohne entsprechende Brille erkannten. Zweimal drückte er ab.

Die *Prawda* dröhnte rasch hintereinander auf, die Projektile flogen. Das erste traf mit einem metallischen Geräusch auf sein Ziel, das zweite bohrte sich in die Wand: Der Killer war verschwunden!

»Scheiße«, fluchte er und gab dem Zugriffsteam den Einsatzbefehl.

Gepanzerte Gardeure von *UI*, die vier Meter hinter ihm mucksmäuschenstill gewartet hatten, stampften an ihm vorbei von hinten ins Gebäude, zwei Polizeiradpanzer kamen angeprescht und hielten vor dem Eingang an. Noch im Bremsen öffnete sich die Klappe und spuckte eine weitere Mannschaft aus.

»Sichert mir Dalljin und macht den Killer fertig«, gab er Anweisung über Funk. Er roch die verbrannten Reste der Treibladung. Seine beiden Schüsse hatten gegen den Feind nichts ausgerichtet, was ihn nicht eben zuversichtlich stimmte. Ein Konzernmörder, ein Justifier, der einem sicheren Genickschuss trotzte, hatte sicherlich einiges auf Lager. »Seid vorsichtig«, fügte er an.

Die Welt verschwand in einem stummen, gleißend weißen Blitz; die überreizten Augen lieferten kein Bild mehr, sondern reinstes Weiß, als würde Kalimeropoulus gegen eine Wand schauen, auf der sich nichts als Farbe befand. Trotz der Schmerzen reagierte er: zur Seite treten, sich ducken, wenig Ziel bieten.

Dann hörte er das Schreien der Gardeure, ohne dass ein Schuss brüllte. Mit was immer der Killer tötete, es erzeugte keinerlei Geräusch. »Einsatzleitung?«, funkte er leise. »Was geht da vor?«

»Ich weiß es nicht, Sir. Er hat die Drohne ausgeschaltet«, antwortete der Gardeur in der Zentrale aufgeregt, im Hintergrund hörte man Wortwechsel und lautes Rufen. »Die Lebenssignale der eingesetzten Gardeure verlöschen ... Sekunde um Sekunde, Sir! Er metzelt sie ...«

Die Worte verschwanden im Krachen von Schnellfeuergewehren. Anscheinend feuerten die Gardeure – egal, ob Ziel oder nicht. Es war die Angst, die sie dazu brachte, vermutete Kalimeropoulus.

Das Weiß vor seinen Augen wurde weniger, und die Umrisse der Umgebung kehrten zurück. Zwar flimmerte es wie bei einem schlecht eingestellten 3D-Cube oder einem mies programmierten Game, aber er sah wieder etwas und konnte sich verteidigen.

Vor ihm im Gang zuckte das Mündungsfeuer aus einem Sturmgewehr. Der Gardeur drehte sich auf der Stelle und schoss um sich.

Kalimeropoulus warf sich flach hin, die Kugeln pfiffen über ihn hinweg. »Hey! Aufhören, Officer, sonst ...«

Ein Schatten kam aus der Decke und landete mit den Füßen voraus auf den Schultern des Gardeurs und warf ihn um, Kalimeropoulus sah im Gegenlicht, wie der Maskierte die Pistole gegen den Helm des Mannes richtete und einmal abdrückte. Weder ein Geräusch noch eine Feuerblume entstanden.

Kalimeropoulus Sicht wurde noch besser. Halle und Gang waren übersät mit regungslosen Gardeuren. Fünfzig Mann. Ihn beschlich das Gefühl, doch in arge Probleme zu kommen.

»Sir? Sir ... Sie sind als Einziger noch ... Hören Sie mich, Sir?«

Der Maskierte hob den Kopf, der Arm mit der Waffe ruckte in die Höhe.

Kalimeropoulus rollte sich herum, bekam ein herrenloses Gewehr zu fassen und drückte ab. Salve um Salve löste sich.

Aber sein Gegner rannte sogar noch auf ihn zu, sprang gegen die Wände, die Decke und den Boden, drückte sich blitzschnell ab, drehte sich um die eigene Achse. Nur der gestreckte Arm blieb unbeirrt nach vorne gerichtet.

Zuerst dachte Kalimeropoulus, sein Feind würde nicht schießen – bis er den ersten Treffer in der rechten Schulter spürte. Mit einem dumpfen Grollen und Fauchen schoss er weiter, bis er in die linke Schulter getroffen wurde ... dann in den rechten Oberarm, in den linken Oberarm ...

Der Killer machte sich einen Spaß daraus, sein letztes Opfer kaltzustellen, ehe er den Fangschuss setzen wollte.

Beim elften nichttödlichen Einschlag in den rechten Unterschenkel schrie er seinen ganzen Frust heraus. Seine raue Stimme rollte durch das Haus.

Der Killer landete federnd vor ihm, steckte die Pistole weg und nahm eine andere aus einem Gürtelholster. Es sah nach einer Laserwaffe aus. »Sieh an. Wenn das nicht der Mann ist, den man Getter nennt.«

Kalimeropoulus hätte gern etwas erwidert, doch die Schmerzen waren zu übermächtig. Mehr als unkontrolliertes Stöhnen und Ächzen kam nicht aus seinem Mund.

»Sir! Sir, halten Sie durch! Hilfe ist unterwegs!«, ließ ihn der Gardeur in der Zentrale wissen.

»Heute fängt der Getter zum letzten Mal etwas«, sagte der Maskierte gehässig; der Arm senkte sich langsam, die schmale, fast zierliche Mündung verharrte auf Höhe des Herzens. »Viele Menschen werden mir dankbar sein, Mister Kalimeropoulus.«

Es krachte mehrmals.

Kalimeropoulus hatte sich im ersten Schock gewundert, warum eine Laserpistole beim Auslösen Lärm veranstalten sollte, doch da wankte der Killer und wollte sich aus der Schusslinie bringen. Auch wenn Kalimeropoulus vor Qual aufkreischte, er schaffte es, dem Mann ein Bein zu stellen. Das reichte zwar nicht, um ihn zu Fall zu bringen, doch Kalimeropoulus verfolgte, wie sein Feind in eine Kugel stolperte, die sich durch die ungeschützte rechte Wange bohrte; eine zweite jagte über dem linken Auge in den Schädel, und er kippte nach hinten.

»Sir? Sir?«, schrie ihm der Gardeur ins Ohr. »Die Verstärkung ist noch einen Block entfernt! Gleich sind sie bei Ihnen!«

Mit Anstrengung hob Kalimeropoulus den Kopf und sah Xian Dalljins Umriss in der Eingangstür. Sie hatte sich gegen den Rahmen gestützt, hielt ein Gewehr, und ihre Beine schlotterten.

»Ich habe niemanden umgebracht, Kalimeropoulus!«, rief sie und warf die Waffe weg. »Glauben Sie mir und lassen Sie mich in Ruhe!« Dalljin verschwand.

»Würde ich«, flüsterte er und ließ den Kopf zurücksinken. Ihm wurde kalt, der Schock breitete sich in seinem geschundenen Körper aus. »Muss ich wohl.« Die nächsten Tage, wenn nicht sogar Wochen würde er im Krankenhaus verbringen. Seine Erkenntnisse würden jedoch weder *UI* noch *TTMS* zufriedenstellen.

Seine Jagd war unterbrochen, aber nicht beendet. Dass ihm Dalljin das Leben gerettet hatte, verbuchte er als positiv für sie. Mehr aber auch nicht.

Sirenen erklangen, Sekunden darauf standen zwei Gardeure neben ihm und versorgten ihn grob, bevor sie ihn hinaus zum Med-Schweber brachten.

Eines war sicher, noch bevor er abflog: Xian Dalljin war erneut entkommen.

Xian humpelte durch den Stadtteil, der immer mehr an einen C-Movie erinnerte.

Gangnamen waren an die Wände gelasert worden, kaputte Schweber lagen einfach so am Straßenrand, und in einem ausgebrannten Wagen glaubte sie, ein schwarzes Skelett zu sehen.

Gelegentlich kamen ihr Passanten entgegen, die meistens billige Kleidung trugen. Manche hatten zwei oder mehr Kampfbestien bei sich: Hunde mit eingekreuzten ahumanen Wesen. Abfallprodukte der Beta-Forschung. Immer wurde sie misstrauisch beäugt, niemals angesprochen. Der Kontrast zum idyllischen Städtchen Pool machte die Szenerie für sie unwirklich. Dorian Grey als zwei Orte.

Sie hatte absichtlich keine Waffen mitgenommen, weil sie damit doch nicht umgehen konnte. Vermutlich war der Killer wieder aufgestanden und sie hatte ihn nur gestreift.

Aber Xian genügte es, vorerst geflüchtet zu sein. Weg von Kalimeropoulus, weg vom Justifier, weg von den Gardeuren. Sie wollte Ruhe, nachdenken, durchatmen – und zwar in Freiheit, nicht in einer Zelle, um an *TT-MS* oder *SternenReich* überstellt zu werden.

Ihre zitternden Knie drohten vollends nachzugeben. Sie betrat schnell das nächstbeste Haus, stieg über die eingetretene Tür hinweg und ließ sich in dem von Flecken gezeichneten, zerrupften Sofa nieder. Warum es im Flur stand, interessierte sie nicht; dass daneben eine doppelläufige, abgesägte Schrotflinte lag, noch weniger.

Kaum saß Xian, übergab sie sich und kotzte knapp an den Stiefeln vorbei; das Würgen ging in ein Weinen über, das sie nicht mehr in den Griff bekam. Vor ihrem geistigen Auge stiegen Bilder der Schießerei auf, von ihrem Vater, vom Labor, von Lisbetta, von dem Maskierten – alle mischten sich zu einem Karussell, das sich schnell und schneller drehte. Begleitet wurden die Eindrücke von Schuldgefühlen und Vorwürfen, die wiederum das Weinen verstärkten.

»Was mache ich nur? Was mache ich nur?« Xian zog die Nase hoch und spuckte aus. Langsam setzte sie sich aufrecht hin und sah zur Tür.

Ihr Leben war im Eimer. Karriere im Eimer, Familie im Eimer. Zum Diebstahl gezwungen, den Vater auf dem Gewissen.

... und doch keimte in ihr ein weiteres Gefühl auf: Rachedurst. Flankiert wurde es von Hass. Beide zusammen bildeten ein starkes Duo, das zuerst die Schuld, dann die Vorwürfe zum Verstummen und schließlich die Tränen zum Versiegen brachte.

Vergeltung für ihren toten Vater – das Ziel brannte sich in ihr fest. Ihre Gedanken ordneten sich neu an, formierten sich um diese Aufgabe.

Dazu musste sie herausfinden, wer bei *SternenReich* den Killer ausgesandt hatte, und dann würde sie die Verantwortlichen eliminieren.

Als Nächstes würde sie in Erfahrung bringen, welcher Konzern hinter ihrer Erpressung steckte und verantwortlich für das Drama war. Soweit es in ihrer Macht stand, würde sie den Tod bringen, am besten der gesamten Vorstandsetage.

Xian saß kerzengerade, ohne dass es ihr bewusst war. Vergeltung würde ihr neuer Lebensinhalt sein.

Vergeltung für das, was man ihr und ihrer Familie angetan hatte.

Ihre Augen richteten sich auf die Schrotflinte, dann bückte sich Xian und hob sie auf. Die Kammern waren gefüllt, und drumherum lagen noch zehn der dicken Patronen. Vollgeschosse und Schrot.

Sie steckte sie in die Tasche, erhob sich und ging los, zurück auf die Straße. Die Waffe hielt sie am langen Arm unterm Ärmel verborgen.

Nun brauchte sie Verbündete. Kriminelle. Menschen, die sie für ihre Zwecke einspannen konnte. Um das zu erreichen, benötigte Xian Geld. Viel Geld. Aber auch das würde sich beschaffen lassen.

Sie ging an einem Geschäft vorbei, das gebrauchte 3D-Cubes und andere elektronischen Geräte verkaufte. Xian tippte auf Hehlerware, jedenfalls wäre das in Krimiserien immer so.

Ohne zu zögern, betrat sie den Laden. Hier würde man ihr sicherlich Auskunft geben können, wer in Sachen Verbrechen das Sagen hatte und wo man ihn fand.

Auf dem Weg zum Tresen sah sie auf einem der Bildschirme die Serie *Die Memoiren von Ice McCool* laufen. Das hatte sie schon ewig nicht mehr geschaut.

Jugenderinnerungen stiegen empor, während sie sich von der Handlung mitreißen ließ.

TO BE CONTINUED ...

GLOSSAR

AHUMANE — Bezeichnung für nichtmenschliche Rassen; früher »Außerirdische«

ALLROUNDER — Leichtes Gewehr

ALPHA — Tier mit menschlicher Intelligenz

ANCIENTS (auch: Uralte) — Nicht mehr existente Hochkultur, die lange vor den Menschen Raumfahrt betrieb und deren Relikte heiß begehrt sind

ARCLIGHT — Laserpistole

ARSTAC — Tochterunternehmen von *KA* und *Hikma*, das sich auf Planetenerschließung und -ausbeutung spezialisiert hat

ARTCO INC. — Konzern, der interstellare Kunstausstellungen organisiert

AUGIE (eigentl. *augmented human*) — Individuen, die eine Genverbesserung an sich haben vornehmen lassen

BETA/BETAS (auch: Beta-Humanoide) — Tier-Mensch-Chimären ohne Rechte; werden speziell für Justifier-Einsätze gezüchtet

B'HAZARD MINING — Konzern, der sich auf Hochschwerkraft-Bergbau spezialisiert hat

BIOKOLUBRINE — Bolzenwaffe aus menschlichem Gewebe

BIOKOS — Tiersendung von *Everywhere Broadcasting*

BIOSCANNER — Einrichtung zum Aufspüren von Lebenssignalen

C — Credit; Kunstwährung der *TTMS*, die härteste Währung in der Galaxie

CHAMELEONSKIN — Hightech-Tarnanzug, der den Träger nahezu unsichtbar macht

CHIM — Abfälliger Begriff für Beta

CHOCFROG — Schokoriegel in Froschform

CHURCH OF STARS (CoS) — Zusammenschluss christlicher Konfessionen zur interstellaren Mission

CODECRACKER — Hightech-Gerät zum Datenhacken

COLLECTOR — Bedrohliche und technologisch weit überlegene Fremdrasse, die seit einigen Jahrzehnten Planeten der Menschheit an sich reißt, unter »Obhut« stellt und komplett von der Außenwelt abriegelt

COLLIE/COLLIES — Kürzel für Collector

CYBEROOS — Cyber-Tattoos, bei denen sich langsam verändernde Muster auf der Haut abgebildet werden

DAMN COLLIE, DIE! — Populäre Actionserie von *Everywhere Broadcasting*

DRIVER/CO-DRIVER — Geistwesen, die eine Symbiose mit höher entwickelten Lebewesen eingehen können; Menschen, die derart »besessen« sind nennt man CoDriver

EASTERN STARS — Indien, Pakistan, vereintes Korea, Japan, Taiwan und die Emirate

ELEKTROCLOTHS — Kleidungsstücke mit elektronischen Extras

ENCLAVE LIMITED — Hersteller von Material für den Siedlungs- und Wohnungsbau

ENDOKRINER KRISTALL — Geheimnisvolles Material der *Ancients*

ENDOKRINER KRISTALL — Geheimnisvolles Material der *Ancients*

EVAPORATOR — Blasterwaffe

EVERYWHERE BROADCASTING — Familienunternehmen, das Unterhaltungs- und Dokufilme produziert (darunter *Damn Collie, die!* und *Desperate Housewives in Space*)

FEC — Feudal European Coalition, bestehend aus Deutschland, Polen, Russland und England

FERROPLASTRIEMEN — Fesseln aus extrem hartem Plastik

FLAMMIFER — Flammenwerfer

FREEPRESS — Großer Nachrichtenkonzern

GAUSS INDUSTRIES — Europäischer Forschungskonzern

GARDNER PHARMACEUTICAL — Pharmazeutik-Konzern

GeRuCa INSTITUTE — Konsortium staatlicher Wissenschaftsstandorte aus Deutschland, Russland und Kanada

GORGONENBAUM — große fleischfressende Exoart von Atlas II

GUSA — Greater United States of America

GWA — Galaxy Workers Alliance, Gewerkschaft

HALO — Energieschirm zur Abwehr von Raketen und anderen Projektilwaffen

HEAVIE — Menschen von Hochschwerkraftplaneten mit gedrungenem Wuchs und kräftiger Körpermuskulatur

HIKMA CORPORATION — Konzern im Besitz der IJAS; einstiger Vorreiter in Sachen Androiden, Kybernetik und Robotik sowie Profi in Sachen Ancient-Artefaktsuche

HIROSAMI TECH — Unabhängiger Kybernetik-Kon, der an Künstlicher Intelligenz und Robotik forscht

IJAS — Indian Japanese Arabian Syndicate, ein Forschungskonsortium

INTERIM — mysteriöse und von ätzendem Schleim erfüllte

Sphäre, die Schiffe mit Sprungtriebwerken überlichtschnell durchqueren können

INTERIM-SYNDROM — Krankheit nach zu vielen Interim-Sprüngen; viele Betroffene werden wahnsinnig

INTERRUN LTD — Privatunternehmen in Besitz eines misstrauischen Russen, das sprungunfähige Schiffe in ferne Sternensyteme befördert; verfügt höchstens über zwei oder drei gut bewaffnete Lotsenschiffe

JETPACK — Tragbare Antriebseinheit, mit der sich eine Person frei im Weltall bewegen kann

JUMP — gesellschaftlich ausgegrenzter Nachkomme von Elternteilen mit Interim-Syndrom; Kennzeichen: granitfarbene Augäpfel; gelten als latente Psioniker

KINGDOM OF ZULU (KoZ) — Rückständiges Reich, das sich über komplett Mittel- und Südafrika erstreckt und nach seinem Herrscher benannt wurde: einem Albino und Psioniker

KNOWLEDGE ALLIANCE (KA) — Großer und wenig spezialisierter Konzern, der ursprünglich von den Eastern Stars gegründet wurde, inzwischen unabhängig

KSP — Kurzstreckensprung

K-SPRAY — Wund- und Schmerzmittel

LIGHTSPEAR — Lasergewehr

LSP — Langstreckensprung

LWA (Last Wildlife Animal) — Die letzten in freier Wildbahn geschossenen Tieren der Erde; Sammelobjekte

MIRRORGEN SOLUTIONS — Kleiner Kon mit dem Schwerpunkt auf Cryo-Technologie, Altersforschung und Genmanipulation

MOWER — schwere Maschinenpistole

MULTIBRILLE — Multifunktionsbrille

MULTIBOX — Multifunktionsgerät aus Kom, Uhr, Speichermedium, Kalender, Telefonbuch etc. Wird üblicherweise wie eine Armbanduhr am Handgelenk getragen

NADLER — Schusswaffe, die Pfeile oder nadelförmige Projektile verschießt; gut geeignet gegen engmaschige Körperpanzerungen

Order of

PHONESTICK — moderne Form eines Mobiltelefons

PLAYCUBE — Spielekonsole

PILOTPET — starre Laserkanone, die meist bei Raumjägern Verwendung finden

PRAWDA — schwere Pistole, die gemäß der russischen Waffentradition nahezu unzerstörbar ist

ORDER OF TECHNOLOGY (2OT) — Orden mit dem Ziel der Abschaffung des anfälligen menschlichen Körpers

RACER - Antriebssystem (*STPD-Racer*: hoffnungslos veraltet, aber noch immer weit verbreitet)

REPEATER — Sturmgewehr

REPULSOR-KANONE — modernes Geschütz, das seine Projektile mittels Grav-Generatoren beschleunigt

RESPIRATOR — Atemmaske

RETINA-SCAN — Biometrische Technik, die darauf beruht, dass die Struktur der Netzhaut eines jeden Menschen einzigartig ist

ROMANOW INC. — Ein Luxus-Kon, der sich auf Metallveredlung, Kunstdiamanten und Lasertechnologie spezialisiert hat

SAMARITER — abfällige Bezeichnung für Collector

SILVERMAN & SONS — Privatbank

SONS OF ANCIENTS (SoA) — Nordafrikanischer Staatenbund, bestehend aus Tunesien, Algerien, Marokko, Libyen, Mauretanien und dem Königreich Ägypten

SPEED-AIR-RENNEN — Moderne Form der Formel Eins

SPOTLIGHT — Äquivalent einer Super-Maglite

STARLOOK — Nachrichtensender

STELLAR EXPLORATION (SE) — Tochterunternehmen der *KA*; Konzern der auf Planetenerkundung und -verkauf spezialisiert ist

STELLAR VOICE RADIO (SVR) — ermöglicht Kommunikation quasi ohne Lightlag; benötigt riesige Sende- und Empfangsstationen

STERNENREICH (SR) — Großer Konzern der FEC

STERNENSTAHL — Metalllegierung aus Titan, die zunehmend Ultrastahl ablöst

STPD ENGINEERING — Einer der großen Verlierer in den Konzernkriegen; spezialisiert auf Antriebs- und Navigationssysteme

STPD-Racer — Veraltetes, aber immer noch verbreitetes Antriebssystem

STRONTIUM 90 — hochreaktives Flüssigmetalloid, das als Antriebsmittel bei Sprungtriebwerken Verwendung findet

STYLICOUS — Modemagazin im StellarWeb

SVEEPER — leichte Maschinenpistole

TAB-SHEET — Millimeterdünne Folie, die wie Papier beschrieben und auf der Dokumente gespeichert werden können

TAU CETI PRIME — Ältester unabhängiger Konzern und größter Produzent von Nahrungsmitteln

TERRACOIN (kurz: TOIS) — interstellare Währung

TERRA TRANSMATT SPECIALITIES (TTMS) — ein gewaltiger Konzern mit TransMatt-Monopol

TOUCHPAD — moderner Computer mit Holo-Display, Folienbildschirm

ULTRALEICHT— leicht transportables Einmann-Fluggerät

ULTRASTAHL — Speziallegierung für Raumschiffe; das Minimum, mit dem man den Gefahren des Alls entgegentreten sollte

UNITED INDUSTRIES (UI) — Junger Konzern, der an Waffentechnologien und Körperpanzerungen forscht

VELOC — schweres Gewehr

VERSATILE XP — Altmodische schwere Pistole ohne elektronischen Schnickschnack

VERSUCCI — Nobel-Marke

VHR — Vereinte Humane Raumfahrtnationen, eine Art UNO-Ersatz fürs Weltall

WONGAWONGA! — Mysteriöse Bank, die sich unterschicht- und betafreundlich gibt

XENAN — Katalysator für den Treibstoff Xerosin

XEROSIN — Gängiger Raumschiff-Kraftstoff, ausgelegt für Negativtemperaturen